元詩選

補遺

〔清〕錢熙彦 編次

中華書局

出版説明

自上個世紀五十年代開始，中華書局即著手整理顧嗣立《元詩選》，計劃將全書分爲初集（三册）、二集（二册）、三集（一册）和癸集（二册）陸續出版。一九八七年，《元詩選》初集、二集、三集順利出版；二〇〇一年，《元詩選》癸集新整理本也終於問世。

雖然顧嗣立耗費一生心血編訂的《元詩選》傳世總集都已出齊，但其中並非没有遺憾。據顧嗣立作於康熙五十九年（一七二〇）的《元詩選三集序》中説，顧嗣立晚年，「倦遊歸卧草堂，輒合二十年來所得，重加詮次，凡成集者約一百六十餘家；其諸家選本及山經地志、野史稗官、書畫卷軸所傳詩未滿數首者，編入癸集；共計三千餘人，元詩綦大備矣。繕寫粗畢，欲悉付剞人，力有未逮。復先以百家質諸海内，他日續完全書，以成巨觀，則元人一代精華，不致磨滅弗彰，而余半生攟摭苦心，亦庶幾可以無負矣」。這説明，顧嗣立編定的一百六十餘家「成集者」，刊入三集中爲一百家，那麼，至少尚有六十餘家未能出版。在顧嗣立的心目中，已有的初集、二集、三集和癸集尚不能稱爲彙聚「元人一代精華」的「全集」。

一九八五年，中華書局柴劍虹同志在北京首都圖書館發現一部道光年間刊本《元詩選補遺》，題「金山錢熙彦停雲編次」。《補遺》依《元詩選》舊例，以天干分卷，自甲至壬共九卷，共收録金履祥以下八十二家」；卷末有「元詩選癸集補遺」。經查對，《補遺》中所收之八十二家未見於《元詩選》前三集。

一九九一年第四期《書品》雜志刊登顧廷龍、陳先行先生的文章《元詩選瑣談》，詳細介紹了上海圖書館珍藏的《元詩選》癸集稿本六十六册和《元詩選》未刻稿本兩册。我們在整理《元詩選》癸集時，已經利用癸集稿本作了詳細的校補，詳情可參看《元詩選》癸集之《出版説明》及校勘記。

文章在談到《元詩選》未刻稿本時，曰：「此乃康熙間秀野草堂原寫待刻様本，半頁十三行，行二十三字，書口均題有所收各家别集名，款式字體與初、二、三集一律。」共收録「胡提舉杕伯友集」以下共二十六家，未見於《元詩選》前三集。文章推測，這二十六家未刻稿可能是顧嗣立編刻三集時未刻的六十餘家中的一部分。同時，文章又提到，在《元詩選》癸集稿本中，「癸集之丁」原缺，却收録了「胡提舉杕」以下十八家有專集者，這與癸集體例不符。經與未刻稿本比較，這十八家均見於二十六家之中。文章認定，這十八家「是從這六十餘家的底稿中抄來的」，而並非抄自未刻稿本。

我們把《元詩選》未刻稿本二十六家和癸集稿本中癸集之丁十八家與《元詩選補遺》作比較，發現這二十六家(包括十八家)元詩均見於《補遺》各集之中，而且，除了少數文字差異，其所收人名、詩歌首數基本相同。由於《補遺》有許多地方漫漶不清，兩種稿本都可以用來作校補。同時，我們認爲，雖然《補遺》没有序跋凡例等文字可以説明其資料來源，雖然《補遺》收録的八十二家與顧氏未刻的六十餘家數量不符，但我們仍然相信，錢熙彦在「編次」《補遺》時，很可能大量利用了顧氏秀野草堂遺留下來的《元詩選》資料，包括其六十餘家未刻稿本。據此，我們認爲，要完整反映顧嗣立《元詩選》全卷的整體面貌，《元詩選補遺》是不可或缺的。這就是我們决定整理《元詩選補遺》的原因。

此次整理《元詩選補遺》，整理方案的基本原則與《元詩選癸集》相同，可參看癸集之《點校説明》。需要特别説明的是：

一、此次整理以首都圖書館藏《元詩選補遺》爲底本，以上海圖書館所藏《元詩選》未刻稿本和癸集稿本中的癸集之丁爲校本，對相應文字進行校補；《補遺》有誤，則據稿本改正，並出校説明；稿本中有價值的異文，也在校記中予以適當保留。

二、《補遺》中多有脱訛衍倒及漫漶不清之處，凡能找到相關别集者，則據以校補，並出校説明；無别集可校者，則參考其他元詩選本如《元音》、《元詩體要》、《玉山名勝集》、《御選元詩》等，據以校補，並出校説明。

三、在全書卷末，我們編製了《元詩選作者索引》，包括《元詩選》初集、二集、三集、癸集和補遺中的所有作者的人名字號，以方便讀者使用。

《元詩選補遺》的整理工作，是由多位同志共同合作完成的：向東、賈曼霞、王煜華、劉景田、閻中英五位同志承擔了全部的標點工作；王軍同志承擔了校勘及修訂工作；《元詩選作者索引》由顧青同志編製。

《元詩選補遺》的出版，標志著中華書局整理出版《元詩選》的系統工程的最終完成。在此，特向在整理過程中爲我們提供熱情幫助的單位和個人，尤其是北京首都圖書館和上海圖書館表示衷心的感謝。

中華書局編輯部

二〇〇二年五月

元詩選補遺總目錄

以上入丙集

以上入丁集

〔一〕「仁」，原誤作「成」，據正文改。
〔二〕「鎦涣」，原作「石田」，據正文改。
〔三〕「李隼」，原作「子肇」，據正文改。
〔四〕「文信」，原作「雪山」，據正文改。
〔五〕附録爲《元詩選癸集補遺》，因與本書體例不符，姑作附録存之。

仁山先生金履祥

履祥字吉甫，蘭谿人。生時，其父桐陽散翁以事留蘭谿，夜夢家塾壁間畫虎甚文，已而真虎復升屋大吼。覺而曰：「維熊維羆，男子之祥，吾殆得男也耶！」歸而先生已生，遂以祥名。長而更名開祥。後從師友，謂開祥非學者名，遂名履祥。少而好學，有經世志。年十九，知向濂洛之學，遂棄舉子業，從王文憲公、吴文定公遊。由是造詣益邃。宋季，嘗以布衣遊公卿間，進牽制擣虚之策，時不能用。後思其言，以史館編校召之，亦不及用。郡守聘長釣臺書院。晚歲築居仁山之下，學者稱爲仁山先生。大德中卒，賜謚文安。所著有《尚書表註》四卷、《大學章句疏義》二卷、《論語孟子集註考證》十七卷、《通鑑前編》二十卷、《仁山文集》四卷行於世。

廣箕子操

炎方之將，大地之洋波湯湯。翠華重省方，獨立回天天無光。此志未就，死矣死南荒。不作田横，横來者王。不學幼安，歸死其鄉。欲作孔明，無地空翺翔。惟餘箕子，仁賢之意留蒼茫。穹壤無窮此恨長，千世萬世聞者徒悲傷。

送金簿解官歸天台五首

崑崙派南條，東走欲無極。海氣薄回巒，清淑轉鬱積。嵬嵬天台山，東表千萬尺。其上有仙靈，其下有英特。伊人天一方，從往恨未即。渺渺隔蒼山，跂予三歎息。

昔歲在東壁，紫氣踰蒼山。金君楚筮晋，趙侯亦開藩。下有蓮幕友，上有師師賢。渾然和氣中，砥柱屹流湍。使我千里民，賦政兩清安。益知天台高，楚波浩無邊。一朝别流泳，先後俱東轅。邦民一何孤，天意一何慳。舟流安底止，郡政將改弦。嗟我千里民，生意復茫然。

自從夫君來，劍氣躔須女。遊刃肯綮間，淬鋒滄浪浦。直氣浩難容，才名世所妬。枳棘豈棲鸞，百里非賢路。善刀謹自藏，大烹鼎可負。

自從夫君來，二惠亦驂乘。天台本多賢，君門獨何盛。大兒十四齡，神氣極凝瑩。温然荆山璆，可續虞磬韻。小兒年十一，磊朗益自俊。壯氣已食牛，風蹄期奮迅。兩載辱交從，一朝隨歸鐙。相見復何時，相别涕其隕。美質不可恃，學問無窮盡。少小日易逾，德業須自竟。執手獨徊徨，愧無珠玉贈。歸哉各努力，教忠家有訓。

白雲蒼山東，歸驂邁長道。采采斑斕衣，怡怡華蕚耀。俯仰浩無怍，歸來豈不好。正疑稅駕初，已有徵車召。努力崇明德，勳庸良自保。我亦志四方，匪伊瞻旗纛。

遊三峰山[一]

景定甲子九月九日，舍弟麟至，何公權畀弟繼來，定登高之約。東行，再約南仲、元質二賢族子同登三峰。初至山下，策杖以登，木石藤蔓之間，尋徑甚微。出其上，始夸坦可得。循隴而登，則巉巖壁立，氣象雄偉。因捫蘿而上，摩挲舊題。又上重巖，石臼在焉。再上懸崖之間，忽東峰有山，行者三人，遥相呼應，指示洞處。舊聞山下人言，天將雨，則是洞必先有雲氣。越危石又數重，始至巔間。其上有古瓦，不知其初何以有此。何公謹由中峰陰崖而下，呼之久而後應。諸兄有息於山腰者，上下相望，恍如登仙，四顧浩然，若有得也。歸來因記其事。

九月天氣清，高飈掃虚碧。山色日嶙峋，山意亦寥闃。有來二三友，勸我振雙屐。問道始委蛇，陟巘轉深密。犖确礙微徑，藤蔓糾行色。岡阜出坡陁，重險更峊嵂。絶壁詫天造，石笋疑人立。上上復扳援，嵬嵬亦恂慄。摩蘚追舊題，捫蘿著新磩。佝僂度崎巖，盤薄踞危石。誰鑿丹臼深，碧瓦孰摶埴。云何半空中，有此千載迹。中峰函劍氣，幽洞飛靈液。霏霏人間雨，往往此中出。陰崖採芝人，東岡竝遊客。虚谷遠應聲，重崦近成隔。而我獨油然，振衣來千尺。川流一以眺，蒼莽浩無息。長風拂巾袂，太清可嘘吸。乃知艱險餘，始有高明極。益知身轉高，冥然氣超逸。登天信有基，昇仙豈無術。何當躡飛煙，高舉振長翮。倒景淩三光，遠觀天地窄。

遠遊篇壽立齋　時立齋在廬陵。

我歌遠遊篇，西望心悠然。孰能爲此遊，渺渺重山川。和鸞車班班，珩佩聲珊珊。塊視幾邱陵，帶視幾流泉。正氣凝陽剛，端操凌雲煙。猶將徑天地，奚獨此江山。黄鵠以爲御，鸞鳳以爲參。雲旗何揚揚，八龍亦蜿蜿。一舉衆山小，再馳天地寬。三駕跨八極，高馳閶闔間。正陽以爲糧，六氣以爲餐。金丹毓天和，玉色頩晚顏。俯視世蛟蚉，起滅甕盎邊。高超凌太初，達觀真後天。願言膏吾車，執鞭隨兩驂。

龍井　并序

嚴陵北高峰之上，臨崖有井。其實因崖有泉，疊石而止之，甃以爲井耳。今山僧謂其開山祖師善導和尚，講經致龍，抉石爲井，蓋附會以神其法也。

高峰餘洞氣，石竇通靈液。發源已太孤，臨崖千萬尺。井甃回飛湍，修綆收澄碧。一飲清風生，膚寸寒雲出。山僧語似奇，老龍事無迹。我來翠微巔，得此寒泉食。東望子陵臺，連峰對崒嵂。下有十九泉，趾此相仲伯。因哦招隱詩，凭高三歎息。

和王希夸廬陵觀梅 有小序

希夸西遊廬陵〔三〕觀梅郡圃。興山中友朋之感，如履祥者，固山中之一人也。讀之慨然，因次韻。

歲寒堂前桂樹秋，秋風浩蕩君西遊。羨君充此四方志，望塵何異登瀛洲。人生難得心相識，況君與我心相得。君心誰似惟梅花，雪霜不改馨香德。顧我思君日幾尋，歲寒又見梅花春。見梅不見故人面，空詠梅花如故人。月明千里雖同致，疇昔追隨今少異。始信燈窗朝暮同，此會人生良匪易。噫吁嘻！安得彼此長似歲寒枝，清芬處處同襟期。

唐丈命玉澗僧畫金華三洞為圖障壽母玉澗有詩約和其韻

金華高哉幾千丈，翠壁重巒不可上。上下飛潛靈液通，朝暮烟雲姿萬狀。我聞玄女蟠金鼎，至今遺粒猶可餉。又聞仙姑駕銀鹿，至今瑶田印層嶂。金華本是東南奇，未數劍門天下壯。有時笙簫響青雲，猶疑幢節迎仙仗。自古長生端有術，飄飄羣仙尚無恙。祗今洞天雙龍飛，何處華表聲清喨。誰將此山真面目，盡收奇偉歸圖障。居然岡阜北堂前，未須屣履勤敖放。

代張起巖和清塘詩

清塘佳哉！上有横霄映漢之卿雲，下有通川入海之流泉。不舍晝夜揚清清，清流迴環山奔迎。暮雨層波緑，朝暉山氣新。呼吸溪光飲山淥，人人冰玉若爲貧。我欲買山居其間，囊中不靳金滿籯。明月清風對高士，絲桐一張酒五經。俯看塵世幾蚊蚋，須臾起滅敗與成。炎涼僅昕夕，晦朔分枯榮。眼前突兀徒駭俗，死後滅没杳無聞。孰若此地多君子，純孝千古留風聲。天光浮動映松柏，地望流傳光邱林。太鈞播羣品，生靈本一心。何況古人傑，由來毓地靈。欲爲混沌鑿七竅，須憑天工揮五丁。窮爲樂善之君子，達爲廟社之元勳。於此地靈有愧無，鄙人敢此問諸君。

題城南塔院

佳境城南勝，浮屠占十分。魚釣船依竹，僧齋鉢薦芹。夜窗雙港月，日曉九峰雲。不隨人世改，千古瀫波紋。

登嚴州北高峰用韻

雄蟠古睦東，俯視翠重重。白塔清凉界，烏龍伯仲峰。雲連天勢近，石釀井泉濃。更上最高處，扳躋意勿慵。

九月初吉永嘉蘇太古同遊金華洞夜宿鹿田寺用杜陵山館詩韻以贈

攜手登山處，山高風露寒。共來巖壑裏，别去海雲端。意重言難足，更深語未闌。相期最高處，志見兩俱安。

和王妙虛道士詩

我愛高人巧卜居，林烟深處著精廬。煎茶石鼎客當酒，劚笋竹籬自荷鋤。隱几要同吾喪我，鑿池戲問子非魚。高山流水知音少，欲去頻聽輒駕車。

和陳復之韻

元化機緘未易知，此心之外更關誰。題名本自非千佛，造物休言是小兒。得失天心如契鑰，古今人事等花枝。看來勳業皆我分，何用諄諄詫一時。

景定甲子夏五三日王希夸兄有弄璋之慶是時希夸尚在歲寒堂報至以歷推之日在參月在東井火在天西北魯齋先生曰此卿相之命也越七日希夸煮餅歲寒諸朋友與焉桐陽金履祥吉甫為詩以賀

七日已叨湯餅客，幾時親賞寧馨兒。有崇佛子于今見，王氏多佳自古奇。培養慶源惟一善，流傳家學有餘師。異時才氣須名世，莫負先生卿相期。

都下會安吉姚學林作詩奉勉

客裏相逢豈偶然，羨君爽氣浩無邊。世間固是少英物，吾輩當期不負天。撐起元龍湖海氣，撩來坡老短長篇。化工不盡斯文在，莫學餘人學聖賢。

後數日姚學林用前韻言別因別奉

聚散雲萍有是言，與君相遇帝城邊。共吟黄卷東風裏，相對青燈夜雨天。養此俊明真大器，發予沈痼有佳篇。贈言歸别勤渠意，别後重哦即見賢。

王子可欲壽趙寅仲思成出蒼嵒閩兟瞤五字令賦詩

操似青松潔似蒼，頌言忠信匪爲嵒。水分銀漢浸江浙，城擁天台控粤閩。人向少時宜娓娓，德於進處更兟兟。聊翁聞有侯鯖味，昨夜宵人已目瞤。

進退格送蘇金華解官東歸

勇學淵明賦歸去，豈隨巧宦效脂韋。居官但飲雙溪水，問圃寧無三徑資。碧落競騰鵰鶚興，秋風獨憶鱠魚肥。吾皇側席思賢德，會有徵書下赤墀。

九日書懷

欲買山園種菊花，此心荏苒負年華。幾時三徑成歸計，今日重陽轉憶家。落帽已驚微雪早，登樓爲望白雲斜。詩成捲起悲秋意，天闊風高未易涯。

輓劉南坡

名漢英，以理宗升遐發臨，感疾而歿。

憶昔端平轉化弦，公時輸委爲安邊。鼎成龍御方賓帝，弓墮烏號亦蜕仙。漫仕此情初已薄，愛君一念世逾堅。典刑今與丹旐去，空些哀詞咽澗泉。

苦熱和徐山甫韻

地捲稿苗盡，人居沸鼎中。何時霖雨相，夢到武丁宫。

題汪功父所藏畫卷

景定辛酉暮春，早雨，桐陽叔子觀於藏清無咎之西窗，而敬書之。

細雨西窗展畫筒，江山杳靄幾重重。簷花飛動衣裳冷，疑在雲間第一峰。

即　事

佳人早幸已從良，好治絲麻理素妝。休向人前售歌舞，春風寧得幾時香。

徐山甫夜話有詩言別次韻

一榻蕭然竹與蘭，牀屏所畫。擁衾話別轉留難。明早又渡湘江去，細雨斜風分外寒。

東津招二族兄同遊高峰

客中連日雨和風，晴色今朝杳靄中。遥想雁行公事畢，肯來同上北高峰。

東津旅中同徐改之館清溪源招之同遊

見説君居幽更幽，客中相望兩悠悠。願言攜手高峰去，俯瞰蒼茫盡睦州。

遊下靈洞水深叵入書二十八言

久知靈洞鎖鬼奇，水石幽深路轉崎。佳境自多平爽處，笑渠索隱厲裳衣〔三〕。

〔一〕四庫本《仁山集》無此詩題，小序即爲詩題。

〔二〕「廬陵」，原誤作「陵廬」，今據四庫本改。

〔三〕「衣」，原闕，今據四庫本補。

艾提舉性夫

性夫字天謂，江西撫州人。與兄叔可、憲可皆工於詩，稱撫州三艾。天謂闔門教授，執經者盈門。詩格氣韻清拔，古體筆力排盪，尤爲擅長。仕至江浙道提舉〔一〕。所著有《剩語》二卷。

牧童

櫛髮吹松陰，坦腹睨巖石。細雨整短蓑，斜陽擫長笛。採花黰兩髻，挾草暖雙腋。款款跨牛歸，蒼山暮烟碧。

諸公賦東園兄銅雀硯甚夸余獨不然然蘇長公詩銘梅都官長句皆爾如謂舉世爭稱鄴瓦堅一枚不換百金頒不作鴛鴦飛乃有蝌斗情入用固為貴論古難與并之類是已敢并為之反騷

臨洮健兒衷甲衣，曹家養兒乘禍機。匹夫妄作九錫夢，鬼蜮敢學神龍飛。負鼎而趨不耑死，築臺尚欲儲歌舞。但知銅雀望西陵，不學妖狐叫墟墓。分香賣履吁可憐，所志止在兒女前。竟令山陽奉稚子，出爾反爾寧無天。陳留作賓向司馬，包羞更出山陽下。國亡臺廢天厭之，何事人猶拾殘瓦。古來觀物當觀人，虞琴周鼎絶世珍。區區陶甓出漢賊，矧可使與斯文親。歙溪龍尾誇子石，端州鴝眼真蒼璧。好奇不惜買千金，首惡寧容汙寸墨。書生落筆驅風雷，要學魯史誅奸回。請君唾去勿復用，銅雀猶在吾當摧。

天下第二鐘歌鐘在弋陽真如寺破廡下其誌天聖二年也劉石扁曰天下第二鐘旁書江南徐鉉書筆力皆遒勁可愛不知第一竟在何許而此又濱於埋没可慨也因歌以遺寺僧使屋庇之〔二〕

瀕江破寺如膠舟，大鏞露立寒颼颼。金繩鐵紐作斷綆，土花苔碧生欒頭。我來摩娑攷歲月，僂指落落三百秋。想當營度欲鼓火，野鬼夜哭山精愁。鑄之以紹威六州之鐵，釁之以景升千斤之牛。載之以長河萬斛之艦，貯之以齊雲百尺之樓。風高一撞撼天地，世更幾變宜追蠡。眼中驚見已無雙，天下才稱爲第二。庚庚古扁磨蒼珉，徐郎妙墨吹玄雲。聲光喑啞盡埋没，宇宙顛倒方紛紜。昭陵石馬化爲土，此地蒲牢幸存古。山僧作屋穩蓋藏，他日岐陽求石鼓。

題危見心所藏陳常菴水月障及松鶴蘆雁各一首

陳郎筆勢并州翦，十幅生綃秋緑遠。老蟾欲作騎鯨遊，推墮玉盤波底轉。謫仙濡袍窺采石，東坡醉客歌赤壁。兩翁已矣愛者誰，我欲扁舟擫長笛。

墨池幻出虬龍蟠，徂徠山頭烟雨寒。胎禽獨立衣縞縞，骨瘦西風拾瑶草。靈根琥珀三千年，紫皇敕賜青城仙。乘軒竊禄正自惡，何似歸來一邱壑。風吹黄沙石磧冷，霜葦無聲弄寒影。兵塵隔斷衡陽雲，溪藤捲送瀟湘景。蘆花雪老菰米秋，芙蓉露下天悠悠。阿奴呼起字不斷，寫出萬斛江南愁。

臨邛道士招魂歌

錦襪生塵脱紅玉，瓊蟾夜抱金娥哭。芙蓉露瘦寒花鈿，鳷鵲樓空冷銀燭。輕鸞小鳳横紫簫，彩雲密漾青霞綃。桂心沁入瑣子骨，蕊宫貝闕天都遥。玉牀攀斷心欲死，獨抱秋衾嗅香髓。方瞳白羽青簡書，駕月騎風渡瑶水。瓊樓碧户翠霧香，紫蘭結佩紅薇囊。雲車仙子不可識，芳卿寄謝真荒唐。蔗漿不飲啼寒淚，不悟齊人少翁詭。安得天上蓬萊宫，却看人間馬嵬鬼。

别離詞

郎從江上買行舟，妾對江楓生晚愁。雁雲不斷楚天碧，望郎怕上水邊樓。渡江桃葉郎莫歌，巴西竹枝愁更多。黄塵百丈水花黑，把酒勸郎無渡河。

荷葉

愛蓮盡愛花，而我獨愛葉。水仙翦圓碧，萬柄相倚疊。風掀翠釜舉，露浥鮫珠濕。不必滿川紅，香氣自薰浹。龜魚蔭涼影，露鷗憩别業。潔可寶龍城賈客之飯，清可製三閭修士之衣。大可載太乙真人之卧，高可蓋桐江神女之歸。醉仙捲作碧玉盞，歌姬攜來緑雲扇。有時聽雨隔窗眼，湖聲十里錢塘晚。

題葉氏分緑亭

山亭種花厭脂粉，純種芭蕉三百本。一心生意展不盡，四面蟠根培自穩。捲舒風日閃流翠，滉滉清陰浸窗户。煩君净拭湘竹牀，著我横眠聽秋雨。

棠渡初雪

雪風吹凍冰人鬚，老梅著花明矮籬。黄蘆蕭蕭白雁落，野樹歷歷青猿啼。旗亭有酒味苦短，地罏濕薪烟粗煖。五陵狎客不下樓，紅金火閣玻璃盌〔三〕。

木棉布歌

吴姬織綾雙鳳花，越女製綺五色霞。犀薰麝染脂粉氣，落落不到山人家。蜀山橦老鵠銜子，種我南園趁春雨。淺金花細亞黄葵，緑玉苞肥壓青李。吐成秋蠒不用繰，回看春箔真徒勞。烏鏐笴滑脱茸核，竹弓絃緊彈雲濤。挼挲玉筯光奪雪，紡絡冰絲細如髮。津津貧女得野蠒，軋軋寒機緯霜月。布成奴視白氎氈，價重唾取青銅錢。何須致我爐火上，便覺挾纊春風前。衣無美惡暖則一，木棉裘敵天孫織。飲散金山弄玉簫，風流未遂揚州客。

題陳摶題壁圖

長松梢梢老烟霧，瀑泉飛落千丈布。樹精摇手不敢呵，雅是仙人熟眠處。睡蛇未死驚起來，風吹野服冠崔嵬。雙髽窣窣磨老瓦，墨汁湑湑翻莓苔。一翁擁篲供掃壁，一翁聳膊觀落筆。欲寫未寫方昂頭，野趣含秋正蕭瑟。先生壯志神龍驤，欲跨八表提天綱。市衢呼酒沃俠客，豈肯老死蒼山傍。忽來驢上聽鳴鏑，中原王氣開皇極。心事西峰一首詩，真人自在陳橋驛。

昭君出塞圖

長門寫遍泥金帖，春風暗老如花靨。臂紗尚護紅守宫，妾命君恩盡如葉。一朝結束嫁邊陲，一馬前導五馬隨。老奚竝轡相笑語，雙袖自抱琵琶啼。邊風吹碎心如夢，雲長只有孤鴻送。早知氈帳是羊車，却把黄金博青塜。向來玉鎖摇銅環，咫尺不得窺天顔。祇今墮在萬里外，日光那到祁連山。女色自矜還自悮〔四〕，畫史欺君君莫怒。甘向他人作婦翁，而翁首禍羞千古。

題陳所翁爲葉半隱作全龍邀同賦

鴟夷飲江供曉汲，麈尾拂屏翻墨汁。密雲黯黯扶天來，黑風冥冥吹海立。濤奔浪駭恣神怪，驚起蒼龍九淵蟄。鬢髯怒插霜戟寒，鱗甲光摇春雨濕。身蟠遠勢欲萬里，吻渴滄溟歸一吸。僧繇汗背葉公走，祇合庸奴事供給。所翁湖海陳元龍，小傍皇華在原隰。酒酣作畫特餘事，大手能旋倚天笠。只恐通神風雨急，抉破天門夜飛入，明日山翁倚屏泣。

蒲席歌

君不見，象牀金縷黄龍鬚，翠幃茸毯紅氍毹。凝香燕寢環瓊姝，美物作惡常須臾。能令王孫泣路隅，富貴不到中山臞。霜空雁落寒陵膚，西溪女郎織春蒲。作席照眼涵清腴，髮僧方丈供横鋪。蒼烟翠霧不可摹，摩挲温厚便鵠軀。高眠齁齁忘朝晡，遠夢颯颯生江湖。楮衾竹榻蒲爲徒，覼美不足安有餘。更生九節壽老夫，百年與爾同卷舒。清風傲兀超几蘧。

與圖書工羅翁

木天荒寒風雨黑，夜氣無人驗東壁。天球大玉生土花，虞歌魯頌誰能刻。翁持鐵筆不得用，小試印材蒸栗色。我今白首正逃名，運與黄楊俱受厄。藏鋒少竢時或至，精藝終爲人愛惜。固不必附名黨錮碑，亦不必寄姓麻姑石〔五〕。江湖詩版待翁來，傳與雞林讀書客。

過石泉寺

蘚壁作怪畫，石泉操古琴。藤多山木老，僧瘦道根深。白鴿隨人飯，青猿抱佛吟。經過恨不數，帶雨度遥岑。

飯　客

菜翦堯時韭，羹羞晉代蓴。家寒多食淡，客好不嫌貧。一夜小窗雨，百年華髮人。明朝未須去，老别最傷神。

謝呂雲叔餉墨

蒼蒼烏玉笏，歲歲到山翁。君眼何曾白，吾顔自覺紅。一生磨不死，萬事寫成空。回首柯山路，淒凉不復東。

丁亥冬大雪十數作鄧清曠以苦寒吟見寄

十雪勢未已，一冬天積陰。背風留更久，入夜落偏深。禾稼連冰柱，天花幻玉林。遥憐五峰老，尚寄

《苦寒吟》。

正覺僧榻

贊公分半榻，卧近竹西樓。四壁寒蛩夜，一山黄葉秋。夢隨三鼓動，月尚半窗留。零亂芭蕉影，禪衣爛不收。

盡日

盡日坐谷口，看雲生嶺頭。蟬聲偏占晚，菊色欲專秋。江碧水心淡，葉紅溪樹愁。乾坤萬萬古，流轉一虚舟。

次韻秋心

短髪白已盡，寒花黄到今。秋清山見骨，年老樹留心。獨鶴《離騷》怨，虚窗《大雅》音。冥鴻不知處，引睇暮雲深。

秋陰

老蟬吟漸懶，愁蚓思無窮。數點菊花雨，一溪茅屋風。苔衣秋井緑，楓纈曉山紅。急索鶉裘補，寒先及老翁。

番城晚眺

獨眺秋逾遠，孤城日漸曛。地平浮楚澤，天闊見吴雲。風静漁歌合，波揺雁影分。未應陵谷變，不得問番君。

道中二首

共僧分晚供，呼渡立橋東。雁背西風緊，漁梁落照紅。雲添疎樹影，葉補敗船篷。舊日津亭酒，黄罏蔓草中。

覓宿村溪遠，逢人面目生。習移多佩犢，氣怒鬭呼鷹。天闊秋陰重，風高夜柝驚。遲明懷宿飽，股慄履春冰。

送客至靈谷

仙林路細出山腰，靈谷峰高入紫霄。立石借爲題字壁，倒松因作渡溪橋。雨花濕地人歸晚，煙草迷川馬去遥。記得玄都種桃處，黯然分袂各魂銷。

寄清曠鄧隱夫

去年菊裏辱經過，秋思蕭蕭又草坡。兵火東南關氣數，交游湖海隔風波。書緣避亂經年少，詩思憂時近日多。倘有鱗鴻幸相寄，青燈無柰憶君何。

遊古汴趙氏溪園

不起樓臺作熱官，小園回合抱溪灣。露溥花靨春紅濕，煙護松髯晚翠寒。已向掌中旋宇宙，正須胸次著雲山。可能再爲蒼生出，鶴怨猿啼攪夜闌。

次吴壽翁溪園韻寄題

營營誰肯卧滄洲，喜有高人此枕流。得水最多知地勝，種花無數欲春留。圖傳笠澤三分畫，夢繞黄淤十里秋。料得江楓吟未了，載詩應汗謫仙牛。

示子良異

霜雪林頭又緑稠，乾坤生意幾時休。人情葵扇炎涼態，世路瞿塘上下舟。鼈跛未輸蚿百足，茅封不敵橘千頭〔六〕。細看不似吾儒業，一片書田或有秋。

人名詩戲效王半山

此體權德輿已有，如「半紀信不留，齒髮良自媿」之類，皆勉强湊合，不渾成。惟半山詩云：「莫嫌柳渾青，終恨李太白」之句，過權遠甚。但「青」字亦外來，似未絶美耳。

重耳盈盈岸柳黄，九齡冉冉澗松蒼。梅開小白添新雪，雅引童烏弄夕陽。樵唱轉低春谷永，雁聲不斷暮雲長。奔泉渾作山濤響，濺入懸巖百藥香。偶來安石坐林塘，因得棲筠受晚凉。歸鳥銜烟方陸續，寒花經雨尚黄香。雲如仙客蹤無定，風作山賓語自長。師古不成書謾讀，樂天深結退居房。

滕王閣

木老江空雁陣秋，闌干倚盡思悠悠。舞衫歌扇落春夢，山雨浦雲牽暮愁。半壁夕陽千古在，幾朝王氣一時休。獻陵無樹供寒雀，信是勞生枉白頭。

穆陵大禮圖

丹青百丈鵝溪絹，縹軸南郊大禮圖。官隸威儀猶是漢，山河風景已非吴。秋陰汾水年年雁，月黑連昌夜夜狐。輦路莫驚荒草暗，鮫膏燈滅出金鳧。

苦雨喜晴早作散步

寂歷山房久杜門，清晨踏碎碧苔紋。池經宿雨添三尺，花怯春寒瘦一分。滿地月凉翻竹露，隔溪風細度松雲。近來生計隨緣足，半畝荒畦手自耘。

題洪厓仙壇

樹精不死卧松關，呵護仙翁舊禁壇。天闊難尋騎去鶴，井香疑有煉成丹。山如辟穀秋逾瘦，屋尚凌虚夏亦寒。行遍蒼崖無石髓，空和凉月倚闌干。

老　竹

蒼黄瘦硬立頹垣，疑是栽時第一根。早歲孤君惟二子，暮年千畝盡諸孫。雨鞭老迸蒼龍骨，霜節寒封古蘚痕。消得培滋號尊者，把詩題作野人軒。

枕　上

畫蘭重補紙牀屏，支石横眠道氣清。杜宇不啼春一半，落花如夢雨三更。老心暗覓餘年健，萬感偏從静夜生。最憶寶連山下月，照人扶醉聽吹笙。

七夕對雨

門無轍迹草偏青，屋帶秋山意轉清。打夢易驚棋雹響，載愁不去酒船輕。幸無簾幕妨雲影，尚欠芭蕉贈雨聲。欲送星鸞過橋去，夜深河漢未分明。

看鏡

自磨寒鏡看頭顱，短髮蕭蕭不受梳。天地風霜吾輩老，江湖烟雨故人疎。道窮分命真如紙，世亂功名不要書。縱有黄金難鑄錯，一編殘易伴犁鉏。

竹杖

一枝九節稱身長，扶得衰翁氣力强。色點湘妃紅淚雨，骨凝王屋紫藤霜。結交最與芒鞋密，寄友應含華撥香〔七〕。獨有探梅時節苦，相隨江路雪茫茫。

詠眠窩

獨榻孤扉木几雙，小窩可受北風降。帶霜楓葉寒烘火，隨月梅梢瘦入窗。夢熟不知衾似鐵，睡醒何用酒盈缸。近山最有松聲好，卧聽空潮上浙江。

郡樓九日

虹影初消雨脚收，憑高聊復散牢愁。煙横三市蜂房屋，塵掩重門燕子樓。黄菊自隨陶令節，白雲那管漢時秋。雁飛不盡乾坤大，安得相從汗漫游。

謝屏山吳顯父惠歙硯

蒼玉光寒篆紫烟，重重封裹到梅邊。得君一片歙溪石，即我終身綿上田。少達必穿維翰鐵，儘窮共守子雲篇。老坡莫遣窮居後，遠在茶坑鳳咮前。

落梅

翠羽嘈嘈唤夢回，羅浮峰下小徘徊。霜風昨夜捲晴雪，山路今朝無碧苔。尚有瘦香供玉笛，不將餘片點粧臺。少須鼎實明人眼，却帶江南烟雨來。

郡中逢桐廬方冰鑑相士

七里灘頭曾識面，五峰城裏又逢君。人間一瞬白駒日，世事幾番蒼狗雲。奇骨誰當侯萬里，匹夫那可帥三軍。試憑冰鑑從頭問，細雨青燈過夜分。

晚霽

天空虹滅影，風定水無紋。半樹挂殘日，千巖呑濕雲。

聞雁

枯樹淡秋影，濕雲凛夕陰。江天一聲雁，世事百年心。

淵明采菊圖

餐英人去已千年，留與先生泛酒船。昔日避讒今避世，黄花獨識兩翁賢。
不緣斗米挂朝衣，自是知幾勇賦歸。莫把秋英等閒看，商山芝草首陽薇。

春溪二首

嫩溪晴穩麥風斜，橋影欹傾水見沙。十里荒坡自春色，一雙鸂鶒啑楊花。
雨香雲嫩散春暉，細草初肥緑滿溪。無數落花鶯背上，避人帶入柳陰啼。

題龜峰僧閣

蘆竹叢高蔭石闌，菩提香遠出林端。雁聲忽斷梧桐雨，草閣秋聲倚暮寒。

宣和御筆二扇面

紈扇輕盈寶月輪，鶯花點染玉園春。憑誰爲障西風起，萬里塵氛竟污人。
黄蘆白雁小汀洲，奎藻香羅一片秋。勝似紇干山下雀，凍飛不去使人愁。

武陽渡〔八〕

空濛水氣濕溪烟，閃爍沙星照客船。一片西風吹酒醒，秋容多在雁雲邊。

山宇

一方湘竹卧春陰，數卷唐詩醒老心。俗客不來山宇静，新鶯啼入杏花深。

蓮花市

春風十里蓮花市，紅燭三更桃葉歌。堠館羇人眠不熟，梧桐窗下雨聲多。

避夢

困熟依然夢不閑，起蒙絮帽待更闌。矮梅窗下清如水，淡月籠霜雁影寒。

與林止菴葉半隱分賦郡中古迹得魯公祠右軍墨池

遺像猶能立懦夫，懸知生氣懾狂徒。三郎阿堵知何用，只識營州一叛奴。
昏昏冰氣吐玄雲，自是先生筆有神。不洗從來姿媚態，可憐北面衛夫人。

木芙蓉

露冷紅酥不帶愁，湘蘭楚菊共清修。靈均死去無人問，閒却滄江一片秋。

漫興三首

支離矮屋護松陰，半刻清閒直萬金。蟋蟀叫回秋夢薄，一方凉月道人心。
荒畦整整復斜斜，不種春風兒女花。却笑過墻蝴蝶亂，懶隨野老問桑麻。
凍耳蕭蕭天欲霜，冬深門巷意蒼凉。一筇徑爲梅花出，獨立斜陽影正長。

富陽出陸[九]

露溥芳草緑茸茸，淡靄輕烟古畫中。行盡葡萄三十里，海山青處日初紅。

〔一〕「江浙」，原誤作「浙江」，今據《四庫全書總目提要》改。
〔二〕「歌」，原誤作「鼓」，今據四庫本《剩語》改。
〔三〕「盌」，原誤作「怨」，今據四庫本改。
〔四〕「悮」，原誤作「娛」，今據四庫本改。
〔五〕「姓」，原誤作「信」，今據四庫本改。
〔六〕「不」，原誤作「未」，今據四庫本改。
〔七〕「華」，原誤作「畢」，今據四庫本改。
〔八〕「陽」，原誤作「陵」，今據四庫本改。
〔九〕「陸」，原誤作「陽」，今據四庫本改。

陳宣慰祐

祐一名天祐，字慶甫，趙州寧晋人。少好學，家貧，母張氏嘗翦髮易書，使讀之。長遂博通經史，能詩文。歲癸丑，穆王府署爲其府尚書。王既分土於陝洛，表爲河南府總管。元世祖即位，分陝洛爲河南西路。中統元年，真除爲總管。至元二年，改南京路。治中三年，授衛輝路總管。六年，置提刑按察司，首以爲山東東西道提刑按察使，還朝，進尚書參知政事。忤尚書平章政事阿合馬，除僉中興等路行尚書省事。十二年，授南京總管兼開封府尹。十四年，遷浙東道宣慰使，檢覆慶元、台州民田。還至新昌，值玉山鄉盗，倉猝不及爲備，遂遇害，年五十六。詔贈推忠秉義全節功臣、江浙等處行中書省左丞，追封河南郡公，謚忠定。所著有《節齋集》。

送楊治中例免北歸

不及瓜時謝政還，離筵草草送歸鞍。將身許國心元壯，立事無功興易闌。萬疊雲山孤劍晚，一鞭風雪短亭寒。馬頭依舊長安道，未是人間行路難。

落花寄石子章韻

蘭麝香消委廢宫，紛紛漠漠夕陽中。長門夢斷金閨月，南國歌殘玉樹風。流水池塘春色去，緑陰庭院綵雲空。西園半醉休回首，烟草凄凄雨正紅。

出招遠

西出山城入暮雲，簿書才罷又風塵。草迷石逕蛩聲切，雨過沙岡鹿跡新。未息世機還舊隱，剛隨時事役閑身。浮生休問誰辛苦，看取邯鄲陌上人。

衛源懷歸

功名場上日奔忙，北去南來十五霜。海嶽厚恩慚未報，蓴鱸佳興偶難忘。一身自覺妨賢路，萬事宜收入醉鄉。塵土滿纓思一濯，蘇門山下有滄浪。

老農二首

北畽南莊幾老翁，力田還與子孫同。倉箱歲計西成後，水土君恩北望中。磁甕瓦盆轟夜飲，村簫社鼓賀年豐。醉歸不記匡牀卧，月上頹垣草屋東。

飄瀟雙鬢似飛蓬，朴野中存太古風。雨宿雲耕爲出處，麥秋蠶月見窮通。雍熙自入唐虞化，隱釣能談禹稷功。馬首不知緣底事，洗杯來壽使君公。

和林道中

沙葱近水根猶活，野韭經霜葉已乾。烟雨漫漫沙漠漠，不知何處是長安。

長山書事

孫弘多詐涴齊人，玉石由來各自分。汲黯有靈吾可問，此山曾見范希文。

琴臺書事三首

四郊麰麥接雲平，緑野人家曉又耕。怪得公堂人訟簡，閭閻原有讀書聲。

前楊後馬字民心，只與先賢間古今。巫宓英靈如有在，九原應喜得知音。

鳴琴閑暇戴星忙，秋菊春蘭各自芳。珍重邑人懷舊德，慇懃爲築二公堂。

墻東先生陸文圭

文圭字子方，江陰人。讀書五行俱下。宋咸淳初，年十八，以《春秋》中鄉選。宋亡，隱居城東。延祐設科，有司强之就試，兩中鄉舉。朝廷數遣使持幣聘之，以老疾不果行。卒年八十五。學者稱之曰墻東先生。有《墻東類槀》二十卷。子方爲文，融會經傳，縱横變化有奇思。邑中金石之文多出其手，東南學者皆宗師之。博通羣籍，而於地理考覈尤詳，凡天下郡縣沿革、人物土産，悉如指掌。先屬纊一日，語門人曰：「以數考之，吾州二十年後，必有兵變，慘於五代、建炎。我當死，葬我不食之地，勿令封樹，庶他日不暴吾骨。」其後江陰之亂，塚墓盡掘，獨保無恙云。

燒筍賦 竹字韻。

先生朝盤厭苜蓿〔一〕，筍味得全差勝肉。蒼頭掃地犀角出，赤餤燒空龍尾秃。土膏漸渴外欲枯，火灰微温中已熟。撥灰可惜衣殘錦，解籜猶憐膚擢玉。青青無分長兒孫，草草爲人供口腹。李家丞相蒸葫蘆，石家美人煮豆粥。去毛留項有何好，擣韮作虀空自速。不如野人工食淡，自辦行厨入修竹。句裏曾參玉版師，胸中會著篔簹谷。主人不問不須嗔，昨夜西風響林屋。

虎邱留題劍池

霸業荒邱春草長，只聽兒女説真孃。虎來墓上猶應怪，鹿入宫中儘可傷。太息乾坤空浩蕩，不留豪傑管興亡。屬鏤抱恨沈江底，潭碧猶生古劍光。

丹　樓

凡樓獨倚對青山，歷歷西風十二鬟。晚氣凈連江樹碧〔二〕，秋雲低護石苔斑。仙人長嘯聞天外，道士空謡帶雨閒。安得置身蕭爽地，捲簾時待鶴飛還。

姑蘇臺懷古和鮮于伯機韻

會稽俯伏遣行人，吴國池臺日日新。幙下盟歸金甲散，宫中舞罷翠眉顰。悠悠今古三江水，寂寂英雄一窖塵。笑問鴟夷身退後，漁商何苦效齊民。

題明妃圖五首

當時隨例與黄金，不遣君王有悔心。近使來傳延壽死，回思終是漢恩深。

妍醜何須問畫工，美人終日侍宫中。奉春此計真堪恨，欲望單于敬外翁。

青冢千年恨不埋，琵琶馬上幾時回。宇文高氏争雄日，突厥柔然獻女來。

已恨丹青誤妾身，何須更與妾傳神。那知塞北風霜貌，不比昭陽殿裏人。

嚙雪中郎妾不如，脱身無計漫相於。勸君莫射南飛鴈，欲寄思鄉萬里書。

〔一〕「盤」，未定稿本作「餐」。

〔二〕「晚」，未定稿本作「曉」。

葉知州衡

衡字仲興，德興人。領延祐鄉薦，仕至婺州知州。善詩文。嘗從姚文公燧遊。與黄文獻公溍、歐陽文公玄、宋正獻公本爲文字交。自號芝陽山人，有集行世。

山中晏起

朝日上高松，山人卧未起。柴門自反關，黄葉滿山地。念昔束冠帶，待漏夜忘寐。鄰雞始喔喔，顛倒著衣履。上馬常恐遲，余髮不暇理。嚴霜曉漫漫，容鬢日彫悴。從朝忽達莫，役役不知止。幸兹遂閒退，庶以恬四體。晨興無餘事，灌圃引流水。所願蔬菜長，聊足樂暮齒。長歌頌聖明，林下望天陛。

弋陽與高本齋話舊二首 并序。

因憶在清漳時，與令孫御史相聚之樂，此會何時可繼。本齋與余有丹邱之約，因賦。

有懷愁若積，相見抱還開。但覺會爲樂，那知别又催〔一〕。葛陂溪上石，芝谷徑中苔。歲晚煙霞約，相期拄杖來。

忽憶清漳聚，追隨極勝遊。仙巖春晚宿，官酒夜深留。昨事驚如夢，浮生信若漚。故人在天上，還念兩生不。

都門立春

歌徹青陽淑氣回，鳳城春色柳邊來。萬年枝上東風動，五色雲中麗日開。内侍惟分銀葉勝，近臣應進玉霞杯。上林已報花先發，不待伶官羯鼓催。

崑山呂正之三男子連中神童科蓋奇事也次嚴别駕韻

三秀標姿穎不凡，姓名聯列紫薇間。已知鳳穴梧棲穩，誰謂鵬程雲路艱。孔釋當年親抱送，由莊逸駕定追攀。發揮更有文章伯，高壓淮南大小山。

題閨情搗衣曲

秋砧聲斷月凄凄，水翦霜縑淚暗揮。今日承平無寄遠，海棠花下自裁衣。

題溫日觀葡萄圖

昔年添竹延秋蔓，露葉離披馬乳寒。今日天涯忽開卷，還如架底夜凉看〔三〕。一片秋雲江上影，老禪收拾入葡萄。小窗剩有詩爲伴，不博凉州意自高。

上京雜詠十首

龍蹕當頭雉尾開，上京天樂半空來。瑶池宴罷回鑾晚，千炬金蓮玉女擡。
水精宫殿柳深迷，朝罷千官散馬蹄。只有詞臣留近侍，經筵長到日輪西。
雲擁蒼千嶺勢雄，微茫俯見九州同。皇家萬載千秋策，看取天垂日照中。
王孫打圍秋草黄，羽箭琱弓金鏃妝。獵罷兩狼懸臂去，馬蹄風卷地椒香。
居庸石口鑿何年，源裏人家水碓邊。見説山村似南土，青林深處有炊煙。
塞漠穹廬散萬營，平沙細草際天青。柳林老校渾無事，閑倚斜陽理箭翎。
玉階天近露華流，夜久凉風入鳳樓。曾把翠雲裘進否，上京六月冷於秋。
夜宿榆林月滿天，青帘紅燭唤觥船。相逢莫問兒家姓，醉裏空留白玉鞭。
細沙新築御家坡，恰有清塵小雨過。扶杖老翁先喜舞，翠華聞已度灤河。
居庸關北度鳴鑾，萬騎霓旌擁曉寒。海角小臣今白髮，漢儀又得駕回看。

〔一〕「又」，未定稿本作「久」。
〔二〕「凉」，未定稿本作「深」。

龍提舉仁夫

仁夫字觀復，永新人。與同郡劉詵、劉岳申皆以文學名，而仁夫之文尤奇逸流麗。或薦以爲江浙儒學副提舉〔一〕，不就，後爲甘肅儒學提舉。年八十餘卒。所著有《周易集傳》八十卷。學者稱麟洲先生。仁夫晚年，寓居黄岡，嘗題鏡心樓，有句云：「水光天上下，樓影日東西。」一時傳誦。

三峽橋和東坡韻

筍輿寫青崖〔二〕，駛若風船溜。掀髯三峽嶺，笑附萬蟻鬬。雙龍忽何之，蕭蕭帝左右。我來得清寒，冰雪才滿竇。重巖閟太陰，倒掛愁猿狖〔三〕。下有碧琉璃〔四〕，泠抱饑虬瘦。琅琅入僧箭，縹緲雲烟奏。瀏然洗塵心，永射黄門彀。重遊二十年，俯仰一昏晝。摩挲病齒牙，自愛玄水漱。

懷舊次韻

匹練潮頭寂寞飛，五雲臺榭暖殘霏。坐看殷麥漸漸秀，忽唱吴歌緩緩歸。仙井龍驚荒罅冷，孤山鶴怨舊巢非。畫橈兒女貞元曲，空繞年年細柳磯。

萬杉寺

修蛇一逕繞深松，飛閣華鯨杳靄中。祖衲廢場蒼蘚亂，昭陵遺汗彩雲空。人間今古荒崖瀑，老子悲歡破帽風。共喜隔峰青峽近，更攜瘦竹度長虹。

陳平章席上題琵琶亭

老大蛾眉一作「嫦娥」。負所天，却一作「忍」。將遺一作「離」。恨寄哀絃。夜深一作「江心」。正好看明一作「秋」。月，却抱琵琶過別船。按《永新志》：麟洲晚年僑居黄岡，嘗與呂文煥及呂氏諸子弟宴琵琶亭賦詩〔五〕，有「江心正好看明月，却抱琵琶過別船」之句。坐客皆掩泣罷酒，其忠義之能，激人如是。

赤　壁

踣吕摧袁虎視耽，阿瞞氣勢捲江南。磯頭一霎東風轉，天下江山自此三。

春日即興四首

一夜東風到海棠，千桃萬杏不成妝。老夫無分穿紅海，自拂銅瓶浸錦香。

二月桃花煖欲然，墻南美錦正芊綿。底須更覓逃秦叟，遶屋春紅即洞仙。

病來桑扈老婆娑，瘦策東風興未闌。野菜黄雲山薺雪，風光何處不堪看。
枯籐處處領春華，遮莫東風顫帽紗。點破蕪菁黄世界，一枝香雪小梨花。

席上作

菡萏池邊風滿衣，木樨亭下雨霏霏。老夫記得坡仙語，病體難禁玉帶圍。按《輟耕録》云：龍麟洲先生過福建，憲府設宴，命官妓小玉帶佐觴〔六〕。酒半，憲使舉杯請曰：「今日之歡，皆玉帶爲也，願先生酬之以詩，先生其毋辭。」時先生負海内重名，雅畏清議，又不能違憲使之請，遂書一絶句云云。于是舉席稱歎，盡歡而散。

醉石

净社歸來倒石牀，醒餘肝膽濕松香。行人只賞陶公醉，誰識悲凉述酒章。

〔一〕「或薦以」，未定稿本作「用薦者」。
〔二〕「筍」，原誤作「荀」，今據未定稿本改。
〔三〕「倒」，原誤作「到」，今據未定稿本改。
〔四〕「碧」，未定稿本作「吠」。

〔五〕「吕」，原誤作「李」，按《隱居通義》載此事，即作「吕文焕」，今據改。

〔六〕「小」，原脱，未定稿本誤作「玉」，今據《輟耕録》改。

屏巖先生張觀光

觀光字直夫，東陽人，其始末未詳。集中有《贈談命姚月壺》詩：「試把五行推測看，廣文官冷幾時春。」其殆曾爲學官者歟？所著有《屏巖小稿》一卷。

夜後謝友人顧問

索居坐孤陋，却埽甘隱淪。荒徑無轍迹，蓬藋方蓁蓁。風雨撼四壁，一榻寄屈伸。誰念相如病，豈堪原憲貧。友人隔河梁，懷思賦停雲。柴車忽過我，問勞何殷勤。促膝話契闊，道合情更親。語言邁流俗，意氣含至真。興懷談不盡〔一〕，浣我胸中塵。盤蔬與束脯，草草爲爾陳。瓦盆煮新酒，味有太古春。非徒洗磊塊，亦足消鬱堙。北窗坐終日，薄暝生秋旻。斜陽戀客影，把袂不忍分。此去歲月邁，何時復相親。我輩重道義，勢利何足云。榮華易消歇，德齒久彌新。願言保名節，努力配古人。

偶書

百歲集孤夜，山樓起呼月。秋蟲聲轉悲，感此衆芳歇。人身非金石，青鬢忽已雪。逾淮橘心秋，出山泉水汩。猗蘭抱香死，不受蓁莽没。

感懷

入山採芝薇，豺虎據我邱。入海尋蓬萊，鯨鯢掀我舟。山海俱有礙，瞻望凝遠愁。乾坤如許大，此身常浮漚。依託豈無地，皇皇將安求。何當跨鳳鵬，相從安期遊。

侍郎亭

東鄰花圃栽雙松，一朝煨燼枝葉空。侍郎亭前有雙松，至今古色摩蒼穹。此木受命本千載，扶持若有神始終。天留真質表文獻，柯葉蕃茂根本豐。百年培植飽雨露，虬枝風撼鳴笙鏞。掀髯相視雪貿貿，擁蓋對立雲童童。不知天地有黄落，玄冥失柄春無功。雲孫峨冠立亭下，典刑如侍乾淳翁。昂藏自是廊廟具，夭矯亦有山林風。稜稜鐵面不可犯，麾去秦爵如飛蓬。諸孫奉酒立松下，森森頭角皆虬龍。

九日偶書

水國雁已到，山籬菊未開。判吹頭上帽，莫放手中杯。暮雨滕王閣，西風項羽臺。人生能幾屐，惟恨付蒼苔。

禹廟送春

歌鼓滿湖濱，傾城出送春。波光明畫艇，山色醉遊人。書穴靈何在，梅梁迹已陳。我來聞弔古，回首一霑巾。

寄雲谷王府判

曾記還家日，重來約夏初。自從一别後，又是十年餘。原憲非關病，嵇康懶寄書。無從問消息，近況果何如。

書懷

平生湖海氣，老去歎飄蓬。知命難求富，安貧不送窮。江空思印月，天闊欲行風。俗眼從渠白，無人識此翁。

登寶林佛閣次韻

曳杖陟高閣，登臨思渺然。閒身空歲月，老眼幾山川。落照明秋浦，飛流濕暮烟。倚闌悵今昔，餘恨付吟篇。

夜坐讀書

寂寞寒窗下，觀書勝苦吟。青燈風雪夜，黄卷聖賢心。吾老關興廢，斯文幾古今。鳳兮胡不至，三歎淚霑襟。

題義上人清虚閣

偶來成一宿，便覺與禪通。看塔月影盡，捲簾秋色空。因知釋氏學，亦有晋人風。吟到忘言處，悠然此意同。

秋夕和李講師韻

誰彈招隱操，雲外伴清幽。午夜山林月，一花天地秋。經窗凉影淡，禪榻古香浮。不作蟾宫夢，凄然憶舊遊。

偶　書

豪氣消磨盡，攜書客海濱。文章難遇主，天地不憐貧。家累依劉表，妻兒笑買臣。彼蒼還可問，吾道幾時春。

西嶼即事

松陰迷草徑，緩步曳吟筇。秋鶴有仙意，寒花無冶容。漁洲烟浦笛，僧寺夕陽鐘。回首來時路，白雲深幾重。

春日和韻

新晴天氣好，老去倦尋芳。桃李自春色，園林又夕陽。捲簾通燕入，掃徑惜花香。寒食清明近，松楸憶故鄉。

秋夜獨坐

《黄庭》重讀罷，掩卷對寒檠。髮爲憂時白，心因學道清。一窗秋月色，四壁夜蛩聲。坐倦閒欹枕，詩成夢不成。

聽　雪

撲簌敲窗紙，寒齋剡水濱。六花初落夜，孤枕未眠人。耳静聲逾細，心清趣自真。愛梅情更苦，恐壓一枝春。

夜坐

世事等輕雲，籧廬寄此身。青燈少年夢，白髮異鄉人。按劍驚山鬼，吞舟養谷神。《黄庭》重讀罷，吾得葆吾真。

石門

羸馬東山路，駸駸抵石門。落花春夜雨，流水暮烟村。久客悲行役，清愁攪夢魂。勞生多感慨，餘恨付乾坤。

王琴所話别

羈懷不可述，賴有古琴知。客舍相逢日，江楓正落時。夕陽村店酒，秋色野橋詩。别去吴江上，悠悠動遠思。

除夜即事

除夕無詩侣，燈窗酒獨斟。三更風雪夜，一片歲寒心。衰老常憂病，清閒不廢吟。明朝年八十，晚景惜榆陰。

和鄭梅深 有《錢塘十詠》。

江湖新識面，恰似舊相知。腹貯三餘學，才工十詠詩。聲名蘇太史，家世鄭當時。客路攜琴去，終須遇子期。

遊東菴

菴連兜率寺，三逕竹邊開。林密暑不到，窗虛月自來。暮山啼鳥静，雲樹嘯猿哀。拂拭殘碑字，年深半緑苔。

題李藍溪梅花吟卷

孤芳不與衆芳同，肯媚東君事冶容。寒苦一生蘇武雪，清高千古伯夷風。瓊瑶照樹偏宜晚，鐵石盤根却耐冬。幾度看花立霜曉，斷腸都在角聲中。

春游次王脩竹監簿韻

天色新晴帶薄寒，主人領客出城關。蘭亭觴詠尋羲帖，窆石衣冠弔禹山。春水斷橋芳草碧，曉風啼鳥落花閒。囊中詩句壺中酒，何必仙人大小還。

送張伯威提舉

人生聚散等浮漚，憶昔過從與勝遊。棋局敲殘清夜月，菊花吟老半窗秋。客中送客難爲別，山外看山總是愁。回首片帆江路遠，踈烟斜雨到西州。

九日懷客

烏帽斜欹白髮侵，老來空憶舊登臨。一枝黄菊西風淚，數點蒼苔故國心。梧顫秋聲庭露冷，雁傳寒信塞雲深。不須貰酒酬佳節，只把陶詩細細吟。

寓蒲東書懷

子規聲裏已非春，消遣光陰只苦吟。肘後無方醫白髮，牀頭有《易》勝黄金。年來不作功名夢，老去全灰富貴心。獨抱焦桐遊海角，紛紛俗耳少知音。

次月山少監客京韻

匹馬攙春入帝京，秋深猶未問歸程。一書不及因風寄，千里空教共月明。霄漢已隨黄鵠舉，家山應負白鷗盟。便須了却封侯事，衣錦歸來客亦榮。

聞角

譙角咿嗚到枕邊，邊情似向曲中傳。梅花三弄月將晚，榆塞一聲霜滿天。織錦佳人應有恨，枕戈老將想無眠。争如二月春風市，賣酒樓頭聽管絃。

偶書呈王脩竹

琴心不復寄松蘿，賀監湖邊水自波。晚節黄花秋思淡，夕陽紅樹客愁多。何時歸鶴招丁令，有意逃漁侶志和。不管白頭烏帽落，西風一曲付狂歌。

和俞教授見寄韻

天邊日月似梭飛，百歲光陰難預期。有酒不妨留野客，無錢何惜典春衣。江山猶記登臨處，身世都非少壯時。晚景清言宜學道，《黄庭》一卷究玄微。

寄謝蔡松江路教

一别丰標又一旬，尺書多荷寄殷勤。交游滿眼誰知己，契闊關心獨憶君。蕙帳夢寒同夜月，松江人遠隔秋雲。明朝便買扁舟去，來訪貞陽舊廣文。

茅亦山相過

故人過我竹邊居，談笑從容樂有餘。洗盞共嘗春甕酒，挑燈對讀夜窗書。歸來尚憶淵明菊，高卧誰知諸葛廬。醉後達觀今古事，寥寥千載只須臾。

遊虎邱山寺

浮生偷得半時閒，古寺尋僧借景看。樓閣倚雲山氣濕，轆轤捲水澗聲寒。地埋吴劍痕猶在，碑刻唐詩字未漫。寄榻禪房不知曉，起來松日已三竿。

賈秋壑圃

不學蒼龍卧浙東，驚風吟珮墮青璁。既無長策安江左，空有名園似洛中。危棧連雲晴亦雨，飛樓近海夜生風。人間富貴皆塵土，回首吴山落照紅。

聞鶴

寒蟾初上海雲收，何處仙禽過庾樓。清夜照人千里月，碧霄警露一天秋。玉笙縹緲緱山去，羽袂蹁躚赤壁游。回首女墻舊時事，千年華表動新愁。

和毛宣慰蓬萊閣韻

傑閣翬飛翠靄間，蓬萊元不在人寰。綠圍城郭千村水，青遍簾櫳四面山。華表鶴歸遼海遠，高臺鳳去夕陽間。我來倚遍闌干月，雲鎖重門夜不關。

送張按察移節江陵

滿載琴書事宦遊，皇皇使節重咨諏。蒲帆風飽三千里，繡斧霜寒十六州。荊渚行觀新德政，越人共憶舊風流。市橋衰柳難攀折，只拗梅花送去舟。

贈鄭樸國正見寄

雲深紅日出林遲，晞髮簷前力未衰。老愛歸田追靖節，狂思入海訪安期。春風巷陌楊花後，故國江山杜宇時。一種閒愁無著處，倚窗重讀寄來詩。

白雁

征鴻素縞過南樓，衣褐同羣孰與儔。雲外排行分玉李，天邊印字帶銀鉤。高飛遠塞疑雲鶴，低落平沙類雪鷗。夜月蘆花無認處，惟聞嘹唳數聲秋。

梅魂

夢覺羅浮迹已陳，至今想像事如新。相思一夜窗前月，似見三生石上春。的的孤芳冰氣魄，疎疎冷蕊雪精神。料應楚些難招至，欲倩花光爲寫真。

即事

花露研硃朝點易，藥爐分火晝焚香。道人不管世間事，自覺閒中日月長。

黄菊

壓叢秋色萬黄英，多少金風染得成。籬下年來無靖節，寒香不似晉時清。

寄秋山和尚

幾夜孤吟憶貫休，疎鐘敲月動詩愁。何人來入匡廬社，分我山中一半秋。

昭瑞宮月夜

飛仙挾我上瑶壇，古桂香中夜倚闌。鐵笛一聲吹月落，滿身風露不知寒。

蓬山堂訪王鶴隱高士不值

蓬萊深處訪仙家，雲護巖扉石徑斜。笙鶴未歸春寂寂，青鸞啄碎碧桃花。

通玄觀

雲氣深深護石壇，紅塵飛不到闌干。清陰滿地無人跡，一徑松風鶴夢寒。

春　夜

銀燭燒殘聽漏聲，春寒詩思覺凄清。一庭夜色無人管，分付梨花伴月明。

贈談命姚月壺

胸中消息千年曆，舌底窮通一世人。試把五行推測看，廣文官冷幾時春。

春　夢

銅匜艾納翠氤氳，六六屏山酒半醺。夢入中州看秦畫，春風吹亂玉梨雲。

客路

春風客路草淒淒，小駐征鞍日又西。回首山前雲樹暗，竹雞聲裏鷓鴣啼。

仙姑對奕圖

碧玉花冠素錦裳，對拈棋子費思量。經年不下神仙著，想是蓬萊日月長。

山村

小小荆扉傍水開，竹橋分路入蒼苔。呼童掃去堦前葉，怕有詩人踏月來。

寄别方蘭室

醉下山樓客袂分，杖藜猶帶碧闌雲。歸來紙帳眠清夜，半夢梅花半夢君。

寄任子忠

老去懷人鬢已秋，江山猶帶别時愁。碧雲不隔相思夢，幾度吟魂到客舟。

〔一〕「興」，原誤作「盡」，今據四庫本《屏巖小稿》改。

王教諭奕

奕字敬伯，玉山人。官本州儒學教諭。所著有《玉斗山人集》三卷。

金餘元遺山來拜祖庭有紀行十首遂倚歌之先後殊時感慨一也

和元遺山其一　自南而北，故先鄒而後魯。孟廟在嶧山之下，去曲阜七十餘里。

魯橋卸淮舸，淮安登舟，魯橋出達。淖塗歷秦燕。翠嶧倚天末，髣髴東南隅。薄暮曲紀城，即春秋紀國城，在嶧山之下。三清敞仙居。平原積磥砢，靈河鳴泉珠。小徑斗折上，行與狐兔俱。循崖索斯篆，李斯碑在嶧山。恍惚東封書。叢巔集蓮瓣，峰頂名蓮花瓣。巖巖瞰青徐。正途盡茅塞，正爾宜羊車。秦二世登豐，乘羊車而上。蚌珍不蔽美，岧嶤到汾榆。南門肅孟廟，廟在鄒縣南門。冠袂先摳趨。氣大夙有配，邾少不必都。盥既覿慈靖，孟母廟在孟廟之東。擇師誰復如。鄒縣闕王廟即子思教孟子之舊基。

元遺山詩曰：「荒城卧魯甸，寒日澹平蕪。千年素王宫，突兀比城隅。我昔入小學，首讀仲尼居。百讀百不曉，但有唾成珠。少長授魯論，稍與義理俱。攝齊念升堂，壞壁想藏書。翩翩七十子，佩服見舒徐。慨然望闕里，日思膏吾車。五原東茈晉，因循迫桑榆。今日復何日，南冠預庭趨。隱隱金石聲，恍如夢清都。偉哉神明觀，欣幸當何如。」

和元遺山其二

高垣門十一，魯國有十一門。云是魯城基。浮浮化荆榛，孔廟存威儀。奎門出浩蕩，金時，創奎文閣，其高入雲。杏壇歷迤逶。杏壇栽杏花，在夫子廟前。古今帝王所，形仆影即隨。人間此天闕，可望不可躋。詩書壽老壁，孫子綿遺規。杲杲不可尚，百世當前知。

遺山詩曰：「殿屋劫火餘，瓦礫埋荒基。入門拜壇下，儼然想光儀。憶當講授初，佩服何逶迤。登降幾何人，鸞鳳相追隨。千年仰階級，天險不可躋。文杏誰此栽，世世相清規。植根得此託，在木將何如。」

和元遺山其三

聖人與天游，擇地豈必巧。衮延十里林，老翠鎮盤繞。斧斤不可尋，兵劫不能燎。翁仲儼冠帶，孔墓前石翁仲，其高丈二。麟虎峙强矯。亦墓前物。書生拜風木，起立九腸攪。築室今不多，馳蹕古應少。春秋泉壞幽，日月天地曉。洙橋一線流，洙水在夫子墓前。小橋小澗，僅三尺餘而已。滲注入萬沼。入陵見金椀，公相計不早。父乾兮母坤，白骨無壽夭。銜冤絶歸鶴，誰復訴華表。九原信可作，兩觀事未了。

遺山詩曰：「堂堂魯三橋，培植出天巧。規模欲十抱，奇秀供百繞。雖言甲戌亂，煨燼入炎燎。青烟干雲上，羣鶴空自矯。哀哀嶧陽人，腸肺痛如攪。魯郊木何限，名取惟一少。神明信扶持，厄運豈易曉。雩臺滿荒榛，逵宫餘曲沼。紛紛關成壞，何異晏與早。道存有污隆，物齊與壽夭。霜皮眼中見，鬱鬱自塵表。君看泰山石，萬古青未了。」

和元遺山其四

西偏顔樂園，屋角接聖境。顔園陋巷在夫子廟之西偏。想當坐忘時，聰明盡黜屏。上植松數株，下種麻千頃。今皆荒蕪。蛛網結秋絲，綿密藏廢井。東連勝果寺，元此誕莊穎。象教剥牀膚，厠事終不永。興亡有定在，雖帝不可請。緬想書雲時，莊公臺在孔子廟西，即冬至書雲之地。五色垂燦炳。三家浚深井，柏子井在廟西。録訖水亦冷。卓卓正憲祠，周公太廟，正憲之祠。烝嘗猶定省。金縢宗老心，復辟直要領。照影弔伯禽，伯禽井在魯城之中。抱渴空望綆。

遺山詩曰：「陋巷陋復陋，老屋皆人境。門前軒蓋多，閉户自幽屏。迎郊無百畝，負郭纔半頃。饘粥聊自供，取足惟一井。此井越千歲，清節傳箕穎。尚想瓢飲初，至味久益永。德鄰與周旋，聖域期造請。貧中有此樂，日暮獨何炳。泓然窺古甃，一勺試甘冷。土地果能神，轉盼得深省。塵埃竟何有，索髪忽垂領。共學講我容，從之抱脩綆。」

和元遺山其五

高門連曲沼，上有泮宫臺。芹藻莽不復，菰蒲弄風埃。靈光突其右，荒穢良可哀。兩阜瓜距地，驅車儼臨淮。雞蟲争得失，擾擾胡爲哉。何如袖春服，行歌與時偕。我來晞白髮，歸詠同此懷。柴桑志童冠，寤寐須偕來。酌逵洗逸盼，逵泉在沂水之東，清泠出於石罅。雅趣孰與諧。步雩習風腋，自覺聰明開。

遺山詩曰：「泮宫何所有，舞雩但荒臺。泮水涸已久，北風捲黄埃。顧瞻魯公宫，感極令人哀。獻馘亦盛事，規模到平淮。作計萬萬在，而今安在哉。獨愛鼓瑟翁，不與三千偕。宗周方訖録，聖師猶捲懷。但欲春服成，風乎詠歸來。我亦淡蕩人，涉世寡所諧。浴沂行有日，一笑心顏開。」

和元遺山其六

壯哉景陵宮，龜贔極神猛。洪惟大庭庫，制度合雄騁。聖世尚封崇，功擬天地竝。中天怪事發，靈長轉俄頃。我登望嶽臺，在黄帝陵後。一慨心自領。涿鹿策奇勳，自謂出天幸。大運旋丸棋，捧首歸舊鼎。富貴積金臺，礎礫拚營屏。倘無六籍在，詎不胥狒獷。下土位人上，柰何不深儆。

遺山詩曰：「大姦何所如，猰貐雄且猛。雖然弭耳伏，擇肉會一騁。卯也不敗露，名與聖賢竝。天刑竟莫逃，不待七日頃。曹瞞盜漢鼎，僅得保首領。與卯均小人，脱網乃差幸。少偷學不至，適足惡鍖鼎。不從市曹肆，必就遠方屏。兩觀餘坡陁，萬古示頑獷。神兵凜可怖，過此宜少儆。」

和元遺山其七

雞豚鄰栅翁，盼盼延允譜。仲尼土萬世，豈必志百畝。誰知弗父何，讓德報以魯。蟻穴幾王侯，林廟此其所。東周禮樂心，豈不在文武。大器信有神，予奪孰敢侮。郟鄏鼎鉉雄，弱臂竟莫舉。大厦庇生民，雲仍合分廡。詩禮世其傳，嘉種無莽鹵。庭趨揖鬚眉，返此末代古。

遺山詩曰：「不見講堂處，指仍存世譜。遺基洙泗間，荒惡竟十畝。聖師既已老，自衛歸在魯。正樂修六經，卒業此其所。當時季路室，完整逮建武。太僕忠且壯，持用方禦侮。如何盛唐日，一廢不再舉。中和天地位，寧復俟庭廡。所歎世道衰，師授日莽鹵。空餘千歲林，黯黑照終古。」

和元遺山其八

魯國，惟曾點父子無廟。此欠事也，故及之。

荒荒望魯甸，姬孔廟鄰鄰。允祚五十代，顔孟東西鄰。旁求侍坐翁，草莽迷城闉。豈應髮膚體，竟此成湮淪。鏗爾續道韻，垂此天倫親。犂鋤供子職，猶裕耕鑿民。可能百世祀，不廟三省身。亦必有壇壝，尚稽廓荆榛。五賢配西序，餘瀝波揚荀。肥馬視輕服，此景良清新。微言苟不及，往返亦易陳。安得沂水上，菊泉薦斯人。

遺山詩曰：「白塔表佛屋，萬瓦青鄰鄰。何幸勝果寺，西與姬公鄰。塔廟恣汝爲，豈合魯城闉。魯人或異教，吾道豈湮淪。許行學神農，耒耜手自親。當時子孟子，直以爲匪民。況彼桑門家，糞壤待其身。一朝斷生化，萬國隨荆榛。孟氏匪所斯，安得楊與荀。丹青贊神化，舊染爲一新。坐令鐘魚地，再睹籩豆陳。吾謀未及道，勿謂秦無人。」

和元遺山其九

耕民昧帝力，焉用典與謨。柰何降衷後，氣禀分賢愚。天錫孔孟氏，一整綽有餘。廓哉鄒魯地，良足容軒車。皇皇七十國，轍迹何區區。誰知百世下，流作章句儒。掌股弄神器，敝屣直棄如。遂令桐梓地，盡化荆棘塗。昏林畏饞啖，秉燭來趨隅。巫咸倘可問，爲我還其初。

遺山詩曰：「天地有至人，六籍賢聖謨。聖師極善誘，小智祇自愚。文章何物伎，不直咳唾餘。操戈競虚名，望塵拜高車。所得不毫髪，咎責滿八區。公論懸日星，豈直小人儒。喻彼失相者，悵不知所如。指南一授轡，聖門有修塗。陽光照薄暮，尚堪補東隅。悠哉發深省，灑掃今其初。」

和元遺山其十

人惟君與師，得在天地間。蜂蟻失所主，生息决不蕃。逐日渴未死，顧影悲余年。平生東魯心，皓首瞻聖賢。上下二千載，歷歷觀遺鐫。惜哉數墨子，想像成虚傳。十章紀大略，盡和遺山篇。忠腸攬葵漆，喉棘不忍言。持歸刻瑯石，何用勒燕然。

遺山詩曰：「林墓連魯城，方廣十里間。林間百草具，荆榛死不蕃。楷槐作横理，青青閲千年。懷人成一慨，何止召公賢。博陵石翁媪，名字無留鐫。兩獸墓前物，歲久乃虚傳。昨我游魯門，規作孔林篇。聖人與天大，聖道難爲言。所見不一記，來者何述焉。詩成私自愧，小子良斐然。」

和李太白泰山一首

泰山天地極，鄒魯聖賢闗。周匝二千里，卓然位其間。五汶合泗水，八荒無競山。扶輿清淑運，日夜何曾閒。尼山連嶧阜，豈徒翠浮鬟。軒轅與羲皥，孔孟垂曾顔。正氣盡此出，高哉其可攀。

和趙若倫舊題多景樓

大地山河合九州，秋風吹起故鄉愁。洛山冉冉機雲出，漢水瀟瀟巡遠羞。東望海連甘露寺，北來詩滿鎮江樓。金臺萬里天門杳，且問東津汶上舟。

題焦山客位

鎖斷長江鐵户門，風帆雲海幾朝昏。能依佛教綿遺址，大勝焦家裕後昆。鶴骨已仙羲帖在，焦山有王右軍《瘞鶴銘記》，故云。鰲身不動米碑存。又有米元章所書銘。住山傳得文殊印，遮莫前身是了元。

書趙忠靖公祠堂

老臣將略服先零，撑拓江淮五十年。不把壑舟移半夜，未應杞國墜中天。父奢既不慙諸葛，子括胡爲愧仲連。節義功名父兄在，摩挲豐碣重潸然。

登黄龍峰

黄龍峰頂接天高，下視塵寰走蝟毛。坤野未能休血戰，鼎湖誰復戀烏號。一杯彭蠡空浮淚，萬里長江漫激濤。安得駕虬鞭霹靂，漲翻溟渤湜雄豪。

題小蒜嶺

西風策策麥花涼，重把新詩自品量。禽不爲人音自好，路因無驛里偏長。百年白髮空前輩，兩載黄花笑異鄉。歸去玉琊牢閉户，莫教舊隱姓名香。

題泰山仁安殿壁

太極何年誕帝孫，中居岱嶽鎮乾坤。三千餘載昭明代，七十二君來至尊。魯甸齊邱雄地勢，秦松漢柏護天門。兵塵不動綿香火，萬里車書壽一元。

和遺山呈泰山倪布山真人 其年百二十二歲。

江右書生枉白頭，杖藜始得此山游。手摩紅日登三觀，袖拂黄埃看九州。及下誠明殿名也。親氣貌，方知歲月老春秋。更須梓就諸公什，焰焰聲名萬古留。

次韻上雪樓程侍御（二）

當年雪片大如席，獨立樓頭有此翁。集霰已知漫大地，行窗轉覺舞回風。洛陽公子衾誰共，姑射仙人夢不同。且倚玉欄看世界，郢歌一曲月明中。

呈招討李春野　太乙翁。

元田種玉不傳方，春去春來野自香。鴈入燕雲丹未返，笑援明月醉山陽。袖拂徂徠涉大峰，曾同太白舞西風。歸程鶴瘦揚州遠，著訪吾宗太乙翁。

謝疊山先生己丑九月被執北行閩士以詩送之倚歌以餞

皇天久矣眼垂青，盼盼先生此一行。遺表不隨諸葛死，《離騷》長伴屈原清。兩生無補秦興廢，一出誠關魯重輕。白骨青山如得所，何消兒女哭清明。

襄漢無人替一肩，遂令杞國墜青天。是誰鑄此一大錯，此事公知三十年。盡愛中都爲宰相，豈知上界有神仙。縱饒不返南飛翼，也合津橋化血鵑。

和疊山拜李白墓

唐朝組綬不能羈，驢背有人醉似泥。自欲駕虬憑化往，不因飛燕誤宮題。江涵采石吟天闊，月落青山塚木齊。雅廢倫亡知己少，青楓黑塞夢凄凄。

漢柏

膚剥心枯歲月深，孫枝已解作龍吟。烈風吹起孤高韻，猶作峰頭梁甫音。

〔一〕「次」，原誤作「送」，今據四庫本《玉斗山人集》改。

魏中丞初

初字太初，璠之從孫。璠無後〔一〕，以初爲子。初好讀書，尤長於《春秋》。爲文簡而有法，比冠，有聲。中統初，始立中書省，辟爲掾史兼書記。未幾辭歸，隱居教授。會詔左丞許衡、學士竇默等各陳經史，所載前代帝王嘉言善政，選進讀之士，有司以初應詔。世祖雅重璠，知初爲璠子，歎獎久之，授國史院編修官尋拜監察御史，出僉陝西四川按察司事，歷陝西河東按察副使，入爲治書侍御史。又以侍御史行御史臺事，於揚州擢江西按察使。尋徵拜侍御史行臺，移建康，出爲中丞。卒年六十一。著有《青崖集》五卷。子必復字□□，官至集賢侍講學士、中奉大夫致仕。

安慶郡庠後亭讌董僉事

鯨鯢起淮服，郡邑盡燒殘。玆城獨完好，使者一開顔。省風降文囿，弭節遵曲干。雙池夾行徑，累榭在雲間。天遠羣峰出，地迥滄江還。霞生射蛟室，雁没逢龍山。開罇華堂上，命酌頫危闌。主人送瑶爵，但云嘉會難。豈爲杯酒驩，樂此罷民安。魄淵無恒彩，清川有急瀾。明晨起驂服，相望阻重關。

楊庸齋移竹二首

子雲築新居，瀟灑過日月。一官笑鄭虔，忍爲塵埃没。歸來謝欲聲，山影動簷樾。看此渭川秋，萬古幽興發。

青青河畔柳，旋插旋成陰。夭夭溪上桃，蓓蕾開紅金。誰能愛吾竹，過眼從蕭森。凉風歲云莫，乃見高人心。

閒居雜詠

家貧人事稀，蕭索坐茅屋。雖無舟楫心，詩書敢私淑。高卧北窗下，清風響梧竹。

朱墨生涯拙，青銅勳業羞。三山鳳伏月，萬里鷹搏秋。時時拂塵卷，造物何悠悠。

人生百年内，憂虞何時歇。不如棄塵事，讀書古松樾。偉哉聖賢心，秋波湛明月。

傷彼蕙蘭花，不結君王池。秋露有肅殺，落日空山陂。良無呈瑞姿，虚名將奚爲。

為樸散提刑壽

精神滿腹眼如漆，落筆蛟虬大如尺。君侯累世公卿家，清議到君能事畢。憶昨臺中初見時，虎頭金節含春姿。陪從評議得梗概，磊磊落落青松枝。相期不得長相與，汧隴秋烟漢城雨〔二〕。今年駐馬鳳凰泉，定教有此清燈語。便當載酒三百壺，對君城南梅花株。爲君上壽爲君舞，醉倒不用春風扶。

趙樊川

四十塊坐未出門〔三〕，樊川佳處來傳聞。就中韋杜稱第一，贊皇趙公今主人。主人本是風雲客，斡旋造化工彌綸。西南雨漏不可塞，以手補之天爲新。慨然拂却長安塵〔四〕，移家要與黄溪鄰。霜葉烟花秋復春，十年人仰樊川君。鶴書一夕復徵辟，玉案圭峰澹空碧。巾車迢迢入燕國，前日所聞今始識。相逢重索城南詩，才薄空慚小陵筆。

題趙明叔未央瓦硯

淒淒古月土花碧，溜雨秋簷照螢濕。龍拏虎搏二千年，火烈風摧見枯質。鉛香蝕盡星蕭蕭，又逐幽人入潛室。繁華百閲無好心，浄涵秋波墨如漆。神工巧護有所持，主人鄭重董狐筆。

雜言送劉樂二公

君看冀北馬，逸足一展無九州。黄金絡頭亦不惡，要與八駿追真遊。君看萬里鵠，六翮摶清秋。安能只作梁上燕，銜泥附熱空啁啾。吾家劉兄誰與儔，濟物不減商川舟。吾家樂弟師前修，慷慨已識元龍樓。酒酣氣張吐奇焰，霹靂墮地騰蛟虯。世間俗事不著眼，況復筆墨鐫頑鎪。南風吹雲動高興，拏舟吸翠瀲江頭。江頭去天才三尺，傾肝露膽皆公侯。乃知君家富貴本易取，落落不必工雕鎪。我窮閉門秋水隈，買田無力耕無牛。墻根草色上階緑，雨中破屋枝撑幽。不獨人嗟我亦嗟，直以不愧消百憂。因君作别一大笑，始信寓説未易齊鵬鳩。

杭州大雪

至元二十有一年十二月七日，杭州大雪之明日，偕中丞楊子裕、治書侍御史張夢符，自湧金門登舟謁林和靖祠。過太乙宫，凴欄四望，吴山諸峰，瓊樓玉樹，上下一色，日光皎然，不敢正視。長時在烟雨空濛中，忽睹此晴霽，亦奇觀也。夢符走筆，賦長語數韻，初不揆度，牽强奉次。

寸腸不用多蟠結，千計百思徒屑屑。春風昨夜到梅花，况是西湖好晴雪。平時走馬入燕雲，不憶扁舟落江浙。人生南北亦偶然，造物何嘗管調燮。竹梢松滴玉零星，一樣林逋詩苦冽。神仙官府小洞天，琴鶴正爲我輩設。酒酣擊檝回中流，江山逸興悠然發。自憐青鬢已如絲，只有丹心猶似鐵。

題歸潛洞

巔崖鑿透苔花碧，遶磵風來竹香濕。龍頭蜕骨蟄不飛，老殼中枵含古質。横林六月秋生衣，垂簾冬夜春浮筆。主人夢覺邯鄲來，乍得幽深快胸臆。君不見玉關將軍冰雪肌，廟堂謨臣安危機。一發不中羣口譏，昨日把笏今扶犂。誰知趙侯鬢未衰，中流勇退世所推。却愁此志不終遂，再使騰踏今昌期。

送趙大中從李五祖奉祀嶽瀆

男兒兀坐近四十，骨弱心痿徒補緝。遶牀百匝呼少陵，安得秋風生羽翼。吾家趙弟本不凡，鬢禿髯張眼如漆。江海方期汗漫遊，一夕飛緘御香溼。天臺真人馬子徵，愛君能詩重君筆。太華峰頭日觀西，萬壑風烟入呼吸。歸來落紙中書堂，頓覺吾輩生輝光。青雲從此一萬丈，回首俗物都茫茫。

韓監察所藏畫馬

房星降精雲晦明，天機滅没麒麟行。逸羣絶足豈易得，側身佇目長風生。憶昔天王走八極，不惜千金買奇骨。浮雲追電迤邐至，千里瑶池才一蹴。漢家沙苑唐虎臣，隊色滿山雲景新。只今雄駿竟寂寞，轉益愁向駑駘羣。吁嗟冀北亦古國，安得天驥曾不聞。駑輳伏櫪計必有，王良伯樂誰其人。韓卿好古得此圖，索遍烏臺好詩客。侵晨打門驚夢覺，開卷金石聲嚖嚖。雨中破屋百不遂，才薄何以塞君責。此圖一日當飛去，看避青驄洛陽陌。

送劉祥卿之上都

筆硯相從日，于今四十年。關山長契闊，尊酒暫留連。汾水秋風裏，灤江霽雪邊。故人如見問，爲説已華顛。

送張夢符

磊落衣冠舊，詩書照眼青。禮闈今妙選，憲府昔才名。漢水三千夢，錢塘十里亭。殷勤一杯酒，江海望澄清。

挽呂丈子謙

憶昔京都日，青山拜上庠。只今江海外，白髮見諸郎。行業誰先後，功名竟渺茫。無從酬秋草，三復白雲章。

送楊子裕參政赴江西省

世契前朝舊，臺聯此日同。才謀知緩急，肝膽見清忠。江海風烟裏，瘡痍煦燠中。太平十二策，正要沃宸聰。

夢弟妹有感

弟妹飄零久，羹墻念慮間。相逢應有日，比老合投閒。夢逐雞聲斷，心隨馬影還。清明寒食近，烟雨萬重山。

順聖溫泉留題〔五〕并序。

戊申歲初，年十有七，從先大父玉峰靖肅公來拜祀先壠，曾浴於此。今初獨來，父祖俱棄世，犬馬亦已四十，嗟歲月之易得，懷先人而詠歎。邱山零落，堂搆多慚，因留數字，以紀歲月。

破塚風霜裏，諸孫骯髒邊。黽趺埋老蘚，翁仲卧荒烟。宗邑嗟誰起，文源愧我傳。一杯清酹底，聊與慰重泉。

為唐佐弟壽

兄弟惟君我，相看半白頭。邇來方聚首，今又問行舟。風雨山窗夜，雞豚石澗秋。此期須有日，燈火讀書樓。

次男必復韻

心頭何事最相關，一片飛雲萬疊山。去驛隔年才得信，分司六月不知還。身歸造化乘除裏，意在經營慘澹間。爲報金蘭何侍御，別來今已鬢毛斑。

次重雲儁公韻

山中月影共婆娑，發興題詩墨自磨。空負有言如鄭直，未能遽止似商訛。本來搏擊風稜少，此去歸休意思多。且喜居延凡兩月，與君時一到無何。

壽御史中丞

丞相勳名紀太常，君侯忠鯁復騰光。青宫意注文貞笏，白簡風生肅政堂。守道自當成豹變，擊强初不待鷹揚。黑頭事業磨崖頌，要共生平日月長。

白塔遇表兄劉君 并序。

至元七年，吾兄劉公之官謙州。爾後，初亦從事川陜，治漢中。漢中去謙州不知其幾千里也。用是音信隔絶，吾兄又遭際變亂，艱險百至，乃棄家業，挈妻子，奔竄南來，初未之知也。十有七年，初奉命有事鞏昌，因赴京都道，出保定白塔驛，與吾兄相遇，不覺驚喜，如對夢寐。吾兄雖精神不衰，而鬢髮已半白矣！乃舉觴相勞苦。吾兄因謂初言：「余幾死者數矣！在患難中，每南望屈指數吾兄弟輩，如隔兩世，將謂不復得會聚矣！今見吾弟，可勝喜哉。但牧之弟尚在淮上，不知當幾何時，得相見也。」因泣數行，初亦欷歔歎念者久之，且誦向贈别吾兄詩云：「少日驅馳四海心，中年憂樂輒相尋。」爲不誣矣！復白兄曰：「吾兄不愛死，艱苦萬里，盡忠本朝，爲聖天子見知，此舌尚在，功名富貴恐迫吾兄耳。別離愁苦之思，當埽去。」乃舉酒上壽，作五十六字，以侑觴云。

蜀道山尖上似天，謙和雪片大如綿。兵塵鴻洞七千里，音信消沈十一年。馬上相逢有今日，鏡中驚歎各華顛。幾時收拾田園了，風雨燈窗共醉眠。

通明閣

千尺觚稜北斗横，一川烟樹冷雲平。瀛洲方丈知何在，渭水終南畫不成。天上碧桃青鳳啄，月邊瑶草白龍耕。自憐未斷人間夢，赤日黄塵六月行。

子陽李兄與余家交三世矣，故於初頗相愛念。子陽才踈意廣，不屑細務，且知時命未偶，因放浪於詩酒泉石之間。嘗自趙抵淇，由洛陽登華山，至長安而還，得詩文二十餘篇，皆名公投贈之什也。至元十一年初以事來鎮陽，得遂披讀，敬書五十六字，以發揮吾子陽襟期之梗槩云。

不是孤高不愛官，只緣行路古來難。一杯徑醉從人笑，萬事無吾著眼看。安得暫離塵夢裏，故教高卧冷雲端。此心此話誰能會，邂逅青燈幾夜闌。

贈荅商臺符

玉削青尖太華山，君家名勝百年間。相公開府今分陜，吾子成家又鑄顔。詩似晚江晴浪捲，心如春水白鷗閑。自憐南北成何事，粗向交情見一斑。

奉贈虚極劉仙翁

聞説秦州地上仙，心無一物思飄然。雲山想像俱成畫，杖屨追隨惜未緣。引鶴看花秋徑裏，枕書聽雨夜窗前。回頭塵土三千丈，何處人間有洞天。

次韻答左丞楊中齋

每驚塵慮頓成空，曾接君侯玉塵風。青眼相看文字裏，丹心都在簡書中。一時人物誰輕重，千古譏評幾異同。明日洪都憲司去，不能無意失諸公。子裕參政，已還中省，公又戒車北上。

青霞觀

花枝欹曲竹勾連，中有青眉地上仙。清露和香殊旖旎，晚風吹鶴更蹁躚。只知畫裏今無筆，誰信人間別有天。叫斷青鸞飛不到，黄塵一隔路三千。

得男必復書

來時暑雨拍車頭，到日冬烟壓草樓。酒爲瘴來須强飲，書因家遠屢輕投。計回蜀道一千里，遍走秦川八九州。咫尺還司敢停脚，西南又入劍門秋。

挽孟待制駕之

有志明時竟不伸，士林公議惜斯人。秋風斷雁從誰託，老木清霜見本真。草草杯盤千里别，悠悠天地一邱塵。題詩忘却傷心處，爲是傳家有鳳麟。

送梁貢父

少日騫騰鷹脱韝，泮泂秋色上吴鈎。五年直到天低處，萬里生還海盡頭。尊酒相逢有今日，惡懷無復論窮愁。此行敷奏蠻荒後，合近天家五鳳樓。

送程侍御鉅夫

一封丹詔九天來，御史青驄翰苑才。廊廟久勞思稷契，邱園初不望鄒枚。定知天下無雙士，正在君侯此一迴。自昔楚才爲晋用，中原麟鳳莫深猜。

吾鄉之崖有以青得名者余嘗取以自號至元十四年偕御史國瑞外郎周卿有東州之行道出閬州閬之南二十餘里佛閣突兀因周覽形勝得河南人王子京青崖石刻不知閬之崖與吾鄉之崖一而二者耶抑海内一家山川脈絡同一元氣二而一者耶或其偶與之合耶乃書此以識

遥遥閣道倚空青，湛湛澄江練影横。千佛參差半天上，四山環合一川平。雲間煙火無閒地，畫裏昇平有此行。鄉國三年六千里，偶於仙苑見崖名。

寄商左山 并序。

清明後數日，陪姚雪齋、張鄰野雅集於匏瓜亭，偶得五十六字，奉呈左山相公千里一笑。

麗澤門西十里亭，記從别後幾清明。梯航遐國歸籌畫，柱石中朝望老成。滿眼青山連夜夢，一尊明月兩鄉情。花時更向東皋醉，腸斷雲間百二城。

贈李吉甫

故人相見眼增明，尊酒殷勤且未平。恨煞簿書塵土裏，兩年寂寞度秦城。

寄揚州金使君

兩年不到摘星樓，雁隔江聲送客愁。昨夜金山船上月，澹隨帆影過中秋。

記　昔

寶殿光輝記昔遊，川原風物入悲愁。兒時曾識東園老，彈指中間到白頭。

望漢王城 并序。

漢水之北有原峻削，其上砥平，土人以漢王城目之。至元十五年，因課農登法隆院閣，時山雨乍晴，緑野平遠，在奔走覊鞅中，得凭高伫目，亦一快也。乃書此以識。

陰陰樓閣復層層，脚底風烟緑樹平。行到上方人不見，倚闌獨有漢王城。

洋洲公宇讀文與可蘇東坡詩刻

篔簹太守雪堂詩，花滿亭臺酒滿池。今日水空花老盡，一庭秋草罥蟲絲。

宋氏家藏花光墨梅

人説花光物外仙，文章豪客欲移船。春風留在三花樹，要與東溪結後緣〔六〕。東溪，總尹漢臣自號也。亦善於梅事，故云。

寒食不出

想得西湖放滿船，御街楊柳已生烟。輕風細雨無人到，獨立海棠花樹邊。

冬　除

行役經秋未到家，入冬消息望燈花。擁衾坐數更籌盡，明日春生喜有涯。

送李兩山

南來喜見兩山詩，袖裏春風鬢欲絲。明日朝京五千里，正如賈誼入關時。

送楊季海

交親零落鬢如絲，兩袖秋風一束詩。明日還家有人問，青衫不似讀書時。

險阻艱難四十年，西溪詩筆舊情緣。珠簾寂寞西山雨，又逐孤燈上客船。

溪亭午憩

傍溪亭子蔭龜魚，花竹迷藏畫不如。檢點江頭春事了，不妨高枕卧看書。

三徑納涼

闌干欹曲護羣芳，恐似陶書欲就荒。日午坐來松影合，南風吹雨似秋涼。

寄遠別

千里長河五年戍，萬山風雪斷來音。屋頭昨夜霜如席，愁折金閨一寸心。

出湓浦寄劉牧之

九江一月又吴東，千里青山半日風。昨晚看潮亭子上，一尊白酒與君同。

醉　吟

一別醉鄉千古夢，無邊塵事百年身。青山滿眼花如錦，莫遣劉伶笑殺人。

杜止軒詞翰

方朔才名語意新，牧之風調筆如神。龐眉苦節秋風客，未必如公出處真。

十月見蟢子戲成

蟄後垂纖見亦奇，只因佳信示前知。牀頭鏡子拈來看，未分清霜入鬢絲。

松澗張君

老澗陰深百丈崖，崖巔松影矗雲開。幾時得向松間醉，細聽秋聲帶雨來。

竹

冷拂苔痕緑影香，細抽空碧出鄰墻。風來瑟瑟驚秋寂，雨過梢梢弄晚涼。

送僧遊蜀

峨眉山色錦江春，劍壁空嵐玉壘塵〔七〕。别後登臨有佳句，不妨忙却坐禪身。

劉漢卿蓮社圖

不爲廬山面目真，不因詩酒自由身。高情未落龍眠筆，元是羲皇向上人〔八〕。

王子武看馬圖

深院移牀簇侍兒，高盤雲髻緑絲絲。情知櫪下駑駘骨，不到渠家入看時。

雁鷺圖

晴溪沙暖鴛鴦睡，小塢花濃蛺蝶飛。誰畫賓鴻與饑鷺，滄香疎荻雨霏霏。

題楊國寶鵲華風雨圖

簿書堆山日亭午，坐久髭鬚滿塵土。争如六月濟南間，鵲華峰頭看風雨。

宋上皇詩意圖

月落風烟變古今，畫圖今見入清吟。可憐意匠經營日，不到蒼生未了心。

卜彥才所藏赤壁圖

江山人物記當時，再得坡仙境益奇。今日披圖見高興，簿書慚愧鬢如絲。

送　别

去國十年雁影秋，又逢離别可堪愁。猿聲一道巴山黑，黄葉孤城月滿樓。

贈史紫微參政

王濬樓船一夕風，順流聲勢下江東。誰知更有如椽筆，氣壓吴山第一峰。

題竹林七賢圖

滄海横流百戰身，此心獨有醉鄉真。逢君莫怪清狂客，辛苦潘郎拜路塵。

梅嶺前人有詩上得梅山不見梅又云著俸買栽三十本清香留與雪中開因次其韻

南海城邊奉使回，庾關曾記嶺頭梅。自憐心似千山雪，不見清香次第開。

瞿塘圖

瞿塘事去已千古，蘆荻花飛兩岸秋。四海昇平有今日，卧吹簫管到杭州。

百井

才出并州第一程，憑高百井見孤城。瀟瀟風色今如此，却憶梅花雪裏行。

懷古

人道梁山是帝墟，石樓苔雨上金鋪。千年留得降王在，辛苦昭陵六馬圖。乾陵前有東西班，共六十四人，衣冠各異，背刻本國王名及所受唐職云。

徽州學正胡泳子游自京都來過予於維揚以士常中郎長詩見示又省掾王約彦博謂子游文筆有中州氣象用是不敢以常書生遇之十月復會於杭且以樂府辱貺將拏舟歸江東因作二十八字以贈

冠無解豸帶無魚，鶴步芹宫足自如。一片清山滿船月，不妨讀盡晦翁書。

九日對菊憶姜霍二使君

秋意生香簇緑雲，土膏栽滿石頭盆。誰憐白髮人千里，獨對青山酒一尊。
高樹圍前射箭時，小書樓上共題詩。揚州燈火京城夜，獨立秋風有所思。

許左丞哀挽 并序。

至元戊辰，嘗從先生入京，見先生敷奏，如學知生知之説、人心道心之論〔九〕，皆款曲至到，雖承詰問，辭氣自如。繼掌大政，辭不受禄。今雖云亡，令人慚仰。不肖頗辱教愛，敢作詩以哭之。順聖魏初抆淚書。

學道躬行意味真，愛君辭氣見忠純。千秋萬古先賢傳，合作中朝第一人。

廉　泉

廉泉喬木出氛埃，聞道平章手自栽。一衖緑衣人不見，依依如待相公來。

秋江晚景

老樹蒼涯漬雨秋，布帆風滿夕陽舟。生平一片江湖夢，不到元龍百尺樓。

池荷衰颯菊芬芳，策杖吟詩上草堂。滿目暮雲風捲盡，郡樓寒角數聲長。

府谷

行行春雨復秋烟，西去長安又幾千。落日空庭望南北，黄河城下水連天。

解仲傑景陶軒

梨花澹澹柳絲絲，午夢醒來半醉時。門外紅塵三百丈，至人高卧看陶詩。

順聖先壠拜祀後有述

譜牒從姬舊有傳，移家桑水憶當年〔一〇〕。只緣遺澤今仍在，留得諸孫拜墓前。

河北兵塵撥不開，河南撑住數奇才。郟城一死人争惜，不到褒忠廟裏來。

羽書南北無消息，山壓孤城破卵時。一片丹心倚天地，未應巡遠是男兒。

危節中間奉節行，堂堂忠義見平生。歸來杖屨林泉下，誰遣天朝識姓名。

詩禮庭闈少日情，亂來風雨一燈青。慇懃著就三千字，留與諸孫見典型。

邱山零落愧何窮，堂構空存慘澹中。倚日青松一千樹，石鯨鱗甲動秋風。

〔一〕「璠」，原無，據文意補。
〔二〕「城」，原誤作「成」，今據四庫本《青崖集》改。
〔三〕「塊」，原誤作「瑰」，今據四庫本改。
〔四〕「却」，原誤作「覺」，今據四庫本改。
〔五〕「聖」，原誤作「德」，今據四庫本改。
〔六〕「緣」，原誤作「園」，今據四庫本改。
〔七〕「壁」，原誤作「壓」，今據四庫本改。
〔八〕「向」，原誤作「已」，今據四庫本改。
〔九〕「知」，原誤作「初」，今據四庫本改。
〔一〇〕「家」，原誤作「年」，今據四庫本改。

耶律丞相鑄

鑄字成仲，遼東丹王突欲九世孫，中書令楚材之子也。幼聰敏，善屬文，尤工騎射。二十三，嗣領中書省事。世祖即位，拜中書左丞相，監修遼金史。至元初，加光禄大夫，奏定法令三十七章，吏民便之。俄命行省山東，遷調所部官屬，尋召還。又詔鑄製宫懸八佾舞樂。舞成，表上之，賜名《大成之樂》。十年，遷平章軍國重事。自是，時罷時復。十九年，復拜左丞相。二十二年卒，年六十五。至順元年，贈推忠保德宣力佐治功臣、太史、開府儀同三司、上柱國、懿寧王，謚文忠。所著有《雙溪醉隱集》六卷。趙虎巖著爲之序曰：「成仲生長北溟，十三作歌詩，下筆便入唐人之閫奥。每一篇出，識者歎服。讀其詩，容雅而體閒，意深而情婉，氣修而色粹，調逸而聲諧。抑之則紆餘委備，揚之則條達疏暢。」龍山居士吕鯤，謂其詩如「轠龍軛鳳，鞭虬笞龍，以求其變極其所變。而發諸心思，則羅雲縠月，紉秋藻春以盡其情。」蓋成仲文章勳業，略似晋卿。中朝碩彦若元遺山、李敬齋諸公皆相與契厚，知其學問淵源，有自來矣。次子希亮字明甫，仕至翰林學士承旨。所著有《愫軒集》三十卷。

上雲樂

金天老文康，平居隘神州。金丹清真仙，相將汗漫遊。同流六合，棲遲七邱。涉歷八表，盤桓十洲。鵬其化，龍其變，地軸爲之回。其運天，輪爲之平；其轉日，域爲其上，陽宫月窟爲其清涼殿。鸑鷟是家雞，狻猊是家犬。真樂萬春爲局促，待把三光更舒展。非聖不足知天長，將地遠扶桑。有時枯濛氾，有時竭南山。有時摧鈞天，有時闋殊度。仙曲擬進帝闕。九成玄雲，六變絳雪。五色成文而不亂，庶可播振芳聲騰浩劫。上天下地惟康老，畢竟誰能知歲月。玄都仙伯，太山老叟。延致異鳥，名曰希有。一翼左覆東王公，一翼右覆西王母。得人備羽駕，故能出入遊。造化逍遥巡宇宙，感麟鳳在郊藪。至道之國常爲稱首。驟來輒敢戀月明，表其老耄知去就。擁仙仗，攜仙友，褒拜聖君奉神貺。鳳簫在前，鼉鼓在後。玉庭在左，錦瑟在右。作天樂，獻天授。《天授》，樂名。若鸞自歌鳳自舞，焚返魂香頂玉斗。健舞起自補天手，浩歌發自談天口。仍倚《鳳臺曲》，《鳳凰》和九奏。南極老人稱觴，北斗挹酌天酒，願與九州四海同上千萬歲壽。《古今樂録》：《上雲樂》有《鳳凰曲》，又有《鳳凰臺曲》和《云真樂》。萬春太山老叟，見《容齋五筆》載五方老人祀聖壽文。

大道曲

春風吹繡陌，花滿帝鄉樹。絲柳裊芳煙，細雨黄金縷。分明須盡是，引蕩人心處。車馬往來塵，儘結成紅霧。樓上琵琶聲，倚歌臨大路。鄭重且一作「只」。休教，放得春回去。

真遊挾飛仙

真遊挾飛仙，懸居何縹緲。琪樹不知秋，玉庭長似曉。碧落無纖翳，天衢净如掃。底許吟真聲，仙韶動雲表。容與太素域，時復隨青鳥。朝遊閬風苑，夕宴蓬萊島。昌城玉蘂花，崑墟玉紅草。可醉亦可玩，堪期後天老。

送胡壽卿南歸

雲山千萬里，馳驛來帝闕。君自到和林，寓居西踰月。客中太寂寞，虀鹽事孤潔。錦衣歸故里，薄官試鹽鐵。匹馬送君歸，關山正黄葉。征鴻聲凄凄，悲笳鳴咽咽。回首南州道，行人愁欲絶。龍庭八月初，西風吹寒雪。之子到甘棠，黄菊重陽節。信筆作此詩，贈子以爲别。

送友還燕然

去年來帝闕，籬落正黄菊。今年還燕然，春光明遠目。再三挽不留，歸心何太速。回首落花多，滿川紅簌簌。馳驅萬里程，阿誰慰幽獨。寂寂寒山行，寂寂寒山宿。啼鳥幾聲遲，淡烟芳草緑。東風千里人，明月半軒竹。漢臣穴狐兔，姑蘇走麋鹿。功名半紙薄，興亡等棋局。可笑百年身，黄粱猶未熟。不發離别歎，不唱陽關曲。桃李醉逢場，夕陽倒船玉。

對竹引

勁節淩雲漢，沈沈翠如束。春静鎖窗深，驚風碎寒玉。聯聲金鳳凰，雙飛夜雙宿。寂寞野桐花，年年老空谷。「雲漢」，一作「雲霄」。「沈沈」，一作「森森」。

翦流水

莫持金翦刀，决絶翦流水。莫將尺素書，慇懃託雙鯉。水豈是人情，魚豈知人意。魚水自相親，肯與人爲計。

讀新樂府

《霓裳羽衣曲》，《玉樹後庭花》。不知相與迷春夢，綿歷人間第幾家。

述實録 四十韻。

脩《征蜀道録》，每以二鼓爲期方息。中夜聞笛，既覺，細想實録事跡〔一〕，亦如夢寐。愴然無以爲懷，述此寫之。

承天聖祖開天業，四海爲家盡臣妾。規模宏遠古無比，太祖封諸親王封域，東盡東海，西盡西海，自古未有如此規模之宏遠也。統緒豈唯垂萬葉。堨來海水不揚波，向見靈河已清澈。金大安元年，河清，上下數百里。次年庚午，我太祖皇帝經略中原。《易乾鑿度》曰：「聖人受命，瑞應先見於河。河水清，河清以徵。」太祖皇帝受命之符也。際天所覆樂心戴，愈見人情皆感切。折衝猛鋭盡陳力，骨鯁貞良咸就列。恭行天罰攘欃槍，著處鯨鯢殊前截。列聖未出無名師，歷世彌光先聖烈。推亡固存非一國，迷不知時非俊傑。世評青野食前言，辛巳年，宋主寧宗遣國信使苟夢玉通好乞和，太祖皇帝許之，敕宣差噶哈護送還其國。辛卯冬，太祖皇帝南征女真，遣信使蘇巴爾罕等使宋青野，原宋沔州統制張宣誘蘇巴爾罕殺之，此其伐宋之端也。不若犬偷及鼠竊。誣天復敢拘行人，後戊戌年七月，哩密什等百人使宋，竟拘留不遣。妄專狙詐誇明哲。國猶攝生貴處順，水背流時源易竭。即今日削盡疆埸，其勢得無憂迫脅。若然仍不畏天威，曷異螳螂怒當轍。未知其可將變觸，相與區區較優劣。武皇問罪揮天戈，徵發諸軍自崙碣。翠華遥下五雲來，輒報錦城氛祲滅。方入蜀，使告雲頂之捷。扈蹕貔貅三十萬，争欲先驅掃妖孽。搏熊攫豹捷飛猱，諸將緣蜀道，搏熊豹，捷狨猱，輪之和林。赴險陷虚矜膽决。紛馳傳檄啓途使，英蕩輔之龍虎節。懸崖萬仞入雲端，前馬不行應氣攝。虹梁縹緲駕層霄，興利州至三泉縣，橋閣共一萬九千三百十八間，護險編欄共四萬七千一百零三十四間。高興動人殊可悦。若非由蜀道登天，豈與飛仙得相接。飛仙嶺，相傳徐佐卿化鶴跧泊之地，故名飛仙。上有閣道百餘間〔二〕，即入蜀路。騰傾湍瀑翻驚濤，怒震横流還逆折〔三〕。千巖萬壑殷晴雷，捲起千堆萬堆雪。飛閣尤非地上行，劍門呀似天中裂。劍州劍門縣在東北五十里，酈元《水經注》曰：「大劍戌至小劍戌三十里，飛閣相通，謂之閣道。」〔四〕壁立千尋冷翠屏，碧霞城擁清都闕。振衣直上玉女臺，下視烟塵望吴越。五丁碎徙青黛山，萬簇鼉叢一作「簇」。亂堆疊。金城雖包裹全蜀，勝負莫非由勇怯。孰云無所騁驍騎，閉口勢何勞捕舌〔五〕。時得宋蠟丸書云云：雖驍騎萬羣，安所用之？天衷應未誘蚩萌，堪歎顓蒙與天絕。劍門苦竹隘，招之不降，遂拔之。寧知皇化如時雨，欲濟迷津作舟楫。會聞蓬閬朝真仙，蓬、閬等州，皆納土降。簞食壺漿盡迎謁。紛綸諸將無虛日，争奏歸期争獻捷〔六〕。旌門敕樹受降旌，時旌門外，敕樹受降旌，凡降者於其下，待詔優恤。冀致窮民遂安帖〔七〕。莫知天欲將何如，英猷一旦爲虛設。無雷東陊孤山峰，御營東山，無雷傾圮。驚風西捲旂杆折。御營西軍，風折旂杆。龍橋忽焉悉中圮，攻釣魚山上下浮橋，遽中圮。鼙鼓砉然尋亦歇。大駕戰鼓，初聞數十里之外，後雖三數里不聞。忍令飛駕鼎湖龍，持拔龍髯墮塵劫。《列仙傳》：丁約曰：「儒謂之世，釋謂之劫。」笛聲喚得夢回來，梅梢猶印西窗月。

蜀道有難易 并序。

李白作《蜀道難》以罪嚴武。後陸暢感韋臯之遇，作《蜀道易》云：「蜀道易，易於踐平地。」戊午秋，予入蜀，漫天嶺阻雨。次年，迴至此嶺滯雨。因二公之作，爲賦《蜀道有難易》云。

有言蜀道難，有説蜀道易。難於上青天，易於踐平地。説易有所媚，説難有所激。君曾不見與前脩，折衷誰秉江山筆。我來高蹈仙人蹤，控御遺風縱遊歷。連雲氣象霸圖中，世俗總號蜀道，爲「連雲棧道」。險阻形勝限疆域。黑龍衝斷萬層山，駭浪轟雷恣奔擊。攢峰疊嶂冷雲間，綿亘倚天騈翠壁。飛梁架雲棧，勢欲跨南北。虹橋絡河漢，鳥道掛空碧。歷其天險，臨其峻極。望舒按節，陽烏斂一作「側」。翼。擬循雲路趨鵬程，仰天直上青雲梯。躡空且何異登仙，但覺日月行寢低。終踰絕險得馳騾，騾步媧皇補天石。微茫一逕通烟霄，攀緣更上蒼龍脊。彌旬霖雨秋，行潦迷原隰。豈不慮蹉跌，路歧多墊溺。一聞漫天名，心寒已如失。况復壅大道，與道爲通塞。無慮千籌將萬計，智推力引方行得。請設漫天前後論，蜀道一言或可畢。未應難於上青天，飛閣遞連通利走，去聲。名趨日夜往來何絡繹。不應易於踐平地，棧磴缺尋引天荒，地老蕭條斷絕人聲跡。致令振古豺狼心，曾不祈天睹一擲。自蠶叢且稽代謝，幾人一作「家」。恃險曾終吉。適足笑王公，設險以守國。在德不在險，昭然如白日。上青天，踐平地。始可與之言，其道難與易。行路之難，難於上青天。蜀道之難，若比行路是平地。出處雖然全在人，世路不能無險易。畏途豈可比青天，誓鏟漫天作平地。

送玄之

東風二月吹和林，緑楊庭院空深沈。整襟危坐罷舜琴，時聽百鳥自在吟。泠泠流水漱寒玉，半天蕭颯松風音。呼童爲我金波斟，悠然一笑忘古今。書齋盡日無人到，門掩落花春自老。裴回杖履夕陽間，回首春風又衰草。長安遠客來紫宸，紅塵滿面初相親。挑燈風雨秋夜永，詩成落筆愁鬼神。縱横論議小天下，當時誰謂秦無人。一朝别我出祁連，黑山風雪十月天。分襟執手小溪邊，何時客牀相對眠。他年乘興遊京洛，詩酒無寒金谷約。

送人還鎮陽

雲黯慘，風浩蕩，故里風光空想像。寒餘三月索貂裘，凍崖冰雪三千丈。天淡淡，路茫茫，送君萬里還鎮陽。楊花點點山城雪，啼鳥一聲春晝長。多離别，少歌笑，功名催促行人老。玉簫吹斷碧雲寒，梨花寒食空過了。君不見洛陽樓觀今蕪荒，梧桐葉落秋風凉，寒波寂寂山蒼蒼。

採蓮曲

錦雲承露珠盤冷，玉女佩環鳴玉井。凝歌聲入天鏡來，蘭橈擾碎蓬壺影。弄香浮葉一何繁，翠蓋霞幢不齊整。可是芳心空自苦，淩波無夢惟烟景。

長相思

燕子不來花著雨，鶯聲巧作煙花主。滿庭重疊緑苔斑，斜倚欄干臂鸚鵡。清渭東流劍閣深，不知消息到如今。相思前路幾回首，一夜月明千里心。

松聲行

水淙淙，山重重，前溪後嶺萬蒼松。我來秋雨霽夜宿，深山中霜寒千里。龍蛇怒巖谷蕭條，嘯貔虎波濤漾漾。生秋寒碧落，無雲自飛雨。瓏瓏兀兀驚俗聾，餘韻飄蕭散碧空。悠然策杖出門去，方知萬壑生清風。清歡一夕無今古，勾引幽一作「詩」。人風雅句。那堪更被山頭月，團圓掛在青松樹。

和漢臣秋日海棠

魂黯馬嵬西去路，當時生被春風誤。嫣然猶自帶餘酲，貪睡那能慰遲暮。難寫花仙舊所思，裙香愁雪淡臙脂。黄昏庭院瀟瀟雨，更是梧桐葉落時。

夏夜對月

斜陽樓閣西風裏，暑氣著人難睡起。覺來厭暑登東樓，月明如晝天如水。金波漾漾流無聲，中秋月好常人情。青天休使浮雲蔽，不是中秋月也明。

寄趙虎巖呂龍山

年來緣底事，不復出柴關。兀兀千杯酒，蕭蕭兩鬢斑。一作「暮色千峰遠，年華兩鬢斑。」月明河漢淡，天闊水雲間。目斷故人遠，去鴻猶未還。

寄高仲傑

一枕功名夢，半年風雨牀。地高秋易老，人去夜偏長。悲賦傷鸚鵡，哀琴怨鳳凰。晚風吹落日，明月滿寒塘。

送元遺山行

燕北秋風起，幽花滿地開。既邀今日別，合道幾時來。白玉煙沈閣，黄金翠暗臺。不須傷老大，珍重掌中杯。

送正夫行

歲窮風景惡，萍梗客天涯。咫尺辭蘭省，優游出鳳墀。霜寒笳韻切，天遠鴈聲遲。瘦馬長途晚，凝雲雪欲垂。

秋夜對月贈唐臣

寒水摇空碧，西風滿一琴。孤光萬家月，一寸百年心。白鴈驚殘葉，青霜急亂碪。故山休掛夢，無地可投簪。

客中寄懷李先生九山居士

相憶復相憶，登臨百感生。河山分野色，風雨混松聲。白鴈書秋思，蒼苔篆古情。如何千萬里，獨自計歸程。

晚集瑶華殿

月浸瑶華殿，雲垂素女幃。水精簾半捲，火玉燭交輝。紫氣遊清宴，休光下太微。不知留帝所，疑執化人衣。火玉上尖下圓，光照數十步。

泛太液池　同虎巖龍山賦。

爛縱飛龍馭，凝神入醉鄉。煙霞生縹緲，絲竹臭微茫。蒲劍割秋水，荷盤傾夕陽。莫輕年少日，青鬢易驚霜。飛龍，道陵所製泛太液之舟也，又名翔龍。

老將

結髮究一作「事」。韜略，驅馳一作「從戎」。四十年。長征秦五嶺，苦戰漢三邊。萬死奮不顧，一生今幸全。雲臺無住處，何日上凌烟。魏徵曰：秦事五嶺，漢事三邊云云。

平南將

江淮平圯裂，原不事梯衝。銳氣吞堅陣，威聲挫戰鋒。高昂地上虎，王濬水中龍。詎可同年語，論功與定封。北齊高昂，字敖曹，率兵渡河，祭河伯曰：「河伯水中之神，高敖曹地上之虎，行經所居，故相沃酹。」

居庸關

秀拔延天險，寒盤萬古根。東西躔日月，南北限乾坤。影落海山冷，氣摇星斗昏。如何戰塵下，荆棘暗重門。

仙居亭

意匠驚難狀，天然醉隱圖。兩行風外柳，一册枕邊書。雲錦薰沈水，鶯簧脱串珠。煙光將勝槩，特伫在仙居。

迎風館

滌暑迎風館，雄風襲玉扉。雲開天乙網，霞捲羽人衣。倒景摇清影，飛煙擁翠微。泛蘭將轉蕙，須更入羅幃。

雪香亭月下偶得名酒徑醉為賦

瓊露融雲液，金泉湧月波。帶花浮緑蟻，和月捲紅螺。夜色依香雪，春雲動綺羅。是須轟玉笛，倚弄玉龍歌。予嘗有詩：「碎擘桃花泛酒巵，時亦取花泛酒醑。」遺花者，依花片數浮以大白。

擬西崑體後閣

夜枕雨聲細，曉窗花氣濃。玉臺掛秋月，繡幕坐春風。藻井翠盤鳳，畫欄金走龍。上名是何物，只合付兒童。

讀新樂府集

攬盡江山秀，珠璣咳唾新。艷浮天上錦，情動月中人。花鳥音容冶，風雲氣象頻。郢歌將白雪，顒頷對陽春。

秋　閨

供給深閨怨，秋聲又擣衣。鴛鴦不獨宿，燕子自雙飛。塵暗芙蓉帳，風寒翡翠幃。馳心囑明月，將此照金微。

春曉月下觀白牡丹

小立猶凝睡，凝情出翠籠。玉盤承曉露，金鏡掛春風。豈爲素娥妒，不呈青帝功。萬花推第一，誰更忌專宫。

詠雪二首

樓曉倚欄干，天低欲壓闌。削冰封岳色，飛席下雲端。風陣連朝凍〔八〕，星鋩摇夜寒。嶺梅應見怨，何憚一來看。

日淡隔雲幕，地虚鋪雪氈。捲簾看不見，如畫舊山川。豈憶三杯酒，能迴六月天。一聲何處笛，吹裂野梅邊。

旅興

白眼看時事，剛腸厭俗流。也知蜂有毒，未信鼠堪投。熟睡消磨日，清吟撥置愁。倚門應望切，早晚賦刀頭。

倦夜 時方南征。

輾轉延清漏，開簾納月光。西風戀殘葉，終夕伴啼螿。静析沈鑾徼，疏鐘撼客牀。六龍應振轡，飛日上扶桑。

無何狂醉隱三首

無何狂醉隱，慢訑更癡蒙〔九〕。雖涉人間世，殊參塞上翁。只須推倚伏，不必論窮通。且把無邊事，横陳在酒中。

無何狂醉隱，直拙更疏慵。花鳥閑情外，江山醉眼中。涉江搴薜荔，緣木采芙蓉。待把人間事，從頭問化工。

無何狂醉隱，酣適是生涯。馴護能言鳥，調籠解語花。不應拋蝶夢，須與趁蜂衙。誰佐杯中酒，仙人蕚緑華。

寓居靈州北村

野色荒煙暗，氛霾晝影昏。客情紛若絮，塵事亂如雲。楊柳春風渡，北有黄河渡。梨花暮雨春，村落梨花特盛。不知歸去鳥，著意喚誰聞。

戊申己酉北中大風

衝風迴白日，飛礫灑青天。富貴城西畔，珍珠河北邊。陽冰原不冶，陰火更潛然。直徹龍荒外，蕭條是野煙。和林東北，斜連柯河有古城。唐賈耽《地志》所謂仙娥河富貴城者是也。仙娥河，今聲轉爲錫蘭河，烏孫所治。赤山城西北三十里，有珍珠河。

過東山縣有懷

憶昨鶩塵下，腸迴望眼穿。計程雖信宿，恨別似經年。自致青雲上，誰來白日邊。萬金遊子信，空與夢牽纏。

追悼大人領省

稅駕知何處，仙遊閱古今。英靈千載氣，松柏一生心。白日空寒色，蒼天更暮陰。志終伸不得，遺恨海長深。

西園春興因贈雪庭上人兼簡張公講師

萬丈虹霓絡紫烟，笙歌清拂雨餘天。滿庭芳草翠如積，一洞碧桃明欲然。流水引來梅塢底，春風吹到酒罏邊。散花唤起毗耶夢，從此無心號謫仙。

清　明

寒食清明失舊期，躊躕搔首日沈西。風生楊柳鴉先覺，寒逼梧桐鳳不棲。山色雪迷春意老，鴈聲雲遏暮天低。蘇門二月春光好，好逐東風發馬蹄。

謹用尊大人領省十六夜月詩韻

黄雞白酒管絃和，一任浮生歲月磨。銀管題詩悲遠客，玉簫吹恨憶秦娥。人言皓魄今宵減，我見清光依舊多。一十二時争幾許，人間柰此世情何。

中秋對月

銀燭煌煌十二衢，冷金波浸酒仙居。由來物外通明殿，只是人間不夜珠。玉女窗扉唯白曉，素娥庭院更清虚。桂花香陌無塵景，坌入壺翁碧玉壺。

九月道中遇雪

密密凝雲曉自凝，飄零蹤跡斷蓬輕。幽禽底事啼長咽，流水何緣浪不平。清夢未迴人换世，黄花應怨我寒盟。故園回首腸堪斷，雪滿荒山瘦馬行。

送子周行

衰草凄凄塞日斜，春風得意出龍沙。南飛鴻鴈三秋雪，東望關河萬里家。杯酌岐邊浮竹葉，角吹隴上弄梅花。征鞍迢遞中州道，淡淡長空點暮鴉。

送孟端卿

萬里歸來兩鬢霜，百年閒事也難量。跳丸歲月無留計，畫餅功名不可嘗。鴻斷碧雲空落日，塵飛滄海已生桑。鶯花未老春猶在，更對青山共一觴。

西行留别諸人

緑楊飛絮草鋪茵，到處春光隨意新。幾箇道傍留别客，萬重山外遠行人。凄凉幽鳥喚殘月，狼籍野花傷暮春。酒薄無由求一醉，更堪歸鴈過來頻。

早行

窗外寒雞唱五更，一作「曉聲」。翩翩征旆掛疏星。百年身世情如夢，半紙功名醉不醒。一作「斷知名是誰家物，不記人曾醉得醒。」欲吐半吞殘月淡，似連還斷遠山青。莫教草草生華髮，消得幾回長短亭。

春寒代人有寄

睡鴨香消寶篆殘，蕭蕭松竹雨聲寒。水空流去鴈將盡，花未放來春已闌。斜日多情送歸鳥，碧雲無跡問飛鸞。不應鳳女祠前月，只許吹簫獨自看。

春日和林寄趙虎巖吕龍山

年年芳草怨王孫，日日幽人獨倚門。蹤跡飄零又寒食，別離滋味柰黄昏。一樓風雨欺歸夢，萬里雲山動客魂。欲寫相思寄雙鯉，亂離春水雪消渾。

春日寄懷魏隱君邦彦

滿眼春風捲暮陰，五噫歌罷更沈吟。十年萬事没孤鳥，百念一時生寸心。芳草不隨鶯燕老，好山依舊水雲深。遥憐野鶴高飛去，夜夜投棲何處林。

登疊巘樓寄本菴粹中

江山不盡古今情，空寫相思遍鳳城。滿眼氛埃昏落日，一天寒色淡長庚。近日長庚星見。吟魂豈爲閒愁斷，別夢徒因往事驚。早晚重來風雨夜，細傾肝膽話平生。

寄尹仲明兼簡盧進之

別後相思撥未平，登高西望轉關情。林邊殘日没歸鳥，天際斷雲飄晚晴。久把功名爲外物，擬將詩酒暢平生。自從身世相忘後，一作「晚風吹破槐根夢」。萬事人間一唾輕。

贈酒鄉道隱李君之和

一自琳宫見錦囊，幾回先蓺玉蕤香。醉鄉更比乾坤大，仙鏡原饒日月長。五柳先生陶靖節，四明狂客賀知章。無爲未必無遺恨，不列三千弟子行。

春晚懷呂龍山

洞簫吹斷柳花風，恨别蒼苔滿逕蹤。幽夢已憑春領略，凝愁唯藉酒彌縫。千山落景沈殘角，萬壑歸雲入暮鐘。近説鬢毛渾白盡，可堪空憶舊音容。

寄題一枝菴主人

消息盈虚莫費辭，德人何慮復何思。窮通不信無非命，貴賤由來定有時。方欲自專《齊物論》，未知誰任《大宗師》。摶扶九萬三千里，何異巢林在一枝。

送米君周還鎮陽

驅馳萬里赴龍庭，今日還歸出帝京。一夜雪寒添客恨，三秋風物動離情。臨岐把酒君留別，信筆題詩我送行。賤子一言君記取，得無青眼顧書生。

泊白鱮江塵外亭高道士攜琴相訪

引迴柔櫓款亭皋，宛駐靈槎泛雪濤。塵外水沈薰菡萏，甕頭春緑漲蒲萄。紅螺山色秋尤健，白鱮江聲曉更豪。安得投簪招隱士，就攜寒玉從琴高。寒玉，寶琴名，見《國史補》。敝家有琴，亦名寒玉。

縱遊壺天園

水摇晴影漾樓臺，臺上花前載酒來。楊柳不勝金縷瘦，海棠空自錦雲堆。夢隨蜂蝶尋春去，興入煙雲盡處回。欲紀所思吟不得，却誰先篆滿蒼苔。

題縉雲山五湖别業

爲愛煙光可掛懷，并供幽思上靈臺。縉雲直拔空青起，落水横吞野翠來。俗界曲隨仙境變，好花争映畫屏開。終期盡把閒桃李，就此名園勝地栽。陶弘景有言：「山林奇處，乃欲界之仙都也。」

春晴極寒登池樓書事

晴影深寒碧玉流，鬱香蘭芷暗芳洲。凍侵鶯舌聲全澀，風戀花枝鶴未休。目斷野烟横極浦，心懸江月入高樓。應須買盡人間酒，更不令寒晝一籌。

和林春舍敍西園前宴招一二友生重飲

樓閣參差翳紫煙，佳人情重惜流連。月明楊柳春風夜，寒食梨花暮雨天。將謂浮雲寄浮世，豈知流水是流年。慇勤一作「人生」。不醉花時酒，强作守錢奴可憐。

清明前一日月夜對酒招季淵飲

醉鄉吟社雨厭厭，寒食清明事已兼。春計政侵雲子酒，月華不隔水精簾。幽蘭香結成凝陣，寶篆煙空儘未添。連璧勝遊心賞在，莫輕傾盞一掀髯。

縉雲五湖别業書事

縱恬高蹇徇真愚，元也中心怯畏途。共命不能同好惡，寄生那有異榮枯。爲營獨醉成三窟，方引雙溪入五湖。就著鶴頭書背上，已私弘景兩牛圖。余先居和林，後寓隗臺，今卜築縉雲五湖别業，皆營園亭。榜曰：「獨醉司空表，聖有共命鳥。」賦其序云：「西方有鳥，名曰共命，連腹異首而愛憎不同，一伺其寐，得毒卉乃餌之，既而藥作俱斃。」

西園席上招雪庭裕上人

山光摇蕩入簾櫳，酒漾歌雲暖玉融。煙柳翠寒深院雨，露花香濕滿樓風。自從愁陣持降節，擬與詩兵紀戰功。借問飄零斷腸客，爲誰幽獨卧蓮宫。

郝侍中釣臺

槎杌荆榛薙草萊，欲令無一點塵埃。行歌正則行吟澤，坐嘯狂奴坐釣臺。鳥道不衝天宇斷，鴈行横過海門來。黄華已爲西風瘦，更對凝霜鬢影開。

宴玉津園

碧玉池塘翡翠堤，露軒飛榭擁璇題。蝶迷芳徑有時見，鸎就緑陰深處啼。不覺徑來穿月窟，可能須待躡雲梯。一壺春色長留在，盡壽吟仙取醉泥。

贈仙音院樂籍侍兒

著名仙籍擅芳春，料理霓裳紀見聞。欬唾隨風落珠玉，笑談傾座播蘭薰。龍酣醉笛吟秋水，鳳咽歌樓遏暮雲。喚起沈香亭上夢，海棠花睡月紛紛。

戲詠花鳥名

緑窗鶯唤起來時，一作「遲」。不分香名屬玉兒。長壽樓中曾鬭酒，合歡帳裏更聯詩。音生曉月嗚批頰，晴浸秋波浴畫眉。蝶粉團香凝白雪，背人含笑擁烏絲。

即　事

可人天氣不寒温，詩滿花箋酒滿罇。亂列曉山煙淡碧，漫流春水雪消渾。四時風月無佳客，一榻琴書静掩門。吟罷新詩須酌酒，别離情緒已黄昏。

飲鳳凰山醉仙洞有歌稼軒鄭國正應求死鼠葉公原不好真龍瑞鷓鴣者因為賦此

鳳凰山色媚芳塵，不著詩仙寫不真。靈境愛饒花氣味，老懷欣辨酒精神〔一〇〕。煙霞裏面長春洞，天地中間獨醉人。未讀《離騷》唯痛飲，可憑誰説與靈均。

閱舊藁有出六盤詩干戈旁午驚塵日書劍零丁去國時之句因足成之

點檢吟懷課所思，再關情是舊題詩。干戈旁午驚塵日，書劍零丁去國時。陳事上心空擾攘，當杯入手莫推辭。春風信染千紅紫，合染幽人兩鬢絲。

獵北平射虎

飛控遺風獵北平，澮陰平野草青青。南山白額威何振，東海黄公厭不行。徑捷鳴鶻延滿月，奄驚繁弱激流星。由來一片斕斑錦，别在神幾霹靂聲。

閬州海棠溪擬樂天

閬苑仙從閬苑西，縱遊還過海棠溪。徑隨翠碧穿花去，却聽黧黄繞樹啼。迴玉花驄鏘玉勒，約金絲柳上金堤。五城勝槩歌詩草，醉墨淋漓盡赫蹏。

岳臺懷古

萬古神州就一作「竟」。陸沈，戰塵猶自結間陰。日邊簫鼓衣冠盡，天外樓臺草木深。江月和愁傳桂燭，野棠無語寄春心。如何黄鳥年年在，不説東風怨上林。

三月到旺結河有感

楊柳盈堤凍未蘇，年年往結舊程途。經春積雪隨山在，慰眼幽花到處無。簾外月明人影寂，枕邊燈暗鴈聲孤。又還虚度清明節，猶倚東風醉一壺。

候家

探春人喜報來頻，春色看看滿玉津。紅杏雨疏桃臉嫩，緑楊煙冷黛眉顰。鳳凰簫咽歌聲轉，鸚鵡杯深酒味醇。應是雙溪新領要，園林良是主人新。

松聲

數間茅屋起雲峰，明月天高睡正濃。乍覺夜傾千丈雨，不知風度一山松。人間拍岸驚秋浪，海底喧天怒老龍。洗盡生平塵垢慮，浩然爽氣溢心胸。

蒼蒼鬱鬱本無情，何處風來吹有聲。四面迅雷平地起，九江湍浪一時傾。關山夜静蛟龍吼，河漢秋高鸞鳳鳴。風定松間無箇事，喧天動地可來驚。

巖聲何事韻錚錚，風入寒梢鳥自驚。七領行宫地名。夜寒思漢月，九霄霜冷奏秦箏。歸心唤起陶元亮，醉耳還醒阮步兵。擬賦新詩慵把筆，劃然長嘯兩三聲。

梅魂 得「香」字。

憶昔西湖雪霽芳，轉頭瀟灑壽陽粧。角中吹散含新怨，夢裏飛來帶舊香。堪恨月樓三弄笛，漫勞詩客九迴腸。徘徊目斷江邊使，爲問春光底處藏。

玉骨消沈一夢長，羅浮山下幾昏黄。祇須怨笛招遺韻，一作「新恨」。枉托風媒返舊香。蒼海樓臺渾縹緲，紫陽宫闕更微茫。寶猊只篆灰心字，誰伴同心與倩娘。蒼海樓臺，見明皇令方士跨海見玉妃太真院事。紫陽宫闕，見漢武致李夫人事。有梅魂，心字香。同心，梅名。

落梅 分得「香」字。

咽咽戍樓三弄角，悠悠江使九迴腸。一窗夜月空憐影，滿地春風自好香。憔悴縱無蜂蝶怨，風流合有燕鶯忙。水邊籬下將誰惜，却對幽人怨壽陽。

從渙然覓紙

珍重含章承素業，價高摛藻掞皇州。秪緣布濩《三都賦》，更欲恢張五鳳樓。元鋭銘心由白戰，陳元研思爲冥搜。風流坐上芸窗下，落紙雲烟待解憂。時余將書《獨醉園》、《獨醉亭》、《獨醉道》者三賦。

謹次尊大人領省火絨詩韻 并序。

沙陀舊戍，有老榆焉。中朽者若蟬翼，然附石以鐮鐵擊之即燧。尋以馬通、燥者欀薪之，噓而可以爨。尊大人領省爲首倡，予從而和之。

雨擊風摧歲月空，卧沙老木暗藏絨。一彎鐮撇手中月，幾點星飛吻角風。放出夜光應有力，挽迴春色豈無功。燧人勳業今安在，惟有真空用不窮。

為曹南湖引阮摘賦

坐對王郎謂公茂國手。手語禪，遶盤鳴玉漱流泉。千年野鶴穿孤月，阮又名月琴，飛鶴穿月，因肖其狀。萬壑松風入四絃。賀老定場將夢斷，桐孫傾韻與心傳。仲容原是青雲器，不短楊雄草《太玄》。

楊妃菊

脉脉無言入醉鄉，風流猶記在昭陽。露晞金掌遺春夢，月掛瑶臺怨夜粧。不意千年一作「三生」。傾國艷，秖消一縷返魂香。無情莫比吴原草，更忍罇前舞斷腸。

戲書太極宮舊碑陰

憶乘綺絡命魚車，登白空山詣紫虚。天籟虚徐生洞府，風簫泠徹在樓居。九成絳雪無消息，三變玄雲就掃除。唯記清寧年月日，五雲閣吏少霞書。蔡少霞夢書《蒼龍溪新宫碑銘》，其末題云：「清寧二百三十一年四月十二日建，五雲閣吏蔡少霞書。」

遊　仙

六銖仙帔映花朝，護蹕癡龍膽氣驕。五色雲車迴日馭，九葩芝蓋抵星橋。閑攜鳳女批明月，還縱鸞歌透紫霄。半夜水精宫殿裏，碧桃花下更聞簫。

留題大防山孔水 并序。

唐胡詹記大歷寺孔水云：「或有人浮輕舟，探邃穴，入澒洞，莫究其源，但有仙鼠晝飛，頳鱗時見。」又遼壽昌五年，飛冥子鮮于鴻作《孔水銘》，其序云：「按《幽州土地記》：沙門惠珍，嘗篝火入穴(一二)，經五六日方還，亦不測其淺深也。安知此水不與瑶池潛通，桃源相接乎？故開元天子，每每時雨降，必遣使役龍壁於此，則休應響荅事存諸往記焉。」山主如上人言：洞有白龍，時復出，見輒化爲魚，形狀絶異。泰和乙丑冬，忽流桃花，花片皆五錢許。至冬洞中且有樂音不絶。此孔水之大槩也。因爲書其洞壁云。

尾閭寒泄碧雲漿，誰動霓裳混渺茫。愜意玉龍深釀雨，縱遊頳鯉静歕香。流通瑶水明霞近，洞接桃源白日長。相得羣仙情味切，又抛花片賺劉郎。

登燕都長松島故基

縹緲笙歌拂紫霄，水晶宫殿蔭蘭皋。勢傾滄海風雲動，秀出中天氣象高。可是浪懸秦照膽，不知誰玩漢吹毛。流鶯似説傷心一作「當時」。事，啼徧宫前小野桃。

又登瓊華島舊址次吕龍山詩韻

不放笙歌半點閑，紫霞香露怕餘殘。水摇千尺地中月，人倚九重雲外欄。碧落更誰乘彩鳳，翠屏空自掩金鑾。蓬萊宫闕遺基在，忍對秋風仔細看。紫霞，西域璲名。

傷古城次友人韻

每愛登臨趁雨晴，凉生襟袂晚風清。草鋪平野重裀緑，水引斜陽一線明。殘柳斷碑興廢地，淡烟啼鳥古今情。繁華消盡市朝變，花落月明空水聲。

因讀史偶成即書

一曲狂歌萬古情，惜難將日繫長繩。未容狐兔遊秦苑，已放牛羊入漢陵。夢穩幾曾驚鳥唤，酒酣長欲看雲騰。莫持心事投明月，領取繁花半夜燈。

題漢武内傳

爛燭神光射九霄，空香虚駕遶霓旄。臨將紫極調金液，更入明霞潄玉膏。瑶水露寒芳草歇，鼎湖煙暖景雲高。可憑誰問秋風客，忍委三山與怒濤。

周　室

風滿珠簾月殿凉，水紋珍簟浪生香。翠釵飛燕遶春夢，寶鏡舞鸞呈曉粧。空自不來行暮雨，爲誰無語背斜陽。含情凝絶凌波路，未分蓮花是六郎。

題楊貴妃遺事

玉笛聲沈玉漏長，玉環心事夜來香。如何更飾金訶子，却比無言睡海棠。雙鳳扶雲留翠輦，九龍休雨去蓮湯。千秋萬古嵬坡夢，應繞新臺怨壽王。

漢　宫

幻出壺天醉碧桃，旋開雲竇挹瓊膏。龍蟠燭影承香輦，鳳擁簫聲繞赭袍。織女機臨銀漢動，捧盤人共玉蟾高。如何今日猗蘭殿，吹盡雄風到野蒿。

煬帝故宫

鳳蹕鳴鑾入暮雲，繚墻傾影障苔痕。三千歌舞春風起，百二山河野日昏。石馬不嘶春自老，玉樓無迹燕猶存。舊時長送龍舟水，空伴寒潮過海門。

繡嶺宫

日射天門綺霧開，蘂珠宫闕照蓬萊。霓裳動入青冥去，羯鼓聲含白雨來。六轡玉虬籠劍佩，九重花界映樓臺。惜無術測一本作「揣」。天公意，忍竭恩華養禍胎。首句事見《張祜集》。明皇嘗自稱天公，見《羯鼓録》。

遊玉泉

紛披容與縱笙歌，蕙轉光風艷綺羅。露冷桃花春不管，月明芳草夜如何。靈珠浩蕩隨蘭棹，雲錦低回射玉珂。深入醉鄉休秉燭，盡情揮取魯陽戈。桃花事，見桃花夫人事，洛陽耆舊劉伯壽二侍妾，名萱草、芳草。

宫　詞

玉輦深沈不再過，錦屏寒影夢如何。露花凝夜香珠冷，苔徑封春翠靨多。怨燭淚乾遺曉月，妖蓮心苦起秋波。姮娥萬古青天上，剩比人間受折磨。

離宫詞

蝶粉蜂黄事已休，凝塵空滿玉搔頭。海棠酣睡醉無力，人柳凝眠閒自愁。深掩緑雲籠曉月，亂飄紅雨漲春流。不知燕子來時節，幾度雙飛入畫樓。

侍宴萬安閣　和林城萬安宫閣名也。

六龍捧日上層霄，人海妖氛暗自消。五彩鳳聲喧鳥道，九光芝色焕蘭苕。醽酣兜率黄金殿，太宗皇帝，嘗號萬安宫爲蓮宫。吹裂崑崙紫玉簫。更覺鈞天佳氣合，萬枝華燭動虹橋。

懷舜卿

過鴈三四聲，相思千萬里。策杖倚西風，行雲渡秋水。

寄楊誠之

相去一萬里，相思堪倚樓。漢宫臨薄暮，羌笛怨高秋。

送趙伯玉行

去鴈失歸羣，孤聲不可聞。一樓花外月，千里隴頭雲。

代人寄遠

怨蝶休春夢，驚烏遶夜啼。唯應故山月，相與過遼西。

擬孟郊古怨

妾意似花枝，願與春長在。郎意似花陰，逐日陰移改。

池亭睡起

絲雨籠深院，團花皺碧羅，不憐孤枕夢，終日戀池荷。

長春閣

院僻人行少，垂楊覆地絲。閣高秋色早，山遠夕陽遲。

春晚

雨餘芳草緑，石盡野泉渾。落日一聲笛，斷腸人倚門。

玉窗歌

玉鉤垂翠箔，珠幌背蘭膏。花瘦露如洗，月明秋更高。

夜坐

香起深齋静，横琴夜更幽。千巖風雨冷，一夜鬼神愁。

蕩子

行雲思故山，遊子何時還。天地如逆旅，光陰不可攀。

十六夜月

月姊應吞怨，無人寫所思。柔情將綽態，須是破瓜時。

春雷琴

素匣開寒玉，烏龍出秋水。長到夜深時，恐乘雷霧起。

即　事

青州少從事，平原多督郵。洞庭春色裏，誰是醉鄉侯。

錢　幣

白鹿殊持重，青蚨豈致貧。不唯堪使鬼，且是更通神。一作「如何堪使鬼，只是爲通神。」

南征過蜀寄題故園

水擊三千里，鵬搏九萬程。不應棲隱地，猶待卧龍耕。

大河篇

怒浪淘晴雪，驚雷日夜奔。洪流將碧落，空自勢相吞。

次韻閬州述事

首肯唐庚賦，心推郭奕詩。爲誰攜斗酒，還酹魯公祠。宋張俊自陝西回，過漫天坡，郭奕有詩：「大漫天是小漫天〔一二〕，小漫天是大漫天。只因大小漫天後，遂使生靈入四川。」遂不仕。離堆有顔魯公祠堂。

閨思

鴈陣驚秋信，蛩吟襲夜幃。河源應凍徹，猶憶搗征衣。

春日即事

客中草草過清明，寒襲羅衣雨又晴。夢覺畫樓春寂寂，海棠枝上有啼鶯。

野宿

清笳聲咽思徘徊，漠漠凝雲凍不開。寒入貂裘眠不得，通薪餘火撥成灰。

北風作惡晚猶寒，征鴈一聲雲漢間。歸夢暗隨天際月，清輝皎潔滿關山。

客中吟

旅懷夜永夢偏饒，明滅殘燈獨自挑。雲外五更征鴈盡，帳寒風冷雨瀟瀟。

客中次人韻

塞鴻飛盡野雲收，羌笛悠悠漳水秋。有客北來歸未得，倚門長嘯看吴鉤。

蒼官臺

層臺重到記登臨，物態熙熙春意深。手撫長松望西北，晚雲千頃似歸心。

春日遊玉泉道院

露桃香泛冷臙脂，低映相思玉樹枝。看取廣寒宫殿去，湧金亭上月來時。

過庖丁故居

青山坐對幽人老，依舊春風緑庭草。騎鯨一去不再來，愁看落花曾未掃。

太極宫

步虚聲入海山寒，併覺空香繞露盤。天浸月波秋似水，翠鸞飛滿玉華壇。

重題燕都玄都觀壁

兔葵燕麥儘風埃，何事消沈不再開。憶得桃花凝笑處，怨春愁篆滿蒼苔。

重題隗臺玄都觀壁

洞鎖荒煙藉緑苔，桃花紅盡更難開。劉郎依舊春風裏，又到玄都觀裏來。

夢　回

恨别故人千里外，夢回孤枕四更過。軒窗何處無疏雨，不似芭蕉葉上多。

辛巳年二月初四日夜半後夢中作

春寒每恨花開早，春暖何妨花較遲。休爲玉人驚老去，春寒春暖總相宜。

紀歸夢二首

睡鴨殘香隔夢聞，曉鶯啼破五更春。千秋萬古蘭窗蝶，只屬行雲行雨人。

爲蝶爲周儘自分，華胥元自是青春。寒梅豈許羅浮月，偏照凌波解珮人。

泛城南蓮湖

管絃聲破水雲幽，浪裏香風過畫樓。相與兼花折荷葉，亂遮斜日上蘭舟。

水平橋

洞簫吹罷思無聊，却下閒庭弄柳條。寂寂小園春晝水，一聲啼鳥水平橋。

白石山

山本無情不解愁，年來底事也驚秋。古今閲盡興亡恨，知爲何人雪滿頭。

立春口號

細風吹緑水生波，翠陌瑶阡艷綺羅。春信朝來到人世，滿城簫鼓醉人多。

春曉

曉來雲捲四山晴，睡起池塘春水平。滿眼東風吹柳絮，落花無語怨啼鶯。
瓊枝委露凝香雪，澹月籠光浸麝塵。唤起丁寧休唤起，蓴蘿山下浣紗人。

白日

玉澗鳴泉彈洛浦，蒼龍横沼寫離騷。晴窗睡起爐烟冷，滿院春風白日高。

臨春臺

爲臨春色上歌臺，獨捲紅羅坐緑苔。忽囀一聲穿九陌，永新傳送莫愁來。

秋日宜都道中

採蓮歌斷木蘭舟，萬里長風入戍樓。靈鳳不來青鳥去，隴雲江月可憐秋。

詠雪

碧玉壺天白玉塵，十分添起月精神。從今休作輕盈態，學殺楊花不是春。

月臺雪霽

水精簾下玉塵埃，旋逐風姨去又來。應審素娥殊有待，已懸飛鏡上瑶臺。

十六夜月得人字

姮娥減却舊精神，桂魄難同昨夜新。多謝清光不相負，徘徊終夕伴詩人。

春梅怨笛歌

一聲愁笛吟龍起，萬點驚香怨雪飛。珍重冰魂莫回首，酒痕猶滿去年衣。

雙頭牡丹

竝倚春風映畫堂，相偎應説夜來長。同枝同葉緣何事，脉脉芳心各自香。
玉盤雙捧九天香，競負恩華示寵光。憶得沈香亭北畔，太真臨鏡倚新妝。

牆北桃樹

一樹緗桃幾萬枝，餘花落盡未開時。從今甘比墻南樹，長得春風半月遲。

楊妃菊

追尋秋色到東籬，腸斷三郎足別離。折得一枝香在手，臨風何處寄相思。
醉浮愁頰半朝紅，流恨空遺滿六宮。睡殺海棠春不管，斷魂招得嫁秋風。「朝」，一作「潮」。

詠　苔

露茵疊翠藉閑園，神篆斑斑世未傳。誰道東君翻古畫，盡輸春色買苔錢。

紅叱撥

顧影驕嘶躡紫烟，緣雲隨步步一作「是」。金蓮。天然紅玉飛香輦，宜載花間醉玉仙。余避暑所，川野無非金蓮，金蓮川由此得名。

雛　鶯

一簾疏雨洗清明，啼殺東風陌上鶯。寒勒百花開不得，問他春色與誰争。

早春歌

朔風戰野地擘裂，震匣瑶琴絃凍折。春風不意到人間，昨夜柳梢先漏洩。

秋蓮怨

紅衣亂委鴛鴦浦，羅襪塵消水仙府。凝情照影竟無言，應惜芳心爲誰苦。

聽苗君彈琴

一溪流水漱成冰，六馬噓天四座傾。未是幽情堪動處，試聽徽外兩三聲。

重和惜春詩韻余時經始西園

到底總輸開口笑，未妨教效捧心顰。壺中日月杯中酒，只屬鶯花舊主人。
握月擔風留後日，吞花卧酒莫過時。請君但就溪堂上，更試沈吟味此辭。

和曹南湖故宫二首

練殺聲歌不練兵，屬圖應自恃長城。水流花落將春去，三十六宫空月明。

香生羅綺粉生光，天上人間白日長。流水浮雲春夢斷，夕陽空滿舊繚墻。

和人池亭秋宵思歸

風定清烟冷自消，月明秋水浸蘭橈。歸心不與遊塵息，空混滄波影動摇。

和光祖

詩篇足繼晋名流，幾度思君倚寺樓。十載龍庭歸不得，玉泉何日更同遊。

次趙虎巖春思詩韻

惜春彌月醉高樓，不放閒人到上頭。桃李亂隨流水去，滿城風雨替鶯愁。

次盧希謝冬日桃花詩韻

嚴風獵獵雪成堆，一夜桃花滿院開。春自不知誰著力，九重天上挽迴來。

次趙虎巖詩韻

讀書學劍兩無成，牢落無由話此情。聞道太平公事了，蓬窗閒殺老書生。

玉泉泉下有魚龍，風起波濤滄海同。自是魚龍無意出，月明愁殺釣魚翁。

次趙虎巖過玉泉懷古韻

緑迴荒草無人在，夢與浮雲一段空。休向玉泉悲故國，咸陽無處問秦宫。
路僻山荒碧草迷，行人惆悵馬頻嘶。當時樓觀尋無處，落日疏林鴉亂啼。

復次過玉泉詩韻四首

玉泉佳景昔人傳，近築幽居碧水前。他日卜鄰無我棄，竹籬茅舍好相連。
玉泉清淺野梅疏，驛路塵空未得書。獨坐穹廬情味惡，漫吟新句寄雙魚。
客夢時時遶玉泉，碧山無數鎖蒼烟。君恩未報歸難得，且向龍沙待數年。
廣文寥落客幽都，我在天涯亦隱居。料得因循渾忘却，數年不寄一封書。

擬回文

詩成怨立小樓西，晚日春懷傷鳥啼。離别書情多寄恨，遠山高處暮雲低。
樓上獨來心上愁，淚垂難道不腸柔。秋深夜雨風迴夢，燭翦空窗暗燄浮。

贈御史

四海嗷嗷屬望聲，繡衣直指下天庭。好將羅隱秋蟲賦，自此書爲座右銘。

重酬修真宫鍊師

玉檢素書魚附去，錦箋瑶句鳳銜來。桃花流水長春洞，也望羣仙許再開。

近體隔句贈人

不知何事傷遊子，漫折閒花盡日吟。轉覺忘機是啼鳥，静依芳草説春心。

送許大用還渾水

臨歧促我送行詩，信筆成詩送子歸。望斷碧雲天不盡，西風殘日雁南飛。

送王彦高

世間無物可勞神，風外浮雲陌上塵。還笑鳳凰城下柳，長條不解挽行人。

送侯君美

寒鴻不度暮聲哀，況復分襟把一杯。望斷野雲人不見，滿天風雪下高臺。

寄季淵

只須剩翦鴛鴦錦，更與重圍翡翠樓。不信西風將白雪，便教吹上遠人頭。

寄國範

舊歡新夢兩悠悠，只引相思上驛樓。尺素不應無寄處，玉灤江抱鳳城流。

睡起有寄

連日輕盈護好花，幾場春夢繞天涯。尋思不記相逢處，又入街西賣酒家。

寄家兄

碧雲天外寄相思，疊紙封愁鬢欲絲。一枕曉窗春夢好，東風爛醉小桃枝。

奉寄郭仲益錬師

瑶草秖許塵外種，鳳簫當就月中聞。應憐漢女臨溪水，閒洗榴花染白雲。

寄　人

囊括乾坤計未疏，不知胠篋竟何如。如何萬里驚塵下，未奉平安一紙書。

春日懷王澹遊禧伯

長記尋春信馬蹄，畫橋流水亂鶯啼。别來往事渾如夢，明月滿庭芳草齊。

代人作

玉簫抛曲錦停梭，却倚粧樓怨夢多。心在故園身在客，一聲秋雁過滹沱。

磨劍行

故國江山夢裏行，不期今日果長征。劍華休遣塵生澀，萬事人間總未平。

四公子庾辭體四首

細腰宫裏芳菲處，唯有金衣公子知。嘗笑何郎暮春怨，紹蘭只寄一聯詩。
鶯穿楊柳金梭織，蝶落宫花玉錢墜。採花蜂去未回來，一雙乳燕梁間睡。
曉枕啼鶯睡起慵，日高墻外趁遊蜂。桃花零落聯蝴蝶，燕子來時春意濃。
倚柳穿花自在形，報衙朝夕太勞生。還家漫結莊周夢，直到西風别玉京。

少年行

燕燕鶯鶯滿鳳城，好花時節更關情。自從雙鯉消沈後，惆悵春流越淺清。

月宫遊 并序。

唐《逸史》：羅公遠多祕術，嘗與玄宗至月宫，得《霓裳羽衣曲》。一説開元二十九年，中秋夜，帝與術士葉法善遊月宫，得《霓裳羽衣曲》。更有數説皆不同。《開元傳信記》：元宗夢遊月宫，得《紫雲迴曲》。

《紫雲迴曲》韻遊空，只伴霓裳在月宫。未到海棠花睡起，豈知愁雨復愁風。《明皇别録》曰：「帝幸蜀，南入斜谷，屬霖雨彌旬於棧道，雨中聞鈴聲，與山相應。帝既悼念貴妃，因採其聲，爲《雨霖鈴》曲，以寄恨焉。」

觀唐太宗像

丹青得許近天真，日表龍姿肖所聞。功德兼隆古無幾，可憐不贖蓋都君。

題明皇思曲江圖

偃月堂成已亂基，徒令千古罪環兒。中原戰血生荆棘，可惜一作「何事」。三郎見事遲。

題廢館醉仙像

雲卧霓裳冷畫屏，夢魂應繞舊旗亭。如今醉著誰家酒，猶自頹然醉不醒。

題馬元章水墨美人圖

爲嫌脂粉污顔色，故著尋常淡薄衣。借問赤烏緣底事，驚魚深入鳥高飛。

佳人惜梅圖

玉骨冰肌瘞雪宫，壽陽殘夢捲春空。不知吹上高樓笛，却挽長條問曉風。

題織成雙禽

組工得許近天真，一段幽芳照瑞雲。應是深閨孤恨切，雙禽託意學回文。

題秋江柏石孤舟圖

烟涵老柏蒼龍瘦，雲盡高峰冷翠横。野渡無人渡秋水，一江秋影浸寒晴。

跋彭氏所藏畫鴈

瘦荻枯荷野水深，畫工多意作輕陰。雪聲驚破歸飛夢，一片瀟湘萬里心。

題扇頭

孤負提攜避暑宫，見延明月引清風。縱然秋氣爲移奪，終感殊恩在篋中。

謹次尊大人領省懷梅溪詩韻

好將元亮林泉興，澮寫王維水墨圖。心遠地偏人不到，閉門讀盡五車書。

護先妣國夫人喪南行奉别尊大人領省

淚滿雲牋未愴神，高樓望不見飛塵。重重門户無人到，深鎖桃花一院春。

憶尊大人領省二首

一上居庸萬里心，居庸關上望和林。和林城遠望不見，日落雲明山水深。
欲迴蘭棹更夷猶，事出沈思得自求。霜鴈不來書斷絶，水寒烟淡倚高樓。

曉聞行宫遷居

曙色將分夢欲殘，一天星斗冷闌干。攬衣推枕出門去，揚子江豪怒曉寒。

惜　别

憶昔相逢各少年，幾臨風月醉華筵。悠悠别後空回首，風起楊花雪滿天。

初閱仙音樂

催花白雨銜芳春，香濕霓裳入夢雲。曾是長安少年客，天津橋上月中聞。

明妃二首

漢使却回憑寄語，漢家三十六將軍。勸君莫話封侯事，觸撥傷心不願聞。
散花天上散花人，誰説香名更未聞。薄命换移仙壽在，不須青塜有愁雲。

〔一〕「緬」，原闕，今據四庫本《雙溪醉隱集》補入。
〔二〕「閣」，原誤作「間」，今據四庫本改。
〔三〕「逆」，原誤作「送」，今據四庫本改。
〔四〕「謂之」，原誤作「相連」，今據四庫本改。
〔五〕「閉」，原誤作「閑」，今據四庫本改。
〔六〕「期」，原誤作「明」，今據四庫本改。
〔七〕「冀」，原誤作「異」，今據四庫本改。
〔八〕「朝凍」，原誤作「寒夜」，今據四庫本改。
〔九〕「虵」，原闕，今據四庫本補入。
〔一〇〕「欣辨」，原誤作「休辦」，今據四庫本改。

〔二〕「穴」，原闕，今據四庫本補入。
〔三〕「大」，原誤作「天」，今據四庫本改。

程教授端禮

端禮字敬叔，浙江鄞縣人。幼穎悟純篤，年十五能記誦六經，曉暢大義。先自南宋間，四明之學多宗象山。惟端禮兄弟，皆從史蒙卿游，以傳朱子明體達用之旨，學者及門甚衆。時人有「二程」之目。著《讀書工程》，國子監以頒示郡邑校官，爲學者式。仕爲衢州路儒學教授。卒年七十五。所著《畏齋集》六卷。

次史耕野借書韻

掩關卧空齋，寡德嗟無鄰。坐令日月易，見兹夏木新。俯仰閲今古，孰能反其淳。有疑未云祛，就正乏所親。譬車適千里，曠焉迷路津。聞君忽叩門，起迎正冠巾。議論一超越，諒非今世人。遺我金玉章，把玩良足珍。言欲借詩書，討論意彌勤。爲君出所藏，不辭筐篋貧。儻足爲君益，敢厭來往頻。

雪野齋

混沌昔云判，高下散衆殊。山川互阻深，道路饒崎嶇。滕六若有意，補塞歸糢糊。誰知甚險艱，行客多迷塗。何如萬原野，坦坦皆康衢。常時人素履，此日心亦孚。平平展天鏡，蕩蕩開玉壺。招遥踏廣寒，汗漫遊清虚。元翁心地明，直與此鏡俱。融作一片玉，皓皓歸太初。

酬張荷屋惠酒之作

春風被草木，華色一以妍。散策登崇巘，泛舟遡晴川。悠悠憺忘歸，孤嘯激雲天。嗟無同懷侶，俾我心悁悁。美人在山阿，貞操松柏堅。攝衣往叩門，一見情依然。壺觴遠見贈，侑以金玉篇。酒昭意不薄，詩叙别經年。惜哉不可留，整斾吾言旋。短章聊爲報，中懷詎能宣。

送人遊越

會稽揚州鎮，名實著典籍。禹昔巡九土，於焉會羣辟。澄湖三百里，寒光湛空碧。郊闗連崇山，巑岏類天劃。古來磊落士，多此託棲息。王謝有子孫，風流猶未革。欲遊無方舟，魂夢勞宿昔。今君挂江帆，迤邐詣幽賾。上探神禹穴，下訪王謝迹。兹特江南奇，氣象猶迫迮。更爲嵩華遊，馳車陵谷客。嗟我足如縶，坐使歲月易。

桐廬舟中奉寄宋推官仲翔兼柬余知事伯貞

换舟桐廬驛，寒雨泝清曉。微茫烟樹來，眩轉沙洲繞。危臺倚石壁，釣者跡已杳。念我平生歡，語斷意未了。方提文章印，遽隔霄漢表。前日過逋山，穿梅度林篠。壁間見妙墨，勢若蛇蛟矯。高詞接黄九，幽夢到蘇小。邇來定多事，無復親魚鳥。空餘折獄心，攻苦如食蓼。樓臺鬬城邑，欲往路深渺。爲語幕中賢，相將遊鳳沼。

庚午四月一日小飲光霽子實仲容有作次韻

春曘欣雨集，復惜年光流。園林入深窅，風日尚妍柔。繁華變清越，棲遲餘香留。戢戢階下笋，直節見萌勾。而我得佳友，攜手此尋幽。華構既空曠，崇墉亦遭周。瓶罍混清濁，雉膏續脮脩。思與晴雲飛，論若獨繭抽。嘉樹影自移，好鳥聲相酬。人事諒多感，天遊本非謀。未易輕虞卿，著書守窮愁。

題菊逸手卷

英英江海芳，粲粲籬菊鮮。梅清未爲逸，風占花信先。雖避桃李俗，後爲楝所牽。季秋百卉歇，霜下菊方妍。貞姿傲歲晚，獨以節自全。所以陶處士，愛之見詩篇。八表同昏時，醉石供高眠。饑却道濟米，不書義熙年。逸氣振古稀，人花無間然。誰與散人裔，菊逸扁其軒。

送孟後村赴臨海任

嘗聞興公賦，永懷天台勝。故人美無度，官協遊山興。桃花遡溪源，杖藜躡雲蹬。相期何處好，石橋共清凭。

至正癸未春紹興總管兼善達公以禮幣招行鄉飲回至七里灘舟中同陳君王叔載鄭以道孫子材姪季武王敬中取山谷詩一江明月趁漁船之句為韻得一字

禮成發會稽，主送賓筵秩。雪晴宿靄收，諸峰春筍出。舟下七里灘，帆張如箭疾。圓月正高懸，極目天水一。柔櫓和欸乃，凈練破蕩潏。真同泛剡情，不羨乘槎術。共載得才彥，劇談夜連日。史册三千年，毫釐窮得失。飲江酌北斗，浩氣逾崒嵂。茲遊不可忘，後會那能必。

題越費氏飛流亭

久愛越山勝，晨喜春雪晴。行訪香爐峰，得憩飛流亭。始知危石煉，不補銀河傾。長夏炎暑却，終古風來驚。高原束巖險，奇觀類天成。賦詠鬬雄詞，窮搜雕元精。水下比性善，孟氏論已明。志士達忠孝，處難節乃名。不見鏡湖水，萬頃平無聲。

送吴景賢

憶我初識君，邂逅錢塘樓。文妍六橋水，氣凌兩峰秋。平生易董賈，不數枚與鄒。別去十餘年，掾吏來昇州。執戟滯楊子，蕭生抱關留。但聞百事理，不見有悔尤。玉雪不磷緇，塵外自浮遊。果充崇臺貢，十一乃爲收。清高贊憲府，濟物志乃酬。苗莠審芟殖，冤洗澤乃流。酌泉本素履，名節光前修。他年早拂衣，相期釣滄洲。

贈孫友仁

舟發甬水東，遥望青山岑。白雲既杳靄，佳木亦蕭森。下有寒棲士，絙絃鳴清琴。調古知音稀，自聽還自吟。饑食北山薇，渴飲寒潭深。持此永終日，世塵詎能侵。願言往從之，庶以慰我心。

范得甫往昌國因寄馬雲北

汩汩動江流，赴海無時息。我友滄海去，遠訪安期迹。東望久延佇，煙波渺無極。憑君一問訊，早掛歸船席。

勸　酒

舉酒勸君君勿辭，一年春好惟兹時。風日暄暖啼黄鸝，澄空紺碧飛遊絲。緑楊萬縷垂水湄，小桃破萼嬌晴姿。今日何日風物奇，花朝止有三日遲。客愁頓釋如冰澌，况有佳賓酒盈卮。堂上主人文章師，筆下縱横蟠蛟螭。胸中磊落載書詩，年强學富仕則宜。我生同里隔城埤，束髮學校聯講帷。在鄉已獲繼蕭規，復來郎邑分臯比。人生出處神所司，千里會合非人爲。夷吾鮑叔心相知，交情歲晚無磷緇。

禮長十年兄事之，在我豈止肩當隨。君顔美好我反衰，自鏡醜惡知蒙倛。君已有子紹裘箕，我如鳩拙巢無枝。譬彼平坂天馬馳，跛鼈欲與争毫氂。上天生人意有期，但貴樹植勿自隳〔一〕。弧矢昔已射四陲，豈得懷土生愁噫。郎山在眼水清漪，魚有鯿鱖果棗梨。勸君飲酒君勿辭，坐上白日西南移。

陪王明府禱雨鎮山同諸友訪正氏隱居

羲和行日當午停，旱雲不雨空鞭霆。扇摇無風腕欲脱，六合爲窑難逃形。偶到君家非有意，忽得水竹涵清泠。解衣盤礴不忍去，況有佳客來聯軿。更喜主人能愛客，枕簟招邀入林坰。冰盤夏實雜水陸，不覺墻角屢倒瓶。可憐俗子走聲利，紛紛有若蛾赴熒。廣寒閬風豈有隔，置身瀟爽由心扃。

贈墨客林松泉

李墨黄金兩相直，世無潘谷誰解識。林家得法亦有名，試磨石堅光點漆。我無論古垂不朽，却愛此墨可傳久。儻書自鬻牘三千，何似珍藏七十九。

代人送徹里戶

將軍少學萬人敵，書記姓名亦漫讀。曾隨博望探河源，遠將樓船從楊僕。手提玉龍不顧身，辛苦成功收爵禄。天下至治息五兵，今爲君王護北平。去年來戍郎水上〔二〕，秋毫不犯號令明。身同甘苦士卒樂，坐使境内消姦萌。每得相從出射獵，往往驅馳騁驍捷。身輕一鳥草上飛，弦響雙鴻手隨接。衢歌野舞同醉醒，日暮歸來心未愜。瓜期忽及回桐川，送車百兩聲喧闐。津亭把酒别我去，天寒積雪千山連。何時合并有此樂，離心翻繞風中旃。

送浙東帥閫都事宋公代滿鄉

廣平大節堅鐵石，開元相業昭今昔。子京修史筆扛鼎，歐陽相推何敢易。家聲奕葉久濟美，篤生我公當盛世。弱冠柔翰步玉堂，卓犖不負讀書志。石渠白虎講羣經，持槖從容待天子。厭直承明佐雄藩，南探禹穴觀海水。文事武備際昇平，古來從軍本云樂。萬竈貔貅我所監，月淡秋城夜鳴柝。威行九夷皮卉外，仁宣七郡民社間。置酒高會甘海錯，拄笏爽氣看西山。三年談笑了青油，旄倪攀卧苦難留。勿笑歸裝只舊書，還作朝中第一流。

送敬叔兄之建平

城南城北花草香，客子舉袂風揚揚。黄塵蔽天車輪遠，白日照地離草長。孤鴻高翔避寒暑，羣雀低飛謀稻粱。兩渡吴江弄舟楫，乾坤日月浮滄浪。

壽洪宣尉

使節煌煌蒞江國，闔郡歡迎走城驛。此地實公舊所治，郡人猶能誦公德。重來回首二十年，岸柳江梅有佳色。政從一郡遍江南，願早普爲天下澤。存心濟物天所福，長年富貴何須祝。

春日

年少逢春日，歡呼喜欲狂。隨人折花柳，約伴釣池塘。三十忽在眼，萬愁摧我腸。祇今春日至，轉覺意茫茫。

送項伯晉歸台之仙居

泮水師經術，侯門禮上賓。霞城動歸興，藜杖及新春。住占神仙宅，行知來往津。君歸憑問訊，吾亦此山人。

寄單幕王三通叟

年少各輕别，相望今兩翁。聯吟無客與，把酒待君同。梁苑花陪雪，隋堤鴈趁風。坐尋南北意，流落半生中。

留飲城南寄漢翔諸君子

盡以思親恨，裁成寄遠詩。墨濃多是淚，語苦不勝悲。桐影風清處，楓林月上時。向來迎送地，經過幾相思。

晚　眺

漠漠復溟溟，魚龍氣吐成。江風吹欲斷，沙日暝還生。遠著浦帆濕，低連烟樹平。滄浪垂釣者，對此愜幽情。

大雲寺

修竹藏低屋，高峰擁大雲。深居無客至，幽意與誰分。梅蘂添僧臘，苔痕寫梵文〔三〕。夜來山犬吠，庭葉落紛紛。

送王君實都事赴内臺御史

久簡王祥孝，兼思汲黯忠。聖明無闕事，繩糾趣居中。風正一帆遠，霜清萬宇同。從容前席問，爲述細民窮。

壽趙中丞迂軒

爲國生賢佐，今朝孕上台。清風儀十道，鉅德冠三臺。酒帶荷香舉，筵隨水曲開。神仙公便是，何處覓蓬萊。

壽判官吳大任

治平期第一，通守職爲難。今日酌泉操，從人解組看。已同陽獨復，未學陰能干。會見臨雍拜，何庸數李桓。

志士慕前修，何曾與俗謀。讀書三十乘，種橘一千頭。華炬明瑶席，春蟾浸玉舟。主人趣爲具，佳客爲淹留。

次陸紹賢客中九日次子美韻

多愁休倚酒杯寬，强飲難成笑語歡。短髮已如歸漢節，少年空好切雲冠。霜前白雁能隨暖，籬下黄花巧耐寒。客路秋光元不異，與君寂寞兩相看。

春日

欹枕雨聲收碧甃，倚闌花氣襲羅衣。海棠滿院燕初到，芳草連天人未歸。時序風光還似舊，物情客意每相違。便攜樽酒尋遊伴，休向空庭怨落暉。

初驚春風動江國，又見春光生客愁。花蘂迎晴欲灼爍，柳條映日弄輕柔。遥遥有客聯遊騎，脉脉無言獨倚樓。一片閒情何處寄，有時吹笛落滄洲。

休言草木是無情，自入城來緑已成。却笑羈棲何得似，故教終日恨難平。有時楊柳樓前立，復向櫻桃樹底行。萬事浮雲那有定，一杯春酒未宜輕。

寄吕城諸葛用中

知君家住吕城隈，八百株桑手自栽。長日讀書依玉局，何年奏賦上金臺。梅邊月照輕車去，松底雲將好句來。昭代右文天下盛，曲阿古縣故多才。

寄吴秋山

未别愁心不可降，况今别久隔他邦。筆囊塵塞魚棲穴，土屋燈殘蠟嚙窗。芸閣圖書如舊夢，梨園歌管盡新腔。思君欲寄長相憶，安得雲安尺鯉雙。

送周本心

夜來飛詔下蓬瀛，萬里衡雲望使星。戀豆駑駘閒白日，淩風老鶴徹青冥。烟籠花影微微見，風度車聲隱隱聽。總是長安留滯客，驛邊楊柳幾回青。

次趙有章韻呈道心

與君共醉墮冠簪，醉墨流傳笑至今。檢點故人華髮早，按行陳迹緑苔深。還丹會駐千年景，劫火難灰一寸心。便欲相從參肘後，溪窗容我伴書琴。

送舒可道都事福建立省

至元天子正乾坤，省闥曾分向七閩。四海久無兵革苦，百年重見簡書新。雲邊野老供丹荔，幕下郎官坐繡茵。海氣東南細如霧，椰瓢酒好莫沾脣。

新　草

燒痕已没春風到，碧色初齊夜雨晴。稚子鬭來誰盡識，馬蹄踏後又還生。送人真是難爲別，得句何須待夢成。一上高樓望中國，萋萋千里與烟平。

次張荷屋遊鏡湖韻

莫說吾鄉薄海州，春來風物亦堪遊。欲圖一片鏡湖色〔四〕，安得當年顧虎頭。水暖荇香魚子散，山空日静鳥聲幽。看花忽作長安夢，二十年來志未酬。

送陳縣尉還吴

才高官小儘從容，代去行騎御史驄。尊酒吟同春夜雨，片帆歸及楝花風。竟如梅福居吴市，便作南昌視甬東。衰朽不堪君别我，從教三徑長蒿蓬。

謝林閏之惠瓜酒招其同飲

尊酒乍開浮臘蟻，田瓜新剖瑩秋霜。多愁漸覺心胸豁，煩渴能令齒頰凉。貴似邵侯難自保，貧如陶令趣何長。殷勤投我無堪報，幸子相過共一觴。

春溪送别一首呈國瑞知事

雨過春溪送客舟，一尊易盡客難留。老參戎幕貧依舊，歸過嚴灘得免羞。取次岸花開不斷，間關林鳥語相酬。秋風籬菊期同采，休羡班超定遠侯。

戊辰韓大雅自南掾史赴湖北憲司知事

魏公勳爲四賢冠，吏部文興八代衰。誰似高才輔家學，肯留南紀滯明時。秦淮烟水蘭舟發，黄鶴梅花玉笛吹。憲府清高少公事，休因崔顥不題詩。

送巡綽官汪仲罕知事還衢

棘闈深向浙江開，喜得三衢幕客來。遶舍佩聲秋宛轉，隔簾花影晚徘徊。羣公共説青雲器，丞相親分白玉杯。遍寫新詩寄鄉里，驛亭候吏莫相催。

辛酉六月二日壽迂軒趙學士

海内蒼生心屬望，朝端元老禮方隆。共知貧似韓宣子，未許閒如裴晉公。竹葉清尊能却暑，紅蓮白羽自摇風。他年得謝身康健，會入耆英洛社中。

柱石邦家豈偶然，真元會合篤生賢。掄材人實斗南一，執法身爲天下先。自是慈仁能備福，不因導引得長年。清溪九曲幽居勝，他日耆英作畫傳。

天開昌運會明良，崧嶽生賢任棟梁。爲相何曾數房杜，致君直欲邁虞唐。清溪九曲紅塵隔，壽酒千觥白日長。豈但階庭多綵戲，已看朝罷笏盈牀。

累朝勳業見丹心，經濟宏材冠古今。愛士力扶名教重，憂民惟恐吏文深。希文心事千年在，伯厚聲名十道欽。他日清溪爲緑野，角巾强健足幽尋。

送　客

坂路威夷車百兩，晴花爛漫酒千觴。野鵑似惜征人別，岸柳不知離思長。

寄俞季友

子也才高又妙年，自宜獻賦上甘泉。雍陽客舍多明月，詩到春來有幾篇。
山雪都消水見沙，滿城桃杏欲開花。青衫白髮東風裏，南信初通倍憶家。

寄熊原翁

自笑將軍不值錢，學書學劍兩茫然。今朝却走豐城道，回首横岡十九年。
江上書來慰舊遊，新詩滿紙不勝愁。篝燈照壁元無寐，又聽疏鐘起寺樓。
志道齋前芹草春，游思閣下桂華新。滿頭白髮非前日，祇有丹心向古人。
潛江孔陽不可見，黄家湖頭君讀書。不辭入邑扣齋閣，徑買小舟歸釣魚。

寄鮑仲安

春入靈山草樹新，種花繞屋不勝春。飄零江海成何事，强起裁詩謝故人。
十里溪山接郡城，籃輿時作傍溪行。城中塵土迷人目，鄭子書堂滿意清。

宿回溪望守村寄朱延年

碧樹朱樓一逕斜，路人猶指省元家〔五〕。門前不看閒車馬，石磴蒼苔翳落花。
遠樹重陰長似雨，深山積潤易生雲。短衣射虎成何事，青竹題詩漫寄君。

城上閒步

城上寒梅白雪花，城邊嫩柳黄金芽。平林望盡意不盡，回首城西日欲斜。
萬里雲歸雨意醒，城頭花草弄春晴。欲歌風物無才思，更約諸公載酒行。
春入園林意氣清，花紅柳緑鬭新晴。城頭望斷天涯路，城外黄鶯一兩聲。

〔一〕「隳」，原誤作「隨」，今據四庫本《畏齋集》改。
〔二〕「戌」，原誤作「戍」，今據四庫本改。

〔三〕「梵」，原誤作「楚」，今據四庫本改。
〔四〕「鏡」，原誤作「錢」，今據詩題改。
〔五〕「省」，原誤作「雀」，今據四庫本改。

陳侍從宜甫

宜甫字秋巖，閩人。元世祖時，嘗爲侍從。集中詩多與盧承旨摯、姚文公燧、趙文敏公孟頫、程文憲公鉅夫、留承旨夢炎相唱和。所著有《秋巖詩集》二卷。

飲馬長城窟

我來長城下，飲馬長城窟。積此古怨基，悲哉築城卒。當時掘土深，望望築城高。縈紆九千里，死者如牛毛。骨浸窟中水，魂作泉下鬼。朝風暮雨天，啾啾哭不已。昔人飲馬時，辛苦事甲兵。今我飲馬來，邊境方清寧。馬飲再三嗅，似疑戰血腥。昔人有哀吟，吟寄潺湲聲。潺湲聲不住，欲向何人訴。青天不得聞，白日又欲暮。此恨應綿綿，平沙結寒霧。

夜聞隴西歌有懷牧菴左丞

君莫唱《楊柳枝》，游子多別離。君莫唱《金縷衣》，人老更無年少時。自古唱歌易悲感，思入碧雲愁黯黯。陽關三疊不堪聞，河滿一聲腸已斷。君不見大風雲飛揚，漢歌思沛鄉。又不見楚王氣蓋世，泣下愁烏江。英雄勝負總塵土，一樣蕭蕭白楊墓。山河大地只如昨，歌聲暗促年華度。我來隴西成浪遊，寂寞春殘又到秋。斜陽已落荒壘暝，片月自照交河流。此時旅腸悲火熱，隴西歌客歌清切。學將鸚鵡樹頭聲，化作杜鵑枝上血。寒風不動馬不鳴，餘音嫋嫋含餘情。却疑古來出塞曲，至今流落傳邊庭。我爲沈吟愁不寐，懷古思鄉賦歌意。歌聲已斷歌思長，白雲衰草天茫茫。

夜靜聽道友董舒隱彈李陵思漢曲因賦長歌以寫其當時之意云呈傅初菴

幽人南來彈玉琴，冷冷一曲悲南音。況作李陵思漢調，使我夜聽憂難禁。將軍雖云去已久，得君爲寫千古艱。難心初撚指下纔，輕舉黄金殿上聞。天語將軍肯行天，子許戰勝良功立。須取大絃忽變軒，昂聲指揮劍客真。奇兵倏然百騎合，争戰亂箭如雨强。弓鳴小絃喑嗚復，抑鬱不覺計窮力。應屈微臣慮遠深，自謀莫逆帝心果。安出須臾聲答雁，聲長雁來無書徒。憶鄉孤忠空照日，耿耿慚愧强謝蘇。中郎續續泛音轉，迢遞遥望長空幾千里。高臺揮淚落斜陽，望斷漢宫五雲起。司馬忠言猶且疑，臣心只願蒼旻知。臣雖不歸築臺在，後人或爲臣傷悲。我爲聽琴哀此意，何況飄蓬沙漠地。幾年屢過將軍臺，雲淡霜寒草憔悴。今宵聽君彈此聲，喜爲將軍鳴不平。曲終夜長萬籟静，使我歸興欲戀巖上松風清。

初春月寄王眉叟

嫦娥對春初，新畫一眉月。脉脉天涯心，迢迢拜瑶闕。微光射邊壘，行客憶離别。今年十三度，隨處見圓缺。料得山中人，憐我冒風雪。素衣塵欲緇，玄髮星忽忽。惟此哉生明，偏照歸心切。

舊扇吟寄程雪樓廉使

去秋藏篋中，依舊明月在。攜持骨格輕，發揮力量大。四海蒙清風，炎官悉除害。不以用舍期，握手永相愛。

富陽李宗勉丞相墳

丞相何年薨，鬱哉此佳城。石羊卧烟雨，兩馬驕欲鳴。翁仲唤不譍，夜語招山精。往昔朱旐來，人詫死葬榮。鑿山進深邃，砌石宏經營。結廬慎呵護，樵牧焉敢行。豈不有子孫，歲歲酹酒傾。豈期百年後，反使神鬼驚。風濤翻淅水，亂卒交縱横。民居擄掠盡，猶記死者名。操戈立塚上，嘯動疑山崩。春鋤闞揮手，舉石犁爲坑。紅棺碎霞色，體貌渾如生。提撕解寶帶，收拾金滿籯。一槌控渠口，探出珠光明。形骸委泥草，老樹饑鴉聲。恐公德不及，身後禍乃萌〔一〕。或爲此財累，以致害不輕。未從史書見，重感空墳塋。舟人指示予，歷説爲愴情。長林落日暝，遠浦寒烟晴。歌詩弔冥漠，江闊愁波平。

隆德縣望火臺

近山一臺突兀勢，遠山一臺出天際。何時築此望烽火，留及如今太平世。六十年來無甲兵，西方樂土邊陲清。君王神武今混一，藩籬大剖無金城。尚餘此臺屹山頂，照月愁風拄孤影。昔人觸目心膽寒，今日空迷野烟暝。行歌爲我重悲傷，願臺萬年無火光。

題金城縣漢李夫人墓

延年歌發漢主惑，緣何傾城再傾國。爲言美人絶姿色，曠代不遇難再得。瑶臺金屋流春風，夫人綽約真天容。等閒承恩媚一笑，六宫爍伏花顔紅。寵深體弱忽寢疾，不願君王顧衰質。兒將有托即瞑目，死别那知恨無極。玉簫聲斷知何許，落月悲風愁萬古。一從香骨葬金城，芳草青連茂陵土。

謝張疇齋惠筆

深感贈予筆，江淹好夢醒。聽陳古人意，吟取與君聽。毛髮欲上指，鋒芒初發硎。墨雲蒸九澤，硯水捲滄溟。造化寧無補，江山助有靈。峽流春洶洶，溪霧晝冥冥。大手誇無敵，英賢得寧馨。我才慚朽木，吟思蕩浮萍。縱欲窺天巧，那能瑞帝庭。徒扛九鼎重，難釣五侯鯖。蛇悔多添足，蠅知誤點屏。班超投有志，王述怒空形。冥斂浮光彩，閒脩静典刑。養生抄《素問》，學道寫《黄庭》。批註鑽龜策，標題相鶴經。詩瓢宜泛水，文塚合書銘。適意添花譜，垂名厭竹青。品茶追陸羽，頌酒繼劉伶。白髮爲何事，青山可暮齡。殷勤祝毛穎，爾勿歎伶俜。

丙申秋同錫喇平章重過和林城故宮

昔日憲皇帝，和林建此宮。中原盡朝貢，嘉運會英雄。沙漠皇風遠，蒿萊古殿空。最傷西蜀道，六御不回龍。

庚辰春再隨駕北行二首

天地蒼茫闊，其如旅況何。冰融河水濁，沙接塞雲多。土穴居黄鼠，氈車駕白駞。棲棲無所樂，遠近聽朝歌。

四更催蓐食，結束鬧比鄰。人去留殘跡，車行擁後塵。雲開還有月，風冷不知春。幸得狐裘在，温存逆旅身。

秋夕一首寄李明府

獨坐真無賴，清吟誰與同。壯心惟浩歎，往事已成空。明月秋砧起，西風畫角雄。如何今夕夢，多在故鄉中。

九月九日有懷平原郡公趙五山

經年留朔漠，此日又重陽。游子淚沾雨，行軍氣挾霜。沙場愁草白，籬落憶花黄。忽念登高處，淒凉更一觴。

聞塞笛有懷趙詹澤廉使

客行思故鄉，聞笛轉淒凉。不見梅花落，空愁塞草黄。雁聲沈遠漠，牛背送斜陽。出塞翻新曲，誰知恨更長。

懷川晚立

清川繞縣衙，小立共汀沙。暝色催歸鳥，春愁對落花。江湖頻戀闕，風雨更思家。出處成何事，惟添兩鬢華。

歌風臺

高祖去已久，歸如魂魄何。俗傳西漢事，碑刻《大風歌》。山遠分滕壤，冰開響沛河。荒臺兩間屋，衰草夕陽多。

陪趙左丞晚過臨潼

臨潼天欲暮，騎馬去駸駸。翠湧驪山秀，清流渭水深。路繁酸棗樹，市接古槐陰。明日長安道，新詩擬共吟。

次詹天游學士見寄韻

悵望日邊客，天遥雲水重。書中曾寄語，夢裏忽相逢。細雨埋芳草，寒烟入古松。何時一晤語，尊酒又從容。

失馬次張疇齋學士韻

想因貪草去，杳莫聽嘶鳴。失豈不爲福，無之何以行。雪深空有跡，鞍在未忘情。只合蹇驢背，吟詩興轉清。

贈江總帥

風嚴帥府氣昂霄，三十青春貴不驕。將相一門多厚禄，功勳百世重清朝。珂鳴紫陌春行馬，箭入黄雲曉射鵰。武略不施邊塞静，幾回氈帳話逍遥。

題張騫乘槎圖

雪湧銀濤八月秋，風吹巾袂興悠悠。坐來蓬島千年樹，穩勝蓮花一葉舟。星照横機問織女，月明清渚立牽牛。偶然得石歸來後，却厭金張萬户侯〔二〕。

題吳綵鸞寫韻軒詩

衣染紅塵幾歲除，琪花瑶樹憶清都。光寒秋月歌明鏡，香暖春風曳繡襦。仙態自來天上别，韻書應怪世間無。彩雲夢散簫聲遠，日落江山空畫圖。

同狄子玉司馬登和林佛閣留題

邊城寂寞磧雲黄，興廢令人重感傷。鵶噪夕陽迷佛宇，烟凝秋色暗宫墻。十年故國人何處，九月陰山草又霜。共倚闌干懷往事，金仙無語塞天長。

同張尚書趙侍郎飲於長安酒肆主人從予乞對句標題予為題曰萬斛香浮金掌露四時人醉洞庭春上馬後足成一詩

偶從酒肆樂天真，又見羲皇化俗淳。萬斛香浮金掌露，四時人醉沿庭春。休官最喜陶元亮，荷插當隨劉伯倫。晋代風流無復見，更誰傳此醉鄉神。

憶梅懷傅初菴學士

十年不見梅花樹，長憶暗香冰雪顔。心逐暮雲飛庾嶺，夢隨寒月到孤山。縞衣叩户來何晚，翠羽傳書去未還。一自西湖幽響絶，豈無詩句落人間。

重接劉介臣書

記得登舟惜别離，天涯相望兩依依。幾迴夢裏尋君去，三度書來約我歸。閩海浪肥春雨過，和林沙遠曉雲飛。今秋擬逐歸鴻便，爲説家中莫寄衣。

懷李海一尚書

記得去年寒食後，君從北上我西遊。山川總入英雄氣，風雨不堪離别愁。歸馬有知元識路，來鴻無信動經秋。燕臺又擬相逢日，共説長安古帝州。

同張子友尚書賦芭蕉

榮瘁根苗换歲年，緑雲光照玉闌前。雙開掌扇平遮日，一卷新書直奏天。自可題詩供醉筆，不堪聽雨攪愁眠。若教種滿人間世，得鹿紛紛到夢邊。

聞雞

度關人已遠，倚劍夜初分。我亦待清曙，前村多白雲。

渭水

萬古清流繞郡迴，幾朝宫殿化飛灰。釣璜人去秋波冷，歲歲西風雁影來。

次張斯道學士韻

不是金華眠石化，成羣遠出黑山陰。蘇郎一去無人管，散入寒烟野草深。

〔一〕「禍」，原誤作「高」，今據四庫本《秋巖集》改。

〔二〕「張」，四庫本作「章」。

俞同知希魯

希魯字用中，丹徒人。父德鄰，景定鄉舉，入元不仕。希魯辟從事郎、江山尹，調永康尹，遷儒林郎、松江府路同知。學業浩博，淹貫羣籍。金華宋濂見其文稱爲先輩。境内碑碣，多所撰述。至順中，嘗著郡志，序事精密，有《竹素鉤懸》二十卷、《聽雨軒集》二十卷。

題李伯時三馬圖卷

渥洼汗血真龍種，千里霜啼賈餘勇。閶闔牽來三疋練，霧鬣霜鬃欲飛動。龍眠居士筆有神，獨憐神駿爲寫真。雪堂老翁親灑翰，妙墨著楮光如新。三百年間一蕭瑟，此書此畫俱難得。市骨猶拚五百金，此卷應當萬金值。方今四海同一家，玉關咫尺無塵沙。十二閑中盡騕褭，不須更畫青宜結。

次朱知事韻

滔滔南紀接東溟，天遣茲山鎮百靈。一榻烟雲空外影，四軒風浪静中聲。祈蠶沙户無來艇，瘞鶴仙樵有刻銘。慚愧蝸牛廬下客，蒲團趺坐閲晴陰。

次趙萬里遊焦山韻

山姓猶存迹豈非，神丹往往有餘輝。海門浴日霞光動，佛屋凝煙霧氣微。半夜講經龍出聽，千年瘞塚鶴來歸。馬頭塵土深如海，羡殺雲堂老衲衣。

多景樓

老大光陰孤節序，登臨景物踐詩盟。層岡自笑蹣跚上，逸興還從杳靄生。萬里波濤舒望遠，九秋風露入懷清。當年很石今何有，聊爲英雄一愴情。

登金山

雪崖冰柱出氛埃，掛席登臨每厭回。兩塔撑空鼇極壯，千楹□露蜃樓開。無風但見驚濤沸，盡日如聞驟雨來。欲訪開山裴祖蹟，荒涼古洞翳蒿萊。

前　題

振屐層巔出蔦蘿，開軒絶島把鷗波。人間勝景有如此，除却蓬萊見未多。

突兀浮金出浪花，江淮一覽浩無涯。誰依玉鑑光中住，知是法成禪老家。

題米元暉五洲圖卷

雨過郊原曙色分，亂山元氣碧氤氲。白雲滿案從舒卷，誰道不堪持寄君。

題雷雨護嬰圖

雷雨翻空咫尺迷，褰裳攜幼欲何歸。鄰家倘是魯男子，倉卒驚危未可依。
涑雨欲來雲覆林，一聲霹靂破玄陰。英雄七箸有時失，何況人間兒女心。
澒洞奔雷山欲摧，山頭雲氣怒如炊。紛紛掩耳驚欲仆，正是希夷鼾睡時。

胡提舉杕

杕一名棣，字伯友，南昌進賢人。博學雄文，好古尚士，以詩賦名。薦授江西儒學提舉。

送別李伯實五首

情通萬里親，遠別恐遼絶。徘徊言笑間，眷愛終糾結。以鏡投月中，相照一何切。上下雲與塵，輝光豈淪滅。

我有五色絲，投子錦繡機。前織鴛鴦紋，後織連理枝。一匹裁爲雙，卷懷各置之。千歲兩端合，永無棼所治。

梧桐在高岡，上結朱鳳巢。大鵷刷毛羽，小雛亦飄飖。朝陽蔽浮雲，衆鳥暫咬咬。翱翔覽德輝，今何爲動摇。

十五結交初，《大學》同《詩》《書》。纏綿二十載，雙雙水中魚。君髪今已斑，而我白髭鬚。同門半爲鬼，成材者誰歟。我心永如帶，出匝繫君裾。

司馬文如錦，所少者黄金。金多反致怨，文爲治世音。昔病今已愈，書草復盈襟。文園儻見招，爲我恣歌吟。

元旦詞

昨日去矣今日來，時節無乃苦相催。去者一何速，來者一何促。晨風東北來，吹我堂前燭。昨日何舊，今日何新？我將舊酒，酬彼新人。

美人歎

高樓美人一點雪，翠袖舞落青天月。樓上酒杯乾，樓頭杏花折。緑帶鴛鴦雙繡結，迎郎未幾送郎別，明日新腔爲誰發。

高句麗

東人之領如蝤蠐，落日唱曲過大堤。一曲一傾天下耳，四海齊和高句麗。玉轡雕鞍大宛馬，醉歸繫在垂陽下。深院薔薇春更濃，華燈正照黄金斝〔一〕。

城安驛漫興

驛館停孤櫂，漁家住隔溪。秋天雙隼健，寒水一鴉啼。雲色知風起，沙痕見水低。回看汶上月，落在嶧山西。

送僧之廬山

廬山之峰青到天，百鳥不敢巢其巔。淩空踏雪雙赤脚，入定坐雲偏袒肩。天地夜光散紅葉，海門秋色歸白蓮。菴巖三百有六十，一入應須住一年〔二〕。

送人之九江

四野鐃歌起暮愁，壯年激烈載書遊。九江月白琵琶夜，五老天青菡萏秋。對酒豈無司馬在，巢雲應共謫仙留。但逢勝地曾登眺，多寫新詩寄白頭。

次崖詩為張幼祥賦

乘槎張子天河客，河與洪厓絶頂通。日照書巢蒼樹表，泉舂藥碓白雲中。古丹九轉芙蓉火，靈犬還吟枸杞叢。借我雪精騎半月，逍遥遊遍蕊珠宫。

〔一〕「華」，原誤作「黄」，今據未定稿本改。

〔二〕「入」，未定稿本作「日」。

孟總管淳

淳字能静，漢東人。以父縉蔭出仕。皇慶中，歷官處州路總管。卒贈吴興郡公。

横山道中

滿天飛雪地不知，旁午忽霽雲無癡。前山後嶺盡改觀，峥嶸獨出長松枝。瓊瑶層疊間蒼翠，微日射之光陸離。自今數臘尚旬浹，再白早見三未遲。麥苗已作湯餅意，芃芃不見寒風吹。今年蝗崇禾白死，芋栗豈救貧民饑。天道好還亦有數，萬家一飽明年期。莫道田翁笑相語，我亦馬上伸其眉。

過浮雲宿七尺

山雲憐客歲晚行，小雨遽止雷不成。陰霾漸開日隱見，軋軋筍輿和澗聲。谷中青煙一縷起，忽散無跡旋復生。上嶺下嶺頗費脚，草徑犖确仍斜横。千林葉盡百草悴，喬松勁竹吾同明。野梅邂逅亦數數，雪色風香相送迎。路無里堠界遠近，晨行暮止那計程。田家團欒地爐煖，新醅旋潑肥雞烹。泛舟溪上豈不樂，吾獨何爲無此情。

劍池湖

昔聞歐冶子，今識劍池湖。一掬泉多少，千年事有無〔一〕。神功應幻化，靈物豈泥塗。瑣碎舟中鐵，相傳出舊爐。

詠　栝

秔秫田稀地似淮，頗宜粟種與瓜栽。鴈逢蒼嶺却回去，潮到青田不上來。煙雨樓空碑碣在，雲山窗外畫圖開。一司七縣官三品，政拙慚非作牧才。

題高尚書夜山圖

月底江山如畫好，樓中几席與秋清。剡藤不到高人手，一段風流可得成。
江行山立月盤桓，有客無言樓上看。清興肯隨城漏盡，夜深風露恐高寒。

題趙榮祿水村圖

茅屋竹籬山掩映，蒹葭楊柳水縈紆。漁人定指扁舟語，野老應尋隱者徒。

白雲山

萬疊巉巖一徑開，中間空洞白雲堆。陽坡草軟人稀到，惟有青猨曝背來。

瀑　布

聚不成雲散似煙，自風自雨洞中天。白龍飛下無尋處，化作鱗鱗碧一川。

石帆山

非蒲非布樹如檣，一片横溪十幅强。八面天風吹不動，任他來往客舟忙。

小蓬萊

一溪清淺不勝舟，峭玉横溪翠欲浮。咫尺更無塵慮到，何須海上覓瀛洲。

〔一〕「千」，原誤作「十」，今據未定稿本改。

鼇海詩人達溥化

達溥化字仲囦，龍城人。向於吴中藏書家得傅仲淵《鼇海詩人集》一卷〔一〕，出處未詳。及見賴良《大雅集》中，達溥化字仲囦，號鼇海，乃知「傅」即「溥」之譌也，因爲改正録之。

葡萄

葡萄種子來青羌，十年種得陰覆堂。月明露滴馬乳重，雨過風動虬鬚長。滿盤只疑碧玉顆，入口不異青霞漿。秋風萬里賀蘭道，馳送紫駝香滿囊。

千葉蓮

仙掌蓮花千葉朵，何年根蒂落層闌。敲開水府魚鱗屋，捧出龍宫瑪瑙盤。湘老送將雲作蓋，山人留製玉爲冠。繼玄草閣清如水，一夜吟成劍氣寒。

次薩天錫登石頭城韻

西州城外石頭寺，共説英雄事業凋。王氣黄旗千歲盡，水聲廣樂四時朝。白鷁裘壞逢珠柙，玉燕穿横墜藻翹。重到謝家攜妓處，維春寂寞聽春潮。

與薩天錫登鳳皇臺

鳳皇高飛横四海，錦袍猶賦鳳皇游。天隨没鶻低秦樹，江學巴蛇入楚流。勳業何如飲名酒，衣冠未省識神州。天涯芳草萋萋緑，王粲歸來便倚樓。

送劉好士歸武昌

遊子結束向何處，城中雪花幾尺圍。去家萬里多夢見，辭親五年今始歸。道士吹簫赤壁下，行人泊舟黄鶴磯。我亦張帆上南斗，卧看明月去如飛。

題頤結寺方丈假山

仙掌芙蓉紫翠開，玉梯金磴上昭回。玉囊窗窱生靈籟，坤軸支撑盡劫灰。六月寒風森洞壑，九天清氣辟塵埃。莊生誌有莊西論，會與乘風出九垓。

題滕王閣

傑閣凈虚云幾層，波心照見碧崚嶒。魚龍水府珠光動，牛斗臺城劍氣稜。地引三江通貢賦，天高五嶺失炎蒸。臨風最想韓星鳳，爲恨平生未一登。

長橋夜泊

長橋夜望泊吴船，水闊天高思杳然。風雨不銷青蝃蝀，波濤欲没翠蜿蜒。淩梯宛若逐天上，驅石渾疑過海邊。落日洞庭秋色遠，凉風猶自奏鈞天。

寂照堂荷池二首

誰種芙蓉開滿池，清泉十尺浄無泥。雲銷緑水花如斗，露濕金莖實有梯。不見鴛鴦秋作立，只聞翡翠夜深啼。好分無盡燈中火，燒作千枝照大迷。

芙蓉花發滿池塘，根蒂猶連七澤香。天女玉盤雲氣濕，仙人金掌露花凉。鴛鴦雨細聞瑶佩，翡翠風高見緑房。楚客煙中魂易斷，只將遠意問瀟湘。

新夏偶題

葛巾紈扇日相尋，南國枇杷滿樹金。四月池塘荷葉大，千家窗户緑陰深。蘭苕翡翠多清致，錦樹黄鸝正好音。詩思忽來魂欲斷，吴娃蕩槳過江心。

題孔雀

五色文章鳳羽儀，石林蓊峻見庭稀。金華翠羽毋空惜，翠竹蒼藤不易飛。瘴海日高方飲啄，龍江秋盡早相依。年年貢入龍樓去，盡化春風錦繡圍。

題倪國祥南郵小隱詩卷

風雨江湖十尺航，汀洲雲樹共蒼蒼。夜舂秔稻黄金破，秋釣鱸魚白玉長。二老草堂容可擬，三篙煙水永相忘。干戈滿地東吴少，合把尊鱸仔細嘗。

游澱湖

日落汀洲采白蘋，采蘋歌唱江南春。登臺雪藕大如臂，出釣白魚長似人。海面雨來雲潑墨，湖中風起浪翻銀。前船欲發後船住，越女聲嬌嗔不真。

讀班叔皮王命論

丹鳳黄龍降自天，玉皇金鼎在遺編。漢王未必從陳勝〔三〕，秦帝何曾愧魯連。堯聖善推行揖讓，啓賢能繼事相傳。叔皮宏論終天在，好爲羣雄一再宣。

鳳凰山望朝日

滄海全吴當百二，坐臨溟渤鬱陶開。日含金霧天邊出，潮捲銀河地底來。雲净定山浮砥柱，天高秦望見蓬萊。東南檣櫓年來少，獨向江頭一愴懷。

〔一〕「吴中藏書家」，未定稿本作「秀水曹侍郎溶所」。

〔二〕「王」，未定稿本作「皇」。

清白先生楊鎰

鎰字顯民，南昌進賢人。所學名家，尤精於詩，號清白先生，有《清白齋集》。弟鑄字季子，亦工詩。金華王禕子充作《楊季子詩序》曰：楊君家學之懿，本於伯兄顯民先生。故所爲詩體裁風致，若出一律，醇厚典則，浸淫乎漢魏，蓋不多讓。知其兄弟自相師友，得乎家學者深也。

贈石維秀才

石子山中來，衣上白雲濕。俯仰時自謠，鏗鏘溢篇什。註書空林間，花落常自拾。明晨城南去，相望空悒悒。

雨　至

維南有崇山，山上多浮雲。静聞微雨至，寂寂在西軒。曠然無所懷，端坐復何言。不知春向深，況知賤與貧。

送汪玉峰經歷

名門多簡牘，從事總賢才。萬里乘龍出，三年入幕來。山花催馬去，江燕逐人回。便足寬民望，郎星出上台。

精勤堂

草堂臨水掩，煙樹隔雲生。曲徑花邊入，深燈柳外明。春星垂硯小，暮雪撲衣輕。暫輟觀書興，聽雞已再鳴。

題胡氏墅閣

山近臨溪墅，川明背郭樓。野煙薰日暗，汀雪帶冰流。鳥逐孤雲没，天兼遠水浮。主人來往熟，投轄爲誰留。

見月有作

宇宙開塵匣，中天白露溥〔一〕。一輪今夜月，四海幾人看。露泛銀河濕，星依玉兔寒。素心同浩浩，顧景在雲端。

酬西竺上人惠茶

香茗天然味，真從西竺來。葉沈雲景見，花破雪痕開。有分思禪榻，無心覓酒杯。乘風欲歸去，時復問蓬萊。

送聞上人遊廬山

三峽橋頭花落深，架裟春日此登臨。浮雲不繫空中跡，流水偏清世外心。龍化喜蟠行處鉢，狷吟慣續坐時琴。香爐北接長江近，折葦行須度少林。

題徐氏野耕

寥寥箕潁邈千年，高士猶耕谷口田。春隴落花雙袖雨，野橋流水一犁煙。未交聘幣應難識，終卧茅廬亦自賢。芝草琅玕深幾尺，秋來移種白雲邊。

題樹間亭子

高樹連雲十里陰，樹間亭子緑沈沈。人行不見溪猶遠，門掩細聽泉更深。巢鷺墮魚銜葉救，饑鶯捎蝶遶花尋。頗因静坐三千日，萬事悠悠直一心。

凝翠樓

禪房高棟拂層霄，晴翠浮空孰可招。簾幕倒遮斜日出，香煙細逐亂雲飄。翻經高處千函盡，挂衲閑時萬慮消。獨倚闌干飛鳥外，一聲殘磬晚蕭蕭。

遊石門寺

石門江面黄金刹，樓閣層雲畫不能。沙上清聞天上磬，水中紅見殿中燈。夕陽急過兩三度，秋葉閒行四五僧。今古來遊多俊傑，題詩寧莫記吾曾。

寄簡東園隱者

垂老無家祇一身，脩然短褐住東園。十年春色惟高枕，萬事浮雲獨閉門〔三〕。曲徑水流通藥圃，隔溪花落似桃源。客來松下清風坐，除却煎茶更不言。

題葉氏攀桂樓

萬里秋風拂桂枝，廣寒天近五雲移。香飄月殿銀屏暗，露濕霓裳紫袖垂。踏遍蟾宫虚五夜，斫殘玉斧漫多時。登樓正好論經術，興入高明自詠詩。

别徐志可黄仲立

楓林秋色動江關，茅屋蕭蕭白晝閒。二客遠來知厚意，三人相對覺衰顔。平生氣槩交遊内，隨意棲遲雅俗間。衹恐聯翩雙騎去，獨留黄葉滿空山。

范文正公祠堂

將相才名高萬古，竝驅伊吕展經綸。百年憂樂兼天下，四海安危一老臣。黼黻文章明日月，指揮戎馬静風塵。敷陳未盡英雄去，千載祠堂草自春。

送葛子熙遊

布帆相續下東吴，海戍霜清萬木疏。兩袂朔風慈母綫，一燈微雨故人書。江天漠漠空聞鴈，冰雪陰陰獨膾魚。菽水三牲誰盡樂，綈袍相問意何如。

久雨邀熙載弟

淫雨飄蕭六七日，空齋索莫二三人。江楓自落依流水，野竹新生過隔鄰。急遣奉邀吾弟至，相過莫厭老夫貧。衝泥肯爲同衾枕，已掃西軒榻上塵。

惜别

飲馬月明裏，曉窗聞洞簫。夜深人不見，竹露滴芭蕉。

楊檢校鑄

鑄字季子，鎰弟。至正初，爲史館校勘，事畢爲德慶路知事。尋入爲中書檢校，經略江南，承制至閩，以疾不起。王子充稱季子：其才豪富，其志甚遠。而天不假以年，所賴以傳者詩而已。

題宋氏南軒

脱灑謝塵喧，棲神在巖户。殘雲牀下起，昨日山中雨。緑澗挹驚流，攀林弄芳樹。非關薄時榮，逍遥自成趣。

晚憩澗北亭

我性喜蕭一作「消」。散，東園時獨行。高亭俯絶澗，下有流泉聲。秀木翳繁陰，朱華散微馨。躊躕憺忘歸，夕露沾我纓。人生忽如寄，何乃苦營營。優遊在空谷，飲水有餘情。一作「清」。

明鏡詞贈傅秀才

亭亭青銅鏡，似月雲端缺。無復照花顔，輝光暗消歇。憂來不欲近，坐恐生白髮。時傅方悼亡。

夏日山中讀書

翳翳嘉木陰，結廬三四椽。雨風五月中，日夕聞鳴蟬。居閒復奚爲，涵泳聖人言。時於會心處，掩卷自欣然。

送别鎦伯章歸省時鎦方悼亡故并致其意

斗酒酌未盡，離人去怱怱。歸心逐海月，飛繞香爐峰。峰前緑蘿樹，下有五畝宫。上堂壽尊親，手把黄金鍾。入室獨無依，風吹羅幔空。雖有兩小妾，顔色如花紅。不敵伉儷情，虚爲夭冶容。人生百年内，哀樂本無窮。自非曠士懷，寧免勞其中。心堅抱節義，行止慎其躬。贈言匪諧謔，勖爾保令終。

貞節篇

錫山有荼還可茹，錫山有檗誰云苦。人生最苦定如何，試聽我歌歌華母。良人早歲事君王，可憐玉樹颯彫傷。春天淚灑梨花雨，秋夜魂消蘭葉霜。三十餘年真苦節，兩鬢青絲已成雪。紫誥金花聖主頒，華堂翠榜名郎揭。共姜自誓古稱賢，誰能爲讀《柏舟》篇〔三〕。何時升堂酌春酒，載詠雪山爲母壽〔四〕。

〔一〕「溥」，原誤作「溥」，今據未定稿本改。
〔二〕「獨」，未定稿本作「秖」。
〔三〕「讀」，未定稿本作「續」。
〔四〕「雪」，未定稿本作「錫」。

黄山長玠

玠字伯成，慈谿人。父正孫，徙居魏塘。玠清苦力學，慕吴興山水之勝，因卜居弁山。與趙松雪游，松雪稱許之，謂平生第四友也。後爲西湖書院山長。平生慕郭林宗、黄叔度、陶淵明之風，不喜儲蓄，有輒貸人。晚年值亂，崎嶇兵革，間益貧困，處之泰然。後終于魏塘。爲詩沖淡夷曠。有《弁山小隱吟録》、《知非舊稾》、《唐詩選纂韻録》行世。

賦顧梅西煮雪窩

摇竹取殘雪，松聲動寒吹。金帳少餘歡，石鼎作雅事。極清超水品，至淡出天味。行過梅花西，唤起幽人睡。

采蓮女

川日出已高，江霏散如霧。但聞《采蓮曲》，不知采蓮處。雙雙相思鳥，飛上相思樹。幽人空爾懷，欲往畏多露。

寄胡伯衡兼呈叔父元理元美

憶昔少年日，慷慨賦遠遊。晨起攬白鬢，始知天地秋。寒雲去鴈斷，落木窮猿愁。親故各異方，誰當慰淹留。此邦非吾土，悵望登兹樓。長歌動幽憤，汗漫不可收。陽鳥尚謀食，候蟲猶念衣。口體見驅迫，使我遠别離。歷歷路半千，迢迢江南涯。悠悠去鄉邑，往往見縶縻。年衰酒況惡，引飲不滿巵。形影相嘅惜，恐爲時所悲。弁山非故山，愴然寄幽期。餘生苟未隕，猶及爾東歸〔一〕。

南堂偶成似衛耕間先生

倚闌看池水，池水清若空。煙沈樹色底，日行雲影中。翾羽晞薄霧，游絲汎光風。躍魚自幽潛，豈望能爲龍。才劣不任官，力弱不任農。清世有幸民，我辰非不逢。

賦陸子敬舊時月色亭

古月即已舊，今月乃更新。解后見顔色，梅花如故人。挽彼簷下枝，挂我頭上巾。摘花不插髮，踏月走千巡。横笛且勿吹，良夜亦易晨。恒恐明日至，使我跡復陳。願因白兔公，託根冰雪輪。結子近瓊樓，永與桂樹親。

月下獨酌似謝季初叔久兄弟

風休露欲下，雲過月如走。一尊良夜初，萬事中年後。太白真仙人，俗客非其偶。孤斟不成歡，引影作三友。我今笑問影，頗亦解事否。既能隨我身，胡不開爾口。傾杯月入懷，停杯月在手。此月豈真月，不飲復何有。

寄衍上人索畫蘭

日出躋北林，日入下西澨。幽芳隔遠水，水寒不可厲。歸來看畫圖，瀟灑美風製。萬事何必真，聊與爾同世。

次韻孫元實言詩

佳詩如飲泉，一寒乃清真。妙趣欲無我，寧復有襲因。學之三十年，同光猶隙塵。擾擾共高下，未足輕衆人。多忤言可忘，薄奉氣乃醇。羲黄復何心，適當天地春。

移　舟

移舟發江夕，遠浦入雙樹。烓竈動煙火，野宿在中露。波月光鱗鱗，川霏雜輕霧。濯手亂繁星，水禽忽飛去。

題畫山水似盛子昭

冉冉山上雲，纍纍水中石。梢梢林莽高，黯黯崖谷黑。東岡特秀絶，拔地起千尺。突兀衆峰間，猶是太古色。連山根插江，江碧石齒齒。層顛高山雲，老樹下壓水。巖扉俯深迥，磴道陟紆委。欲持一壺酒，慰彼幽棲子。前山如立稍，後山如倚較。遠近千萬山，斗絶入牛角。礬頭積磊砢，石面鬭磽确。是中無征徭，民俗猶願慤。回峰危欲墜，峭徑深可入。縈紆度壁隝，杳窕去井邑。泉懸浄練明，崖擁積鐵澀。緬懷真白君，相從負雲笈。

自贊并贈寫陳伯玉

有形本皆幻，聊與影相從。於兹未能忘，更欲求其同。我神夫豈遂，故在阿堵中。靈景合内外，逍遥方未終。

張伯壽煮石窩清坐

客主心兩忘，清坐對荒寂。吹火出清藜，拾薪煮白石。倚蘭荷氣凉，移牀竹陰夕。素髮共飄蕭，風期似疇昔。

黄一峰莫莫齋

莫莫重莫莫，車輪生四角。歧路滿天涯，歸人已林壑。若華能照夜，蓂草知合朔。物有秀而靈，唯我貴淳樸。

寒夜

寥寥遥夜清，霍霍流景急。餘生若斷緒，棼糺不可緝。屋高寒影孤，窗虚雨聲集。僮奴懶欲休，獨背殘燈立。

荅韓廷玉問詩

學詩自有律，才流必經通。詠歌成文章，譬若水與風。茫茫沃雲日，衮衮吹魚龍。觸激從所遇，萬變何可同。恬澹有餘韻，奇崛難爲工。恒存言外意，趣味斯無窮。

竹亭用本韻

繞霤竹萬挺，晝日起暝色。久矣幽人貞，懷哉君子德。淡食度清朝，微吟荅佳夕。遺我青琅玕，報之雙水碧。

重來吳興有懷松雪齋

采芳須得蘭，斬堅須得檀。懷哉古君子，感此歲欲單。青山如韎韐，逶逦起林巒。文章有正氣，一何鬱盤盤。雲來松雪春，雲去松雪寒。藻翰雖不絕，門檝今稀殘。尚思燈火夕，舛謁見砭彈。厚意何以報，抱志空長歎。

贈毉士葉古齋

昔者帝軒轅，駕言師赤松。相教服水玉，問道崆峒宫。文字盡科斗，故是開天功。顧謂鬼臾區，妙契將無同。靈樞發奥旨，元氣春融融。山川入攬挹，草木臭味通。懸壺隱東市，愧爾賣藥翁。上下數千載，猶在一日中。

擬送張子長赴史館

陳志稱穢史，漢緒遂中絕。不如誦杜詩，忠槩何憤切。我將操玉斧，騰飛入明月。斮彼白兔毫，製爲董狐筆。送子萬里行，聊用資作述。大義或有乖，慎爾寧匆匆。

俞子昭山月軒

山月出未高，燗如大銀槃。及其當天中，小如冰一丸。我將問鬱儀，青冥風露寒。遠近且莫解，況爾闕與摶。兹軒特可喜，倚闌終日看。常疑猛虎嘯，驚起女乘鸞。

大雪有懷北中親友

南州三日雪，墮地爲堅冰。念我骨肉親，束書向幽并。馬寒車折軸，歲晚不得寧。仰觀浮雲馳，緬焉寄深情。

題郭天錫雲山圖

翹翹山有木，翳翳林有谷。雨氣作深雲，新陰如膏沐。夫豈無居人，誅茅結溪屋。幽棲不出户，野塘春水緑。

題李紫篔墨本竹枝

鄭谷愛吟詩，夜聞巖竹折。至今石上影，猶帶山中雪。刻彫妙入神，餘情寄乀丿。永懷貞白君，終身惟素節。

題呂德常所藏雲西雪山小景

前岡嶄如削，後巘旋若顧。溪寒嶻嵲晚，雪没剡中路。將無乘興人，過彼幽棲處。應待月華生，却棹扁舟去。

華亭教諭張伯元歸錢塘

惻惻重惻惻，舟舵動行色。歲晚念尊親，華亭有歸客。琴清孤月白，酒盡衆山碧。樓閣倚高寒，江空帆影側。

次韻曹教諭

涼風發秋夕，落木振疎陰。相思在咫尺，兩契同一心。發弦不下指，寧我有遺音。梧桐生下澤，幾時成鳳林。蹀躞雙遠遊，獨繞庭中樹。與世欲竝臧，行行迷所遇。有客吹洞簫，如泣亦如訴。花月滿良宵，如何此虚度。

王官谷聽泉

援琴俯寒泉，琅然動幽聽。寫彼石上流，寄此山中興。盯嚀喧雜空，潺湲清響應。翻將《羽衣曲》，更作

《龜茲詠》。

與衍上人道原

樹本遲百圍，蘿蔓紛成結。迴川繚崇構，欒櫨隱深樾。湍駃泉響急，徑險石色滑。可容許詢輩，清心共禪悦。

陳益之壺中

仙翁不知年，一壺懸太空。晨朝出賣藥，日夕入其中。雖與市人處，不與市人同。時有采芝客，來自蓬山宫。

陶與權南園別業

瓊田無惡土，玉樹多好枝。鼎角匿犀者，自是名家兒。應門有暇日，頗作佳園池。朝臨二王書，暮吟三謝詩。花邊迎小車，竹下理殘棋。賓至可命觴，親在志無違。

與韓仲實九日登涵山有懷韓伯清

涼風薄莫商，時菊委多露。兹辰足相娱，舟楫旋且具。往日豈復來，新人已如故。百年幾兩屐，更踏涵山去。穿空上危級，身高鳥飛處。江天入遐眺，暝色起烟樹。始昏見横參，歲與秋俱暮。君子殊未來，役車在中路。

送黄少監晉卿還金華

惟我宗人兄，早登南宫試。當時《太極賦》，可使紙價貴。文章有餘勇，一鼓作士氣。旋收成均譽，遂發蘭臺祕。迎親來遠遊，禄仕見初志。懸車不及晚，重是愛日意。桓楹樹阡表，彝鼎銘祭器。哀榮兩無忝，子道兹益備。昔往弗可追，今歸復何亟。江皋冠蓋集，潮水舟楫駛。能無英瓊瑰，持用荅嘉遺。回首望金華，草樹亦增賁。

介石遺余翁鞵歌以為謝

衰年足趺冷，火缶不少離。投我雙青鞵，鍼跡匀且緻。跫然試幽步，蹈履必雅地。出户復入門，徘徊感嘉遺。將非尚方舄，飄飄有仙氣。歲晚動行色，遠道隨所至。南北歧路多，邅回來不易。庶將黄石書，報君圯上意。

賦竹居 春夏秋冬，琴棋書畫。

好風從東來，吹我石上竹。取琴竹下彈，希聲不成曲。桃李正無言，世人自相逐。繁華此何時，所貴君子獨。殘棋久未收，竹凉成小坐。樵蘇冷不爨，竹設惟瓜蓏。風吹碧雲動，時有蒼雪墮。焉知人間世，赤日如焦火。遠過幽人居，支笻立良久。竹影落秋波，照面緑於酒。俗士不必來，屐齒蒼苔厚。案頭二王書，妙不數顏柳。好畫不厭看，柰此風凄冽。翠禽雙飛來，翻枝落殘雪。竹間見石友，歲晚共貞節。淡如君子交，冷面炙不熱。

贈相士薛如鑑

松檜角薪若，瓜匏腹果然。貴者自有相，畸人休怨天。班超本燕頷，馬周亦鳶肩。苟非眼若電，便應面如田。我昔不自知，憒憒三十年。頭顱忽潦倒，眉目徒清妍。論心在擇術，斯言心可鐫。何疑子荀氏，嘗作《非相篇》。

壽張南石宣慰

留侯自人傑，功名聊復爾。既見黄石公，更從赤松子。神仙好樓居，逍遥遠塵滓。囊中飡玉法，于今几刀匕〔二〕。碧桃三月花，照影瑶池水。阿母紫霞杯，睟面紅光起。西山青鳥使，書來道蕃祉。宜爾壽千春，朱顏常韡韡。

題曹雲西桂根圖

何人操玉斧，夜半緣青冥。砍去月中樹，千秋傷我情。無根亦去已，有根當復生。但笑吴剛者，負此不義名。

送禮絕學上人還下渚

西遊五天竺，東上三神山。相去各幾許，悠悠生死關。我欲往從之，忘世良復難。大道固無爲，此身要勿閒。乾坤性吾德，父母形我顔。壯志方未酬，努力更加餐。落葉飛青霜，長飈薄林樾。青山頻夢歸，夜半孤舟發。寧撫金錯刀，呼酒與君别。欻來語匆匆，徑去心孑孑。清溪今夜寒，梅花滿篷雪。相思曲未終，凍琴弦欲折。

顧德玉萬竹軒

日出塵未動，清坐傍疎簾。簾影帶深竹，風漪摇四簷。花時甘澹退，寄懷在棋奩。舉手屬有念，食子乃久拈。壁間樓毛拂，窗下漆棐几。一塵飛不來，竹色净如水。賓退日更長，清風亦時至。蘭亭修禊辭，硬黄臨蠒紙。白日何促促，秋燈動華屋。所思浩無端，開軒坐幽獨。凉月出東楹，琴聲隔深竹。欲問彈者誰，童子睡正熟。江晚雪初集，翠竹聲珊珊。曉起當南榮，飛舞萬玉鸞。愛此不能去，豈知雙袂寒。欲招丹淵子，寫作圖簇看。

春寒

長風西北來，動盪不能寧。塵沙亂白日，草木變秋聲。陽德久未舒，繁霜況相仍。苦寒衣裘薄，得酒且屢傾。

湖上似濮樂閒吴季良

湖水碧于玉，湖船深似屋。銀罌供奉酒，金縷新翻曲。花濃春亦醉，波净雲可漉。當爲故人飲，但畏白日速。

自怡齋

晏晏秋日晶，倚闌魚樂時。雲烟生遠思，水木涵清暉。田父肯見邀，家兒可言詩。如斯亦云足，幽偏得自怡。

月出

故人不可見，梅花如故人。相思隔明月，獨吟逢早春。

聞蛩

嘖嘖復嘖嘖，候蟲催織作。少婦對秋缸，淚逐燈花落。向來陌上桑，根株盡漂泊。練衣恐不完，尚敢望紈帛。

沈德中蒼筠軒

平生我知竹，竹豈不知我。澹然萬慮空，竟日林下坐。一一青珊瑚，時時蒼霜墮。翠羽何處來，清夢忽驚破。

訪南山沈彦之采金櫻子

塵雜心不怡，駕言采藥去。木顆摘金罌，刺手不盈筥。石齒滑行屐，翻足畏側步。山雨秋正深，落葉沈已腐。

寄呈虞伯生學士

今代虞夫子，自是瀛洲仙。撫編誦奇文，西顧心如懸。我昔曾大父，蓋嘗治臨川。手澤幸尚存，祠宮幾百年。前賢不自譽，所望在後賢。褒嘉作美語，聲光同爛然。寸心此區區，去鴈春風前。白雲不可寄，但有白雲篇。

惠山紀遊

跨馬北郭門，尋僧南朝寺。青雲珠樹林，碧草金沙地。危徑緣磥砢，寒泉寫蒼翠。星垂析木光，月墮方諸淚。含暉白日閒，動影清風起。解觚貯冷冽，臨流浣塵滓。九龍發靈淵，下作梁溪水。文采多清流，波瀾有源委。我本乘興來，歲事亦徂只。汲此山中緑，寄彼城居子。

呈余峻山

先生中朝彦，早逢聖明君。井絡降英氣，奎光動星文。束皙詩四言，蔡邕書八分。多士起瞻慕，諸生賴儒薰。鄙也少庸劣，力學終無聞。意謂經品題，欲超凡馬羣。師道吾豈敢，屢染成緅纁。厚德何以報，寸心中沄沄。

吴興雜詠

石林精舍 在弁山之南，參政葉夢得所作。

精舍青山曲，石林雲氣寒。夔龍方滿朝，誰不愛王官。歸人獨有見，聊復此盤桓。

佑聖宫白玉蟾壁上留題

仙人白玉蟾，題詩留素壁。筆勢來翩翩，朦睽不可測。將飛蛟龍影，或是風雨跡。

何楷讀書堂 一在何山寺。

昔賢讀書處，今爲梵王宫。世事有翻覆，人境誰能同。唯應姓何氏，與山相始終。

汙樽亭 唐相李適之飲于此。

汙樽幾千載，長在峴山頭。何必有杯勺，聊爲飲一杯。落葉墮西風，奈此天地秋。

碧瀾堂

月出寒木杪，照我軒東榮。悵然下玉琴，彈作離鸞聲。夜久强就枕，孤燈如秋螢。紙帳不自暖，一片梅花冰。

至後書懷

月色不自暖，霜氣生寒芒。卧内無美飾，牀敷但菰蔣。誰家合歡帳，四角懸香囊。芙蓉隱繡褥，文綺雙鴛鴦。起坐獨寤歎，迢迢深夜長。梅花自清苦，乃將慕姚黄〔三〕。

梁邦彦王官谷見訪

伯鸞不願仕，叔度亦無官。葛越製隱服，竹皮裁小冠。所求年穀成，斯人獲苟安。庶有一畝宫，可以歌考槃。蚤起理素髮，良朋來合并。拂牀正書册，整襟候門衡。無忌酷似舅，季方難爲兄。朝陽雙鳳凰，文彩生光榮。

大宅行

大宅何粱渠，昔時良宴同。當户垂碧柳，夾道種青桐。層軒不見日，高臺還避風。鴛鴦啑華沼，鸚鵡語雕籠。傷心玉壺缺，過眼金谷空。蘼蕪怨春緑，舜華愁夕紅。衰草卧僵石，寒雨泣故叢。人生意氣得，惆悵難再逢。

梅花

相見漢皋晚，相思湘水春。若非捐珮者，定是解珠人。根頭春已動，枝面雪渾消。稱是黄金屋，尋常貯阿嬌。南枝已先暖，北枝猶苦寒。笛中吹不盡，畫裏得相看。碧瀾堂下水，浪波何沄沄。遠愧六客詞，有感在斯文。迴舟唱歌去，弄影前溪雲。

白蘋亭 唐刺史楊漢公所建。

城郭俯寒碧，水木摇清華。雙雙翡翠羽，低拂白蘋花。如何楊刺史，不向此爲家。

浮玉山 在城南碧浪湖中。

渺渺碧浪湖，中有浮玉山。相期采蘭芍，佳人殊未閒。舟楫忽已晚，乘風聊獨還。

顔魯公祠

恭惟顔太師，名節天下無。身首何異處，貞心終不渝。客來拜祠下，豈愛干禄書。

墨妙亭

在郡庠中，東坡作記。

古來貴書跡，莫如淳化年。千金購遺帖，墨妙生姿妍。誰其作亭子，宋人蘇謫仙。

清風樓

在郡小城上。

褰裳涉危梯，倚檻對雄州。山横太湖口，溪出少城頭。闌干十二曲，清風如凉秋〔四〕。

碧　巖

在弁山頂。

攜酒上碧巖，挈壺松下飲。憑高數千尺，雲水白淰淰。六月生夜寒，山眠不成寢。

白鶴廟

在弁山之西。

越俗好巫鬼，白鶴乃有神。廟亭非一朝，山木已千春。客行亦少憩，焉知僞與真。

黄龍洞

在弁山之北。

旱日赤如火，黄龍呼不譍。摇石動雲氣，聽松作雨聲。悵望但空歸，何以慰深情。

顧渚茶　因吴夫槩王得名。

夫槩名王渚，西山紫筍茶。水磑生緑塵，小角裝金花。盡從天使去，供奉内人家。

棲賢里

客來棲賢里，願斸棲賢地。秋來多晚菘，脆美敵羣皚。聊將遺子孫，庶能知此味。

鴛鴦湖上曲

妾本鴛鴦湖上女，能彈琵琶作鴬語。與郎相見得郎歡，牀頭黄金用如土。黄金用盡遂不歸，妾身憔悴將何依。可憐徘徊花上月，爲郎沽酒典春衣。春衣典却妾無怨，後夜花開無可典。寄謝悠悠世上兒，人生雖樂有貧時。

馬頭者故貴人家侍兒流落錢塘謝長源有詩余和之

謝君馬頭歌老孀，彼神司蠶宿在房。合精月駟耀吐芒，衣被天下爲文章。豈有所思下土方，學施朱鉛試新妝。黄金約腕珠作璫，步摇之冠雲錦裳。凉州蒲桃紫雪漿，華堂燕來飛瓊觴。人生富貴豈有常，朝爲名花侍侯王，暮爲小草委路旁。皺面如靴不復光，空懸泉刀金錯囊。却思故步心自傷，星宫之樂樂無央。

玉泉元帥示余佩刀回回氏所作也如鴈翎而雪色文理可觀〔五二〕

將軍太平得寶刀，愛之不殊古孟勞。三尺白鷴尾雪色，引緌脱室風騷騷。摩挲秋水生凈滑，俊采猶作花門驕。盤根錯節知利器，名世何必皆豪曹。萬辟千灌奇乃見，鼉文縵理纖如毛。當時已用兔膾鐵，此物或取羊頭銷。傳家要是公輔器，苟非其人誰得操。藏鋒不試蓋有待，幸勿容易汙腥臊。

竹齋學士竹柏圖得之李好古野齋平章舊物也

薊邱學士神仙人，詞翰揮毫有餘力。清風披拂盡琅玕，日費尚方三斗墨。昔年乘傳向蠻邦，修竹如雲楚山夕。却迴官舸過湘中，江雨推篷寓寒碧。遠勢連翩數十枚，顛倒縱横鳳鸞翼。天機到處物變盡，雲影紛紛灑人黑。想見走筆如飛龍，山木水蘿俱辟易。不辭遺蹟購千金，此卷千金妙無敵。

韓伯清所藏子昂雙松便面

并刀翦水一尺餘，照見亭亭兩松影。玉堂學士自寫真，令我悽然發深省。聳壑昂霄五十年，健筆如錐有鋒穎。蒼髯蹀怒知誰嗔，老節猶將見奇挺。直榦斜分水墨痕，樛枝亂結風霜頂。龍鸞已化毛骨殘，雷雨欲來崖谷暝。兔絲懸蔓待茯苓，迴首餘光惜俄傾。會稽公子多苦心，收拾新詩題小景。

高伯雨苕溪漁隱歌

吾聞天目山中乃有千尺之懸泉，下赴大谷爲奔川。百里清苕浄如練，雲光鳥影濯濯涵漪漣。峰巒過盡見城郭，春申劍履三千客。當時歌扇吹香拂舞茵，此夜啼螿寒月白。何如鴨嘴灘頭結屋三兩椽，苕花開時魚滿船。攜書一卷篷底讀，瓊瑰玉珮聲琅然。

贈縛筆温生

温生之筆手自縛，千金善價何鑿鑿。百狐不如得一兔，可敵人間萬羊鞹。翦剔霜毫取脊尻，毛穎有傳非苟作。縱横出入腕若飛，健甚烏錐戰京索。頻年萬里獻玉堂，名與歐虞俱烜赫。應從馬上問葛强，誰重并刀輕魯削。

題趙仲穆山水圖歌

遠山如湧波，近山如積石。遠近千萬山，峥嶸起寒碧。赤甲白鹽江影空，青天芙蓉五老峰。野橋村路獨歸客，耳邊彷佛東林鐘。滄浪老人唱歌處，日暮停篙倚江樹。倒挑笠子漁竿頭，隔水高樓訪誰去。

秦府舊人歌

昔日秦王履帝位，府中舊人亦同升。一龍五蛇各變化，一蛇失所意不平。玄齡善謀晦善斷，勇如褒鄂衛與英。鼠輩乃賣我，我豈乏爾能。相臣爲之言，天子憐悲不自勝。斯人自薄命，更欲争天之功爲己榮。賜官三品命始下，死骨已冷唤不譍。嗟乎哉！嗟乎哉！幾年人間無客星，胡不急去歸農耕。龍姿之君，好事者焉。汝不作嚴子陵，無名之名千載名。

送吴季良海運歌

神禹作貢書惟揚，漢家亦言海陵倉。至今歲入踰百萬，連艘巨海飛龍驤。長腰細米雲子白，穲稏猶作秋風香。上登京庾充玉食，不與黍稷同槩量。延陵季子世不乏，被服袴褶躬輸將。金符在佩金睒睗，上有霹靂古篆書。天章乾坤端倪正，離坎北斗却轉天中央。吾知忠貞對越肝膽露，蹈蹂沆漭不翅如康莊。平生故人走相送，攜手躑躅心飛揚。亟呼吴娃度美曲，無使别苦愁剛腸。燕山之南易水上，猶是陶唐帝都古冀方。九河故跡無復在，但見夾右碣石淪蒼茫。天下壯觀有如此，大君恩重險可忘。廷臣論功上上考，釃酒再拜中書堂。君不聞，木牛流馬崎嶇出劍閣，鳴聲酸嘶棧道長。何如雲帆千里百里一瞬息，卧看曉日升扶桑。

稚子子蘭歌弔番禺君也

月離于箕風揚沙，月離于畢雨滂沲。星有好風有好雨，嗟爾明月可柰何。撫靈均之遺曲，發浩浩之長歌。豈無椒漿與桂酒，庭前草生蕭艾多。君不聞，稚子子蘭方得意，三閭大夫沈汨羅。懷王入秦竟作幽憂死，不睹鄭袖雙青蛾。讀書千載有餘憤，恨無匣中龍泉與太阿。朝朝暮暮陽臺下，江水東流空逝波。

浴蘭之歌歎往事也

浴蘭湯兮沐芳，思美人兮沅湘。今日兮何日，搴蕭艾兮滿堂。雲之皋兮夢之渚，天沈陰兮又夜雨。謂子都兮仳傕，曰離婁兮矇瞰。珠有纇兮玉有瑕，心悦君兮可柰何。忠不察兮志不讎，終自懟兮沈汨羅。遺菰兮投黍，靈歌兮鬼舞〔六〕。駕飛軨兮龍蹻〔七〕，倚惆悵兮延佇。

蛇蟠石歌為濮樂閒司令作

吾聞萬物之精上浮爲列星，天星之精墮地或爲石。異哉此石似蛇蟠，其故要非人所測。我疑芒碭赤帝子，拔劍斫地白蛇死。老嫗夜哭天不聞，羣小連蜷化爲此。又疑愚公移山時，此物欲與山俱飛。蒼黄不及脱皮骨，操蛇之神手脱遺。年多物變形質在，豈有毒心猶未改。睨之非蚺亦非巴，雪色正類蘄州花。徂徠小松葉如髮，一龍五蛇相糾結。咫尺常疑雷雨來，尋常頗耐冰霜冽。醉李主人初得之，舉杯彈琴詠新詩。便能雅拜亦不俗，未可遂笑元章癡。

王維輞川劍石葉石林作精舍置之弁山下今為沈玉泉所得醉後求見因賦此

有石有石美如鑄，拂拭鋒稜氣猶怒。何人鼓橐動雷風，剥削泥沙山骨露。昔年曾看輞川圖，此物題詩采菱渡。桃花源裏有人家，杏樹壇邊見漁父。開元宰相太平日，愛是園池賞心具。銷沈紫氣斗牛間，流落東西幾朝暮。石林使君先得之，萬里相攜若奇遇。即今好事屬君家，翠竹踈花倚闌處。吴鴻無人扈稽死，縱是有靈飛不去。嗟我安得力士贔屭如庚辰，一看公孫大娘渾脱舞！

與黄南窗陳直卿吴江長橋晚望

倚闌楓落吴江暮，地坼天傾百川注。飛梁千尺虹影垂，人生南北多歧路。古來吴越争爲家，句踐未足輕夫差。烏喙不可同富貴，范蠡亦乘浮海槎。五湖水落三江口，西施却入鴟夷手。我有此志非此時，且對長橋一杯酒。始疑蒼龍脱脊骨，三十六鱗次第蜕。渴欲飲川川不竭，又似明月相離連。上弦下弦空影圓，行舟如梭月心穿。雄藩千翼來飛汎，日看水兵教水戰。能詩忽憶謝玄暉，解道澄江浄如練。

衍師道原雙松圖

小石如拳大如瘻，石上亭亭松樹竝。誰從山陰得繭紙，幻蘗毫端寫雙影。風雷太古見植立，冰雪平生慣淒冷。下有茯苓千歲根，可爲人間駐流景。

寄張元明時為常州務官

踆烏西飛碧雲夕，寒蛩亂啼霜月白。青山盡處是姑蘇，毘陵更在姑蘇北。故人一别音問疎，兩愁無語心相憶。三年市租輸大府，能不重費微官力。我方寄跡湖泖間，終歲不逢騎馬客。昔時梅花今又開，時獨看花見顏色。

憶昔行

憶昔侯家全盛日，江左數州無亞匹。黄金横帶虎作符，盡斥民居爲第室。長腰細米光照人，自給不求歸老秩。春陵石几汝州甆〔八〕，一席萬錢猶儉率。是翁九十乃未殂，牙齒重生髮如漆。已無餘福在人間，此理分明可諳悉。健鶻生鷄盡攫挐，驕馬作駒終叀逸。寄謝悠悠世上兒，過眼繁華如電失。

謝氏池上觀雪

二月春光如水冷，池上倚闌觀雪影。飄飄颯颯舞迴風，顛倒瑶花落天井。魚吹柳絮忽銷沈，却避寒澌依藻荇。何處飛來雙鶺鴒，令我悽然起遐省。

與宇文同知張主簿遊道場山

三月三日天氣佳，縣官出城早休衙。亦有前溪宇文氏，水晶宫外看春花。碧浪微風動浮玉，翡翠蘭苕採柔緑。笑指高人讀書處，輕舟已到何山麓。何山山頭更是山，路出千巖杳靄間。僧居蜂房開户牖，滅没紫翠飛朱丹。川源忽滿最高閣，五湖烟雲一憑闌。昔年惡虎今在否，但見醜石遺蒼頑。麗姝來往多如雨，紫綾香櫻結金縷。佛前細語人不聞，倒坐藍輿下山去。

韓季博所藏青山白雲圖

門外馬蹄三尺塵，屋底青山看白雲。不知身世在城市，但覺爽氣吹冠巾。鴨嘴灘頭沙渚露，依約西陵近漁浦。惱人歸思滿江東，烟樹半沈天欲雨。

題葉仲明府判竹居右丞公第二子也家于富陽

虚廊静院連深竹，色照窗扉如水緑。題徧琅玕節下詩，高興滿懷吟未足。儘教梳洗出清風，客來徑造亦不俗。出門咫尺是塵間，野馬紛紛自相逐。

送韓與玉入都求其師張仲舉先生

君家兄弟森羣玉，數兼八韓仍兩之。復有一人更勤敏，將往京域求其師。其師爲誰子張氏，曲頦美準秀且頎。雞棲昂昂立孤鶴，羽翼已遂沖天飛。昔年助教國子學，横經氣奪千皋比。頃日還當大述作，竝録三史追前徽。使者旁搜異書出，天下學士來委蛇。《春秋》用例如用律，游夏猶將贊一辭。直書無愧董狐筆，上與日月争光輝。子今行矣快先睹，涉閲定有新聞知。赤華之駒不受鞭，顧影獨立長鳴悲。經途九軌奇骨見，渠忍局促鹽車爲。祇疑慈母手中線，密縫政恐遲遲歸。文章有神國有造，贈子脱穎雙毛錐。好音早寄南來雁，無使淄塵汙素衣。梅花後夜琴曲苦，滿天明月照相思。

贈製筆沈生

月中仙人白兔公，縞衣翩然乘玉虹。遺我利器五色光，將使奏賦蓬萊宫。江淹老去才思劣，夜郎歸來亦華鬒。願乞瑶池不死方，須得玄霜和紫雪。剥啄叩門秋夢回，有客真爲黄香來。坐中損見兩毛條能作字。後來雪菴松雪俱善書，始愛都人張生黄鼠鬚。安知沈郎晚出筆更好，猶及館閣供歐虞。拔奇取俊鋒鍔見，雙兔健似生於菟。用之不啻伏手檛，顛倒縱横隨所如。

穎〔九〕，脱帽露頂美且髯。君不聞朔土貴人執笏思，對事倉卒墨丸磨盾鼻。何曾望見毚與䨲，馬上柳

碧瀾侍兒曲 并序。

聞之謝長源吴興趙碧瀾，老而貧，二妾方少艾，慮不能久安，遣之曰：「吾囊篋中物鬻且盡，懼及汝也，可及此時事人去。」既去，弗肯嫁，數具肴酒致慇懃。於其卒，覆諸水曰：「勿復來，余惟割情忍愛以去爾也，爾弗我忘，祇攪我心。」既而與其父母俱至，泣而言曰：「我家歲請給府中所積，足贍供養，奩妝具在，願執事終身爲尼，以報主恩。」他日，果然碧瀾死。有寡女，又資育之。吁，賢矣哉！吾甥陳汝泉父妾貝氏，守義弗嫁，事頗相類，既作是詩，并以寄外弟子章子經。

感之以誠感必深，應之以真應必捷。真誠一合兩弗離，聽我長歌碧瀾妾。碧瀾亦是諸王孫，世殊事異老且貧。少陵尚愛燕玉暖，況是當時真貴人。春衣典盡春寒峭，二妾朱顔正姝好。忍將羅帶拆同心，懊恨浮生頭白早。珠鈿翠靨幸僅存，此時猶及嫁夫君。十二樓頭燕子去，揮手不用留仙裙。去妾相悲兩相約，既去猶煩送肴酌。主君詎忍覆棄之，見此翻令情緒惡。一心專事天得知，忍著主衣還事誰。遂攜衾襆與俱來，後君死者當爲尼。碧瀾堂下雙溪水，使客往來豈知此。不願新歡戀舊恩，千萬人中兩人耳。

伯衡北上余在璉市作此詩以送之不及

姨氏之子平生親，憶昨書來道相別。青徐大水郡邑殘，却走梁園向京闕。五河高原車鬭風，魯縞齊紈吹欲裂。讀書豈是爲一官，倒著狐裘擁飛雪。重遊都市十年餘，須得青袍慰華髮。日近蓬萊雲氣佳，冰解滹沱水聲活。羊酪甘肥馬酒濃，土銼無烟石煤熱。金錯披囊罄一歡，橐筆縢觚待明發。便令南斗避文星，歸插宫花醉吴月。

西郊醉歸似陳漢卿

人間此客不可孤，況此翕忽歲欲徂。吴姬雙歌送美酒，半醉不醉嬌相扶。踏歌攜手尋歸路，行雲忽送巫山雨。却上溪邊舴艋舟，舞衣濕透黄金縷。短棹輕橈不相及，依約中流聞笑語。歸來庭院已黄昏，流水落花深閉門。最思一事尤可怪，笠子忘却溪南邨。夢回酒醒不復記，清曉野夫來叩閽。

藏鉤似陳漢卿

世故紛集如蝟毛，今我不樂年將慆。漢家鉤弋作隱戲，聊足與客娱佳宵。緑酒蕩漾白銀瓮，紅燭照耀黄金幖。明妝列暎左右侍，大賓坐壓東西曹。平生刎頸託交契，此日意氣争分毫。老拳攘袂堅莫取，鉤神瞪目不敢語。摶兔壯士聲若雷，失馬將軍面如土。忍將他日嚴毅顔，涴墨塗鴉上眉宇。

傷春曲

鴛鴦湖邊花滿蹊，鴛鴦湖外草萋萋。春風醉人驕馬嘶，玉花連錢錦障泥。繡羅爲襦金絡緹，鮮卑小帶鏤文犀。哀哉王孫歸路迷，紅娃翠靨愁空閨。昔時歌鸎今不啼，楊花墮淚章臺西。

寄李坦之

神仙中人不可招，薄言思之我心勞。霞裾遠曳風飄飄，照影獨立江之皋。豈無囊中金錯刀，安得攜手與遊遨。玉雁銀箏紫鳳簫，吴娃雙歌送春醪。大江東流日滔滔，江上春風吹碧桃，花飛萬點正魂消。

寄錢竹深

西方美人隔秋水，優曇花開白雲裏。白雲無事長悠悠，美人不來我心憂。金井銀牀露如沐，玉琴夜罷相思曲。麝煤鼠尾生暗香，吴箋染恨春波緑。織烏西飛何日還〔一○〕，頳桐始花亦已殘。人生有情歌欲絶，明朝覽鏡凋朱顔。

次韻賈玄英烈女祠祠在嵊縣青楓嶺至元丙子天台王氏婦被掠至此齧指血題詩石上云君王無道妾當災棄女抛男逐馬來夫面不知何日見妾身當是幾時回伺兵士少間投崖而死

女郎號天殺氣黑，題詩齧指生血滴。天台赤城山爲低，一擲萬仞驚魂飛。將軍詎忍驅迫爲，夫君不見我心悲。國破家亡兩依依，人命幾何花脱枝。不學明妃辭漢寵，猶使胡兒拜青塚。流光一去若箭弦，安用馬上啼嬋娟。語言侏離不可解，妾有一身無二天。節不可移頭可碎，口血未乾身已墜。餘生含笑入九泉，不向人間偶殊配。天地陰陽有消息，終始一心如鐵石。至今積水閟幽靈，嗚咽疑聞髑髏泣。

穿石松歌為葉秀軒總管作（二）

闔閭古城城北東，崑山迤邐盤蒼龍。天星之精下融結，其中有石皆玲瓏。山農穿山若鯪鯉，雄椎怒擊雷光起。木精土怪莫敢私，蟻蛭蜂窠差足擬。三吴主人欣得之，保抱護惜猶嬰兒。剔抉泥沙出奇骨，洗濯烟霧生神姿。建昌花瓷培宿土，徂來穉松沐新雨。却穿月竇出雲凹，山鬼髑髏毛髮豎。題詩寄遠情可知，結交歲晚心勿移。一卷自有邱壑意，百折不受冰霜欺。終朝坐對兀若癡，茯苓琥珀生有時。

鄒一初提點三清閣

傑哉高閣開神區，此地何必非玄都。天上玉京十二樓，飛來人間作畫圖。欒櫨交加虎獸伏，夢宇軒翥龍鸞舒。上方自與三境接，星光歷歷種白榆。晨朝焚香禮碧落，仙風半空聞珮琚。此生塵網如可脱，願爲清歌隨步虛。

天星湖上歌似吴泰然

秀州孤城懸斗口，中有湖水藏天星。龍飛已去跡猶在，靈宫故是白玉京。題詩欲寄羡門子，問訊或過茅初成。交梨火棗如可得〔三〕，與爾相見芙蓉城。

濮樂閒得唐雷霄琴黄南窗鼓之

霹靂晝下乖龍升，嶧陽孤桐才具成。大唐雷霄與斲削，木精咋舌山鬼驚。漆光拂拭浄如水，蛇跗欲走不得行。主人愛琴仍愛客，層軒白月秋夜清。請君爲我儘意彈，我亦爲君傾耳聽。上弦洋洋和且平，下弦琅然如扣冰。回頭始疑奔石裂，泛指忽作蜚鴻輕。銅盤亂泣珠琲落，鐵楇碎擊珊瑚鳴。江山清空草木動，律吕應會風雲生。揮杯弄影喜欲舞，主客爾汝俱忘形。人生交契如此酒，子期知音復知聲。

鄭彦昭書巢

鄭生結屋名書巢，豈欲巢居似巢父。風南枝北兩相忘，焉用繆綢開牖户。我聞在昔巢父時，大道何曾立言語。只從書契造文字，後來作者多如雨。生今所藏竟何書，吾欲滄浪濯纓去。儘令無用束高閣，坐使民風返淳古。

同深甫萬户前科賞櫻桃

將軍黄金作珮符，霹靂古篆雕天書。上有赫赫三明珠，卧護千里堅無虞。重爲王孫開酒壺，溪鯽銀絲鱠新魚。蓴亀青小滑可呼，櫻桃結子紅珊瑚。吴姬能歌花不如，坐擁翠袖飛瓊觚，人生百歲多歡娱。

贈飛星學古仙

學古仙，雙瞳如巖下電，矆睒龍光碧花眩。亂摘星辰掌上飛，驚動當時出奇變。扁舟適從何處來，湖上鴛鴦乍相見。袖間小軸錦作幖，欲釣珊瑚入詩卷。梅花一笑領略新，筆底春回冰雪面。脱爾身上六銖衣，試我囊中五色線。昔如羇鶴在樊籠，今似韝鷹解絛鏇。刮目他年看阿蒙，收拾黄金如土賤。

將進酒

君不見玉臺明月鏡，朝朝拂拭生光輝。上有雙飛金鵲影，識我少年紅澤時。山中小草無遠志，流景欻忽如猋馳。向來鬒髮似鵶羽，此日春蠶吐白絲。所以花前月下一壺酒，古人痛飲無復疑。

庚辰四月廿日赴謝氏館吳季良攜酒為别

東里先生烏角巾，薄遊吴中三十春。聞言不如祁孔賓，見道多慚程伯淳。强聒自謂愚而神，膠膠肫肫不可循。故交零落參與辰，猶有一人長若新。鸒斯之黨何頻頻，願逢新人如故人。

鳳凰山

九山聯延如鬱蒼，中有一山如鳳凰。鳳凰不來君獨好，遠勢似欲高飛翔。梧桐有枝竹有實，玉水側出輸天漿。飢食渴飲無不可，何獨苦愛鳴朝陽〔一三〕。

澱山寺

何年飛來湖上峰，中有石穴藏蛟龍。山僧留客共清夜，竹爐怒吼松濤風。忽疑坐我天竺下，眉間秀色浮葱蘢。借爾摩尼如意珠，聽師波羅談苦空。與開心孔見真性，隨方應現無不從。

范叔豹苕溪草堂歌

苕之水，向東流，君家草堂溪水頭。一室小於溪上舟，清風滿屋長如秋。甑中生塵魚在釜，終日哦詩摇兩股。君不見杜陵草堂花滿川，將軍立馬駐江干。天吴紫鳳補短褐，安用行庖洗玉盤。良無廣厦千萬間，乃欲天下寒士俱歡顔。

黄南窗小像

著烏匼之短帽，曳碧綃之輕裾。若丹邱之孤鶴，骨既清而亦癯。嗟爾童子抱琴，焉如日月不可與，留歸來兮樂吾初〔一四〕。

别夾谷知事可與

我愛揚子江心百鍊鏡，明於月，冷于水，揭之可以照天地。我愛豐城土中三尺劍，氣如雲，質如銀，佩之可以服鬼神。尚不如蘭陵故人夾谷氏，大雅愔愔古君子。韜光自晦常有餘，藏鋒不試終爲美。眉間有色清而温，玉佩瓊琚照秋水。我有朱絃白雪知者希，一曲遂爲相識始。

與陳衆仲提舉

吾聞泉南山水遠，更奇三蘇不得專峨眉。天海雲風發胸臆，波濤萬丈傾雄辭。越從江漢下南紀，却入箕尾乘東維。十年依光日月角，一官遂作文章師。平生學問黽五總，小叩大撞無不知。東海書生雙井客，思見君子瞻光儀。君不聞，龍泉干將自神物，鐵花生澀埋塵翳。寧無華山赤土爲我發光彩，一使變化凌空飛。

送張叔方湘潭州税務大使

使君足下遠游履，跋涉湘潭數千里。江南柳色共依依，親老家貧須禄仕。昔年袴褶作巡官，矢服弓櫜懸豹尾。于今九九學算術，却執牙籌筦州市。炎州蜑人卉爲服，西域賈胡珠作珥〔一五〕。巴賨奇貨積如山，賤者翠毛兼象齒。千萬人中生俊傑，識時所務非俗士。與民儘用一分寬，粗給官當斯可矣。君家五世皆達官，節槩兩朝無比儗。況爾諸孫有祖風，爲國理財聊小試。揚子江頭春雨深，杯行未盡離歌起。安得相從到楚鄉，澧有蘭兮沅有芷。

壺中一字至十字

翁。壺中。無不容。天地鴻濛。其樂也融融。一室燒丹竈紅。見松下青衣羽童。是何年竹杖化爲龍。碧桃花下無日不春風。我欲訪山陰舊隱與參同。

古尊彝歌為濮樂閒作

神物可使厭百祥，左尊右彝相頡頏。雲雷古篆爲文章，饕餮異獸頭角張。丹砂空清金玉相，星彩錯落半赤蒼。摩挲猶作黄流香，稽首再拜登斯堂。手援北斗酌桂漿，願君飲此壽而康。千古既往萬古長，于胥樂兮樂無央。

採蓮女

妾本鴛鴦湖上女，家在鴛鴦湖上住。去年湖上採蓮時，將身嫁作商人婦。商人今年行不歸，荷花欲語嬌爲誰。閒看鴛鴦抛翠菂，顏色如花命如薏。蓮有藕兮藕有絲，郎君白面誰家兒。水烟霏霏日催夕，解后相逢莫相憶。

升平曲濮樂閒賞燈席上作

歌升平，爾田多稼我庾盈[一六]。姑蘇臺邊燈作市，攔街小兒拜參星。冰蠶作璽大如瓮，火鼠摛毫白成雪。鮫人試手織輕綃，結束琉璃萬明月。月中五色花滿圍，交光相羅寶炬輝。嬌奴然炬夜不瞑，吹霞弄日摇春暉。華屋煌煌耀深迴，龍腦浮香留藻井。雲母屏開火樹花，水精簾泛金波影。主人置酒清若澠，桃花扇底來嬌應。朝廷有道與民樂，製此一曲歌升平。

種花吟

滿園種花不種桑，野桑不入名花譜。五陵豪家紈袴兒，快樂豈知蠶績苦。歡娱未足事已乖，富貴欺人年少去。却攜鋤钁向桑間，滿眼看花花不語。君不見，金谷荒凉梓澤空，春風錦障俱塵土。悔不當時學種桑，盡遣歌姬作蠶婦。

贈陸松隱

武陵劉郎花下歌，高雒黄公橘中樂。隱居豈必巢雲松，要在披襟有邱壑。肘後常懸不老方，人間共愛長生藥。白髮萬丈吾何憂，可待流肪成琥珀。

程祥甫南山篇

南中有山何巑岏，崛起自是佳林巒。不同躁者與物競，長得幽人推户看。烏皮舊几斂石硯，黄葛短衫湘竹冠。此地烟霞足真賞，他家圖畫空美觀。尚憐跳跋風塵下，俛首局促爲鹽官。平生胸次故悠然，取琴囊中時一彈。松頭秀色近可挹，窗宇六月生蒼寒。便應許我分半榻，永矢勿諼歌考槃。

〔一〕「爾」，原誤作「甫」，今據四庫本《弁山小隱吟録》改。
〔二〕「匕」，原誤作「七」，今據四庫本改。
〔三〕「姚」，原誤作「娥」，今據四庫本改。
〔四〕「凉」，原誤作「源」，今據四庫本改。
〔五〕「玉」，原誤作「王」，今據四庫本改。
〔六〕「舞」，原闕，今據四庫本補入。
〔七〕「駕」，原闕，今據四庫本補入。
〔八〕「舂」，原誤作「春」，今據四庫本改。
〔九〕「兩」，原誤作「雨」，今據四庫本改。
〔一〇〕「烏」，原誤作「鳥」，今據四庫本改。
〔一一〕「穿」，原誤作「寄」，今據四庫本改。
〔一二〕「火」，原誤作「大」，今據四庫本改。
〔一三〕「鳴」，原誤作「嗅」，今據四庫本改。
〔一四〕「歸來兮」，原闕，今據四庫本補入。
〔一五〕「域」，原誤作「城」，今據四庫本改。
〔一六〕「田」，原誤作「日」，今據四庫本改。

艮齋先生侯克中〔一〕

克中字正卿〔二〕，真定人。幼喪明，聆羣兒誦書，不終日能悉記其所授。稍長習詞章，自謂不學可造詣。既而悔之，以爲刊華食實莫首於理，原《易》以求乃爲得之，於是精意讀《易》。著書名《大易通義》，今已不傳，惟袁桷所作序見《清容居士集》中。年至九十餘而卒。所著有《艮齋詩集》十四卷。

嚴子陵

羊裘野老鬢如蓬，闊步長趨入漢宮。伸足豈期驕萬乘，掉頭殊不顧三公。治平天下非無術，格正君心儘有功。一片釣臺高幾許，乾坤無處著清風。

石　崇

金谷繁華日日春，錦爲步幛蠟爲薪。緑珠一死無遺恨，白首同歸有故人。到此豈如居甕牖，從前可惜拜車塵。吾儕只合遵名教，陽虎從他自不仁。

陶淵明

彭澤幡然便掛冠，老懷還比向來寬。興隨緑蟻凌秋色，心與黄花共歲寒。述酒一篇知己少，折要五斗向人難。無絃琴裏無窮趣，不爲時人取次彈。

濂溪周子

教弛經殘失所宗，先生一起破羣蒙。圖書往聖前賢後，人物光風霽月中。道妙無窮庭草緑，心香不斷渚蓮紅。千年伊洛淵源盛，總是濂溪一脉功。

王安石

天變人言豈易欺，祖宗不法欲何爲。木離規矩徒誇巧，病入膏肓反忌醫。千古宣仁皇后傳，一時元祐黨人碑。宋亡畢竟從君始，配享文宣恐未宜。

題韓蘄王世忠卷後

砥柱中流障怒濤，折衝千里獨賢勞。馬頭斧鉞丁年盛，驢背湖山晚節高。風虎雲龍機易失，城狐社鼠罪難逃。區區苟活偷安輩，泉下相逢愧爾曹。

史丞相拜開府

貔虎軍中擁將壇，鳳凰池上待金鑾。三分功業歸諸葛，兩晋風流屬謝安。開府威儀今日見，凌烟圖畫後來看。從教桃李争春色，留著松筠傲歲寒。

送河南崔宣慰赴軍前

膽略平兼將相權，諫行言聽得君專。寇恂只合留河内，黄霸終當起潁川。天際夕陽明遠樹，馬頭春意動歸鞭。此回宣慰江淮了，四海蒼生望息肩。

病後汴梁寄湖南崔左丞

蹤跡蹉跎愧轉篷，生涯寥落業屠龍。飄飄争羡雲間鵠，鬱鬱誰憐澗底松。兩地異鄉千里月，五更殘夢一聲鐘。天明細問衡陽雁，相去關山又幾重。

賈統軍席間

趙燕春寒草未芽，襄陽城下見桃花。主人勤厚方投轄，遊子飄零久憶家。千里歸心隨過雁，四更清夢入悲笳。溶溶二月澄江静，好借春風送客槎。

寄賈參政

我居汴水子江東，子向荆湖我浙中。千里漫傳魚雁信，半生長恨馬牛風。將來英物寧無種，老去新詩愈有功。四月揚州紅藥好，擬拚一醉與君同。

寄王國用總管

十月收君六月書，呼兒讀罷重踟躕。老懷久矣塵生硯，短髮新來雪滿梳。四海幾人同鮑叔，五湖千古一陶朱。故園晚景桑榆樂，浙水吴山恐不如。

雷苦齋致仕後以詩招之

好在江南第一州，山川民物足風流。故人湖上方停櫂，客子天涯正倚樓。魯縞不穿强弩末，稿碪當賦大刀頭。知君平日多清興，莫爲梅花苦滯留。

再招雷苦齋

吾子生平苦愛人，令人頃刻不忘君。鷓鴣既已爲忠告，杜宇胡然不樂聞。十載幾回能聚首，一尊何日重論文。闌干倚遍殘陽下，滿樹歸鴉叫暮雲。

寄王國用簽省

剥啄聲中夜未央，起來顛倒失衣裳。衡門愧我棲遲久，驛路憐君去住忙。兩地異鄉容易感，一燈情話最難忘。扁舟指日西湖上，共醉秋蓮十里香。

寄徐中丞子方二首

學海汪洋萃衆流，早年名姓冠鰲頭。星輝北極三台曉，霜落南臺萬象秋。天上麒麟符治世，人中騏驥眇齊州。何時卷却經綸手，好向滄浪把釣鉤。

五載分攜憶汴京，慨然詩酒話平生。蠹魚擬向書中老，威鳳時聞海上鳴。物有短長從尺度，事無輕重任權衡。畏途九折連雲險，見説王尊掉臂行。

三月三日對緋桃寄呈雪谿紫山二按察

春意闌珊雨意濃，山陰修竹怨東風。莫辭芳酒盈尊緑，忍負夭桃滿樹紅。曲水引詩思束皙，洛濱合宴憶裴公。醉鄉深處無何有，省與時人彊異同。

寄賈參政

楚水吴山限大江，不堪多病困南邦。燭留夜色明空壁，雨送秋聲入破窗。磊落似君今有幾，飄零如我古無雙。暮年猶爲兒孫計，鴻鵠高林愧老龐。

梁貢甫以天官再使交趾回題卷後

蘭省驅馳筆硯中，已知不與衆人同。累專名郡王陽政，兩使遐方陸賈功。晚境日親萱草緑，曉窗時夢木蓮紅。至今使者經行處，猶問當時吏部公。

寄京口卜彦才府判

家事匆匆官事繁，詩書肯放片時閒。當時嗟我鬢方白，今日憐君鬢已斑。千里好風來鐵甕，一江明月浸金山。相看同是天涯客，回首燕然似夢間。

挽史丞相開府

早驅貔虎定封疆，唤握樞機坐廟堂。名重一時羊叔子，功高千古郭汾陽。歷朝事業麒麟畫，遺表精誠日月光。義膽忠魂何處見，太行山色鬱蒼蒼。

夜宿朝元宫贈倫講師

布衣久客厭塵心，邂逅逢君眼倍青。帶酒有時歌《白雪》，對花終日讀《黄庭》。深深竹院春長好，寂寂蓬門夜不扃。吟嘯等閒天又曉，滿窗風露一壇星。

和雷苦齋按察韻

邂逅天涯若有期，緼袍初不羡輕肥。幾年浪逐人南走，指日還同雁北飛。涉世已知前日錯，讀書方見後人非。窮途莫道無知己，魯語羲經儘可依。

挽李子陽

詩酒平生不解愁，渺然天地一虚舟。高情肯羡黄金印，互筆應書白玉樓。太華昔年留杖屨，北邙何日著松楸。謫仙人物今安在，不覺臨風涕泗流。

荅朱鶴皋惠茶

日高夢破打門聲，陽羡新茶稱客情。方念雁無千里信，忽聞鶴在九皋鳴。軒轅石鼎春雲暖，漢武金盤曉露清。方丈蓬萊在何處，乘風好締玉川盟。

次李御史韻

傍壘新鶵翼未騰，扶瑶寥廓果誰能。獨憐南渡耽書客，絶勝西來面壁僧。衰鬢不堪臨曉鏡，畏途何苦履春冰。蟠胸萬卷從兹始，累土終當到九層。

姚翰林端甫過姑蘇訪予出馮提刑壽卿所寄詩中間言及太常博士李鵬舉時鵬舉已不禄而壽卿閒居襄陽尚未知因賡其韻以寄

挈家高隱鹿門公，莫逆何嘗有異同。鴻鵠林深全晚節，蓴鱸江冷正秋風。五千道德言猶在，九萬扶摇夢已空。我不忘君君念我，莫分漢上與吴中。

題鄧山房卷後

竹映軒窗水映門，書爲朋友道爲鄰。磨開萬古虚空鏡，照破三生幻化身。壺裏有方留白日，世間無路避紅塵。功成莫跨蒼鸞去，常與山房作主人。

程運副子充席間賦

龎眉野老鬢如霜，邂逅逢君引興長。千里暮山開晚霽，一籬寒菊破秋香。從教好景撩詩思，已判閒身入醉鄉。滿坐親朋皆故里，恍疑魂夢到溥陽。

口占賡徐容齋韻

彈指聲中得幾何，頭顱如許惜蹉跎。兼金敢不明辭受，璞玉無勞教琢磨。海内每傷佳士少，天涯豈厭故人多。歸來擬向滄浪上，獨棹輕舟漾素波。

懷友

時往時來莫厭頻，何妨尊酒細論文。鏡中白髮留春雪，樓外青山隔暮雲。碌碌無成空嘆我，區區相愛敢忘君。生平只欠親朋債，富貴功名百不聞。

贈無心處士

靈臺皎皎月輪孤，勘破先天事事無。争向鬧中呈伎倆，肯從生處下工夫。一壺天地供詩筆，萬里江山入畫圖。方念玄關何處問，忽驚紫氣過三吴。

題柯以善所藏合江圖卷

晴波渺渺去無聲，桂棹蘭槳夜不停。二水合爲千頃碧，一谿分破兩山青。仙家此地留丹竈，帝座當年應客星。不與主人同一醉，春風虚負合江亭。

同王廉訪諸公養樂園宴

竹遶軒窗花滿庭，蕙薰蘭炙有餘馨。錦囊佳句閒中得，金縷新聲醉後聽。春水渡頭雙鷺白，夕陽樓外亂山青。聯鑣不覺歸來晚，拂面東風酒未醒。

題祁真人畫像卷

長眉踈秀映方瞳，野鶴昂藏對古松。圯上已傳黄石略，山中還啓白雲封。善人涉世恒多故，猛虎當途不少容。紫氣入關千載後，乾坤能得幾猶龍。

和吴曼慶中丞御史臺盆池蓮花韻

堂下荷花散水沈，澹然相對柏森森。若耶溪妒金盆貴，太華峰慚玉井深。本固實甘君子德，中通外直聖人心。好將千載濂溪説，勒作西臺御史箴。

梧　桐

虚心直幹得春遲，花始東南應潔齊。翦葉未容天子戲，折條忍礙鳳凰棲。聲傳金井秋風早，影轉瑶階曉月低。已見鳴琴他日操，老枝夜夜聽烏啼。

梅

商周只説實堪用，唐宋盛傳花好看。詩愛四更窗影瘦，夢嫌三弄角聲寒。雪深庾嶺香初動，酒盡羅浮興未闌。移向茅齋慰三老，免教深夜倚闌干。

落花

一片西飛一片東，半隨流水半隨風。馬嵬魂散香囊冷，結綺人歸玉樹空。幽鳥有情啼院宇，斜陽無語入簾櫳。主人不用閑惆悵，芍藥朝來數點紅。

海棠

燕蹴鶯梢力不支，緑攢紅簇擅芳時。醉酣曉日霞凝劍，睡足春風雪滿枝。得意總輸坡老句，關心惟欠少陵詩。恰如西子新妝罷，困倚闌干有所思。

酴醾

過却清明景已闌，酴醾未肯放春殘。緑羅數幅連青錦，白玉千重簇紫檀。顔色何嘗饒臘酒，芳馨惟恐勝秋蘭。晚風吹落枝頭雪，漫作尋常粉蝶看。

櫻　桃

江北江南氣未殊，朱櫻首夏遍通衢。閭閻競喜嘗新好，籩豆還曾薦廟無。錦樹深藏朱雀卵，玉盤匀瀉火龍珠。野人莫説筠籠貴，幾向唐宫伴筍厨。

荷　葉

五月西湖最好看，緑荷千頃水雲寒。净磨洛浦玻瓈鏡，香靉龍宫翡翠盤。青蓋拂船撩逸興，碧筩酌酒助清歡。且留遮護閑鷗鷺，驟雨狂風莫打殘。

聞　蛩

寂寂虚堂萬籟沈，月明蟋蟀動秋吟。唤醒隱几詩人夢，叫碎停梭織女心。漢策丁寧憂國切，楚詞反覆愛君深。西風不管天涯客，又送誰家半夜砧。

桃花馬

曾向瑶池侍穆王，天風吹入武陵鄉。丰神肯逐彩雲散，汗血不消紅雨香。千里有心追暮景，四蹄無處避春光。龍媒豈是天台物，雌蝶雄蜂枉斷腸。

贈張秀之斫鱠

東南佳味冠珍殽，況復張生思致高。錦鯉失身離雪浪，銀絲隨手落霜刀。掃除宿酒歸岑寂，管領春風破鬱陶。安得謫仙同一醉，倒傾滄海斫鯨鼇。

題子房燒棧道圖畫卷

劍閣崔嵬烈焰飛，漢兵從此不東歸。三書未焚炎劉業，一炬先收暴楚威。立致英彭朝紫禁，坐邀園綺侍青闈。功高不預麒麟畫，留與龍眠重發揮。

老懷

世故紛紜莫異同，碧雲無處覓崆峒。嬌鶯盡日啼宫柳，威鳳何時到井桐。四海共憐今白髮，百年多愧古青銅。老懷悵怏憑誰説，空對吴鉤賦狡童。

題李太白畫卷

謫仙宫錦慣淋漓，耳熱那分旨與醨。邀月滿傾紅琥珀，對花細卷碧琉璃。但知酒後無今古，豈信人間有別離。九萬大鵬千載賦，善言尺鷃笑藩籬。

雪中懷古

北風冽冽雪霏霏，吹入幽人白板扉。萬事只宜今後拙，百年渾覺向來非。人能射策仍拖白，猴解隨班便賜緋。倚杖長吟重回首，亂鴉寒遶故宫飛。

隱居

生平志不在冠裾，竹簡韋編伴隱居。刺棘自難生橘柚，木瓜誰望報瓊琚。歸休未遂膏腴地，出入還乘下澤車。白碧暗投猶不智，況將韶樂祀鶢鶋。

野興

杖策從容訪酒壚，野人相贈四腮鱸。一溪碧水千竿竹，萬仞青山兩岸蘆。虚室香生新紙帳，小窗烟裊古銅爐。醉魂正到悠然處，恨殺鄰翁轉轆轤。

懶向

懶向王公話挈提，浩歌誰和白銅鞮。百年蠻觸争蝸角，萬里關山愧馬蹄。杜宇一聲花外語，鷓鴣終日路傍啼。黄金已滿相如篋，休向長門請賦題。

郊行

黄犢從容駕短轅，溪聲留客碧潺湲。霜催木葉辭高樹，雨積莓苔没廢垣。井鮒豈知東海鼈，野人何愧北山猿。老來莫道無歸計，到處烟霞是故園。

春懷

春風細細鳥咬咬，似唤幽人出近郊。芳草有情留驥足，落花無計續鸞膠。家貧只與詩書友，性僻常疏勢利交。伴老幸存蒼竹杖，恐隨雷雨化神蛟。

山行

紫藤扶我過江皋，石徑坡陁步步高。花蕾破香風似麝，麥苗沾潤雨如膏。曉開烟瘴山千疊，春滿溪塘水一篙。民物太平吾亦樂，滿盤苜蓿勝豚羔。

自警

潢潦無源起怒濤，鏡中妍醜豈能逃。苟無遠慮休非孟，縱有清材莫和陶。細碾臘茶烹橄欖，淺斟春酒泛蒲萄。幾時坐對緱山月，兩袖天風醉碧桃。

暮寒

自淮達浙最爲嘉，寸草撞鐘力不加。南土積烟成癘瘴，北山吹雪入哀笳。滿頭白髮爲人贅，何處青山是我家。海氣接天寒透骨，雁聲酸楚過蒹葭。

題王右軍帖

右軍筆底走雷霆，灑霧揮雲肯少停。彩鳳不羣留碧漢，白鵝無數换《黄庭》。森森喬木勞羣蝭，落落洪鐘謝寸莛。取次墨工休健羨，大鵬元不較蜻蜓。

宿山寺

絶壁懸厓勢建瓴，一溪寒溜玉泠泠。曉來幽谷蘭芽好，秋入高林木葉零。萬壑天風推破户，四更霜月射疎櫺。身如盤石心如鑑，水怪花妖竟不靈。

漫賦

塵土青山半九州，甘貧殊不待人賙。兩輪日月雙明鏡，萬里乾坤一釣舟。大道未聞空白髮，小乘猶説有滄洲。憑誰試向莊生問，夢裏何分蝶與周。

自憐

三十年來百自由，自憐疎略乏嘉猷。湖山落魄林和靖，鄉里蹉跎馬少游。人笑鯤鵬同尺鷃，道觀天地等蜉蝣。幾時還却兒孫債，江北江南汗漫遊。

獨立

壯士淩雲氣，長天貫日虹。鴨頭春水緑，鶴頂晚霞紅。歸計謀陶令，還丹問葛洪。故人音信斷，倚檻待飛鴻。

歸思

白雪無人和，青山足自娱。我知陶令趣，誰謂屈平愚。關塞家千里，風沙海一隅。能全巢許樂，舉手謝唐虞。

憶家

謬跡恒千里，虚聲動八區。人情多險阻，世路更崎嶇。歲月淩衰鬢，風霜虐病軀。故山猿鶴在，爲我作前驅。

有感

乾坤司大化，雨露遍勳臣。四瀆朝東海，羣星拱北辰。寧教雄雉怨，毋使牝雞晨。民力今如此，何由達紫宸。

春興

繁杏花盈樹，柔桑葉滿條。鶯隨林影囀，魚趁浪花跳。和璧非難識，襄琴未易調。故山何處是，江遠路迢迢。

村居

宿酒醒猶倦，呼童癢處搔。麥秋和月刈，蠶晚帶燈繅。閒坐談《周易》，徐行詠《楚騷》。閉門無客到，窗竹自颼颼。

江館夜坐

獨坐不成寐，清吟誰與賡。大江天一色，孤館月三更。鷗鷺真堪友，蓴鱸儘可羹。晨昏何迅速，爲我問長庚。

遊道院

水遶庭中竹，風鳴殿角鈴。撥雲收橡栗，趁日曬參苓。杖曳蒼龍脊，扇揮青鳳翎。石壇松影畔，相對話延齡。

得意

抱膝雲間笑，掀髯月下謳。倉皇嗟溷鼠，蕭散愛江鷗。得意詩千首，忘言酒一甌。人生何足歎，天地等浮漚。

萬事

萬事皆芻狗，羣生等棘猴。與求尸位相，寧作醉鄉侯。儀衍空饒舌，孫龐竟扼喉。古今多勿論，持酒聽箜篌。

天涯

荆人悲有玉，季子恨無金。日月誰消息，乾坤自古今。酒杯澆肺腑，詩筆寫喉襟。莫話人間世，天涯思不禁。

懷友

蹤跡藏人海，聲名貫士林。同年皆館閣，相識盡球琳。老屋多摧毁，高軒屢照臨。野雲自舒卷，豈解作時霖。

月夜

連日雲籠月，今宵鏡出奩。竹聲來曲逕，花影入疏簾。静相髑髏樂，閑思蚯蚓廉。油然高興動，誰與問青帘。

秋夜旅興

烟盡香猶在，更闌睡不成。井梧留夜色，窗竹起秋聲。老去悲長鋏，愁來賦短檠。恥隨蒼狗變，甘與白鷗盟。節義千鈞重，功名一羽輕。江湖容我老，簑笠有誰争。

首夏偶作

鄉關一萬里，客路十三年。緑樹清陰晚，黄梅細雨天。虚堂巢舊燕，古寺咽新蟬。回首松楸夢，憑欄一泫然。

白首

白首天涯客，飄零每自憐。小窗千里夢，高樹一聲蟬。砌筍將成竹，池荷尚未蓮。故人應念我，日日望歸船。

地僻

地僻多生竹，樓高易得山。水寒魚倦出，日暮鳥知還。歲月琴書外，乾坤杖履間。問君千載後，如我幾人閑。

獨酌

囊裏青蚨盡，簪邊白髮多。苦吟中有意，痛飲外無他。歲月悲長鋏，乾坤入浩歌。醉鄉忘物我，塵世任風波〔三〕。

一榻

一榻風如水，南窗日又斜。花香迷燕雀，樹影動龍蛇。土與人情薄，江連客夢賒。行藏原有命，志士莫吁嗟。

秋興

少時無所求，老去復何憂。醉夢齊生死，閑身任去留。琴書消永晝，松竹慰窮秋。最愛寒花好，霜餘香更幽。

秋日懷古

老樹多黄葉，閑庭半緑苔。雁銜霜信過，菊趁雨晴開。勾踐仍無國，姑蘇空有臺。莫因前日錯，復使後人哀。

夜雨感懷

歲月人空老，風雲興已闌。心灰香燼冷，夢短燭花殘。未悟謀身拙，徒嗟涉世難。五更風色惡，一枕雨聲寒。

雪

風吼千林怒，雲垂四野低。入簾花帶雨，落地絮沾泥。水凍魚難釣，山寒馬不嘶。田翁方報我，隴麥已成齊。

春日即事

草木萌方動，乾坤氣已和。杯深浮臘蟻，波暖浴春鵝。岸口冰初泮，山陰雪尚多。古今因世革，通塞奈時何。

老懷

老懷多悵怏，歸計日徘徊。曉逐雞聲發，春隨雁影回。朔方猶見雪，南國已無梅。回首家千里，傷心酒一杯。

老去

老去無佳興，朝來得好音。寒花因雨瘦，秋草帶烟深。斷續風中笛，蕭疏水外砧。遥知今夜夢，不負故人心。

秋夜懷友

倦客傷秋晚，疏砧擣夜闌。星河千里淡，霜樹五更寒。鴻雁關山阻，豺狼道路難。故人雖念我，冠破不堪彈。

客懷

世無雷煥劍，誰聽伯牙琴。湖海千鍾酒，關山萬里心。義當完趙璧，禮不受齊金。牢落天涯客，寒窗半夜吟。

郊行

物逐年華變，霜催鬢影皤。向陽芳草盛，瀕水落梅多。塵土埋長劍，乾坤入浩歌。沙鷗無一事，江上自風波。

春來

春來連日雨，沙路净無泥。地迥雞聲遠，江空雁影低。麥苗青出隴，菜莢緑成畦。物態參差甚，莊生莫彊齊。

思歸

桑榆催晚景，桃李又春風。過眼千頭橘，驚心兩鬢蓬。每憐南渡客，深愧北歸鴻。安得豺狼盡，常令道路通。

把酒

把酒澆詩興，烹茶遣睡魔。春風欺鬢短，晴雪上髯多。雨過山如染，潮平水不波。可人雙燕子，時向草堂過。

呼童

呼童邀好客，攜酒上高臺。傍路柳先發，背陰花後開。魚因新水出，燕爲故巢來。明日人重到，殘紅滿緑苔。

相逢

相逢連夜飲，同賦送春詞。月淡人歸後，風香花落時。青山雲外髻，白髮鏡中絲。憔悴麻衣客，天涯愧紫芝。

歲首

歲首傷多雨，朝來喜乍晴。曉山青黛淺，春水碧羅平。鳩拙行藏易，鷗閑去住輕。莫辭今日醉，聊盡故人情。

春　興

斷續催花雨，侵尋禁火天。海棠猶半醉，楊柳已三眠。風軟鶯啼後，雲輕雁去邊。幾時人事了，同結住山緣。

老　懷

江湖空自老，涇渭欲誰分。萬事樓前水，孤身海上雲。雨多徒有歎，天遠寂無聞。滿樹昏鴉鬧，鵷雛獨不羣。

觀　物

人世常多故，天機不少停。竹兼庭草緑，山入市樓青。才見風中絮，俄爲水上萍。螟蛉與蜾蠃，一笑付劉伶。

感　物

南國秋將半，西樓夜未央。驚烏投遠樹，饑鼠穴空墻。緑竹寒篩月，黄花晚傲霜。一聲鄰笛起，彷彿在山陽。

初寒

盡日閑欹枕，經年不卷簾。詩懷因病減，酒量爲寒添。市近無人到，墻空有鼠嫌。北風應念我，吹雪上茅簷。

寒夜

囊罄書猶富，途窮道自通。高梧留海月，老檜撼天風。攪睡茶無賴，驅愁酒有功。梅花消息好，春到角聲中。

題無心畫山水圖

白石蒼藤枕碧流，風濤洶湧弄扁舟。可人一寸無心筆，寫出江山萬里秋。

冬夜

瓦鼎香銷燭影孤，北風如箭雪模糊。擁衾獨坐寒窗下，閒聽瓶笙轉地爐。

木香

玉蕾冰蕤壓架稠，日長香徹小紅樓。此時風味無人識，花外一聲黄栗留。

汴梁郊行

大梁城下草連雲，千古河山對夕曛。一掬賈生憂國淚，西風吹上信陵墳。

題李公略所藏高彦敬夜山圖卷

幽人清夜思高閒，誤落龍眠筆硯閒。萬仞峰巒千里月，廣寒宫裏看三山。

題陳月觀所藏青紙梅花圖二首

曾向羅浮見此花，一枝寫出舊烟霞。小窗唤起師雄夢，瘦影亭亭立碧紗。

毫端妙理丹青外，林下幽情紫翠間。宴罷瑶池王母醉，羣仙和月到孤山。

秋夜

風露涓涓夜氣清，數竿脩竹動秋聲。破窗不禁西廊月，來向幽人枕上明。

漫賦

《長門》一賦萬黄金，寫盡深宫怨女心。莫怪長卿知底藴，茂陵曾見白頭吟。

春曉

枕上徘徊聽曉鴉，東風吹雨濕窗紗。園夫不管春光老，賣盡梅花賣杏花。

西湖晚興

瀟灑梅花水外村，歲寒誰與共黄昏。東風未到西湖路，雪滿孤山月一痕。

酒醒即事

滿城桃李鬧青紅，都在詩人醉夢中。醒後不知春幾許，賣花聲裏問東風。

倚樓

梨花散雪柳成陰，中有嬌鶯弄好音。説盡春來無限事，東風吹入倚樓吟。

客舍

杜宇聲中柳絮飛，黄昏燈火思依依。自憐久被關山隔，常捲珠簾待燕歸。

荷花

緑陰庭院雨初收，六月荷花爛熳秋。一片錦雲香不斷，薰風吹入雪陽樓。

西園月下吟

西園寂寂花冥冥，銀河影落寒無聲。乾坤一雨開晚晴，西風滿意新凉生。此身不爲塵網嬰，恍如夢到芙蓉城。花邊不見人吹笙，但覺一天風露清。吾有美酒同誰傾，月華照破幽人情。此樂自足娱生平，豈以富貴爲峥嶸。今日布衣吾何輕，明日錦衣吾何榮。誰爲白屋誰公卿，高門未必皆豪英。老懷素不求功名，悦親亦欲長安行。出門道路多榛荆，豺狼縱跡何縱横。興來吸酒如長鯨，醉中不覺新詩成，雄雞一聲天下明。

秋夜

森森秋氣寒摩空，秋光山色空濛中。西風滿地槐陰濃，暮凉石井凋疏桐。飄飄高興淩蒼穹，月波冷浸姮娥宫。草根啾唧鳴寒蛩，雲間斷續聞秋鴻。自傷蹤跡何飄蓬，紅塵鞍馬長西東。世間奔走多兒童，羣烏誰與分雌雄。山頭有苗高且崇，下蔭澗底百尺松。良材偏處荆棘叢，歲寒豈與蒿萊同。我知富貴皆王公，誰云草澤無英雄。不堪衰朽臨青銅，學書學劍今何功。安得猛士持神鋒，奮然跨海誅長虹。擬傾銀漢澆塵胸，瓦鉢不貴黄金鍾。無何鄉裏誰相從，高情賴有無名公。天根月窟人中龍，肯來爲我開朦朧。相逢拚却衰顔紅，黄花籬落生春風。

秋宵步月

澄澄金氣浮天河，月華桂影高婆娑。嚴霜到水凋池荷，西風落葉虚庭柯。百年無奈四時速，一事不成雙鬢皤。長繩不繫西飛日，浮世空隨東逝波。英雄盡向黄塵老，古今不覺青山磨。張良重死輕相印，范蠡全身老漁簑。李斯讒喙遭顯戮，楚客獨醒投汨羅。千古是非無處問，丈夫畢竟當如何。我有藜杖芒鞋敝緼袍，王孫繡鞍驕馬鳴玉珂。我獨彈鋏悲來歌，王孫歸去醉顔酡。我非孤癖絶交游，蒼松原不招陽和。衡門盡日無人過，舉杯月裏邀姮娥。未必姮娥不世情〔四〕，畫樓高處清光多。

暮春感懷

香冷金荷畫燭殘，人生常恨四并難。消磨永夜須醽醁，主張餘春有牡丹。故國松楸千里夢，破窗風雨五更寒。天涯多少傷心事，倚遍西樓十二闌。

遠遊

好山招隱合歸休，底事天涯賦遠遊。塵世幾人能百歲，客懷一日抵三秋。風號老樹寒蟬切，霜迫虚堂社燕愁。顧我自無湖海氣，也能高枕卧層樓。

久客

久客情懷觸處傷，樂天老去不能忘。風敲砌竹秋無際，月轉庭槐夜未央。幾縷腥涎蝸篆細，一械鄉信鴈聲長。異鄉何幸多知己，蘭秀蓀馨菊又芳。

秋夜獨坐

蕭然風露入秋堂，頓覺虚窗枕簟凉。烟盡片時金鴨冷，月明終夜木犀香。百年事業一壺酒，萬卷詩書兩鬢霜。用舍窮通均有命，莫因得鹿笑亡羊。

秋晚

少年湖海不知愁，景入桑榆事事休。富貴未嘗希晋楚，功名定不到巢由。西風籬落黄花晚，明月關河白鴈秋。千載有誰如范蠡，五湖容我泛扁舟。

秋夜懷友

秋老東籬菊已殘，故人猶未報平安。飲餘浮蟻愁仍在，過盡飛鴻信轉難。一寸青燈然永夜，半窗零雨送初寒。匣中長鋏塵生久，肯爲無魚取次彈。

有感

滿地蒼苔襯落英，羅衣猶怯曉寒輕。柳花白候風無定，梅子黄時雨不晴。萬事總違前日願，一杯聊盡故人情。陶然未接無何境，卧聽江潮打岸聲。

秋懷四首

客路黄塵染敝衣，此心元與世相違。每臨青鏡慚衰朽，枉著黄金買是非。爛漫雲山歸鳥盡，蕭條霜樹故人稀。西風不管天涯恨，社燕秋鴻各自飛。

窮愁有脚日相隨，心與時乖百不宜。醉裏見山如故友，病中得句勝良醫。巢無玄燕社方過，菊有黄花秋未知。千載淵明歸去後，西風容我醉東籬。

萍蹤梗跡寄天涯，幾見江南换物華。短髮飄蕭嗟歲月，敝裘辛苦厭風沙。錦城老柏千尋木，玉井秋蓮十丈花。材大古來無用處，牡丹香徹五侯家。

結得生平故紙緣，五車不博一囊錢。愁便緑蟻澆秋興，病苦青蠅攪晝眠。十載未諳南海俗，幾時歸種北山田。蒼生莫望深源起，咄咄書空更可憐。

錢塘春日

錢塘春日憶粱園，地限江河氣自偏。水外借樓聊度日，天涯回首又經年。梅專南土生成早，柳得東風造化先。百歲人生今過半，更看桃李幾争妍。

清明感事

富家過節猶寒食，旅舍平時亦禁烟。暖老無功嗟柳絮，買春不住笑榆錢。鏡中白髮非前日，樓外青山似舊年。佳客盡情招不得，滿窗花影枕書眠。

倚樓

倚樓初不爲行藏，一點青山是故鄉。愧爾菱花明似月，照人蓬鬢白於霜。百年人物空春夢，千古關河又夕陽。莫道水深魚極樂，不如魚水兩相忘。

秋曉

銀箭無聲雨漏乾，布衾如鐵紙窗寒。富商不畏瞿塘險，逐客空嗟蜀道難。樓外青山招我隱，天涯綠綺向誰彈。鬢霜鬢雪人生了，勳業何須鏡裏看。

秋霽

雨沐秋容絶點埃，一杯誰與共荒臺。仰看白鴈銜書過，坐待青蚨致酒來。高柳四圍雲幙展，好山千里畫屏開。衡門盡日無人到，黄雀從容啄緑苔。

久客

十年蹤跡逐浮萍，四海交游隕曙星。白璧自爲希世寶，《黄庭》誰作换鵝經。鏡中鬢影莖莖白，樓外山光處處青。久客天涯歸未得，杜鵑哀怨不堪聽。

公子行

畫戟朱門樂事多，春風池館水明波。兒嬉輕碎玉如意，客散不收金叵羅。盡日優伶餘酒肉，通宵鄰里厭笙歌。憑誰細問青雲客，奈此人間凍餒何。

感舊

穠李夭桃次第新，牡丹留得殿餘春。石崇禍起珊瑚樹，馬援疑生薏苡仁。今見槖駞來海角，昔聞杜宇叫天津。相逢不拚西湖醉，白首能存幾故人。

夜坐

憔悴梁鴻久賃舂，漢家何事不相容。壯懷老去如灰冷，歸興年來似酒濃。千載風雲從鄧禹，一時湖海自元龍。漫漫長夜無人語，挑盡寒燈聽曉鐘。

自笑

論史談經夜不眠，歸期未遂買山錢。紅塵有恨江湖異，白髮無情歲月遷。曉夢池塘春草地，凍吟風雪早梅天。青蠅鑽紙成何事，一笑蘇杭十二年。

自適

布衾如鐵簟如冰，多病筋骸老不勝。故國關河秋過鴈，破窗風雨夜挑燈。託身人海知今是，掉臂王門記昔曾。尺鷃藩籬聊自適，扶摇九萬任鵾鵬。

錢塘即事

白髮蕭蕭滿鏡中，客懷寥寞燕巢空。鴈投絶域書難託，虎迫嚴城路不通。二尺短檠挑夜雨，一聲長笛怨秋風。西湖流盡繁華夢，忍聽江潮打廢宮。

閑居懷友

僻巷柴門夜不關，一簪華髮照衰顔。鑿開蒼蘚通流水，捲盡朱簾得好山。三徑儘容歸去樂，萬金難買老來閑。故人别後知何處，應在神嵩泰華間。

夜　坐

花滿銅瓶酒滿尊，旅懷寥寞過黄昏。一樓明月開天宇，半夜驚潮出海門。蝴蝶自疑莊叟夢，杜鵑誰信蜀王魂。人間多少傷心事，殘燭無聲瀉淚痕。

感　春

岸花汀草不知名，野杏山桃結未成。春去湖山應有恨，夜來風雨太無情。酒家慣聽提壺語，田舍初聞布穀聲。欲向東君問消息，夕陽無語下西城。

即事

短髮刁蕭滿鏡絲，河梁攜手暮何之。共誇鮑叔分財日，獨念延陵挂劍時。金馬未投鸚鵡賦，玉人休唱鷓鴣詞。曉時欲問東君信，春到梅花第幾枝。

登樓有感

造物冥冥若有知，夔蚿隨分動天機。百年傳舍隨流水，幾度憑闌送落暉。秋色暗從孤鳥没，晚霞偶趁斷鴻飛。古今得失元如此，莫與莊生較是非。

自釋二首

天涯歲月厭飄零，畫虎屠龍兩不成。梅雨關心吟思苦，竹風吹面醉魂清。誰家楊柳黄鸝囀，何日梧桐彩鳳鳴。羌笛一聲樓外起，旅人懷抱若爲平。

鑽紙癡蠅每自憨，緑簑定不换青衫。頭雖似雪身猶健，心未成灰口已緘。五柳永懷陶令趣，二桃輕信晏嬰讒。長竿犢鼻譏當世，千載令人愛阿咸。

十年

十年蹤跡寄江湖，滿篋黄金取次無。病後不堪衰鬢短，貧來何止故人疏。誰言養女當如鼠，自笑生男不及烏。阿濬頗能知我意，夜窗猶不廢詩書。

悼女

代母齊家惠愛深，天涯永訣淚盈襟。半窗春雨三更夢，一寸寒燈萬里心。塵世情緣渠易舍，蓬萊仙闕我難尋。江流有限哀無極，多病形骸老不禁。

訪西山道院

芙蓉城闕五雲深，亂石飛泉激玉音。濁酒每因清興酌，新詩多爲故人吟。青鸞已報三山信，白鴈空傳萬里心。殘日未傾歸去好，病軀常苦暮雲侵。

中秋懷友

酒聖詩豪老不任，九霄風露滌煩襟。寒生庭户秋方半，春入尊罍夜已深。萬里清光千古色，一簪素髮百年心。故園今夕知誰健，擬向姮娥問好音。

〔一〕〔二〕「克」，原誤作「充」，據目録改。
〔三〕以上四句原闕，據四庫本《艮齋集》補入。
〔四〕「未必姮娥」，原闕，據四庫本補入。

張教諭立仁

立仁字伯遠，號楚閒，安仁人。通經術，工詩，時稱爲江東詩師。授東縣儒學教諭，從遊者多所成就，張翥仲舉、黄復圭均瑞，皆其門人也。

餞祝直清

朝餐狙林橡，夕飲虎窟泉。幽棲豈不逸，於道爲未全。是以少微星，含輝麗中天。雲蘿謝招隱，冠帶趨興賢。魯生贊制作，商老安危顛。董子述徵驗，賈誼明經權。盛德有遭逢，志士無棄捐。長貧苦忘世，一出垂千年。折梅楚山阿，賦詩江水邊。寂寞思古人，中懷爲君宣。

次韻湯昭翁述上饒道中神祠見疊山謝公咸淳末題壁言時相

英雄豈不死，隱忍全親年。一朝得所歸，大節非細繁。生氣貫北斗，高風肅祁連。尚懷艱難際，天遠無路言。至今古道傍，直筆書不原。顛危遂彼相，猛士徒在邊。姦骨朽亦已，千載猶腥聞。歷運有興替，仁世方洪延。賀監記殘壁，令威思歸仙。想當盤礴時，慷慨迴長鞭。土偶果何神，猶能護玆全。乃知天有道，青史烏足傳。有客賦楚屈，無人歌齊田。感子古意長，淒吟不成篇。

古別離

生別真別離，死別魂可接。問君何能知，夢寐固不隔。死別則相得，生別死未得。萬里有征人，九泉無戰國。

浙江潮

疾雷宣天威，怒潮泄海氣。陽機運無停，不受陰所制。逆流豈其性，剛力激之起。初疑鬼神使，久覺造化理。天地與低昂，魚龍頗軒輊。壯哉此互觀，直自開闢始。舊聞海更吏，別有蓬萊治。樓船去不歸，潮水依然至。吳兒亦輕身，尚弄沼中戲。朱旗閃翠蓋，出没浪花裏。馮河聖所哀，百年會有死。死不作子胥，生當隨范蠡。

次韻友人詠鶴

玄圃青冥接上方，人間無地著軒昂。瑶臺舞罷風霜冷，華表歸來歲月長。蕙帳曉空驚寂寞，玉笙夜怨感凄凉。醴泉芝草應何限，獨與孤標憶鳳凰。

寄東薛元卿

清冰爲度玉爲標，三擁蘭旗上碧霄。醮啓碧雞脩夜祀，歌番黄鵠和仙韶。紫微太極諸天近，弱水蓬萊萬里遥。服食祇應多妙訣，丹爐昨夜五更朝。

遊絲

不礙乾坤不倚風，倏然終日自西東。天機默運真難息，心緒無端可得同。斜捲落花輕到地，慢摇晴日細横空。不須更著烏紗帽，已覺星星鬢欲翁。

奉題張真人覲回行卷後二首

玉皇居處擁神霄，上界真人羽節朝。鳳女傳香函御札，龍孫隨輦聽仙韶。塞塵夜静邊星落，潮水秋平海霧消。盡使沈冥躋爽達，遂應服食得逍遥。

章辭玉陛回天聽，詔下金門遣使符。獸錦分香來御篋，寶樽承露出宫厨。海波不隔家山遠，霄漢長懸寵澤殊。聖主若思垂拱治，尚方仍遣候飛鳧。

山雨

竹樹風泉共一音，石根雲脚晝連陰。樵蓑野市歸來晚，猶説溪田水未深。

江風

楊柳摇陰送午凉，蒹葭吹葉報晨霜。千帆萬席波濤裏，誰遣檣烏唤客忙。

清明詞

南山北山啼子規，家家清明上塚歸。道邊古墓自無主，不是春風不生樹。北人多作江南官，朝廷給假三日寬。梨花郭外朝露泫，青草離離燒飯遠。

紫芝生俞和

和字子中，桐江人，寓居錢塘，自號紫芝生，又號紫芝樵者。沖澹安恬，隱居不仕。洪武中卒，年八十餘。子中嘗與大癡歌黄公望學畫於松雪翁趙孟頫，得其筆法。能詩，喜書翰，行草逼真松雪。好事者得其書，雜趙款，倉卒莫辨云。

關仝層巒秋靄圖

層巒交亂烟，歷歷映羣樹。烟嵐互相依，青白媚朝暮。下有土著者，静居氣鬱聚。飛泉瀉高巖，細草披紆路。幽深與世違，時復通杖履。鳴禽值客來，語歇客還去。天機發所樂，蕭然非襲故。

管夫人竹窩圖

高人志瀟灑，結窩山水間。以玆碧檀欒，蔭彼青孱顔。翩翩隱君子，意趣相與閒。永結歲寒侶，三徑時往還。風聲静肅肅，日影青斑斑。氛埃盡蠲却，瀟灑非人寰。洞眎名利場，喧囂若塵菅。對面九疑隔，擬於蜀道難。卑卑市道交，清事分愈歡。俗習那可醫，逸駕直追攀。

用張貞居題高侍郎畫山水圖詩韻余臨褉帖戲書於後以俟觀者商略之

我本西湖紫芝叟，不但悠悠放杯酒。平生雅好得字髓，筆意翩翩落吾手。臨河一序歸玉京，後來傳刻成怪醜。辛勤學書四十載，能遇幾人開笑口。知書鑒畫古所難，却笑醯雞鳴甕牖。南宮松雪兩夫子，異代合轍名不朽。竊將筆研忝末學，時寫數行人見取。吁嗟師法不再過，空向城闉事奔走。明窗净几誰友于，自歎臨池今白首。

顧長康秋江晴嶂圖

遠山崪嵂青如染，近山雜沓雲初斂。傍山隨處有隱家，古木重重日光晻〔一〕。迴溪斷岸板橋斜，幾樹丹楓帶暮鴉。鄰翁解后無塵語，但道陰晴桑與麻。晴江千頃只如杯，一派修眉落嘯臺。何處鐘聲來遠寺，誰家茅屋對江開。斯圖斯景真奇絶，對之殊覺神情悦。當時會已入宣和，何慮六丁雷電掣。由來變易本無常，朝燕暮楚成星霜。長康三絶世希有，寄語君家什襲藏。

陸探微員嶠仙遊圖

我昔東尋蔡經宅，麻姑之山高插空。水簾洞前據福地，仙都觀闕深重重。豈知復有仙都峰，軒轅上帝騎髯龍。至今獨遺倚天之石壁，石帆不動九萬之剛風。天監仰在天柱頂，上有石室神人宫。花開十丈長生玉井藕，草結萬歲不老崁眉松。成都石筍壯士擲，丈尺何足誇神工。吾將約丹邱子、安期翁，控玉虯，駕飛龍。高覲上帝於其中，遺跡亦有烏號弓。

張僧繇翠嶂瑶林圖

崆峒之山千嶂列，翠靄霏微青玉立。何年闢此鴻濛荒，中有清幽羽人宅。朱樓畫棟水中開，玄鶴珍禽天際來。霜華染就千林赤，雨氣能敷曲磴苔。仙侶無營往來熟，爲愛空林媚晴旭。迴溪斷岸淺復深，使我神遊無厭足。誰爲貌得此横圖，宣和賞識真不誣。僧繇古今八百載，精神焕發無模糊。玉峰善夫有奇癖，珍之未欲輕持客。蕪辭漫厠畫圖間，碔砆却溷連城璧。

閻立本西嶺春雲圖

春林日出蒼霧開，崇巒萬疊青蠡堆。花源九曲不可到，松溪百折無纖埃。懸崖噴薄銀河落，漫山桃李春風迴。征人結伴緩轡至，悠悠豈自長安來。琳宮仙府向空立，一聲啼鳥白雲隈。是時秦王平九垓，閻公夙具棟梁材。陰陽燮理萬國治，雄詞咳唾飛瓊瑰。有時寄興丹青裏，瀛洲不數神工裁。雲臺妙繪世何有，斯圖尤足稱奇哉。田衣野叟重感懷，展舒更覺心徘徊。高臺揮麈相對語，恍疑身置於蓬萊。

李思訓妙筆

大山崪嵂摩青天，小山平遠通雲烟。李侯胸中有邱壑，信手落筆分青妍。天台赤城元不遠，金碧粲爛流潺湲。參差澗谷樓觀起，縈紆徑路石橋連。松風颼飀響虚閣，杖藜剥啄來羣仙。漁歌樵唱渺何許，布袍芒履清溪邊。高情自有泉石趣，凉意不受塵埃纏。若此畫卷世所少，誰能真賞如公賢。華堂風日不到處，絶勝珠箔空高懸。焚香煮茗北窗下，眼明對此竟忘年。

王維輞川圖

開元宇宙承平日，華子岡頭曾燕適。至今自貌輞川圖，下有幽人交莫逆。辛夷户外茱泮隔，亦復扁舟春蕩潏。竹居冰霰歲寒傲，未辨申椒能辨屈。平生雅志厭朝市，醒醉悠哉睠泉石。是間山水無限趣，况乃佳賓得裴迪。宜和昔日手親題〔二〕，千載流傳人愛惜〔三〕。鳥啼花落香仍在，誰信長安歎凝碧。後來附卷意迷忙，且復追惟三太息。

李昭道春江圖

昔登江上山，頗愛江山句。天際識歸舟，谿邊有春樹。長風倏起棹歌間，大鵠小鳧争往還。坐身突兀峭蒨表，著眼莽蒼熹微間。歸來舉頭觸四壁，但覺膏肓有泉石〔四〕。誰把丹青染素縑，泠然蒼翠流裀席。摩娑舊遊亦如此，髣髴烟雲指端起。山凹明當別有雲，天低不辨誰爲水。李唐王孫妙自知，不諱前身是畫師。直將一段空青意，寫出滉瀁金焦奇。野人手攜雲敖杖，更辦鴟夷五湖舫。欲作寰中汗漫遊，即披此圖神先往。

夏圭晴江歸櫂圖 一作「郭忠恕仙峰春色圖」。

世稱夜光無與敵，何如夏一作「郭」。君神妙筆。蒼然勁鐵腕有靈，開圖展對人愛惜。青山隱隱江重重，懸崖一澗飛晴虹。中流倚櫂者誰子，隨風蕩漾開天空。柳堤高士來何處，時復攜酒一作「琴」。過溪去。忽聞天外落虛鐘，一曲清一作「漁」。歌碧雲曙。當年畫院不乏人，紛紛丹碧失天真。醉來漫瀉金壺汁，吮毫落紙無纖塵。古今世事如棋局，碌碌常懷看山福。推窗長嘯天地秋，短句深慚爲尾續。

趙千里畫八幅

蓬萊上有仙都峰，飛泉噴薄挂玉龍。臙脂散落絳桃雨，翠碧歷亂徂徠松。層崖十丈聳霄漢，複閣一望圍芙蓉。溪深不聞玉步至，日暮只有仙人逢。何當宋室伯駒氏，無窮錦繡羅心胸。斯人斯藝未易致，光堯愛之寵錫榮。就中尤覺有深意，却思高蹈歸山農。

趙松雪山居深趣圖

萬峰霜清翠如洗，峰底行雲度流水。西北茅堂爽氣邊，江南落木秋聲裏。蒹葭潮長思在梁，白鷗飛盡天茫茫。幽篁丈人讀書處，時有疏鐘來上方。仙槎影没銀漢遠，木末芙蓉爲誰翦。何處涼風送客船，歸來似是東曹掾。東曹還笑未識機，桂飄宜待鱸魚肥。山川摇落已如此，不信草露沾人衣。魏公妙筆不可遇，偶閲新圖得真趣。題詩寄興吴中人，吾亦買山從此去〔五〕。

題黄子久吴門秋色圖奉謝伯理高士

我昔西遊訪王屋，船頭五老森如玉。氣酣吹篴大江水，還向滄浪歌一曲。白雲壓江江水過，江風瑟瑟啼江娥。天入西陵樹如薺，從此歸舟逸興多。秋深木落西江暮，懷人欲向西江去。紫芝山人留五年，九鳳三鸞奇絶處。人間何地非輞川，田父漁家有數椽。先生愛此得真趣，此意能將圖畫傳。

趙仲穆東山圖

晋轍已東牛繼馬，名流誰復居林下。何事東山若不聞，握瑜高索當時價。佳遊稱意隨所如，當筵夾陛皆名姝。歌凝絲竹倚花聽，詩逐瑯玕行草書。濟時元有經綸策，大壑蛟龍豈終蟄。四十餘年樂遯心，幡然一爲蒼生出。鹽梅調鼎手自和，運屯其柰蒼生何。鎮安風俗任才略，呻吟稍變爲謳歌。固知隱德寓聲色，世俗尋常安可識。相時出處古皆然，莘渭依稀見遺跡。

王晉卿畫

瞿塘三峽秋風早，岸上征人意獨悄。衡茅相向倚空林，短棹何來如葉小。當年駙馬技尤長，經營不讓鄭虔良。披圖展對虛堂裏，萬疊峰巒拂面涼。

黄子久為危太樸畫春山仙隱圖

一峰道人天下士，太癡老子雲中仙。手把溪罏寫胸次，石林茅屋流寒泉。青雲白石何可見，使我飛翰淩遥天。寄語黄鵠早歸來，結廬同隱南山邊。

吴道玄五雲樓閣圖

疏雨潤芳林，春雲鑠翠岑。觀樓空外起，松柏望中深。地静氛囂遠，溪迴蕭散臨。開緘殊未已，一洗俗塵心。

王右丞雪谿圖

朔風掃氛埃，彤雲暝不開。千山飛鳥盡，一水泝舟回。波面方鎔汞，林梢已瀉瑰。歸人停策蹇，野店具新醅。

王維秋林晚岫圖

右丞深繪理，應有箇中詩。樹色連天末，巒光擁暮時。霜餘山市静，水落野船遲。處處人來往，優游不負期。巒静秋光肅，烟消樹色明。隔鄰頻慰問，轍迹不須驚。返照穿林麓，歸人入化城。應知圖畫裏，幽思託無聲。

小李將軍秋山無盡圖

夕陽銜翠嶺，迢遞白烟生。水落林光肅，霜餘秋氣清。危樓臨岸敻，遠水映山明。萬里蒼茫色，幽深無限情。

黄荃蜀江秋淨圖

何物雄圖好，翛然愜卧游。錦江萬頃碧，巫嶂四山秋。丹葉綴高樹，西風落釣鉤。仙翁應有約，相對語江樓。

黄晉卿蜀道寒雲圖二首

暮色催行騎，孤村亂嶺環。橋迴山市集，林濕野風斑。小艇依危峽，蒼雲宿近山。柴門猶未掩，遥望採樵還。

贏驂驅偃蹇，石磴轉蜿蜒。雲合千峰雨，秋澄百折泉。丹楓濡冉冉，翠篠裊娟娟。傍晚歸人至，疏鐘劍閣前。

趙令穰秋村暮靄圖

筆端秋色好，秋聲在樹間。遠村茅屋小，曲徑竹籬删。水淺漁船澀，山深人事閑。王孫何處覓，尺素有遺斑。

王叔明為徐元度畫松壑秋雲圖

王子鍾靈氣，丹青想巨然。雲崖重疊見，冰澗淺深緣。林麓疑盤谷，亭臺有洞天。櫂歌何處起，浮動碧溪烟。

次葉舜臣訪慈濟悦上人詩韻

攜琴相訪輒相迎，惠遠由來有勝情。避世仍歌紫芝曲，忘機肯負白鷗盟。城頭雨過階除净，樹底風生几席清。我亦年來味禪悦，仗策蘭若踏春晴。

題悌本中新居次葉舜臣韻

禪房華木深幽處，每見黄鸝語自雙。雪色一方新構室，樹陰三面半開窗。鬻茶聯句龍頭鼎，翦燭翻經鴈足釭。清勝了無塵俗事，時將緑綺奏飛瀧。

遊天龍寺次簡上人韻

江郭幽尋仗策來，龍飛鳳舞畫圖開。且從聽法留蕭寺，更欲凌雲上古臺。笑傲不妨雙鬢雪，登臨唯覺寸心灰。百年興廢同誰語，目送寒潮又一迴。

遊靈隱寺有感示用貞長老

小朵峰頭訪大顛，巖扉無復舊蒼煙。清猿嘯月昔曾聽，古樹拂天今漫傳。陵谷變遷成小劫，林泉栖遁是何年。我來試勺亭前水，一滴曹溪問老禪。

次沈斯年見寄

我家新塘稚竹所，問字時有人敲門。天風晝翻翡翠羽，海月夜照珊瑚根。哦詩政爾遣偪側，對客懶與通寒温。且傾新釀百壺酒，與子日醉梅花村。

閻立本秋嶺歸雲圖

千山寂寂護雲衣，茅屋翛然抱翠微。楓落秋江鴻影瘦，荻依寒渚露光稀。居人燕起耽書帙，幽客閒來種蕨薇。滿目秋空正蕭瑟，一襟涼思自依依。

題危太樸所藏滎陽鄭虔畫秋巒横靄圖 并序。

危太樸酷嗜法書名畫，幾充箱盈篋矣。而獨於鄭虔則未之有得〔六〕，吾恐太樸不能無怏怏於懷。一日，出此卷索跋，不覺爲之驚且喜也，益見太樸不止於好，而更善於訪求，遂爲書之。

鄭虔能畫復能書，八法精研衆所推。點筆爲山雲自合，濡毫成澗玉流澌。丹楓歷落人何處，石磴縈迴境益奇。久矣羨君多癖尚，臥遊何事竟忘攜。

郭忠恕所畫仙峰春色圖

朱樓琳館隔煙霏，流水桃花繞石磯。萬里楚天雙鶴去，千年淮海一龍飛。漆園仙化遺臺樹，蓬島書來啓石扉。咫尺阮劉迷遠近，幾人能向此中歸。

題清容先生所藏李咸熙畫卷

山色秋風裏，溪光夕照中。漁歌喧渚近，人語出籬東。竹嶼落蒼雪，松濤震碧空。棲禽驚敗葉，載鶴伴詩翁。日晚江村暝，天晴磴道通。咸熙留妙筆，徽廟更爲崇。意匠同洪谷，蕪編愧老農。應知君愛重，不啻夜光同。

趙千里畫八幅

宋室多工繪，神奇美伯駒。山林多秀逸，樓觀屬清虚。細柳垂堤弱，紅桃入逕疏。蒼崖藏煉藥，畫舫集輕裾。素女開珠箔，仙儔覓舊廬。緑荷承露掌，灌水復深居。岸幘霜楓變，巖泉暮雨餘。精研思訓屈，嚴整恕先驅。東潮聲華徧，光堯賚錫如。尺縑無限思，短句未能書。珍祕歸君笈，何時再慰余。

黄荃竹谿六逸圖

千畝松篁野徑開，一溪流水碧於苔。山尊共醉徂徠石，何用楊妃七寶杯。

陸探微層巒曲塢圖

矗矗羣峰宿雨收，長林鬱鬱翠煙浮。朝來隨著鄰翁去，踏遍山中一段幽。
六法從來推虎頭，新圖只尺更深幽。傍人錯覓赤城路，何似臨窗作卧遊。

盧鴻仙山臺榭圖

扶桑日上照三山，丹碧樓臺杳靄間。春色還應無限好，可能移得到人寰。
江橋遥與赤城連〔七〕，春滿瓊臺樹鎖烟。不用飈車凌弱水，人間自有地行仙。

題吴瑩之所藏郭忠恕畫册　并序。

九疑絶域世不可攀，天台赤城又廢搴涉，曷若障圖中之易適也。余所欣慕者，亦生平至願。頃見兹八幅，披覽竟日，不欲釋手。且模寫佳麗，境界宛然，豈非疇昔之夙搆耶！忠恕殆非塵寰中人物。

海上芳洲隱碧峰，樓臺掩映出芙蓉。吹簫竟欲凌雲去，滿逕桃花翠壑重。

題趙千里畫長幅

珠樓重疊静焚香，中有仙人住曲房。春色漸歸花自落，白雲深處鶴聲長。
春風遥引紫芝香，一片笙簫出洞房。仙館未應塵俗到，巒光迴處五雲長。

趙松雪重江疊嶂圖 并序。

吾師松雪翁，爲善夫先生作此圖也，越三載始就。是時翁已六十餘，而神情不減少壯，筆益覺秀潤古雅，即使右丞復起，亦未易過此也。翁畫時，和常侍几席間，故悉知其詳。翁今仙去十五年，兹復承善夫出示此卷，和乃爲愴然久之，故賦短章於左。

松叟仙遊已數年，春江烟樹尚依然。鷗波當日閒情好，誰識風流讓輞川。

趙松雪山居圖三首

松葉參差覆地池，竹梢簇簌罥書帷。《離騷》誦罷焚香坐，細聽烏鹽隔樹吹。
寂寂柴門客過稀，樹雞新長石羊肥。扶藜踏盡溪南路，掩映斜陽作伴歸。
幾樹疏花村落裏，一聲啼鳥碧崖間。箇中受用能消得，碌碌紅塵是等閒。

黄荃花谿仙舫圖

仙家原自有花谿，未許塵蹤過竹堤。兩兩漁舟無約束，風烟都在碧林西。

王晉卿釣魚圖

松花吹雪颭平沙，釣客扁舟即是家。秋色一竿天在水，生涯應不爲魚蝦。

趙千里冬景

木落林空歲欲殘，南枝初放曲欄干。山翁牘有尋幽興，結伴同來盡日看。

趙伯驌畫

雲白林紅映晚山，客居躉駐拂塵顔〔八〕。溪流泯泯秋光好，無限風烟屬此間。

趙子昂畫夏景倣王摩詰次韻為袁清容

高人結隱傍烟霞，林壑深幽徑路斜。六月空山不知暑，松風竹吹勝春花。

趙松雪山林避暑圖

泉上幽亭近翠微，樹涼如水濕人衣。迴塘直接闌干下，遠見輕鷗點點飛。

趙子昂做四大家

翠嶂摩空錦繡攢，寒江風急起回湍。高人不畏溪頭冷，爲愛霜楓獨自看。

趙仲穆畫為敬夫題

瀑流千丈自天垂，風激銀河作雪飛。閑詠謫仙廬岳句，不知空翠濕人衣。

倪雲林畫為子章高士題

雲林染就秋山色，白石溪灣隱石亭。静對不知斜日下，凉飇颯颯滿空庭。

梅道人畫

野老相期訪隱君，杖藜款曲過通津。只疑僻徑無尋處，誰道書聲隔岸聞。

方方壺畫

樹密烟沈路不分，前山遠帶過江雲。幽人日坐看無倦，天錫空濛一段文。

〔一〕「光」，未定稿本闕，稿本癸之丁作「照」。
〔二〕「宜」，原誤作「宣」，據未定稿本改。
〔三〕「千」，原誤作「十」，據未定稿本改。
〔四〕「盲」，原誤作「盲」，據未定稿本改。
〔五〕「買」，原誤作「賣」，據未定稿本改。
〔六〕「之」，未定稿本作「知」。
〔七〕「江」，未定稿本作「紅」。
〔八〕「居」，未定稿本作「車」。

陸鄉貢景龍

景龍字德陽，檇李人，江浙貢士。觀其《春日感懷》詩云：「近聞海内戰塵消，皋契羣賢已事堯。」知其卒於洪武中也。

雪溪翁山居圖

山林之幽樂且閑，何人卜居雲半間。草樓高出蒼樹杪，石梁斜壓清溪灣。循溪隱隱穿細路，斷岸疎林接烟霧。微茫萬頃白漚天，鴈陣鳧羣落無數。樵歌初斷漁唱幽，沙頭人卧竹葉舟。青山數點西日下，渺渺一片江南秋。我昔苕溪問清隱，溪上分明如此景。别來時或狂夢思，忽見此圖爲心醒。錢翁少年善丹青，晚歲筆意含英靈。興來漫臨北苑畫，妙入毫末窮杳冥。無聲詩與有聲畫，翁能兼之奪造化。詞林諸老富品題，一紙千金重光價。應君持此索我詩，愧乏瓊玖答贈之。臨風展玩三太息，寧不爲動蓴鱸思。我今借屋湖山裹，恍惚風烟無乃似。擬將三尺白剡藤，試煩東鄰雪蓬子。雪蓬，陳元昭號。

奉寄竹深識趣二先生兼簡泉上架閣

下榻徐高士，彈琴魏隱君。相望一溪水，只隔半山雲。每憶朋簪盍，俄驚客袂分。登樓頻眺遠，離思正紛紛。

遊東塔

戰書移城東，巍然塔指空。燈光摇白鴈，潭影浸蒼龍。鈴梵和天樂，經函閟地宫。誰知賢守宅，翻作五山雄。

送禮部焦郎中

黄道天開紫極高，爐烟繚繞拂宫袍。漢家人物追三代，周典天官冠六曹。翠幙晝閑吟芍藥，玉壺春暖醉葡萄。袖中應有山公啓，月旦無辭獻納勞。

榾柮窩

安樂窩中興澹然，靈根斫得自樵仙。地爐伏火春如海，雪屋圍風夜似年。香透玉酥和芋撥，脂流琥珀帶松燃。絶勝沈水燒金鴨，吹徹參差惱醉眠。

繭　窩

斗室團團素箔圍，梅花夢裏似還非。一規明月抱銀瓮，無數晴雲爲白衣。壺隱仙翁形若蜕，巢居羽客步如飛。孰知志在經綸内，五色文章出錦機。

梅　影

一自逋詩爲寫神，横斜意態宛如真。壽陽鏡裏春風面，仙子江邊水月身。晴雪隔窗花似霧，凍雲印地玉無塵。夜深低轉雕闌去，空憶羅浮夢裏人。

題趙松雪人馬圖

閣老風流世絶誇，揮毫寫此兩名騧。玉關秋遠風生樹，銀海春明浪蹴花。一代衣冠淪草莽，百年縞素颱風沙。蕭蕭白髪覩江上，見畫令人重歎嗟。

題慈溪孫氏瑞萱圖

兹溪之滸孫郎家，弟兄孝感良可誇。玄冬正當建子月，北堂忽放宜男花。煢然孤蔭撫二竪，宛如一幹含雙葩。信知嘉祥天所錫，我歌此詩賡白華。

杜甫遊春

杜陵野客興蕭騷，策蹇行春樂更饒。楊柳暖風攲醉帽，杏花微雨濕吟袍。推敲漫説衝京兆，清絶徒憐過灞橋。直許文章光萬丈，謫仙聲價兩相高。

濂溪愛蓮

窗前既云不除草，溪上胡爲獨愛蓮。君子高風還宛似，先生雅趣自悠然。神交净色遠香外，秋在光風霽月邊。萬物生生皆太極，始知一畫自先天。

淵明對菊

彭澤歸來秋已老，黄花無數繞東籬。采芳謾爾不盈把，感物悠然有所思。五斗折腰慚可去，一尊遺興醉何辭。衣冠不改仍如昔，摇落風霜在義熙。

和靖觀梅

銀嶼蜿蜒一徑斜，先生卜築隱烟霞。高風自是天下士，雅好何如雪裏花。水影月香傳妙句，山童野鶴伴生涯。茂陵封禪無遺稾，贏得清名百世誇。

紙　帳

溪籐搗雪净無霞，素餡圍風絶可誇。夢入清虚明月偃，神遊廣漠白雲遮。繭窩春暖浮銀色，鮫室宵分散玉華。野鶴一聲天已曙，老夫詩思繞梅花。

挽普大夫

英英正氣鍾河嶽，赫赫高名照古今。七一作「十」。道提綱徒赤手，九泉飲恨只丹心。臺空鳳去秋雲慘，屋冷烏啼夜月沈。珍重遺章猶絶筆，令人一讀淚沾襟。

題鎮南王納涼圖

憶昔揚州全盛日，内家輪奂見翬飛。芙蓉仙館紅香凝，楊柳歌臺紫翠圍。雲母屏開秋澹澹，水晶簾捲月暉暉。十年一覺繁華夢，春草王孫怨不歸。

春日遣懷和吴主一韻二首

閑愁日日不能禁，漫賦停雲感寸心。老去一貧何至此，春來多病到如今。門前花飛萬點急，湖上水添三尺深。却喜小樓當緑樹，可人時復聽鶯音。

近聞海内戰塵消，皋契羣賢已事堯。萬里江山隨地闊，四郊花木放春饒。求賢漢使須明詔，興學文翁有教條。衰老自慚無寸用，願歌擊壤答清朝。

送趙士玄兄弟還永嘉省親

汝伯大參天下士，而翁太守斗南人。二難表表聯金玉，三俊英英總鳳麟。蒼海月明懸珮潔，赤城霞彩絢衣新。時人應比河東薛，早立勳名據要津。

柳南小隱

參軍家住南湖上，楊柳蔭門春水生。落日池臺看洗馬，東風簾幙聽啼鶯。長條拂翠陰垂地，三月飛花雪滿城。每爲論兵來好客，傍人錯認亞夫營。

寄上竹深契家以寓懷耿之情

竹深先生清隱處，蓋湖萬頃水雲凉。每聆金玉無來使，時見塤篪有和章。麥熟崆峒思續食，花開杜曲憶傳觴。西齋有客如羲獻，爲致慇懃意莫忘。

奉次見貽詩韻

夏蓋湖頭秋日凉，碧雲繞屋見蒼筤。波光入酒葡萄緑，雨意催詩菡萏香。每羡謝公能曠達，也知賀老足清狂。故人已動江湖興，擬借扁舟載筆牀。

過伏龍山訪諸故舊詩呈竹深老友

江空歲晚賦停雲，翦燭西窗話夜分。山館無人訪遺叟，驛亭有客送徵君。寒梅近水偏饒笑，老鶴昂霄自不羣。明日扁舟湖上去，櫂歌聲裏酒微醺。

酒邊話舊情契綢繆見教二詩詞意深至輒步來韻以呈

隔世相逢白髮長，行窩十日坐書香。義熙處士遭衰晋，大歷詩人出盛唐。往事荒凉驚逝水，高情慷慨惜流光。只今故舊都淪落，中夜懷人斷寸腸。

百年身世累虚名，一旦炎凉見薄情。溝壑未應甘轉死，干戈已幸得更生。誰家明月能吹竹，何處滄浪可濯纓。但得歲寒心事在，梅花滿把不勝清。

留竹深軒賞雪

曹江三冬雪大作，蓋湖七日冰不開。明月墮空銀漢淺，白雲匝地玉山摧。剡溪舉櫂無由去，灞岸騎驢或可來。却羨能詩何水部，肯延東閣共觀梅。

故人重見高誼藹然連日倡酬不已漫賦近體奉呈

伏龍山色翠如新，兵後重來訪所親。喜見芝書徵國士，尚聞蕙帳隱山人。文章未信窮爲祟，詩句焉能妙入神。慰我梅花窗下酒，醉中拍拍滿懷春。

至正庚子三月七日魏處士昆季邀予遊夏蓋湖憩福原精舍胥會者九人各賦詩一章

石橋流水放蘭舟，野色蒼茫凉欲秋。山勢截雲横碧海，波光吞日没滄洲。岑參渼陂客同泛，賀老鑑湖誰復遊。醉插花枝争勸酒，尊前一笑歲如流。

題墨菊

東籬正色本來真，子墨何如强寫神。滿面緇塵非舊日，西風羞見白衣人〔一〕。

題紅梅

昔醉西湖處士家，酒痕吹上水邊花。采風蛺蝶迷香夢，一樹珊瑚月影斜。

題定川陳仲章梅坡稾

陳君梅屋近蛟門，鮫客綃成每見分。從此胸中有機軸，解將五色織春雲。

〔一〕「羞」，原誤作「差」，據未定稿本改。

李道坦

道坦字坦之，吴興人。風度高遠，寄情巖壑，往來洞霄石室間。讀書賦詩歌皆超軼前古。與張仲舉、成原常友善。所著有《學道齋集》。

山中苦寒歌

深山苦寒弗可居，門前積雪三尺餘。陰崖一夜石蜕一作「脱」。骨，寒溜萬瓦冰垂鬚。道人凍餓一作「卧」。山之麓，莫爇松明煮溪緑。山陰孤棹期不來，夢入幽巖一作「厓」。聞折竹。征西將軍持短兵，馳馬夜渡黄河冰。關東諸將面欲裂，嚴光獨釣桐江雪。一作「側」。

高將軍白鶻子歌

淮西猛士高將軍，新獲驍禽被凉素。調之弗顧情未狎，跨馬臂出東城去。一作「城東去」。征鴻作字雲邊斜，聳身直上誰能遮。天寒日莫望不見，北風萬里吹瑶花。雲飛忽斷鴻飛却，短草長煙際沙漠。但餘孤色摇清秋，未許纖毫生碧落。歸來珍衛不解韝，親手餧肉供饑喉。英雄遇合固有分，可惜驚塵俱白頭。

弔古行

蒼梧之南湘水頭，煙波逐客增離憂。重瞳孤墳閟白日，雙娥貞珮摇清秋。江空夜聞鬼對泣，泣罷仍爲鼓瑶瑟。瑟聲漸杳江聲長，丹楓墮影天霜白。臨江被髮招帝魂，拔劍欲斷東流奔。東流無窮帝不返，烏乎薄俗何由淳。

杜鵑行

吾聞昔有蜀天子，化作冤禽名杜宇。一身流落懷故鄉，萬里逢人訴離苦。西來縱呼巫峽間，楚臺花落青春閒。臺中魂夢久寂寞，行雲日莫愁空山。明朝復向瀟湘發，北叫蒼梧江竹裂。竹間之淚花上血，怨入東風俱不滅。天涯無窮朝莫啼，王孫草緑不思歸。哀哉王孫終不歸，江南江北楊花飛。

春日行

東風入樹吹流鶯，曉囪隔霧花冥冥。美人囪間動曉思，鶯聲枕上提一作「啼」。春情。塵中日出花滿城，城南春深楊柳青。王孫不歸消息斷，深閨無人春草生。草生猶有時，王孫何日歸。斜陽照流水，萬里長相思。東園三月花爛開，西鄰蝴蝶雙飛來。明朝一作「年」。蝶去春無主，閉門花落愁如雨。

紈扇行

誰家玉貌蒙清霏，手揮紈扇臨東池。瀟湘摇波月弄影，隔波疑見湘之一作「江」。妃。淚痕竹上猶未滅，一尺冰紈萬愁結。風吹翠袖卷寒煙，汗入紅肌凝素雪。深閨無人凉氣早，輕薄恩情易衰老。昔隨蝴蝶上春花，今逐流螢向秋草。不見班姬染翰時，空遺漢宫題扇詩。千年怨墨已流落，一天霜露沾人衣。

姑蘇臺

吴王宴罷歌臺晚，斜日清江映闌檻。臺上西施醉捧心，江邊東越愁嘗膽。鴟夷裹尸去不還，麋鹿散迹遊其間。秋深明月照高樹，驚烏啼落丹楓寒。功名獨美陶朱子，一葉扁舟弄雲水。

贈筆工沈日新

我聞善書須擇筆，千金求買嗟未得。何人縛兔中山來，褐衣猶帶山煙濕。西風颯颯吹霜毫，快利入手如銛刀。寸鋒一日空萬紙，莫鴻作陣邊雲高。鍾王不生書體絶，俗輩誰能辨工拙。無人致之白玉堂，贈我空山書落葉。

李太白酒樓歌

溧陽酒樓春水涯，白也繫馬樓東家。千金醉盡不復惜，猶吹玉笛引吴娃。日斜樓外春風起，春愁滿眼楊花裏。高歌一曲下樓去，傳遍江南數千里。錦袍緑水迷蹤跡，落日空梁照顔色。江頭盡日不見人，樓上幾年無此客。倚闌仰看西飛雲，如何不飲憂其身。只今寂寞千載後，誰酹采石江邊墳。

悲戰士歌

吾聞上古無爲天下治，兵車首自軒轅氏。湯武争王起征伐，秦併山東乃稱帝。亂世英雄力排主，四海生靈血塗地。中原落木風颼颼，一度興亡一度秋。乾坤百戰日月黑，泰華不動黄河流。玉關旌旗拂太白，王師萬里開絶域。春風草緑師未還，鐵箭飛書問消息。功名不願萬户侯，富貴不願千金裘。但願朝廷有道烽燧息，結屋深山看青壁。

和答友人言時事

儒生憒□□寬棧，丈室燕坐忘朝昏。山桃無花溪水急，古木□□□□陰。我家近在百里外，一書三月不回音。人來見□已慰意，況復得子空中吟。讀罷仰天歌白日，世事于今始深識。且持鸚鵡縱笑談，何用麒麟著功績。羣雄勢位争相傾，劍光夜落都門驚。黄金無情壯士死，赤血不埽遊魂腥。誰云安車勝徒步，我視鮮袍等疏布，無功厚享天心怒。

吳山清暉亭與伯雨仲舉聯句

吳山秋色裏，道坦。倚石望滄江。日脚霞侵户，濤頭雪濺窗。伯雨。浪奔沙岸疊，翥。山夾海門雙。道坦。有客離新隱，伯雨。於兹感舊邦。道坦。憑高乘險絶，懷古黜紛厖。翥。雜沓書連屋，淋漓酒滿缸。伯雨。聯詩搜月窟，道坦。擘阮瀉巖淙。翥。龜殼冠將墮，伯雨。龍文鼎可扛。頗諳幽事熟，道坦。未覺壯心降。翥。滿月孤金柱，伯雨。蘗�亂碧幢。道坦。晴峰俄點點，夕磬已摐摐。翥。歸路風塵表，酣歌不用腔。伯雨。

王祭酒思誠

思誠字致道，兗州滋陽人。從汶陽曹元用遊，學大進。至治元年，中進士第，授管州判官，召爲國子助教，改翰林國史院編修，官陞應奉翰林文字，再轉爲待制。至正元年，遷國子司業，拜監察御史，出僉河南山西道廉訪司事。召修遼、金、宋三史，調祕書監丞，陞兵部侍郎。丁内憂，南歸。甫禫，起河間路總管，召拜禮部尚書，知貢舉，陞集賢侍講學士兼國子祭酒，尋出爲陝西行臺治書侍御史。十七年，召拜通議大夫、國子祭酒，主朝邑，疾作，卒於旅舍，年六十七。謚獻肅。

按部至嵐州懷舊

早涉卧龍泉，曉過飛燕堡。北來風冷冷，東升日杲杲。冰雪滿髯鬚，麟甲生衣襖。候官遠相逢，村落飯一飽。南嶺秀雙松，亭亭蔭危道。山深澗路滑，懔懔畏馬倒。俄然得平地，深夏豁如掃。解鞍西嵐城，疇昔一曾到。雖今二十年，顏色嗟已老。念彼同襟人，聚散若萍草。各在天一涯，誰與修舊好。作詩寫孤懷，巵酒聊自勞。

過夏縣有感

翼翼夏禹邑，訏訏郇伯疆。雍雍司馬里，穆穆楊公鄉。嗟嗟聖賢遠，悠悠風化長。岌岌瑶臺頂，奕奕鳴條岡。蕭蕭祠廟古，寂寂城郭荒。靡靡我行邁，摇摇我心傷。

登保德城有感用蔡太常韻

天橋峽中噴黄流，驚濤南遶安西樓。城圮樓傾昔人去，龍争虎戰幾經秋〔一〕。聖朝疆域際天末，萬國風塵清六合。太平民物百無虞，但恨年年困寇虐。我來按部歲將更，千巖萬壑殘雪明。定知來歲是豐稔，雨暘時若條風清。穀麥盈囷蠶滿箔，鄉社笙簫動村落。我時聞之亦欣然，願與斯民同此樂。

過屯留縣用王利用韻五首

縣本余吾地，封圻古冀州。衣冠隨世變，詩句至今留。邑號千家室，官稱百里侯。因思前晋事，細閱魯《春秋》。

南向巡諸縣，東行按四州。清晨離長子，薄暮至屯留。此地拘孫蒯，當年徙晋侯。山川渾似舊，城郭幾經秋。

遠行方外郡，久宦在中州。家有半年别，居無五日留。須知今守宰，即是古公侯。歲歲觀風使，從春又到秋。

南鄉連上黨，北地近韓州。有館題賓適，無家爲我留。遺風思鮑永，古國憶黎侯。勳業羞看鏡，驚心五十秋。

去年遊北薊，今歲客西州。功業何曾建，光陰未肯留。不才叨進士，無分覓封侯。報國丹心在，蕭蕭兩鬢秋。

過襄垣縣再用前韻五首

秦漢俱稱縣，隋唐兩建州。虒亭遺址在，仙洞古蹤留。五季迭爲主，三家竝列侯。甘羅山下水，汩汩幾千秋。

市井趨今縣，荆榛滿廢州。城因襄子立，廟爲慕容留。上黨新支屬，平陽近甸侯。壁間多墨跡，磨滅幾千秋。

萬里花封遠，風烟接沁州。民冤多剖决，公牘少淹留。勤政逢巫馬，嚴臨得細侯。今年春雨足，定看麥千秋。

分司持憲節，按部自蒲州。廢事隨時舉，新詩到處留。教民師魯叟，鞭吏法蕭侯。守己惟清肅，風霜凛凛秋。

終歲行他縣，何時到我州。雲山從隱逸，風月任攀留。采菊尋元亮，鋤瓜問故侯。泗濱亭子上，閉户著

陽秋。

文山

東方海國幾千里，文士登臨此得名。誰著神鞭驅怪石，直將連弩射長鯨。袗衣玉食宮中樂，芝草丹砂物外情。争似當年魯連子，至今仁義愈分明。

題臨晉

條山河水壯封疆，城外峨原百里長。蒲坂東來通猗頓，桑泉南下接虞鄉。唐家舊德推裴寂，漢室元勳憶霍光。故國流風今尚在，穹碑高冢映殘陽。

砥柱峰

鬼鑿神剜砥柱開，黄流滚滚自天來。三門浪捲千堆雪，五户灘硡萬壑雷。漕運多虞舟楫敗，孤排幾使石根摧。陶唐平治功歸禹，廟下豐碑滿緑苔。

壽陽道中遇雪

十月燕州冷不堪，朔風如劍入衣衫。筆頭雪映鵶兒峪，馬首雲連燕子巖。絶澗冰消泥滑滑，斷崖土落路巉巉。昌黎奉使曾經此，驛舍題詩壁上龕。

遼州道中

楡關過盡楚遼州，趙璧秦城蹟尚留〔二〕。殘日來分烟火夕，凉風遥送塞鴻秋。孤松絶嶺青長在，五指寒山翠欲流。回首英雄何事業，漳河東去更悠悠。

和順縣即事二首

粱余沾地幾遷更，七管民依百里城。八賦嶺遥殘日墜，九京山近斷雲横。鳳臺鬱鬱巖松茂，鹿苑萋萋野草榮。千古孫龐有遺恨，馬陵風樹起悲聲。

漳水分流繞縣城，滔滔不盡古今情。北山雨洗麻衣濕，南嶺風撾石鼓鳴。孫臏坡前春草暗，趙王臺上晚霞明。來朝松子關頭過，駭馬區區宿樂平。

按部保德州因覽廳壁詩遂用其韻以紀之

午饌新烹銀鯉鮮，飯餘登眺興悠然。樓頭山勢横千里，城下河流納百川。西夏妖氛銷往日，中原瑞雪兆豐年。憑高頗快澄清志，把酒吟詩憶仲宣。

登德風亭

晚來策杖步城闉，殘日將傾野外村。地近天高分上黨，山長水遠限中原。皇王帝伯人安在，今古興亡跡尚存。獨倚德風亭畔立，白雲西北望平一作「并」。門。

晉祠用王韻二首

晉溪樓閣對琳宮，松柏陰森户牖東。難老泉頭石湧雪，望川亭脚谷號風。萬家稻畝棋枰上，十里山村畫幅中。興廢無窮秋又老，半巖霜樹晚霞紅。

謁司馬溫公祠

原泉混混出祠宫，一派南分一派東。寶墨堂疎墻溜雨，興安殿古瓦飄風。橋頭高樹侵雲表，巖下殘花墮井中。同酹一杯天向晚，醮盆火照曲欄紅。

丞相祠鄰孔廟垣，高墳老樹涑河干。諸儒傳授淵源遠，二聖遭逢禮數寬。到處蒼生思久相，每同强虜問平安。想當歸葬鄉閭日，巷哭塗哀涕泪瀾。

賦得雲夢澤送宋顯夫僉事之山南

兩儀開混沌，二澤積泓渟。匯溢巴邱腹，陂沿楚地形。龍蛇蟠窟宅，蛟蜃駕空冥。餘潤蒸巫峽，層波接洞庭。汀花迎日白，岸草際天青。使節光卿月，仙槎泛客星。扣舷歌楚些，鼓瑟舞湘靈。憂世嬰多病，傷懷憶獨醒。清風吹碧渚，明月漾滄溟。迢遞山南道，乘驄舊所經。

行縣至猗氏有作

世傳今猗頓，本屬古今狐。四境村墟僻，千年壁壘孤。郇瑕宣撫地，秦晉戰爭區。對澤空城在，桑林故邑蕪。牛羊多茁壯，田野亦豐腴。膴膴重華甸，茫茫大禹都。峨眉徑入郟，剢首近連蒲。南接鹽池埭，東穿涑水渠。馬王存舊廟，張相表通衢。賢聖流風墜，貧窮習俗麤。黎民如欲富，何不問陶朱。

和宋人夾寨詩

六朝紛虎視，五季遞鷹揚。纔屬西燕帝，俄稱北漢王。乾坤渾草昧，臣士總荒唐。上黨横天脊，壺關搤地吭。戰争形所在，占據勢何遑。壘壁依山立，旌旗蔽野張。將軍宵袵革，武士晝贏糧。夾寨環壕塹〔三〕，重闉列女墻。英雄材略短，帝伯計謀長。禪授慙堯舜，征誅愧武湯。乘機饒詐譎，委質乏忠良。野鬼煩冤哭，居民痛盡傷。柔讒逾鬼蜮，剛很甚豺狼。未見埋輪使，徒聞擊柝郎〔四〕。渠魁誇跋扈，羣醜恣猖狂。

富貴邯鄲夢，功名傀儡場。蠅頭頻勝負，蝸角幾興亡。高岸還爲谷，堅城又覆隍。悠悠悲世態，苒苒歎年光。天上雲成狗，人間海變桑。昊穹開泰始，昭代際隆昌。聖德宗先古，神功祖世皇。率濱歸混一，遐邇樂平康。治永千年歷，恩流萬里疆。

按部沁州喜雨

沁南天設險，雄據兩厓陘。近説屯威勝，先聞建義寧。一時新節制，百代舊儀刑。草莽荒秦壘，荆榛暗晋庭。伯華城髣髴，叔向墓伶仃。綿上曾封介，丹崖昔隱邢。仙棋誰會著，聖鼓世常聆。鞮水翻銀浪，韡山展玉屏。西湯花片白，南里柳絲青〔五〕。駐驛存皇御，伏牛著德馨。后泉通閟典，女諫徑褫亭〔六〕。佛嶺期消禍，鼉峰欲引齡。溪房機碓轉，青洞石門扃。交口吞長澗，平頭帶遠汀。山川何秀麗，人物亦英靈。雞犬聞鄰邑，牛羊蔽野坰。高人俱按業，小盗久空囹。依序祥風至，知時好雨零。雄蜂尋蛺蝶，蜾蠃負螟蛉。擊壤康衢老，扶犂樂國丁。相逢同得意，邀飲兩忘形。聖治隆千古，皇威薄四溟。激揚歸憲府，補報在朝廷。罪辜誰能逭，艱難我備經。分司程有限，按部訟無停。排悶裁詩句，澆書酌醁醽。寸心常耿耿，雙鬢已星星。世態隨風絮，人生逐水萍。撚顩憑棐几，整履步閒廳。深念居官者，當思戒石銘。

再拾前篇餘韻

龍洞朝雲薄，牛山暮靄冥。一天風淅淅，千里雨泠泠。幽壑濤飛箭，虚簷溜建瓴。空中無走電，地底不轟霆。紅濕千株杏，青滋五葉蓂。汗潮蒼石礎，澤潤碧窗欞。墻外迷樓觀，橋邊失澗涇。隔巢鳩谷谷，在野馬駉駉。年稔逢人説，歡聲到處聽。故鄉歸未得，客枕夢初醒。返哺慙烏鳥，傷懷憶鶺鴒。沁園春欲暮，且醉酒雙瓶。

中條山

崛起巨河邊，奔騰欲上天。遠臨滄海盡，高與太行連。大塊横爲脊，他山立似拳。土膏繼舜耒，石險任秦鞭。洞黑狂吹雨，峰青泠罩烟。店荒檀道絶，寺古柏梯懸。洞漏微茫雪，巖垂淅瀝泉。迸根通砥柱，斜徑入閒田。北笑恒藏室，西輕華聳蓮。三門遥託迹，五老迥差肩。落實樵夫指，靈苗本草傳。柱空擎鴈塔，倒影蓋漁船。繪畫終無手，封崇必有年。鹽池浮翠靄，蓮澤媚漪漣。陰壑乘龍蟄，枯松凍虺穿。圖經標數郡，神異産羣賢。呼壽嵩何諂，升中岱豈專。斯文如已矣，此地可終焉。暫看猶蘇病，頻登合得仙。許昌休自負，吾什亦銘鐫。

題金雞堡思鄉廟壁上

金雞堡峻壓崇墉，襟帶關山幾萬重。芮伯故城連境内，羌戎舊邑入疆封。山頭百折顛軨坂，水面三門砥柱峰。驥負鹽車逢伯樂，賢傭版築遇殷宗。但聞虞虢亡脣事，不見巢由洗耳蹤。柱鼓石尖寒日淡，煉丹爐口晚烟濃。年華苒苒如飛去，人世悠悠似轉蓬。天地無窮生物意，山川不改舊時容。清沿澗谷涓涓溜，翠拂祠堂鬱鬱松。且喜巡行公務簡，賦詩聊復慰疎慵。

河中形勝

關設蒲津執一作「河中扼」。兩壖，城臨天塹控三邊。朱甍傑構重華殿，翠琰穹題廣學泉。五老山高横晚照，二妃陵古起愁烟。龍門北顧思前聖，雷首南觀憶昔賢。渡口鐵牛唐室建，汾脽寶鼎漢家遷。海神望秩時仍故，河瀆居歆歲不愆。城郭一般猶舜日，山河萬古是堯天。蕨芽舊采余偏嗜，葉落新芻衆所便。陶邑器成還苦窳，帝鄉民雜更顛連。盛時揖讓皇風泯，叔世交侵霸習傳。比屋可封今已矣，畫衣不犯亦茫然。五刑弼教有能措，三木收威未易捐。少似夷齊能遜國，多如虞芮好争田。郡侯司牧銓衡重，部使分行黜陟專。持節我當勤察訪，更弦汝在謹承宣。共期風化隆先代，咸五登三億萬年。

開化寺避暑

下馬開襟暑氣凉，可人清興篆烟香。空庭日午槐陰密，藤葉風來翠蔓長。

潞公軒用郭西野韻

壁間題詠盡名流，百雉都城河上洲。千古叔虞封國事，翦桐猶記晋春秋。

潞公橋下瞰川流，清絶如臨鸚鵡洲。東圃無人亭館廢，荒烟老樹幾經秋。

曾列仙班第一流，十年聯袂步瀛洲。如今偶别三山路，白髮紅塵兩鬢秋。

官舍更殘燭淚流，客懷和夢到滄洲。覺來却憶生平事，一住鑾坡十五秋。

〔一〕「幾經」，未定稿本作「經幾」。

〔二〕「壁」，原誤作「壁」，據未定稿本改。

〔三〕「夾」，原誤作「來」，據未定稿本改。

〔四〕「聞」，原誤作「閒」；「柝」，原誤作「析」，均據未定稿本改。

〔五〕「里」，未定稿本作「甲」。

〔六〕「徑」，未定稿本作「經」。

劉參政鶚

鶚字楚奇，永豐人。皇慶間以薦授揚州學録，累官江州總管、江西行省參政。守韶州，以贛寇圍城，力禦不支，被執，抗節死。楚奇文章體裁高秀，風骨清遒。嘗官翰林修撰，與虞伯生集、歐陽原功玄、揭曼碩傒斯遊。原功稱其詩六體皆善，曼碩亦謂其高處在陶、阮之間。所著有《惟實集》五卷。

獨酌三首

聊持一尊酒，獨坐西山酌。我飲本不多，借此以娱樂。慨彼出中人，豈無合仙藥。月出烟蘿深，思之在溟漠。

獨酌花樹下，花影落酒中。舉杯試一吸，酒盡影亦空。引壺遂再酌，花影重玲瓏。乃知酒有盡，惟影原無窮。

木葉不飲酒，胡爲頳其顔。我髮不耐秋，微霜點其間。葉之頳者春更緑，髮之白者何由還。人生不似葉再好，如何不飲空間關。飄茵隨溷信所遇，呼酒且看城西山〔一〕。

戲題二首

有客明一藝，翻然來京都。天然一笑春，白日青雲衢。東風看花三月初，五陵駿馬游龍如。我方閉門夜讀書，掩書一笑吾何愚。

有客明一藝，客此三十年。頗蒙貴介識，曾辱主上憐。布衣不結青衫緣，歲久坐上寒無氈。遇與不遇各有天，閉門讀書自陶然。

請君勿繫驢

請君勿繫驢，驢劣傷我樹。樹死不足悲，所悲種樹苦。矧兹初夏臨，清陰緑如雨。亦解招凉吹，爲我滌炎暑。願言共愛惜，相與保遲莫。

種　柳

造化無停機，歲月甚行路。種柳不滿年，清陰已當户。柔條亦可人，隨風爲予舞。即景殊愴然，因悲樹如此。

舟次蘇渡南望諸山怪狀謾成

羣仙多不毛，怪石忽湧出。土壤剥落盡，恍惚見山骨。端方俄如屏，秀聳忽如笏。或員如覆釜，或鋭如頓筆。千奇與萬怪，欲寫難備述。隨意寂寥中，驚見此突兀。雙闕高倚雲，令人恣超忽。

滇陽峽

自渡滇陽峽，孤舟幾折縈。天從山罅看，人在巷中行。嵐霧晴天濕，乾坤白晝冥。英雄難用武，形勢信堪驚。紅雨幽花亂，青雲老樹平。俄傳將出峽，雙眼一時明。

滑石逕

盛暑遠行役，既老尤難堪。矧兹滑石逕，亂石何崇巉。上有千丈崖，下有百尺潭。於焉苟失脚，下飽饑蛟饞。況余髮盡白，齒落餘二三。胡爲遠行役，攬轡衝瘴嵐。爲懷聖主恩，優渥如雲曇。臨難重却避，臣子寧無慙。平生志許國，何敢辭苦甘。烏知有險阻，快若乘風帆。督師急討賊，醜類俱除芟。持以謝明主，拂袖還江南。

洲明漉酒巾

脱我頭上巾，漉此壺中酒。糟粕既已無，渣滓復何有。陶然見天真，長風起高柳。

南城門外書所見二首

青松夾前道，白楊蔭崇垣。鮮鮮石麒麟，不知誰家墳。有客行且歌，歌罷向我言。爲言墳中人，生時乘華軒。粉黛左右侍，車馬前後奔。乘時不飲酒，今日空成塵。

我行荒林翳，道傍卧豐碑。平生頗好古，下馬細讀之。盧龍劉節度，生當大唐時。杖策奮威武，勳業開邊陲。人無百年身，既盛還當衰。植此頌功德，亦有千年期。埋没蔓草間，赫赫誰復知。往者已可歎，來者更可悲。

次韻

有客嘶毛遂，何人薦馬周。霜枯銅雀硯，風冷木綿裘。徐孺無懸榻，元龍不築樓。好將閒歲月，乘興覓糟邱。

為武寬則賦湖山

結屋紅塵外，何人可得羣。高情洞庭水，逸興九疑雲。漁唱江花晚，樵歸野興曛。是中最佳處，凉月夜紛紛。

京師會維揚舊友次韻以謝

宵殘明月老，不復少年心。最惜平山柳，今無一樹陰。雷塘春水滿，海鶴暮雲深。無限傷心事，因君發浩吟。

高榮祿築南城别墅蒼松老柏異花時果蔚然成林公與夫人乘小車攜二孫來往其間徵余賦遂次杜公何將軍山林十首云

村迴疑無路，堤平不復橋。暖風開芍藥，細雨落淩霄。自得幽居趣，何煩隱者招。小車來往熟，乘興不知遥。

漸與紅塵遠，應便野興清。緑楊閒放鶴，芳草坐聞鶯。園果隨時摘，畦蔬取意羹。青山時徙倚，如在畫圖行。

田許羣童種，糧堪一歲支。雞豚同里社，鵝鴨自陂池。已分身終隱，何憂世莫知。急流中早退，寧遣歎紛披。

接屋青青柳，當軒灼灼花。矮屏開錦繡，喬木舞龍蛇。深澗雲堪煮，清宵月可賒。一時幽興極，步屧過鄰家。

書帙攜孫讀，尊罍待客開。閒心雲外鶴，高興雪邊梅。野老時相看，沙鷗亦復來。絶憐老松柏，清影蔭莓苔。

穿樹通山色，澆畦汲井泉。魚肥堪膾炙，蠶熟得絲綿。怪石粘枯蘚，圓荷貼小錢。便令金比斗，寧换此山川。

自從辭禁闥，不復夢含香。地僻塵機息，心清六月涼。烟霞供笑傲，琴鶴共行藏。所喜身長健，從教鬢髮蒼。

百年半風雨，五世此臺池。陰滿蒲萄架，春浮木槿籬。持家還有婦，繼志豈無兒。身外憂何事，惟教酒榼隨。

對客歌金縷，家兒愛慶雲。茂陵須病渴，太守尚能文。雲映山光近，烟開柳色分。無邊閒富貴，餘子苦紛紛。

宦海久無迹，風霜將奈何。起看天尺五，敢謂地無多。往事誰能憶，高情自可歌。年年當此日，載酒一相過。

十月十四日崇天門聽詔有喜

聽罷龍飛詔，揚休萬口俱。公忠賴伊霍，揖讓見唐虞。禮樂開平治，衣冠協贊謨。祖宗遺澤在，千載鞏皇圖。

義理推明易，君臣慶會難。乾坤歸歷數，社稷重邱山。天意舒晴霽，人心溢喜歡。客愁渾爲解，驢背永歌還。

致和參議吳彥洪天歷龍飛以罪貶既行薄俗欲求君夫人孔氏為室家孔聞之即自刎流血被面誓死不辱或聞而止越四年詔雪君罪且徵南還遂與夫人相見如初嗚呼視彼一易節不見答於良人者概可歎矣〔三〕

夫婦天倫重，翻雲世態深。秋霜持素節，頸血見丹心。嶺外梅花瘦，閨中月影沉。歸來情更苦，喜極重沾襟。

秋晚溪上

忽忽年華度，茫茫野水流。西風楊柳雨，殘照菊花秋。萬事蕉中鹿，浮雲海上鷗。功名遂意好，何處有扁舟。

送胡宗性歸武寧

江湖多薄惡，兵甲更縱横。失意青雲遠，思親白髮生。畏途宜得友，隨寓莫兼程。堂上思君切，持身勿自輕。

四月十三書所見

天歷二載春客燕，河清海晏消戈鋋。上林四月風日妍，乘輿思樂遊龍船。鳳輦竝駕花雲軿，騎麟翳鳳驂羣仙。鸞旂屬車相後先，牙檣錦纜相蟬聯。萬馬雜遝蒙錦韉，千官扈從空紫紘。和風不動舟徐牽，瓊童玉女歌《采蓮》。黄門傳宣奏鈞天，龍伯國人夜不眠。金支翠旆千花鈿，光怪出没明遥川。紅雲翠霧覆錦筵，青鳥飛去當帝前。珍羞玉食羅粉駢，駞峰駱乳繁馨鮮。御爐紫烟浮龍涎，金甌璚液凝醴泉。才人歌舞爭取憐，南金蜀錦輕棄捐。龍顔一笑春八埏，臣子拜舞呼萬年。嗚呼！吾皇聖智軼漢宣，但恨子虚之賦無一能爲君王傳。

題東山高卧圖

君不見今將官，徒知學公攜妓遊東山。一朝傳聞賊至關，匹馬遠竄不敢還。又不見，桓司馬，秦苻堅，叛逆之氣凌雲烟。惟公胸中兵甲全，成功談笑神怡然。嗟哉！方今羣盗等螻蟻，之子見公應愧死。

關武行

關西澒洞風塵起〔三〕，諸將陳兵耀威武。願言下教壯軍心，攬衣上馬東門去。盈盈野水抱城郭，莽莽寒蕪翳沙渚。沙場築臺高千丈，玉節光臨有攸止。微風不動碧油幢，暗塵輕拂銀交椅。當軒下馬一寓目，雲烏魚麗俱得所。帳前駿馬矯如龍，帳下健兒猛如虎。五方牙旗按五色，戈戟如林分部伍。臺前獨建大將旗，雲散天清日當午。寶刀一揮牛首落，血祭旌旄灑紅雨。命官奏喜得吉卜，士卒喧呼發金鼓。曠懷浩蕩納乾坤，老氣蓊鬱生雲霧。祭餘分胙各有序，旨酒盈樽肉登俎。酒邊好語相激昂，世事艱危思共濟。同舟慎勿異秦越，四海相看總兄弟。願無爭氣與爭功，要在相歡勿相妒。上下心同鐵石堅，堅城勢若金湯固。黄河如帶山若礪，當保初心與初誓。我言剴切因流涕，忠義摧之人肺腑。三軍感激各再拜，願效驅馳報明主。酒酣跽請獻所長，萬馬爭馳置脱兔。舞劍劃若掣電驚，揚旗欻見飛星度。止齊不愆六七伐，練習初非朝夕故。花奴技癢爭角逐，千盾紛紛向人舞。將軍一笑挽强弓，百步穿楊駭相顧。固知蒙恬勇無敵，尤信張良素多智。成都底用説花卿，安西不復歌都護。曲江江頭多壯士，官陂小賊奚足數。會當飛度虎頭城，爲弔英雄死何苦。生擒賊奴剖心血，灑向忠臣墳上土。功成埽歸獻天子，竹帛勳名耀千古。

苦雨獨坐有感

白黑賢愚混是非，詼諧調笑足投機。平原具眼猶輕遂〔四〕，延賞何人解識韋。紅杏碧桃應懶種，孤雲野鶴自高飛。世間處處魚羹飯，好及秋凉賦早歸。

梅信

破雪争春喜奪魁，好音到我亦悠哉。孤山久渴詩人想，庾嶺初逢驛使來。風細暗傳香𥧌邇，月明難覓影徘徊。來朝著意勤尋問，只在前村野水隈。

中秋

又此中秋百恨生，頻年骨肉尚飄零。獨援北斗酌明月，閒看銀河感客星。極目關河歸白晝，滿懷風露立青冥。眼前咫尺清虚府，未許乘鸞叩玉扃。

九日以公事隨官曹之西山新寺與宋良卿遍遊諸寺

京城西北地多幽，依約江南九月秋。湖岸草枯霜欲下，野田水落稻初收。鄉心無柰還隨雁，機事相纏獨愧鷗。猶喜簿書今頗静，追隨官長賦清遊。

香山永安寺

幽巖絶壑倚雲齊，傑閣危樓望眼迷。山勢渾雄龍虎踞，樹陰深蔚鳥烏啼。碑存金誌猶堪讀，寺始唐家竟莫稽。此日清幽天所借，明朝驢背聽晨雞。長廊徙倚愜幽期，衮衮黄塵暫息機。山鹿背人銜木實，石泉經砌瀉花池。九天風露圍青瑣，三峽烟霞遶翠微。但恨山僧多俗客，飽看清致更無詩。

題許氏蘭秀軒

净几明窗春迭蕩，湘花劍葉影扶疎。易當妙處花前讀，詩到工時葉上書。舊雨栽培還若此，只今離亂定何如。獨憐諸老留題在，恍惚幽芳夢故居。

題寄曹溪禪寺并東南山長老

親承祖志振宗風，一派曹溪萬折東。傍石作亭憐卧虎，臨泉持鉢度降龍。天開圖畫平山湧，人仰菩提四海同。劫火彌天仍獨在，吾師信是佛中雄。詔持玉節遍諮詢，嶺海重來白髮新。濟世不存菩薩行，當年徒見宰官身。痛憐世外無多劫，遠想胸中别有春。寄語堂頭大和尚，何當握手話前因。

次顏子中都事韻

猶當相與守危關，自古忠臣鐵作肝。非敢偷生忘故友，且須忍死報平安。干戈荏苒情何極，禮樂隆平運未殘。攬轡澄清當努力，誠心北望思漫漫。

次　韻

將軍號令凛寒冰，雞犬村村夜不驚。弓勁始知雙臂健，賊多反覺此身輕。兵戈刼運臨關盡，烽火妖氛到海清。笑取虎符歸故里〔五〕，玆行殊不負平生。

寄士彦監憲

半載韶雄厭滯留，雨添新水送行舟。何因不動南來興，所願聊分北顧憂。賈誼感時書濺淚，孔明經國筆爲籌。使君倘採强邊策，春滿關南十五州。

分司北道留别監憲

玉節光浮士氣和，不須便問夜如何。湟中願學趙充國，徼外當如馬伏波。要使蠻夷歸禮樂，佇看嶺海罷干戈。不煩主將多憂顧，笳鼓歸來雜凱歌。

巨鎮名藩壓海濱〔六〕，豈期四海漲烟塵。丹心激烈寧辭老，玉斧驅馳不爲貧。此際出師宜有表，向來餽餉豈無人。勿容耿鄧專前美，好遣皇家識漢臣。

志未能酬賊未除，衰年豈敢戀安車。願言息壤堅盟誓，從使中山有讀書。寂寞宛如天寶後，昇平無復至元初。會當勒石淩烟閣，返我承明舊所廬。

玉節提兵昔見之，風流儒雅是吾師。據鞍矍鑠誠堪畫，横槊從容謾賦詩。破賊要如驅海鱷，憂民那得避仙蜞。强兵富國當留意，乘輿長驅庶可期。

羣盜紛紛苦未休，檄書催我上韶州。已看肥羜供新饌，更泛清尊慰别愁。天眷老臣恩至渥，君於舊友禮殊優。他無補報惟忠義，明日驅車不復留。

栽　松

分司無事日徘徊，移得新松手自栽。直榦行看龍夭矯，清陰留待鶴歸來。冰霜此日存高節，廊廟他年獲大材。寄語樵夫休翦伐，要看百尺接天台。

新春計實

憂國煩心苦鬱蒸，眼中萬事況難平。開懷且共新豐酒，亂眼猶疑太乙燈。歲晏孤蹤猶嶺海，夜闌清夢到幽并。柳林記得朝元罷，曾從鸞輿學臂鷹。

除夕韻

每憶盤銘日日新，讀書燈火老猶親。姓名雖或聞當世，德業還應愧古人。百歲光陰嗟白髮，十年蹤跡困紅塵。太平倘與春俱會，一笈渾忘病是貧。

次韻

懶能策蹇詣時官，且唤青山共倚闌。春到便尋花作友，客來須借酒爲歡。山中泉石論交易，天上風雲入夢難。奉母讀書有今日，却從北斗望長安。

登快閣

一登快閣情何極，太史騎鯨已上天。烟樹溟濛秋可畫，江山空闊客如仙。半生不識東南路，浪迹無慚上下舡。四海故人今聚會，忽驚歌舞落尊前。

送徐伯高

共宦江南三見秋，相看政好又韶州。故家喬木今千載，碧嶂清江第一流。案牘暇時仍閱史，江山佳處更登樓。如今刀筆皆爲相，好取功名趁黑頭。

有懷蒙泉都帥

討賊提兵垂十稔，老誠練達亦吾師。豎儒幾敗乃公事，男子要爲天下奇。公瑾孤軍鏖赤壁，謝玄勁氣破淮肥。從渠百萬終爲賊，要取梅關却賦歸。卜式助邊常百萬，如斯乃可濟時艱。傳家自有遺經笥，報國無忘拜將壇。滿眼黄金輕似土，他年清節重如山。廣東未必真忘我，但有官艖定撥還。

答胡海翁胡宗性重謁

悠然無語盻庭柯，風雨傷春柰若何。浮世周旋如子少，餘情流麗向人多。好詩寄我頻三誦，窮巷經年一再過。無酒固難淹李白，空餘文發照松蘿。

九日峽江舟中

秋風如此客辭家，重理平生舊帽紗。不是故山無白酒，年年奔走負黄花。

清明有感

花開如雨柳如烟，風景雖奇節序遷。兒女不知春漸晚，隔墻猶自弄鞦韆。

城南飲歸

無分騎驢趁早朝，城南欲散雪初消。北風吹酒忽成醉，夢裏行過第二橋。

寄士彦僉憲

城郭荒村處處同，五羊樓觀倚晴空。時平若建麒麟閣，更畫何人第一功。
訓練精兵捷若神，從渠萬變日如雲。向來諸葛今何似，青眼高歌獨望君。
情好雖親音問疎，秋來眠食近何如。因風敢致平安問，故折梅花當寄書。
緑章夜奏玉皇家，八載奇勳信可誇。待得九重丹詔下，共君握手看梅花。
自別京華意惘然，浮雲過眼十三年。白頭太守成何事，又促乘驄到海邊。
會稽山與白雲齊，海闊誰憐雁過稀。猶幸嶠南天氣暖，免教遊子歎無衣。
更無錢可歎空囊，杜老何從糴太倉。共説羊城饒貯蓄，山中尚有禹餘糧。

題栗侯所藏牡丹菊圖

洗盡繁華賦楚騷，秋風澹泊苦相遭。沈香亭北多佳趣，争似柴桑栗里高。
國色天香結習空，寒英晚節竟誰同。平生富貴渾忘却，宛似脩然國士風。

〔一〕末六句四庫本《惟實集》作：「葉顇春更緑，髮白何由還。人生不似葉，何爲空間關。且可信所遇，呼酒看西山。」

〔二〕「南」，原誤作「蘭」，據四庫本改。

〔三〕「澒」，原誤作「傾」，據四庫本改。

〔四〕「具」，原誤作「互」，據四庫本改。

〔五〕「符」，原誤作「苻」，據四庫本改。

〔六〕「巨」，原誤作「互」，據四庫本改。

王博士沂

沂字師魯，弘州襄陽人，占籍真定。延祐設科，登進士第，以薦授應奉翰林文字。至順間，爲國史院編修官，歷宣文閣博士。所著有《伊濱集》二十四卷〔一〕。師魯才情横溢，鏤金錯采，與陳旅、賀方、張翥諸公，竝以文章擅名一時。嘗曰：「激者辭溢，夸者辭淫；事繆則語難，理誣則氣索。」時以爲名言，善乎！新喻傅若金與礪之論曰：「先輩之以文章名天下者，鄉人范先生、蜀郡虞公、浚儀馬中丞，其機軸不同，要皆傑然，不可及者也。其在朝者，翰林揭先生、歐陽公深厚典則，學者所共宗焉。相繼至者，王君師魯、陳君衆仲、賀君伯更、張君仲舉，皆籍籍有時譽。能捐去金人粗厲之氣，一變宋末衰陋之習，力追古作，以鳴太古之感。觀此，則師魯諸公之中興，猶元和、長慶之於開元、天寶也〔二〕。」

感秋六首

寂寂重寂寂，窮巷秋氣集。遠家誰晤言，披書了今夕。斯文家舊物，蚤歲事雕飾。橘柚本不遷，敢望爲羽翼。謬蒙時髦知，風雅共推激。一從縛卯申，坐覺憂患積。緬懷下帷年，我自適其適。茅屋濕風霜，青燈破寥閴。蠨蛸懸壞牖，蟋蟀語空壁。豈無故林思，柰此世故力。已矣勿復云，清愁漲胸臆。

我愛黄翁材〔三〕，筆力追二班。校尉亦已侯，老將猶行間。憶昔懷刺遊，爲翁數解顔。譬彼絶壑松，蔭此幽谷蘭。祕方不我諱，汲深良獨難。相思千山表，惆悵遥夜闌。夢中不識路，月明江水寒。

黄子富文章，皎皎有仙骨。當年牧羊處，白石秋草没。相思欲面論，夢想扁舟兀。安得啓玄關，玉佩聽清越。分我金華雲，烹茶對山月。

屋角月吐明，蛩吟亦知候。夢中逢故人，談笑共杯酒。勿云千山表，默坐能邂逅。秋雨老菰蒲，澄江明橘柚。相見登臨處，驪珠滿衣袖。

秋草何青青，秋花亦叢叢。上有弄芳蝶，下有悲吟蛩。清霜日以厲，摇落隨西風。所寄終不移，捐軀以相從。惜哉時不與，幽恨何期終。

吾愛荆隱君，忍窮剛自怒。生涯魚乞水，文采豹藏霧。憶昔垂兩髦，朝夕親杖屨。只今皮毛落，真實尚如故。秋風欺遠客，索索語庭樹。何以慰相思，長吟不知曙。

鼓吹入朝曲

笳鼓覲皇州，銀鞍鞴紫騮。九衢白石箭，雙闕彩雲浮。介胄揖上將，珮珂趨列侯。清光邇廷陛，喜色動宸旒。備陳塞下事，起進幄中籌。披甲復上馬，望京將起樓。赤丸躍劍室，精彩拂星流。萬歲奉英主，節旄歸海頭。

夜汲

如夢復如醉，長夏困炎熱。披衣聽琴筑，古井來新汲。呼童下兩綆，隨我有孤月。雪乳泛瓶罌，寒光洗肝鬲。百年幾瓢飲，所適初不擇。寧須好事人，記此王粲宅。

九月同樂大成諸公小集

甘雨不時降，浮雲清且陰。賜衣候南極，吹帽眺東林。陽烏斂精彩，征雁流遠音。爲客戀故土，還鄉乖宿心。蕭條黄菊徑，憔悴碧蘿岑。賓御得晚合，朋樽勞夕斟。凉月照前席，清風吹我衿。美人隔千里，遑恤故意深。灼灼芙蓉花，乃在幽澗潯。夜分更相即，秉燭調素琴〔四〕。

雞武關

亭亭雞武關，盤棧石奮角。俯窺井千尺，仰視天一握。長林細若髮，峭壁立如削。兒孫立羣峰，蟻蛭視巖壑。江流走其下，怒響雷震薄。猿猱相戰慄，金碧氣參錯。東陋鐵堂峽，西卑劍門閣。乃知天設險，所以嚴擊柝。遐方減氛祲，行旅若郛郭。我生亦何幸，長嘯倚寥廓。

清水驛

東出虎頭關，畏途復多雨。林端望山驛，屋脊翳復吐。板橋馬行響，竹逕禽呼聚。江流猶蜀道，客子已秦語。聯峰抱高臺，鬱鬱多草樹。傳聞漢武侯，於以駐師旅。遺鏃雜刁斗，土花蝕金鏤。空餘舊營壘，隱隱皆可數。徘徊想英風，彷彿見眉宇。壯圖雖云屈，陳誼吾有取。

盤龍閣

江流轉山根，怒若雷霆鬭。兩崖束天窄，了不辨昏晝。閣道勢凌虛，蜿蜒工結構。鑿石駕飛梁，俯視明欲透。霏烟撲馬尾，空翠冷衣袖。江花落我前，山鳥啼我後。物情豈不佳，一墜那可救。整鞍望所歷，險絶吾敢又。長吟紀壯遊，援筆泚巖溜。

聞吳侯去疾重理快閣賦柬

江閣竦巍構，崇墉蔭長堤。地靈侈南紀，文彩麗東曦。白龍卧積水，金魚揚素鬐。流霞粲成綺，列翠遠以夷。景適意先快，賞同趣未稀。古人忽已往，名彦復在兹。取材庀層棟，疊石壘重基。翬飛出天半，虎睨臨水湄。政通士和附，惠洽民恬嬉。優優如綀句，磊磊落木辭。一美信難越，千秋恒若斯。眷言載筆侍，永懷求友思。孤遊限羈旅，跬步惜暌違。翹首詎能即，撫心安可希。

和答克哷景兗宋文野謝子玉歐陽復初連偉度五君見寄詩

徵君廣平後，高節陵首陽。文星斂奇耀，古劍埋寒光。陰求金玉人，適此逍遥場。雖云貧非病，肯以圓斲方。雅歌樂豐芑，戎事藏中璋。舞雩伊川春，願列弟子行。廬陵文章家，千古聲巍昂。敢嘲座無氈，但喜書滿牀。琅琅尊罍古，落落科斗章。渠成亦秦利，坐君鄒魯堂。柳營賢主人，薰沐道德鄉。遐追白虎迹，近接滄洲芳。蘭蕙紉雜佩，芰荷製衣裳。非公無此客，冠蓋相頡頏。白首連將軍，葵莊樂迷藏。座令矍鑠翁，負暄朝倚墻。揮毫氣淩雲，横槊心未忘。期君蟠桃實，酌我流霞觴。謝公養痾卧，高風何激揚。妙語不肯吐，縮手猶未遑。含光世已驚，懷璧古所傷。固應夢春草，卧看蝸書梁。長懷詠五君，倦筆愧三長。山王一時數，竹林非杳茫。相從能幾何，回首海生桑。詎知龜九頭，敢附驥一驤。五年身百憂，我觴如沸湯。賴兹金石盟，不改松柏香〔五〕。

雨後同廖以善廣文看山〔六〕

杪春意不懌，攬轡登高邱。山雨夜來過，繞城空翠流。爛然雲錦屏，遐眺不可周。蒼蒼龍虎氣，上拍天際浮。美人共佇立，指顧復遲留。金精峙東境，雩嶺接西頭。周遭亘長陸，迢遞俯平疇。層層桃李樹，嘉木枝相樛。余方滯羇旅，眷眷懷舊遊。還當凌絶頂，歷覽大九州。

鄒吉泰拉諸公遊珠林訪子高進士子以事牽賦以為後會張本

公子好吟咏，名山多往來。昨聞珠林去，賓客盛英才。沙磧逆灘轉，浪花迎棹開。林中肅飛蓋，日夕具尊罍。載歌伐木詠，逸興何悠哉。俯仰兵革際，幾人同此盃。探題憩禪刹，乘月坐莓苔。相如偶未至，豈失後命催。託之大雅音，歌之向鄒枚。江山若有待，别日共徘徊。

抱疾二首

抱疾久在告，閉門徑生苔。孤鶴向我立，修翎舞毰毸。雪毛落作間，翠花照玫瑰。汲井煮仙藥，鬱懷爲之開。安得體順適，百歲平無乖。

久病事藥餌，體中未和平。出户步履苦，候問勞友生。兹晨秋氣高，褰裳下堦行。行少即據牀，坐聽飛鳥鳴。少小學讀書，老大轉無成。逢時愧苟禄，靦顔竊文名。每遇有志士，瑟縮如吞聲。曩生後來者，胸臆涵六經。蓋世少知己，三十無官榮〔七〕。

門有車馬客

門有車馬客，請賦《從軍行》。將軍素英武，鐵騎守長城。玉匣魚腸劍，光芒掣飛電。走馬沙場中，才堪百餘戰。承恩欻徵起，所願解重圍。寸心逐黄屋，殺氣如雲飛。

望中條山

黄流不可渡，驅馬歸桃林。遥遥中條山，秀色横古今。隱者今何之，試用物色尋。應歌《紫芝曲》，閒卧白雲深。笑我與時乖，感我違素心。不知山中趣，强作山中吟。

仙人山

林陰護宿雨，棧道泥潦積。淩兢馬蹄滑，使我心寒慄。東登朝天嶺，奇險無與敵。迴觀仙人巖，相去不盈尺。驚風低長林，𢧐𢧐衆崖絶。絶壑響奔湍，懸藤絡崩石。十年住京華，學館多暇逸。我行非王事，斯地何以適。澗底燦金沙，分明虎行跡。山深日易昏，驛吏勸行疾。

次韻陳希道和荅鄙句

遥遥黄泥坡，望望清伊陽。落落我與君，共此明月光。平生農馬智，謾説古戰場。坐令篇雲駒，長鳴思九方。我懷愧涇渭，君才自珪璋。回頭蔡克兒，亦在交游行。新詩妙五字，家法窺子昂。過我蝸牛廬，坐君獅子牀。雞蟲了得失，虎豹炳文章。高懷自竹樓，清夢猶雪堂。願從玉局僊，騎鯨白雲鄉。下視笑湘纍，採擷紉衆芳。憐我失收身〔八〕，紫鳳倒短裳。胡不接翬飛，羽翰同頡頏。試看春蠶巧，作繭思自藏。又看老狐黠，安居穴垣墻。那知鼎鑊憂，不與俎豆忘。且當置許事，萬慮付一觴。北斗不挹酒，南箕空簸揚。虛名一畫餅，癡兒日遑遑。炙香不足喜，棄捐亦奚傷。長吟感興篇，仰眠看屋梁。妍媸果誰分，尺寸果誰長。人定能勝天，胥言非渺茫。君家太邱翁，晦行如瘦桑。紀諶與羣泰，十輩争騰驤。持此欲壽君，春醪若爲湯。會看虞賓後，汗簡垂馨香。

發赤城

赤城夜來雨，新漲没馬膝。曉行鶴門嶺，巘巘亂峰碧。秋高川原闊，禾黍紛已積。居人望翠華，父老扶杖立。牛羊散在野，晴曦漏雲隙。崖巔掛虹霓，草際鳴蟋蟈。既忻寵光被，復協棲遁迹。行行幽興得，覓句寫崖壁。停立望蒼茫，亂飛歸鳥急。

同劉文原仙客坐瑞芝亭

税駕息玄圃，塵思積盈襟。朋遊適良晤，冠蓋同幽尋。花發洞門香，鳥鳴修竹深。遐觀達萬變，内顧惜分陰。余懷抱耿耿，流運逝駸駸。俛仰一時好，悲哉葵藿心。

九月十一日鄰寇逼境倉皇南渡感賦

鄰邑舉烽燧，長驅寇南平。中宵始聞警，挈家遂遠行。倉皇具舟楫，所志惟弟兄。初營暫涉水，將謂復還城。歸途逼烟焰，戎馬亂縱横。父子兩隔絶，慘哉生别情。慈親力疾起，負掖同遐征。饑分路人食，渴飲田婦羹。兒童不遑息，踽踽昧前程。爲謀若不早，臨難乃無營。前事杳難測，逢人空涕零。存亡有至理，瞬息且偷生。

放鶴亭

白鶴招不來，青天飛片雲。應隨紫鸞車，往見三茅君。雲上仙風過，空香萬里聞。

野鶴為述律存道賦

九皋有玄鶴，故巢遼海東。常爲仙人駕，雲上乘剛風。云胡白鴈來，城在人民空。獨立振玉羽，心馳寥廓中。只今覽德輝，下與威鳳同。宵警金莖露，夕棲瑤樹叢。回頭視雞鶩，啄粟坐樊籠。

賦得攜手共行樂別嚴元

攜手共行樂，臨別終懽宴。落日照離尊，流雲駐歌扇。《折柳》君不聞，《采蓮》人共見。離懷不自適，去意苦難變。望望澄江濱，危檣語雙燕。

題胡濟川嵇康牀琴圖

先生家何在，昔住嵇山陰。方牀日讌息，上有焦桐琴。流目視宇宙，何人知此心。奇才軼同列，幽思積盈襟。《絶交書》固偉，《養性論》亦深。誰讒卧龍質，反使禍見侵。寥寥《廣陵散》，百世寧知音。惜哉畫史輩，不識孫登箴。

留題玄妙宫

仙家擁修竹，境勝欣小停。玉殿斷香白，石門古苔青。松月淡蒼蒼，風泉遠泠泠。清夢仍丹邱，晏坐存廣庭。于以謝塵慮，于以朝百靈。于以賦遠遊，于以新宫銘。

寓吉安林塘避桃林兵警感賦六首

汎舟水東偏，擇地林塘口。稍紓兵革難，少待旬日久。時時候邊警，佇立屢回首。路逢荷蕢徒，坐石蔭高柳。及時事耕鑿，煩慮復何有。不聞桃林戰，昨日竄羣醜。泰運未有期，淒涼在郊藪。

秧田既已插，麥壟亦已翻。林園富桑棗，沼沚具蘋蘩。朝耕暮還息，啞啞相笑言。昔聞異人説，物外有桃源。不到武陵境，安知人世喧。

霧斂衆峰碧，日暄羣木蒼。翛然南軒内，媚此春晝長〔九〕。手攜鉅編讀，塵境悉已忘。池魚迭游泳，野鳥紛迴翔。物性各有適，營營奚所望。

樹棗易爲業，畜萍易爲漁。家家重生産，園沼富贏餘。爲農乃自適，爲士當何如。賢聖去我遠，躬耕還舊廬。

牧兒采樵歌，歌起山谷應。中懷詎有思，出口但求勝。雅頌世莫聞，鄭衛人皆競。睠兹音節美，俯仰足清聽。

白鷺下平田，平田緑秧美。低徊獨拳立，奄忽雙飛起。周原風日好，遠客亦戾止。三茅三家村，煙塵不曾已。人生本萍梗，流寓隨所以。

題劉憲副為蕭鵬舉寫雨竹圖

風雨川上至，秋聲滿喬林。初疑鳳鸞引，忽若蛟龍吟。洋洋飛動意〔一〇〕，矯矯變化心。隱晦在一壑，干霄故千尋。美人隔秋水，環珮鏘璆琳。清嫩毓内美，孤高蕃遠陰。以兹石上操，託爾邱中琴。共保歲寒節，永言懷好音。

出城南餞羅與敬東歸

竝出城南門，相送河南渡。公家有嚴程，况此春欲暮。伐木下遠岑，挐舟邁前路。冥鴻去已盡，玄鳥鳴相顧。關山路遥遥，春樹隔煙霧。遊子久不歸，凄然望鄉故。田園長荆棘，狐兔守墳墓。謬爲時所稽，焉敢失故步。慨念平生親，分攜重相訴。浮唐紫芝老，東里喬木蠹。歸歟倘先理，秋至或良晤。

還家

春日遞層陰，鳥鳴池上林。久行忽顧返，佇立懷好音。幽花色相炫，茂草翠交侵。去日春尚淺，歸來春已深。親知各分獻，陟彼南山岑。攜持尊中酒，誰與同獻斟。亂離苦役役，涕淚沾衣襟。

悼兒

嬌兒名阿高，皎皎玉雪質。頭圓眉宇秀，雙目如點漆。憶昨湯餅會，譽兒美無匹。鷹雛精爽緊，驥子神氣逸。誰云歲兩周，熟玩而驟失。吾家世業儒，潛德久已積。光大我門閭，望汝與諸姪。如人有十指，孰嚙孰可惜。華屋春暄妍，朋戲相扶掖。憑几檢書册，挽衣覓梨栗。低頭解拜客，唾手學濡筆。吾年已四十，事未見一獲。勤苦鉛槧餘，賴渠將過日。念汝來京師，襁抱恃母力。遥遥三千里，拏響連車迹。風雪之所饕，負汝諒吾責。坐令昨日懽，今日不再覿。杳然望東南，庭草爲誰碧。我羡拾巢鴉，風枝戢修翮。又羡舐犢牛，濡濕煦毛澤。乳母抱出門，文葆空卧席。交朋走相問，欲語氣先咽。神理本冥冥，先儒言不得。我欲訴天閽，靈鳳先墜翼。懼老爲獨夫，念之若芒刺。或謂妄當遣，静思益難釋。嬰孩無哭儀，禮經有遺則。柰何恩奪義，苦淚滿眼黑。終當護汝歸，藏汝乃祖側。琢我哭子詩，銘之壙中石。

隱賦贈胡道翁

避地如避世，入山思最深。營營許史輩，孰是巢由心。落落泉石間，而多松桂林。結宇審容膝，攬秀豁開襟。娟娟青蘿逕，粲粲緑綺琴。一彈《箕子操》，再鼓重華音。張目視八極，矢心發孤吟。落日小山桂，清風首陽岑。薪歌發延瀨，過耳何駸駸。鳳吹聞洛浦，遺響入雲沈。自餘嗜接武，焉得齒諸任。慨兹芝蘭氣，重接枌榆陰。少日志萬里，揚名綴纓簪。暮齡事一壑，貴德比璆琳。山居可相屬，塵隱渺難尋。俛仰各遂志，浮沈良足箴。中歌示相好，重比雙南金。

題遠州春晚圖

溪流隔茅屋，相去能幾許。欲採幽谷蘭，扁舟下春渚。岸花綴衣襟，水鳥驚笑語。偶然諧真賞，山翠欲成雨。

感春四首

離離園中花，曖曖空中雲。匆匆南流景，悠悠百年身。美人遊不歸，草色日以新。朱弦斷白雲，綺席凝芳塵。魯門墮戢翼，河津曝窮鱗。人生能幾何，爲樂當及辰。已矣勿復陳，相思秋復春。

佳人在空谷，幽蘭春自緑。静觀聲利場，陽陷奔渴鹿。惟有無心子，抱琴媚幽獨。揮絃送歸鴻，一寄千里目。

徘徊崆峒巔，還顧望北邙。邱墓何纍纍，春風緑茫茫。坐令英雄人，飲恨遥相望。榮名安所之，萬代同悲傷。所以廣成子，乘雲去翱翔。

樵隱同在山，所以在則異。昭昭孔明子，遺語有深意。清風灑賁渾，千載凛生氣。黄鶴望不來，白雲老天際。

望南屏山同吕仲鉉仲實作〔一〕

游目南屏山〔二〕，逍遥税塵鞅。清溪亂飛涉，疊巘緣雲上。輝輝瀑泉落，隱隱天籟響。荒途理通塞，虚室静弘敞。中有餐霞人，長作御風想。不乘緱嶺鶴，還顧漁郎舫。芝草甘若飴，雕胡大盈掌。雖爲頹齡駐，亦忌流光往。永懷山中游，觀化歷清賞。

白泉歌

白泉之流白如雪，白雪連峰幻銀闕。浮邱仙子太華來，頭戴屋冠手持節。一過西巖數百年，靈芝五色何鮮鮮。山中閲世已陳迹，世上聞名不識仙。浮雲鬱秀常五彩，碧落空歌久相待。幾欲緣崖採茯苓，長嘯臨風望滄海。海中遥挹安期生，六鰲戴山休遠行。風塵十載散空闊，宇宙再新開太平。太平人物世希有，我欲看山待重九。諸子重攜緑綺琴，三仙共酌黄花酒。漁樵徑路草荒荒，回首烟霞接混茫。

交游欻散塵緣重，節序空酬興味長。因招白泉雪，更望别泉嶺。别日吹簫駕鶴軿，知是王喬到仙境。

寒食行次進士吴莘樂韻

百花冥濛媚初日，萬户烟消記寒食。陌頭楊柳青摇摇，柳底佳人雙翠翹。春醪盈樽肉盈俎，淚落飄風濕新土。遠人無家望鄉拜，慟哭松根憶前代。磨牙貙虎亂交衢，縱有音書倩誰帶。可憐戰骨成邱墟，不獨若敖悲飯盂。白楊無根附春草，作底英雄是中老。杜鵑啼血獨魂斷，感此淒凉夜中飯。明年寒食望關山，滿路山花君早還。

送祝平遠

江城四月風雨夕，聞説河流高數尺。故人官舫伴春歸，解印初辭浯溪驛。顧我南園萬竹林，卜居未遂忽分襟。曉山猶似來時好，春水何如别意深。别離苦多歡會少，把酒聽歌思深杳。外郡掄材紫詔頻，要途策足青雲繞。楊柳吹花媚錦衣，滕王閣下弄晴暉。懸知鼓棹東流去，故舊遥瞻彩鷁飛。

戰城南餞友人從師西征

心惆悵，望重城。城之南，屯甲兵。背河赴敵星火急，走馬略陣烟雲生。戰城南，列飛將。操戈矛，脱弓韔。生擒賊酋馬上歸，壯士鳴鞭兩相向。中有一人冰雪顔，遥隨主將馳入關。妖星如雨墮地殷，殺氣上逐孤雲間。息民按節勞險艱，鐫功勒石磐龍山。紫薇花開掖垣裏，黄麻詔出彤墀間，城南班師君早還。

陽春曲

楊花濛濛海波白，十里香風飄紫陌。流蘇寶幰金陸離〔一三〕，漢家帝子朝天歸。蒲萄重錦新敕賜，蓬萊宮中緑衣使。道傍縮首覼且避，蹀躞玉鞭光照地。大隄緑樹啼嬌鴉，知是平陽公主家。回首畫橋芳草暮，蝴蝶不隨春色去。

楊花宛轉曲

妾乘碧油車，郎乘青絲騎。相逢狹斜道，楊柳著花未。遲遲度紺幰，稍稍逐蘭珮。宛轉結深情，葳蕤含密意。游絲絆得陽春暉，乳燕銜將何處歸。翡翠輕裾承不著，寶環纖手捧還飛。合歡金縷結未已，馬蹄聲斷鳴珂里。鳴珂芳草緑離離，楊花依舊逐游絲。游絲掛在空虚裏，莫道春心無所似。

題溪山風雨圖

今年西遊出寶雞，羣峰迎人高復低。秦山森列古環玦，渭水摩盪青玻瓈。前林慘淡風雨急，元氣淋漓收不得。淙流浩浩懸縞素，山澗層層失紅碧。回瞻縹緲烟霧中，飛樓嶢榭如争雄。若非祈年橐泉觀，定是五柞長楊宫。獰飈掣蓋嗟行旅，苔磴欹滑畏如鼠。欲將筆力狀奇絶，只恐山靈驚妙語。歸來京洛厭風塵，開卷灑然醒我神。澄懷寂聽追所歷，竟欲濯纓溪水津。南朝君臣歌玉樹〔一四〕，畫工筆諫昏莫悟。江風掇屋醉不知，珍重山人詠漁父。

為施淳民題臨本郭熙山水歌

崇寧一片郭熙山，淪落人間感流轉。分毫隱顯别清妍，千疊峰巒坐中見。葱籠雲樹只重重，世間春風幾度逢。怪石常存犇鬡勢，幽泉微露出山蹤。緣奇挹勝茅亭小，亭下清江自縈繞。諸峰斬絶出陂陀，夭矯蒼松立塵表。百尺絲綸一釣舟，石蘭斜對路悠悠。山色自多朝暮趣，江流不盡古今愁。郭家名筆誰摹寫，鄒氏山房絶瀟灑。臨流點綴入精微，意態神情豈其亞。施君之筆良足稱，畫樓粉壁時相親。長歌一曲丹青引，莫道今人愧古人。

題醉客圖

生不願爲鄭廣文，亦不願爲灌將軍。斫頭何用知程李，擊節空歌有鬼神。願從圖畫四君子，日日杯中尋妙理。倒冠傲兀亦不惡，奮袖低昂聊復爾。美人行酒爾莫催，而我肯顧尚書期。碧梧影倒黄金罍，身世悠悠兩不知。

玉印歌

茂陵石馬寒嘶風，神光貫月如長虹。偶同玉碗出人世，蟲篆螭盤能爾工。將軍漢廷功第一，至今姓名昭白日。摩娑欲刓三歎息，人壽安得如金石。

題真妃玉笛圖

開元垂拱治無爲，朝退華清日晏時。傳詔梨園停百戲，親調玉笛教真妃。雲鬟綽約蛾眉小，怙寵矜恩氣浮杳。一曲清平樂府詞，宛轉遺音動天表。芍藥輕風拂御筵，無人催唤老龜年。紫鳳低徊雙闕下，綵雲繚繞百花前。當時行樂深宫祕，萬歲千秋不相棄。今日人間看畫圖，關河風雨雁相呼。

和賈參議題松風海月圖〔一五〕

道人墨瀉金壺汁，老魏怒奮蒼髯吸。坐令高堂之素壁，滿耳松聲水聲急。龍宫採詩作步虛，素娥起舞波神立。鈞天廣樂奏未終，含毫欲下鮫綃濕。

食　筍

野人餉客無長物，只辦行厨入修竹。眼前初識玉嬰兒，胸中會著篔簹谷。我昔老禪同一龕，玉版宗風曾飽參。苜蓿盤中重相見，洛西風味如江南。同谷饑寒杜少陵，五溪放逐高將軍〔一六〕。山寒黄精不堪劚，地暖野薺空如雲。我今流落心不動，一笑聊呼麴生共。果然口腹能累人，夜來忽作西湖夢。

題山水圖

山邪雲邪低復高，勢若鉅海翻波濤。石林寶帳隱靈寺，石磴黄帽雲霜袍。落花香澗引猿飲，長松流風驚鶴夢。烟霞彷彿仇池山，制度依約桃源洞。鴨頭漲緑環亭皋，似聽雞犬相鳴號。畸人朝挂牛角帙，釣叟暮移魚尾舠。不知世間有此境，便欲歸耕田二頃。青門學種故侯瓜，丹巘欲栽董仙杏。三年博士冗不治，壁水泠泠明鬢絲。塵埃老我薊門道，山中日日生瑶草。

茂陵

玉堦苔生履聲絶，桂苑芳銷宫漏咽。君王起望集仙臺，方士靈香海上來。九華帳深蘭燭冷，是邪非邪影非影。含毫抽思賦難工，坐聽梧桐落金井。茂陵松柏陰連空，蕭蕭石馬寒嘶風。青禽消息天上斷，玉輦歡遊泉下同。春草凄凄秋復歇，金鳧影沈銀沼竭。空餘海燕蒲萄鏡，夜夜神光射明月。

玄巖石硯為柴舜元憲僉賦

漢江有奇石，磊落太古色。淘沙相薄蝕，歲久露巖穴。幸免女媧手，練之補天裂。不逢卧龍公，取補八陣缺。江妃水仙不敢惜，夜夜黑雲蔽明月。江頭繡衣使，偶見喜且驚。繡衣昔草子雲經，置之几案錫嘉名。坐令書幌間，縹渺烟霧生。願君結交如此石，味如元酒與太羹。

過獨石廟

落星何年化爲石，羣峰不敢争長雄。蒼蘚鱗皴動古色，荒祠慘澹來陰風。鶴馭朝回仙子駕，鮫綃夜織馮夷宫。憑誰喚取昭華管，吹入遠烟空翠中。

射鵰圖〔一七〕

玄旌獵獵摇清秋，將軍醉擁烏貂裘。雙飛點破暮天碧，彎弓欲射仍遲留。奔星一發馬前墮，驚看玉爪黄金眸。歸來快飲軟臂酒，呼鷹却笑劉荆州。

赤壁圖

玉堂仙人雪堂客，夜泛扁舟遊赤壁。世人欲殺了不知，卧聽中流風月笛。清都採詩鶴駕過，江妃起舞襪淩波。向來哀樂真夢幻，舉酒屬客君當歌。千年曹瞞等蝼蟻，一爲周郎酹江水。江水悠悠萬古流，坡翁時復騎鯨遊。

題趙子昂畫馬

龍媒來自月窟西，誰其牽者虬髯奚。雙瞳紫焰竹批耳，一團黑雲錐卓蹄。吴興學士畫無比，筆跡遠過龍眠李。雄姿不受絡頭絲，滿紙蕭蕭朔風起。公今騎鯨去滅没，世上有誰憐駿骨。安得幽并豪俠相往還，短衣射獵藍田山。

月堂為賀醫賦

賀生早飲上池水，心如秋空絶塵滓。紫蓋峰南結屋居，囊中探丸起人死。長安市上識韓康，宴坐歸來月滿堂。江上誰能聽瑶瑟，山中應許得金漿。

送武秀才還湖廣

衡岳之峰七十二，祝融特起摩青冥。連巒疊嶂妬奇秀，盤屈怒作蛟蛇形。嘘雲吐霧埋不得，空翠飛飛落洞庭。武生家居洞庭上，湖水爲沼山爲屏。橘洲種樹等千户，石鼓讀書窮六經。焚香白晝鸞鶴下，鼓瑟清夜魚龍聽。一朝結束催客丁，思與衆人朝滄溟。含毫擬獻《上林賦》，置醴亦厭侯門鯖。東華塵土紅撲帽，夢寐汀洲蘭芷馨。腐儒老眼千年青，遥看南極老人星。安得酒舫載酒行，長與酒徒共醉醒。

送上清張叔大鍊師東還

芒碭王氣浮天闕，真人乃在圯橋間。功成往事赤松子，心與浮雲如等閒。上清億劫元教起，坐引諸天黍珠裏。昨聞仙子御風來，身著山中紫霞綺。東海塵飛二十年，仙凡消息兩茫然。守關暗識青牛去，渡海春逢白鶴傳。五陵八百遺仙記，思欲攀天問天帝。三尺青萍手可提，一品銀章肘先繫。笑把芙蓉花，相期訪蓬島。不見河上公，空懷橘中老。昌明治世龍漢秋，倏來倏往應難留。月明後夜碧天净，笙鶴送爾緱山頭。

題李後主畫山人騎牛圖

君不學嵩山劉屯田，鐵笛牛背吹雲烟。又不學廬山陳處士，目送飛鴻坐牛背。問君胡爲偃蹇牛背眠，結草爲轡蓑爲韉。山童抱琴走如鹿，溪溜没膝衣鶉懸。南唐天子畫無比，深宫晝長雲夢水。揮毫寫出逸人容，清標照耀澄心紙。期人太淺陋相如，妄謂山澤儒皆臞。安知有道棲草野，食雖不肉顔長朱。繁華已逐西風盡，空餘建業文房印。凄涼天水柳枝龍，白鴈江頭有霜信。

春江釣者

白鷺洲頭春水生，青山倒影碧波明。閒門却掃流塵静，深樹似聞啼鳥聲。漁舟蕩漾持竿久，世事茫茫不回首。釣得金鱗換酒歸，夕陽正照垂楊柳。

别外窩禪寺

四山如城勢如束，一徑蜿蜒入穹谷。林端縹緲浮斷香，知有招提映深竹。山僧見客若麋鹿，揭炬夜開方丈屋。談空煮茗欲忘眠，月轉金盆掛喬木。朝來鐘磬亦多情，餘音送我遠益清。自憐疎拙招物議，敢厭犖确疲山行。青山勸汝一杯酒，問我他年更來否。

燒　山

羣峰峨峨錯鯨齒，頑寒贔屭冰脱指。獰飇折樹怒未已，黑雲壓山山火起。初疑夜過古戰場，走燐出没秋草黄。又疑兵散井陘野，萬馬赤幟隨低昂。倏如斜陽下喬木，江浦漁燈相斷續。諸姨紅袖照驪山，齊奴錦帳歸金谷。長烟遥遥横楚氛，怒焰烈烈奔吴軍。炎官播弄水飛怒，九輪照燭乾坤焚。窮蛇上木不遺力，驚鶻穿雲勢何急。熊羆相弔獵夫喜，桐梓哀鳴山鬼泣。紛紛飛燼隨西東，回首咸陽三月紅。怪同燃犀弔牛渚，快若照燕焚吴宫。陸渾仙去文章伯，千載風流冷如鐵。怪詞險韻吾未能，物色分留愧逋客。

送春詞

黄金臺下東西道，紫燕矜誇金勒好。長溝漾情情不盡，碧草迷人人易老。樓上迎春又送春，邯鄲兒女嬌翠嚬〔一八〕。一聲鵯鵊鳳城曙〔一九〕，滿眼芳洲生白蘋。柔桑繞舍麥如尾，錦雉將雛梅結子。爲問歸耕江上田〔二〇〕，何如但索長安米。

白翎雀

烏桓城邊春草薄，草際飛鳴白翎雀。年年馬上聽好音，疑是氈車響絃索。南風吹雲沙磧凉，飛塵不到紫游韁。芙蓉金照晴川迥，芍藥紅翻灤水香〔二一〕，灤江已過猶回首，華堂美人將進酒。酒酣忽作馬上聽，紅蓮袖插曹剛手。

高空山人

高空之山多仙靈，山泉可釀田可耕。烟消日出紫翠横，彷彿羽蓋揚霓旌。高空山人世簪纓，玉壺滿貯冰雪清。風流不減謝内史，翰墨欲壓山元卿。今年七十髮未白，胸中梨棗栽已成。焚香永晝鸞鶴下，横笛清夜蛟龍驚。碧蓮供吸酒，過客或騎鯨。便令呼麻姑，共謁王方平。握手一笑三千齡，撫頂何勞授長生。

題明皇幸蜀圖

華清朝披霓裳舞，日晏漁陽動鼙鼓。潼關烽火起驪山，玉輦西巡劍門路。劍門峥嶸高切雲，長安不見烟塵。嫣然一笑侍君側，腸斷昭陽第一人。巴雲冥冥上亭驛，羽蓋低垂翠華濕。鈴聲琅琅雨聲急，宫嬪不眠内官泣。君王起坐寫新聲，明珠玉佩相和鳴。鮫人綃梭夜停織，山鬼倚樹愁天明。弄兵禄兒帳下死，神器潛移遽如此。高將軍去侍臣稀，往事欲言誰與理。泰陵野草凝荒烟，蜀山春樹多啼鵑。教坊花氏闕真譜，惆悵側聲今不傳。

送范悦古

燕市多奇俊，歸心獨浩然。朱雲辭吏日，賈誼上書年。春緑蘆溝草，江回楚客船。知才不能薦，敢恨坐無氈。

送苗天澤

從師古云樂，話别意何如。司馬雖工賦，兒寬本受書。凉風下黄葉，秋水媚紅蕖。燈火橋門夜，新詩定起予。

送揭理

京華爲客久，不是賞音稀。書未投光範，詩先賦式微。涼風驚畫扇，江水照斑衣。莫道行裝薄，驪珠滿袖歸。

月庭為孫伯昭賦

朝出塵如霧，歸來月滿庭。名高三語掾，食厭五侯鯖。碧漢雲歸淨，金莖露未零。壯懷銷鑠盡，偏照髮星星。

輓蕭處士遠心

江左衣冠族，家傳復過庭。城空新化鶴，窗冷舊囊螢。西漢儒林傳，南州處士星。階前蘭玉滿，衮衮繼芳馨。

過劍閣

危棧羊腸轉，羣峰馬齒齊。崇墉專地險，疋練覺天低。俯矙金牛北，雄吞玉壘西。連林青不斷，留與子規啼。

仁齋為醫者郭成甫賦

燕處仁爲表，淳風坐挽還。寶方懸肘後，陰德見眉間。焚券長安市，求仙太白山。文園消渴久，歸思滿鄉關。

送陳萬里之四明幕官

衆樂昔曾别，蓬萊亦可求。邦君能坐嘯，幕府得名流。溝港通魚市，雲霞雜蜃樓。因君一回首，塵土滿貂裘。

題解馬焦縣尉詩卷

驛吏傳呼定，驊騮顧主鳴。牧羊憐卜式，上疏笑梅生。芻秣寧無法，温凉要適平。誰分駑與駿，騰踏入神京。

廖子謙廣文席上次韻

城中九日過，家釀報新開。偶就陶公菊，因同鄭老杯。雞肥緣黍熟，鱸美及橙來。莫賦停雲句，應須踏月回。

竹澗亭

聞説軒車過，新亭醉墨存。硬黄臨古帖，空翠落清尊。老節題詩遍，春流洗硯渾。烟霞興蕭散，難與俗人言。

書感

學荒虚度歲，客遠苦思親。未得平安報，空驚物候新。向來甘絶俗，不是故違人。好在墻根草，青青又一春。

嘉陵道中

蜀道朝逢雨，蕭蕭意轉迷。江沙留虎跡，山木護猿啼。古棧緣崖小，陰雲傍水低。春禽正堪聽，莫惜錦障泥。

感興

古逕苔衣積，晴窗竹影侵。市聲塵午枕，幽興寄雲林。問字人攜酒，敲門客抱琴。急材聞聖世，休效越人吟。

寄張順中四首

醉寫烏絲紙，狂披紫綺裘。時無李供奉，誰識董糟邱。月照清伊曉，風生碧樹秋。天津橋畔柳，定拂酒家樓。

薊北花先發，周南草又青。許身甘濩落，懷友惜飄零。擬就窪尊飲，重看布被銘。只愁清潁水〔三〕，照見髮星星。

金匱書成晚，銅駝迹已迷。憶同池上酌，曾向壁間題。仙子能騎鶴，山翁解祝雞。無才裨盛代，有意學幽棲。

子住雒橋邊，堂成祀十賢。何由薦蘋藻，每恨隔山川。牲就蟠螭繫，書憑過鴈傳。伊流清見底，誰覓孝廉船。

蘭蕙圖

澤國多芳草，蘗生亦可憐。餘香留楚佩，幽思入湘絃。按譜雖同族，爲容各自妍。灤河秋水闊，疑問過江船。

題霍山寓隱

長楫漢公卿，攜書隱澗坰。朱雲堪作吏，貢禹最明經。書報新來鶴，囊乾舊聚螢。相期高晚節，不盡太行青。

送黃汝舟推官高郵

高沙爲郡遠，城下客檣多。笛弄揚州月，珠游甓社波。漁樵民易足，雲水氣相和。他日觀爲政，扁舟試一過。

平潭驛中秋

晉國關河在，秋風禾黍成。業祠誰命爵，野鳥自呼名。又是中秋節，其如倦客情。太行今夜月，還似去年明。

題太湖烟雨圖

垂虹亭上望，烟樹辨三州。悲嘯魚龍夜，青黃橘柚秋。冰綃誰解寫，畫鷁我曾游。忽動南歸興，同盟有白鷗。

送學録永年

泮水集羣賢，才華獨妙年。定因文學掾，爲覓孝廉船。能賦推王粲，明經引服虔。西風正摇落，此别意茫然。

秋懷四首

飄泊五秋螢，無人問獨醒。遥空孤鳥白，平野數峰青。望遠心猶壯，懷人涕自零。邱園他日事，艱阻飽曾經。

朝曦窺破牖，寒鵲下空庭。爽氣回青女，清愁伴客星。峥嶸喬木影，寂寞晚花馨。不似墻根草，依然滿地青。

入夜雨聲急，開門落葉深。風霜欺敗絮，塵土暗孤琴。飄泊嗟吾道，艱虞識此心。因山成底事，時得一閒吟。

客子歸何晚，山城歲又窮。寒砧催短日，老木受高風。憂患身如寄，塵埃鬢欲蓬。江南天一角，回首羡飛鴻。

小莊道中

客路千涯裏，春風二月中。虎蹄荒逕少，鶯語故鄉同。澗水縈迴緑，山花自在紅。物華空滿眼，去意只匆匆。

遊青原山次陸太古謝子方二首

送客淹螺浦，尋僧問鷲峰。水流通雪竇，谷響雜霜鐘。靈跡雙荆樹，香風五鬣松。追隨成信宿，感爾意重重。

躡雲來駐錫，拓地此安禪。曾讀《傳燈録》，因參不二天。松陰城四合，雲影塔孤懸。消歇同人世，憑軒思惘然。

和王君冕暮春旅次詩韻

我欲留春住，啼鵑苦勸歸。捲簾看雨過，倚杖數花飛。烏几書堆滿，衡門客到稀。夢中江路杳，好在釣魚磯。

心遠亭

物外青霞想，山中白板扉。有時捫蝨坐，舉目送鴻飛。自笑身將隱，寧論世與違。閒雲分半席，誰道客來稀。

送河東教授

聞説河東縣，絃歌比屋聞。路經榆次驛，山隔太行雲。玉署閒憐我，新詩寫送君。灤河烟草緑，離思亂紛紛。

次張雄飛王君冕倡和詩韻二首

繡衣光照錦城春，肯忘吾家叱馭人。别後有書傳白鴈，夢中無路駕蒼麟。江回灩澦波浮蜀，山入函關樹拂秦。何日東華聯轡語，若吟應怪鬢毛新。

黑頭天陛共收科，猶憶城南攬轡過。十載低昂回羽翮，幾人存没隔關河。秋風畫扇情中斷，曉鏡蛾眉妬更多。聞説著書堆滿室，長安不見起悲歌。

和蘇伯修侍郎平村暮歸韻〔三〕

長楊冠劍列仙曹，咫尺清光未覺遥。賜履初辭青瑣闥，鳴珂又過赤闌橋。紫駝負鼓移天仗，蒼鶻翻鈴響碧霄。莫道都人新禁火，焚香夾道聽簫韶。

和許參政寄懷吴宗師韻四首

蓬萊仙仗正徘徊，扈蹕年年宰相來。慣見龍沙連白海，却吟紅藥與青苔。雲扶豹尾班才上，日轉螭頭講未回。凖擬相逢又初度，菊潭供釀待華開。

遥望文星過上台，長楊從獵未歸來。名駒顧影窺丹鳳，宫蕊飄香點緑苔。賜酒滿浮金鑿落，歌鬟低按紫雲回。只今燕市求奇駿，東閣懸知早晚開。

看雲老子立徘徊，黄鶴銜書雲上來。曾約相車遊紫府，何妨蠟屐破蒼苔。仙花又向庭中落，宫水還縈苑外回。一讀新詩思清壯，如將圖畫坐邊開。

廣文華髮厭低佪，驚見仙翁鶴馭來。函谷關遥横紫氣，草玄門静踏蒼苔。何時宣室承釐後，更約浮邱把袂回。塵世茫茫誰與問，秋風琪樹又花開。

壽宏穀和韻有酒筒花擔之句再和答之

賭酒金錢坐列曹，風光南陌本非遥。花香不隔葳蕤鎖，柳色深藏宛轉橋。駿馬有時嘶舊路，游絲無力下晴霄。天津偷得新翻曲，肉味都忘不爲韶。

羽林弓騎亦分曹，楊柳春旗一色遥。風送落花低逐馬，水隨芳草暗通橋。鸞旗捧日回雙闕，絳蠟分烟下九霄。病眼白憐張太祝，衡門孤坐聽簫韶。

和王繼學題瓊花圖二首

琪花瑶草本同科，摹寫詩人費切磋。楚客佩摇明月碎，龍宫衣翦素綃多。玉龜山接三清路，烏鵲橋横七夕河。莫怪落英收不得，雙環仙子夜來過。

天上春風自一科，瓊絲雪蘂巧如磋。花神定品應無二，月姊分香獨占多。已落爲雲歸閬苑，初開剪水散銀河。唤回紅袖烏絲夢，后土祠前幾度過。

過鄱陽湖

東流浩浩遠朝宗，聯絡坤維秀所鍾。山入斷雲迴白雁，波涵落日見蒼龍。英雄埋没憐今古，形勢開張扼要衝。回望匡廬招五老，紫烟晴瀑界雲松。

寄來峰長老

不見旻公又幾秋，碧雲吟罷憶湯休。夢回江上招提境，書寄淮南賈客舟。玉麈尾分獅子座，曼陀花雨鷫鸘裘。當年曾悟身如幻，準擬滄浪没白鷗。

荅清江劉仲脩

青春詞翰蚤蜚英，白首林泉更負名。好古獨懷韓吏部，交懽曾枉范雲卿。滄江逝水金川静，錦樹浮雲玉笥清。遠憶瑶琴諧雅操，敢辭擊節和新聲。

送李西溪巡檢

作吏湖山亦自奇，君行況及落紅飛。公庭白日文書少，野店青林笋蕨肥。楊柳風翻沽酒旆，桃花水漲釣魚磯。懸知賦得江南樂，笑我緇塵染素衣。

送朱生之湖州巡檢

楚客才高不柰秋，得官歸近白蘋洲。村醪可飲山園坐，夜柝無聲月滿樓。雲水歌傳青雀舫，風塵夢斷黑貂裘。鬢絲禪榻應憐我，懶向湖亭覓舊遊。

送王巡檢

王郎巡檢赴官時，江水江花影彩旗。可但彎弓能落雁，仍聞刻燭解題詩。青烟古戍人畦菜，白日公庭吏奕棋。坐嘯使君端好士，薦書應到鳳凰池。

和潘子素寄張伯雨詩

白雲何處是巖阿，聞道松聲滿浄窩。京洛風塵人老易，江湖秋水雁來多。田園蕪没須微禄，親友凋零半逝波。欲問囊中飡玉法，相思夜半起悲歌。

瑶草年年滿澗阿，高人燕寢自名窩。山中丹井龍歸晚，雲上仙飈鶴占多。瓦榼尚餘京口酒，布帆無恙洞庭波。掉頭巢父誰能得，歸聽吴儂小海歌。

題周伯溫玉雪波

千樹梅花照眼明，主人詩思與同清。雲裁野服侵寒暑，玉種高田帶雪耕。柿葉滿窗書已遍，松舫浮甕釀初成。扁舟莫動山陰興，宣室承釐待賈生。

送麥敬存檢正湖廣省

黄鶴磯頭春水生，蒼龍闕下送君行。才因朱墨紛然見，詩到江山勝處成。蘭省分僚官獨重〔二四〕，玉堂伴直夢同清。瀟湘無數飛回鴈，採得蘋華寄别情。

寄王顔隱士

南園分手記當年，東郡文星遠避躔。機事祇生鷗閣下，徵書不到鹿門邊。中囷歲取禾三百，美酒時煩斗十千。倘憶幽禽能唤客，還當留取杖頭錢。

題滑臺宋壽卿侍御西亭

侍御高懷與世違，秋空惟見一鴻飛。山銜落日浮佳氣，亭遶青松長舊圍。豎國舊傳多讜論，卜居從此脱塵鞿。回瞻太白横秦嶺，獨記澄清攬轡歸。

送陳玉

官柳飛花滿薊門〔二五〕，河橋猶有繫船痕。美人欲别重攜手，春水方生易斷魂。虎豹天關雲自隔，雞豚鄉社席還温。虞卿莫厭窮愁在，著就新書細與論。

送張楨

黄龍關塞雪漫漫，馬上貂裘不受寒。豈謂細書隨太史，翻令索米困長安。舟移彭蠡秋波白，樹影匡廬夕照殘。歸弔當年鄭公業，旅墳三尺草先乾。

送梁受之

宦遊南北馬牛風，燈火停雲偶爾同。升斗可能留隱吏，山川終要著詩翁。呼盧竟識袁彦道，飲酒還逢陳孟公。早晚朝廷聘遺逸，蒲輪應到大關東。

送孫伯起

畫省含香近上台，西江千里聘奇才。山川雄控龍沙闊，機務遥分鳳沼開。帳幕時隨春草動，狐貂偏耐雪花來。只愁誤作潯陽夢，醉聽琵琶句易裁。

送虞愷之

花時寂寂掩衡門，恰到花飛又送君。病眼輕來猶斷酒，故人别後少論文。江波處處明於草，世態年年薄似雲。寄語青城老樵客，藥成金鼎幾時分。

汾陰

春寒猶戀紫貂裘，楊柳青青古渡頭。詞客重來應白髮，好山依舊枕寒流。禹門波浄龍吟夜，汾水烟消鴈影秋。駐馬回看自多感，更須横笛起高樓。

過彭澤縣

靖節休官跡已陳，水光山色爲誰新。九江屬邑名千載，東晋高風衹一人。石上孤松猶翠黛，宅前五柳自生春。南來欲致生芻奠，憑借當時漉酒巾。

寄許大參

夢中曾上庾公樓，楚岫縱横翠欲流。别後武昌魚可食，重來温室樹經秋。因君欒聖銜杯句，憶我垂綸載月舟。無柰龍沙霜露早，綈袍欲著重回頭。去年風雨菊花時，曾誦灤京百首詩。今日六龍隨警蹕，却憑征雁寄相思。長吟明月同千里，欲對芳樽把一巵。别意短長何所似，湘波不盡碧參差。

贈采詩熊思齊還清江

清江故舊久相違，聞説尋詩款竹扉。阻對高軒維白馬，謾從空谷賦緇衣。日暄官路梅花早，霜熟郵亭木葉稀。最惜揚舲不相送，臨風極目思依依。

七月十三日書感

去年學語囀春鶯，早解回頭嚮喚名。豈謂女生爲寄物，翻悲吾老未忘情。丹砂猶記新塗顖，文葆空憐舊繫綳。今日龍沙千里闊，秋風吹淚欲霑纓。

題張尚書復修姑蘇驛詩卷和子翬韻

樓船載酒太湖秋，曾向寒蕪弔舊邱。圖畫如今傳勝事，江山依舊記清游。館娃宫壞香消逕，鬬鴨闌空水滿洲。聞道徵黄飛詔下，都將遺愛付吴謳。

送烏希説編修之會稽降香〔二六〕

仙掖朝回響玉珂，使星光照玉湖波。看君獻頌傳金馬，記我臨書换白鵝。風送蓬萊潮信早，烟消天姥月明多。相逢賀監如相問，擬向滄波理釣簑。

送宋翼卿西臺照磨寄丑時中管勾

送子函關西復西，青門柳老惜分攜。雲深魏闕人回望，路熟秦川馬自嘶。攬轡定酬他日志，拂塵閒看去年題。芙蓉幕下如相問，擬向秋風釣故溪。

輓胡汲仲先生

少日嚴徐召漢庭，暮年孤節魯山清。頹波砥柱文章古，滄海浮雲富貴輕。兜率空歸天上夢，少微端惜世間名。渺然人物知誰在，淚灑西風慟老成。

先生英氣入横秋，投老青山映白頭。幾見詩書曾發塚，誰知涇渭自分流。詞源衮衮無遺恨，天網恢恢不見收。江漢遺書今好在，雲間無復謫仙樓。

為劉子高賦

少日東南事壯遊，憑高弔古思悠悠。山中樓觀神仙府，江上雲霞帝子州。别塢松風琴入奏，平湖花雨棹聞謳。只今投跡山房裏，坐看新圖歎白頭。

題傅汝礪上省掾凌伴明詩卷

少年英氣鶚横秋，曾佐輶車作遠遊。丹徼烟嵐明漢節，彩毫珠玉散蠻州。省郎好士能高誼，才子論心肯暗投。燕市黄金買奇駿，未容歸倚仲宣樓。

題棲碧山卷

何年李白去騎鯨，流水漂香路杳冥。自種紫芝分藥圃，閒乘白鹿看仙經。石牀花露朝來埽，茅屋松風夜半聽。老我京華塵土裏，苦吟應笑鬢星星。

江閣秋風為表弟曾性道賦

江上青山閣下鷗，白雲飛去水悠悠。長蘆落鴈來千里，枯木寒鵶度幾秋。曾見鐃飛餘古塔，猶聞鐘磬出高樓。晴天縹緲涼如洗，閒把魚竿踏釣舟。

弔胡招故隱

西風凛凛灑塵寰，千古幽光不可攀。往事空尋管寧傳，故居誰弔陸渾山。高情能致巢由上，大節終全漢魏間。一盞寒泉薦秋菊，悠悠心送白雲間。

過金閣山

金閣遥看縹緲居，空香何處度飈車。曾逢野鹿銜丹訣，定叱山祇守素書。白海波翻虹飲後，青林風急雨飛初。羣龍應解仙翁意，要採新詩作步虚。

古寺秋日梨花

簷蔔林中縞袂仙，西風吹夢賣錫天。倚欄翠袖霜欺薄，照水冰姿月妒妍。魔女自知花作供，徐娘猶解玉爲鈿。粉香零落蒼苔滿，日暮驚回野衲禪。

陸渾早行有感

歸心摇蕩若懸旌，幾度欲歸歸不成。地褊未堪長袖舞，愁多空和短歌行。沙頭春漲半篙緑，竹外梅花數點明。夢裏陸渾山下路，何人知我此時情。

寄李時中

津亭官樹葉黄時，把酒船頭話别離。待詔依然窮索米，還家何事悔看棋。空憐鬢髮驚秋早，豈有文章結主知。書到淮南又揺落，定將佳句慰相思。

寄蘇昌齡

別後瓊華幾度芳，花前顧曲憶周郎。竹西載酒金錢盡，江上懷人碧草長。給札期君賦雲夢〔二七〕，解纓容我濯滄浪。相思莫道無來使，伫看鴻飛拂建章。

寄馬伯庸

法星光裏見文星，知向東南攬轡行。十道使車瞻斧鉞，六朝詞客樹降旌。長干浪静魚龍息，北固霜飛草樹明。千里相思難命駕，夢隨潮到石頭城。

出河南省考試院呈夷門故人

圍棘重開字落鵶，霜袍鵠立静無譁。城頭又見千年鶴，海上空歸八月槎。貪訪舊交多白髮，不知故隱正黄花。相逢可惜歡娱地，不置清尊但煮茶。

汧陽縣

汧陽縣門僅容馳，汧陽縣廳垂緑莎。春歸蜀道海棠盡，地近隴山鸚鵡多。飲澗居氓羞汝瘿，負鹽遊子和秦歌。回看天際來時路，萬疊嵐光海湧波。

幽居同劉詔賦

春泥門巷雨聲多，潤浹荒畦露淺莎。石砌落梅疎影竹，鑑池流水細通河。坐深還愛青氈舊，老至其如白髮何。海内太平寧有象，詩成聊復醉時歌。

猗氏道中

道經猗氏望中條，秀色浮空海上潮。中有幽人甘隱遯，每令行客想風標。柴門石逕依然在，松蓋雲旗不可招。老我山林負真趣，東風吹鬢影蕭蕭。

寄李伯強同年

銅駝陌上又秋風，醉把黄花意未窮。塵土十年雙鬢禿，關河千里一尊同。恨君不識孔文舉，笑我欲從張長公。别後相思隔伊水，石樓明月鴈聲中。

為上饒鄭良楚賦菊莊

秋菊爲糧杞作蔬，石泉自鑿帶經鋤。伯休賣藥無人識，魯望能文與世疎。沽酒有時招木客，揮絃還解出淵魚。晚香採得爲親壽，坐對南山讀道書。

感懷

漫郎何事强爲官，旅思愔愔帶眼寬。春草池塘詩入夢，杏花時節雨生寒。白鷗雲水盟猶在，老馬風沙興已闌。我愛當年孟東野，歸書只是説平安。

挽沈菊泉

姑熟歸來鬢欲絲，按行三徑菊花枝。琴尊寂寞成千古，邱壑風流自一時。玉樹忍看埋馬鬣，錦囊能復賦娥眉。生芻遥奠蘆溪道，丹旐風生草木悲。

挽何潛齋

漢濱冠蓋自紛紛，遺老翛然玉雪身。白帽空歸滄海客，黄花猶識義熙人。悠悠往事千年鶴，凛凛高風一角麟。精爽邱原藏不得，長虹會見燭蒼旻。

和楊汝似奉遷三朝御容玉堂詩韻二首

玉函寶軸降琳關，曉色扶桑眩晃間。天闊鼎湖龍自去，秋高汾水鴈空還。衣冠久矣藏原廟，羽衛猶疑幸道山。儒館小臣生獨晚，却從圖畫望龍顔。

冠劍星羅拱北辰，魚龍曼衍列勾陳。遥瞻天仗移金界，尚想鑾輿下紫宸。瑞日曈曨浮絳闕，仙雲縹緲護宫茵。道旁鮐背咨嗟久，曾是先朝擊壤民。

太行道中

岡巒重複勢奔羣，石磴參差齒露齦。人似夏蟲初見雪，馬如饑鶴欲穿雲。并州豪俠凋零盡，晋國山河遠近分。却怪無情是汾水，流波日日送斜曛。

題西巖書院

湖上新居絶垢氛，湖邊石筍插層雲。堵前書帶長堪翦，沙際鶯音速更聞。明月只捐神女佩，光風誰續汜人文。一麾我欲淮南去，叢桂山中有古芬。

登越州古城

參差殘雪照樓臺，晚上孤城眼豁開。嵐翠迴遭迷禹穴，海雲明滅認蓬萊。千年往事空流水，一片殘碑自古苔。惆悵稽山無賀老，輕舟載酒爲誰來。

和景兗梅花詩韻

殘雪離離點燒痕，畫橋流水夕陽村。玉妃謫墮緣何事，翠羽飛來亦斷魂。寶髻斜簪春意好，羅帷深護晚香繁。滯留東洛身千里，孤負西湖酒一尊。

送蘇伯修侍郎扈蹕之上京

晴川金鯉出芙渠，持槖仙郎得句無。禮樂又新三代制，丹青應上兩京圖。雲端馴象扶雕輦，仗外明駞絡寶珠。擬待賜酺祠馬祖，華光星裏望驪駒。

送左衛教授馬伯誠

將軍緩帶擁輕袍，俎豆初陳卷豹韜。衹許攜壺來問字，何須舞劍助揮毫。旌旗影逐春風轉，絃誦聲連夜月高。細柳依依莫留客，蘭臺給劄待英髦。

送胡古愚左衛教授

落絮飛花送客舟，樽前容易失詩流。也知太史才名舊，自是將軍禮數優。説劍夜窗銷蠟炬，横經朝幕坐青油。漢庭正議東封事，莫向周南歎滯留。

柬伯兄子教授

兄弟情親六十年，幼時相契老依然。文章猶愧三王後，風度渾如兩晋前。江閣艤舟勞遠顧，林亭下榻阻相延。玉虯元接龍灣水，別去音書許鴈傳。

送傅士開之守饒州

故人薊北想風標，候吏江東望畫橈。共喜疲民蘇劇郡，其如舊德去中朝。淮陽卧治何妨遠，宣室思賢未覺遥。莫道尺書誰與寄，琵琶洲畔水通潮。

越王臺

崇臺遺構碧岧嶢，南越何年霸業銷。漢節早隨雲北去，禺山猶在海東潮。鷓鴣芳草王孫怨，鴻鴈秋風茘子凋。能賦登高今老大，都將清興託漁樵。

見子山尚書

學禮趨庭日，傳經相漢年。帝思麟閣像，臣獻柏梁篇。清澈金莖露，芬芳玉井蓮。塤篪鳴自合，星鳳睹争先。委佩青冥上，含香日月前。才名應間出，忠孝實雙全。東壁圖書府，西垣翰墨筵。囊收封事草，袖拂御爐烟。簪筆烏臺峻，鳴珂粉署妍。聖情常有眷，雅量獨翛然。側聽經綸密，曾窺琬琰鐫。薛懸溜直，楮媿畫沙圓。緑玉鑾溪硯，金花内府牋。草工王逸少，筆諫柳公權。昭代俱登用，微才獨棄捐。雕蟲蒙記憶，轍鮒定應憐。病馬猶思秣，枯桐或可絃。激昂中散曲，飄泊孝廉船。白帽尋歸隱，緇衣竊好賢。山林甘潦倒，霄漢仰神仙。

鏡檻詩擬李義山體

照獸金塗爪，釵鸞翠縷翹。梅添妝後額，柳妬舞時腰。未暖羅衣换，先春綵勝飄。深情眉上覺，密意眼中饒。惆悵朱絃瑟，殷勤白管簫。黄蜂偷蜜露〔三八〕，翠羽拂蘭苕。東海麻姑信，西河阿母朝。簾開仙珮近，車去異香遥。莫把犀如意，時簪玉步摇。塵飛青幘幰，花壓畫欄橋。越網千絲密，巫山一段銷。屏山終礙路，溝水不通潮。窈窕烟光好，丰茸草色嬌〔三九〕。金泥書繭紙，珠淚聚鮫綃。才子《芝田賦》，仙人《紫府謡》。試憑梔子帶，重問木蘭橈。

送汪臣良餘姚守十韻

貢玉堂中客，西陵渡口舟。人呼前太史，官是古諸侯。共道還家樂，仍傳得郡優。石淙懸雁蕩，巖翠壓龍湫。訪隱過梅市，登高賦越樓。稻花風著水，蓮葉雨争秋。但使民無訟，何煩里有謳。人生五馬貴，肯爲一錢留。江海誰狂客，溪山是舊游。鏡湖何日賜，吾欲弄清流。

詠天妃廟馬援銅鼓

南海天妃廟，今存馬援銅。大音猶戰鼓，餘韻或疑鐘。世駭流傳久，人推鑄冶工。蟾蜍圓頂列，翡翠繡文重。蹲踞環旁峙，周圍體下空。響令羣隊進，降見百蠻從。一代經營意，千年戰伐功。金湯全漢域，銅柱界堯封。零落香烟裏，凄凉異代中。海祠難獨立，神物會當逢。

寄南臺張雄飛

不見張都事，詩名到處傳。齋房歌瑞草，清廟奏朱弦。琢句嚴秦法，揮毫染蜀箋。驄青明劍閣，衣繡濕蠻烟。返照咸陽樹，西風建業船。鳳臺天上客，烏府幕中仙。樗散吾甘老，蓬飄子獨憐。驪駒王式傳，白髮廣文氈。賴有巾釃酒，初無易絶編。烏頭何日白，馬首定誰圓。欲繼還山集，猶堪面壁禪。寒燈摇遠夢，殘歷卷流年。思逐南飛雁，悠悠入楚天。

古宫人怨

雉葆趨平樂，鸞旗幸上林。粧成陪玉輦，舞罷墜瑶簪。綵剪迎春勝，樓穿七夕鍼。辟塵犀鎮幙，結繡鳳盤衾。慚鵲來依沼，因魚泣滿襟。拊心顰可效，掩鼻謗還侵。螢度羅帷影，苔生玉砌陰。昭陽雲渺渺，長信月沈沈。却爲承恩夢，翻摇望幸心。風簾疑仗影，曙鼓悞車音。笥有題詩扇，囊無買賦金。香憐衣舊賜，貌怯鏡重臨。忽見龍池草，春來色自深。

劉氏孝行詩

盛族金刀裔，荒阡又幾春。草長迷馬鬣，松老卧龍鱗。種德由來遠，承家定有人。山烟開莽蒼，石筍露嶙峋。欲祭烏先集，同羣鹿自馴。繫牲碑有待，下馬客來頻。通籍金門貴，羅階玉樹新。清時崇孝理，風俗坐還淳。

送趙繼清推官潮州

昔宋南遷日，更生望獨尊。漢庭多側目，湘水竟招魂。遺廟榕陰古，孤城海氣昏。百年悲故老，昭代見聞孫。董澤新封殖，潮陽又拜恩。公侯終必復，風義凛猶存。北闕聲名久，南圖羽翮騫。理官應暫屈，經術要重論。梅發連溪白，瀧流觸石喧。欲歌神燕喜，先要獄平反。碧漾椰漿美，丹青荔子繁。懸知閑木索，時爲薦蘋蘩。

次吴彦暉望月寄張孟功韻

仙翁能作霧，神女解爲雲。玉斧知何户，靈槎欲問君。燕斜釵漸冷，烏渴漏先聞。鳳脛燈無焰，龍鬚褥有文。畫眉開鏡匣，整髻拜爐薰〔三〇〕。鵝素裁歌扇，鮫綃織舞裙。蘭宫鍼競巧，桂殿杵常勤。鑑箔摇清佩，窺簾散異芬。蠙珠看欲濕，瓊液飲還醺。莫爲光無定，輕將璧半分。

坐青華瑞芝亭

縹緲清華界，依稀白玉京。只疑存太樸，渾擬問長生。日月環中度，樓臺劫外成。拂衣梅雨細，吹面竹風清。身與羣仙會，心將萬化并。何須歎萍梗，且共駐蓬瀛。花影瑶階碎，茶香石鼎烹。盍簪來子晋，援筆序彌明。雅致傳仙鏡，高懷遠俗情。不知塵世上，聞得步虚聲。

醉鄉詩爲阿嚕威學士賦〔三〕

南園寂寂幾經春，草木還曾識鳳麟。不獨文章高一世，由來道藝重千鈞。乾坤勝槩寧無意，今古神交自有人。惟以壺觴留好客，却抛軒冕樂閒身。蒼苔蠟屐曾留迹，白日窪尊絶點塵。適意滄浪誰與濯，忘機鷗鳥自相親。一川花氣晴雲熱，萬壑松聲夜雨新。要識經綸存妙理，坐令風俗盡還淳。儀型久矣瞻耆德，物論終期領搢紳。早晚避堂先舍蓋，定因容吏吐車茵。

墨竹爲劉生以傳題

宇宙孤高慣，風霜慄烈餘。蕭然林下趣，清節有誰知。雨露生成早，輕盈翠欲交。春風開錦籜，已放拂雲梢。

槎翁墨梅為劉生以傳題

野外羣芳盡，江南十月寒。一枝春色早，猶似玉堂看。

芍藥茶

瀛洲憶昔較羣材，一飲雲腴睡眼開。陸羽似聞茶具在，謫仙空載酒船回。
灤水瓊芽取次春〔三〕，仙翁落杵玉爲塵。一杯解得相如渴，點筆凌雲賦大人。
揚州四月春如海，綵筆曾題第一花。夜直承明清似水，銅瓶催火試新芽。余往年試上京，鄉貢士於集賢署，邢君遵道惠茶，號「灤水瓊芽」。今俯仰七年，而遵道捐館久矣！其子克，世其業，攜茶過寓舍，爲賦小詩三首。山陽聞笛之感，同一慨然也。

春興

古壕晴緑不勝舟，落絮殘紅蕩漾愁。山鳥喚回春色去，又催斜日下城頭。

題尚縣尹詩卷

心在春暉寸草中，挂冠端有古人風。安仁漫説《閒居賦》，不似《陳情表》最工。

送湖州張教授三首

詩人合住水精宫，採得蘋花思未窮。紫笋甌中消白晝，碧瀾堂上試春風。
洞庭霜降橘先黄，酒釀烏程水自香。正是江南好風景，夢隨君去過錢塘。
採菱歌斷緑楊風，蕩槳吴娃莫惱翁。驚起鴛鴦一雙去，苕溪西畔霅溪東。

讀長安志書事十二首

芳草離離卧石麟，野棠花發不成春。耕夫拾得盤龍鏡，曾照昭陽第一人。
繡嶺宫前路已迷，暖泉輕噴玉參差。夕陽牛背誰横笛，疑把開元舊曲吹。
魚龍浮動玉蓮湯，殿閣參差璧月凉。羯鼓聲高催衆樂，梨園新按荔枝香。
内宫扶下畫雲屏，僊掌金盤露已凝。好去通天臺畔望，驪山高處始皇陵。
待詔公車歲月深，詼諧無那老侵尋。誰教但索長安米，不羡長門買賦金。
鴻都門外馬頻嘶，薄暮塵飛咫尺迷。寶劍微紅漬餘血，鳴鞭夜出灞陵西。
翠微烟冷草迢迢，百二重關王氣消。却是梨花寒食夜，月明秦女自吹簫。
玉碗何年出茂陵，西飛青鳥竟無憑。石欄照見苔花碧，山鬼時來弄漆燈。
茂陵玉碗出人間，青鳥西飛竟未還。山鬼時吹漆燈滅，石欄花老碧苔斑。

弄影驕驄逐鈿車，臙脂坡下柳藏鴉。忽聞長樂鐘聲動，忘却金鞭碧玉家。
漢家賜第灞陵東，衛霍邊廷第一功。莫種朱門楊柳樹，年年容易换春風。
五陵佳氣晚濛濛，擁蓋鳴珂處處同。盡道霽珠尋董偃〔三〕，誰能載酒過楊雄。

和馬伯庸見寄詩韻四首

匯南叢桂婆娑緑，借問騷人若箇來。歌罷小山《招隱賦》，風吹書册滿牀開。
故人南望隔長淮，不及寒潮日往來。聞道賜金供置酒，八公山對玉樽開。
清福堂前步緑苔，捲簾何處燕飛來。山中藂桂留人住，嶺上梅花莫漫開。
今朝把酒忽惆悵，驚見淮東驛使來。爲報相思似春色，南枝開盡北枝開。

寒食二首

枯桐突兀立空庭，寒鵲驚飛遶月明。不記墻西有叢竹，夜深何處寄秋聲。
北去南來了一年，書生身世只堪憐。思親欲寄平安字，難覓東吴萬里船。

瑞應圖

紫房葉底粲扶疎，莫遣山童擷野蔬。老圃能爲天竺字，神仙不解世間書。

栽花玉洞避秦人，仙實偷來漢侍臣。試問園棋橘中老，商山何似武陵春。

黄堂冬夜詞二首呈全子仁大參

簾底移琴紙帳張，梅花枝上月如霜。羽書忽報諸州捷，敲折珊瑚一寸長。

茜色紗籠絳蠟殘，綺窗斜月轉雕闌。當筵賦得陽春曲，唤取銀箏按拍彈。

貴妃欠伸圖

睡覺深宫日正遲，流鶯飛上萬年枝。起來却背東風立，猶似華清按舞時。

登李太白捉月之亭訪溫嶠燃犀之所覽草廬吴先生娥眉亭記宋漕使韓南澗及學士歐陽圭齊樂府李溉之長歌慨然有賦

牛渚磯頭捉月亭，古今臨眺總文星。風流往事憑誰問，天上飛仙醒不醒。

吴氏雄文久勒碑，韓歐樂府世稱奇。淋漓醉墨長歌好，尤憶山東李溉之。

九歌圖

霓旌羽蓋望繽紛，江水楓林思逐臣。莫道《九歌》空諷楚，那知三户竟亡秦。

筆精吾愛李龍眠，滿紙蓴絲滑且圓。多少郢中歌舞曲，風流還向畫圖傳。

宿桃源宮

月滿空山竹滿亭，石泉留客語泠泠。夜闌忘作丹邱夢，貪誦《黄庭》一卷經。

馬嵬

華清宫畔是驪山，合近温泉葬玉環。若使廟堂姚宋在，鈴聲不到劍門關。
娥眉玉質委塵埃，方士靈香海上來。一種妖魂招不得，馬嵬何似習仙臺。

春江待渡

遊絲飛絮攪離心，要放蘭舟出柳陰。分袂渡頭愁幾許，桃花晴浪半篙深。

送郭仲實

知君時倚月波樓，領取南湖十頃秋。回首東華塵土裏，有人相憶共鞍游。

墨梅

一聲羌笛月明天，零落徐妃白玉鈿。惆悵香魂招不得，瑶臺十二鎖寒烟。

洄漣亭三首

亭下春波照眼明，濛濛飛絮亂新晴。傳呼驛吏休催馬，待我憑欄聽曉鶯。
斷碑文字費窮研，絳守名高長慶年〔三四〕。一段江山清勝地〔三五〕，無人收拾舊風烟。
吏人移石放泉流〔三六〕，百斛明珠散不收。化作蒼龍舞亭砌，寒光二月冷涵秋。

蒲坂道中

鸛鵲樓空草色新，杏花零落野渠春。清波摇蕩東風影，疑是崔徽自寫真。

題白海驛

沙龍海白漢離宫，武帝曾來看射熊。霜露不寒仙杖暖，旌旗十萬障秋風。

上京十首

離宫金碧鬱岧嶢，祇隔灤河一水遥。知是上林來進果，鈴聲隱隱轉山腰。
黄金布地寶陳華，香漾薔薇洗佛牙。甘露穴中遺舍利，神光五色瑩無瑕。
曼衍魚龍雜梵儀，金仙來降鳳城時。都人稽首瞻雕輦，漠漠祥雲護彩旗。
白面王孫家五陵，朝回新賜雪毛鷹。金溝芳草沿堤緑，蝶戀花驄驕不勝。
龍綃衣薄怯清凉，銀葉烟消换日香。休畫修娥閗雙緑，柳風吹淡漢宫黄。
滇池細馬四蹄風，白玉雕鞍繡結鬉。争把珊瑚鞭指點，飛塵先入建章宫。
鐵旛竿下散燈回，茜褐高僧夜呪雷。明日皇家賜酺晏，秋雲漠漠曉光開。
轆轤金井促晨粧，珠帽紅靴小竹昂。争向銀牀拾梧葉，夜來秋意到長楊。
黄鬚年少羽林郎，宫錦纏腰角觝裝。得儁每蒙天一笑，歸來騶從亦輝光。
龍沙白草望參差，苜蓿蒲桃記種時。待詔侍臣已華髮，梨園休奏玉交枝。

贇渾法輪寺阻雨四首

燈昏丈室雨聲寒，料理禪牀蝶夢殘。惆悵陸渾房次律，琴中不識董庭蘭。
風鈴驚鵲未安枝，山月窺牀夢斷時。休問甕中書在否，前身知是永禪師。

野衲窮年静愛山，白雲一塢竹千竿。庭前柏樹何須指，架上《楞嚴》已不看。
欲寫新詩調比邱，芭蕉葉老不禁秋。法輪要識無窮轉，雲自長空水自流。

寄四川支文舉三首

昔年我作成都客，酒釀郫筒日日攜。惆悵浣花溪上路，亂山無主子規啼。
雪衣勸酒能呼客，烏鬼銜魚自上船。多少海棠花上露，春來不染薛濤箋。
蜀梅纖縷蜀薑辛，暈碧裁紅更可人。待詔相如苦消渴，煩君爲寄錦江春。

河東試院書事十首〔三七〕

把卷燈花綴玉蟲，懸知冀北馬羣空。錦袍落魄并州客，曾識當年郭令公。
風簾漾日影鱗鱗，咫尺中分越與秦。莫道霜袍如立鵠，河汾還有著書人。
偶從連卷議雌霓，堆案森森東筍齊。簾捲虚庭羣吏散，古槐陰冷暮禽棲。
雕蟲燕説竟如何，未必冥鴻在網羅。重理槐花年少夢，自憐樗散鬢絲多。
銅盤官燭淚成堆，過雁聲聲叫夢回。想見清華秋意好，小園黄菊待人開。
陣布常山器械犀，姓名應染武都泥。漢家肯許黄金鑑，萬斛丹砂鑄褭蹄。
睡起挑燈自寫題，青綾半擁聽鳴雞。坐中執法霜威肅，過眼誰云五色迷。

空階隊葉響琅玕，鳥鵲無聲白晝閒。忽憶河汾隱君子，夢中攜酒石州山。
漢武汾陰會百靈，樓船簫鼓徹青冥。年年后土祠前路，落葉秋波似洞庭。
蒼烟白草古離宫，不見宫花向日紅。欲問晉陽興廢事，亂鴉飛盡夕陽中。

滎河書事

萬里洪河豁醉眸，村歌野舞故淹留。欲扶公子青藜杖，住到崑崙最上頭。

立春日二絶

閉户貪抄陸氏方〔三八〕，東風不學到伊陽。易求南浦珠千斛，難覓江南書一行。
竹外梅花出短籬，梅邊水暖鴨先知。風流好似西湖上，只欠東風媚酒旂。

舟泊荻港

水光山色漾丹霞，舟艤鷗沙近酒家。亂撲篷窗惱詩思〔三九〕，春衣點點是楊花。

宫人怨

捧鏡宫鬟促曉妝，經春夢不到昭陽。雙雙怕見新來燕，休捲珠簾十二行。

題水仙

水爲環珮玉爲裳，一種春風各自香。幽恨瑶琴傳不盡，至今煙雨暗瀟湘。

應真渡海圖

雲海茫茫空復空，擔囊飛錫浪花中。好將貝闕珠宮景，説與西山面壁翁。

清明雜詩二首

新緑層層社雨餘，官居瀟灑似禪居。東風無賴吹佳夢，何事重翻架上書。

飛來黄鳥最高枝，欲語還休待我詩。忽憶江南消息斷，折花臨水立多時〔四〇〕。

〔一〕「所著有《伊濱集》二十四卷」，未定稿本原無，此本係據四庫本《伊濱集》補入。

〔二〕「於」，未定稿本作「繼」。

〔三〕「翁」，原作「菊」，今據四庫本改。

〔四〕「秉」，原誤作「乘」，今據四庫本改。

〔五〕「改」，原誤作「敢」，今據四庫本改。

〔六〕「文」，原闕，今據四庫本補入。
〔七〕「無」，原誤作「六」，今據四庫本改。
〔八〕「憐」，原誤作「鄰」，今據四庫本改。
〔九〕「媚」，原作「娟」，今據四庫本改。
〔一〇〕「洋」，原誤作「澤」，今據四庫本改。
〔一一〕「屏」，原誤作「平」，今據四庫本改。
〔一二〕「南屏山」，原誤作「南山平」，今據四庫本改。
〔一三〕「軈」，未定稿本作「網」。
〔一四〕「朝」，原誤作「陽」，今據四庫本改。
〔一五〕「海月圖」，原闕，今據四庫本補入。
〔一六〕「溪」，原誤作「陵」，今據四庫本改。
〔一七〕「鵬」，原誤作「周」，今據四庫本改。
〔一八〕「兒女」，未定稿本作「女兒」。
〔一九〕「鶺鴒」，未定稿本作「鶺鴒」。
〔二〇〕「江」，未定稿本作「海」。
〔二一〕「紅」，原作「風」，今據四庫本改。

〔二二〕「穎」，原誤作「潁」，今據四庫本改。
〔二三〕「村」，原誤作「材」，今據四庫本改。
〔二四〕「重」，原闕，今據四庫本補入。
〔二五〕「官」，原誤作「宫」，今據四庫本改。
〔二六〕「鳥」，原誤作「鄔」，今據四庫本改。
〔二七〕「給」，原誤作「結」，今據四庫本改。
〔二八〕「蜜」，原誤作「密」，今據四庫本改。
〔二九〕「茸」，原誤作「葺」，今據四庫本改。
〔三〇〕「髫」，原作「潔」，今據四庫本改。
〔三一〕「嚕」，原誤作「僧」，今據四庫本改。
〔三二〕「芽」，原誤作「茅」，今據四庫本改。
〔三三〕「盡道霽珠」，原作「盡霽真珠」，今據四庫本改。
〔三四〕「守」，原闕，今據四庫本補入。「名」，原誤作「窮」，今據四庫本改。
〔三五〕「段」，原作「曲」，今據四庫本改。
〔三六〕「移」，原誤作「流」，今據四庫本改。
〔三七〕「試院書事」，原誤作「試書院事」，今據四庫本改。

〔三八〕「抄」，原作「招」，今據四庫本改。
〔三九〕「撲」，原誤作「樸」，今據四庫本改。
〔四〇〕「花」，原誤作「水」，今據四庫本改。

段提舉天祐 一作「佑」。

天祐字吉甫，汴梁蘭陵人。登泰定甲子張益榜進士，授應奉翰林文字儒林郎、同知制誥、兼國史院編修官。至正間出爲常熟州判官，歷江浙儒學提舉卒。初，吉甫母劉氏，雙目久欠明，醫弗能愈。吉甫中鄉舉，母喜溢於中，一目忽自見物。及及第，一目又如之，人以爲異。吉甫富文學，尤工於詩。柳道傳《送吉甫州判序》云：始余讀吉甫詩，氣浩而志充，聲長而光潔，今益恬夷容曳，可悦心目。其甥趙君嘗病瘧，吉甫作詩示之而瘳。王子充謂至情迫切，溢乎言辭。詩之感人，其效乃若是也。

春草軒詩

春草軒前好花柳，華君奉母來飲酒。吹笙伐鼓歌嬋娟，爲母奉觴母長壽。吁嗟世人皆有母，華母苦辛世無有。齠年來登君子堂，縫紩衣裳事箕帚。結褵而後五見春，君子去爲觀國賓。尊章已老兒幼穉，主張門户在一身。星霜荏苒歲年變，君子歸來命如線。文窗愁絶舞鏡鸞，繡梁棲斷傳書燕。晝日悲號夜飲泣，萬感攻中百憂集。忍哀茹痛强自持，顧護孤兒到成立。孤兒成立稱華君，能詩能禮兼能文。清温甘旨具朝夕，純孝之名鄉黨聞。德音汪濊降天咫，桓表亭亭樹閭里。從此鄉人謂華君，非有此母無此子。華君拳拳返哺情，四顧世上邱山輕。升堂日誦孟郊句，開軒手題春草名。陽春一日被百草，大叢小叢顔色好。華君願作芝與蘭，披秀舒英發天藻。芝爲世瑞蘭國香，採之擷之貢明堂，願言持此報春陽。

哭女醜哥

段家五歲花枝女，繡帽綵衣嬌楚楚。全家看作掌中珠，不但阿爺憐惜汝。阿爺官滿常熟州，移家來杭年未周。無心偶得汝懷抱，使我頓解平生愁。自從生汝三月後，唤汝醜哥要長久。阿爺正因憐汝深，命名剛以好爲醜。蘭芽玉樹春照映，綽約身材好情性。易得易養不藉人，最喜生來不知病。一年二年長精神，三年言語字字真。舉頭回面候人意，識人歡喜知人嗔。四年行履輕且便，堂上來往如春燕。阿婆房裏索梨栗，大姊牀頭覓鍼線。眼明望汝到成人，門楣之秀閨房珍。斯須不見情緒惡，逡巡或來顔色新。至元戊寅月窮紀，江上奇寒寒墮指。家家兒女痛痘瘡，十家之中九家死。阿爺適奉差遣行，臨行顧汝難爲情。舟中一日九回首，道上半旬三寄聲。明年正月初七日，忽得家書知汝疾。置書案上不忍看，便道多凶還少吉。良久殷勤問來者，答言勢惡君當舍。瘡頭黑陷苦爬搔，目瞑口噤如盲啞。爾後三朝書再至，知汝繼世即遐棄。遡風南望淚闌干，十日如癡復如醉。汝生汝死都在天，與汝聰慧不與年。含靈蠢動保壽命，造物不教天兩全。華亭官舍寒栗烈，簷雨淙淙燈暈結。一時往事到心頭，誰道阿爺腸似鐵。年來官事得容與，江橋明日風帆舉。到家翦紙作金錢，桂酒椒漿當酹汝。

追和唐詢華亭十詠

顧亭林

希馮年少日，著述此閒居。不久登朝去，初非與世疎。舊遊何歲月，遺跡盡邱墟。只有湖千頃，春潮漲雨餘。

寒　穴

高源敞寒穴，直上與雲平。太古雪霜色，中天韶濩聲。濯纓承遠溜，煮茗汲深清。豈但金莖露，文園可析酲。

吴王獵場

鼎足成功日，蒐畋此注戈。繡旗春浪捲，鐵騎夜星羅。割據英雄盡，登臨感慨多。年年二三月，芳草暗陽坡。

柘湖

湖水緑於染，人家半水濱。挐舟採山柘，舉酒酹波神。蘆荻生新渚，潮沙長舊津。夕陽漁笛起，愁殺未歸人。

秦皇馳道

嬴政大狂惑，輪蹄無阻修。馳道彌六合，此身能幾遊。何曾悔心起，祇有惡名留。長城一千里，不解障沙邱。

陸瑁養魚池

瑁湖若圓璧，中是昔賢居。臨水一構宅，愛人還及魚。鳬鷖來雨裏，葭菼發春餘。有意追清躅，塵蹤尚未除。

華亭谷

谷水三百里，夜夜向東流〔一〕。仰瞻崑山樹，下汎松江舟。白波兼天一作「浪」。起，素采與雲浮。遊宦歸來早，鱸魚正及秋。

陸機宅

二陸騎鯨去，於今歲月深。才高多見嫉，文好不容箴。野水添春漲，林煙駐夕陰。蕭條讀書處，遺跡可能尋。

崑　山

九峰立如筍，兹山竟誰名。不見玉生處，惟聞鶴唳聲。澗下泉東注，岡頭日西傾。我思古君子，倚杖暮愁生。

三女岡

三女共葬此，無姓亦無名。至今高岡上，祇見明月生。阿曲雲埋合，陂陀草露平。芳魂如可返，猶解惑陽城。

發富陽

遠海初曦動，長林積霧開。山從吴會起，潮向富陽回。野飯松毛火，村醪樹癭杯。風吹黄葉度，偏傍馬鞍來。

發嘉興

明發嘉興縣，扁舟宜向東。天寒待伴雪，日暮打頭風。遠寺明霞外，孤城緑水中。等閒作離別，不擬見歸鴻。

夏　夜

向夕南風起，開窗散鬱蒸。草間車水鼓，松下捕魚燈。山壑雲填雪，河流月走冰。城樓更五鼓，車馬逐晨興。

岳王廟

義膽忠肝百戰軀，何堪城社聚妖狐。驟聞强虜同鳴鏑，已見功臣賜屬鏤。賓客有誰曾殉死，君王無意復還都。棲霞嶺畔娟娟月，不照淩煙閣上圖。

送妓入道

按《輟耕録》云：李當當者，教坊名妓也，姿藝超出輩流。忽翻然若有所悟，遂著道士服。江浙儒學提舉段吉甫贈之以詩云云。

歌舞當年一作「今」。第一流，洗妝今日一作「拭面」。别青樓。便從南嶽夫人去，肯爲蘇州刺史留。琳館月明簫鳳下〔二〕，瑣窗花老一作「雲散」。鏡鸞收。却憐愁一作「嫌癡」。絶潯陽婦，嫁得商人已白頭。

餞祝直清

慷慨豪談髮指冠，讀書不作腐儒酸。頖宮文學多高弟，祖道詞章盡達官。著述正宜登玉署，敷陳長擬對金鑾。朔雲燕樹三千里，清夜思君嶺月團。

寓雲閒驛有懷二首

元夕錢塘歸未能，玉簫誰倚畫樓層。湧金門外如銀月，何處人家不是燈。

城上啼烏起夜闌，瑣窗風度落梅寒。一年端正元宵月，可惜怱怱客裏看。

〔一〕下一「夜」字，未定稿本闕，稿本癸之丁作「雨」。

〔二〕「簫」，原誤作「蕭」，據未定稿本改。

揭少監汯

汯字伯防，豫章人，文安公徯斯冢子也。少苦學，年十八，盡通六經大義，肄舉子業，試不合，有司棄去。攻古文辭，侍父入燕都，補太學生。時虞文靖公集、歐陽文公玄皆在朝，交稱其美，以爲文安慶。至正初，文安卒，以廕補祕書郎，遷翰林國史院編修官，轉太常博士，再入翰林爲修撰，累遷禮部員外郎。十八年，奉詔諭江西，至七閩，會陳友諒陷江西，不得往，改簽江西湖東道廉訪司事，治建寧。既而友諒兵下，建寧受圍，汯率衆乘城固守，并力出戰，賊遂敗走。改江西行省郎中，未赴，以工部郎中召。時江浙道梗，乃留家四明之慈溪，挾子浮海而北。制下陞祕書少監承制，授刑部侍郎，不就。元亡，凡仕者例從南京，汯稱疾弗仕，踰年返慈溪。洪武六年二月八日卒于寓舍，年七十四。伯防爲文敦深簡質，有父風，務關倫教，不爲浮艷語。當有元盛時，荆楚之士以文章名天下者，推虞伯生、歐陽元功、范德機、揭曼碩。海内咸以姓稱之，而不敢名。其後三人皆死無繼者，惟伯防能世其家，人謂揭氏有後云。

汪大雅善隸書詩以贈之〔一〕

漢隸變秦石，中郎實云祖。渾渾元氣運，生意蓄未吐。鍾梁已小變，唐遂失其武。迨元數公起，精妙可追古。鳳翥與鸞翔，爛然照中土。老成既凋謝，來者或未睹。紛紛欲争高，往往背前矩。峭刻少渾成，癡肥乏筋膂。收斂類畏縮，軒張或傷怒。規規事模仿，又若優孟武。汪君忽傑立，落筆蔡爲主。見此神骨全，真若古鍾呂。美玉出荆璞，明珠還合浦。況當文物新，制作方竝舉。紀常勒鐘鼎，封岱禪梁甫。大書與特書，執筆當俟子。具兹華國文，名已登天府。

秋夜懷芑禪師

商飈起西郊，摵摵振林木。玄鳥辭故壘，蟋蟀入墻屋。雲間出華月，照我尊中緑。引觴不能盡，彈聲不成曲。敢恨時物遷，只歎流景速。獨羡清泉師，悠然在空谷。雞鳴天未曙，披衣候清旭。

贈見心上人

平湖古寺東，演迆十里長。上人喜我至，相攜泛汪洋。發棹晴宇動，浮雲亂波光。沿堤攬寒緑，傍渚搴幽芳。景會願已愜，趣深慮俱忘。始遊本邂逅，清賞成徜徉。日落漁艇集，隔浦遥相望。塵音一已净，無用歌滄浪。

壽見心上人

祥光慧景起東垂，坐擁諸天萬法隨。海外高僧來問偈，日邊過使請題詩。蒲菴月滿思親處，桂室雲生出定時。悟得佛中無量壽，好將清泰祝皇釐。

題定海七塔寺

塔影參差倚殿庭，好山晴湧屋頭青。土龍刳目潭波息，藥草成金藏佛靈。白鳥破煙江樹曉，黑黿吹雨海雲腥。禪房似隔人間世，一榻松風晝掩扃。

次韻芝軒中丞

金門獻策異嚴徐，家世煌煌閥閱餘。綱紀肅清中執法，銓衡平允部尚書。自從抗節霜臺日，遂有閒情山寺居。況遇道林多雅致，共談心相悟如如。

〔一〕「汪」，原誤作「江」，據《元音》改。

張參議澄

澄字仲經，洺水人。少隨父宦濟南，從劉少宣問學。客居永寧，與趙宜之、辛敬之、劉景元爲師友，早以詩文見稱。正大中，元裕之爲内鄉令，仲經偕杜仲梁、麻信之挈家隱内鄉山中。時劉内翰光甫方解鄧州倅，日得相從文字。北渡後，薄游東平，謁行臺嚴實，一見即被賞識，待以師賓之禮，授館于長清之别墅。積十餘年，得致力文史，以詩爲專門之學。丙午以後，參議幕府軍事，未一試而病卒。所著有《橘軒詩集》。仲經學精而行修，聲光爛然，高出時輩。裕之謂：其詩落筆不凡。來内鄉時，嘗阻雨板橋，張主簿草堂同賦浙江觀漲詩，仲經云：「一雨天地來，濤聲破清曉。」光甫大加賞歎，以爲有前人風調。是年出居縣西南白鹿原，名所居爲行齋。齋南有菊水，湍流噴薄，陽崖回抱，緑莎盈尺。臘月，寒梅盛開，諸公藉草而坐，嘯咏彌日。仲經有詩云：「寒客遠峰猶帶雪，煗私幽圃已多花。」仲梁雖有「煖散春泉百汊流」之句，亦自以爲不及也。其餘如《次韻見及》云：「長松偃蹇千年物，病鶴摧頹萬里心。」《贈員善卿》云：「詩材雖滿腹，家具少盈車。」《珍珠泉感舊》云：「紅槿有情依壞砌，緑莎隨意上寒廳。」《秋興》云：「壞壁粘蝸艱國步，荒池漂蟻失軍容。」《秋日》云：「寒花矜晚色，病葉怯秋聲。」《憶永寧舊游寄魏内翰》云：「上閣寺高迎晚翠，游家樓小簇春紅。獨脚云洛岸，瀟瀟雨送春。老愛青山悟静緣，問路前邨犬吠人。病枕偏宜夜雨聲，林深鹿近人年衰。與杖宜雲出，祇園雨亦香。」往往傳在人口。誠如内相文獻楊公所謂：「雍容和緩，得中和之氣者。」裕之序仲經詩所言如此，惜全集不傳于世云。

春思

一春常作客，連日苦多風。野樹凄迷緑，簷花黯淡紅。愁隨書卷積，囊與酒尊空。巢燕如相識，頻來草舍中。

書事

故國三年夢，新愁兩鬢蓬。淚從南望盡，塗自北來窮。破牖蠅烘日，枯梢鵲愛風。悵然搔白首，遠目過歸鴻。

永寧王趙幽居

寒盡陰崖草有芽，行稍殘雪墮冰花。號空老木風才定，倒影荒山日又斜。天地悠悠常作客，干戈擾擾漫思家。煙村寂寞無人語，獨倚寒藤數莫鴉。按盛如梓《庶齋老學叢談》云：「張橘軒與元遺山爲斯文骨肉，張云：『富貴倘來良有命，才名如此豈長貧。』元改『倘來』爲『逼人』，『此』爲『子』。又云：『半篙溪水夜來雨，一樹早梅何處春。』元曰：佳則佳矣，而有未安。既曰『一樹』，烏得爲『何處』？不如通作一句，改『一樹』爲『幾點』。《壬辰北渡寄遺山》詩：『萬里相逢真是夢，百年垂老更何鄉。」元改「里」爲「死」，「垂」爲「歸」。如光弼臨軍，旗幟不易，一號令之，而百倍精彩。」深得詩家點鐵成金之法，附録于此。

蘇編修大年

大年字昌齡，號愚公，又號西坡，自號西磵老樵，以字行，真定人。十五歲遊學廣陵，因家焉。至正間上書于朝官，以編修不拜。亂後避兵居吳，張氏開藩特見知遇，用爲參謀，稱爲蘇學士，而實未嘗仕也。先吴亡而卒，不及内附。昌齡爲文章有氣，不喜衰颯。江海襟懷，亦人中之豪也。竹石師東坡，松木師廉宣仲。朱澤民《求昌齡畫》詩有云：「人生多能祇自苦，魯質不若曾子輿。龜燋雉翳君記取，何似浮雲任卷舒。」謂昌齡作畫日不暇也。

題萱花圖爲賴善菴賦

亭亭諼草花，歲晚顔色好。興言北堂陰，樹之可怡老。懷歸歸未能，游子悲遠道。披圖歌白雲，天末蜚鴻杳。

贈顧定之因示諸朋舊

江空歲晚霜風急，鴻鴈哀鳴有饑色。水枯草冷稻粱空，欲往天涯忘南北。白頭從仕三十年，一貧如故殊可憐。歸家三徑易故主，揮淚吞聲那敢言。猶寫墨君灑晴碧，饑來相對不堪喫。書生清癖隱膏肓，笑倒東家少年客。淒淒旅瑣將奈何，夜深漫唱南山歌。南山蕭條豺虎多，白日噬人藏鬼窠。不如重尋兔園冊，縛髻如梅蒙破幘。濫竽學廪救餘生，仰望諸公心惻惻。諸公鄭重念斯文，斯文義重當念君。明年不死又相見，豪興醉盡山中雲。

題黄氏林屋山圖

太湖三萬六千頃，盤根錯節，鉤連地軸。兩山東西聯結名洞庭，七十二峰巑岏突兀倒影照寒碧，翠劍峭拔泠插芙蓉青。鱗堂貝闕直下開水府，霞車霧輦直上來仙靈。洞天林屋古仙境，九品地位題《山經》。我嘗泛舟攬奇勝，胸次空闊吞滄溟。鴟夷甫里千載呼不起，俯視乾坤浩蕩浮秋萍。黄塢佳城在山北，石上松根生茯苓。春園野花散飛蝶，夜臺宿草棲寒螢。人生歸歟可爲樂，返此真宅安清寧。蓋棺事定萬事足，誰復强辨誰醉誰獨醒。嗟君思親報罔極，模寫家山開畫屏。松楸邱隴朝夕宛在目，悽愴焄蒿霜露零。思親一念萬萬古，哀哉孝子心煢煢。我家家山隔南北，干戈澒洞兵塵腥。登高北望魂欲斷，落日慘澹風泠泠。爲君題詩泪如雨，白頭江海嗟吾生。

復龍洲先生墓

平生四海劉龍洲，高卧百尺元龍樓。置酒載花過黄鶴，江山依舊風雲愁。區區禮樂嗟南渡，江水奔流自東去。英雄潦倒竟何成，留得當年舊遊處。墓頭無石寫征西，墓中無金狐夜啼。迷人荆棘不見路，傷心禾黍秋淒淒。浮雲夢境翻今古，子孫散落歸何所。有酒如澠醉世人，一滴誰澆墳上土。斯文契誼千載同，驅除樵牧封玄宮。蒼苔朽骨亦解語，何以報德酬諸公。梨花寒食東風曉，野烟蒼莽迷芳草。行人來往讀□碑，仰天共歎英雄老。君不見五陵無樹起秋風，□沈萬古斜陽紅。何如馬鞍山邊三尺墓，多謝諸公□垂顧。

擬張外史倪隱君聽雨樓詩韻

湘簾蹙浪縈香霧，幽人高卧雲深處。月明叢桂小山空，疎烟白鳥滄江去。浮沈里社樂蕭閑，大隱何妨市井間。抛却喧啾清洗耳，草樓六月雨聲裏。（□五六韻□前後乃協。）塵生兩耳何由洗，喜聽雨聲茅屋底。灑然心地自清凉，静對爐薰時隱几。乾坤納納懸壺中，書田霑潤稱書農。也勝江湖風浪惡，客舟飄泊怨秋風。

雷塘二首

吴公臺下雷塘路，錦纜牙檣行樂處。當年《玉樹後庭花》，夢裏相逢惜春暮。君不見，東家北舍人未歸，落花滿地蝴蝶飛。

雷塘春雨緑波濃，古塚寒烟暮草空。斜日欲沈山色近，行人無處問隋宫。

長橋

緑陰高樹映清潭，一舸夷猶酒半酣。最愛西城城下路，長橋烟雨似江南。

題徐良夫耕漁軒

滸溪溪上敝廬存，隨分耕漁樂此身。千古清風仰高節，南州孺子彼何人。水竹紛披秋瞰瞰，漱靄瀧烟帶墟落。廣居安□孺子孫，行人應羡耕漁樂。風波不擾日高眠，樹底觀書意自閒。滿眼山川雞犬静，乞身老向畫圖間。

奉寄耕漁隱人

有田可耕溪可漁，無客閉門惟讀書。平湖日落晚山碧，静看浮雲自卷舒。

題虞邵菴小像

頭帶玉冠攜竹杖，龐眉丹頰白髯鬚。久知後夢非前夢，方信今吾即故吾。已約耆英開洛社，更尋歸路問成都。堂堂一代文章伯，千載還應再有無。

繙經一首奉簡天民有道先生次鄭明德韻

鶴溪溪上老仙翁，八十康强寡欲功。鬢雪頗因詩債白，臉霞不籍酒潮紅。百年世事遽如許，千載襟期誰與同。閒閱梵書消永晝，不關祈福乞餘豐。

吳縣鄉三老顧子明求送前縣尹張君德常除嘉興州同知詩西磵老樵賦此為贈

亂離安輯撫瘡痍，保障㟘嶸及此時。感德陽春元有脚，掄材月旦本無私。江湖水闊波濤息，雨露恩深草未知。三老手編遺愛傳，送行當就去思碑。

遊南翔寺

千載南翔古道場，層樓傑閣冠諸方。衣傳鷲嶺曇花現，經出龍宫貝葉香。老屋半題唐歲月，斷碑多刻宋文章。行人欲問前朝事，古檜蒼松滿夕陽。

蓮　池

露下水花静，雨晴沙鳥飛。鑑湖非所望，自分釣魚磯。

題方上清碧水丹山圖

溪亭風致似蓬瀛，古木寒泉也自清。一笑相逢共忘世，此身何用絆浮名。

唐珙

珙字温如，會稽雷門人。父珏，字玉潛，元初與林景熙躬拾宋陵遺骨，別葬山中，植冬青爲識。一夕，夢黄袍者數人，率一嬰兒，狀玉雪，指示曰：「以此報掩埋之德。」後得子，因名珙。珙豪於詩。

題王逸老書飲中八仙歌

前朝書法孰爲盛，蘇黄米蔡得其正。法度難以晉魏論，氣象可與歐虞竝。宣和愛書類臣稷，筋骨通神工瘦硬。大江南來萬幾暇，翰墨留神縱天性。驅馳羲獻走顔柳，神遊八法輕萬乘。昭回雲翰飛龍章，斡旋天機揮斗柄。長槍大劍竟何用，恢復有志還未定。太平遺老羔羊翁，草書時時發清興。天姿自可凌汗漫，筆力猶能造遒勁。年來神品不可得，醉素張顛誇草聖。殘編斷簡付覆缶，玉軸牙籤同棄甑。摩挲故紙歎凋落，老眼昏花猶可認。案頭我正理蟲魚，晴日好風窗几净。

澄碧堂

黄河一清三千年，行潦滅没崑崙源。我當濯足萬里外，却怪塵土生青天。何如曹溪一滴水，太阿削平如礪砥。三江五湖不敢流，滄海無風清見底。沅湘有脉通神州，乾坤無根元氣浮。青天在下水在上，鑄出一片玻瓈秋。道人對此心自定，冷射瞳光雙月影。玲瓏鑿開雲霧窗，悟作虚空大圓鏡。

韓左軍馬圖卷

將軍西征過崑崙，戰馬渴死心如焚。策勳脱鞍瀉汗血，一飲瑶池三尺雪。身如飛龍首渴烏，白光照夜瞳流月。長河凍合霜草乾，駿骨削立天風寒。木牛沈絶糧道阻，中軍餓守函谷關。太平此馬惜遺棄，往往駑駘歸天閑。區區芻粟豈足豢，忠節所盡人尤難。摩挲畫圖不忍看，萬古志士空長歎。

趙文敏書洛神賦

當年子敬《洛神賦》，歐褚臨摹不知數。世人惟重十三行，真賫難分争抵捂。趙公書法宗二王，手寫全篇復前古。上追黄庭下樂毅，善刻唐臨俱未許。殘編斷簡久脱略，趙璧隨珠獲全睹。宓妃夜走天吴奔，驪龍騰驤老蛟舞。人間欲見不易得，往往收藏祕天府。江南故家多好事，一紙寧論百金估。臨池墨筆盡飛動，貫月虹光夜吞吐。願加十襲重珍護，却恐雷霆來下取。

貓

覓得狸兒太有情，烏蟬一點抱唇生。牡丹架暖眠春晝，薄荷香濃醉曉晴〔一〕。分唾掌中頻洗面，引兒窗下自呼名。溪魚不錯朝朝買，贏得書齋夜太平。

題海嶽後人烟巒曉景圖

襄陽米友仁，作畫但畫意。須臾筆硯間，淋漓走元氣。

過洞庭

西風吹老洞庭波，一夜湘君白髮多。醉後不知天在水，滿船清夢壓星河。

墨　蘭

瑶階夢結翠宜男，誤墮仙人紫玉簪。鶴帳有春留不得，碧雲扶影下湘南。

〔一〕「荷」，原誤作「苛」，據《元詩體要》改。

劉照磨塤

塤字公坦，靖江人。童丱時趙文敏公賞其秀異，書「小齋」二字貽之，遂自號小齋。工詩文，精書法，恬敖自守。至正間，辟帥府照磨，不久謝歸。所著有《小齋集》。

送張吴縣之官嘉定分題賦得虎邱

中吴山川雄，虎邱鬱嵯峨。寶光蓄池坳，劍氣淩巖阿。龍精不復出，寒泉澄碧莎。白晝起陰霾，深潭伏鮫鼉。巍巍王者陵，青青石盤陀。自爾埴靈蹟，千古潛妖魔。壯哉晋浮屠，景象長森羅。凉月濕蒼樹，晴雲棲緑蘿。屬當清秋日，愛兹佳致多。登高餞别駕，好風動鳴珂。列宿光有芒，練折水生波。悵然轉回磴，舉觴成短歌。

題徐良夫耕漁軒

隱君高懷寓耕釣，瀟灑軒居倚翠微。林端鳥聲落書幌，屋頭嵐光迷竹扉。家僮黄犢春起早，稚子青燈夜寢遲。平生樂業長自足，四時佳景應無違。西疇露冷秫先熟，南塘水深魚正肥。日逐烹鮮酌新酒，湖海好客常相依。

送朱自明調閩憲掾

昭代急才賢，君今甫妙年。閩中烏府客，江上米家船。美化移蠻俗，清風斂瘴烟。好尋京兆老，珍重玉堂仙。

題淨名居士古木幽篁圖

倪雲林，予湖海故人也，以詩名重於世。時寫山水作木石圖，人每得之以爲奇玩。近聞雲林作古，予不能忘情，因題五十六字于右。

梁溪山水清且奇，爽氣散入詩人脾。雲林平生才俊逸，江湖著處墨淋漓。興來□時希世筆，石上傑出春風枝。何其仙夢化飛鶴，使我對景成遐思。

題張東孟山水

盧家公子稱三絶，詩妙書精畫亦工。落筆多宗董北苑，高情不減米南宫。天低碧樹春雲合，潮滿滄洲暮雨空。却憶買船同載酒，城南山下醉東風。

送曹德甫都事督海運

畫省郎官親海漕，龍驤風熟綵飄飛。銀河天闊開黄道，析木星高近紫微。漢室重看糧餉足，邊庭今見款書歸。定知劉宴朝迴日，秋水光生御賜衣。

送徐性全歸東州

三月江南杜宇啼，鵪坡風暖水平堤。故人别酒交情重，游子歸舟客夢迷。謝傅堂前春夢合，越王臺下暮山齊。到家依舊多新詠，棣蕚萱花取次題。

送李象賢歸省

秀拔赤城山水奇，吴松江上久相知。每懷衣錦還鄉志，猶憶擔簦渡海時。喬木百年存閥閱，高堂重慶享期頤。莫因猿鶴頻留駐，天上風雲已有期。

輓曹達卿

叢桂坊前夜月明，空教鶴怨與猿驚。後生久矣懷先達，吾道于今惜老成。春遠石門詩句古，風高梅屋夢魂清。賢郎能紹箕裘業，已向昭時得令名。

孫教授華孫

華孫字元實，永嘉人，僑居華亭。年十三，郡守課諸生《春陰》詩，操筆立就，落句云：「柳花只在斜陽外，不肯分明過小橋。」守大奇之。年十七，嘗賦《樹萲堂》詩云：「手植忘憂慰母顔，每憐寸草報春難。誰家人在閒庭院，却與兒孫種牡丹。」鄉先生衛謙山齋亟稱賞，曰：「詩意涵蓄，有諷有刺，率爲大篇，不可及也。」誦經考史，以博雅聞。尤好岐黄家，用薦爲醫學教授。有旨待詔尚方，辭免。江浙請署使庸田，亦不就。好脩潔，戴折角巾，衣鶴氅衣，望山臨水，步趨翛然。所居小閣列古彝鼎、法書、名畫，焚香静坐終日。書非佳墨熟紙不作，飲饌非精潔不食，士非賢不與交。年八十餘，號果育老人。楊鐵崖贊其畫像，猶以白首飛熊期之。

愛日齋

曹宗儒講學之室。

去日誠可惜，來日還可愛。耀靈如轉丸，今昨忽相代。粤從識日來，旦莫幾明晦。去來與來去，歲月不我貸。何哉棄日者，忽忽成玩愒。紅輪日日生，青年詎能再。燭龍少停驂，受我卮酒酹。流光被吾躬，悉是天所賚。吾方讀吾書，堂有父母在。古人惜分陰，我復何敢怠。讀書欲如何，禄養願親逮。龍若昂首言，女親殊未艾。

宇文子貞至驛為松江諸邑田糧事賦古詩二章贈之

朝行谷水東，暮行谷水西。谷水日日流，驛舟日日來。驛舟來不已，波浪日日起。朝行谷水西，暮行谷水東。傍人指驛舟，舟中有春風。春風吹谷水，照見桃與李。

夕陽

夕陽挂紅鼓，强半浸緑水。斯須日漸下，堆異參差起。老夫岸巾坐，併入圖畫裏。新新無停機，擬議已非是。

商人婦

妾年將及笄，嫁與東家兒。東家兒，販江西，夫婦五年三别離。江西娼家花滿蹊，不知今年歸不歸。春來還爲作春衣，滿院楊花雙燕飛。

池中白蓮

蕊宫夜凉張暑晏，仙姝散花水晶殿。霞綃中單雲錦緣，黄金爲房玉爲鈿。翠旌導前寶蓋殿，霓裳中序按未遍。一人素衣持羽扇，頎然中立白玉弁。羣姝被酒酡發面，冠佩傾然醉相盻。彼峨弁者色不變，以口承露不肯噍。終然貞白難爲薦，獨向西風抱清怨。

召命赴省因母老夜宿嘉禾驛二首

歲晚離家客，更深上水船。犬鳴營柝外，漁唱驛燈前。遠役關慈母，孤忠仗老天。極知朱紱貴，無奈彩衣妍。

漢使徵車急，潘輿定省頻。小人猶有母，率土莫非臣。歲儉盤炊玉，家貧酒泛銀。白憂緣白髮，豈敢逆龍鱗。按淞故述云：程鉅夫奉命採訪江南，華辭以詩曰：「小人猶有母，率土莫非臣。」語工而意亦深婉。

至順改元季夏大雨幾月

雨欲沈三版，天應隔萬重。元年書大水，六月變窮冬。消長關時宰，艱危泣老農。蛟龍毋太横，于爾卜豐凶。

鳳山懷古三首

宋家事業如漢晉，遺史班班今尚存。南渡衣冠元帝紀，中山廟社靖王孫。海門龍去秋潮横，宫闕烏啼夕燐繁。已恨無人似諸葛，生憎何物學桓温。

王氣中流甲馬營，殘星還繞鳳皇城。斯文自可同三代，諸老猶能語二京。穉帝有車將白璧，太皇無艦載蒼生。祇今薄海漸聲教，共戴堯天樂太平。天兵壓境，陳宜中啓請太后，欲請三宮浮海，且云：「舟航已具。」后曰：「臨安十萬百姓，能盡載否？」遂迎王師。

莫向登臨起歎吁，故宮今是梵王都。麒麟駁娑荒荆棘，鸚鵡頻伽張苾蒭。輦道久無黃曲蓋，寢垣誰置白浮屠。望江亭子依然好，時有胡僧置酒壺。

題墨萱

慈親疇昔倚門時，曾記忘憂慰別離。孤子恨無懷橘日，十年腸斷樹萱詩。

楓橋夜泊

畫船夜泊寒山寺，不信江楓有客愁。二八蛾眉雙鳳吹，滿天明月按凉州。

贈日本僧觀語孟

日本沙門性頗靈，自擕語孟到禪扃。也知中國尊朱子，不學南方誦墨經。

程編修端學

端學字時叔，浙江鄞縣人。通《春秋》，登至治辛酉進士第，授僊居縣丞，尋改國子助教。動有師法，學者以其剛嚴方正，咸畏憚之。遷國史院編修，官命未下而卒。後以子徐貴，贈禮部尚書。所著有《春秋本義》三十卷、《三傳辨疑》二十卷、《春秋或問》十卷、《積齋集》五卷。

壽初翁先生

喬松何亭亭，層陰冒岡陵。豈無霜與雪，保此恒青青。體性固應爾，種養諒有成。兔絲抱柔脆，攀緣得深憑。頗解借高操，仰與歲寒盟。松底有流脂，能作千年苓。茹之填骨髓，益我氣與精。惠我倘弗祕，共翁樂長生。

遊建平東湖題石磴

春雨曉澄霽，暄風媚方物。歡言命雙履，聿來憇修竹。茂林鬱葱芊，煙雲時出没。一水下縈紆，遠峰聳崒嵂。歲莫遠爲客，經春倦馳逐。豈其得佳趣，幽意淡自足。暮歸沿春流，輕風激商曲。

遊赤山

雲去天宇寬，喧風吹襟裾。聊攜同心友，披榛步郊墟。季冬氣候温，芳類先敷舒。初陽媚青柔，寒梅薦芳華。歲晏百感集，復此散煩紆。頹然付一醉，萬事皆雲如。俯仰有餘樂，不道非我居。矧茲羣彦聚，共此物外娱。勤也瀟灑士，淡與秋色俱。謙也騏驥才，燕越一馳驅。岳生敦敏姿，淳哉真聖儒。所以不辭酒，醉舞郎溪途。皇天走日月，欻若過隙駒。

贈安當之同年歸高麗

我家東海西，君家東海東。總是東海上，海闊無由通。我如海中雲，君如海中龍。雲龍以類應，萬里終相從。君才起賓興，我愚亦叨蒙。春官俱戰藝，論心此時同。人間豈無友，文會情自隆。去年别我去，索居正忡忡。今年倏來思，詩酒聊從容。奄忽復遠别，離合無定蹤。還如雲與龍，聚散八紘中。相期嚮冰蘖，歲寒以爲功。

雪中與李德箴分韻得時字

同雲蔽天地，驚飇輔寒威。奄忽萬籟歇，雪花交横飛。仰矚未云久，庭樹變華姿。峨峨江南山，晃晃眯所窺。千里一渾浩，蟾兔生晝輝。却思去年日，踏雪郎溪湄。手攜二三友，興逸未言歸。今我及二子，亦復賞此奇。心明滯吝融，素懷嘿相宜。因歌成短章，聊用記兹時。

劉損齋至建平次其韻

劉公古豪士，抱器當明時。博識辨勞薪，絶照逾然犀。博士滯桐城，用與材相違。誰云懷印組，終然邱壑姿。六月即步見，灑我以清颸。且爲十日遊，未用輕語離。大巖起東南，鸞鳳争騫飛。南湖吞數州，去此不町畦。山川太白跡，風物玄暉詩。菰蒲中有人，此語今豈非。文章出西蜀，作者久不支。願爲留賦詠，大手非公誰。出語勿過高，隨俗免嘲嗤。

即事呈伯勉

天清露爽涿，夜廊凉月上。披衣出草堂，忽聽風笛響〔一〕。俄然寸心明，迤邐成孤賞。

遊東門分韻得半字

太儀妙斡運，忽忽春逾半。頗聞集里彦，川原縱奇觀。憐我縶世紛，淪迹乖勝踐。却憶去年日，亦得快兹玩。喜客或鼎來，杖屨遂魚貫。層巒屹巑岏，澄湖浩瀰漫。孤花媚幽薄，晴宇翔飛翰。高情切天雲，先後略童冠。短章交唱和，飛觴迭酬勸。詠歸循故蹊，頹陽渺沙岸。重來已隔歲，俾我成感歎。人生藐如寄，歲月急奔騂。役役不自持，毫釐異冰炭。明發又東騖，各在天一畔。願言崇令德，相期勤旦旦。

題鴈圖

秋風颯颯吹黄蘆，北鴈南飛參差呼。原草風吹春復緑，南鴈北歸聲肅肅。十年馳騖京華塵，每逢飛鴈生悲辛。歸田却似倦飛翮，浮鷗浴鷺相親狎。乘興漫爾西江游，已覺一日如三秋。誰奪天機作横幅，水清沙淺羣鴈宿。豈無黄雀謀稻粱，獨避寒暑空頡頏。雪霜磔翼不改性，飛遍江湖節逾勁。唤起清夢遶故山，髣髴扁舟苪浦還。

出建平西城

雨後烟雲煖，江南草木春。看花非故里，出郭已愁人。日月催玄髮，乾坤浩客津。如何蘇季子，裘敝尚風塵。

次粉場官陳澤雲韻

江左官懷冷，閩關客未還。杯傾從白髮，窗拓得青山。朋友求三益，文章見一斑。台雲隨渡浙，尚漬衣巾間。

次趙子山韻

幽棲自成趣，語默意俱真。事業新吟富，生涯舊食貧。久知莊叟傲，不污庾公塵。花竹看君種，清陰已蔽人。

和皇甫子韻

霜清碧海色幽幽，宫樹風驚聲轉秋。迷路阮生空自泣，著書虞子謾多愁。寄身朔漠黄塵暗，極目西山爽氣浮。世上功名何日了，誰能真伴赤松遊。

九日喜敬叔兄自建平歸

秋風已放黄籬菊，霜月初寒昨夜砧。人事蕭條堪獨笑，天時荏苒故相侵。也知馮子餘長鋏，尚愛楊生賤十金。晝掩柴門對風雨，一尊聊復得吾心。

和史躬父詠雪

風雪交横萬里吹，郊原廓落絶禽飛。亂堆銀粟天爲廪，偏織紈綃地作機。百辟佩環朝玉帝，五更閶闔啓瑶扉。融成只是人間水，際得窮陰偶發輝。

縱傳盈尺是豐年，何用經旬没野堧。山失舊容宜改節，石塗新粉學誇妍。連空遠布魚麗陣，滿目輕飛鵠白箋。詩與滕神鬬奇巧，我慚俚語續諸先。

和躬父對雪

脉脉飛來不是塵，輕輕堆作地中雲。一身便踏廣寒殿，百卉皆非下界春。到處色同猜落鴈，隔窗聲似折新筠。誰能化作無窮粟，活却饑年幾萬人。

和筠軒司徒韻

心在山林迹在朝，爐香散作白雲遥。春生渭北空懷舊，秋到淮南待返招。梵宇千年天闕近，行宫五月雪花飄。下帷盡日無餘事，珠玉時來慰泬寥。

喜黄彦實歸次其韻

江南文獻屬君家，自喜論交得棣華。問訊每曾憑越客，相思幾度見江花。共君今日酒須醉，恨我空山蕨未芽。人物風流有如此，肯將年歲老烟霞。

次蔣菊逕韻

擬同登陸向東遊，憶弟看雲五見秋。鄴架幸存書萬卷，李洲思種橘千頭。羡君入院衆方歎，有子持家百不憂。交割帶湖鷗好在，三年端的爲渠留。

次伯圭見寄韻

去歲倉忙買棹還，離尊爛醉盡君歡。看梅踏雪餘寒在，燒燭傳杯向夜闌。暫慰飄蓬歸甬水，豈知行李得綏安。故人佳句先持贈，論報慚無雙玉盤。

和孫友仁韻

明月麗中天，幽情與誰賞。何人吹玉簫，夜静聞孤響。

和閑閑吴上卿題筠軒齋

踵門奕奕萬車徒，一曲瑶琴一卷書。腸胃近來清似洗，寄身朝市即林居。清才如許值明時，卻把閒身寄託題。百事盡收空似鏡，窗前破寂一聲雞。

山行還次劉梅泉

水繞孤村天地寬，蕭然秋色老柴關。白雲滿谷狐猿嘯，黃草連天一鴈還。霜落天高野月寒，高秋爽氣薄林關。商歌一曲不知處，應是漁樵清夜還。

〔一〕「笛」，原作「雷」，據四庫本《積齋集》改。

洪縣尹焱祖

焱祖字潛夫，歙縣人。年二十六爲平江路儒學録、浮梁州長薌書院山長、紹興路儒學正，調衢州路儒學教授，擢處州路遂昌縣主簿。天歷元年，年六十二，以徽州路休寧縣尹致仕。潛夫所居有銀杏樹，大百圍，遂以杏亭自號。所著有《羅願爾雅翼音釋》、《續新安志》十卷、《杏亭摘稿》一卷。

宿蒼嶺絶頂

行窮磵百折，始上深山高。峥嶸歲年晚，蹭蹬人馬勞。積雪凍如鐵，寒雨細於毛。但見石犖确，而聞草蕭騷。亘古無日色，白晝有鬼號。谷町驚過客，奔竄捷猿猱。商賈虞剽劫，出没森弓刀。嶺半乃有店，三州犬牙交。歷險得一息，詎敢輕衡茅。饑炊甘如飴，況覬豐饌醪。嗟予本孱儒，早與世故鏖。欣怖從何生，夢幻隨所遭。昔賢仗忠信，嶺海氣愈豪。矧此奚足云，内視固有操。窗開風滅燭，松響鶴歸巢。思詩夜無寐，霽月生林梢。

黄巖盛景則來為吾郡征官見示詩文因成一章

昔我遊公鄉，瞻望不及見。公今仕我州，過從兩不倦。人生水上萍，邂逅隨風轉。端能相知心，豈在早識面。高文久自珍，屢請容一眄。如升泰山頂，朝觀海日眩。雲濤浮青紅，光采生萬變。新詩更圓美，花暖嬌鶯囀。忽疑龍掛天，飛雨響銀箭。嗚呼此事難，補衮非纖線。沈吟拊几案，便欲棄筆硯。終然齒未衰，猶冀骨可换。跪請九還訣，晝夜鍜復鍊。驂鸞侍遠覽，八極如抹電。寧同井底蛙，局促自矜衒。

郡校思樂亭對酒

高齋俯遠山，烟樹疑無地。急雨破微晴，餘春起秋思。念彼荷簑人，原田各趨事。勞生有近功，實務非清議。而我獨何爲，窮年守經笥。講授信多娱，撫躬衹自喟。

問政山

行窮白雲塢，步入青松林。飛花去人間，好鳥鳴春陰。黄冠雅好客，瀹茗澹沖襟。灑之幽蘭芬，弄以清泉音。懷哉娟丹竈，諒矣輕華簪。常年聶仙子，出處知何心。徘徊揚州鶴，悵望故山岑。仙遊不可問，古墓蓬蒿深。

次韻府尹范松石遊柯橋

天邊洞户長不扃，洞口芝田龍自耕。靈棋已逐風雨散，飛花亂點仙人枰。五花踏雲山鬼驚，九霞觴勸瑶琴鳴。玉虹偃卧衆峰鎖，雷斧剜開一竅明。輕身欲跨碧烟去，宿習要滴塵界清〔一〕。倚松默念《黄庭經》，酌泉更咽紫石瑛。養聖懷胎十月滿，子建吟詩七步成。歸來凝香灑醉墨，三復使我迷魂醒。

次韻荅天台楊景羲擬杜陵曲江體五首〔二〕

天台山深秋月明，幽人見月偏多情。伐木賡詩求友生，我亦彈琴不成調，風清露冷越江横。

快劍斫水水不絶，同心何恨音書闕。我蒿兩地中腸熱，還憐瘦馬繫空堦，得似青鞋踏沙月。

百川赴海海不滿，志士意長日月短。金丹九轉成功晚，台州采藥聽清猿，剩欲投簪寄閒散。

城中幘峰高插天，竹房煮茗僧汲泉。半江雲影危闌前，秋風吹去一隻鶴，老我回頭三十年。

洞天夜讌桃花下，座中都是能文者。銀燭穿山鬧車馬，當年此會幾人存，安得雲龍逐西野。

衢牧范松石為余作秋江晚渡圖

風帆已落山生烟，霜葉半紅新雁天。野店小橋通綫路，孤峰古寺斜陽邊。荷擔驅驢誰者子，滿衣山翠涼娟娟。一人趁渡出沙際，何處撑來鷗外船。使君爲我圖此景，披閲令人發深省。一日將昏一歲秋，大似百年逢老境。如何抛却雲水鄉，總是埋頭聲利場。早覓家居到彼岸，莫待月黑迷津航。

鳳凰洲

有許閒田地，惟宜牧馬牛。平生未到處，極目更清秋。緑水來桐柏，青山入壽州。斜陽無限意，落雁鳳凰洲。

彭城懷古二首

霸業重瞳子，雄才大耳兒。河山猶表裏，今古幾興衰。彭祖終遺墓，蘇公僅有碑。伊誰居里閈，寒餓得聞思。

户口十餘萬，承平亦富哉。人烟今寂寞，洪勢自喧豗。可有名駒子，空餘戲馬臺。登臨興不盡，挽纜故相催。

歲前立春

死草能重碧，蒼顔得再韶。春從年内到，雪向雨中消。小甕醅新漉，芳郊薺可挑。從今抛筆硯，一意事漁樵。

朝元宫

雙閣通明映太微，玉皇金殿邃朱扉。照天萬瓦琉璃動，跨水三橋螮蝀飛。中土角蝸今日定，七真笙鶴幾時歸。前朝教主多遺跡，難把興亡問羽衣。

荆　山

閉户徒勞孫敬學，浪遊别换子長文。方穿甓社珠宫月，又泛荆山玉窟雲。淮水西來千騎捷，蝸河北下九天聞。會同齊赴南溟遠，清濁如將獺膽分。淮清、河濁，會于荆山之下。

瓶　笙

離坎絪緼一氣盈，蝸星遺調自天成。滿堂静聽不知處，從古善吹無此聲。守口似違平日誡，熱中能作許時鳴。世間有韻皆因激，火冷夜深空月明。

次韻王監簿曉荷

胎息初匀養玉池，曉風殘月見荷奇。妙香偏向推窗覺，清意未教攜酒知。神女行雲迴夢後，太真餐露解醒時。天星寥落佳人遠，手折幽芳欲贈誰。

次韻萬紅中一朵白蓮之作

龍涎萬斛絳雲重，彼美西人一粲逢。獺髓無痕冰作骨，羽衣初試水爲容。瑶池讌罷醒看醉，月殿妝來淡勝濃。未許何郎能鬭潔，詩仙玉立衆賓從。

次韻春懷

鳩唤春陰鵲噪晴，静中勸動晦還明。山林歲月身將老，湖海風濤夢亦驚。不飲未應爲酒困，忘言何用以詩鳴。看花啜茗須公輩，湯熟銀瓶細細傾。

送李明德上合肥縣尹

未拜柏臺真御史，暫爲花縣古諸侯。詩書江北無雙士，山水淮南第一州。但學此邦包孝肅，會看今世魯中牟。龜峰目送風帆遠，别後新文肯寄否。

四月廿八日離杭泝江喜晴得風

抖擻城中萬斛來，天晴眼豁意攸哉。江經馬目排雲下，潮到桐廬帶月迴。價壓紅塵新麥熟，光生緑暗早榴開。吟情欲緩官舟急，夜半風帆過釣臺。

瓊花觀

彩雲飛入玉皇家，后土秋風更有花。壇上雕闌闌賸本，遊人無數賞仙葩。

曉出跨湖橋

扁舟東下却西還，秋在湖光欲曙間。送客出城無吝色，青青惟有卧龍山。

劉山驛

山當驛舍恰中分，地隔人烟斷見聞。使客來眠清到骨，夜窗燈點半天雲。

縣廳獨坐

瑞山花發雜青紅，案牘全稀犴獄空。數片閒雲窺使散，飛來庭下舞輕風。

中秋宿貴義嶺下是夜無月

亂山深處過中秋，只有風湍拍石頭。賴是今宵無月色，若令月出轉添愁。

〔一〕「要湔」，原誤作「湔要」，據四庫本《杏亭摘稿》改。
〔二〕「擬」，原闕，據四庫本補。

朱監税晞顔

晞顔字景淵，長興人。初以習國書，被選爲平陽州蒙古掾。旋爲長林丞，司煮鹽賦，遷江西瑞州監税。吴文正公澄稱其能詩文，而爲良吏。故一時名流，如鮮于太常樞、揭侍講傒斯、楊推官載皆相與酬贈。所著有《瓢泉吟稿》五卷，陵陽牟巘、鄭僖爲序。其集云：

擬古十九首

行行重行行，道路阻且修。遊子日已遠，緩帶令人愁。鴻征尚投塞，狐死亦首邱。物微胡不爾，况在人情不。富貴豈不有，出處安可苟。髮白不再玄，日遊骨應朽。願勖瓜李心，爲君報瓊玖。

青青河畔草，悠悠陌上塵。乘風日飄轉，變故復變新。昔爲閨中孌，朱樓敞十二。芳妍奪主情，列屋不成媚。今爲蕩子妻，空牀伴憔悴。傷哉蒲柳姿，膏沐不能理。

青青陵上柏，采采畹中蘭。結根在澗谷，清芬被人間。維彼巖廊姿，貞堅世所難。君子每自器，聖賢豈其患。所以懷璞者，抱月號空山。

今日良宴會，歡情具難忘。玳簪映珠履，佩玉鳴鏘鏘。芳馨雜盤饌，宫徵明絲簧。樂劇不計算，一酌累十觴。主人醉欲嘔，倦客徒自傷。誰言萬里遊，共此燈燭光。

西北有高樓，飛闌搆縹緲。樓中有佳人，絶世顏色好。當窗揮五絃，徽音一何悄。絃促心緒繁，哀怨不成調。安得萬里風，吹落邯鄲道。

涉江采芙蓉，終朝不盈擷。本以寄所思，神魂忽飛越。常恐生棄置，芳妍日消歇。幾欲佩秋風，衣冷不堪結。

明月皎夜光，浮雲爲之清。一鐏飲露下，肝膈傾秋冰。昔我去里社，意氣輕死生。相隨霍嫖姚，獻獲勞先登。嫖姚今已貴，金紫盈朱門。康莊森棨戟，甲第連青雲。安知天下士，霜露穨冠纓。丈夫有如此，當營中原勳。

冉冉孤生竹，托根在山陰。藤蘿互纏繞，宛轉交相仍。來爲君家婦，君戍交河城。攜離雖未久，妾當新婚。思君不可挽，涕泣徒沾襟。欲寄機中素，弱羽無由憑。不如兔絲子，結託相憑陵。偏得春風意，青青日向榮。

庭中有奇樹，勢欲排雲齊。西風正激烈，枝葉沈沙泥。芳馨清可鞠，遠思成徒爲。翻憐百鳥巢，悲鳴怨高棲。

迢迢牽牛星，遠阻天之河。煌煌天帝孫，終歲弄飛梭。星渚鵲代橋，環佩鳴相磨。懽遊一何短，方駕回羲和。依舊天一隅，澄漢生微波。空餘機杼繁，不啻離緒多。

迴車駕言邁，路遠飛塵沙。秋雲亂黄葉，暝樹啼昏鴉。頗感萬里心，縱横覊天涯。猗歟靖節翁〔一〕，三徑自成家。至今霜下傑，千載尊黄花。

東城高且長，飛堞起層霧。城旁宅一區，長年鎖風雨。香徑與雕墻，離離暗禾黍。云是五侯居，昔年貯歌舞。今爲泉下塵，空聚一抔土。强鏃發陰機，魚燈耿泉户。空有石虎獰，不解斷斤斧。日暮隴頭風，蕭蕭白楊樹。

驅車上東門，倏與故人俱。故人何爲者，祖帳歧路隅。白髮紫縷巾，赤馬黄金塗。名聲邁朝列，事業光璠璵。一朝乞骸退，何異敝屣如。人生貴知止，莫作壁上枯。感君語亹亹，不記行區區。路遠日已夕，且莫驅我車。

去者日已疎，來者日已親。且勿疎去者，曾是多親人。寒暑互轉圜，生死同昏昕。巍巍北邙山，壘壘多邱墳。狐兔穴蒼壁，蒿萊翳佳城。金貝悉羽化，弔祭空腥葷。豈無一杯酒，相與娱青春。

生年不滿百，常懷千歲憂。白髮不少假，轉眼春復秋。生前妄自必，殁後真貽羞。有歌在座側，有酒盈金甌。不樂徒自械，不飲空自囚。一室有代謝，寧爲他人謀。

凜凜歲云暮，祁寒俄迫期。霜風正蕭瑟，冷意侵牀幃。一念動萬感，起作中夜悲。夫君久爲賈，遠在天一涯。掩袂只自傷，何以慰所思。客從遠方來，遺我一襲衣。開緘欲試之，中有三致詞。上言情忽離，下言久當歸。妾心如素絲，絲盡色不移。

孟冬寒氣至，草木多凋萎。撫景悲弔影，感妾芳妍時。笑顰俱有情，入目分妍媸。以色事君子，色故寵即衰。况當避妍初，會少多别離。久閒不獲寫，夢寐或見之。私衷苦未竟，晨色已熹微。願逐塞上風，和寒入君衣。

客從遠方來，遺我雙南金。感君千里意，致此百鍊精。非無躍冶姿，詭異世所驚。寧逐鑪鎚巧，勿與冶人輕。明月何皎皎，清輝映中庭。流光繞曲房，耿妾貞潔心。悠揚川上雲，變態如君情。事君未旬日，已覺成因循。一朝不能保，況保百歲親。空有舊時月，來照新啼痕。

答汪桐陽所和覺衰

朝看青如絲，暮看雪滿顛。高堂幾何人，掩鏡悲徂年。吾生亦何悲，所悲乃吾天。周公不我夢，楚鳳猶高騫。璠璵與鍾鼎，事業將誰傳。逝者信如斯，一白何由玄。相期努筋力，猶有童心焉。人生具兩眼，自可觀奇書。奇書苦易盡，兩眼光有餘。天上何早計，盜我明月珠。因書漸廢眼，因眼書易疎。眼廢心自明，書廢賢亦愚。但當減思慮，朝夕痛掃除。倦來枕書卧，莫爲看花驅。幽居謝人事，門逕絶送迎。麯生真辨事，入室如有情。呼兒供細酌，我歌爾其聆。歌詞非不佳，未樂愁先并。誰能逐愁去，千日時一醒。君家富良田，種秫當早成。翁雖不解飲，持以慰狂生。但當師飲濕，細繆東坡羹。

題蘇上人菴前古松

人生百歲間，憂患常苦半。況乃萬境殊，夭咎不可玩。每思山水佳，安得一汗漫。信如樗散姿，天意良有憚。日師古佛流，一慧破諸暗。頗資象教力，春花悟空幻。露袒憩長松，老結林下伴。風寒梵唄騰，日夕釵影亂。誰將露電身，植此冰雪榦。似聞入山初，蒼髯手堪挽。只今根下苓，磊砢凫鶴滿。頹光倘能延，俗骨安可換。慎勿假斧斤，紼縛供一爨。

題春晴會飲分得石字韻

江亭枕煩囂，積雨斷行客。奔流疾征馼，浮鷁散沙磧〔二〕。我虞課計虚，愁坐意轉劇。憑誰排雲手，爲拯陽烏厄。兹晨天破慳，初日下林隙。波摇金破碎，花委錦堆積。豈無行樂心，苔徑妨醉策。小人居近市，朝夕謀有益。擁篲過高軒，門巷多轍迹。殷勤接杯酒，談諧慰離索。側聞塤篪音，遠勝瓦釜百。共稱會面難，此日良可惜。迺知朋遊歡，講解資麗澤。北里足笙竽，門闌溢春色。列屋貯嬌妍，黛緑仍粉白。平生浮華姿，許史久通籍。丈夫各有志，重寶匪金碧。嗟余晚聞道，無行可干澤。朱墨手自操，豚魚争寸尺。終當老清潁，投竿坐磯石。

遊玉泉分得雨字韻

山中風氣佳，清泉流石乳。方池巧截肪，涵秋不知暑。波光净無塵，照映色蒼古。靈魚忽飛來，龍性欲掀舞。分明躍冶姿，幻此一漚聚。凭闌眼爲開，鱗鬣真可數。駢然離復合，小大自行伍。倏焉去無蹤，散漫失烟霧。但知圉圉樂，不救焦原苦。何當挾飛霆，一瀉天瓢雨。

丹巖聯句 李孝光同賦。

山徑盤詰曲，捫蘿度層巔。陰崖日色死，景淵。陽谷天根連。星隕魄未化，孝光。秀結形逾堅。跳空雨飛雹，景淵。轉石散紫烟。拳急繡毬迸，孝光。囊探赤丸鮮。晶熒怒目瞋，景淵。崛崒高骨顴。玄鳥遺墜卵，孝光。蠙珠湧流泉。驚麏憚激射，景淵。伏鵠思騰騫。月斧屑玉飯，孝光。火鼎蟠丹鉛。狙公嗤拾橡，景淵。志士樂轉圜。羽人委靈迹，孝光。巫俗相讙傳。安期邈不返，無從巢神仙。景淵。

送鄭有常學錄之金陵

康樂城西斗酒邊，狹斜驅車逢鄭虔。秋風蕭騷兩鬢雪，蒼頭猶帶東山煙。相看欲問心自語，老翁笑指行藏處。高堂素壁蚓行春，靜院清風鶴翻露。年來漫浪湖海間，欲將老眼驅江山。自攜破硯伴行脚，天公未厭斯人頑。金陵自昔繁華地，六朝風物今餘幾。鳳凰臺下草連天，落日征帆滿江水。

登朱荷洲南樓

少年足力便嶔崟，登高捷若飛猱輕。清風八詠久蕪没，明月雙溪今震淩。我生遊歷半天下，胡牀到處乘清夜。興來不減庾征西，才疎應愧宣城謝。窮年飄泊東嘉城，低眉矮屋嗟愁生。擬尋思遠豁滯積，飛闌窅漠無由憑。湖中荷花嬌解語，蘭舟盪漾移愁去。月明沆瀣翠盤低，冷香滴透洲邊雨。清波倒影涵青紅，恍疑飛墮蓬萊宫。回看繡栱光爛目，危梯直與銀河通。羈人忽動登臨興，闌干面面和雲凭。摩挲倦眼試新晴，山色溪光俱入詠。要看山水寫真時，烟雲杳靄秋蟾輝。竟須攜酒與君醉，援毫發我胸中奇。

題開元商學士所依眉山春曉畫壁

殊庭旭日移清樾，滉瀁晴窗明積雪。山翁解帶凌清寒，一掃窮陰幻銀闕。流澌溶洩春浪生，蛾眉洗粧鬟髻青。盤空飛磴三百里，彷彿中有巴猿聲。參差古木緣雲立，獨拄西南天半壁。卧看參井懸高秋，不假丹梯手親摘。人間無此山水佳，何年瀛海來仙崖。不應蒼翠掩春晝，雲氣日夕屯空齊。

題金總管所藏王宰臨本長江萬里圖

五日一石十日水，王宰能事稱子美。何因寫此長江圖，萬里風烟來眼底。閉門讀書期致身，天下國家幾何理。人生積力久乃知，豈但區區事華麗。九江絶險禹所經，中涵萬古英靈氣。豐功偉績想餘風，霸略雄圖見遺址。逐臣去國遠於天，遷客投荒半爲鬼。賢愚雖異迹未陳，歷歷江山舊遊憩。展圖一過深起予，歎息畫師良有意。從險入易蜀道難，積微至著牛溪始。毫端妙刮造化窟，咫尺丹青得玄髓。百年等付桶底間，瀛海蓬山曾可葦。我詩遲拙不堪傳，較似諸君發蒙耳。

遊江心寺

孤城掎鹿天南東，佳山隱隱江溶溶。白日穿漏浪花碧，一刹崒湧青蓮宫。侵門净洗塵萬斛，襟帶疑與銀河通。帆檣潮汐聚鳧雁，鐘梵昏曉驚魚龍。參差樓觀眩金碧，玲瓏窗户浮青紅。琅璫夜語山殿迥，縹旛晝落秋壇空。飛濤怒捲高下雪，壞塔倒掛東西虹。幢幢僧寶珠出海，寥寥天樂香飄風。吟筇静探巖下石，彈射不到禽邊松。我來蕩底覔雙雁，憩此一夕心神融。祗疑海若盜坤軸，夜半踏轉金鰲峰。孤亭徙倚意恍惚，乘飈欲墮長波中。憑君爲我繪禹迹，高堂虚廓烟霏重。

謝李宣差惠采石酒

仙人手釀春雲液，粼粼滿貯澄江碧。透封清帶蜜脾香，醉魂飛墮危磯石。使君玉食來天家，日給上尊承世澤。年來净洗豪華姿，苦茗清談留坐客。獨憐憔悴澤中吟，遺賜慇懃慰醒魄。枯腸頓掃糠籺餘，入髓春風散無迹。自慚監税常苦貧，得遇監州百憂釋。但教有酒有螯持，醉飽從今肯求益。

團扇詞

吴紈一尺秋霜寒，冰綃玉塵裁合歡。團團素影落懷袖，何人月下乘青鸞。二八佳人秋水色，提攜未忍輕抛擲。閒尋小草戲流螢，兒家庭樹秋風生。秋風蕭騷日夜來，明年何處荷花開。

獨客二首

獨客篘江上，囂然傲世紛。市喧趍旦合，帆影過橋分。仕與賢愚滯，名因課利昏。高安有遺跡，莫惜訪前聞。

世路艱於棘，生涯元是禪。尚牽詩酒債，未斷簿書緣。役役徒千里，悠悠付百年。何時脱羈馽，一棹浙江邊。

別蘄縣尹二首

漸老難爲別，江亭首重迴。風塵頭共白，湖海氣全灰。我豈千金帚，君非百里才。試將遮日手，一棹載詩來。

吹簫臺上客，來此惜分攜。別淚多兼酒，行囊半是詩。籃輿乘曉月，野飯煮秋葵。應憶棲棲者，山陽夜笛悲。

秋色

微吟愁獨客，馬上思紛紛。古道下黄葉，空山生白雲。輕烟浮宿靄，凉雨淡斜曛。望入蒼茫外，西風黯不分。

贈周可竹

凋喪兵戈後，清淳簿領前。老將琴作伴，閒與酒爲年。俗眼多嗔白，君心獨守玄。惟應松下客，相見故依然。

簡王奉禮

世系名門禮數嫻，妙年聲望聳朝端。元邱夜直金鏞静，丹陛春朝玉珮寒。喜溢天顔承雨露，名通仙籍篷鵷鸞。自憐饑死東方朔，願乞餘甘竊大官。

次李竹所先輩韻

憶昔南宮角俊遊，高名何事間陳樓。漢廷素擅無雙譽，蘭省今推第一流。吟策追隨梅澗曉，書燈深窈竹房秋。遥知近註《潛夫論》，應是斯人可得儔。

送吴叔巽赴湖州録事

漢廷策第拜殊恩，一日聲名四海聞。黄甲共推名進士，青衫獨識老參軍。唫鞭細裊清苕雪，遊屐閒穿古弁雲。從此風流多勝集，好將餘論起斯文。

贊管文秀博士

簪裾緩引步龍樓，每得鳴珂侍宴遊。銀筆縱横裨獻納，玉堂清引接風流。晝簾花静琴心遠，午枕香殘草夢幽。盛業只今煩潤色，先聲已到鳳池頭。

贈婁賢佐

東吴望族君家最，倒指風流盡逝波。緑野池臺春草遍，古槐門巷暮蟬多。諸郎冷落傳緗素，故老依稀説珮珂。獨有玄成經術在，驍騰無計柰君何。

呈學士張師道

紫鰲雲氣欲飛騫，粉署高鄰尺五天。秋月新窗寒貯玉，曉風宫殿翠生烟。赤墀獨奏三千字，銀筆閒題九萬牋。共説絲綸專世美，幾回夜值賜金蓮。

呈山齋衛治中

晝繡争看負弩驅〔三〕，先聲自昔滿鄉閭。傳家舊有堆牀笏，知己今惟一束書。夜月燈前聞鶴後，秋風江上憶鱸初。到頭藏用須由命，且莫區區歎術疎。

和張同知安溪留題

古驛荒凉小似舟，解裝隨分此淹留。風前殘杵敲鄉夢，雨底寒燈照客愁。山接重岡循縣轉，潮回暗水入河流。世間名利真何物，投老驅馳可自由。

簡楊仲弘院長歸思

慷慨樽前撫劍歌，自憐俠氣半消磨。不惟遊子青衫薄，無柰高堂白髮多。東閣梅寒清入思，南湖雨暖緑生波。一春折盡刀頭夢，欲向玄真覓釣簑。

簡袁晞顔都事

清時簪紱盡英遊，才業如君第一流。珥筆早曾趨左轄，封章每得近前旒。縱横傖父《三都賦》，慷慨元龍百尺樓。海内正須煩卧治，莫將清興到沙鷗。

寒食感興

春事駸駸欲向闌，病夫隨分爲憑欄。愁憐甚雨花多瘦，老覺殊鄉食更寒。兩屐晴泥妨醉策，一溪春水足漁竿。年來觸物多悲感，莫向垂楊陌上看。

登樓晚眺

獨客鄉心被酒收，和愁分付上層樓。西風永巷孤砧晚，落日空江一笛秋。紫翠回環山作縣，青黄點染橘成洲。狂遊自笑君兼我，悔不洛陽二頃謀。

調饒漢軍教授

青山何事尚塵泥，久客人情自惜歸。親老已知爲客誤，家貧未是讀書非。樓空曉雨浮吴遠，笛冷秋雲渡浙稀。十載長安資桂玉，東風老盡故山薇。

梅魂二首

幽香和恨結冰枝，栩栩翻疑凍蝶知。幾度春風寒不化，一規霜月冷相窺。醉迷驛樹青禽在，怨入胡沙珮玉遺。爇盡奇熏招不返，自吟哀些酹清巵。

芳心元不爲春勞，脉脉離愁黯欲銷。一種幽情騷不挽，百生清怨笛難招。静依淡月臨江驛，暗逐寒雲度石橋。蕙歇蘭衰悲弔影，空山千古恨寥寥。

簡茂枯林上人

老去逢迎入郭稀，相看還覺故吾非。三生憶我參同夢，一著輸君落鈍機。歲晚鷗波烟水闊，秋高雁渚稻粱肥。重來應被梅花笑，誰爲緇塵浣素衣。

送俞君實十首以長因送人處憶得别家時為韻

病驥秋風裏，鹽車道路長。他年踐霜雪，矯首看雲驤。良機間不作，成事每相因。善處囊中穎，知非碌碌人。秋風吹客帆，江上遥相送。明月更多情，來照離人夢。蓴鱸秋正好，江海未歸人。若遇嚴陵瀨，無煩魚鳥嗔。長條不可攀，落葉知何處。不是暮春時，漫天作飛絮。未别何人惜，别去令人憶。古來離别間，有淚多横臆。郢人運風斤，妙去心自得。君才出輪扁，斲削無留迹。英英露下蘭，香與凡薰别。埋没蕭艾中，珮冷無人結。平生餘耳輩，昔日魯朱家。同難不同樂，悲歌日易斜。浮雲歸岫日，流水下山時。出處豈無意，世人難得知。

市汊驛

零露下堦草，閒庭月影空。獨眠渾不寐，一雁度西風。一燈明古屋，四壁亂蛩聲。千里關河夢，五更風雨情。路轉村愈僻，江平岸欲無。片帆明夕照，天遣畫成圖。江花隨意碧，照水可憐生。不見採蓮女，映粧羞月明。

絕　句

春江流水麴塵波，亭上羈人柰若何。底事同來不同去，又添新雨入漳河。

暑雨初收積潦深，虹橋高下任浮沈。癡兒了却公家事，卧看西林度夕陰。亭側有浮橋，對望西林書院。

迴江亭北石闌東，荷氣吹香遞晚風。一夜扁舟發章贛，數聲欸乃月明中〔四〕。郡有石橋横江，甚雄壯。

辛苦攜家累左遷，虧贏自信且隨緣。鬢毛衰颯緇塵遍，又與梅花度一年。

平生心迹與天通，刻畫無私任化工。堪笑東軒舊桃李，等閒開落媚東風。東軒，蓋蘇子由舊廨。

寄唐子華照磨二首

春透江梅向暖枝，清香已許凍蜂知。遥思東閣無餘事，排遣東風正費詩。

江漢飛飛鴻雁秋，孤羈未足稻粱謀。誰憐獨客悲摇落，夢入寒塘月滿洲。

寄衛戴叔三首

西湖春色灔歌鐘，十載分攜一夢中。今日歸來頭併白，滿林黄葉卧秋風。

畦蔬遶舍稻粱新，白酒黄雞不負貧。何事匆匆乘傳去，青山元不解隨人。

少年驚座縱雄談，作掾輸君只語三。不用歸來誇舌在，試焚石鼎與同參。

午睡偶成

閒門盡日遞凉薰，八尺蘄藤展浪紋。睡久不知團扇落，更無來客爲書裙。

門門汲雪芳林之址兩山如戶旁有石泉夏旱不竭汲以煮茗味極甘美

山深萬木偃蛟龍，巖罅停涵一水中。自拾墮樵供石鼎，細聽飛雪灑歸蓬。

丹巖拾翠巖產石赤白色圓轉如珠世傳仙靈遺跡春遊士女拾以為玩

山蹊雨過緑初肥，的的啼紅映落暉。鬬草歸來喧笑語，春風滿袖濕珠璣。

〔一〕「靖」，原誤作「清」，據四庫本《瓢泉吟稿》改。
〔二〕「鷁」，原誤作「鸐」，據四庫本改。
〔三〕「砮」，原誤作「努」，據四庫本改。
〔四〕「欸」，原誤作「款」，據四庫本改。

吴編修炳

炳字彦輝，祥符人。以文學知名，善篆隸。元順帝三徵之方起，授翰林待制、從事郎、兼國史院編修。後至元五年，杞縣人范孟詐爲詔使，殺平章政事月魯帖木兒等，執大都路儒學提舉歸暘，俾北守黄河口，暘力拒不從。孟怒，繫之獄。召炳司卯酉歷，炳懼不敢辭。時人爲之語曰：「歸暘出角，吴炳無光。」聞者羞之。

春日郊望

陽林上初旭，散策臨郊甸。藉草緑已滋，攀桃露猶泫。覽物時屢改，懷人縝將變。槭情待朋知，及兹事遊踐。

題故宫山石

當時豐暇豫，積石事行樂。佳植被陽崖，飛淙響陰壑。跡往異朝市，春來長藜藿。惟有帶地川，東流抱煙郭。

詠塵

氤氳隨騎集，散漫依風度。似霧暗津樓，連雲隱郊樹〔一〕。漸迷烏几色，已失京衣素。嗟余南北人，長年事行路。

衢江舟中懷汪實夫〔二〕

仰止爛柯山，故人渺何許。行舟不可檥，回首重延佇。涼風吹客衣，秋樹濕殘雨。多情雙鷺鷀，翩翩向洲渚。

病起〔三〕

人生百年間，往往如過客。吾年未六十，鬢髮早已白。自持歲寒心，謬比松與柏。衛生乏良藥，疾病日侵迫。天運苟未窮，流年豈終厄。依然冰雪姿，蒼蒼見顔色。

古意二首

天河溶潏浮鴛鴦，彩雲盤飛戲鳳凰。不學朱檻雕籠鸚鵡鎖白日，不學紅花碧草翠羽棲炎方。東家女兒西家郎，聽歌一曲且停觴。玉顔朝好莫醜惡，海枯石爛愁人腸。

去年張帆黄鶴磯，贈郎連環期早歸。今年躍馬盧龍塞，贈郎寶鞭須自愛。朝愁舞，莫愁歌。花藉草，春光多。玉燕東來鴈北去，寄書浮沈將奈何。

夏夜偶成二首

有恨空憑檻，因凉獨近楹。雨留楓樹滴，波碎月池明。班女休題扇，緱仙約弄笙。所懷今不見，鐘鼓隔重城。

樹鵲棲難定，槐蟬噪未休。露侵弦柱澀，月映簟紋流。年鬢空嗟晚，情懷預怯秋。畫屏摇短燭，獨坐數更籌。

古鏡

鴈去悲銀海，螭蟠泣鬼工。黄腸迷漢柏，野火上秦蓬。濃翠凝螺黛，鮮朱漬守宫。漆添燈暈黑，文滅繡奩紅。一旦珠還浦，千年劍出酆。霧餘空黯淡，雲在月朦朧。伏獸銜絲結，蒙絺畫羽蟲。粉綿施婉轉，臺玉刺玲瓏。匪茹曾申誡，惟明可保躬。他時賜盤鑑，來照夢中熊。

訪道士不遇

玄鶴銜開樹杪雲，靈風爲掩竹間門。苦無柹葉書名姓，惟有蒼苔記屨痕。

山中二首

山人寄聲至，酒熟期共酌。呼童抱鳴琴，起赴林下約。
引杖探溪流，今朝添幾許。定是岫中雲，去作山頭雨。

〔一〕「郊」，未定稿本作「高」。
〔二〕此詩原無，今據未定稿本補入。
〔三〕此詩原無，今據未定稿本補入。

吴鄉貢會

會字慶伯，金谿人。元至正三年，嘗舉鄉薦第一。入明不仕。以一足病廢，自稱獨足先生。所作詩文即名《獨足雅言》，凡二十卷，集久散佚。其裔孫尚絅復蒐輯之，改題爲《書山遺集》。詩尚雕繪。自序云：「和樂暢易，清平時所著，爲最先；愁促感激，避地時所著，其次也；超逸邁放，學仙時所著，爲最後。」

春晚

風雨春如客，烟霞日似年。鶯歌把酒聽，花落抱琴眠。樹暗藏書谷，香流洗藥泉。好懷無處説，誰與繫江船。

江村

紅樹江村外，黄蘆野水邊。葉深風落地，禾偃滂餘田。雁鶩違寒日，牛羊入遠烟。岸人連棘户，盡室避軍船。

次吳博士道人韻

行色春將暮，江流日復深。艱危今古恨，飄泊歲時心。江燕時相語，山狖夜獨吟。客愁渾未減，雲樹晚沈沈。

畣吳彦貞見訪

茅屋秋江上，畦蔬亂水中。鵂狖號暮雨，粳稻熟秋風。好客詩能寄，貧家酒不空。干戈與衰謝，此日意無窮。

答劉巨川

殺氣騰邊郡，風雲會禁闈。艱難雙鬢改，牢落寸心違。暮雨悲笳急，秋空過雁稀。故人將避世，何事總戎機。

有　感

誓與城俱没，捐軀報主知。豈惟全士節，實可正民彝。氣與山河壯，名同日月垂。至今章貢水，嗚咽不勝悲。

夏日

山木千章秀，溪流一道深。酒船迴洗馬，書屋接巢禽。冰簟紗厨夢，風亭彩筆吟。家童知静趣，不遣俗人尋。

萬壽峰

削成天地始，奠峙歲年多。草盡長生種，松皆太古柯。庚星化作石，甲歷擲如梭。望幸嵩呼久，登封或爾過。

偶興

園亭可永興，花草自長春。默坐觀羣動，潛居守一真。先生于此老，來者更何人。試問烟霞侶，將非木石身。

蒲石山房

月窟生九節，雲根移一卷。碧涵秋澗水，翠斂夜窗烟。早晚花茸紫，晨昏玉氣元。知應抱璞者，于此引長年。

訥齋

善閉非關鍵，深潛有本源。金銘緘自昔，圭玷詠誰諼。莫與捫三寸，須知養一元。近爲仁者宅，予亦欲無言。

次韻奉題吴彦貞華林别業

郡城南去有華亭，花木成林竹繞汀。照影鳳凰臨月鏡，傳聲鸚鵡隔雲屏。分栽柳入陶潛傳，點校茶歸陸羽經。我亦延州老孫子，對江相望樂清寧。

題崇山劉氏園亭

西山三疊鬱岧嶢，亭上看山翠欲飄。楊柳小樓風滿席，芙蓉清沼水平橋。美人歌處傾金杓，仙客來時度玉簫。我憶醉眠花底月，滿衣香露夜蕭蕭。

送别陰陽教授

天官藝學久龐紛，太史名家屬有聞。寶歷敬時頒歲正，銅儀窺夜識星文。烏飛圭表移光影，龍咽籌壺定刻分。歸後更詳東井分，五珠何日聚賢羣。

聞笛

三弄何人竹響流，曉風吹盡夕陽收。山陽得似嵇中散，江上能非馬督郵。谷鳳鳴當初出日，水龍吟是欲分秋。折殘楊柳梅花落，明月關山萬里游。

和道園聽劉元彈琴

劉郎琴奏竹窗幽，落月因之憶舊游。鳳語將雛春曉日，鶴鳴振羽夜雲秋。海邊飛珮招難致，天上遺音夢或求。老我蜀都歸未得，又聽三峽向人流。

題何伯度滄江歸棹圖送劉克誠歸省覲

滄州凉夏樹叢叢，遊子歸舟似帶風。别地山開雲母帳，到家人在水晶宫。春餘杏虎封儲侍，秋至蓴鱸入養豐。畫裏何郎今小米，解將飛興滿江東。

題扇贈首坐

提來電掣風千里，放下雲沈月五更。舉似坐中三百衆，定從何處有風生。

宫人欠伸圖

舞困歌慵酒夢遲，小闌舒腕轉腰時。落花垂柳嬌無力，都送春愁上兩眉。

鎦渙

渙字彦亨，號石田，世家睢陽，後爲山陰人。與貢性之友善。通毛氏詩。至正間御史奥林薦爲三茅書院山長，道梗不赴。老以詩酒自誤。子績，性之壻也。孫師邵，負詩名。

越娘曲

越娘芙蓉姿，翻妒脂粉汙。雙蛾鬬新緑，暗梅點幽素。翠裙金畫蝶，鳳扇撲輕絮。嚶嚶郎馬來，隔花送嬌語。

南塘曲

南塘十八娘，昨日灣頭見。撥動琵琶絃，春風萬里怨。鬢鸞雙翅鬬，眼尾塗黄淺。誓許結同心，蒲短不堪翦。

秋波曲

玉波灩灩流天津，銀雲葉葉匝素鱗。鵠輿下空緑香滿，縹白金幹龍旂短。高堂燭滅撲秋蛾，生色曲屏貼畫羅。夜苔露漬竹花紫，翠池風颭芙蓉水。

登棲雲寺懷原無極上人

尋幽躡危磴，步盡得蘭若。層雲盪胸起，飛瀑當面瀉。秋色杖屨外，夕照峰巒下。寂寂白雲窗，不見安禪者。

春城曲

柳花吹雪香滿簾，南園草烟迷綠纖。素紗軟屏隔春夢，金翠眉間團小鳳。指怯調笙學鶯語，度曲不成臆酸楚。却把巫山一段雲，翦作春衫寄人去。東鄰郎君馬如雪，青錦鞍韉裁杏葉。背人騎過爲誰羞，銀黄小袍醉眼纈。花貌越娘秋鬢薄，蛾眉學畫初三月。

青樓怨

錦樓花霧飛綠塵，芙蓉屏深凝淺春。微酣著人嬌欲睡，綵雲載夢隔湘水。雙螺小娃催理粧，粉綿拂拭鸞鏡光。濃黛掃眉桂葉長，凉露觸手薔薇香。家本石城南市住，早年悔作青樓倡。十八梳成金翅髻，青蟲簪滑鴉背膩。歌聲遶梁揭塵起，細簧咽秋鳳雛語。翠綃舞衣珠珮結，研金天鵝銀蛺蝶。神女騎龍別楚宫，巫雲蜀雨隨峽風。别離何多歡樂少，牛女隔河怨秋老。黄衫少年下樓去，馬蹄隆隆浩無主。

中秋夜誦清淨經

朗風吹八極，明月照太空。羣仙踏歌笑，游戲青天中。羽蓋擁璚素，繡節委花紅。夜半騎九鳳，飄飄還翠宫。

寄晏侍御

昔日聯科甲，才華獨有君。作詩追李白，獻策繼劉蕡。池草生幽夢，天葩吐異芬。西齋相憶處，花影亂紛紛。

張楂翁自鳳陽還錢唐賦此以寄

一别于今又五年，關河風雨夢相牽。羡君老有驚人術，愧我貧無使鬼錢。淮鴈南來斜作字，楚江東下直如弦。子雲罷獻《長楊賦》，頭白歸來草《太玄》。

秋晚溪行懷張孔叔

松下凉風吹客衣，隔溪烟樹晚依依。山空不見孤雲返，落日惟看倦鳥歸。世上黄金交態薄，酒邊白髮故人稀。别來陡覺成疎闊，况復蕭蕭落葉飛。

送王廷桂還姑蘇

紫馬嬌嘶踏軟沙，闔閭城裏客還家。雨添秋水灣灣碧，風趁江雲片片斜。惜别緩斟紅麴酒，傷心況對白蘋花。雁驚莫角高飛去，先帶離聲過館娃。

偶　成〔一〕

雪色西蕃馬，臨流顧影嘶。似嫌金絡重，蹔碎落泥花。舞女花前過，輕如小燕飛。教坊新結束，翠羽織春衣。

初夏即事

野色滿庭户，晝涼清景嘉。一雙白練帶，飛上石榴花。

春日漫興

莫道梨花瘦，楊花更可憐。隨風消雨恨，總在客窗前。

西興夜居

鴈陣驚寒過驛樓，江聲月色暗生愁。扁舟此夜西陵渡，頓使行人易白頭。

湘湖

湘湖蓴葉大於錢，千頃鷗波可放船。一曲竹枝歌未了，水禽飛散夕陽天。

絶句

白玉搔頭金步摇，春衫紅勝海棠嬌。只因記得當年事，重到桃花第四橋。
鬢薄鬆鬆緑霧凉，春風點額一作「額點」。麝香黄。背人撲得雙蝴蝶，滿扇薔薇露水香。

清明前一日作

小窗新緑著枝輕，寒逐東風陣陣生。燕子不來花落盡，一簾疎雨又清明。

柳花

雪點顛狂亂送春，穿簾入幙若相親。年年三月西陵渡，愁殺輕舟渡水人。

小遊仙詞

玉京侍宴返瑶池，西母金輿九鳳幃。小隊旌幢三十六，龍聲馬影隔雲飛。
綵女香衣結翠纓，瑶笙學弄鳳皇聲。玉樓徹夜無人鎖，十二闌干月自明。

折枝芙蓉

渚宫秋老夕陽多，無復君王避暑過。席上舞衣零落盡，獨留團錦照蒼波。

秋　蝶

欲歇還休却又飛，芙蓉葉底戀秋暉。自知翅粉渾銷盡，差近尊前舞女衣。

采石懷古

采石江頭唤謫仙，月明如晝水如天。騎鯨一去無消息，夜夜長虹貫酒船。

寒機夜織

五色吴絲絢綵霞，小窗機杼弄咿啞。自知織到傷心處，泪濕金鸞一半花。

新秋感懷寄張孔升

老病侵尋減帶圍，故鄉音問近全稀。此身恨不如江燕，一度秋風一度歸。

〔一〕此二絕句于原稿中誤作五言律，置於《寄晏侍御》詩後，今據顧嗣立等奉敕所編之《御定四朝詩》（宋、金、元、明）改正。

葛縣尹元喆

元喆字元喆，撫州金溪人。博學工文，有英氣，弱冠名譽翕然。登至正八年戊戌進士第，辟江浙行省掾。先後見知於參政蘇天爵、樊執敬，薦入館閣，不報。至正十四年，以大臣薦爲本縣尹。未幾，兵亂路梗，入福建。省憲交辟，浮海北上，比至大都而卒。門人蘇伯衡等舉河汾故事，私定其謚曰文貞先生。學者陳介搜其遺稿，得詩文，彙爲十卷。

寶石巖菴

丹岫列溪渚，瞻依已彌年。因尋谷口鄭，遂造巖中禪。霜徑折霄漢，風林縈寶泉。明當稅塵鞅，同詠《白雲篇》。

寄黄存齋

亂後羣經在，燈前兩鬢華。著書思衛道，避俗欲移家。黄葉秋雲淡，孤村夜月斜。欲尋三徑菊，爲待九秋槎。

題桃源圖

聞說桃源境，都無濁世塵。雲霞千嶂錦，草木四時春。未許漁郎問，惟看鶴駕頻。空令好事者，圖畫想清真。

鐵　牛

昔聞刀買犢，今見鐵爲牛。但保成功在，無勞掘地求。山川千古意，禾黍大田秋。邊鄙猶徵斂，仍同木馬流。

次同年辛德中知州

虎榜同升若弟兄，看花意在賞心亭。葡萄曉出宫壺紫，楊柳春分御苑青。愧我無謀能報國，多君有子已傳經。近來更有憂時念，銷盡干戈歲始寧。

李道士構堂養母母喪堂燬感而為賦

白髮黄冠養老親，特新堂構近城闉。禦寒纖纊成衣早，適口珍羞入饌頻。樹草忘憂思却老，種桃食實爲娱春。於今寂寞龍沙道，逝水荒煙惱殺人。

同年阿魯溫沙仲德將赴江西都事因友人問訊賦此以寄

崇天門下鳳羣飛，五色文章炫羽儀。大樂九成臨魏闕，精金百煉出滇池。身依蓬島風雲會，天近薇垣雨露垂。昔我同升今十載，獨無經濟佐明時。

京師秋館遺懷

車馬蕭蕭達九衢，琳宫秋暮客窗虚。關山幾點隨陽鳥，夕照羣飛繞樹烏。羽檄中宵來隴蜀，布帆何日指荆吴。論交賴有知心者，移取黄花對酒壚。

奉題西山蔡先生精舍上有理宗御書

九折巖前焕寶章，當時矜佩總鏘鏘。天光照夜青藜古，庭草臨風翠帶長。科斗書行傳琬琰，鳳凰律就節宫商。我來好值王正月，雲氣蒼蒼接紫陽。

石上孤松

石上清霜老薜蘿，半天秋影碧婆娑。山中草木空千億，奈爾臨風際會多。

題方壺弟子林泉逸畫

方壺最愛米南宮，北苑傳來意更濃。弟子只今誰入室，林泉貌得玉芙蓉。

題柯敬仲墨竹一枝

曾從祕閣寫蒼筠，嶰谷千竿雨露新。江國只今鳴鳳遠，一枝猶帶玉堂春。

寒江獨釣

隔岸諸峰白玉圍，寒雲深鎖緑蓑衣。山人不識垂綸意，只道扁舟訪戴歸。

題唐馬圖

御苑春深苜蓿香，宛駒争道向明光。緑衣自是孫陽侶，先爲天閑選乘黄。

題瀟湘奇觀

青草湖邊木落時，鷓鴣啼起雨雲垂。臨流欲渡重移櫂，何處蒼山是九疑。

題明皇調馬圖

翠華遥駐蜀山雲，幾度長安苜蓿春。記得天街新雨過，卷龍親御玉麒麟。

書湖上佛寺

湖上風林處處幽，招提更在水西頭。畫船落日笙歌遠，數箇漁舟伴白鷗。

題秋江泛舟圖

雙松石上翠婆裟，曾見横江孤鶴過。留得小舟堪載酒，至今人説老東坡。

題一馬圖

奚官一過驥羣空，旋落青絲踏曉風。忽報九重閶闔啓，天街争看去如龍。

辛判官敬

敬字好禮，大梁人。至正間任南昌進賢尉，郡守薦授爲縣尹，升龍興路判官，兼水軍千户。工詩。與豫章萬白，襄城楊士弘，秣陵周湞、鄭大同，泰和劉楚，皆以歌詩自雄，名聲相埒。鄱陽劉炳彦昺《哀好禮》詩云：「王風委蔓草，大雅何微茫。嗟哉逮梁宋，孰能繼虞唐。鸑鳳著文彩，雲漢昭天章。九原不可作，悲風摧棟梁。」其爲一時推重如此。

登金精山

齠齔慕名山，放意窮海嶽。及兹事真賞，遂欲翔寥廓。褰裳陟遠岫，蒼翠晝參錯。雲根石髮凉，馬首巖花落。聞昔張氏女，全家此栖托。朝沿碧澗樵，莫就紅渚泊。一事都不解，焉識秦樓箔。仙人遺二桃，服之乃靈藥。靈質非外慕，道沖由淡薄。空行杳無迹，皓若青田鶴。至今丹梯月，髣髴見綽約。番君謾多慾，鋭意求妃妁。結想際烟霄，緣林事開鑿。空中遠袂舉，石上塵緣覺。一往不可逢，千秋渺如昨。璠章隱玉篆，石鼓森蛟鰐。朗詠紫霞謡，餘音振飛閣。清風如有期，萬籟時閒作。炎氛漲川麓，息馬窺幽壑。藉石薦芳蓀，曲流引蘭酌。賢良諧夙契，向此邛中樂。笙鳳如可期，吾當謝人爵。

次第古詩八章奉題嘉禾八景用呈在山老師一粲

秋陰覆野水，暝色帶高城。萬古風雨餘，滿軒空翠生。昔人會心處，華落徒縱横。勝事歎千古，焉用此高名。

諸溪駛奔湍，神物出其下。浩劫上浮雲，中宵走雷雨。吾嘗隱廬阜，飛瀑孤絶處。對此發幽期，長吟度秋浦。

落日湖上行，風吹湖水明。芙蕖未出水，鴛鴦空復情。佳人翠袖薄，公子彩舟輕。暗憶題詩處，花絮滿春城。

昔賢讀書處，今人採樵路。烟雨暗春波，江鷗迷處所。山遥數峰出，洲隱千颿去。應有倚樓人，天長望汀樹。

孤城何迢迢，飛棟上咫尺。初日照江波，吴船夜吹篴。秋清野寺静，露下蘋洲碧。不見放漁人，疏鐘起遥夕。

怒濤來倐渠，西出吴門道。官家嚴水利，蓄洩何草草。洞庭霜橘晚，震澤鱸魚早。從此具扁舟，長學渭中老。

搒舟趨南山，飛蓋轉賦甸。登高望吴越，擊鼓馳觴讌。靈飈振巖角，飛雨灑石面。欲弔子胥魂，歌長淚如霰。

古寺闃幽敞，清凉生道心。澄源既不昧，萬象自浮沈。龍吟珠光曉，鳥渡菱花深。上人散華處，時復一來尋。

古哀引 并序。

《古哀引》者，爲淮西闡帥余公廷心而作也。公守安慶，以孤軍當三面之衝，抗方、張之寇者，凡七年。至正十八年春正月，寇大集城下，樵餉路絶，郡遂陷。公知民不知，即躍馬返舍，戮其妻子，己乃自殺。余聞公之義，慟不自禁，乃作《古哀引》，以見意焉。公嘗爲文名堂，題曰：「大節」，則其死生不渝之誠已見乎是。尤工註《易》。嘗曰：「吾書成，當以金石爲櫃，藏之名山，以俟後之知者。」

駟歸房，申返嶽。東南一柱折，横流將安托。哀哉！古舒之國國有城，城平淮沃天下清。大夫之來難方作，以江爲城捍江郭。天狼墮城南，天狗噬城北。江流何舒舒，虎兕不敢薄。哀哉！天地何反復，大夫騎馬歸，闔室化作萇弘碧。大節有新堂，堂中《易》有書。哀哉！大夫民非爾爲魚，誰使鼠穿我墉，龍蟄我居。哀哉！大夫爲精衛，爲湛虛。

美全城詩

大江渺千里，荆楚莽爲墟。淮海既振蕩，孤衝當四驅。雄標九江溢，威薄三英區。江左俯洪流，東南倚輔車。晨旌耀雲日，素鷂麗城隅。問之此邦人，實由我大夫〔一〕。王師自無敵，仁者勇有餘〔二〕。登高望八荒，北顧見灊舒。有桑沃已落，雨雪紛在途。施施荷戈士，穫稻滿菑畬。征人豈不懷，國士甘捐軀。安得黄鵠羽，寄聲達我都〔三〕。

金陵懷古

佳麗曾聞六代誇，繁華今見委泥沙。江山銷盡金陵氣，風雨凋殘玉樹花。碧井雲深龍有穴，畫梁灰滅燕無家。詩成謾憶千年事，老樹蒼蒼集暮鴉。

宿洞陽觀

洞陽觀裏看明月，雲霧軒窗掛六鰲。五月蛟龍吹水上，四更星斗去人高。山陰羽客黄庭字，太白神仙宫錦袍。遥望長空意無限，九霄何處醉仙桃。

贈道者方邱生

龍翔鳳翥丹臺字，曾向神清挹紫霞。每共野人聯石鼎，更從勾漏問丹砂〔四〕。金精月落逢騎虎，銀漢秋高欲上槎。惜別臨風一揮手，他年應寄棗如瓜。

聽吹簫次韻寄釣鰲

紫臺天遠易春殘，夢繞西家芍藥闌。金谷酒香潘賦就，綵雲聲斷史簫寒。書回青鳥三山迴，星聚銀河一水寬。多病相如情似雪，金莖玉露托幽歡。

與澄心寺住上人製佛碑文

瀟瀟疎雨到寒廳，盡日無人半掩扃。秋樹委霜寒更落，暮鴉投渚靜還冥〔五〕。青蔬野飯同僧喫，翠刻枯藤待客銘。歲晚天涯戎事息，孤槎何處寄春星。

宿靈鷲寺

高人久矣念離羣，來向山中禮白雲。龍送雨過留客住，鹿銜花至與僧分。疎星出竹昏時見，流水鳴渠静夜聞。却憶故人江海上，題詩誰似鮑參軍。

題希明書齋

瀟瀟疎雨繞殘除，花滿堂陰映碧虚。稚子燒松留宿火，野人汲澗瀉行厨。雞楓樹影翻經貝，馬乳藤梢走篆書。幾日題詩幽寺遍，芸窗渴盡玉蟾蜍。

天壽日簡行禮者

去歲因登白玉筵，漢官儀羽習朝天。雨多金殿生清氣，日照璇階上紫烟。在野只知存魏闕，趨宸深念拜嵩年。腐儒通籍嗟何補，只有丹心似日懸。

海子橋晚步寄友

停驂搔首照殘年，絶似東歸海上仙。萬里斷魂燕地草，一春送客潞津船。遼關暮繞連環碧，灤水晴分束帶圓。之子徘徊隔遥渚，長歌因寄《白雲篇》。

秋筍次廉右丞韻

清秋虚館草堂開，數尺新篁手自栽。不待春雷驚裂石，即看蒼玉静穿苔。風雲來往存高節，雨露涵濡見異材。總道相門多懿德，起歌緑竹詠南陔。

登梅仙觀

蓬萊縹緲青山上，海客初晴駐錦袍。萬竹蛟龍生窟宅，中天樓閣擁波濤。清秋近見銀河落，入夜平看北斗高。消盡平生塵土夢，玉笙此處醉金桃。

題雲邊草堂

晴雲如雪樹重重，草屋憑高可盪胸。花徑晚陰行白鹿，墨池春雨下蒼龍。卧思諸葛營巴蜀，静愛希夷對華峰。六月再來因看劍，雷霆一夜起長松。

贈仙壇胡尊師

一鶴晚隨青玉杖，雙龍秋佩紫荷衣。月明何處聞吹笛，百丈山前賣藥歸。

〔一〕「由」，未定稿本作「猶」。

〔二〕「勇」，未定稿本作「桓」。

〔三〕「達」，原作「遠」，據未定稿本改。

〔四〕「間」，未定稿本作「聞」。

〔五〕「冥」，未定稿本作「輕」。

教授買閭

買閭字兼善，西域人。元初，祖哈只仕江南，遂家上虞。父亦不刺金力資兼善學〔一〕，以《禮》經領至正壬寅鄉貢。浙省臣以北向道梗，權授尹和靖書院山長。既航海赴會試，後期不果。禮部尚書李尚絅薦授嘉興儒學教授。及還，會政屬淮閫，乃屏居奉親，垂十餘年。明初，嘗過王逢最閒園，逢贈詩云：「顒昂西域士，鄉薦十年前。隴畝心中越，山河枕上燕。尊同漂梗地，門掃落花天。慕殺柴桑老，詩題甲子編。」真實録也。

述懷〔二〕

流光何騣騣，瞬息不我待。憶從越山來，忽復廿餘載。羈栖迫險艱，形容爲之改。世澤嗟僅延，生涯念何在。冰霜歲云暮，憂端際滄海。積陰韜日月，矯首重興嘅。願效商山翁，行歌紫芝採。

和年弟聞人樞京城雜詩四首

鳳詔頒初罷，花陰轉玉墀。鹽梅調鼎鼐〔三〕，絲竹奏咸池。風静爐煙直，雲開扇影移。紫薇花下客，争賦奪袍詩。

山勢北來遠，河流東去長。天堦羅虎拜，帝室降龍祥。石鼓苔痕碧，金盤露氣凉。慚無賈董策〔四〕，三伏獻明光。

落魄南州士，看花愧不先。未承金馬詔，及見玉堂仙。日月開雙闕，星河麗九天。何階近帝衮，身惹御爐煙。

霄漢樓臺湧，春風燕雀飛。櫻桃臣舊賜，苜蓿馬新肥。清漏傳銀箭，紅雲護衮衣。窮經晚進士，慚授一官歸。

雪

朔風吹破屋，曙雪下繽紛。六合渾清氣，千山盡白雲。老蛟深閉蟄，獨鴈遠呼羣。想像西湖路，梅花瘦幾分。

春雨有感

曉雨連山白，春雲壓地陰。叢篁棲雀亂，芳草落花深。水闊西江眼，天長北闕心。孤桐閒在壁，忍操越南音。

感懷

關河北望正愁人，且復雲間託此身。一片丹心昭日月，數莖白髮老風塵。箕裘嗣出慚無子，菽水承顔喜有親。自是故園歸未得，杜鵑啼破越山春。

題葉隱居雪篷

朔風吹雪滿溪灣，一葉憑虚獨往還。擊楫正思歌玉樹，舉頭驚見失青山。曉窮滄海糢糊外，夜泛銀河浩蕩閒。笑殺當年韓刺史，苦寒騎馬渡藍關。

八月既望訪古鼎上人時庭桂盛開因賦絶句以贈

桂花陰下坐談空，恍在清虚玉府中。海月滿庭秋一色，天香和露灑西風。

春曉

香霧空濛落月低，六街官馬散銀蹄。芙蓉帳底夢初醒，卧聽栗留花外啼。

〔一〕「刺」，原誤作「剩」，未定稿本亦誤，據王逢《贈賈問教授詩序》（《梧溪集》卷四）改。

〔二〕此詩《大雅集》稱作者爲瑪魯，字兼善。
〔三〕「鏞」，未定稿本作「鍊」。按：《大雅集》作「餗」，可知未定稿本形近而誤。
〔四〕「賈董」，未定稿本作「董賈」。

郗進士經

經字仲誼，一作「義」。其先隴右人，徙居杭之仁和，寓居澄江，自號觀夢道人。所著有《澄江櫂歌》、《玩齋稿》。江陰王逢原吉《謝郗仲義進士詩》云：「釋褐平生友，郎官辟共辭。復行椽筆夢，還頌櫂歌詩。」雲間邵復孺亨貞《蛾術集》載：「郗仲誼博士久别重見，以詩叙問〔一〕，依韻答之二十韻。」詩有云：「故人頭盡白，重見眼終青。愧我淹顏巷，傷君憶孔庭。」豈仲誼以元進士曾官國子博士耶！沐景顒《滄海遺珠》以其詩壓卷，知明初又曾徙滇也。

寄席帽山人題澄江舊稿

半山昔拜少陵像，謂公詩與元氣侔。後五百歲無繼者，元氣茫茫散不收。我朝詩派因中州，氣節首推劉静修。宋季陋習兹一洗，天運亦復詩家流。楊趙馬范虞揭歐，金華甫田誰與儔。亂來風雅多衰落，喜向澄江聞櫂謳。澄江席帽同羊裘〔二〕，風塵之表從天遊。每和君山老父笛，不换華頂仙人舟。有時擊節驚陽侯，百怪莫敢窺十洲。鯨波可蹈惜沉劍，鼇嶠欲蹋思連鉤。澄江浪高江月浮，江神迎櫂風飈飈。雲機上割天孫錦，底用枯槎横斗牛。放歌濯足銀河秋，洄沿不爲澄江留。誰道澄江凈如練，我視澄江真若一作「直一」。漚。此日相逢東海頭，東海纖塵生我眸。醉擊珊瑚碎蓬礫，笑委鮫珠輕博骰。俗淫世靡吾所羞，孤鳳默默羣鳥啾。夏舷一扣海能小，祖楫載誓天何尤。澄江櫂歌歌未休，凝碧管絃非所憂。君詩匪予得稱好，贈言請視今汪周。

為張藻仲題高文璧畫抱琴圖 并序。

至正乙巳歲二月未盡三日，藻仲張君宣奉青衣相君命，載酒訪余華亭。以三月始禁酤，乃留縱飲。上巳日，抵余草堂，過高文璧。翼日，高君寫《抱琴圖》，以贈藻仲。余爲賦詩。

聽鶴亭前春澹沱，宿雨猶含百花妥。已愁三月酒船空，宣也抱琴能覓我。爲言來自青衣洞，載得官醪滿書舸。青衣仙人期遠遊，紫鸞將軍尚虚左。老夫久矣厭芻豢，從之欲乞丹砂顆。孰云仙佩不可攀，洞天茫茫雲久鏁。祇緣酤禁日以迫，爾尊我罍視猶夥。便須秉燭夜相繼，過此將無生酒禍。老夫自適無何鄉，故不飲醇今亦頗。阮宣杖頭每獨挂，陶令紗巾不曾裹。三泖平分碧玉壺，九峰半落芙蓉朵。從人拍手呼醉翁，寫入新圖無不可。胡爲高璧忘吾形，只畫張宣遺么麽。宣也亦復頎而瘠，畫作修髯知則那。想當下筆天機精，夢蝶軒中盤礴臝〔三〕。不畫鄰瓮吏部縛，不圖醉鍤劉伶荷。爲寫抱琴山水間，意者於吾猶未果。璧如山林同此情，自惜老夫身懶惰。宣乎豈是王門伶，聊復塵中客裾拕。朱絃清廟爾當薦，金馬朝登夕青鎖。百年禮樂崩且壞，誰其興諸悲埳軻。鍾期伯牙寧後遭，餘子眼中螟與臝。高君宿昔號酒狂，過肆相牽傾白墮。自經喪亂賴酒活，今則禁之何蠠倮。便携張生入山去，石上彈琴松下坐。松肪釀熟中山醪，商顏采芝當蔬蓏。生不我留呼酒查，望入雲漢星侈哆。莫過牽牛談世事，但恐笑人如鱉跛。吾嗟高君真不凡，遊戲丹青出兵火。後天有約醉尋真，可能同鼓蓬萊柁。

題顧定之墨竹

虎頭諸孫總癡絶，老安不癡乃用拙。憶在吴中寫墨君，雪楮冰縑每飄撇。妙處不減文湖州，同時更有柯丹邱。眼底只今無此客，使我悒悒懷風流。蒼梧想見斑竹活，看畫忽焉憂思豁。安得二老從之遊，搔首凉風起天末。

題讀碑圖

孝娥碑在曹江濱，誰其作者邯鄲淳。中郎八字因贊美，後來索隱寧無人。老瞞久欲窺神器，既見此碑心若愧。較三十里乃遁辭，奸雄實憚楊修智。修乎修乎知有餘，用之治世將無如。露才揚己古所忌，況復漢賊基黄初。今我憮然觀繪墨，懷賢爲爾傷雞肋。研磨銅雀臺上瓦，點染霜毫動秋色。絶妙好辭天下無，異代讀碑傳作圖。長歌落日西風起，酒酣擊缶聲嗚嗚。

題蘆花散人小像

朔雲化石忽五彩，石也能言泣真宰。玉堂調笑辭金魚，月冷西湖醉魂在。風流還憶承平時，接䍦倒著驢倒騎。仙遊何處驚墮影，秋空冥冥如見之。黄鶴飛鳴杳無跡，西風滿地蘆花白。玉龍吹斷不可招，空掩畫圖三歎息。

題畫梅

疎煙小暈生瑶島，仙鑑星明試妝早。雲母屏風曉日寒，玉龍㪷天春不老。憶昔相逢蕚緑君，别來珠珮留蒼雲。素鸞驚舞月破碎，瓊臺歌斷音紛紛。靈鶂解點元霜汁，粉靨冰花照人濕。返魂竟失篋中香，翠羽悲啼聲轉急。紛吾欲下巫陽招，楚騒遺恨湘川遥。書憑鳳女雙飛翼，淚掩鮫妃一尺綃。

題馬遠四皓弈棋圖 并序。

青溪翁載雨相過，出此圖，要余同賦。余不能詩，雖竭駑力，豈能追逸足之塵哉，愧亦甚矣！前楊、後楊，浦城、會稽二先生云：

溪翁袖圖舟雨泊，過我徵詩詠商雒。時危每憶藍田山，白首長吟向寥廓。秦中四卷是耶非，風塵於歸如可作。史稱爾皓逸姓名，采芝曾歌山漠漠。巴園橘叟何誕幻，自云不減商山樂。象戲寧爲黑白棋，畫手無稽傳迺錯。老夫達人苦好弈，見畫應疑身有託。商隱巴仙竟兩忘，姑遂平生一邱壑。賦詩獨也愧凡近，前楊後楊學能博。卷圖揖君往放舟〔四〕，九峰無雲有鳴鶴。

題盛叔章畫

十峰繞溪嫌地迮，桃源路迷尋不得。應疑何處出人間，青天遥遥白雲白。淵明寓言吾已知，賢者辟世夫何爲。太平之民總朝市，猿鶴山中空怨咨。

題澄碧樓

燕入雨侵簾，鷗栖月近簷。白紆三泖曲，青隱九峰尖。夏簟風漪展，春醪雪乳拈。元龍憐遠客，高卧想無嫌。

寄德機判簿

十載無家客，東西幾播遷。已拚書馬券，留作買山錢。處處荆花好，枝枝棣萼連。將車日來往，便比草堂前。

孤山帆影

一點凉青入望遥，檣烏飛處白生潮。竺僧有道元非妄，海賈爲文不可招。衆鬣乘波俱出没，大鵬擊水共扶摇。三山無恙麻姑説，幾度枯桑候老樵。

驥渚漁燈

漁舟蔫宿傍清江，燈火熒煌月一窗。素燄映沙光耿耿，餘輝照水影雙雙。初看髣髴分螢火，静玩方能辨釣缸。猶訝然犀牛渚畔，朱衣躍馬不能降。

奉陪志學彦魯仲原三君同登虎邱漫賦長句就呈居中長老

虎邱山前新築城，虎邱寺裏斷人行。胡僧自識灰千劫，蜀魄時飄淚一聲。漸少松杉圍窣堵，無多桃李過清明。向來遊事誇全盛，曾對春風詠太平。

奉同謝雪坡次韻楊孟載

紫微花下月波凉，謝傅風流錦作裳。況有鳳團新賜茗，猶餘雞舌舊含香。仙槎杳杳秋無際，宫漏沈沈夜未央。答贈揚雄詩句好，野人傳誦下吴航。

走馬燈

時清何事及宵征，人馬蕭蕭夜向明。歷塊風前微有影，銜枚月底寂無聲。一身戰轉三千里，數騎看爲百萬兵。待得燒燈佳節過，烽煙永息賀昇平。

子貞還示佳章見寄因次韻以復克用高尚先生

單子來歸自笠澤，爲説虞君猶遁栖。青城從子識丹鳳，西郊草堂懷碧雞。後會驚看絲鬢改，新詩煩向錦箋題。絶憐三泖冬無雪，肯學山陰夜泛溪。

方寸鐵贈朱伯盛

朱君手持方寸鐵，橅印能工漢篆文。并翦分江龍噴月，昆刀切玉鳳窺雲。他年金馬須承詔，此日雕蟲試策勳。老我八分方漫寫，詩成亦足張吾軍。

題唐伯剛貫月軒

使君文采欻翩翩，投檄歸來志浩然。新構鳳麟洲上屋，恰如書畫米家船。干將破壁龍俱化，脉望飛空蠹亦仙。更試囊中五色筆，桂花香露灑銀箋。

婁東述懷寄示龍門上人玉山居士

寂寞婁東寺，經過歲暮時。後彫霜柏古，亂點石苔滋。方外尊吾友，龍門得老琦。十年今幾遇，早歲故相知。震澤三江入，虹橋五色垂。水西春酒熟，花下晚尊移。聯句應題竹，留餐更折葵。那知俱是客，各以業爲師。蓮社招呼費，茆堂出處卑。也馳支遁馬，而向習家池。何物譏臣朔，如人舞怪逵。遂令兄弟急，豈但友生疑。落落情偏好，悠悠事莫期。參商天上路，萍梗海之涯。嚮憶身猶白，前修道不緇。君攀獅子座，我把桂花枝。吴子非無學，周胥亦有爲。龍泉終再合，豹管未容窺。泥滑雙扶屐，燈明共奕棋。笑言方款洽，交誼更堅持。好客囊羞澀，捐人佩陸離。初筵俄列豆，屢舞竟揚觶。醉揖都輕別，醒吟每重思〔五〕。優哉聊復爾，舍此欲何之。伐木鳴幽鳥〔六〕，椷箒寄阿誰。玉山投美璞，珠水照摩尼。爲説饒清事，從遊盡白眉。載覩名勝集，多是故人詩。自笑如張翰，何煩識項斯。江帆風去逆，琳館雨留遲。紫研玄香潤，紋窗棐几宜。翔鸞開粉紙，直髮引烏絲。燕坐書成癖，窮探字識奇。雄文毛穎傳，小隸武梁祠。韓柳文章在，雲龍上下隨。兩家才竝立，千喙語難追。小子真狂簡，前賢詎點嗤。百金寧取直，三絶且聞癡。漫與非神品，居然奉令儀。異時傾孔蓋，八字讀曹碑。回首高飛隼，行歌倒接䍦。剡溪歸盡興，泌水樂忘饑。野閣延疏廣，韋編拾散遺。儒冠傲軒冕，農耒力菑畬。明月懷人遠，長林鼓瑟悲。平長要久契，翻覆訝羣兒。願把平生意，毋求小有疵。矢心同白水，披腹獻丹墀。把袂寒潮上，還家夜雪吹。上人逢顧愷，馮謝拙言辭。

營海軒詩

兵後澄江失敝廬，何曾奏策似隋初。丈人舊憶河間渚，營海新題泖上居。滬瀆山横遺戰壘，松江水近足羹魚。慣聞地與潮聲轉，時見龍將雨氣嘘。槎路不通星是客，桑田頻改日愁予。螺舟莫厭過從數，我亦羈窮欲著書。

題映雪圖

夜雪明書几，寒風入緼袍。如何燒鳳蠟，只解飲羊羔。

三友圖

冰雪淡相看，心期許歲寒。莫同桃李伴，容易及春殘。

題桃花白頭翁

前度劉郎阻勝遊，漫歌風雨替花愁。自憐人與春俱老，底事幽禽也白頭。

題桂花十二紅便面

金粟枝頭十二紅，何年飛向廣寒宫。素娥只愛青鸞舞，且近瓊樓立晚風。

題紈扇美人

蝶粉蜂黄滿眼新，小園微步不勝春。白團欲把歌脣掩，生怕流鶯也妬人。

絡緯圖

牽牛風露滿籬根，淡月疎星夜未分。燈下有人拋一作「挑」。錦字，機絲零亂不成文。

舟中聯句 并序。

洪武庚戌臘月八日，余與邵復孺先輩自雲間之澄江。早發向吳門，挂席波上，甚適也。因相率聯詩，以攄客懷。日夕過蘇臺，窮其韻而成章。凡得句百有廿，興之所至，罔計工拙。江空歲晚，孰知吾二人清苦若是哉！諒天地必有同其情者，隴右郲經仲誼識。

歲晏冰雪稀，天空水雲闊。扁舟戒行李，邵。遠道舍祖軷。度泖凌鷗波，郲。橫江蕩魚沫。晴暾弄熹微，邵。明霞入𣽁𤄷。村迷辨煙樹，郲。林響聽風栝。連隄半隳隤，邵。亂石互排拶。感茲物色睽，郲。疑若鬼神奪。蕭疎見古寺，邵。狼籍遺壞闥。替戾塔語鈴，郲。跏趺堂散盍。誰將拂盤陀，邵。我欲叩菩薩。了知空即幻，郲。奚謂悟始達。觸景人事非，邵。經途客心怛。憶昔兵構患，郲。念此民苟活。流離且無家，邵。瘢痍仍有筈。虎寧泰山畏，郲。雞豈武城割。待旦苦漫漫，邵。書空愁咄咄。旋瞻太平治，郲。遂及阨運豁。造化終含情，邵。生聚毋蹷頞。夏鼎燭神姦，郲。秦鏡走妖魃〔七〕。吾徒恒汩沒，邵。斯世暫超脱。侯門斂長裾，郲。町里混短褐。棲遲甘海陬，邵。飛騰阻天末。企望麻姑鵬，郲。悵閔李斯猲。禍福信倚伏，邵。貧賤逃夭閼。虚名自成累，郲。逸氣孰可遏。頻年頗好道，邵。長日頓忘渴。琴心舞胎仙，郲。筆陣馳叱撥。幽蘭紉佩纕，邵。芳草結屨鞨。瓦彝香屑沈，郲。甆斗松蟠栝。衡茅讓山藻，邵。團蒲勝罽毾。芸編飽叢蠹，郲。槎梁漏羣獺。野鳥資笑歌，邵。林蜩供巧掇。晞髮傲三沐，郲。充腹儲七糲。荷風揮白團，邵。桂月整緇撮。掃華坐裴回，郲。問竹行跋躃。衣防棘籬鉤，邵。屐慮蘚磴澾。樵漁從往還，郲。鄰里謝喧聒。童沽醖持券，邵。客醉狂褫襏。卒歲每怡愉，郲。安時靡乖剌。徒步猶履躡，邵。清談已囊括。獰頷固可探，郲。猛鬚慎毋捋。逍遥憚拘撿，邵。老醜倦塗抹。涸鮒肯貪餌，郲。罷驥恥受秣。澹然忘戚忻，邵。展也釋嗔喝。溪翁故相能，郲。隴士今有佸。及蔑繼郲盟，邵。翦棠思召茇。北征唐爾愧，郲。南音楚誰撻。漫歌車遥遥，邵。何歎流活活。周道尚逶遲，郲。吴臺空巀嶭。五湖悁陶朱〔八〕，邵。八陣失諸葛。載陽麌縱遊，郲。無詠狼疐跋。舊夢已銷沈，邵。清氛尚轇轕。顔跖悲蒙莊，郲。羿奡嗟魯适。君子懷遊從，邵。城闕記挑達。斯辰當臘蠟，郲。于夕叫寒鴰。嚴飈轉帆席，邵。斜暉在篷笪。既空梟鴈聚，郲。徒詠鱣鮪鱍。心驚玄冥沍，邵。目佇青陽潑。原同松柏貞，郲。不改薑桂辣。搔首一長唫，邵。乾坤莽回斡。邵。

〔一〕「問」，未定稿本作「聞」。

〔二〕「同」，未定稿本作「多」。

〔三〕「嬴」，原誤作「嬴」，據未定稿本改。

〔四〕「揖」，原誤作「楫」，據未定稿本改。

〔五〕「每」，未定稿本作「安」。

〔六〕「伐」，原誤作「代」，據未定稿本改。

〔七〕「鏡」，原誤作「境」，據未定稿本改。

〔八〕「悁」，原誤作「捐」，據未定稿本改。

魯提舉淵

淵字道源，淳安人。至正辛卯進士，初任松江華亭丞。徽寇構逆，延及永平。省檄淵與監郡脱脱引兵而西，會軍新安。爲寇所執，守死不屈。逾年始得脱，復抵華亭。甲午，起爲儒學副提舉，陞正提舉。張士誠據吴，除國子博士。明洪武初，與方道壑同被詔〔一〕，預修禮樂書。詔授江西按察司僉事，以衰病辭，還山卒。道源自號本齋，所居岐下，人號岐山先生。所著有：《春秋節傳圖例》、《策府樞要》。初陷寇時，置之白石吴伯善家，從容咏賦，預作祭文，名其集曰《征行》。睦州詩派云：道源詩多慨切之語。五言如：「舊讀忠臣傳，寧爲妾婦謀。西風紅葉恨，暮雨菊花愁。」七言如：「虹影截開千嶂雨，鴈聲驚破一天秋。白雲親舍終天恨，紅葉關山兩地愁。分手弟兄今日别，鍾情妻子此時休。」可謂激昂痛快，至今讀之，猶有生氣也。

和遊西山原韻〔二〕并序。

大參周先生偕員外程公、僉事宇文公、編修辰夫錢君，同遊於西山。以「荷花落日紅酣」分韻賦詩。余以疾不往，明日依韻成詩。

北山鬱崔峨，平湖湛清波。濯濯堤上柳，亭亭水中荷。
浮屠屹青霄，飛閣流丹霞。瞻彼梵王家，坐擁金蓮花。

鼓鐘動寥廓，金壁炫巖壑。狷吟煙樹暝，鶴舞松花落。名流冠蓋集，光彩焕泉石。爲樂貴及時，歎歌聊永日。汎覽天竺峰，回首六橋東。吴歌歡未畢，落照銜山紅。蹇予病憂患，弗克追遊驂。獨酌賡載歌，激烈有餘酣。

用陳君從會稽山歌韻餞同年朵侍郎北上

會稽山，何雄壯，俯視夫椒壓秦望。青天削出芙蓉花，岡巒飛走蜿蜒狀。有客有客驂鸞凰〔三〕，探珠飛下驪龍傍。海波帖息行萬里，丹書曉折金泥香。間尋禹廟探丹穴，燁燁皇華照林樾。龍頭光動梅梁春，馬啼猶帶燕山雪。歷身斗牛墟，引睇東南天。鑑湖浩蕩緑水曲，雲門崒嵂丹霞邊。雨洗青螺空翠動，日射金鰲曙光湧。地維作鎮南極尊，天柱高標北辰拱。薰風回首蓬萊仙，海天雙鶴身盤旋。會稽夢繞燕山巔，玉堂歸拂金花箋。東南民瘼君今傳，會看扆斧天恩專，狀元還憶吾同年。

歌王節婦

君不見，盧氏女，秉節閨門誦書史。踰垣羣盜鼓譟來，忍死奉姑姑不死。又不見，故相妻，國亡家破身孤栖。夫君死忠妻死節，上天下地聲名齊。千年貞節史氏書，乾坤正氣無時無。葉家有婦全孝義，踵彼芳躅能捐軀。憶昔兵甲何擾攘，風塵一夜暗括蒼。縣官奔竄家蕩析，翁死亂兵姑在堂。當時婦姑恩義重，姑死寧將妾身共。宗祧一髮有孤兒，託婢叮嚀泪泉湧。翁仇未報夫先亡，片言正義扶綱常。奮身踴躍效夫死，凛凛六月飛秋霜。杜鵑夜啼山鬼泣，冤血朱殷原草碧。百年身世等浮雲，一死精誠照白日。越南婦人節義多，清風嶺上招曹娥。盧氏歐陽呼不起，慷慨爲爾臨風歌。君不見，馮太師，賣國老死徒奚爲，世間未必多男兒。

瘦馬行

君不見天閑飽食玉花驄，霜蹄颯踏臨長風。又不見山西戰馬饑無肉，瘦骨峻嶒如削竹。驪黄牝牡豈相遠，富貴那知有貧賤。古稱相士猶相馬，材質不施徒自見。我生駿骨非駑駘，千金價重黄金臺。看花疾走長安陌，流光掣電雙瞳開。邇來歷塊誤一蹶，惆悵關河隔霜雪。草寒水澀凍欲僵，毛骨不殊心自鐵。韓生巧作瘦馬圖，爲爾長歌立斯須。顧逢田子方，惻然一嗟吁。伯樂與翦拂，奮迅登長途。苜蓿秋肥沙苑草，伏櫪銜恩心未老。羣驥待洗凡馬空，春風得意京華道。

越中避難適周橋

喪亂今如此，漂零豈偶然。有身長作客，無地可歸田。兵火悽凉夜，風塵黯澹天。故人知愛客，同櫂鑑湖船。

早發周橋夜宿蕭山

早飯下周橋，寒風慘寂寥。浮雲猶蔽日，遠水又生潮。江接錢塘近，山連杜浦遥。荒城兵火地，孤館夜蕭蕭。

題執中倪君隱居圖

秋色滿郊坰，晴光落遠汀。浮雲連野白，孤嶂倚天青。古石磻蒼木，危橋接小亭。畫圖如舊隱，猶記我曾經。

挽曹繼善

嚴陵臺下路〔四〕，千里暗風塵。同作雲間客，君爲地下人。論文空識面，哭死倍沾巾。哀挽青門道，東風墓草新。

長安市

夜泊長安市，鄉鄰崇德州。驛停無駐馬，堰水有行舟。壞道埋荆棘，陰房走髑髏。悽凉兵火地，人物總荒邱。

題馬文璧秋山圖為盧仲章賦

野館空山裏，林泉象外幽。淡雲初霽雨，紅葉早驚秋。路轉山藏屋，橋危岸倚舟。直疑人境異，便欲問丹邱。

寓呂館不礙雲山樓為楊竹西賦

海天樓閣倚晴空，極目雲山縹緲中。翠袖拂開雲母帳，青蓮浮動水晶宮。人隨絳節朝丹鳳，天近星河落彩虹。回首五陵多甲第，劫灰飛盡軟塵紅。

宿新岑有警　晚宿新岑下，居人竄匿，無煙火。共食乾糧，就空室敷草席。坐至半夜，岑外火起，遲行。

烈火燔空照夜光，干戈洶湧客倉皇。杜鵑山外家千里，姑惡聲中淚兩行。橐具糗糧朝共食，地敷藁秸夜連牀。艱難倍切思親感，矯首孤雲是故鄉。

登蓬萊道院宿　時三月六日，至越，寓法濟寺。

中天積翠起崔巍，與客登臨一快哉。面面青山擁城郭，沈沈綠樹映樓臺。烏棲柏府風霜肅〔五〕，鰲戴蓬山殿宇開。極目東吳天一角，南風吹雨過江來。

題諸蕃入貢圖 并序。

皇元永天命，薄海内外，罔不臣順。遠人梯山航海，朝貢水土物，有不待寫王圖而知其盛也。比年，宇内多戰争，彼疆此界跬步而不可踰越者，況望其朝貢千里之外哉！今觀此圖，模寫遠國朝貢，詭裝異服，有閻立本遺意焉。俯仰今昔，掩卷三歎。噫！安得頌中興，而睹升平之世哉！因賦一律。

憶昔天朝全盛日，海涵春育遍羣黎。九州文軌車書混，萬國梯航玉帛齊。注駕朝閒宛國馬，神光夜燭海南犀。畫圖惆悵承平日，回首江山一鼓鼙。

和吕希顔感懷韻

幾年客路見秋風，舉目山河感慨中。風露九天涼月白，干戈千里戰塵紅。越裳翡翠供輸少，遼海雲航漕運通。無限園林正摇落，回看東嶺有孤松。

蘭亭有感

繭紙昭陵事已空，昔人感慨後人同。英雄不灑新亭淚，人物猶存西晋風。曲水光涵煙樹緑，落花香引酒杯紅。千年往事俱陳迹，愁見青山似洛中。

送陳道夫回永嘉

幾從燈火話襟期，忍向樽前賦式微。聽鶴亭前同客夢，卧龍山下獨君歸。塵沙道路雙蓬鬢，風雨溪山一釣磯。御史有書來柏府，徵君未許製荷衣。

次唐處敬題錢王廟韻

故山錦樹已藤蘿，前代穹碑遺愛多。捍海塘成民安堵，射潮弩壯水迴波。八都兵甲平於越，七郡生靈制尉佗。遺廟登臨多古意，風沙滿目柰愁何。

鑑湖

天香兩袖藕花風，咫尺蓬萊有路通。舟子乘槎銀海上，行人立馬畫圖中。樹分山色千鬟翠，水净天光一鏡空。賀老故家何處是，萋萋芳草鑑湖東。

禹廟

茫茫禹跡亘堪輿，遺廟衣冠尚儼如。萬國會朝新玉帛，九州經理舊車書。亭空窆石隋碑在，鎖斷梅梁漢殿餘。近説河流入淮泗，誰乘四載奠民居。

會稽山

牲璧尚崇周祀典，封疆猶屬古揚州。地維重鎮通閩越，天柱高標直斗牛。煙裊香爐紅日曉，天開玉笥白雲收。禹陵松柏多遺愛，及見衣冠拜冕旒。

題見山堂

浮空積翠對樓臺，下有小堂臨水開。柱笏且留高士隱，倚欄如待故人來。雨晴疊嶂青螺湧，煙斂平蕪白鳥回。便欲求仙訪東海，望中咫尺是蓬萊。

山郭偶成

扁舟濯足下滄浪，蕩漾天光接水光。疊嶂千尋擁圖畫，羅城萬雉固金湯。海雲淡白天將雨，村樹微茫地欲霜。便擬移家尋賀監，風塵道路兩茫茫。

重九

白鴈南飛天欲霜，蕭蕭風雨又重陽。已知建德非吾土，還憶并州是故鄉。白髮一作「蓬鬢」。乍添今日恨，黄一作「菊」。花猶似去年芳。一作「黄」。登高莫上龍山路，極目中原草木荒。

用宇文兵火後過大麻韻

千里鄉關憶錦沙，十年兵火少桑麻。離鴻夜月思中澤，舊燕春風失故家。鼓角城邊農尚戰，干戈村落婦還嗟〔六〕。風塵浩蕩無南北，始信吾身未有涯。

客中偶成

長鯨東下起洪波，黄鵠高飛碎網羅。風雨一春光霽少，干戈百戰亂離多。蕭條弟妹知誰在，漂泊江湖柰我何。欲訪滄浪尋舊隱，濯纓猶恐淚成河。

讀岳鄂王傳

擊楫長江舉義旗，誓清河朔振皇威。班師竟墮奸臣計，舉國愁看上將歸。空見湖山埋白骨，忍聞沙漠老青衣。金陵糞冢徒遺臭，始信人心有是非。

蒼莨軒爲花溪張克明賦

家在花溪多種竹，此君日日報平安。凉風枕簟秋先到，蒼雪簾櫳春尚寒。嶰谷誰能裁鳳管，渭川我欲事漁竿。廣平自是梅花客，擬結詩盟歲晏看。

憶表弟梁建中

貧賤他鄉感別離〔七〕，春風楊柳恨依依。愁邊送客難爲別，夢裏還家也當歸。風雨淒凉雞唱惡，關河寥落鴈來稀。何時與子滄浪上，重整絲綸上釣磯。

梅花莊

小築幽居傍浣花，種梅繞屋足生涯。樹聯東老神仙宅，夢繞西湖處士家。雪後暗香時縹緲，水邊清影自横斜。平泉木石非吾願，得共松筠老歲華。

王承山水圖

澤國江山幾戰塵，畫圖猶是太平民。青山城郭人家小，緑樹亭臺酒斾新。鴈帛不傳江北信，漁舟猶櫂武陵人。秋風回首天河路，安得乘槎一問津。

用吴志遠韻二首

灑淚新亭憾若何，山河風景易蹉跎。節旄落盡丹心苦，髀肉生來白髮多。千里鄉關憐弟妹，幾年湖海歎風波。江頭忽聽漁榔起，疑有英雄擊楫過。

江上扁舟水一篙，煙波漁釣且遊遨。人歸彭澤惟栽菊，我向玄都亦種桃。戎服盡趨新幙府，御羅猶著舊宫袍。皇皇宸極中天近，北望燕山紫氣高。

題柯橋僧横碧樓卷　時樓爲兵火焚過。

百尺危樓倚梵宫，登臨猶記與君同。煙凝疊嶂千鬟翠，天入平湖一鑑空。近水軒窗來夜月，蔭街楊柳拂春風。只今回首柯亭路，芳草斜陽黯淡中。

中秋客寓苕溪對月感懷

舊遊曾憶鏡湖船，湛湛銀河寶鏡圓。此夜懷人共千里，中秋作客又三年。梧桐浥露落金井，秔稻連雲熟野田。誰念杜陵多感慨，獨將雙淚對嬋娟。

候農圖

豳風猶見畫圖傳，閭里承平似昔年。白水陂塘梅月雨，緑陰村巷麥秋天。青門有客營瓜圃，栗里多君種秫田。聞説西疇農事急，幾回倚杖小橋邊。

五鴈圖

蘆葦蕭蕭江樹空，驚寒離鴈各西東。水雲空闊天無際，關塞蕭條路未通。散跡平沙留晚雪，悲鳴中澤怨秋風。可憐白首江湖客，兄弟飄零感慨同。

秋日感懷

客懷秋思共淒凉，戀戀松楸憶故鄉。一片丹心如皦日，幾年華髮易秋霜。蕭蕭零露蒹葭老，嫋嫋西風木葉黄。極目吴天歸鴈遠，澹煙衰草又斜陽。

清輝樓

浮空積翠起樓臺，乘興登臨亦快哉。水面天光浮日去，座中雲影隔山來。松亭風定琴初罷，茶竈煙消鶴未回。自是紅塵飛不到，一樽聊爲晚凉開。

嘉禾有感

十年猶憶舊嘉禾，散亂重經感慨多。檇李荒亭空戰馬，宣公遺廟少弦歌。長亭有堠埋青草，古渡無人自緑波。聞説皇威清海岱，版圖猶是舊山河。

皋亭懷古　天兵南下，伯顔屯兵於此。

十里荒亭草一墟，昔人曾此駐車徒。北方豪傑歸真主，南渡衣冠少丈夫。白馬素車降表出，紅旗青蓋帝心孤。百年過眼承平日，忍看城南戰骨枯。

保真道院感懷

洞裏仙人去不歸，碧桃滿地草離離。東林白酒無來客，北户清風似舊時。松影不招千里鶴，蠟花新滿萬年枝。玉簫聲遠多惆悵，重寫榴皮壁上書。

重遊道院與超上人會

玄都道士無消息，南岳高僧相送迎。竹近故人時弄影，犬馴宿客夜無聲。春歸碧洞桃花老，門掩長廊芳草生。應有神仙司下土，月明鸞鶴夜吹笙。

酬陸雲松招隱韻

一篋圖書發舊藏，扁舟迢遞水雲鄉。夢殘冷雨回巴峽，心遠孤雲上太行。千里音書天共遠，五更燈火夜何長。研田禾黍秋風早，應向東吴問陸莊。

題小瀛州

東林孫子茅山客，卜築幽居仙鏡開。四面天環大瀛海，十洲水繞小蓬萊。雲排疊嶂青螺擁，月墮長松白鶴回。我亦瀛州會上客，榴皮有約更重來。

送茅府判

西風匹馬著吟鞭，好是黄花九月天。人向雲間思召父，客從海上送茅仙。江空鴈影天澄璧，月白蘆花雪滿船。欲識使君何處夢，潮聲夜夜浙江邊。

和陸雲松遊春韻二首

三月鶯花到畫欄，繁華過眼等閒看。龍歸三泖波濤息，鶴唳九山風露寒。興極那知身是客，愁來聊藉酒爲歡。璜溪溪上成真隱，一榻春風竹萬竿。

離愁黯黯獨凭欄，春色難禁淚眼看。南鴈不來鄉信遠，東風微度客氈寒。一千里外六年客，三友亭前半日歡。應説禹門桃浪起，與君重整釣鰲竿。

和楊鐵厓先生韻

憶昔瓊林錫宴迴，五雲瑞色繞瑶臺。十年南國旌旗合，萬里中原煙霧開。聽鶴雲間豪一作「奇」。士老，騎鯨海上謫仙來。一聲鐵笛歌一作「驚」。鸚鵡，七十年來一作「餘」。心尚孩。

飲吳山亭偕楊文學趙本初諸公賦詩

慷慨憑高發浩歌，錢塘風物易消磨。江山萬古只如此，富貴百年能幾何。潮上海門紅日小，天低漁浦白雲多。不堪回首西陵樹，玉匣珠襦草一坡。

武林感興

當年鐵馬度重關，南國沈淪一餉間。城闕已銷龍虎氣，風雲常護鳳凰山。蒼苔猶憶宫袍緑，赤土空遺戰血斑。惟有望江亭下水，淒淒還似舊潺湲。

晨起

狐死無緣更首邱，家山回首泣松楸。杲卿忍死猶含血，蜀將臨危便斫頭。虹影截開千嶂雨，鴈聲驚破一天秋。若將成敗論人物，空使英雄淚更流。

難中

岑崖失脚歎途窮，回首家鄉一夢中。紅葉有聲悲落日，黄花無主泣西風。屈原自不愁湘水，諸葛猶懷佐漢中。欲死至今未得死，含羞繫累渡江東。

牧牛圖

養牲不博秦廷禄，扣角猶慚甯戚歌。横笛一聲江上晚，雨晴牛背好山多。

雞冠花圖

峩峩絳幘露凝秋，髣髴雄聲報曉籌。好是内園初鬭罷，紅羅纏項却回頭。

周氏山水圖

山外青山樓外樓，白雲紅樹滿林秋。若耶溪上雲門路，欲買扁舟作勝遊。

除夕立春偶成口號二絶

去年客裏過除夕，猶憶椒花頌北堂。今夜孤燈苕水客，夢魂和淚到家鄉。

枕屏書畫到梅花，兒女傳杯笑語譁。孤館寒燈今夜客，見人兒女却思家。

有　感

我愛葵花能向日，誰栽萱草解忘憂。感時無復繁華夢，不上錢塘舊酒樓。

烏犍圖

柳陰細草牧烏犍，柳外農夫種水田。惆悵東南兵火地，按圖還憶太平年。

清夜泛舟聯句 并序。

四月十有三日，以校文，由苕之杭。時貢院頹壞，即杭郡治爲試所，余亦與焉。越二十有六日，揭曉既畢事，以相君命授余湖之歸安尹。辭不就，寓草橋大覺菴。六月二十八日，偕知事沈君元昭及介翁何先生，同抵苕上。清夜泛舟，聯句二十韻。

宿雨蕩酷暑，明月生微凉。河漢爛昭回，象緯生寒芒。扁舟泛苕水，魯。行李下錢塘。蘆帆張風力，沈。桂櫂飛流光。咿喔聞桔槔，何。連蜷亘輿梁。洲渚互洄洑，沈。草木何蒼茫。山川儼疇昔，魯。風物殊尋常。昔爲桑麻地，沈。今乃争戰場。髑髏積京觀，燐火明陰房。何。荆刺走狐兔，瓦礫空垣墻。魯。蛟蛇止蔓草，蛙蟈鳴荒塘。沈。英雄愧前修，俯仰重慨慷。阮籍歎廣武，何。漸離悲武陽。顧我一二子，憂時熱中腸。魯。天心如好還，皇圖期永昌。何。威儀思漢官，禮樂存周綱。魯。擊楫揚浩歌，舞劍行清觴。寒山喜我歸，魯。花溪遥相望。酒酣坐舟尾，沈。聯句俄成章。諷詠發商聲，何。忠臣當激昂。魯。

〔一〕「詔」，未定稿本作「召」。
〔二〕此詩未定稿本爲一詩，未分爲六首。
〔三〕「凰」，未定稿本作「鳳」。
〔四〕「嚴」，原誤作「巖」，據未定稿本改。
〔五〕「烏」，未定稿本作「鳥」。
〔六〕「嗟」，未定稿本作「髽」。
〔七〕「感」，未定稿本作「恨」。

東海生阮孝思

孝思字維則，平江嘉定州人。工古詩文。至正末，與王彝常宗、金文徵德儒、張宸翰宸輩，俱擅時譽。自號東海生。

陳節婦行

憶妾年始笄，妝成羞出帷。嬉遊憎女伴，那解弄花枝。自從納夫壻，低頭事鍼黹〔一〕。初看秋月圓，再見春風起。值君促行裝，去作海南商。蘭缸堆落燼，親手爲縫裳。三霜無一字，浪語傳君死。空牀對嬌兒，夢越風濤裏。夜夜卜燈花，朝朝占鵲喜。繡户亦慵開，朱樓未嘗倚。忽聞報君歸，拭淚下春機。番禺幾月至，還著去時衣。笑傾金榼酒，重理玉琴徽。終身得棲託，情意兩無違。君心易離隔，愛逐遠行客。北風催掞柁，共發廣中舶。半路訃音迴，含啼燈下拆。痛君千金軀，竟作沈淵魄。花顔洗紅脂，緑鬢生白絲。却收盤龍鏡，罷照雙蛾眉。自憐爲君婦，少小無嫌疑。一首戴一天，貞心終不移。

玉仙謡

赤岸無波海塵起，蟠桃枝上花成子。玉仙邂逅赴瑶池，雲角淩空月如水。孑孑干旌引素霓，白騾蹀躞娉婷嘶。珮環流響入碧落，霧鬢約略風鬟低。鸞尾金寒歌扇影，銖衣露濕香痕冷。銀漢斜回笙彩沈，漸漸扶桑耀初景。齊州九點春微茫，六龍騰駕催晨光。空歌不到碧雲夢，蝴蝶牽愁愁正長。綵霞一滅瓊臺路，想像徒憐葬英暮。青鳥千霜去不還，猶許留情向豪素。

泉南義士行

温陵向南通海舶，販寶諸番共爲客。經年越險入風濤，往返那復計身勞。兩人一心金可斷，萬里雖遥何足算。他人重利不重義，翻手風波起平地。衆中結交非不好，中心如面寧可保。君家兄弟非一姓，肝膽相傾向明鏡。可憐世上輕薄兒，縱爲骨肉亦生疑。

簡虞勝伯

巷南巷北稀相見，柰彼村頭泥濘何。入手酒杯嗟有限，經心春事苦無多。疎簾花影聽鶯語，明月簫聲喚鶴馱。近報太湖新水闊，幾時鼓枻共君過。

王若水竹雀圖

篠逕無風翠羽乾，單棲應戀一枝安。莫教珠彈抛林外，幽夢何曾到紈干。

梅花錦鳩

百葉紅梅子未成，錦鳩枝上忽雙鳴。春寒不用頻呼雨，窗外東風雪始晴。

燭花聯句〔二〕

銅盤燒絳蠟，丹鑪坼金葩。重輪秋炳月，五綵晴爛霞。仙臺翳芝蓋，盧熊。雲漢駕河車。燄秉祝融火，王彝。色絶勾漏砂。虹晶闘爍爍，阮孝思。龍脣吐呀呀。珠照十二乘，熊。璧映東西家。蛾翅拂黯黮，彝。蜂房帀坳窪。粟綴炎州桂，思。蓮撐太華花。莫捫舔啖舌，熊。似露谽谺牙。頂昂珠冠鶴，彝。魄奪金背蟇。風搖掣流電，思。霰迸紛撒沙。撥燈書悟法，熊。賜炬騎增華。侈慙紅羅捲，彝。豔惜銀翦加。鄂韡同詠棣，思。炧輕類吹葭。濃依淡中吐，熊。明爲晦時遮〔三〕。淚墮心自獻，彝。燼蠹影無斜。乍殘螢熠息，思。微隱翠帷賖。螺贅畫宛轉，熊。雉尾文毵髿。再茁兩歧麥，彝。俄呈竝蒂瓜。的皪亞荼蓼，思。纍垂肖枇杷。幹擎梔六出，熊。根挺參三椏。丹衷表葵藿，彝。青陽回蘖芽。珍蕤競蓓蕾，思。瑛華露疵瑕。匪由兔窟采，熊。不待羯鼓撾。遠人歸卜喜，彝。癡兒笑争譁。妝炫醉妃睡，思。髺鬠姹女髽。玉堂陪乙覽，熊。棘闈成八叉。文摛恍夢筆，彝。燕錫儼籠紗。屢刻屢奏捷，思。一詠一見誇。采掇巧綴鳳，熊。嗚呼亂驚雅。導車增前馬，彝。射酒客疑蛇。纓絶貸嘲謔，思。鬒燎嫌紛拏。夜遊惜晝短，熊。星占知歲差。豈伊徑寸許，分輝煥邇遐。彝。聊因頃刻間，殞釋興咨嗟。照績未愁暗，思。見

螢〔七〕。堪。疇能較巨細〔八〕，何用喻辱榮。孝思。安期既遯世，魯連亦逃名。巽。飛度海水弱，鞭驅石梁平。堪。完完白盤上，灩灩金波傾。孝思。犀光微照耀，怪狀畢露呈。巽。鼇戴湧兀突，鯨奔觸喧轟。堪。一一蒼靈鼉雜魚腰，舞若惟能獰。孝思。蜃吐起氛霧，豚噴飛沫霙。巽。鮫呈綃錯落，蚌獻珠熒晶。堪。飄飄註羽蠵立，雙雙赤鱓趟。孝思。何物比目鰈，況爾丫頭鯉〔九〕。巽。鼈甲竟六縮，鰕蛇難獨撐。堪。放此寬大量，解節，的皪蜚珮瑛。孝思。琴生躍鯉出，王子跨鶴迎。巽。龍瑄碎碣石，螺航吸滄瀛。堪。謫天本奇術，縮地以無何酲。孝思。劃然悟忘返，歸與咏遐征。巽。既御鴻濛氣，當作欸乃聲〔一〇〕。堪。葳蕤覆肺蓋，踴躍鎗心若偶抨。孝思。踽踏頃步勢，呼吸萬里程。巽。坐我已几席，笑子猶庭閎。堪。微吟澀莊籟，獨繭纅媧笙。孝兵。孝思。齒鼓擊訇坎，音鐘叩噌吰。巽。婆娑髩以髮，傲兀蹬而瞠。堪。驚蛇逐毛穎，飛虹捲陶泓。孝思。萬思。鏦琤間金石，雰霏亂璣珵。巽。鐵畫逗溜壁，牙籤響風棚。堪。空劍商鏤卷在手破，五車於腹盛。巽。鬼谷應蓍策，羅浮證棋枰。堪。果有對局事，豈無高世情。孝思。銀絲過行鱠，繡，囊琴蜀錦頳。巽。得趣始破絕，有神終合并。堪。蒸鑪螢熠熠〔一一〕，茗谷蠐嚶嚶。孝思。紅擘爛於火，青剖圞瑪瑙重出膿。巽。神棗異桃核，仙姿類萱莖。堪。瓜開犀落瓠，榴破珠傾櫻。孝思。鼩鼱總成易，猛省渾瞠瞢。若纓。巽。丹分盎大橘，殷對合抱樫。堪。魁杓落睒睒，蒲牢發鈜鈜。孝思。舞興愍愍起，俠氣衝衝橫。巽。客巽。藥兔罷秋搗，窗雞候晨鳴。堪。霜結鴛瓬瓦，燈炧鴈足檠。孝思。嗰嗰泣魍魅，呱呱叫猱猩。巽。直令東方豪思橫發，童倦嗔屢頤。堪。冥搜入窈渺，狂歌錯鏘鏗。孝思。白，盡使神鬼驚。堪。

跋憐處汙。人膏葬驪冢，熊。鬼燐散胡笳。臍然郿塢崗，彝。樹斫馬陵查。代薪矜石富，思。積厠譏寇奢。往事灰已死，熊。餘光生有涯。祕思徵古篇，彝。渴吻需新茶。歡情洽樽斝，思。談鋒森莫邪〔四〕。諸君茂才業，力學勤耕畬。彤庭急賢俊，文運聿亨嘉。馳書賁束帛，結綬垂文緺。制禮召魯叔，識字奇侯芭。舉翮雲漢鵬，縮殼泥塗蝸。怪覩遂軒翥〔五〕，卑棲自躊躇。衆方駕騄駬，吾將似麞麌。慶此燭花兆，明發望閶闔。熊。

洪武三年春正月，余友王君常宗赴召入京，而秦君文剛、金君德儒俱以博士上禮部。余走餞嘉定，相與款洽者數日。適陳君孟賓邀余及常宗與湯君時中、阮君維則、王君本中過所居秋容軒。瞰練祁之南，景物清曠，環以水竹。時新緑獻狀，和風襲人，歡歌徜徉，有足樂者。逮暮，遂秉燭，命酒焚香。晏坐，孟賓請賦《燭花聯句》，以爲茲軒故事。常宗名彝、維則名孝思。期而不果者，秦、金二博士也。是歲二月八日，盧熊識。

海上丹房聯句

秋皋候海月，夜宿丹房清。虞堪。紫氣動瓊户，白光摇素楹。阮孝思。霜凝萬手杵，火伏三足鐺。錢巽。煌煌豎玉井，爛爛連赤城。堪。變合鉛汞髓，交媾龍虎精。孝思。所以靈毓祕，服之身形輕。巽。三花常結子，一胎忽騰嬰。堪。後天竟不死，終古真長生。孝思。孰云邁周聃，敢謂陵商彭〔六〕。巽。乾坤大莫測，日月慳其行。堪。大椿閱春秋，微蟲嘯昏明。孝思。造化幾不息，循環互相成。巽。天淵一飛躍，鞴冶徒煎烹。堪。道體詎割裂，名言孰紛争。孝思。超然萬物表，蕞爾羣目盲。巽。扶摇鯤鵬化，坎臼蠅蚋

予與東海生俱僑練水。一日泛舟，自楓村塘過葫蘆洿桃浦，尋欲觀海。抵夜，月色良白，宿崑邱仙者丹房。奇樂〔一二〕，飲酒吟咏，要予二客聯句，記一時遊會焉。予愀然曰：「昔人慨光景於鷦螟蜉蝣者，有《遠遊》餘響之悲。今吾與子遊，子言殆天啓也非耶？」於是三人輪屬，各賦偶語。共得字凡六百四十，爲韻六十有四，句一百二十有八。命篇曰：《海上丹房聯句》。仙者錢巽，字公權；客生阮孝思字維則；予乃青城山學樵虞堪叔勝也。時强圉協洽，九九月望，堪記。

〔一〕「黹」，未定稿本作「指」。
〔二〕「花」，原誤作「火」，據未定稿本及詩跋改。
〔三〕「爲」，未定稿本作「愜」。
〔四〕「森」，未定稿本作「生」。
〔五〕「怪」，未定稿本作「快」。
〔六〕「敢」，未定稿本作「政」；「陵」，未定稿本作「凌」。
〔七〕「螢」，未定稿本作「營」。
〔八〕「巨」，原誤作「互」，據未定稿本改。
〔九〕「丫」，原誤作「了」，據未定稿本改。
〔一〇〕「欸」，原誤作「款」，據未定稿本改。

〔二〕「熠熠」，未定稿本作「煖煖」。
〔三〕「奇樂」，原無，據未定稿本補入。

邵訓導亨貞

亨貞字復孺。其王父桂子，咸淳辛未榜進士。有别業於華亭，娶曹澤之女。因家小蒸，遂爲華亭人。復孺博通經史，贍於文詞，工真草篆隸，凡陰陽、醫卜、佛老之學，盡究其奥。與陶九成爲莫逆交。自號見獨居士。當時得其片語寸楮，以爲家乘光。至正末爲松江府學訓導。卒年九十三，所著有《野處集》四卷〔一〕、《蛾術詩選》八卷、《蛾術詞選》八卷。子克頴，字伯宣。有《學菴集古詩》，能世其業。

秋懷

金風應商節，庭樹生秋聲。況復疎雨過，莎雞振前楹。客居在城市，朋從少合并。雖無山林賞，乃亦無俗情。芳時屢消歇，身世坐無成。廣庭散短策，消遥塵慮清。陶然發孤詠，聊復遂平生。

皎皎青樓月，流光照幽樹。當時樓中人，邂逅感相遇。娟娟耀華年，粲粲美風度。黽勉在同心，誓言金石固。離居幾何時，玄髮各已素。豈無陽春心，去去若朝露。芳馨苟不存，臨風歎遲莫。

依依漢南柳，秋至多悲風。摇落在一息，坐此颯爽中。衰榮有天運，物力詎能攻。桓力豈不偉，乃亦歎其窮。嗟哉山林子，出處將無同。

夏夜

紈扇寄晚興，竹林生夜凉。大星在南極，新月照東廊。稍隔茸泖路，遠懷荷芰香。夜深屢移枕，清漏一何長。

林端鵲尋巢，屋角螢照席。風生銀漢凉，雲散玉露滴。坐久氣益蘇，心静神自適。鄰鍾忽迢遞，相與破幽寂。

夜

月白霜滿地，山家寒未眠。人影在門外，梅花遶窗前。村舂自斷續，戍柝相後先。沈吟惜良夜，那能遲芳年。

和孫果育先生曉行池上韻

逍遥碧梧井，顛倒白苧裳。荷净雨初過，水清心益凉。晨風却羽扇，秋意滿藤牀。了無塵中趣，良以遂行藏。

齋居讀書傚晦菴先生體二首

端居掩柴門，四月忽已暮。物色催年華，緑陰滿高樹。雨除軒窗静，宴坐屏百慮。清風激然至，好鳥聲亦度。愛兹羣芳秀，幽景欣所遇。瀟灑契心賞，澹焉忘世故。

清溪一雨過，沃野桑麻成。屬兹長養節，慨彼少壯情。庶類各有適，微生漫無營。窮居在田里，胡能事虚名。俛仰徇幽獨，微唫散新聲。百年總役役，且復遂吾生。

早春次陸伯弘韻

春生海岳菴，冰消建安瓦。山鍾隔遥林，漁篴散寒野。遠客忘馳驅，懷人賴陶寫。書燈尚林雞，塵陌已官馬。

陳元茂别去十年扁舟由山陰來有詩敘懷次韻識喜二首

向來秋懷詩，絶響斯寡和。憶君鼓朱弦，對客汎白墮。歌長竹間醉，興盡花下卧。有時舞婆娑，褰衣緑陰破。

契闊日以邁，交道日以虧。緬懷載雪舟，放情换鵝池。山川固無恙，觴詠長若兹。流水日東逝，何以寓相思。

用上人萬玉軒

琅玕遶禪室，坐卧空翠間。誤疑篔簹谷，攜入藍田山〔二〕。戒衣蒼雪亂，談塵清風還。何當往擊節，亦以香巖關。

熏自聞上人禪房與陸伯弘暮坐偶成

郊居絶勝賞，性僻如自然。時俗非所趨，方外若有緣。況兹蘭若幽，坐榻臨清泉。飄然縱心目，問法得老禪。文室頗蕭散，玅語開玄玄。西窗緑陰静，林麓含雲烟。逍遥接清景，塵俗詎能牽。

全真師鄭無用北遊

往昔柱下史，翩翩跨青牛。示彼衆妙門，契此玄學流。後來羣仙籍，往往在北州。至今燕趙間，斯道良可求。鄭師宦門子，氣寂業乃修。行當得所遇，逝將與之遊。稽首謝埃壒，長嘯崑崙邱。

午日曹雲西翁□厚堂分韻玉字

仲夏暑氣微，嘉樹藹深緑。詠歸衡門下，逍遥清溪曲。屬兹午日至，悠然對醽醁。親戚恒舊歡，荆楚尚遺俗。飲罷仍太息，歲月傷局促。世情苟驅人，毋使隨轉燭。願言各自愛，重之若金玉。

黄仲珍會試回藩省中有詩留别沙德潤任以南皆次韻持來求予著語

美人善窈窕，長年抱幽素。迢迢遡飛鸞，昵昵眄盟鷺。蹇修無裏言，良人昧情度。歡娱在一息，胡然藐雲路。

膏雨下灌木，春雨濯文荇。美人遵江阿，中心忽秋冷。昔期朝雲臺，今若中流艇。終焉蓬蒿姿，慎勿歎宵永。

德潤以南又賦以適遠興再和為荅

清景日以邁，玄髮日已素。遅迴置鴻鵠，曠蕩狎鷗鷺。何慚魯淳樸，頗適晉風度。長歌招隱辭，延佇淮南路。

離離原上蘭，泛泛漢中荇。春陽豈所私，夕露寧獨冷。誰其念遠人，采之寄孤艇。曷若遂其息，芳馨與時永。

贈經筵檢討太原陳敏夫

并州古名郡，盤踞山河長。禮樂盛姬晋，民風本陶唐。清淑多名家，軒蓋相低昂。有美元龍豪，喬木久芬芳。中宵德星聚，文采遥相望。

盛朝尚文治，機暇事探討。春明御筵閣，六籍互稽攷。峩峩貂蟬列，經邦坐論道。之子初明經，盛年致身早。晝永掄對休，揮灑更文藻。

彥聖次予夏字韻見貽乃亦次彥聖孟字韻為荅

浮生羡楚狂，適意類優孟。豈惟事文華，矧復慎言行。暇日得朋從，游心在觴咏。睠兹蘭若幽，愛爾林麓净。登山竹有題，俯檻水可鏡。起坐情共真，嘯語氣益勁。追尋往事改，悵望前修敻。論文浩無算，行酒肅有令。居然豁塵襟，恍若蘇久病。了無物我情，坐見夙昔性。杯盤既狼籍，步屧互斜正。重游當及時，山中筍猶盛。

僕年來塊處闤闠緬懷平昔託交粗多然意氣相期者指不多屈因景曾詩中論及交道就韻以懷數子隔絶〔三〕

走昔重交際，流汗若炎夏。結納天下士，寢食若不暇。蜀王藐餘子，卧之百尺下。王彥强，成都人。晉秦早穿楊，近命武昌駕。秦景容，太原人。傅子經濟才，多士避三舍。傅子初，鄱陽人。有美彭城宣，雄辯氣如射。宣伯聚，徐州人。錢郎早明經，翰墨照臺榭。錢南金，華亭人。落落東甌陳，特達衆所詫。陳元禮，永嘉人。雙湖王文學，識晚互相訝。王昌言，攜李人。平生此數子〔四〕，因之氣質化。況兹得孟公，稂莠見良稼。闊絶殊有懷，起舞雞鳴夜。

送傅子初先生之信州錄事

去年十月交，冬淺寒輒沍。客居江城館，燈火在風露。居從錢塘來，舍舟縱遊步。一見心爲開，問勞出情素〔五〕。番陽與雲間，相望千里路。會合匪偶然，況是夙所慕。江左古世家，粲粲美風度。射策衣繡歸，春生五陵樹。文章天機錦，到手眩昏瞀。坐談極疇曩，歡然獲知遇。自冬更徂春，不問朝夕晤。君於稠人中，走獨心所寓〔六〕。傳舍稍密邇，泥濘亦枉顧。開卷析疑義〔七〕，沛然決東注。賞音風雅間，神會見天趣。平生耿耿懷，不爲流俗具。因君頗呈豁，欣快未易喻。誓將與此老〔八〕，結納視親故。款洽豈有極，忽復報瓜戍。録曹雖民職，未足展抱負。行者崇令德，政化藹先務。分違坐契闊，引領不可遡。中年別親友，作惡若深忤。梅風彭蠡寬，歸鷁慎速渡。後約仍綢繆，中情尚能賦。芳洲蹇誰留，懷哉美人暮。

題傅伯玉來青軒

走昔重慶下，總角拜而翁。聞之祖父言，此老臭味同。與我爲世契，家在兩山中。問山在何處，僻近滄海東〔九〕。先生隱其下，邃若盤之宮。開軒納蒼翠，雙螺鬱葱葱。拄笏以致之，嵐氣浮雲濛。雲窗筆硯濕，雨檻尊罍空。春花與秋草，四時自青紅。夏暑熟桃李，歲寒斂禾穜。門深俗駕返，迥有前賢風。兹來三十載，念之感吾衷。先生雖隔世，有子傳箕弓。家氈一經在，未覺我道窮。況我與伯玉，少小相磨礱。及兹來遲暮，鬢髮各已蓬。手澤敬所存，矧敢弛前功。青山不改色，軒檻猶玲瓏。排闢匪寓言，生意那有終。何以志不朽，立言在諸公。顧惟通家好，詎能忘效忠。泥塗適偃蹇，物理還窮通。善保堂構心，禮法慎爾躬。方來當有振，鑒此以自崇。

昨以青鏡褐帶寄郭志道先輩暇日貽二詩以彰所貺不啻引玉之慚次韻為荅

客從渠國來，遺我火齊銅。蛟螭結其背，文藻交青紅。一展雙眼明，秋江送飛鴻。俗狀媿不稱，什襲寶匣中。念我平生親，潔白與之同。持贈見題品，坐使光價隆。重君有仙骨，長年駐顏容。豈知晦迹士，玄鬢成飛蓬。

縞帶不緣辟，出自鮫人杼。闇闇蔽光華，纖纖銜紋縷。服用必老成，褒博邁前古。垂之良有餘，踐履有門户。一御君子身，居然稱章甫。步趨重禮貌，周折中規矩。荷君不鄙夷，約束還見許。立朝對賓客，老矣更延佇。

戊申仲冬兒穎為館人所連得罪繫獄朋游咸謂必老夫叫閽乃可昭雪由是衝寒扶憊戒途凡越旬始抵石城道間記所見得詩如左

澱湖

夜宿郭家舍，早行陳墓村。霧斂湖蕩白，遠水浮晴暾。兵餘聚落廢，草木蕩不存。傍橋得野店，刺船具晨餐。向來經行處，恍惚不可論。川原莽無際，黯然消我魂。豈知衰暮景，值此天地昏。

吳門

日夕望吳門，荒煙翳寒草。泊舟問何處，云是葑門道。三年百戰餘，人煙迹如埽。舉目山河異，恍若天地老。殘民餘幾何，流離孰能保。仁者不可追，誰其念枯槁。嗟哉乘除理，實匪人力造。茫然夢寐間，惆悵對蒼昊。

新安鎮

白首念舊遊，瞬息六七載。興衰反掌間，宿昔魂夢在。向來太原公，襟度絶爽塏。大開青油幕，籌策善掄采。談笑合經綸，事業有期待。入幕匪郗超，羅致慚郭隗。重來弔遺跡，驚心變桑海。故舊散如雲，我獨毛髮改。城門嗚咽水，似恨有遺鎧。天運不可量，鑄錯詎能悔。

義興

朔風中夜起，白晝生晦冥。舟行向亭午，問路循郊坰。日色稍穿漏，歷歷崗巒青。地出陽羨西，亂後皆凋零。良田久荒穢，聚落如晨星。乃得張生廬，回塘水冷冷。少年頗解事，肅客開林扃。燒薪具湯沐，置酒陳罍缾。且言兵火事，慘惻難爲聽。余亦感其意，强飲忘歠醒。明發戒行李，指點仍丁寧。

溧陽

戒車屬昧旦，霜露猶淒淒。折旋荒墟間，石逕迷東西。第宅燒焚盡，頹垣互高低。北風振林箊，寒烏向我啼。逶迤出官道，所見愈慘悽。南來多遷客，一一援子妻。嚴冬犯冰雪，面目俱沙泥。歷險復凍餒，矧敢勸攀躋。皇天有恒運，何以慰黔黧。擾擾六合内，誰能遂幽棲。

七里山

我生本無營，垂老值逆景。山水性所樂，邂逅心目逞。朝來經行處，林麓頗深静。松篁雜泉石，豈不慰馳騁。一見暫解顔，愁慮終莫屏。那能似平昔，到眼輒記省。始知乾坤内，萬事如過影。患難偶相遭，定力未深領。曷若忘吾憂，陶然造真境。

謝亭岡

此地非深山，所歷無絶險。高下百里間，崗巒互重掩。居民稍聯屬，兵餘若勤儉。山田固微收，況復經歲歉。停車謝亭岡，暮色昏冉冉。風寒人不行，遥見火燈颭。恍然遊子懷，偃蹇望拘撿。

金　陵

亭午寒霧收，日色漸昭晰。此行既迢遞，身世任曲折。四顧遠近間，羣峰儼環列。峨峨石頭城，形勝天地設。龍虎相踞盤，王氣故不輟。鍾山一卷石，迥與他阜别。山川無情物，往往隨變滅。粤從典午來，禹跡屢割裂。豈不祈永延，中自仁義缺。是知王伯資，初不恃險絶。誰其罪真宰，惆悵還結舌。白首匪壯遊，弔古粗可悦。唐虞彼何時，長歎肝肺熱。

壽靈源上人遊方

我生頗宏放，素有山水癖。胡爲墮世網，所願久未適。矧當風塵際，及此頭盡白。豈如浮屠人，蕭散無物役。名山勝水間，往往快遊歷。青鞵萬里道，不汙緇塵迹〔一〇〕。相逢明眼士，心地涣冰釋。壽公山林秀，豈憚勤勞力。發軔始自兹，端可窮絶域。設心一以廣，所向竟終極。了此最上機，三界在瞬息。歸來烟水間，借我半禪席。

錢塘林子文以星術醫藥畫筆遊食江湖為題行卷三首

璿璣耿夜光，所示各有象。七政一以齊，玄理益深廣。萬類靈者人，命運合天壤。儒先妙推測，經緯在指掌。後世得其文，禍福益宣朗。

我聞賣藥翁，夙尚韓伯休。避名宇宙内，殆亦仙者流。後來不乏人，往往繼前修。濟世在陰德，豈爲生事謀。刀圭忽通神，遂與元氣遊。

古來朝野間，靡不重豪素。山水擅甲科，夙昔著名譽。漫漶積雪峰，險絶懸崖樹。之子法李郭，惜墨見天趣。幸寫桃源圖，艱危得歸路。

寄贈潁上縣令車則明會稽人小兒潁以罪遷彼此公知其非辜每加眄睞

東瞻會稽山，萬古神禹跡。嶔嶇控大荒，偃蹇鎮南極。蓬瀛屢清淺，造化恒鬱積。人物秀所鍾，不啻崑産璧。衰微或相尋，生毓詎肯息〔二〕。之子經世資，製錦暫淹抑。光岳含靈氛，終古有通塞。

孔門有遺訓，政事列四科。單父坐鳴琴，武城起絃歌。至今百里間，聖化恒漸摩。汝陰古名郡，先哲屢經過。巢由垂隱跡，歐蘇鼓文波。起廢喪亂後，豈不煩撝訶。頗聞德化感，道碑藹春和。願言邁前列，修途振鳴珂。

微宗事儒素，家在嚴灘上。衣冠久淪落〔三〕，喬木亦凋喪。平生江海心，既老尚宏放。應門賴弱子，粗習菽水養。一朝坐斥逐，夢寐隔千嶂。無家復貧病，曷異楚囚狀。徬徨舐犢情，悽惻倚閭望。明公憫斯文，青眼顧流浪。有德彌二天，没齒誰可忘。

夢中紀遊

春澤下楚雨，暮江開野花。嚴灘釣魚客，却上漢仙槎。

題窠石絶句

雲際天籟收，石底元氣蟄。幽人憺忘歸，日暮山鬼泣。

金錯刀竹

君子在澗谷，歲晏報豹韜。擬將鐵石心，鑄作金錯刀。

貞溪寒望

物色存荒域，人煙散遠郊。閑門當野際，望眼出林梢。水落三秋後，天寒十月交。草蕪殘畎畝，塵没舊衡茅。日送牛羊下，霜催橘柚包。溪渾魚漏網，樹折鳥傾巢。風俗從時改，邱園未易抛。生涯慚負郭，歲事乏充庖。獨學唯疎嬾，羣居適混殽。世途多反手，友道絶投膠。無復懷招隱，猶堪賦解嘲。興來從目斷，一鴈下塘坳。

送松江太守楊公正秩滿歸太原

裂土邦千里，孤城海一陬。廟堂嚴遴選，牧守慎徵求。有美楊夫子，真如漢列侯。雄才方趙壁，間氣出并州。皂蓋聲華重，銅章理數優。民心懷善教，政典邁前修。突兀黄堂改，森嚴畫戟稠。阻飢鄰接踵，移粟慰窮愁。疏鑿江湖道，經營畎畝秋。泮宫仍頌魯，多士率歸周。一諾疏留獄，諸公服遠謀。笑談均賦役，聲價滿林邱。强梗俱潛跡，高明獨運籌。拳拳崇祀典，翼翼介神休。報最還前列，掄才孰與儔〔一三〕。去思登史册，來暮起歌謳。雲路追黄鵠，春風送紫騮。棠陰長藹藹，柳色自悠悠。波暖江淹賦，天空庾亮樓。未能趨幕府，只想逐鼇頭。朝野連吴楚，恢台直斗牛。何因能借寇，高興欲依劉。

錢南金往歲胥會嘉禾紫虚觀近聞館於澱湖謝氏經年隔絶寄詩問訊二十韻

世路多關隔，音書絶往還。故人長在望，良會眇難攀。伊昔來茸泖，平居共里闤。簡編争取益，詩酒最相關。花徑時時埽，林荆日日班。比年恒異處，吾道屬多難。鷗鳥風波急，醯雞宇宙慳。淇溪重邂逅，玄鬢各斒斕。分手仙人宅，傾心刺史灣。璠璵寧自韞，蕭艾孰能删。忽報遷甀館，還堪慰旅顔。新詩應夢草，短屐快登山。孤陋嗟無似，驅馳老漸頑。廛居惟習嬾，浪跡暫投閒。漫欲爲雞口，何能見豹班。心期忘蹭蹬，歲序任循環。故里春猶在，秋窗月又彎。平湖澄水鏡，孤阜聳烟鬟。目斷蘼蕪際，神勞夢寐間。少須攜白墮，相與岸青綸。

郗仲誼博士久別重見以詩敍闊依韻荅之二十韻

客舍窮無事，柴扉懶不扃。鄉田荒稼穡，野饌雜參苓。喪亂身空老，浮沈夢未醒。功名嗟曉露，故舊惻晨星。世道紛叢棘，流光逐建瓴。忘形從槁木，託跡任浮萍。衮衮欣投筆，寥寥願授經。堪輿更代謝，動植總凋零。幸免題鸚鵡，何堪賦鶺鴒。暖風仍甕牖，涼月尚虛櫺。適興紋楸局，開懷瓦缶醽。風埃便短褐，畎畝絶侯鯖。緗帙繁新蠹，練囊冷舊螢。故人頭盡白，重見眼終青。媿我淹顏巷，傷君憶孔庭。久懷投臭味，何啻挹芳馨。思繞盟鷗渚，羈棲唳鶴汀。雲霄迷北海，壺嶠隔南溟。蹇劣顔增甲，衰頹目眩丁。幾時同辟地，萬里快揚舲。

追悼南金錢文學二十韻

弱冠論交道，斯文獨賞音。瑶環生世族，冠帶表儒林。學海窮探討，詞源極訪尋。漸磨期遠業，爾汝得同襟。文采珊瑚樹，聲華緑綺琴。幽蘭湘浦韻，喬木謝庭陰。才美時無遇，情真世所欽。精神元不負，道骨竟難任。嵇阮風流遠，輿犂意氣深。半生聯里閈，卒歲盍朋簪。夜語巴山話，陽春郢上吟。對棋忘寢息，沽酒喚登臨。漂泊緣生事，緘題出素忱。風塵多契闊，鄉井共浮沈。末路傷存没，危途異古今。空梁迷落月，宿草睠遥岑。後死遭時變，殘生迫歲侵。丹心長耿耿，霜鬢益駸駸。草記王孫跡，梅存處士心。空懷挂寶劍，那復鑄黄金。

陪孫果育先生遊千山次韻三首

題圓智寺

古寺藏雲表，幽花遶路傍。溪山如有約，心跡總相忘。翠壁題詩蹟，青籃采藥香。野人應未識，白髮舊潘郎。

懷古太初書記

此老誰復記，近來何處尋。勤勞非左計，正始有餘音。月冷虚白室，秋高空翠林。遺縱不可訪，回首壁雲深。「虚白」、「空翠」，皆其室名〔一四〕。

贈壽南麓上人

暮下山房榻，晨炊石澗泉。聽鐘清夜坐，移枕白雲眠。南麓曾題竹，東林未種蓮。何當結茆屋，投老學逃禪。

錢南金往海鹽省母阻風歸遲用曹雲西韻懷之

村鐶曉未解，溪風晚自和。君行殊未久，花落已無多。夜饌魚如玉，春庭雀可羅。遲遲去魯日，遊子意如何。

寒食次雲翁韻

春信催玄鳥，客愁聞杜鵑。一村寒食雨，三月杏花天。物色知誰賞，風光亦可憐。西河長入夢，人在采香船。

丁亥臘月廿八日立春雲西翁有夜枕之作詰朝置酒餞歲次韻以復

蜡酒今朝臘，牛鞭昨日春。山林藏勝槩，天地有遺民。池草生新夢，窗梅若故人。夜深風雪底，雞唱又催晨。

横泖客舍立秋日

塵世常爲客，天時又立秋。病餘疎簡册，地僻少朋游。高樹商聲動，虚窗雨氣浮。浮生迷出處，祇合老林邱。

横泖雜言二首

横泖清晨望，人烟樹幾重。三江歸禹貢，衆水會吴封。雲倚孤村塔，潮生半夜鍾。田翁談古跡，隔浦是青龍。横泖在吴淞江南數十里。

廣厦人來少，青山遠對門。緩潮通曲港〔一五〕，高樹接遥村。井記袁崧宅，鄉連宰我墩。行吟聊適興，心迹未須論。袁崧宅、宰我墩皆在數里間，遺跡存焉。

客舍早春

下榻荒村夜，挑燈傳舍春。江湖爲客處，花鳥隔年人。世事隨時變，風光幾度新。天涯芳草緑，想見故溪濱。

寄南金

樹老深村巷，苔荒舊釣磯。地偏途路隔，世亂簡書稀。病骨須丹鼎，閒身且褐衣〔一六〕。春來能載酒，重話久相違。

哭劉希孟先生

蜀國山川秀，吴門閥閲深。家聲推朔黨，世業擅南音。時俗防遺直，江湖見古心。寥寥紫霞譜，諸子尚能尋。

有道常高世，懷才只曳裾。賦愁周庾信，卧病漢相如。貧幸家氈在，清無儋石儲。斯文多汲引，淚落寄來書。

横溪夜思二首

宿霧隨雲斂，寒星著水明。客舟移遠岸，戍柝報初更。老覺驅馳倦，愁思喪亂平。故人雞黍約，歲晚更多情。

海角天寒夜，沙頭月暗時。梅花還入夢，芳草不成詩。聞道淮南郭，傳書憶下邳。所嗟遲暮色，豈計往來期。

俞山月用韻敘舊如韻答之

市樓聯榻夜，溪館艤船時。縱酒花飛遍，吹簫月到遲。情隨時事改，心有故人知。但得江山在，逍遥自可期。

城樓雨夜

十月荒城夜，三更暗雨天。鴈聲譙柝外，雞唱寺鐘前。松菊何人問，萍蓬往夢牽。物華兼世態，回首一茫然。

己酉春金陵旅舍和蔡君立程傳可二友韻

六朝江左國，二月雨中春。舉目山河異，驚心草木新。盍簪忘孟浪，把酒慰艱辛。莫問庭花曲，興亡有鬼神。

撫事傷遲暮，勞生感晦明。風塵城郭老，花柳歲時更。典午虛龍虎，阿房實鼎鐺。春寒期旅客，二月未聞鶯。

奉酬錢曲江見示韻

何遜詩逾古，江淹筆尚靈。秋風黄葉寺，春雨綠莎廳。行樂那能繼，浮沈不暫醒。鹿門在人世，何日遂潛形。

漫成二首

久雨秋將盡，愁雲冷未開。形神同木石，眼界總蒿萊。舊讀書忘記，新成句嬾裁〔一七〕。棲遲何所託，衰謝莫相催。

風急欲墐户，夜寒思授衣。亂離生事拙，漂泊壯心違。舐犢長形夢，亡羊久息機。柴門秋色起，倚仗看雲飛。

春日横溪

對酒忘衰鬢，看花憶故園。春光空在眼，客路總忘言。老羨山林逸，愁嫌市井喧。周旋從習俗，出處信乾坤。

和襄陽縣宰沙德潤春遊韻

春事元無算，人生若有涯。傍門新種柳，滿縣舊栽花。小隊東山屐，清風百苑茶。襄陽行樂處，幾度接籬斜。

畫梅行會稽王元章惠以墨梅且題其上依題酬之

道人畫梅墨色爛，傾刻畫成還自歎〔一八〕。不教幺鳳識貞心，故遣苔花封老幹。空江歲晏冰雪寒，江山月明人倚闌。隔江美人相見難，誰其致之白雲間。美人爲我話疇昔，感此孤高混荆棘。春風一夜到寒窗，坐使化工長太息。嗟予清絶忘世緣，得此似挹羅浮仙。歲寒相對深崖巔，夢中梨雲豈其然。

桃源圖歌

陶公昔作桃源記，謂有桃源在人世。不因漁子逐桃花，那得世間知此地。重尋舊路迷其蹤，天閟絶境無由通。偶因天台劉阮事，乃謂此有神仙宫。二事流傳本殊絶，後世相沿罔分别。昌黎先生一品題，疑誤爲君談笑決。誰將豪素畫作圖，高唐想像終糢糊。陵遷谷變屢反掌，此中按堵猶唐虞。民物于今同土苴，有力難尋種桃者。白髮吴儂淚盈把，安得桃源遍天下。

荅唐元度惠草堂詩陽羨茶

君不聞，浣花老翁隔春水，長日清吟泣神鬼。不求録事草堂貲，祗送先生太倉米。又不聞，玉川破屋洛城裏，門外日高猶未起。忽傳諫議送月團，便欲蓬萊作仙子。二公高興出天機，千古清風韻人齒。文章舉世尚茶歌，名教相宗賴詩史。青谿野人書屋底，歲晚山空念知己。梅花獨伴客氈寒，閉户窮年窺故紙。晉昌才子好事者，每與論文心輒喜。襟懷蕭散涵江湖，學問舂容有源委。昨朝過我荒寂濱，清覎灑然兼二美。我聞建安兵火餘，紙價倍高書版燬。又聞北苑道路艱，青篛緘題阻千里。豈期物色融心神，不啻瓊瑰溢筐篚。呼童洗鼎烹石泉，展卷高歌發宮徵。枯腸漱滌生陽春，老眼光明耀窗几。我生追羨少陵翁，千載神交得其旨。從來亦有嗜茶癖，知味陸郎差可擬。邇年潦倒絶賞音，一旦爲君重屈指。山中白雲不可持，何以殷勤報投李。相期月夜來叩門，瀹茗談詩洗心耳。

旅秋行次韻答錢南金所寄知近寓秀水僧寺

紅葉風高墮寒雨，商聲起自蒹葭渚。三江逝水憺忘歸，獨客羈心亂如縷。此時客在江之湄，日暮途遠迷東西。鷗波萬頃清景絶，鴈門十月愁雲低。得子素書如夢裏，知與山僧相汝爾。東林結社或種蓮，南郭養生終隱几。憶昔與子同居時，花前美酒燈前詩。清風明月見玄度，流水高山得子期。只今與子成二老，修名不立欣聞道。歲月無情左計多，江湖滿地知心少。十年共坐風塵中，夙昔玄鬢成飛蓬。慣看青白有俗眼，已悟得失如塞翁。歲晚終歸釣遊處，與子誅茆黄葉路。時從編簡對古人，日涉田園自成趣。人生百歲何時閒，我輩久在浮沈間。吁嗟長安日已遠，莫負江南煙雨山。

滄滄漁叟引為檇李蕭養素賦

滄滄溪與鴛湖接，中有漁舟小如葉。漁郎把釣溪之濱，日夕歌呼弄煙月。滄溟空闊風常寒，紅塵辟易天爲寬。襟期不啻在楚澤，出處似欲凌嚴灘。一夜嚴飈吹虐雪，千山鳥斷人蹤滅。忽然漂泊箕潁間，洗耳長流更清絕。人生百年俱有涯，榮辱不到漁樵家。天吴海若惡作劇，信緣齊汨終無譁。江南處處青山在，江上故人毛髮改。尚餘鷗鳥識孤舟，不信相看換桑海。武陵只在天地間，可惜晋士成空遠。桃花舊路若邂逅，謝絕世故無厚顔。

瀼東耕歌爲烏溪黄成章賦近在潁庠分教

天寶乾元亂離日，東川西川氣蕭瑟。中原旋復九重城，瀼水猶存萬家室。杜陵野老悲無家，白頭漂泊錦水涯。入幕何堪故人死，爲農復歎京國賒。此翁高節無復得，後輩猶懷踵遺跡。蜀山萬里何茫茫，詩史千年長歷歷。我有邱壑如瀼東，春耕秋斂誰復同。浣花草堂在眼中，日夕想見前賢風。十年出處學彌勵，放逐居然增意氣。從容時發舞雩詠，凄凉亦灑新亭淚。人生百年安可常，行役孰不懷其鄉。一朝杖屨賦歸去，故園草木生光芒。

苦梅

空濛烟霧滿羅浮，紺碧生香夢未休。緑髮夜寒遺玉瑱，羽衣春暖怯蒼裘。小窗横幅丹青落，古殿殘妝翠黛愁。骨化寒瓊心似鐵，至今么鳳妒風流。

次韻王彦強客懷

秋風城郭起層陰，遼鶴歸來歲月深。鏡裏光華催緑髮，牀頭顔色歎黄金。班生有志終投筆，鍾子無言久廢琴。白石溪頭問鷗鷺，不堪塵事日侵尋。

江城暮春書事

三月凝雲連白晝，滿城宿雨漲黄沙。歲華不改綿蠻鳥，春事俱成頃刻花。每厭巡窗飛野馬，絶憐沉竈産官鼃。庭槐自是南柯夢，觸悟愁人起歎嗟。

寄錢素菴鍊師師雲問南城大族

南城曾看五陵花，東郭新營處士家。每向郢人傳白雪，未從葛令問丹砂。華亭夜聽横江鶴，銀漢秋期泛渚槎。忽見梅花耿相憶，夜來清夢遶蒹葭。

挽會稽吕勉夫先生咸平宰相申國公九世孫也

家聲奕世畫陵煙，曾傍城南尺五天。白髪襄陽耆舊傳，黄花栗里義熙年。山中夜雨燒丹火，門外春風載酒船。何日蘭亭訪陳迹，摩挲遺碣拜先賢。

孤山新建和靖先生祠

曾讀咸平處士碑，水沈亭北黍離離。南枝不似當年樹，今月曾看此夜詩。歲久蒼麟眠古墓，天寒白鶴認新祠〔一九〕。斷橋流水聲嗚咽，猷對清香酹一巵。

暮春次南金韻

茸茸野草帶煙藍，漠漠溪花隔霧酣。邨店人稀鸎囀午，官河風暖柳眠三。小童荷鍤朝朝筍，幼娼條桑處處蠶。錦里詩人最蕭散，短笻時過小橋南。

題錢素菴錬師封雲室

陸地仙家雲氣深，達人棲息共無心。山中虚室夜生白，户外長松晝落陰。瑶草滿階童不埽，洞天無鎖鶴來尋。華山高處春長好，不管桑田變古今。

柬永嘉裴日章進士

鹿鳴詩裏知名久，鴈蕩山中識面難。若士妙年先入幕，有才如此盍彈冠。炎方荔子書能致，水國鱸魚興莫闌。我在谷陽城外住，日長掃逕待吟鞍。

寒食雨中〔二〇〕

芳草離離遍五茸，雲間舊爲五茸城。天涯收拾暮愁濃。西郊風雨一百五，南國江山千萬重。眼底春光長拍塞，鬢邊秋色肯從容。闌干此際偏腸斷，零落梨花晚寺鐘。

簡黄魯德秀才

洛下衣冠遠莫追，城南韋杜本同時。江山風景知何似，湖海襟懷自有期。近況俱題鸚鵡賦，舊情猶託杜鵑詩。蘭舟夢遶清溪曲，杜若花開白晝遲。

簡賢大愚座元

江湖名字久相知，一棹秋風見面遲。方外有緣能致我，山中無物不堪詩。更長屢下蓮壺箭，雨暗猶殘竹院棋。自恨野人無玉帶，相逢未敢道深期。

送張茂夫之南安縣尹其父嘗為翰林學士

玉堂學士聲家舊，花縣郎官事業新。庾嶺風煙終帶古，楚江天氣最宜春。好將鼎實調羹用，莫遣鱸魚入夢頻。料得此行詩更好，因風寄與隴頭人。

早春錢南金見訪用陳景曹韻紀會

春溪一櫂竹枝歌，倒屣相迎感慨多。塵土不知新歲改，兒童共喜故人過。對牀傾倒情還在，接燭盤桓意若何。如此襟懷最真率，心聲歷歷見天和。

次韻孫果育先生海鹽茶園道中作地名夾山有金粟寺試茶院錢南金嘗約予遊未果

聞道夾山金粟寺，一如兜率净居天。雲藏衲子煎茶屋，春著仙翁載酒船。打破斷碑何代始，種來高樹百年前。錢郎詩裏曾相約，蠟屐因循未了緣。

乙酉歲人日閒雲瑞師過訪得唐復齋錢南金賢大愚各以倡和之詩見寄因就韻各荅一章以當新春問訊首荅閒雲

野屋春生喜錫飛，曹溪一宿話遲遲。未忘兜率參禪解，且問匡廬結社期。世道不侔空向老，物華如許却堪詩。明朝烟水還迢遞，慚負邛州竹一枝。

荅復齋

武川塘上暮雲飛，春水迢迢放棹遲。謾説銜杯如阮籍，可能問藥訪安期。人間動是經年別，方外相傳近日詩。願乞昌陽留緑鬢，東風潦倒插花枝。

荅南金

茸泖天寒雪不飛，茜溪雲斷鴈來遲。春回故國元無賴，人在殊方未可期。芳草王孫何處客，梅花人日去年詩。門前雨後新流緑，獨欠吟舟繫柳枝。

荅大愚

馴龍伏鉢夜深飛，破衲生光出定遲。柏子相應機不露，梅花自與月相期。從來名教唯多樂，近日浮屠總好詩。欲把談玄犀麈尾，與君林下换松枝。

次韻謝戴彦李先生 其父帥初先生與先大父同登咸淳辛未牓。

曲江宴集義熙年，諸老風流競酒船。後世尚存金殿策，前修已化玉樓仙。日斜江鷁春尋壘，月冷湘靈夜促絃。握手莫傷遲暮恨，一經猶得似韋賢。

遊吴中靈巖寺

百尺蒼頑一徑通，竹輿宛轉翠微中。春尋謝監登山屐，路入吴王避暑宫。響屧廊深雲氣白，彈琴石老蘚花紅。吴兒不計興亡恨，猶説陶朱霸越功。

歲暮寄南金　時在茜涇積善寺。

隔岸人煙是茜溪，梵王樓閣樹高低。美人只在寒雲外，破屋依然谷水西。歲宴冰霜無勝事，春來花鳥待新題。不堪音問經年絶，夜久相思夢屢迷。

題吹笙人詩卷

截玉參差作一攢，欲將天籟起雲端。竹餘嶰谷年華老，鳳去緱山月色寒。江上酒闌人窈窕，夜深簧暖燭汎瀾。小樓吹徹東風冷，歷歷江南入夢看。

海濱何隱齋靜得軒

聞説高居近十洲，一塵不到海天浮。簷前白日皆清景，座上青山總勝遊。花氣入簾春寂寂，櫂歌到枕夢悠悠。幾時約得蓬萊侣，跨鶴秋空訪隱侯。

海濱何氏攬秀樓

百尺高居隔市寰，青冥物色手堪攀。目窮瀛海三神表，身在匡廬五老間。江燕舞殘春雨歇，玉笙吹徹暮雲還。登臨更起瑶臺興，便欲凌風響珮環。

荅明心印上人約遊澱山寺

人間樂事無前定，方外論交有宿緣。謝監好山長貯屐，遠公結社合栽蓮。三千世界非塵境，九十春光半雨天。準擬前村寒食後，移尊共買澱湖船。

横泖客舍二月陰雨兼旬無朋游詩酒之樂花木禽鳥之觀不能不動貞溪之想賦以紀懷

東風吹袂起征塵，驚見門前柳色新。客路驅馳連月雨，故園隔絶幾分春。杏花村落懷人遠，芳草池塘入夢頻。蓬鬢蕭蕭慚旅食，人生只合早謀身。

贈王同僉

萬里江山入戰圖，歡聲一鼓集東吴。三秋奉使終歸漢，五月將軍欲渡瀘。訓練只須揮白羽，功名何止執金吾。行當早入麒麟畫，却弄扁舟泛五湖。

次張漫亭雲溪菴晚望韻

雲溪菴外野人家，秋晚行吟石逕斜。胡馬長年肥苜蓿，塞鴻一夜集蒹葭。舟中歲暮懷張翰，琴外風清感瓠巴。天際楚江楓葉赤，眼明只想是春華。

和倪德中見寄韻

白首窮經未識兵，年來世故總忘情。棲遲豈謂逢衰世，治忽何嘗屬腐生。夜月賦詩嚴武幕，春風醉酒亞夫營。自慚疎闊元無補，那得微言協太平。

清明日陪王同僉遊馬跡山

馬跡山中雨乍晴，鴈門灣裏水初生。山川易主何多難，花鳥於人尚有情。四海風塵均造化，幾家歌舞過清明。春風吹上籃輿去，戲逐元戎小隊行。

過干山荅孫果育先生見示之韻

傾尊屢聽燈前雨，揮麈長懷坐上風。飯顆獨憐工部瘦，溧陽應念孟郊窮。黄塵世事悲歌裏，白髮光陰醉夢中。猶幸干山青在眼，扁舟來往趁飛鴻。

辛丑七月一日寓橫溪觀迎引大士經會酷暑鬱蒸廣庭露坐忽晚雲送雨神氣始蘇唐元度有詩見示因口占以復

赤日黄埃蒸酷暑，澮雲疎雨薦清秋。三江海近新潮上，七月天空大火流。晋代有人皆曠達，周南底事獨淹留。此行已訂蓴鱸約，何待須乘雪夜舟。

漫成用楊廉夫韻

歲月驅馳坐白頭，已將心事付東流。百年南國無遺老，千古東陵只故侯。邱壑忘形羞覽鏡，風塵滿眼倦登樓。故人往往情懷在，不廢山陰雪夜舟。

寄鄉人魯道原贊府

七里灘頭野燐紅，鄉關隔絶夢魂同。由來王伯興衰際，總在春秋筆削中。蘭佩無時懷遠渚，荷衣終古耐秋風。相期共載華亭月，歸訪雙臺把釣翁。

懷澄江鄧毅夫帥參

鄧子清才意氣多，承平風物飽經過。談兵夜入青油幕，載酒春鳴白玉珂。客路情懷仍曠達，鄉關歸計尚蹉跎。春來應夢池生草，遲我西窗翦燭歌。

寄馬文璧徵士 畫得名。

有客寄家胥浦上，放懷詩酒四時春。輞川蕭散王摩詰，谷口優游鄭子真。夢裏江花生綵筆，醉來山雨墊烏巾。因君寫出蓬萊路，唤起江湖老病身。

簡崑山慧明極上人 善詩文、隸古。

不見高人兩載過，望中樓觀碧嵯峨。中原小篆黄龍刻，西域靈書白馬馱。我輩襟懷於世薄，禪家風度託詩多。三江流水春還緑，擬放輕舟入薜蘿。

荅馬敬常冠軍見寄韻

南越將軍思不羣，東吳詩壘薄層雲。魯連既出攘秦策，司馬寧無難蜀文。天地洪荒千古在，山河形勝幾回分。英雄自昔生衰世，韜略于今已屬君。

孫長慶小山招隱

陸機山下小衡門，晋代風流此獨存。世亂有誰招隱士，草生何處覓王孫。上京冠蓋遥相望，陋巷簞瓢頗自尊。獨許野人分坐席，時時抵掌到羲軒。

曹幼文遺安室

家有襄陽耆舊傳，經時幽事頗相關〔三〕。求田問舍中年後，望水尋山夕照間。白日戰塵飛不到，滄江鷗鳥去仍還。鹿門此去幾千里，遺跡依稀尚可攀。

錢思復寓泖濱見荷花憶西湖遊賞有詩述感書以求和步韻復命

每愛西湖六月凉，水花風動畫船香。碧筩行酒從容醉，紅錦游帷次第張。月殿承恩霑沆瀣，星槎流影下陂塘。江南秋冷紅衣落，離立西風舊恨長。

癸卯元日與南金感舊而作

二十年前新歲日，與君剪燭鬬新詩。春迎北斗魁三象，詞唱東風第一枝。共喜舌存心似鐵，不嫌身老鬢成絲。椒花重爲斯文頌，拍塞陽和入酒巵。

張孟膚過余故里有詩寫曹雲翁西園景物不覺起余舊感向來文物荒蕪殆盡前輩典刑邈不可見行樂之地間存遺跡長厚之習則埽地矣不能已於言也

故里依俙緑野堂，軒窗面面俯滄浪。長林接地陰如染，遠岫當門翠欲翔。石井銅鋪琪樹老，雲階月砌蘚花妝。煩君袖裏如椽筆，寫入堅珉與記將。

甲辰元日次成元章韻

經年高卧似袁安，忽報新春起正冠。門寫桃符寧却鬼，盤行麪繭漫探官。幾家夢草催詩句，何處生花上筆端。白髮不禁春色惱，東風莫作故人看。

早春過曹雲西翁舊園

曹園花木又經春，舊客重來感慨頻。先輩風流如隔世，承平典故屬畸人。唾壺麈尾何時設，冷袖弓腰幾度新。老眼看花重回首，天涯無處不風塵。

次錢思復寒食懷錢塘韻

夢裏錢塘鎖暮烟，鸎花不是舊山川。露凉古殿銅盤折，月到荒臺錦樹圓。綿上空存寒食節，長安無復麗人天。相看莫説承平事，頭白傷心海變田。

和楊鐵崖曹園感懷韻

曹氏家園百歲餘，承平遺跡久湮蕪。路埋銅爵西陵瓦，壁暗襄陽海岳圖。春雨荒池花濺淚，夕陽喬木鳥呼雛。凌虚臺上論興廢，千古雄文屬老蘇。

俞子昭見寄舊懷新感藹然言意之表次韻奉酬

愁坐牽衣拂劍霜，悲歌撫掌按伊凉。塵中白日驅人老，雲外青山引興長。詩句近傳何遜好，酒徒還放酈生狂。羡君高隱東林下，罨畫園屏面面張。

用曹新民韻感曹雲西翁園中老梅

夜來夢入羅浮路，解珮依俙見洛妃。荒草等閒埋玉樹，冷雲猶解護苔衣。空懷吹笛花前醉，無復觀燈月下歸。老子風流總陳迹，只留遺恨滿斜暉。

次韻吳野舟見寄

玄鶴歸來世事訛，白鷗盟冷困滄波。山河錦繡今誰識，關塞荆榛莫浪過。四序光陰歡樂少，百年身世別離多。老來不柰親情絶，時復漫漫起夜歌。

新春和徐澹然處士韻

青年有脚春如夢，緑髮無情雪作堆。世故紛紜催我老，愁懷拍塞向誰開。草荒金谷花無主，日落烏衣燕不來。待得東風到邱壑，尚堪扶醉一登臺。

奉酬夏時可文學早春之韻

春從雪後試初晴，客在雲間憶故城。賣藥仙人聲價重，種桃隱者去留輕。蟻杯餞蠟驚新味，鳳歷催年感舊情。猶幸與君同晦跡，殘山剩水尚堪行。

贈嘉定普福宫秦東海高士

東華外史繼玄風，普福仙源屬正宗。筆底丹書呼白鶴，匣中星劍鬭蒼龍。瑶壇功行三千數，閬苑煙霞幾萬重。有約同遊尋大藥，明年先上大茅峰。

九日横溪客舍

晚節追思往事艱，老來未得此心閒。欲題紅葉無佳句，相對黄花只强顔。出處幸同衰草木，登臨不媿舊江山。酒杯還似當年緑，忘却風前兩鬢斑。

賦同門友葉子澄春星堂

君家住近白榆鄉，依約風林左氏莊。處士隱居春入畫，賢人聚處夜生光。乘槎泛渚仙風迴，燒燭張筵飲興長。底事同門少年子，老來闊絶類參商。

又賦子澄雪篷軒

歲晚瑶花滿太虚，翩然蓑笠混樵漁。浮家直到空明際，問路重尋混沌初。嚴瀨客星應黯淡，山陰人跡久蕭疎。老夫亦有孤舟在，擬約凌寒共釣魚。

和錢思復過真淨旭公房所作

短褐長鑱隱士風，蒼顔白髮瑩雙瞳。池邊駐馬邀山簡，月下登樓約庾公。縱酒放歌聊玩世，尋僧問語且談空。十年同在風塵際，幾見春雷鼓壤蟲。

黄岡賈彦德碧梧軒

百尺青桐覆短墻，重重車蓋翠陰凉。北平甲第停鸞鵠，東日高崗起鳳凰。風度綺窗春弄影，露浮金井夜生香。練衣麈尾蒼苔磴，遲子清談送夕陽。

賦鄞士梅隱

萬玉林中一草廬，市聲不到此幽居。孤山處士曾通譜，秦隴行人獨寄書。瓦甕酒香春動後，石橋屐冷雪晴初。高情迴出紅塵表，不比桃源禮法疎。

早春鴛湖夜泊

燒燈過了閙門静，踏月歸來宿酒香。何處高樓夜吹笛，曲中桃葉斷人腸。

題演上人畫蘭

空山楚雨夜淙淙，一硯春雲起碧窗。却憶扁舟載離思，暖風容與渡湘江。

陪曹雲西翁攜妓泛荷舟中次韻

蘂宫仙子舊霞妝，太乙真人白苧裳。獨欠湘靈來鼓瑟，冰絃歷歷按清商。
紅藕溪頭白玉磯，畫船載客憺忘歸。仙姝散得天花亂，不敢飛來著羽衣。

明日曹安雅翁約席上諸公再放蓮塘席間次韻

老魚吹浪起層瀾，六月陂塘特地寒。花底畫船人似玉，忘機鷗鷺亦貪看。
花間玉露夜生香，净洗冰肌不受妝。三十六陂還有約，定攜羽扇看新凉。

次韻荅衛立禮元旦之作

鬢底新霜白未真，情懷已似老來人。春風獨自無崖岸，委曲相尋白氎巾。

桃源畫卷

人間不識武陵春，獨有漁郎認得真。只作曲江風景看，殘山剩水尚精神。

松竹卷子

華頂蒼寒松五粒，渭川風渡竹千竿。長安陌上看花客，不信山中有歲寒。

春日和錢南金韻

溪上東風散草芽，去年曾此共看花。至今留得行春屐，猶帶西園徑裏沙。

次荅汪子翼進士嘗為采石山長三衢學正

采石官醪琥珀黄，柯山玄璧照人光。芸香閣上無塵事，鄭老詩成醉欲狂。

同曹雲西翁泛舟過干山

松篁兩行遶溪灣，一舸逍遥任往還。藜杖幅巾林下去，野人疑是古商山。

弭棹溪邊問老漁，雨中歸路晚模糊。九峰三泖人家外，髣髴煙江疊嶂圖。

次張漫亭遺興

滿壁鑽書嫌脉望，巡簷設網厭蠨蛸。悟來物理如人事，準擬緣榰結小巢。

僧舍看雲歌欸乃〔三〕，漁鄉對月舞娑娑。山中住久忘塵世，不道桑田變海多。
南渡承平無復見，中原喪亂又重看。白頭父老談興廢，曾識漢宫承露盤。

和錢思復春日口號

二月江南白霧昏，人家日日候晴暾。疎林敗屋春無主，燕子歸來若箇村。

客樓春日

東風吹夢到溪頭，溪樹依依緑水流。斜日小橋扶醉客，遠煙芳草釣魚舟。

西湖小景扇

畫橋歷歷樹斑斑，蘇小紅樓紫翠間。烟月不知人事改，夜深猶自照湖山。

香雲室

窗前嵐氣博山鑪，壁上晴光海嶽圖。一夜梅花横紙帳，暖風吹夢遶蓬壺。

題扇寄鄒君顥

浣花溪上堂依竹，采石沙頭月滿船。鱸蟹熟時秋正好，放歌載酒白雲邊。

君顥荅賦再韻以寄

情到漫題秋後扇，興來欲放雪中船。三江近信丹楓外，一夜相思白鴈邊。

題墨竹

江村蠶老柳花香，楚楚新梢出短墻。却憶黄陵廟前過，澹雲疎雨映瀟湘。

李雲山畫秋林晚步

疊疊青山黄葉村，夕陽喬木幾家存。幽人占得前溪住，不是桃源定鹿門。

停簫士女圖

花前月底不勝情，欲度伊州又不成。若見盧郎年少日，等閒吹作鳳皇鳴。

杏花宫女

花攢金屋兩嬌嬈，依約東吴大小喬。莫問中原舊春色，西陵烟樹正蕭蕭。

秋懷故溪

江上秋風吹客衣，芙蓉花老客思歸。荒煙亂草斜陽外，夢遶前村舊釣磯。

元日試筆

賀年鄰巷雨初乾，把筆書窗墨尚寒。忽見東風到門外，似將春意入毫端。

上巳日泊舟崑山縣城北十里顧墓田家風暄日麗野花亂開邂逅父老為設尊俎相率縱步春興横生乃為短述以紀所見

崑山城北路漫漫，芳草連天雨乍乾。柳綠花紅寒食近，春光不在故園看。

廢宅荒池鎖碧苔，桃花無主爲誰開。舊時燕子知人事，飛過雕簷竟不來。

蠶豆花明遶路香，雞桑葉暗翠陰凉。相逢野老留雞黍，尚覺芳郊引興長。

吴女傷春盡掩扉，猶將膏沐媚春暉。逢人自把金錢卜，不信征人竟不歸。

曹園看梅

西園玉樹老風煙，離立盈盈不記年。昨夜東君又披拂，疎枝冷蘂亦嬋娟。石橋流水夜涓涓，時度寒香逐澗泉。月落參横疎影亂，羅浮春夢遶窗前。

貞溪初夏次南金韻

雨後林深竹筍肥，渡頭風急柳花飛。柴門不掩緑陰静，人在閒窗試苧衣。巡簷燕子掠晴絲，隔塢茶烟出院遲。草色入簾人不到，午風吹暖夢回時。楝花風起漾微波〔三〕，野渡舟横客自過。沙上兒童臨水立，戲將萍葉飼黄鵝。小巷繅車霜繭熟，前村社鼓野人來。鵓鳩聲在樹陰裏，竹下柴扉晝不開。

至正改元余寓虎林三閱月南金授業茶院孟冬余歸而南金亦還溪上夜坐縱談念不可無述以紀此會四十韻

久别情懷在，復。重逢意氣添。南。窮途仍遠役，南。吾道豈終潛。遲暮身何補，復。艱危首尚黔。客情鄉態别，南。人事物華兼。豹隱曾誰見，復。雞羣適自淹。故交深閥閲，南。高誼薄閭閻。歲晚詩無恙，復。更遥夢屢瞻。盍簪長此地，南。翦燭近前簷。近況俱相問，復。幽期已素占。真成談亹亹，南。更復坐襜襜。弱冠交游早，復。通家學問漸。訂頑唯汝益，南。知已不吾嫌。春浦隨風鷁，復。秋堂滴露蟬。楚蘭愁共擷，南。湘管醉重拈。村市魚蝦美，復。盤餐筍蕨甜。望雲歌白紵，南。踢月認青帘。靜賞花當户，復。微吟草入簾。平煙孤野闊，南。落日九山尖。竹影棋枰闊，復。苔痕屐齒黏。風流元不算，南。文采頓能忺。芸業猶生計，復。瓜田僅養恬。索居期自奮，南。微禄覬同霑。俗薄輕遺佚，復。時清媿孝廉。每驚巢幕燕，南。殊比上竿鮎。屈賈時多忌，復。商韓世不厭。固窮君子拙，南。競進小人憸。璞玉甘深韞，復。鉛刀苦較銛。淳風難返古，南。澆態日趨炎。汨汨知何益，復。嶄嶄獨好謙。富應同土苴，南。貧不厭虀鹽。暴白心如鐵，復。雌黄口莫箝。妙年咸仕版，南。長晝只書幨。坐欲彈冠起，復。耕期束帛覘。壯懷從曠達，南。短髮任髻鬑。未屬麒麟畫，復。恒韜虎豹鈐。淹留頻撫髀，南。慷慨亦掀髯。但得襟期在，復。何憂歲月殲。匆匆投井轄，南。忽忽報郵籤。江海無忘險，復。冰霜已戒嚴。詩篇相砥礪，南。友愛辱鍼砭。復。

〔一〕「處」，原誤作「趣」，據四庫本《野處集》改。

〔二〕「藍」，原誤作「籃」，據四部叢刊本《蟻術詩選》改。

〔三〕「緬懷」之「懷」，原闕，據四部叢刊本補入。「數」，原誤作「教」，據四部叢刊本改。

〔四〕「數」，原誤作「教」，據四部叢刊本改。

〔五〕「問」，原誤作「門」，據四部叢刊本改。

〔六〕「寓」，原誤作「遇」，據四部叢刊本改。
〔七〕「析」，原誤作「柝」，據四部叢刊本改。
〔八〕「此」，原誤作「比」，據四部叢刊本改。
〔九〕「近」，原誤作「定」，據四部叢刊本改。
〔一〇〕「汙」，原誤作「汗」，據四部叢刊本改。
〔一一〕「肯」，原誤作「肓」，據四部叢刊本改。
〔一二〕「落」，原誤作「洛」，據四部叢刊本改。
〔一三〕「執」，原誤作「熱」，據四部叢刊本改。
〔一四〕「室」，原誤作「空」，據四部叢刊本改。
〔一五〕「曲」，原誤作「出」，據四部叢刊本改。
〔一六〕「且」，原誤作「主」，據四部叢刊本改。
〔一七〕「裁」，原誤作「栽」，據四部叢刊本改。
〔一八〕「歎」，原誤作「數」，據四部叢刊本改。
〔一九〕「祠」，原誤作「詞」，據四部叢刊本改。
〔二〇〕「食」，原誤作「日」，據四部叢刊本改。
〔二一〕「幽」，原誤作「有」，據四部叢刊本改。

〔二二〕「欸」，原誤作「款」，據四部叢刊本改。

〔二三〕「楝」，原誤作「揀」，據四部叢刊本改。

陳教授鎰

鎰字伯銖，麗水人。嘗從遊張仲舉翥之門。官松陽教授。後築室午溪上，所著有《午溪集》十卷。

古詩二首

深谷有幽蘭，獨抱林下姿。濯濯見貞性，不受蒿艾欺。凄凉風露晨，花葉兩葳蕤。孤潔羞自獻，深晦乃若遺。豈無采芳者，悠然寄所思。

嶧陽有孤桐，豈願材中琴。歲月倐以邁，坐閲霜雪深。一朝偶製用，中存太古音。臨風試新奏，妙協鸞鳳吟。但爲以心聽，何事鑄黄金。

呈黄晉卿學士二首

龍媒出渥洼，萬里捲沙礫。未習和鸞鳴，早困鹽車厄。槽櫪少芻豆，奴隸競鞭策。偶然逢一顧，驪牝有高識。

鯤魚在北溟，蝦蛭混其側。一朝化爲鵬，獨去六月息。鴝鵒與尺鷃，小知非所測。于焉得培風，垂天起雲翼。

次韻題周可翁清脩亭

達人屏外慕，處静得自安。築亭蒼翠林，心境清且寬。凉風四面起，戛戛鳴琅玕。此時坐其下，快淪雙月團。我亦愛竹者，寄興同蕭閒。素交日已非，托爾盟歲寒。

呈張仲舉博士二首

長松生澗壑，千丈高崔巍。蒼然歲寒姿，不受霜雪摧。深根踞厚地，直幹排風雷。明庭要結構，大用須宏才。願言庇震淩，下慰寒士懷。

良馬出宛城，羸垂在平陸。踠跡駑駘羣，彌年困羈束。圉養無深知，蒭粟不滿腹。逸志忘騰驤，櫪下成久伏。一經伯樂顧，終然致天育。

次韻題冷泉亭

我遊靈隱山，木落素秋景。廓然得遐觀，萬象分馳逞。古石嚙水痕，寒梢盪雲影。投果拈白猿，捫蘿陟蒼嶺。回憩泉上亭，載瀹山中茗。濁根已疏雪，至味方雋永。不知塵世中，有此清凉境。緬懷白使君，千載名不泠。摩挲石上詩，歲月發深省。

次韻題莊雲卿竹崖詩卷

種竹已成林，森森列蒼玉。扶疎古崖陰，清風滿山谷。若人心境空，藉此伴幽獨。老氣不可干，凛凛生意足。載歌淇澳詩，遠勝十年讀。何時造其所，相傍秋雲宿。

次韻道元上人晚步

上人悟覺空，久已遺世慮。清吟啓玄機，妙語發新晤。孤鴻忘遠翔，疲馬懷蹇步。偶濯澗底泉，暫憩雲邊樹。山空錫長隨，溪遠林可渡。曠懷諒自如，撫景樂真趣。矯望東西巖，白雲自來去。

贈楊貫道文學

昔爾先君子，卓犖有清識。芳懷薄蘭茝，高誼重金石。賦命何蹇屯，乃爲屢空迫。一官在庠序，老大亦無益。今春我西來，相見叙疇昔。共遊西湖濱，竟日隨杖策。曉雲楚山青，夜月吴水白。重來今始秋，乃有死生隔。子幸繼高風，深慰我悽惻。云安談論間，亦復歎窮塞。懷哉騏驥姿，萬里汗方赤。終當踏康衢，未必困銜勒。願子加自脩，文業嗣前德。

寄松雲上人

憶昔遊招提，適喜塵事屏。高堂坐清晝，日映松雲炯。上人一單外，淵默守諸静。了然塵幻空，獨以詩自警。童子爲燒香，汲泉煮春茗。留客聽疎鐘，聲聞發深省。歸來忽三年，寤寐鵠山境。何時復相從，踏月度脩嶺。

次韻邵本初題東巖

兹巖何穹窿，屹立亘終古。崖厂削劍痕，石髓滴山雨。天開一罅峽，風響荅人語。行登最高處，逸興渺天柱。

出郭

端居久無聊，出郭頓清目。烟光動墟里，日影散林陸。活水明淺沙，疎花傍脩竹。地勝如桃源，何必隱山谷。

病起

今日天無風，肺氣稍平和。起行庭户外，好鳥鳴脩柯。園花忽爛漫，林筍出已多。物情各向榮，余亦散沈痾。雖當兵戈際，幸此居山阿。有子識生理，解種桑與禾。但知田園樂，禄仕夫如何。

過洪崖峽

山長足力蹇，計行無常程。礧礧石齒亂，十步九折縈。崖泉變爲雨，白日成晦暝。孤猿嘯雲裂，幽鳥呼風生。出峽漸夷曠，清溪忽然横。

西澗吟

有客在澗西，掬泉弄秋月。委心任自然，稍稍忘蘊結。空山更何有，白雲静堪悦。時還操孤琴，清音隨意發。却復念故廬，州城暮天闊。落葉飛不停，歲月去飄忽。世道猶崎嶇，歸計那可決。浩歌一長歎，凉飇激疎樾。

九日次韻葉訓導

二年喪亂餘，隱居聊種竹。佳節倏已臨，稍覺天氣肅。杜門澹無營，不與世馳逐。凉風動高原，殘陽挂疎木。于焉寄登覽，悠然豁心目。爲樂當及時，歲月去還速。吾里窈而深，子亦來卜築。幸此隔清溪，扁舟時往復。所欣道義交，固無榮與辱。相逢輒命觴，開軒遠山緑。

避亂西澗和蔡伯玉餞别韻

攜家逃世亂，登君川上樓。自非宿昔日，曷肯爲我謀。開軒納遠山，展席臨清流。時遊古仙巖，頗憶阮與劉。世路尚風塵，此地殊深幽。居然欣有托，不覺成遲留。眷眷終不怠，此意誰能酬。片言寫莫既，感戴如山邱。兹焉動歸興，孟夏麥已秋。握手未忍别，碧雲生晚愁。

次韻答蔡伯玉

春風蕩林梢，晴光散虚亭。好鳥鳴間關，慰我幽居情。景物日以佳，豈不懷友朋。顧兹咫尺間，如何寡逢迎。怡情一尊酒，安得同相傾。況乃衰病餘，坦然息心兵。種彼溪上竹，碧陰滿窗櫺。老去尚勤讀，夜坐宜短檠。承君寄佳章，一覽塵思清。何當來滄洲，共結沙鷗盟。

次韻答友人

我懷幽逸人，佳境心所宅。超然外形骸，聽視寡聲色。宴坐哦清詩，秀句出林碧。凉飈來廣庭，微月耿虚夕。兹時尊酒盈，妙趣良有得。而我蕭散姿，亦抱山水癖。不爲世故牽，寓物隨所適。逍遥味道腴，虚室自生白。

訪隱者

偶然來訪隱，山崦有幽居。日下看蒸藥，風前伴閲書。竹光青滿塢，水色緑循除。應笑塵中客，終年幾覆車。

錢唐送友人之維揚

瀟灑一尊酒，江樓得共傾。相逢俱是客，離别易傷情。樹色迷春緑，雲光拂曉晴。還思掛帆處，淮海正潮生。

次韻晚步

閉門春欲盡，偶出愜幽尋。桑葉人家晚，桃花澗底深。看雲閒倚石，聽瀑懶攜琴。蕭瑟青林下，嵐霏滿一襟。

客舊館

曾作蕪城客，重來又五秋。魚鹽河上市，簫鼓竹西樓。地暖梅花發，天寒江水流。依然風月好，且復寄優游。

次韻訪靈泉上人二首

攜詩訪禪老，地僻境逾幽。紅葉千林晚，黄花一徑秋。崖雲低屋角，澗水落磯頭。漸掃江湖迹，相從話舊遊。

山徑來雲氣，烟林變晚容。偶然成獨出，且喜得相逢。此興知誰會，常時悔自慵。長吟破寥闃，凉月上高松。

林亭小酌

林亭多晚趣，尊酒寫清歡。山近雲侵座，溪虚月滿闌。張琴深竹潤，拂石古苔寒。自足成吾隱，逍遥寄鶡冠。

次韻道元上人歲晚二首

山蹤迷落葉，天氣正深冬。崖雨添寒瀑，溪雲向晚舂。客憑臨水閣，僧叩隔林鐘。倚杖無餘事，招猿下碧松。

地偏人跡罕，境寂自無譁。雲濕松窗硯，風清竹屋茶。石梁融雪液，山沼落泉花。臘近寒梅發，相看鬢易華。

重遊南明山佛日寺

重到南山寺，清涼一壑風。慧光明佛日，梵語隱天宫。巖洞留雲在，池泉與海通。三平人去後，石虎勢穹窿。

次韻春夕旅懷

此身同倦翮，暫托一枝安。山近春常雨，溪深夜更寒。燈花頻翦落，香篆暗燒殘。明日尋歸路，松陰滿石闌。

餞别楊貫道山長歸錢唐

楊生别我去，故國在天涯。野店投鞭早，江船繫纜遲。行裝無長物，吟卷有新詩。留取懷中橘，還家慰母思。

次韻同友人宿山家

偶然逢故友，攜手玉山西。澗水穿林響，崖雲壓樹低。東風楝花老，落日子規啼。共宿松窗下，篝燈和舊題。

松陽學舍讀張修撰詩因用韻述懷二首

冷官無一事，詩思日來添。幽鳥閒窺沼，遊絲静挂簷。煮茶然小鼎，看竹捲疎簾。無怪居連市，盤餐味可兼。

門深無俗軌，春晚緑陰添。竹色侵衣袂，松花拂帽簷。清風自開户，明月忽當簾。況有佳山水，真成吏隱兼。

丁酉八月十二夜武陵對月是日省除青田主簿

明月相將滿，照人歸興長。清光疑不夜，孤景在他鄉。贖把芳醪酌，從無錦瑟張。桂花偏有意，兹夕送天香。

次韻陳府掾山寺述懷

久憩招提境，秋風醉叵羅。山空雲起石，林冷葉辭柯。世事塵機息，詩懷野興多。絶憐同作客，牢落竟如何。

次韻蕭別駕秋懷四首并呈章參謀

經年縻薄宦，秋曉興悠哉。掃徑深門掩，聯鑣上客來。清談延晝永，衰髮覺年催。歎惜遭離亂，愁腸日九迴。

空齋宿雨霽，涼氣入衣裘。簾捲青山曉，池涵碧樹秋。自經人世亂，轉覺此生浮。矯首乾坤闊，傷懷王粲樓。

端居聊自適，遠色望中明。載誦悲秋句，難忘憂國情。溪風薦微冷，山月吐寒更。兀坐渾無寐，愁聞驚柝鳴。

木葉蕭蕭下，哀蛩石上鳴。鬢毛衰易白，胸次鬱難平。聽雨添鄉思，看雲識世情。沈吟多感慨，搔首立前榮。

次韻簡周濟川山長二首

故人辭薄宦，去隱白雲鄉。溪樹春天晚，山泉夜月涼。攜家憐杜甫，齊物憶蒙莊。知爾身和世，于今亦兩忘。

白首頻遭亂，其如造物何。縱鱗乘駭浪，病鶴托脩柯。別友歲年久，懷人夢寐多。扁舟須過我，沽酒聽漁歌。

寄友人

憐君來此隱，竟日掩柴扉。山晚碧雲合，溪深黃葉飛。干戈雖暫息，鄉國未能歸。想見行吟處，寒波澹落暉。

和吳學正見寄韻二首

一從相別後，寄跡各東西。歲月身惟老，風塵眼欲迷。依山松徑窈，臨水草堂低。獨坐相思夜，凄涼月滿溪。

不見故人久，悠然多所思。郡齋呼茗椀，山館理桐絲。望斷雲凝處，吟殘葉落時。風霜歲年晚，還共竹猗猗。

題買從道枯木石圖

寂歷何年樹，槎牙傍水村。霜風吹葉盡，秋色落雲根。

懷張應奉

故人千里外，相見一何難。幾度裁書尺，秋雲雁影寒。

渡　江

殘月曉猶在，微茫水氣凉。潮來風滿棹，送客過錢塘。

病起夜坐二首

獨坐寒窗夜，深爐火欲灰。無窮身外事，都逐雨聲來。

自憐衰老貌，燈影雪千莖。藥餌扶吾病，詩書寄此生。

謝楊震卿山長惠李息齋枯木竹石圖

我家栝蒼西山西，重岡複嶺藏迴溪。蔦蘿篁竹最深密，半生此地成幽棲。邇來汩汩隨寒暑，走遍東吴與南楚。長嫌客舍似雞棲，夢寐山林有遺墅。李侯標格清逼人，胸中邱壑絶無塵。戲將醉墨一揮灑，怪石古木連蒼筠。先生好事緹藏久，不意今朝落吾手。却如置我故山間，謖謖清風起林藪。客中愁絶夜不眠，萬里秋思隨人先。便須攜此歸挂草堂上，時時開酌賞以瑶華篇。

謁張伯雨外史

先生昔住句曲山，瓊樓絳闕相通寬。飛幢遊戲九霄上，下視赤日如跳丸。却來平地尋舊隱，摩挲古石看烟痕。孤雲蹤跡偶還往，此身本在無還間。天書雲篆真訣祕，蒼精含景秋芒寒。老我江湖倦遊客，洗心只欲聽談玄。蓬萊弱水如可到，願借來鶴隨遊軿。開元宫有來鶴亭、烟痕石。

贈寫竹齊伯玉

少微躔下有佳客，紫髯漆髮雙瞳碧。前年騎鶴遊廣陵，傲睨江濤弄明月。雄才犖犖天馬駒，清標炯炯冰玉壺。滿襟英氣斂不住，却與竹君傳畫圖。酒酣肝膽露芒角，雪壁淋漓翻墨汁。興豪一掃數百竿，立玉排空森列戟。蒼烟漠漠横高秋，虚堂晝静聞蕭颼。知君用心亦良苦，落筆妙覷文湖州。我慚飄泊大江北，歲晚交情冷如鐵。欲留此畫共叙三友盟，只恐一夕通靈化梭壁。

次韻同徐子蒼賞海棠（二）

芳姿艷質天與妍，玉環飛燕俱堪憐。昭陽華清留不住，化去却作花中仙。當時扶醉春容醒，富貴風流兩矜逞。雕欄玉檻安在哉，依舊東風好光景。今人尚愛宫中妝，一春對花醉百場。踏歌槌鼓窮夜飲，連天畫燭迷春芳。我老偏慙脚無力，十年奔走他鄉國。花時偶喜得還家，把酒看花空太息。教兒莫放清樽空，翦取步障圍春風。人生得時且歡樂，少年轉眼成衰翁。

次韻客中答友人

我生牢落寡時偶，半世江湖厭奔走。霜風吹破黑貂裘，畫虎不成羞類狗。羡君意氣隘八區，自說功名分中有。往時曾學屠龍技，向去當施縛麟手。萍蓬偶爾屢相逢，黄金醉輦如澠酒。去年共訪西湖梅，今年又賦平山柳。侈然惠我雲錦章，五綵繽紛落晴牖。自慚衰老百不如，深荷交情日親厚。難將魚目報夜光，但惜黄鐘調瓦缶。倚歌慷慨不自羈，酒酣拔劍蛟龍吼。

江心寺

四顧瀰漫雪浪翻，巍巍臺殿壓雲根。天連塔影浮江浦，風送鐘聲落海門。老衲倚闌延月色，潛蛟蟠穴候潮痕。古今登覽無窮思，雲氣蒼蒼島樹昏。

次韻月明德經歷遊茅山

三峰翠色倚高冥，萬壑松聲撼百霆。列宿拱垣低月殿，彩雲扶轂近芝亭。紫壇露冷晨幢濕，金闕風微午篆馨。遥想羣仙飛珮處，碧霞縹緲玉瓏玲。

丹陽早發

浮生擾擾幾時休，又向長河理去舟。雁帶吴雲鄉信遠，蛩鳴楚月客心愁。依依老柳風烟晚，獵獵黄蘆水國秋。借問今宵何處宿，遥山青外是瓜州。

旅　懷

滿樓風露薄幽襟，素練縈窗月影臨。市散燈收人語静，夢回酒醒夜寒深。淮山殘雪三年客，栝嶺飛雲萬里心。珍重緑猗亭上竹，平安長遣寄清吟。

次韻答友人

青雲萬里豁雄襟，淮海東邊得共臨。吴楚地方平野闊，金焦山湧大江深。秋風楊柳離亭恨，夜月梅花故國心。試上層樓一悵望，手絃緑綺和高吟〔二〕。

和程渠翁見惠詩韻

卯峰深處客忘還，硯石從容意自閒。乘興無舟來剡曲，懷人有夢到松間。謀生每愧兔三窟，學道長憐豹一斑。若問日來新況味，飯牛聊復卧南山。

和周濟翁寫別韻

西風兩鬢已蒼然，萬事無心只任天。細飲黄花新酒味，長吟緑竹舊詩篇。登高未落龍山帽，盡興先回剡曲船。後夜定知窗外月，照人涼冷不成眠。

乙酉二月十六日偕楊貫道謁張貞居外史留宿南山登善庵明日以詩奉別

磵阿不到一年餘，此日重來訪隱居。銀燭照花明渌酒，石函封蘚貯丹書。雨添瀑水春池滿，雲起山窗曉室虚。自愧匆匆迴俗駕，不堪松下別霞裾。

送張仲舉應奉回京師宴韓提舉宅

主人開酌宴華堂，異果珍羞次第嘗。燕客題詩鄉思遠，吴姬勸酒曲聲長。風吹楊柳依依緑，雨過荼蘼細細香。此會殷勤還繼燭，莫教今夕斷離腸。

次韻白蓮

素質天然不假妝，盈盈步入水雲鄉。前身曾結遠公社，古製猶存屈子裳。月佩有聲沈水玉，冰肌無汗愜龍堂。夜深偏稱清閒客，來共西池一味涼。

次韻友人送别之淮東

萬里關河落木秋，又攜行李上扁舟。元龍湖海增豪氣，司馬山川愜壯遊。帆影乍開風浩浩，客程漸遠水悠悠。應知别後相思處，明月天涯江上樓。

客窗曉望

旅景蕭條霜氣催，江楓樹樹錦成堆。天高雁影和雲落，風急濤聲帶雨來。未辦緑尊供客醉，空憐黄菊向人開。一時歸興難排遣，邂逅成詩亦嬾裁。

武陵舊館

寂寞江山舊帝州，重來景物倍蕭颼。客窗素月涼如水，子夜清風淡欲秋。聽竹亭空蒼石古，種松地冷碧苔幽。老懷正自難消遣，嘹唳江邊過雁愁。

雙溪道院贈葉逸民

讀書精舍最相宜，一炷清香晝掩扉。虚白自生林下室，軟紅獨上客中衣。閒階雨潤苔痕合，小徑風清竹葉稀。邂逅與君同此興，求詩問法兩忘機。

聞子規

獨立溪頭聞子規，寸心欲折髮成絲。東風巷陌花飛處，細雨園林葉暗時。顧我艱難頻作客，經春愁悶强裁詩。雲山入望鄉關遠，徒倚長橋有所思。

夜宿道元上人房再次前韻〔三〕

客至林房成一宿，忽聞寒雨落空庭。竹爐細火留餘煖，松户深雲帶晚扃。井水應潮生石穴，洞霞成乳滴山屏。只緣景勝吟難就，坐對龕燈酒半醒。

遊南巖寺

蟾溪南畔小峨嵋，幽磴盤盤上翠微。路轉山亭休客駕，林開雲屋挂僧衣。天池水浄涵秋月，石筍峰高障夕暉。勝地從來隔烽火，却憐人世劫灰飛。南巖一名小峨嵋。鐘梵無聲白晝遲，沈沈古殿佛燈微。石崖射日光摇几，林壑藏風冷襲衣。自昔乾坤鍾秀氣，至今山水發清暉。何時重到分禪榻，坐看閒雲自在飛。

和賈縣尉秋日往山詩二首

野橋村路雨初晴，滿袖凉風馬足輕。松下幾年淹宦況，山中九日動詩情。逢時又見黄花發，感事俄驚白髮生。且喜囊中無長物，只留琴劍伴回程。

山色蒼茫翠欲流，行經熟路憶前遊。西風鳥影寒塘晚，細雨蟬聲碧樹秋。過眼光陰如急電，傷懷世事等浮漚。知君爲國勤勞苦，一寸丹心有百憂。

次韻遊溪南野寺

蕭然野寺愜清遊，禪老詩人總素流。迎客却從雲外入，烹茶少爲竹間留。庭空古桂疎疎雨，池净青蓮淡淡秋。欲效淵明同結社，遠公還許再來否。

次韻葉訓導移居

曾向溪南隱一邱，攜家今住市西樓。水聲通沼凉生袂，山色捲簾青入眸。竹竈煮茶消白晝，石牀壓酒醉清秋。安居此外隨吾分，可效涪翁賦四休。

次韻述懷

時命多仇道未窮，愁懷如酒興偏濃。争憐軒蓋能乘鶴，誰信泥沙解困龍。黄葉一庭人迹少，青燈孤館客情慵。西風吹冷衣中線，深念當時密密縫。

訪梅

溪上離離雪乍晴，乘閒偶作訪梅行。露寒徑怯青鞋濕，風冷枝驚翠羽鳴。孤艷向人春漸透，暗香浮處水偏清。留連爲爾索詩興，不覺沙頭月又生。

次韻友人過訪

溪上東風吹帽斜，故人乘興到山家。掃雲坐石因看竹，拾葉分泉爲煮茶。十載功名如沐漆，半生學業似炊沙。只今擬作郊居賦，無奈憂時鬢早華。

次韻餞别

清尊終日共徘徊，苦爲吟詩擊鉢催。修竹滿庭蒼雪落，好山當户晚青來。斜陽林外人相别，流水溪邊首屢回。今夜相思知獨苦，不禁寒月照窗梅。

次韻登玉溪山絶頂

溪頭一片碧崔嵬，我爲尋幽亦上來。山勢漸高黄葉盡，天光忽近白雲開。因懷王子笙吹月，更憶羊公石卧苔。此處儘堪逃亂世，漁郎相見莫相猜。

蓮城感事次韻

一自兵戈破栝州，豪華盡付水東流。惟聞夜雨新城柝，不見春風舊市樓。負郭田荒青草合，依山塚廢白楊愁。烟塵滿眼何時静，尚説江淮戰未休。

次韻道元上人遠回

青青錫杖雪侵頭，歷徧名山始倦遊。明月歸來巖下寺，清風吟倚峽西樓。羨師得道如文暢，老我棲身似許由。試和詩篇扣禪意，世間誰解悟浮休。

次韻劉彦英教授春日同宴吴元正宅

林下詩翁偶出來，凭高一望壯懷開。山川如故人應老，城郭都非鶴自回。遠樹拂雲明似畫，長溪過雨緑于醅。喜逢佳友同春賞，花底芳尊得款陪。

閒居遣興

抛却微官興浩然，歸來茅屋已三年。林間埽葉因風後，溪上看花未雨前。白板橋通沽酒店，緑楊樹繫釣魚船。此生已決投閒計，自種村南百畝田。

次韻友人遊吴山别墅二首

亭館高明客喜臨，門深無事寄豪吟。日長幽鳥窺簾影，風定閒雲墮砌陰。香裊古屏書滿案，苔封蒼石樹成林。晚來更適無窮趣，洗耳重聽月下琴。

主人開宴賞新晴，濃緑陰陰似水清。銀甕碧香浮臘味，錦箋繡句寫春情。倚闌看畫先尋譜，埽石圍棋默用兵。款客殷勤忘晝永，夕陽猶隔小溪明。

中秋對月次韻

屢遭離亂奈如何，對月今宵感慨歌。萬里烟塵連紫塞，九天風露下銀河。無人折桂當秋賞，有女乘鸞或夜過。歲歲清光只如舊，却憐白髮滿頭多。

上總制胡公次陳伯亮韻

安南上將喜來歸，路入雙溪暑氣微。憂國半生心獨苦，籌邊三載盜應移。暫分外省行華選，合向中朝侍衮衣。一道奎光照蒼梧，深山窮谷被餘輝。

朱門畫戟衛嚴居，甌越民安絶吏漁。身佩龍泉三尺劍，家傳豹略一編書。且須部列平沙幕，未許閒乘下澤車。白髮小儒瞻望久，自憐《爾雅》注蟲魚。

次韻鄭訓導二首

幽人曉踏渡頭沙，遠趁閒雲訪我家。投老山中聊煮石，尋仙海上未乘槎。尊傾淥酒酬彭澤，盤飣黄柑擘永嘉〔四〕。日短天寒年已暮，且看飛雪散瓊花。

一水回環漾淺沙，竹林深處老夫家。山童招鶴穿樵徑，溪鳥窺魚立釣槎。人得居閒心獨静，詩因吟苦句方嘉。窮居漸覺回春意，簷外梅枝已著花。

贈醫人馮英伯

一别馮君今十載，重來猶帶舊行囊。空窗炙艾消沈疾，新卷編蒲寫祕方。閱世已經三折臂，憂時還轉九迴腸。養生道要如相授，分我刀圭换鬢霜。

次韻齊子和山長過訪

竹外書齋午睡醒，忽驚有客扣門聲。十年離亂成分首，一日相逢話别情。歲晚吾仍憂病肺，天寒君尚促行程。明朝又向山城去，滿路梅花入品評。

欲至松學連日阻雨再用韻奉簡諸友

欲訪蟾峰雖咫尺，瀟瀟風雨隔平原。故人只在松邊館，倦客空吟竹外村。兩處雖懷溪水闊，一襟幽思嶺雲昏。舊栽青杏今何似，想見陰濃覆酒尊。

八月三日伯玉留飲西澗别館

憶昔遨遊湖海中，只今華髮總成翁。詩詞做古多唐體，人物居閒有晋風。且把酒杯酬地主，莫將世事問天公。何當結屋來相傍，坐聽松風澗水東。

次韻周山長見寄

久客松州生有涯，松陽一名松州。青山無價儘堪賒。苦吟只爲酬詩債，薄俸多應付酒家。十載風塵雙短屐，半生江海一浮槎。如今老去宜謀隱，静閲丹書憶少霞。

再次韻畗海翁上人〔五〕

爲愛石梁擔負山，照心亭上久凭闌。松篁不動雲飛盡，清磬一聲山月寒。
紅塵飛不到青山，留得詩人倚石闌。林鶴已歸僧未返，半巖秋雨瀑花寒。

夜泊桐江

梔牙呷軋濤驚枕，船腹凄凉月射窗。正是客愁無處著，數聲寒雁起滄江。

客　枕

滿城風露氣漫漫，鐘鼓聲中漏欲乾。夢覺忽驚身是客，半簷殘月五更寒。

過溪居次韻

玉溪溪上晚春餘，凉樾蒼篠日影疎。閒傍竹門南畔過，石闌陰處看儵魚。

獨　坐

一炷沈烟百慮清，殊方十月早寒生。蒲團竹几西窗坐，閒聽西風送雨聲。

古斷腸曲

花落長門日易昏，不因芳草爲消魂。玉闌干外東風過，吹落罘罳月一痕。

夜飲月波堂

花影當簾春夜長，主人迎客月波堂。深情得似深杯量，消盡銅匜一篆香。

次韻題江山小景二扇面

漠漠風烟遡碧流，荻花摇蕩一江秋。漁舟遥繫人家外，短笛數聲生晚愁。

江上數峰凝紫烟，江頭一水碧于天。月華明處秋空闊，疑有緱山駕鶴仙。

夜　起

縣齋静夜秋風起，落葉蕭蕭撲窗紙。酒醒疑是山雨來，月明滿地凉如水。

三月十日遊南明照心亭和舊題詩韻

曾題詩句在名山，感慨重來倚石闌。三十年餘僧自老，空留池水照心寒。

次韻吳學錄春日山中雜興

亂世艱難寄此身，暮年食蓼有餘辛。一春勝事成虛擲，空憶蘭亭王右軍。
碧山深處息兵戈，石竇甘泉冷齒牙。絶似天台舊風景，何人能復飯胡麻。
林樹深深石徑斜，野橋村塢兩三家。蕭條門巷人行少，惟見疎桐自落花。
睡起書齋日正中，松花飄粉滿房櫳。山童頗解詩翁意，茶竈猶藏宿火紅。
一溪流水繞山隈，岸草青青長舊荄。鷗鳥不知人事異，自隨釣艇去還回。

題湖山十景

翠屏晚對

爲愛羣山列翠屏，竹門終日不曾扃。溪風吹却白雲去，添得他山一抹青。

綠野春耕〔六〕

雨足田疇春水生，青陽浮處有農耕。村南村北秧初綠，布穀樹頭相對鳴。

月浦泛舟

與客提壺夜泛舟，水光不動月光浮。洞簫吹徹湖山静，應似坡仙赤壁遊。

雪溪垂釣

水闊天寒雪正飛，漁翁猶在水之湄。憑誰畫出溪頭景，簑笠孤舟獨釣時。

竹樓清眺

竹外登樓興自豪，紛紛蒼雪冷吟袍。浮雲吹盡秋空闊，獨鶴歸來山月高。

松嶺早行

松林曙色未全分，半入青山半入雲。落葉鐘聲何處寺，行人疑在夢中聞。

古寺鐘聲

隔溪古寺夕陽時，風送鐘聲落翠微。想見老僧歸院晚，山童未掩白雲扉。

平川霽色

渺渺平湖蕩日光，漁烟起處隔蒼浪。登樓有客看秋霽，楊柳風多滿袖涼。

西山牧笛

西山山下草離離，斷隴平坡雨過時。牛背牧兒歸路晚，數聲短笛倚風吹。

東岸漁燈

月黑樓前湖水明，漁燈點點過沙汀。蘆風忽起光還滅，疑是寒宵夜燐青。

〔一〕「棠」，原誤作「賞」，據四庫本《午溪集》改。
〔二〕「和」，原作「味」，據四庫本改。
〔三〕「前」，原闕，據四庫本補。
〔四〕「飣」，原誤作「訂」，據四庫本改。
〔五〕「再次韻」，原無，據四庫本補。
〔六〕「耕」，原作「明」，據四庫本改。

施處士鈞

鈞字則夫，一字子博，會稽人。博學能文，詩得唐人體。隱居不仕。所著有《飲冰餘味集》。

西興

片帆風力飽，淳意碧颼颼。江闊欲沈鴈，天寒惟見秋。漁歌聞四起，人影在中流。隔望秦峰出，東南第一州。

鍾山〔一〕

山匣平湖玉鏡臺，四圍晴景翠屏開。雲移滄海龍猶卧，月滿中天鳳不來。鍾墓陰陰空蔓草〔二〕，晉碑寂寂自莓苔。東風不減千年恨，燕子南飛鴈北回。

陽明洞天

誰扁陽明曰洞天，瓊樓朱户萬松寒。前山倩鶴收仙箭，古穴藏龍護法壇。欲對香爐分坐石，就開玉笥借書看。葛洪知我非凡子，來饋靈巖换骨丹。

白水山

萬壑歸源瀉石湫，洞天名不下瀛洲。聲聞大地玉龍吼，勢接碧空銀漢流。道院晝陰微雨集，元壇秋冷濕雲浮。山翁指點青松外，曾見仙人跨鶴遊。

咸陽懷古

咸陽秋色草離離，千古愁雲鎖翠微。黄犬已亡秦鹿失，白蛇初斷漢龍飛。煙銷故國空流水，樹老荒城自落暉。應是驪山九泉下，死魂猶望採芝歸。

西一作「兩」。漢故都

漢室龍興四百秋，西風依舊水東流。當年金馬知何在，此日銅仙泣未休。三國山河分伯業，兩都煙雨變荒邱。曹瞞不軌心何忍，忘却平陽是列侯。

東　山

晉室將傾不易支，先生出處繫安危。山間紅袖從遊日，天下蒼生望起時。風暖松亭春載酒，月明花墅夜圍棋。轉頭樂事無尋處，空拂青苔讀古碑。

贈王隱君

投老西湖作隱君，鳳來龍去絶無聞。孤山梅近閒吟月，九里松深隱卧雲。書屋幾翻留鶴守，釣磯一半與鷗分。摛文染藻風流處，可似蘭亭王右軍。

淚

獺髓空勞補舊痕，離筵歌罷忽沾巾。半江湘竹斑斑雨，三月楊花點點春。字濕錦機啼戍婦，珠明綃室泣鮫人。琵琶滴罷情深處，洗盡青衫幾掬塵。

蟠梅屋

蕊珠宫殿玉闌干，四壁玲瓏夜不關。梁棟廣平真鐵石，根基和靖舊溪山。乾坤虚白生方寸，雲月昏黄共一間。可笑三閭元不識，蕙櫋蓀壁水潺潺。

函谷關

倚天樓閣勢崔嵬，曾爲雞鳴半夜開。百二山河秦社變，三千禮樂漢宫來。公孫白馬終難度，老子青牛更不迴。當日東封聽此計，泥丸飛作變驚埃。

錢塘懷古

三日無潮事可哀，坐觀天塹起征埃。不期雲氣隨龍去，空有山形舞鳳來。宇宙已頒新日月，煙霞猶鎖舊樓臺。後庭玉樹知何在，又是春風兩度開。

武昌故内

煙樹蒼蒼水渺茫，古今人物幾興亡。鳳凰山冷雲猶合，鸚鵡洲荒草亦香。江外鴈聲吴地遠，雨餘秋色楚天凉。停鞭欲問曹劉事，一曲漁歌又夕陽。

館娃宫故址

苧蘿雲物媚修容，玉燕金鸞送入宫。吴下諫臣終受戮，越中書吏不言功。烏啼月落霜初曉，鹿走春風草亦空。香徑屧廊隨世换，倚巖惟有寺樓紅。

武昌南樓

鸚鵡洲邊艤客舟，憲君邀我上南樓。胡牀老子三更月，鐵笛仙人一曲秋。流水白雲吴夏口，西風黄鶴晉磯頭。如今盡屬王孫草，添得江南幾許愁。

項羽廟

當日滎陽可滅劉，却緣不聽范增謀。徒勞百戰争秦鹿，赢得千年笑楚猴。父老江東能王我，故人垓下忍爲侯，騅兮不逝虞兮別，淚灑西風一劍愁。

送杜德常僉事之河南

玉堂學士草堂仙，濟世英才間世賢。憂國正操言事筆，移官又買載書船。風搏渤海三千水，雲擁蓬萊尺五天。更到鳳池春好處，紫薇香煖御爐煙。

送人歸天台

君去丹山伴赤霞，忍分書劍各天涯。交情十載共爲客，歸夢幾翻同到家。一路暖雲蒸藥氣，半溪流水引桃花。金庭好問長生訣，莫待秋風兩鬢華。

送金華史學錄回永嘉鴈蕩

青衫洗盡泮宫塵，三載琴書又問津。海闊正憐鴻去遠〔三〕，山深須遣鴈來頻。沈郎風月詩俱瘦，謝老池塘草自春。莫笑廣文官獨冷，長安一日看花人。

送人遷鄞分題得五湖〔四〕

五湖煙水寄浮萍，濟世英雄霸業成。故國當年空鑄像，扁舟到處却更名。浪花低蘸寒星濕，秋影中涵曉月明。别後相思頻夢遠，西風誰共白鷗盟。

送僧上天衣寺

錫影孤飛下十峰，定身分住翠芙蓉。巖雲曉伏參禪虎，溪雨晴收入鉢龍。香洗供花吟對月，清浮談法坐依松〔五〕。我來欲遂林泉約，金碧樓臺第幾重。

别友人

别酒相傾别淚流，江流亦不爲君留。片帆今夜又何處，明月當天誰共樓。一鴈叫霜紅入葉，十年爲客白侵頭。莫言歸計多蕭索，三徑西風菊正秋。

貴家招飲不赴

我在山林鹿作羣，君爲天上玉麒麟。莫將綵樹燈前酒，來醉梅花月下人。白屋不生三閣夢，青山那識五陵春。行吟每到看松處，自有漁樵作主賓。

小齋漫興

世道非時懶屈人，小齋容膝且安貧。河圖不出空歌鳳，魯史將終遇獲麟。雲掩松窗低結暝，水行花徑曲流春。近來頻得幽閒趣，幾夜青山入夢頻。

偶　書

薄宦他鄉故楚囚，不堪孤倚夕陽樓。東山别後薔薇老，南國歸來薏苡愁。風月吟身清似鶴，江湖生事拙如鳩。鏡中秋老蓴鱸美，欲買煙波一釣舟。

客　中

半生書劍惜分陰，誰想飄零素髮侵。朋社有盟鷗聚散，客鄉無信鴈浮沈。湖迴斷岸沙痕淺，月落幽林樹影深。歸計未成愁入夢，一燈空伴壁間琴。

金陵懷古

六代興亡事若何，鐵城空鎖舊山河。宫塵已没金蓮步，商女猶傳玉樹歌。廢苑落花春雨盡，古邱荒草夕陽多。秦淮無限英雄淚，總向東風逐逝波。

真妃

端正樓頭樂未休，三千歌舞從春遊。誰知御帳金雞寵，信有漁陽鐵騎愁。玉笛聲沈明月冷，錦囊香在暗塵浮。何時出塞琵琶女，能静風沙萬里秋。

〔一〕〔二〕「鍾」，原誤作「鐘」，據未定稿本改。

〔三〕「遠」，原誤作「達」，據未定稿本改。

〔四〕「分題」，未定稿本作「分韵」。

〔五〕「浮」，原誤作「溪」，據未定稿本改。

盛公子彧《崑山志》作「棫」。

彧字季文，世爲常熟之南沙人，元盛時東南鉅族。值兵亂，又無子，因贅壻崑山周庸叔常，徙家歸胡岡隱居焉。常與會稽楊維楨、淮海秦約、永嘉鄭東、遂昌鄭元祐、吴門張遜、鴈門文質、河南陸仁、清河張恕輩爲友，多倡和之什。後以田役謫戍。道遘疾，至金山泊舟，强起賦詩，投筆而逝。張恕以行挽季文詩云：「廿年不見盛公子，竟作修文地下官。玉樹臨風今竟折，冰舟歸櫬不勝寒。」時洪武壬戌歲也。所著有《歸胡岡集》。

夜宿顧墓田家

夜投顧墓村，霜花吹白門。燈寒釜煙滅，船聚溪聲喧。僕夫悄不寐，老嫗泣且言。租税急星火，誅求盡雞豚。傾囊歎饑歲，接境愁荒原。十室九逃散，如何賣兒孫。

春日出南野

霜晴白沙堤，水色明春衣。肩輿穩如馬，花鴨隨人飛。遠碧散霞彩，芳翠闘林霏。土融麥根動，薺菜連田肥。走覓南村翁，雞黍宜荆扉。對酌古柳下，談笑偶忘歸。

禽言

泥滑滑，江南路，雨雨風風怕春暮。郎行三月未還家，妾心還似郎心苦。泥滑滑，妾難行，閒階獨步青苔生。階前雨歇櫻桃發，白日微明照羅韈〔一〕。只今世路滑如泥，郎行善保千金軀。

耙鹽詞 并序。

洪武庚戌春，吴中鹽涌貴，農家多於水際取水煎之。余因感民生之勤苦者，雖有凶歉，亦不至塵魚其甑釜也。彼惰其四肢，而坐待饑餒者，誠有間矣。故作此詩，以美農之有餘力，又以歎有司之不便於民。觀風化者庶幾或有采焉！

朝耙灘上泥，暮煮釜中雪。妾身煮鹽不辭苦，恐郎耙泥筋力竭。君不見東家阿嬌紅粉媚，不識耙鋤巧梳髻。昨日典金釵，愁殺官鹽價高貴。

和春愁曲

鵝黄柳枝撲輕雨，裊斷新愁千萬縷。菱花倦拂瑣窗閒，吹得瑶笙雜鶯語。下牀不受春風扶，傷春擊碎青珊瑚。香消玉散繡鍼澀，閒開五色雙氍毹。離恨難禁情未愜，那肯將心託紅葉。翠帷深護曲闌花，羞殺東家白蝴蝶。

過漢浦塘有感二首

涼飈生緑浦，鳴櫓對青山。感舊人何在，傷秋客未還。身名難自保，世事故相關。誰識桃源路，攜家老此間。

往歲攜妻子，小龍江上村。主人親補屋，鄰父共開尊。一別迷雲樹，重過掩蓽門。欲尋題壁字，嗚咽不能言。

綽山亭

綽山亭前好明月，老子高情孰與同。烏鵲驚飛風葉下，魚龍出舞海天空。川明酒色如霜白，煙冷荷花濯粉紅。翻似坡仙遊赤壁，更無艇子著涪翁。

舟次漢浦

漢浦揚帆秋水高，青山小朵出林梢。浪開日閃江豚背，草亂風翻水鶴巢。破産曾無匡國計，辭家徒有故人袍。長年三老歌相答，一夜霜華入鬢毛。

送何彦文歸𤃩水

東海何郎雪滿頭，新聲一曲擅風流。酒邊蘇小西湖路，夢裏揚州明月樓。片片桃花吹畫鷁，行行柳色亂春鷗。可憐冠蓋皆塵土，莫倚清尊説舊遊。元註云：彦文善謳，名聞天下。

宿崑山城南田家

片玉山前烏鵲飛，繞枝三匝不成棲。無端驚破歸鄉夢，岸岸秋風絡緯啼。

〔一〕「微」，未定稿本作「須」。

饒右丞介

介字介之，臨川人。遊建康，丁仲容壻畜之。自翰林應奉出僉江浙廉訪司事。張氏入吴，杜門不出。土誠慕其名，自往造請，承制以爲淮南行省參政。家采蓮涇上，日以觴詠爲事。吴亡，俘至京師，丁未卒于姑蘇。釋道衍曰：介之爲人倜儻豪放，一時俊流如陳庶子、姜羽儀、宋仲温、高季迪、陳惟寅、惟允、楊孟載輩，皆與交，衍亦與焉。書似懷素，詩似李白，氣焰光芒，煜煜逼人。然其志大才疎，而無所成，爲可惜也！介自號華蓋山樵、浮邱公童子，亦曰醉翁，亦曰芥叟。

論書贈仲温

太白流西荒，音響一何切。蒼精散暘谷，光彩爛昭晰。靈氣垂八芒，雲漢自兹抉。人文既開張，象畫亦區别。冥機不自見，直待知者發。誰能懷邃初，心爲悟皇頡。閉門工造車，出門即合轍。古人有成言，得之盡毫髮。流形歸自然，萬古字不滅。將同造化工，豈獨在書訣。神哉嶽瀆經，鍊石補天裂。

送張德常之松江府判官

種樹不問根，樹生枝葉空。樹陰不復好，那得振其風。誰云種者去，猶有種樹翁。世道果相容，嗟嗟張府公。

藜科

藜科生庭中，白露日割而爲帚。是日取藜無蟻諺云。

堂下生旅藜，堂上秋風起。藜生何重重，秋風落無子。子落尚復生，根枯爲誰死。朝乘白露降，採割辭螻蟻。但知傷藜根，誰治藜生地。我非厭爲羹，爲帚爲厥始。

送秦文仲博士還三洲

東吴一作「望」。大瀛海，影落扶桑弓。三洲直如矢，正射三山中。三山負曉一作「朝」。日，曉一作「日」。日波浪紅。仙人不騎鶴，所適多御風。秦君家三洲，長與仙人通。即之不可見，忽爾能相面。翩翩頭上巾，舉舉塵中扇。高談清溽暑，知子不貧賤。閒居寡良儔，有酒不自薦。此日亦足一作「足可」。醉，況得邦之彦。小醉須解醒，大醉不用醒。平生慎許事，祇有一劉伶。太湖三萬頃，七十二峰青。頗貽一作「凝竚」。山水秀，閉門一作「開堂」。修酒經。白雲生硯石，疎雨灑窗櫺。子上三洲去，手一作「吾」。杯猶未停。

至正廿五年冬十月一日過幻住出此卷乃知中峰與松雪一合相耳雖然峰亦留此戲後人也住幻思幻又造境幻又使人畫像幻今日復使我作幻語峰願力耶抑遺下則劇耶當問菴主人華蓋峰浮邱先生童子紫元洞饒介信手識之

晴松落雪踈如雨，南風吹緑養天榆。榆前開遍菡萏花，池上露凉渾欲語。道人觀化無方所，塵世茫茫横歧路。笑看草木歲時榮，徑逐遊塵何處去。尋花摘葉情如許，公子歸來與師遇。蕭蕭茅屋畫爲圖，是故標師之出處。紅衣落盡蓮滿房，碧藕留絲終幻住。

夢　中

流水無心競，孤雲與我同。坐深明月下，行盡亂山中。花落聞啼鳥，松凉愛御風。懸知皆夢境，一笑萬緣空。

與虞山人勝伯陳山人惟寅談及仙遊事醉後賦詩三首兼呈二賢

掃除狡獪蓄神機，開頂葫蘆不置扉。人物已從垣外見，真形漸向市中微。杯成白鶴沖霄去，劍化雙龍破浪歸。自此更無毫髪累，緑毛繞體欲成衣。

獨據胡牀醉不移，坐深簷露滴髭眉。蕭蕭風水成音樂，澹澹星河起鷺絲。語罷欲乘黄鶴去，興來忽使白雲馳。火龍獨傲烹茶熟，不析扶桑一氣炊。

羃羃松陰布網羅，鶴巢松頂吸天河。是何道士圍棋坐，若箇樵夫對酒歌。看月也知爲爾好，凭風無奈欲歸何。送君直過橋西去，還記垂楊葉不多。

病中對梅花一株欣然有作錄似西塾孟載季迪兩先生一笑

病中雅量豈堪論，澄水能清撓即渾。除却妙香無長物，衹應静坐洗煩言。幾叢晚菊今耆舊，一樹寒梅老弟昆。曾住中山安石里，旁人猶恐我争墩。

夜坐

學默三年漫不瘖，流光一去意無徵。緣如髮白因循染，道似山青自在凝。猶有形骸生影迹，却將文字寄名稱。一川月色多于水，更著秋霜見底澄。

松石軒 在吴城中。

蒼松鬱鬱石嵯峨，上下因依有女蘿。虎魄凝流千歲少，羊羣分跪一拳多。所須爲地期相向，遂以名軒自不磨。賓客定如東閣盛，或來醉卧或吟哦。

定善寺

曉色天河淡，秋容海樹疎。白雲飛欲入，赤日暑應無。几上青精飯，窗間貝葉書。是塵歸假合，非想到真如。避地終遺跡，飛空亦曳裾。方方華藏界，何用彼中居。

題雲林畫竹樹秀石

斷劍故留碧，錯刀終有神。坡陀歲寒色，不似醉時真。

聽雨樓

城市不著耳，江湖留此心。樓高人更静，惟有夜懷深。

余提舉詮

詮字士平，豐城人。至正間，爲江浙儒學副提舉。洪武初，僑居崑山。年七十餘，與崇德鮑恂、高郵張長年，竝以明經老儒，可備顧問。使馳召命爲文華殿大學士，輔導東宮，以老疾辭，翼日放歸。

春草美陳孝子也孝子築室海上以養母以春草名豐城余詮故作是詩也

嘉爾春草，焕乎堂楣。遊子有懷，朝斯夕斯。
草之於春，如苗芃芃。宜爾令母，福禄攸同。
孰不有母，甘旨有違。春草有堂，孝養及時。
孝養伊何，定省温凊。顧瞻春草，寤寐是警。
春有代謝，草有榮枯。母恩汪濊，終古不渝。
太史有文，我歌以續。凡百君子，春草是勖。

春草六章，章四句。

春夢軒

池青草色暖，蝶睡花枝滿。花滿復花飛，春歸蝶亦歸。蝶歸春杳杳〔一〕，春夢何時曉。推枕看東風，幾人春夢中。

題徐良夫耕漁軒

朝耕鄧山雲，暮釣具區雪。茲焉寄幽悰，孰云事高潔。石田雖磽确，貢賦歲不缺。烟波空浩蕩，蹤跡詎能滅。矧非沮溺儔，畎畝耰不輟。寧同羊裘子，翩翩與世絶。林廬頗深幽，門巷寡車轍。暇日肆微勤，追蹤古先哲。素志諒不違，餘生自怡悦。

海水操陳母藏傷其夫溺海死作

海水蕩潏兮，茫無津涯。夫君一去兮，杳無還期。爲死爲生兮，曾莫我知。欲往從之兮，襁褓有兒。同室同穴兮，我志獨違。恨深海水兮，曷其已而。安得變爲桑田兮，民無墊溺，舟無傾危。

詠節婦

□溪才子姚大臨，有妻抱女江中沈。時逢喪亂禍不□，同室同穴誠何心。但悲緣盡亦良早，夫壻無兒阿□□。萬死雖云勝辱身，何如骨肉能全保。人生義盡□劍前，瞑目何如苟活年。丈夫愧爾姚家婦，留得歌詩後世傳。

送張德常之松江判官

萬彙涵濡雨露中，百年文物倏飄蓬。鱸魚獨擅吴中美，驥足寧如冀北空。肝膽幾時酬楚國，里閭從此變王風。吴淞江水秋無底，好與使君襟抱同。

虞君勝伯求先世遺書將鋟諸梓作詩以美之

雍公文集世珍藏，夜夜雲間光焰長。縱使千金收蜀本，也應全璧出俞莊。雲孫異代心何切，闔老重泉志亦償。此日誰爲宗社計，如公安得置巖廊。

題雲林竹樹秀石圖

三春雷雨蒼龍角，萬里雲霄翠鳳毛。怪得君家圖畫裏，虚窗涼月夜蕭騷。

〔一〕「蝶歸」，原闕，據四庫本《大雅集》補。

葉主簿杞

杞字南有，京口人。讀書負材諝。前太史楊瑀守建德，辟掾辭。兵興，會進士及第。李國鳳經略南土，密陳時事十條，李嘉納所言，遥授進義副尉、鎮江路丹徒縣主簿，將别任之，而柄移藩鎮矣。有别業淞之吴匯，築草堂魚鱗涇上，扁曰「漪南」。貢師泰爲序，楊維楨、魯淵爲歌《楚音》二章以樂之，遂老於松。

幽　懷

季子長游日，張翰早見幾。秋蒓侑魚飯，霜葉滿貂衣。詭遇遭時寵，才猷與世違。予生傷往事，甘老故山薇。

楊文舉先輩辟宣政院掾

西方象教被中華，寳幣絲綸示寵嘉。冠冕總依金粟影，香雲常近紫薇花。日長臺院機仍暇，春滿湖山跡未賒。獨喜掾曹儒自守，只將經史載三車。

謝楊建德過舉

艱危懷抱一時開，忽拜黄堂手扎來。鴻鵠風高羅刹渡，燕鶯春滿客星臺。親闈政爾嗟垂白，清議無煩到不才。聞説棠陰多樹德，倚樓長詠北山萊。

輓樊參政

公諱執敬，字時中，濟寧之鄆城人。由丁卯進士累官拜侍御史，轉浙江省參政。至正壬辰，徽寇陷杭城，武臣野遁，公單騎前驅，戰死于歲寒橋下。

中臺御史新參省，南紀妖星正合圍。主將向來推右族，漢人那得預戎機。戈揮落日先身死，雲慘青山未骨歸。惟有鄂王雙宰木，歲寒汴水遠含輝。

輓楊員外

公諱乘，字文載，濟南人。由參議府掾累陞浙江省員外郎。徽寇陷杭，朝廷以大臣失守罪罪公。既依故人章彰德居龍江。至正丙申，今太尉時稱王中吴，遣使聘焉。公笑曰：「吾豈事二姓？」遂經死。

太息南冠久陸沈，百年風節見于今。王嘉不赴公孫詔，朱泚寧移秀實心。遼海有靈歸夜月，荒原無樹著秋吟〔一〕。不知江漢新降鬼，曾憶天朝雨露深。

輓楊左丞

公諱完哲，字世傑，廣西之武岡人。兵興，率苗不應募英慓勇悍，所向多克，官至海北道元帥。江浙省丞相達識公義之承制，拜公參知政事。時淮張氏稱王中吳，勢卷浙右。公振師復省治，保嘉禾。既張氏降，浙江省奏拜張太尉、淮南平章行樞密知院，公加本省左丞。越二年，張發兵掩襲，丞相陰拱竟不之援。公嬰城閉守，且斬賜馬享士卒，諭以大義。拒戰十日，遂經死，弟伯顔同死之。幕下員外郎王國賢，嘗直言侵丞相，丞相殺之。

馬首星河半壁天，東南保障豈徒然。越陀新拜中朝命，吴會重頒至正年。故土未歸師竟老，長城雖壞節能全。碧梧一作「桐」。池上蹲孤鳳，他日應慚義鶻篇。

輓余忠愍公

公諱闕，字廷心，青陽人。明經登癸亥榜，同進士第二人。兵興，以淮西宣慰使出鎮安慶。寇起，上游遠近瓦解。郡當淮江衝要，公堅守六年，日夜禦戰。朝廷聲聞不通，芻餉道阻。公經心緯思，賞罰信號令明，與士卒同甘蓼，由是俘獲莫計。卒以援不至，食且盡，城遂陷。公偕妻子盡投水，賓從。偏裨同死者六百餘人。

淮江風急鳥蛇空，特立旌旆板蕩中。萬里孤懸班定遠，滿城忠烈漢臧洪。瓊林星漢回文運，皖國雲山誓武功。尚憶繡衣行部日，遺民揮涕浙河東。

感衷二十四韻

記脱脱征高郵召還事。

貢賦通重譯，耕桑被九垓。歘驚氛祲滿，不謂歲時催。丞相興師出，綸音降使開。紫泥封五采，黄道繞三台。煜煜宣光業，桓桓李郭才。陣雲連朔野，廟略定風埃。香糯江南餉，葡萄塞右醅。馬羣金匼匝，毳帳雪毰毸。劍動彭城潰，珠還甓社來。長驅危破竹，密令疾銜枚。王者征無戰，羣雄勢欲摧。忽聞君命召，竟勒將旗回。中夏捐雞肋，清朝陰鴆媒。義聲從此逝，鋭氣一時灰。天迥威弧弛，城孤畫角哀。火狐翻嘯聚，海鱷復喧豗。款附真遺患，除封實戲孩。民情猶耿溯，天討尚徘徊。憂憤飛神爽，瘡痍映淚腮。衮衣徒倚注，肉食自輿儓。河漢明如洗，崑崙豈易頹。孰矜黄鵠志，羞上野鷹臺。微效寧無念，篇詩信漫裁。霜晴野空闊，獨立望蓬萊。

〔一〕「吟」，原作「聲」，據四庫本《大雅集》改。

鄭昂

昂字處抑，號密菴，永嘉平陽人。志趣甚高，不諧於俗。隱居讀書，不以貧窶動心。好詩，工唐律，一字不苟下。至正癸巳冬，叛卒陳安國據城，以禮訪之。昂婉拒，挈妻子避西華山中，事寢始歸。僉憲伯顏不花行郡，義其事，屢薦不就。有詩傳於世。

阻寇

一程還一問，相識亦相疑。行李時時束，孤篷處處移。白鷗依渚靜，寒雨過溪遲。豺遘方無象，吾生未可期。

舟至南塘

纔過南塘驛，湖光便可憐。漁翁低撒網，溪女笑撑船。仙館孤篷頂，樵樓五里前。兼旬不相見，稚子定忻然。

出郭

春光暗逐鈿車塵，出郭潛驚節候新。汀草岸花深杖屨，水風沙日浄衣巾。江間白鳥渾忘世，雨後青山欲近人。借問楊雄舊時宅，野烟荒遠帶疎林。

送鄭宜叔赴華亭尉

太史所經多樂土，昔年曾説楚芝蘭。兵纏淮浦魚龍急，醉夢吴門雞犬安。客路幾家茆屋在，秋風八月荳花寒。中原況復遺殘孽，夜半吟應把劍看。

上杜僉憲

家住浣花西復西，手提明月到雙溪。石門雪瀑清詩眼，雁蕩青山入馬蹄。文章元出太白右，勳業素與元齡齊。梅花一夜寒如水，霜壓重樓鼓角低。

次韻元日

鼕鼕衙鼓曙窗烟，山鳥含晴響樹顛。宇宙春回青草際，江湖日暖白鷗前。杜陵詩句仍新歲，晏子衣裘只去年。綵勝銀旛竟何有，瓦盤濁酒自陶然。

次復齋登華蓋山

野老憂時淚不乾，海天低燕麥風寒。秦關土蝕銅牙弩，漢殿月明金井闌。共喜寇恂重借潁，自慚李愿未歸盤。江山如畫人如玉，破帽空悲管幼安。

林處士幽居

山籬短短逕斜斜，屋子三間竹半遮。歲饉無僧供菜把，天寒有鶴守梅花。武陵流水非秦世，姑孰青山落謝家。共約春晴草芽動，杖藜攜酒踏晴沙。

閏八月歸故山

負郭曾無二頃田，何由辦得買山錢。秋風八月又八月，客路一年還一年。鸞鳳俱垂赤霄翅，麒麟不受黄金鞭。功名富貴真細事，只問平生不問天。

棲遲

棲遲久慕王官谷，飄泊仍依謝客巖。貧賤誰能從趙孟，行藏我已卜巫咸。冥鴻豈解投矰弋，老馬惟思脱轡銜。却笑杜陵生計拙，晚將身世托長鑱。

感懷二首

王粲淒涼仍去國，杜陵老大竟飄蓬。荆州豈免依劉表，蜀道終須謁鄭公。《三禮》賦成追昔日，《七哀》歌罷起秋風。青青亦有江南草，鸚鵡洲邊恨不窮。

蓋世英雄嗟已矣，百年天地亦悠哉。襄王暮雨歡娱甚，武帝秋風感慨來。操筆誰題鸚鵡賦，吹笙空憶鳳凰臺。江南楊柳蕭疎甚，謾寫平生庾信哀。

呈尹古巖

抱痾年來卧漢陰，蕭蕭華髮感秋林。柴門賸喜無人到，石逕蒼苔一寸深。

蹴踘圖

玉階蹴踏對清光，御服晴翻内乳香。日暮晉王隨輦去，宮鴉啼月暗春坊。

小　景

水驛山橋四五里，楓林茅屋兩三家。何人踏雪尋僧去，潮退春船閣暮沙。

便面

水邊獨立淡秋思，忽見夕霏天霽開。白鳥不知何處去，青山渾欲渡江來。

劉左司仁本

仁本字德玄，天台人。以進士業中乙科，試吏於閩，歷官江浙行省左右司郎中。所著有《羽庭集》六卷〔一〕。白雲朱右序云：「侯以經濟之才，當艱阨之運，爲國家安輯海隅，以通運道。蓋仁本佐方國珍畫海運輸燕之策，國珍請於朝，而授元官也。吴元年明朱亮祖克温州被獲。按《會稽志》至正庚子，仁本治師會稽之餘姚州，作「雩詠亭」於龍泉左麓，髣髴蘭亭景物。集名士趙俶、謝理、朱右、天台僧白雲以下四十二人，脩禊賦詩。仁本自爲之叙。當方氏盛時，招延士大夫折節好文，與中吴張氏争勝，文人遺老皆往依焉。故一時風雅之盛如此。

次帥掾張惟彬見寄韻

吾友張公子，形骸頗疎放。長材鬱未展，浩氣自清尚。豈無萬里心，爲謀三釜餉。王良善徒御，乃使驊騮踢。猶能範馳驅，未信斯文喪。念昔與子遊，中心實傾向。如何久參商，杳爾音書曠。懷人天一方，氣與孤雲盎。明年上玉階，子當擁仙杖。倘能貽好音，庶慰吾心壯。

賀金元素拜福建省參政仍兼海道防禦

玄靈忽中激，四起波瀾狂。河源溢故道，淮泗迺濫觴。大江沿西下，瀰漫汎沅湘。浙水注東溟，安流稍不揚。蒼生思濟涉，孰作巨川航〔二〕。金君將相材，起身自文章。時危多武備，帝命出禦防。三年持節鉞，四境民樂康。回瀾矻矻石，心赤葵傾陽。豚魚既孚信，豺鱷俱遁藏。喜今膺大拜，擢置居巖廊。匪惟天意眷，允愜民心望。旌旗障海上，照耀閩南荒。大厦圮將構，瓌材須棟梁。車攻能復古，東姬期載昌。向來弭節地，暉囑有餘光。

餞祕書卿貢玩齋于慈溪永樂寺分韻 得「壑」字。

牽舟泊洄渚，飛觴坐林薄。惜別起遐思，涼飈散寥廓。宦鞅昔言邁，朋簪久離索。及兹稅塵驂，清華登祕閣。雲漢倬昭回，奎躔仰盤礴。搔首發孤唱，商音激巖壑。

贈章履祥入憲幕

幽蘭在空谷，泉石生輝光。春風茁其穎，曉露滋其芳。修名不自眩，信美誰能忘。移之古柏下，足以怡風霜。願持君子操，永佩騷人章。回頭視衆草，紛紛道路傍。

次韻奉答柳洲陸德陽

柳洲有佳士，襟度殊清豁。文采鸞鵠俱，履操冰霜若。芝蘭映玉樹，封胡與羯末。才名人共誇，道義羣蒙覺。時世遭亂離，行藏始蕭索。坐歎扶摇鵬，遂困蓬蒿雀。海濱忽邂逅，羇懷慰寥寞。伊昔薦南宫，起身事文學。王迹詩未亡，春秋謹書法。禮樂字縱横，珠玉炫參錯。波瀾振頹靡，雕鐫敦菲薄。閶闔風雲會，璇璣星斗泊。披腹呈琅玕，傾心秉葵藿。孰謂河漢表，支機不可著。五色雲錦章，迴飈竟飄落。歸來坐黌宫，教育資三樂。文運夙艱危，武流競聞達。健翮尚冥飛，靈姿終聳壑。未起東山卧，且赴西湖約。楊柳曉風清，蒲萄春水潑。共君解塵纓，長歌醉濯髮。

贈四明胡古淵

胡生安定系，胸中星斗羅。手持一寸鐵，琱琢千岷峨。漢經與秦繹，草隸及篆蝌。班班善模勒，歷歷能爬挲。風雲抉河漢，海岳騰蛟鼉。九霄鸞鳳翥，圭璧明瑳瑳。六書盡標本，八法無舛訛。往年在天府，巍石蒼穹摩。臣模播聖德，刻畫功居多。今年歸海上，四起紛干戈。方叔一戾止，跕跕安鯨波。弓刀錫辭誓，帶礪同山河。文儒載巨筆，老稚齊謳歌。峥嶸事鐫鏤，千載功不劘。淋漓傳墨本，觀者填邱阿。作詩美斯善，愧爾黄庭鵝。明年中興頌，微子其柰何。

遊餘姚靈源山明真寺詩

原註：寺乃晉支遁講道之所。時主席昱大明，宋劉忠諫公四世孫也。忠諫與吾先祖郭正肅公同在言路論事，爲權臣所害，故詩語及之。

時遊謝安寺，今來支遁家。昔賢冠蓋地，我亦隨行衙。旌旗照山谷，甲帳浮烟霞。峰巒濯秋水，燁燁青蓮花。燒香開寶殿，老衲持袈裟。昔逢暑雨足，百卉生秋華。平川沃禾稻，原隰收桑麻。雖當軍旅際，民物安生涯。甚愧二千石，思里無愁嗟。夜凉開講席，奇芬發天葩。語及通家好，前修倚莩葭。羣書在西閣，萬竹森交加。白雲繞牀下，明月來簷牙。忘言煮春茗，清思散幽遐。安得洗甲兵，共泛靈源槎。

過餘姚州謁嚴子陵故宅高節書院

昔年過桐江，釣臺鬱千尺。扁舟泊祠下，高風不可陟。歲月忽飄零，惆悵塵沙隔。今來舜江上，先生有遺宅。林巒見儀形，草木含幽寂。南山岑嵂高，氣與秋旻逼。尚有古風烟，睢盱漢物色。雙桓高節表，千古頹波激。仰視客星堂，穹碑頌遺德。懷賢拜衣冠，愧我持鋒鏑。落日照巖扉，凉飇灑芳席。蟬聲散餘清，孤雲斂微迹。天象詎可窺，乾坤渺猶窄。長歌雲山詩，目送冥冥翼。

和高壻雪經歷致仕韻

宛駒縱逸步，豈爲千里窮。長鳴一振鬣，閶闔生華風。燦燦黄金絡，嬌嬌玉蒼龍。乘駕穆天子，周遊四海空。瑶池上仙去，寧知八駿功。爾亦謝芻牧，飄飄載喬松。房垣我窟宅，倏忽騰雲中。

題東坡居士著屐圖

楚楚玉堂仙，飄飄儋耳客。羈旅萬里身，誰當慰岑寂。黎家釀新蒭，相邀風雨夕。麻條束緼袍，竹笠行山屐。歸來載酒堂，泥深步傾仄。陶然天地間，乃知謫非謫。千載慕風流，落月見顔色。徘徊仰斗牛，高標不可陟。

憶别二首

君行湘水頭，妾在吴江尾。君妾兩相望，遥遥數千里。音書似投石，歲月如流矢。念妾初事君，終身託生死。豈期負年少，春風誤桃李。遠浦雙鴛鴦，齊飛墮秋水。墻中墻外花，何日復連理。抱琴不成彈，掩面淚如雨。

妾在吴江尾，君行湘水頭。君恩與妾意，共此江水流。别時花未開，落葉忽已秋。秋風苦裂帛，道路無重裘。孤燈與月明，照影不照愁。有書不堪寄，那知沈與浮。塵埃生鐵鏡，衣帶寬吴鉤。努力君加飯，妾身夫何憂。

六月四日宴倪仲權荷亭

涼颸起蘋末，疎雨滋水花。彤雲擁翠幰，來駐山人家。山人領賓飲，碧筒吸流霞。清波醮芳席，小屋如仙槎。浮光濕衣袂，餘馨散幽遐。鳴蜩咽古木，竹影森交加。坐久良不厭，樂意殊無涯。因思越城下，擾擾飛塵沙。

戍婦吟四首

明月何皎皎，白露湛爲霜。妾身未有託，遊子天一方。悲風四邊來，中夜起徬徨。欲隨明月去，懷哉不下堂。

妾在父母家，衣容常楚楚。一朝無良媒，嫁作征人婦。征人遠戍邊，勤勞日夜苦。欲往復躊躇，有言不出户。

夫君在邊戍，妾身守孤幃。欲往備紉櫛，不如頻寄衣。衣到恐遲遲，不到妾不知。欲知衣到無，明年鴻雁歸。

將軍功未成，椎牛勞軍士。將軍豈無家，爲妾語夫主。勿爲賤妾生，寧爲將軍死。賤妾欲從之，軍中無女子。

謁建上梨山廟

建安山水東南奇，扶輿磅礴來武夷。巨靈掣此崑崙祕，烟霞翠碧長淋漓。天何蜿蜒吐金景，孤峰特立無與竝。千崖萬壑争獻技，盡向梨山作藩屏。梨山有廟廟有神，迺是皇唐之藎臣。英英國姓通帝籍，字曰德新名曰頻。當時受命拜天子，來向建州作刺史。建州遠在天南荒，百萬蒼生寄生死。刺史下車觀民風，刺史下令民則從。道路謳歌閩越最，詩書禮樂鄒魯同。唐德距今幾百載，德在民心有遺愛。生爲邦侯死廟食，水旱不逢無札厲。年深歲久事糢糊，祠人罔或識厥初。强名爾回字爾度，嗟神之靈詎可誣。只今王封又三禩，新作王宫五雲起。氣焰掀騰上牛斗，溪山秀麗撼風雨。邦人鼓舞歌太平，石斑鮓香來薦誠。劍戟森嚴擁遺像，音容響答如平生。我亦瓣香謁靈祇，對越英姿凛顔色。摩挲兩眼看蒼石，但覺閃閃神光擲。我聞古有烈丈夫，磨牙决齒面裂膚。忠肝義膽相照燭，光岳英靈何代無。區區作吏謝神寵，百福是遒禄是總。稽首再拜心爲悚，梨岳之峰欲飛動。

題鄂省知郎中母太夫人劉氏節行詩卷

女蘿託質青松樹，半夜髯龍忽飛去。庭闈霜月生高寒，碧蔓縈愁幾朝暮。仙家種出忘憂花，合有春工新雨露。幕中秋香渚蓮開，山中黄鵠銜書來。見説門楣表貞節，白雲遮斷江聲哀。

贈瞽僧通月海

天上有眼秋月明，下照海水神光清。海水明月萬古情，盡使品類涵羣形。天台絶頂有老僧，曾泄天機天所憎。天令怪物蝕其精，老僧乃以月海名。古來瞽矇心則靈，師曠有耳通五聲。人生三十骨骼成，舉手一觸分枯榮。禍福歷歷皆可憑，高談霏屑鬼神驚。昨夜策杖來叩扃，爲言我骨多峻稜。我言師語他日讐，請師持此來余徵。

上虞大禹峰夏蓋湖山寺分韻 得「楚」字。

我倏乘飈帝之所，謫向滄洲采芳杜。水田萬頃夏蓋峰，茫茫禹跡靈鼇負。金仙赤脚開寶坊，倒影玻璃濕窗户。玉壺下浸馮夷宫，瑶光上掣琁璣府。闌干十二銀闕通，日月烟霞互吞吐。瓊枝琪樹凋秋霜，赤壁丹崖墮玄圃。夜半潮聲風雨來，老蟾捧腹魚龍舞。我時一葉青蓮舟，雲從羣仙盡翹楚。紅塵隔斷人間世，手挹天杓酌清酤。醉登絶頂叫虞舜，神禹之功垂萬古。

送阮止善提點福州紫極宫

我昔騎鯨度南海，直上三山躡烟靄。珠宫貝闕開參差，玉荔瓊枝動光彩。紫極真人坐瑶壇，玄精百鍊成寶丹。帝敕天丁爲呵護，金輪黑幟猛虎跧。鬼蜮潛形不敢奸，瀛波跕跕無狂瀾。真人去後遺劍冠，石壁丹臺風露寒。君今談玄得真訣，麾叱雷霆下金闕。三神之君持絳節，久待滄洲弄明月〔三〕。

少年行

城中美少年，十萬當腰纏。朝擁紅姬醉，莫入花市眠。青春事遊俠，白日行神仙。豪奢侈靡競誇詫，千金之裘五花馬。明珠的皪珊瑚赭，錦囊翠祓薰蘭麝。生來富貴無與論，豈知耕稼識艱辛。一朝世變起風塵，少年嬌脆無容身。城外惡少年，膂力如虎健。令人出胯下，麤豪逞精悍。舞刀持槍乘世亂，掉臂横行遮里閈。剽掠人貲爲己券，昔無擔石今百萬。結黨樹羣肆欺誕，闖室憑陵何所憚。一朝黄霧肅清飈，大官正法施王條。隳突追呼行叫囂，少年浪跡無遁逃。鉗鎚束縛首爲梟，鞭流腥血尸市朝。我作歌，歌年少，毋爲美誇毋惡暴。我作歌，歌少年，夜讀古書朝力田。作善降祥天則然，生當亂世終得全。

竹塢清風

青洲種竹千萬竿，翠葆常生六月寒。日色微籠金影碎，風聲戛戛青琅玕。疎爲三徑密爲塢，此君何用侯萬户。可是故人期不來，我獨悠然造竹所。

登福州鼓山屴崱寺詩

原註：寺在河口，又名湧泉。上有七曲亭，晦菴先生舊讀書地也。

屴崱屴崱萬山頂，佛窟深藏白雲静。天台有客愛看山，摩挲蒼翠踏雲影。一曲初上乘雲亭，乘雲便覺毛骨輕。山花迎客山禽語，同行亦有三兩僧。二曲孤亭半山立，獨松偃蹇蒼龍蟄。亭前石塔石佛刻，巖花鏒鏒苔蘚碧。坡陀三曲勢欲平，憑欄一望心眼明。長江映帶出其左，孤巒湧躍如渴鯨。峰回四曲勢危陡，下瞰城闉僅如斗。風帆沙鳥江上來，盤屈長蛇又其右。有亭五曲如騎龍，翼然兩角争爲雄。孤高峭立衆山上，金榜重標第一峰。六曲七曲天咫尺，石門參井皆可立。崇墉繚繞入深閴，重玄寶閣揭飛錫。中峰後擁如天幢，左之右之萬陣降。浮圖百尺扶漢起，玲瓏八面鳳鳴缸。老僧一一爲余語，香霏翠蕩天花雨。靈源洞口雲氣深，欲聞石鼓呼山鬼。山鬼不應鼓不鳴，寒崖空寫喝泉名。當年一喝有何異，至今不聽潺湲聲。雨亭坐對忘歸石，石屋臨滄接東極。天風海濤孰揮灑，迺是紫陽真人之遺蹟。我今乘興來登臨，尋幽索怪成孤吟。却憶十年夢中到，一聲長嘯開煩襟。興闌步月出前林，回首白雲深復深。

將南歸

桃花流水碧潺潺，劉郎誤入天台山。玉簫吹斷丹霞夢，回首塵霧非人間。乘鸞却向武夷頂，手攀明月弄清影。何人苦斫丹桂花，萬丈金光落銀井。劃然長嘯天地秋，天風吹送三神邱。真仙笑贈芙蓉玦，白日翱翔南海頭。海若揚塵海水立，焦熬斥鹵青烟濕。蒼生願得秋雨凉，却嫌珠碎鮫人泣。飄然拂劍來東吴，葛洪鼎溢流成湖。翩翩紫鳳在何許，空山凡卉皆焦枯。滿目黄埃不可住，翻身又入三山去。荔子丹燒火齊紅，瓊田萬頃芝堪茹。絳衣仙子彈金徽，把翫琪花待我歸。珠宫貝闕芳菲菲，胡不返兮將疇依。裁雲爲珮風爲騑，吾將去矣聊以明吾幾。

白雲篇七首

芙蓉花開隔秋水，白雲孤飛度江水。江水長帶落花香，我心逐逐雲飛揚。

山中白雲不出山，山外白雲招不還。雲亦何心異出處，我獨傷心淚如雨。

雞聲喔喔號風雨，布衾寒氈冷如水。我興不寐聽雞聲，雞聲漸歇風雨晴，樓頭雁過殘月明。

曉鶯飛上春風枝，學語未成兩小雛。我思歸兮夢千里，隔窗何人弄機杼。

空明山色浮丹邱，美人結桂山之幽。篏弄烟霞煉方石，我欲從之歸未得，長憶空明好山色。

光風和月蘭生芽，茁茁擬作明年花。花有清香三萬斛，我有寸心耿幽獨。相思欲奏《猗蘭曲》，彼美人兮在空谷。

嘌嘌曉日山色蒼，起來覓鏡如明霜。有懷不語對鸚鵡，君不來兮君馬黃。

蕨萁行

原註：閩清縣饑不報。民采蕨萁爲食，而多死者。作《蕨萁行》。

東山有蕨萁，南山有蕨萁，西山有蕨萁，北山無蕨萁。采采蕨萁，晨露未晞。荆棘離披，筐筥攜持。長鑱深入土，短褐寒風吹。采采蕨萁，可以療饑。以簸以炊，爲餳爲飴。食少不下咽，食多傷人脾。去年歲歉食無糜，橡栗拾盡民流離。今年歲歉田無稗，蕨萁食盡將安之。美食大官饌，仁心寧汝悲。但見昨日奏麥兩歧，今日進五色芝，呈祥獻瑞無休時。載膏載脂，驛騎驅馳。蕨萁蕨萁，官獨不汝知。已而已而，歲云暮矣當何期。

送林宗明調廣東掾

君不見元龍老去氣尚豪，醉卧百尺危樓高。又不見淵明不爲米折腰，安肯束帶迎兒曹。節概由來重山嶽，功名乃或輕鴻毛。薦書期會相迫促，吁嗟州縣人徒勞。南山白雲不可招，東海黄塵浩莫逃。安得攀馭明月乘清飆，與君八極同遊遨。

四明行寄臨海尹張惟彬

君不見四明佳氣長鬱葱，層巒疊巘摩蒼穹。上有四窗鑿靈竅，空濛杳靄開玲瓏。丹山赤水洞天在，淋漓碧紺雲霞重。海上鯨鯢矗樓觀，風烟有路蓬萊通。劉樊夫婦上昇處，至今絶頂丹臺崇。火輪東出扶桑谷，谽谺下走祥雲封。蜿蜿蜒蜒護福池，滄波浸碧環鄮峰。千秋琳館知章宅，十洲島嶼真隱宫。飇車鶴馭羣仙下，珠璫玉珮聲磨礱。乘槎遂有張公子，丰標眉宇真喬松。黄石素書非草草，霓旌絳節行幢幢。天府雄藩重然諾，徘徊翠幙依芙蓉。袖裏如椽五色筆，文章焕爛流白虹。紫電清霜補玄化，瓊枝瑶草回春醲。簸弄日月兩湖水，珊瑚倒景摇青紅。我來逢人説斯善，麈談亹亹生華風。憶從束髮共交結，遺編硯席朝暮同。芸窗雪案久磨琢，蟾宫桂殿期相逢。一朝寰海起黄霧，人間蹤跡如飄蓬。九年青山落君手，我亦獨走閩嶠東。二十餘年泛萍梗，新豐歲月何匆匆。歸來相看各老大，未許試劍誇英雄。豈知四野急烽火，置身還自居兵戎。玉帳分弓嚴虎旅，然犀照海驅蛟龍。丈夫遭時各有異，莫嗟文事趨武功。君今作縣在鄉里，勸課猶得隨桑農。賣劍有人曾買犢，讀書興學如文翁。嗟我去年忝郡守，逗遛五馬將遊從。池塘春草歸未得，依然長劍依崆峒。懷人千里共明月，昨夜書來猶夢中。贈遺使我顏色好，花帽細穿魚子稜。瓊瑶乏報沉吟久，作詩聊附南征鴻。

王生軍功得官監税

大帥開戎幕，王生試六韜。檄書連夜發，劍氣倚秋高。譚笑收羣醜，才名壓衆曹。如何受官賞，只任繭絲勞。

問竹軒為禪寂寺一元上人賦

試問高安信，風烟近若何。林深無客到，地隱此君多。鸞鳳時能下，琅玕浄可摩。老僧方止觀，明月自婆娑。

閨　情

昨夜窗前月，西風下井梧。夢魂關塞隔，燈影枕衾孤。淚落啼螿急，衣成過雁無。將軍功未就，何日佩金符。

東湖

一帶山如畫，東連百頃湖。水腥龍吐氣，月瑩蚌含珠。畎澮浮香稻，漚波没短蒲。漁人撑小艇，來往疾如梟。

倚杖東湖上，行人鷗鷺邊。幾番風雨度，一曲水雲連。勝概多山寺，膏腴饒稻田。芙蓉涵倒影，蕩漾采菱船。

訪紫籜寺孜上人

不憚青尖路，來尋紫籜師。十年曾記别，一夜話相思。木井泉甘處，槎山茗長時。月明誰入定，門外鶴歸遲。

茶洋驛次王伯宏韻

晚泊茶洋驛，塵勞暫解紛。龍光騰劍氣，鳥跡印沙文。憩席沾疎雨，回帆没斷雲。故人爲使客，聲息偶相聞。

昌國道上

經行昌國道，熟路問漁家。山色遥連海，潮痕淺没沙。畬田香穲稏，野水净蒹葭。馬首斜陽下，投林數點鴉。

宫　怨

無復羊車至，空憐鸞鏡悲。君恩新寵妒，妾貌舊時衰。宫樹西風急，御溝流水遲。起來拾紅葉，欲寫恨無詩。

題寧溪王氏清隱

頗愛寧谿上，羣峰玉雪明。三槐無别隱，萬竹有餘清。漁父還忘世，滄浪可濯纓。塵沙方眯目，幽事獨關情。

送别友人

攜手河梁上，杯行酒莫停。雨花天際白，岸草渡頭青。别意隨流水，孤蹤憶泛萍。功名須早就，休待鬢毛星。

留别卓習之

有客欲登舟，將歸南海頭。白雲頻入夢，黄葉漫縈愁。月落雞聲曉，江空雁影秋。題詩聊記别，感子意相留。

次項伯溫留别二首

早年同硯席，如子更何人。爲客江湖久，相親風雨頻。有懷空著述，無問及經綸。漢制威儀在，中興日月新。

二十餘年舊，重逢屬亂離。鶯啼幽谷好，花發上林遲。君豈依劉表，人還説項斯。依然京國去，獻納正當時。

過上虞西溪湖二首〔四〕

千頃湖田百頃陂，波光山色兩相依。蒼烟釣艇漁歌起，野水人家燕子飛。培塿蜿蜒青不斷，池塘楊柳緑成圍。數聲牧笛雙溪外，熟路牛羊下夕暉。

湖田漠漠上虞鄉，葑蕩陂塍復舊疆。九十九溝春水滿，一重一堰岸花香〔五〕。山禽布穀催東作，泥馬移秧過别莊。慚愧省耕非我地，遲歸猶坐野人航。

輓鐵德剛防禦

生來磊落是奇男，死後身名無愧慚。東海十年憂作疾，南柯一枕夢成酣。干戈滿眼添惆悵，樽俎何人復笑談。絮酒漫澆山下土，不堪愁思結晴嵐。

梅邊詩意為徐架閣賦

坐對寒香獨撚髭，乾坤清氣入詩脾。沈吟鐵石肝腸語，題品冰霜雪月姿。東閣水曹春興動，西湖處士夜眠遲。眼前多少幽情思，莫遣城頭畫角吹。

遊上虞峨眉延壽寺

讋服淮夷建節旄，肅將王命保東郊。軍無餘事尋幽勝，客有從遊多舊交。竹外雲深僧結榻，松陰露下鶴翻巢。興闌歸勒湖邊騎，一路東風拂柳梢。

司馬世榮寫神

絶憐司馬妙傳神，早歲聲名動搢紳。劍珮英雄趍虎豹，衣冠勳業上麒麟。杜陵老去丹心苦，彭澤歸來白髮新。好爲衰容圖野服，秋風江上理絲綸。

寄題雲松齋為潘子京賦

江上芙蓉五老青，道人結屋倚脩屏。松陰時作翠蛟舞，雲氣忽如蒼狗形。萬頃波濤秋浩浩，雙飛笙鶴露泠泠。采薇童子歸來晚，自汲清泉煮茯苓。

題米元暉青山白雲卷

原註：世之圖青山白雲者，率尚高房山，而又多贋本。殊不知房山蓋學米氏父子。慈谿烏性善出此幅示余，大不盈尺，而有江山無窮意態。聚畫史觀之，審定爲米家物也。今房山不可得矣，況其師者乎？因題近體詩一首以歸之。

元氣淋漓濕未晞，何人胸次奪天機。白雲兀突青山起，野水微茫綠樹肥。落筆總誇高彥敬，此圖還憶米元暉。數椽茅屋如親舍，回首家鄉未得歸。

松巖寺為秋月如上人賦

前湫設險護山門，石硤中天有線分。洞口水簾含蚌淚，巖頭肉髻卷螺紋。玉虹貫夜如秋月，蒼狗有時爲白雲。松下老僧開半榻，問余何日解塵紛。

遊虎邱寺

弔古來登海湧峰，吳王霸業有遺蹤。魚腸劍氣衝牛斗，虎穴金精説祖龍。弄影浮圖松竹合，點頭頑石蘚苔封。倦遊欲借前林宿，却厭寒山半夜鐘。

爲前人題漁樵問答圖

畫師何意託樵漁，山有扶蘇水有魚。船尾漫垂公子釣，擔頭不掛買臣書。一樽酬酢勞相問，二老徜徉樂有餘。鼓枻爛柯人去後，江山風雨獨愁予。

送經略掾楊敬修之福建

關西夫子舊儒林，萬里俄瞻使節臨。世亂謹持三尺法，家傳不受四知金。鐔津劍化風雲合，幕府蓮開雨露深。會識草玄經尚在，後期問字定相尋。

送經略掾劉彦章之福建

宇宙風塵未息戈，君才不減漢蕭何。大江西去山川改，閩海南來瘴癘多。荔子枝頭紅錦雨，鷓鴣聲裏翠烟蘿。吾宗天禄遺光在，好爇青藜照太阿。

竹嶼

何年此地有雲巢，水谷篔簹結搆牢。日暮玲瓏霏霧靄，月明蒼翠拂波濤。陂陀冷浸琅玕影，雨露寒濡鸞鳳毛。忽聽洞庭張樂響，風烟短髪不禁搔。

清華樵隱為邱理問賦

海上諸峰翠欲摩，清華洞口結盤陀。白雲滿地無人掃，明月吹笙有鶴過。萬丈丹光浮沆瀣，一天秋氣濕嵯峨。知君高致成樵隱，不羨棋仙有爛柯。

寄月彦明中丞

瓊林燕罷玉堂仙，黄閣春風二十年。執法一星河漢表，靈槎八月斗牛邊。手探禹穴圖書府，人近蓬萊咫尺天。好布九重新雨露，盡收江左舊山川。

濮陽吴孟思挽章

趙吾篆隸丈人行，去後專門羨濮陽。千古鼎彝存款識，九天風雨焕文章。玉樓夢赴緋衣召，碧落書成白羽翔。有子遠來徵些語，誰堪寫勒墓壚旁。原註：趙謂子昂，吾即吾邱子行。

挽徐伯敬 原註：徐善鐫刻。虞伯生作傳，危太朴銘其墓。

南州高士有徐君，藝苑才華早歲聞。天上玉樓誰作記，人間鐵筆更同文。風林不返悲魂夢，雨墨空遺舊策勳。尚想故人能挂劍，裹雞絮酒奠新墳。

寄張自南尚書

江山草莽鬬英雄，烽火相尋萬里同。吴楚東南連地坼，樓船上下與天通。王師大捷先中夏，豎子猶懷建上公。寄語乘槎持節使，好從淮甸過江東。

次金防禦越上韻

渡江風雨客奇哉，越上新詩馬上裁。封禪千年秦望在，風流一曲鑑湖開。嬌施已入吴宫去，太史曾探禹穴來。更有何人識奇字，曹娥古碣鎖莓苔。

題靜佳軒

浙東句宣元帥安公節制台郡，軍旅多暇，志趣幽閒，作燕息之所，取明道先生詩語，榜之曰：「静佳。」蓋當亂離之頃，四郊多壘，鄰境豺狼羣動。安公能嚴鎮雅俗，坐以制勝，無事兵革，庸非静觀自得乎！方緩帶輕裘，雅歌投壺，把酒臨風，橫槊賦詩。茲又佳興之與人同也，遂爲之賦。

民物熙熙士卒諧，元戎宴坐讀書齋。飯疏飲水幽懷静，拄笏看山爽氣佳。柳色含烟青繫馬，苔痕過雨緑侵階。好因武備修文事，還有奇勛勒巨崖。

天香室為定水寺復上人賦

瞿曇丈室小蓬萊，詩送清香天上來。金粟千鍾如藥擣，玉娥一夜竊奩開。冰魂乍返蟾光滿，露氣初凝鶴夢回。憶得前人詩句好，曾揮兩袖步瑶臺。

平江即事

江南景物不勝秋，滿目塵沙暗虎邱。海賦盡輸龍伯國，甕城深鎖闔廬州。蒼茫樹色迷淮甸，隱約金精貫斗牛。忽喜天邊新雁至，遠將風露下滄洲。

青山槩野故宋鄭相讀書地也為劉隱君賦

鄭公相國舊鳴珂，百尺喬松掛薜蘿。已占青山爲甲第，更分緑野考槃阿。夜深燈火書聲在，秋入郊墟爽氣多。重有幽人來結屋，門前萬頃白鷗波。

次盛熙明韻

自從海上覓神仙，却喜山人夙有緣。相訪每騎黄犢出，忘機曾對白鷗眠。世間事與風塵會，物外心同松柏堅。豈料中秋今夜月，靈峰山下共談玄。

己亥元夕會禮部主事李道宗

幾年不作南宫夢，今日俄逢禮部郎。天上謫仙來太白，山陰道士愧知章。良宵藜杖然金炬，明月梅花對玉堂。一葉扁舟能共載，又吹鐵笛過滄浪。

送中書都事張道亨回京

翩翩天上張公子，奉使曾乘八月槎。海外何人傳羽檄，江南有客寄梅花。孤舟詩卷輕行李，萬里鄉關慘暮笳。北斗蒼蒼雙闕下，爲君回首望京華。

餞刑部牛繼志郎中回京

中郎持節下南州，萬里江山道路修。昔日名魁龍虎榜，幾年春滿鳳麟洲。已知攬轡清河洛，不用乘槎犯斗牛。歸覲天顔承顧問，好簪玉筆侍螭頭。

登樓

危樓百尺構憑虚，中有幽人讀古書。攬結多因山水秀，棲遲得似神仙居。湖光展鏡涵青瑣，雲氣如虹繞玉除。好倚闌干招李白，九江何處是匡廬。

西湖行春

絲絲楊柳映蘇堤，沙軟風和快馬蹄。十里湖光春雨過，兩峰塔影夕陽低。落花芳草西山路，怪石眠松後澗溪。月下歸來人半醉，滿城燈火鬧香泥。

杭州

殄寇西湖十里頭，廟堂成算克神州。六橋楊柳旌旗晚，兩岸芰荷煙雨秋。壯士椎牛呼白酒，將軍繫馬醉紅樓。却憐舊日笙歌地，野水清寒滿髑髏。

上虞席上賦

城南花塢韶光好，載酒吟詩不厭頻。草色宜留金谷醉，梅花别是玉堂春。蛾眉窈窕羞爲舞，楊柳風流最可人。行樂莫忘康濟念，問君何日静邊塵。

壬寅燈夕 原註：辛丑冬，得邊報，已定中原，乃壬寅歲上元節。四明父老請放燈，爲昇平慶。

六街三市萬燈齊，喜遇時清息鼓鼙。閶闔星辰開混沌，蓬萊樓觀出鯨鯢。金蓮影動瑶階濕，玉漏聲沈璧月低。小閣吟詩還刻燭，光分太乙照青藜。

送竺曇上人歸天台巾峰

四明雪竇逢行脚，五百天台應供身。錫杖飛來南竺國，曇花香帶石橋春。擔頭孤月空挑鉢，江上雙峰久岸巾。問訊還逢諸老宿，慚余猶是未歸人。

次韻奉荅定水見心禪師

一壑崎嶇又一邱，雙峰還憶舊追游。風流此會人俱健，感慨重來路阻修。竺國瞿曇深丈室，桑乾戍客念并州。何當早見昇平業，得與溪山共倡酬。

訪石梁寺松屏友上人

翠松屏下訪詩僧，欲問三生石上盟。半榻清香留夜坐，一窗明月聽秋聲〔六〕。不知簷外雲來宿，忽報門前潮已生。明日籃輿度山去〔七〕，後期須遣鶴來迎。

贈朽石上人

蒼蒼古石出靈山，元氣淋漓屭贔頑。厓骨半枯龍虎死，土花微蝕蘚苔斑。尋常匡阜人皆到，咫尺崑崙手可攀。中有精英元不朽，生公曾見點頭還。

次韻荅括蒼王熙陽

王郎早歲富文章，氣焰應如萬丈長。處士明時當鶚薦，羽林今日笑鷹揚。豐城古劍横秋色，赤水玄珠照夜光。雲外傳來詩句好，天葩爲我吐芬芳。

贈松江節上人

每參柏子庭前意，因訪松江湖上來。雲氣玲瓏生石榻，天花撩亂落經臺。詩成茅屋同齊己，字學蘭亭識辯才。顧我慚非陶靖節，廬山空對白蓮開。

軍中悼廉李二萬户

竪子潢池敢弄兵，勢方猖獗未能平。輕挑遽喪廉頗勇，深入難爲李牧情。玉帳分曹嚴夜警，金刀漬血泣秋聲。何當一鼓蠻烟静，洞獠畲氓雜曉耕。

遊天童寺

育王山外望天童，一逕幽深廿里松。天近翠雲鋪閣道，風清碧落響笙鏞。霏霏烟靄來雙鶴，濯濯峰巒會九龍。回首岸東湖嶺上，斜陽倒影濕芙蓉。

餘姚出郭憩横溪寺

十里横溪似建瓴，南雷古迹隱龍靈。人家引水爲舂碓，僧舍開窗近畫屏。鴈塚草荒霜月白，鳳亭竹倚歲寒青。何人伐木穿深逕，遍斸松根取茯苓。

送陳子章赴台州儒學教授

太邱家世出名駒，典教榮膺郷郡除。烏府清風三語掾，玉堂舊日五車書。莫嗟子佩居城闕，尚喜先人有室廬。黄卷青燈須樂育，新凉今已入郊墟。

上虞夏蓋湖山寺

夏蓋山爲大禹峰，何年有此梵王宫。吐吞日月湖光近，出没蛟鼉海氣通。烟靄滿空浮紺碧，樓臺倒影濕青紅。蒼生幸不同魚鱉，萬古難磨疏鑿功。

宿上虞鳳山長慶寺簡朱伯賢

小越峰南見梵臺，青山湖上鳳盤迴。五雲樓閣蓬萊近，百頃風潭舴艋來。出水新魚供客饌，落花啼鳥勸人杯。與君更作峨嵋約，還遲明朝霽色開。

寄謝玄一山人盛熙明饋藥二首

勾漏丹砂照眼明，黄金浮世若塵輕。桑田幾見魚龍舞，蓬島從教烏兔驚。帝子齋居朝絳節，仙家酒熟釀黄精。相思多夢人間事，一夜瑶田春草生。

曾伴羣仙謁帝京，金銀爲殿玉爲城。功名早遂身先退，修煉長生業已成。黄鶴磯頭行載酒，碧桃葉下醉吹笙。小蒼遺贈丹砂粒，愧我凡身骨未輕。

過湖用前韻簡王叔雨〔八〕

磯頭流水小橋灣，門外鳧鷖日往還。長見雲烟浮震澤，絶勝風雨過君山。冰田冷浸三千頃，茅屋新營四五間。叢桂幽居還自好，尚憐烽火暗東關。

九日登高

九日相逢憶孟嘉，登高踏遍翠嵯峨。杖頭春色催行步，屐底秋聲荅嘯歌。客路西風烏帽破，天涯南望白雲多。東籬舊菊誰能采，辜負淵明柰若何。

中秋遊東湖登霞嶼寺

東錢湖上值中秋，載酒吟詩作勝遊。一色水天涵萬象，四時風月屬羣鷗。馮夷漫奏《霓裳曲》，太乙還乘蓮葉舟。中有補陀霞嶼寺，玲瓏樓閣似瀛洲。

題王粲登樓圖送李茂先司議

昔王粲嘗依劉荆州，不得志，登樓作賦，以寓鄉思。今荆州人中政司議李茂先，以使事留四明，鬱鬱久居，懷鄉之念如粲也。既得歸，友人作《登樓圖》以貽之，請余賦詩曰：

江陵江水古荆州，極目家鄉萬里愁。念子豈爲劉表客，思親還憶仲宣樓。胸中氣岸排風雨，海上行程近斗牛。聞説登高能作賦，楚人宋玉漫悲秋。

寄呈馬彦輝參議

幾度書成寫不來，今朝忽值片帆開。京師喜得江南信，幕府先從海上回。萬里乾坤懸北極，一天星斗倚中台。羣龍正是趨朝日，康濟應須王佐才。

送　春

無言桃李漫成蹊，折柳紛紛絮滿隄。富貴光陰蝴蝶夢，别離風雨杜鵑啼。歸心已逐梅花去，望眼空迷草色萋。何事王孫苦留滯，天涯羈思獨凄凄。

題馬易之韓與玉塗叔良上京紀行詩卷

景運將興禮樂期，邦家培植太平基。鑾和法駕時巡幸，扈從詞臣發祕思。文物兩都班固賦，山川萬里杜陵詩。于今十載風塵裏，展卷空懷草木悲。

胡宗器訓迪慈湖書院詩以壯其行

姚江一見眼偏明，鄞海三年學業成。天末秋風看劍氣，燈前夜雨讀書聲。賈生未可輕年少，許劭還應重旦評。今日横經慈水上，菁莪樂育早蜚英。

次韻南陽馬易之東湖書院雜詩十首

年來經濟業空疎，擬向南陽問草廬。精舍荒涼重結構，硯田蕪没費耕鋤。青山屋上啼黄鳥，流水湖頭遶玉除。幾處故家喬木在，趨庭子弟尚詩書。

悠然天地一閒身，每對青山獨岸巾。萬插牙籤堆架數，一椽茅屋住湖濱。乘車司馬題橋處，問字揚雄載酒頻。啼鳥一聲春已去，落花無數點苔茵。

海上蓬萊擬退休，遠看蜃氣結層樓。刀圭鉛汞同消息，日月乾坤共拍浮。聯句還應題石鼎，吹簫曾見過丹邱。人間萬事多風雨，回首緑林陰正稠。

晝静時聞伐木歌，隔林啼鳥落花多。酒邊白髮人空老，湖上青山翠不磨。上樹健童身似犢，采菱遊女髻堆螺。水雲萬頃迷雙槳，一雨凉生鷗鷺波。

萬頃寒漪漾夕暉，楊花燕子傍人飛。湖頭水竹清如洗，雨後桑麻緑正肥。樵唱數聲山鳥和，櫂歌一曲釣船歸。蒼烟稚子騎黄犢，斷岸人家半掩扉。

流水柴門暝不關，天邊孤鶩倦飛還。草深牧子騎牛過，沙净鷗羣對客閒。紅漲一溪花外雨，青連數點屋頭山。先生忘却功名事，斷送春光詩酒間。

獨笑先生莫己知，索居還得與羣離。草堂荒落誰招隱，澤國生涯費不貲。西極驊騮空伏櫪，南飛烏鵲歎無枝。石闌干外瓊臺月，我獨銜茅歸去遲。

芒鞋藜杖鹿皮冠，迎候柴門稺子歡。靖節陶潛曾仕晉，友人李願早歸盤。牀頭金盡還謀酒，隴上田耕獨遺安。花木四時生逸興，蒼蒼松竹尚淩寒。

湖山買得不論錢，小屋編茆竹作椽。雅樂生徒開絳帳，讀書燈火坐青氈。故家奕葉兩三姓，喬木連陰幾百年。冠蓋當時相望處，躬耕多是墓前田。

晨起還招館下生，日長喜聽讀書聲。門前白鳥自來往，屋上青山相送迎。水滿池塘魚罟入，筍穿墻壁燕巢成。平湖雨過添新緑，頗覺詩懷分外清。

月湖即四明涵虚驛餞友人别

月湖橋畔水明樓，繫馬涵虚古驛頭。芳草春深人載酒，陽關聲斷客登舟。四邊烽火將休息，千里江山足勝遊。如過天台經雁宕，爲余問訊舊林邱。

清心亭為定海尹汪以敬賦

青山誰築小亭幽，釣客來爲百里侯。退食自公攜一鶴，忘機無事狎羣鷗。此心已共滄浪水，清思應涵天地秋。待得風塵稍休息，依然歸去理羊裘。原註：清心亭尹方來，既作艮光亭，又作此亭而賦之，以寓謹刑之意：「御筆諄諄飭謹刑，豈容偏詖失持平。七條首示清心訓，心地宜如冰様清。」

送進士俞伯圭浮海會試

賓興送子上皇州，琴劍春風滿柁樓。擬向日邊登虎榜，先從海上占鼇頭。禹門浪穩桃花暖，月殿香浮桂子秋。聞道鸞坡多雨露，羣仙還許步瀛洲。

聽簫為沈子和賦

憶自吹簫出禁城，沈郎消瘦覺身輕。水雲縹緲青鸞下，天地蕭騷白髮生。嫠婦孤舟空有淚，仙人弄玉久無聲。鳳凰覽德今猶遠，何日重逢聽九成。

題唐僧懷素自敘帖

草書懷素夙名聞，落紙縱横蛇鳥文。應是墨池深歲月，漫從劍器走風雲。清狂自儗張顛旭，丰度何如王右軍。多謝故人能寄我，慚無道士白鵝羣。

中秋夜舟泊海門金鰲山翫月

秋律平分夜氣侵，潮來月向海門生。眼明玉兔空中下，人在金鼇背上行。一色冰田逾萬頃，九天風露欲三更。恍然坐我蓬瀛底，何處有人吹鳳笙。

壬寅八月十七日夜月湖上泛舟翫月

望後秋高月尚圓，湖光倒浸水中天。蟾蜍漫竊姮娥藥，舴艋輕浮太乙蓮。萬里山河微影動，幾番烽火捷音傳。十洲三島蓬萊近，賀監風流獨悵然。

舟發錢塘江

滿城風雨渡江來，倚棹沙頭潮未回。慘淡湖山悲鼓角，蕭踈花柳廢亭臺。吴中日報官軍捷，閫外時多將帥材。秦望雲深行未得，笑從海上過天台。

過寧海縣

寧川鄉邑路岧嶤，高岸春江帶晚潮。戍海每從軍事急，看山不憚驛程遥。杜鵑風雨三更夢，楊柳闌干十二橋。啼鳥落花堪繫馬，行人還赴酒旗招。

送四明録事陳子上歸鄉

青燈夜雨幾論文，別後江湖每憶君。捷走南宫新進士，喜趨東郡作參軍。蓬瀛滄海生塵霧，雁蕩天台隔片雲。薄宦不如歸去好，邊城烽火正紛紜。

龍山水竹居

愛此幽居水竹成，玲瓏樓閣繞蓬瀛。琅玕影浸玻璃碧，鸞鳳飛來玉雪清。煮茗不勞僧汲井，截筒還有客吹笙。我來倚檻題詩處，萬籟風生月正明。

寄金防禦令子文石

叨陪防禦談戎事，聞説成均令子材。白璧一雙懷美器，黄金千仞築高臺。片雲載酒江南去，孤雁傳書海上來。準擬明年二三月，桃花浪暖聽春雷。

雪篷為陳元昭賦

道人鍊得雪無瑕，編竹爲篷户不遮。一曲清溪回剡棹，半規明月浸蘆花。候爐夜氣流丹屋，虚室神光飛白鵶。我有冰田三萬頃，共君何日泛靈槎。

餘姚白水宮瀑布二首〔九〕

白水真仙騎白龍，何年蜕骨北山中。化爲玉蝀垂千尺，翻却銀河落半空。鶴夢曉遺明月帳，鮫人夜掣水晶宫。天台有客詩難就，歸興瓊臺雙闕東。

中天飛瀑下瑶臺，素練高懸亦怪哉。織女投機收不得，姮娥翦水巧爲裁。光連雙闕星河動，響挾千山風雨來。祠宇洞前看未足，又隨明月過天台。

釣魚軒為龍子高賦

溪山勝處卜居幽，百頃滄浪一釣鉤。換酒呼童將錦鯉，放歌展席對沙鷗。羊裘高隱桐江上，熊兆應懷渭水頭。好共任公投巨犗，六鼇風雨海天秋。

題秋月軒

高秋夜色净如銀，坐對幽軒看月輪。多少陰晴圓缺恨，消磨天地古今人。屋頭仰見明河落，鏡裏愁添白髮新。欲泛靈槎覓靈藥，要將風露洗風塵。

至日西樓宴客

律轉黄鐘玉燭調，初陽纔動覺陰消。誰能候氣知葭琯，客有可人吹洞簫。北信漫傳烏鵲喜，東風獨放海棠嬌。惜無魯觀書雲物，空注丹心望闕遥。

代虞江宴别詩陰字韻

行役方趨陛，朋從喜盍簪。自憐循宦轍，反命掌詞林。報國丹心在，頻年白髮侵。金鑾還召對，玉節尚遥臨。東壁星躔瑞，南溟海氣深。靈槎須犯斗，閶闔啓層陰。

雙松圖

風雨生巖壑，冰霜耐歲寒。終爲梁棟具，莫作畫圖看。

洗　馬

葱嶺來呈瑞，昆明已息波。將軍回玉輊，壯士挽天河。

明妃曲二首

和親誠上計，安用漢將軍。粉黛無顔色，丹青有策勳。
一曲琵琶淚，金鞍細馬馱。休言妾命薄，不及漢恩多。

來鶴亭

結構萬松頂，悠然一小亭。月明雙白羽，飛下秋冥冥。

老馬

天寒苜蓿短，病骨怯西風。先帝親征日，曾多汗血功。

水墨梅花四首

杖藜冰雪底，清興與誰同。好約林和靖，來尋陸放翁。
一枝斜蘸水，淡月正黄昏。爲問西湖上，誰招處士魂。
閲歷冰霜久，山顛共水涯。東風吹畫角，柰此老槎牙。
鐵榦疎花淡，緑毛么鳳雙。道人清夢斷，明月下寒窗。

建上四景

白鶴峰朝五鳳樓，紅塵隔斷水東流。通仙橋上多車馬，二月遊人出建州。
丹青閣上紫芝峰，十里長橋似卧龍。水隔城南多少寺，樓臺烟雨鎖重重。

玉青洞口緑楊堤，雲滿沙堤水滿溪。有客泛舟明月下，何人横笛畫橋西。
緑樹陰濃鎖幔亭，北來流水護重城。紫霞洲上神仙宅，時有月明笙鶴聲。

梅

姑射仙人冰雪姿，翛然對客愛吟詩。月明寄得江南信，遥憶西湖放鶴時。

題孟浩然騎驢畫

賈島苦吟衝大尹，淮陰馱醉謫神仙。雪中一段清奇事，輸與襄陽孟浩然。

贈鐫字李顯中

昭代幸無朋黨籍，磨崖還有中興碑。李生一寸幽州鐵，好爲元勛勒鼎彜。

雙鵲圖

畫圖雙鵲立枝高，日日相看慰寂寥。好在堂前頻報喜，不愁天上役成橋。

題息齋枯木竹石圖

葆羽玲瓏集鳳阿，翛然蒼節倚枯槎。玉堂仙子清如許，寫得瀟湘秋思多。

送顏右丞赴都

別酒醺醺雨作晴，故人心共海霞明。雲帆駕得天風健，萬里扶摇上玉京。

過茶洋驛次李憲副詠飛雪亭韻二首

老仙曾弄銀河水，愛此飛泉便作亭。料是九天收不住，故將冰雪灑南溟。
何處月明風雨急，泉聲一派挂槎川。奔流直入劍津去，驚起雙龍夜不眠。

感　事

西風一夜到林巒，無數秋聲在樹間。獨有啼烏棲不定，踏翻明月滿空山。

題劉商觀奕圖

當年曾過柯山下，石洞棋枰苔蘚斑。仙子不知何處去，空傳遺跡在人間。

延平驛二首

劍潭千頃浄無垠，岸曲樓臺架水雲。半夜風雷吼神物，三州星斗印天文。
延平驛畔古鐔津，繞郭青山亂糾紛。幾度官舟泊沙尾，鷓鴣不忍隔江聞。

題扇面贈李司儀回京

落花零亂燕呢喃，萬里脩程一短驂。好向五雲深處去，玉簫吹徹望江南。

括蒼省覲二首

曾向三山跨鶴回，又尋處士括蒼來。白雲只在好溪上，引出青蓮萬葉開。
一葉扁舟上括蒼，石門洞口月昏黄。青田野鶴歸來晚，七十二灘烟水長。

題陸放翁齊安墨迹

原註：俛仰宇宙，茫茫陳迹，前修不可見矣。猶因其遺墨，而可想其丰儀者，寧不重有感乎？

越上曾過陸氏莊，風烟月露水雲鄉。今朝忽睹題詩迹，重憶坡仙舊雪堂。

題畫

重重巖壑白雲關，上有仙人禮斗壇。俯瞰洞庭聯左蠡，長風萬里起波瀾。
兩岸青山遮古道，一篙春水棹孤舟。蒼烟暝色歸鴉晚，猶有行人立渡頭。

書便面贈禪寂寺一玄上人

山僧野客共襟期，對榻吟詩夜漏遲。萬竹庭前秋雨過，紫薇花下月明時。原註：寺多竹，紫薇花甚茂。

陪建寧太守宴水南樓索贈歌者二首

兩岸垂楊鎖翠樓，玉人歌舞錦纏頭。海棠枝上東風軟，銀燭燒成月半鉤。
寶篆香燒酒欲醒，一聲歌徹綵雲凝。朱幡五馬樓前月，人在重雲第幾層。

再陪宴用前韻

夜月春風燕子樓，佳人擊碎玉搔頭。天涯芳草無消息，塵滿朱簾懶上鉤。
香醺宿酒未全醒，坐對冰壺玉露凝。月落翠消人散後，綵鸞飛上最高層。

贈陳雲舟

一片飛來壓柁樓，有人擊楫坐中流。無心去作他山雨，滿載江南萬斛秋。

木芙蓉畫

光浮仙掌露華濃，香滴丹砂暈玉紅。太液池邊秋月白，參差霞珮倚西風。

簡葛鍊師

月明一陣過雲雨，夜半凉生枕簟風。起坐石闌無箇事，翛然秋信下梧桐。

宫　詞

宫樹風微玉簟凉，錦衣小隊過川廊。曲闌干外梧桐月，照見銀篝燒夜香。

舞韈輕轉玉階前，憶昔承恩已十年。記得當時供奉曲，上皇親自月宫傳。

題寧溪圖用毛儀仲韻七首

寧溪巖壑古風烟，舊住人家不計年。隔岸小山三四點，蛾眉終日浄娟娟。

萬壑風烟撥不開，宛然雙闕對瓊臺。吹簫子晉今何在，石橋流水似天台。

桂子花開水滿堤，青山兩岸與樓齊。有客醉歸明月下，十里天香送馬蹄。

蒼烟落日小漁舟，溪北溪南載我遊。遊到王家遠菴下，白雲深鎖舊梧楸。

一邱一壑水雲間，欲作淵明歸去難。五馬雙魚相對好，秋風寫入畫圖看。

溪流一曲遶村莊，溪山十里野花香。溪畔飲牛人度水，溪頭女子采柔桑。

溪人種竹滿溪頭，載酒吟詩溪上遊。寄語溪居王少府，何人得似渭川侯。

塞下曲

錦帽貂裘小隊分，葡萄馬上醉昭君。銀箏夜坐彈明月，玉帳秋高獵陣雲。

〔一〕「《羽庭集》六卷」，未定稿本作《羽庭詩稿》。

〔二〕「巨」，原誤作「互」，今據四庫本《羽庭集》改。

〔三〕「洲」，原誤作「州」，今據四庫本改。

〔四〕此詩題未定稿本作「西溪湖」。「虞」，原誤作「餘」，今據四庫本改。

〔五〕「堰」，未定稿本、四庫本均作「掩」。

〔六〕「月」，原誤作「下」，今據四庫本改。

〔七〕「日」，原誤作「月」，今據四庫本改。
〔八〕「雨」，原誤作「禹」，今據四庫本改。
〔九〕此詩題未定稿本作「題瀑布二首」。

李檢討繼本

繼本名延興〔一〕，以字行，東安人，占籍北平。登至正丁酉進士，授太常奉禮兼翰林檢討。元亡，隱居不仕。著有《一山文集》九卷。延興少工詩，著聲藝林，爲北方之學者。其詩文俊偉拔俗，長歌尤擅場，縱横磊落，直欲上摩昌黎之壘，以仰窺少陵。《石鼓歌》一篇，尤彷彿似之。近體詩格間近香山、放翁，蓋一時風尚如此。

王氏别墅

旭日照遠水，摇映青松林。丹霞散餘彩，翠烟鬱沈沈。好鳥弄晴晝，嘉禾敷繁陰。天虚風物幽，高爽澄清襟。解琴一奏之，細和山水音。嘯歌以相羊，頫仰獲我心。棲遲歲年晚，將歸故山岑。

江皋圖

江晚月未上，白烟滿芳洲。雨止山氣佳，衡扉在巖幽。浦迴沙漫漫，松深露浮浮。水田早稻熟，稍欣獲有秋。曠爽來清風，朱夏炎敲收。野人樂江居，垂綸水西頭。得魚送鄰家，酒好仍見留。童丱喜相隨，浩歌送悲鷗。古時放達人，傲睨輕王侯。焉能繫塵鞅，憧憧爲身謀。我家漢水上，田園雅綢繆。穀苗含惠澤，井洫交新流。收穫賙族黨，矢心良不媮。一自來京都，星霜倏十周。寄食仰俸粟，曷免生事憂。藥物縻病身，曠望增夷憂。翩彼南飛鴻，肯寄音信不。

山中書事

圖史列坐隅，深居愜幽情。漢上青山多，開軒眼增明。白鳥烟際來，清風竹間生。抱甕汲新井，佳蔬有餘馨。嬾散時自適，收書松下行。青苔没屐跡，凉露尚沾纓。入雲問山寺〔二〕，忽聞疎磬聲。

仲冬月

斗標建子仲冬月，曉天雲掩殘月魄。滿城霜氣利如刀，敝褐蒙頭出不得。旭日無光風伯怒，冰合水泉厚地裂。憑高曠望目力超，瀚海天山千丈雪。波濤永閟蛟龍宫，原野深藏狐兔穴。南山榛栗盡枯死，出獵何人馳駟驖。俄頃風收氛翳開，萬里雲天清帖帖。青旆颯颯酒家樓，杖頭恰有錢三百。何物小兒爲侶儔，座上能詩有仙客。月斜醉倒花樹下，銅龍漏下五十刻。

壁間雜畫

山中之人氣奕奕，愛畫雲山與水石。遠山近山恣一揮，頃刻生綃數十尺。今代只數高尚書，妙處不減米家筆。後之善畫者爲誰，青山白雲久蕭瑟。忽驚座上烟靄生，漠漠平林翠如織。平生夢想不可到，乃在君家雪色壁。花發窮林破曉紅，水合長天蕩晴碧。蘆邊雁影落迴汀，沙上漁簑曬斜日。白髮蒼顔四老人，棋罷松間坐争席。筍皮笠子大如轍，歸去不愁山雨濕。爐經九轉鍊丹成，杖掛百錢酤酒喫。眼看此景不可親，況復憧憧事塵役。會須結屋山之阿，更求好田水之側。野人生理日有餘，耕歸牛角懸書帙。茆簷夜火促寒機，古甸秋風收晚粟。安車若便下邱樊，爲報先生不可出。

福源精舍

京城六月日如火，風軒散髮執書坐。頓嫌城市多煩囂，欲買田廬何處可。素几茶甌吹碧香，有客敲扉偶相過。爲言越中好山水，厥土膏腴不偏頗。魏氏之子文貞孫，玉樹臨風色瑳瑳。讀書浙水之東頭，蒐今摭古以自課。夏蓋湖光白擁雲，福祈山氣青浮座。三江帆上暮天長，八月湖中秋水大。亭邊獮猴長如人，月黑林昏盜山果。桃源人家疑此是，洞口雲深晝無鎖。百壺滿醉江南春，擊缶高歌兒子和。西蜀少陵恒苦吟，南陽武侯尚高卧。文貞昔在貞觀中，大節堂堂不終挫。好將舊學佐朝堂，行見英風振頑懦。索居何日賦歸來，盡理遺書載輕舸。我昔耕牧峴山陽，門前水田足秔稏。十年道阻不可歸，江上秋風茅屋破。舊栽松柏定成林，石墻竹稍添幾箇。向來耆舊安穩無，每一思之淚交墮。福源林壑倘見分，卜鄰擬住山之左。客歸好語仲遠君，歲晚寄書頻報我。

墨竹

近時海内稱畫竹，雪齋筆意何突兀。蒼然寫此風露枝，墨花落紙秋萬斛。怪處不減文湖州，展玩晴窗醒心目。竹邊蠻石更陂陀，便是著身游嶰谷。青溪過雨山霧寒，白月出林烟水緑。葛陂老龍頭角秃，夜嘘雲氣黑如沐。白晝慘栗炎敲收，展書宜趁清陰讀。我有竹林漢水西，兒時學種如種玉。春翠森森抽細筍，風碧娟娟散幽馥。有客清似王子猷，拄杖敲門往來熟。欲歸料理不可得，夢繞江村白沙曲。安得大絹長安餘，請君爲我作横幅。寫我只作六逸儔，挂在秋風江上之小樓。

題畫

山翠浮空初過雨，山麓晴雲散芳渚。霧合長林生曉寒，人家更在林深處。澗泉六月翻松根，石洞千年隱仙侣。有誰共奕橘中來，無人問路桃源去。白烟遮盡青林花，野蔌嫩香應可茹。清幽不減山之陰，只欠蘭亭列觴俎。誰乎寫此怪而奇，莽莽雲山入毫楮。細看猶有遺恨處，胡不著我山之墅。我生本是邱壑姿，誤落京城幾寒暑。小時耕牧峴山陽，閒從野人學種樹。門前漁浦啼竹禽，屋上鶴巢走松鼠。獨行採藥日暮歸，纔得芝朮一斗許。縱令服食不得仙，何若長年藝禾黍。小村秋晚雞正肥，大甕春浮酒新煮。老翁醉舞兒子歌，笑語諠譁忘賓主。此樂不見十年許，兵火煌煌照南楚。思歸見畫萬感生，悵望風飄横浦溆。時清即好謝官歸，全家移向山中住。

漁陽客邸

城外雲山濃似綺，屋裏琴書静如水。石爐添火試松香，裊裊篆雲飛不起。天涯倦客此停驂，茶竈烟銷猶隱几。奚奴呼覺日平西，一片秋聲響窗紙。

湘中老人圖

湘山高，湘水深。樹森森，湘猿吟。日將莫翠霧，丹霞滿芳渚。碧草淒迷南浦春，紫蘿摇動東風雨。龐眉野客來何所，袖拂輕飈過孤嶼。掃苔坐讀黄老書，展卷之間會此千古之奇趣。九嶷飛翠空中來，路遶滄江獨歸去。雲漫漫，烟水寒。日慘慘，江雪殘。浩蕩孤懷渺天末，環珮飛上青雲端。雲白山青互吞吐，蒼茫隔斷來時路。古人已逝等塵埃，招魂不歸正愁予。空留糟粕在人間，地老天荒竟何補。何時掛颿直上海之涯，爲看湘中老人讀書處。

松雪翁畫馬

西海之西天地翕合敷靈氣，天産天骨超崑崙。月窟而東而北幾萬里，是馬乃能籥星辰，踰渤澥，掃空冀北凡馬羣。曹將軍是開元以來善畫者，蚤以絶藝動紫宸。不問驪黄與牝牡，筆力到處春無垠。往時常見一二本，世之畫者徒紛紛。吴興學士昔在詞林館，畫人畫馬咄咄能逼真。玉堂朝日射碧瓦，瑣窗晴雪吹青春。文章之暇奉詔寫龍種，冰綃萬幅清無塵。此圖神采更飄逸，妙處不減曹將軍。飛雪滿空散靈雨，五花淩亂曉濕蒼龍文。人言此是明皇御，愛者天香溢鬱飄滿身。瑶池渴飲雪滉瀁，霜蹄迴踏雲嶙峋。黄鬚圉官似是太僕張景順，自幼調馬馬亦馴。想當牽來赤墀下，皎如飛龍下天門。山齋看畫白晝静，丹粉如沐清心魂。龍媒一逝九霄隔，龍沙泱漭霜風昏〔三〕。縱今有馬無善畫，誰與寫之傳世人。吴興自有古作者，高風遠韻不可聞。九原安得起公死，請公爲我放筆電掃層空雲。陳君愛畫不弱南金與西玉，百迴展玩當爐熏。南金西玉可力致，嗟此神物夐然獨立而無鄰。烏乎！神物爲物固有神，直恐變化爲龍飛上清都紫微之帝閽。

琴堂曲為永清劉尹作

琴堂清文窗，窈窕雲霞明。七絃彈出太古意〔四〕，光風遠郭流春聲。春聲滿天地，泛羽浮宫蕩和氣。惟侯之政廉而仁，敷鬯惠慈湔暴厲。惟侯之心公而平，擿發伏奸施愷悌。視民如傷民德之生意，昭融一時寫作琴中趣。堂上琴音沈沈，玄猿抱月啼空林。琴上弦聲淵淵，老蛟卧雨吟寒泉。有時拂軫青松邊，白雲飛來清可憐。有時度曲香案側，水沈鬱鬱飄晴烟。此琴不是相如之所蓄，此琴不是伯牙之所傳。乃是當時子賤古遺物，置之兹堂今幾年。縣庭無事簡書静，抱琴危坐心悠然。古來寥闊不可續侯也，直須爲奏周書三百篇。世雖久乏知音者，時復鼓之聊以陶我天。馳名海内永不朽，七閩山水萬古增光妍。我欲學琴恨無緣，我欲買琴苦無錢。山空月白琴響絶，把杯長嘯天風前。

石鼓歌

乾坤清淑之氣蜿蟺扶輿亘西極，化作岐山之陽石鼓十六丁二酉。剷斷崑崙之瑶峰，縹緲雲根墮穹碧。層崖秋碎方祇愁，大星宵隕圓靈泣。中書不露疏鑿文，太素猶涵混沌質。偉哉周家宣王中興時，戈鋋慧雲九縣一。明堂受朝羣后來，天威不違顔咫尺。岐陽之狩載揚國之靈，王氣騰霄何赫奕。八鸞聲戛秋風高，九旗光動朝暾赤。歌車攻，詠吉日。張皇維，昭帝績。泰山盤山之祚炳烈千萬春，勒之貞珉古無匹。其形如鼓不可扣之鳴，其體渾淪絶似大造無痕跡。其字遒逸宛似篆與科，其文古雅髣髴周之什。吉甫歌，史籀筆，制作森嚴照岐邑。年多物化理則然，金字半滅無人識。老蛟摧裂野火焚，古墨淋漓苔雨蝕。青城學士昔在大德初，見之林下久歎息。入朝亟爲丞相言，如此至寶何可以弃擲。大車彭彭挽致來孔庭，天地風雲亦動色。我嘗愛此十鼓文字奇，撫玩摩挲不知日之夕。荏苒光陰數十春，春風吹愁髮生白。近時再過石鼓旁，階草蒙茸没雙屐。細看字畫轉么麼，徙倚迴廊淚沾臆。東安鄧尹彈琴清，桂林議論文章脱塵格。平生好古如古人，直欲蒐抉周秦之故實。里中更有朱先生，白首著書窮日力。寄書遠訪石鼓文，細字滿箋珠的皪。書中宛宛見高情，識者見之争愛惜。乃知先生好古不減吾，鄧侯吾徒委瑣豈復如，先生喜新厭舊猶戲劇。吾友秦郵李希文，新來小篆亦傑出。夷門梁君子，宜苦學張顛之草書。電掃千軍爛如拭，我生雅恨不能書，每見名家如有失。朱先生，古遺直，甚欲相從不可得。山中茅屋書滿牀，何時一到虚軒分半席。直須和我石鼓歌，戰退蘇韓入堅壁。烏乎！古之作者往往苦用心，豈惟杜預雅有《春秋》癖。今人無復見古人，徒勞紙上賞遺墨。魚目滔滔久混珠，後來此鼓誰收拾。燕之石，等圭璧。荆之璞，同瓦礫。古風不返天茫茫，何如爛醉林皋卧苔石。

雙節婦

明山清，鄞水碧，山水之間好田宅。宅前華表高出青雲端，金字雙題燦星日。秋窗隔樹霜燈明，白髮婦姑宵紡織。冰寒績斷心緒勞，門掩淒風抱兒泣。風吹兒聲轉飄揚，愁雲壓樹墳草黄。夫君骨已化，青天杳茫茫。炳烈千古心，迴隨白日懸穹蒼。弓冶傳家好孫子，丹桂滿林吹古香。異哉一門兩共姜，至今大江之南奕奕有炯光。我嘗攷古節婦爲傳記，積雨淋扉散秋氣。雲開日出海霞飛，萬丈朝暉射天地。無情滄海枯，惟兹節婦之節古難敝。我生也晚無復見，古人唐虞世遠虚。歔欷安得鞭豐隆，叫閶闔，箋皇穹，盡令薄海内外迴淳風〔五〕。

雙鶴吟

若有太古之仙，乃在瀛洲之上、方壺之間。門前雙鶴不知幾歲月，雪飛風舞迴隔青雲端。天空月白雙影静，玉笙合奏瑶臺寒。石壇暝踏松子落，林蹊晴啄苔花殘。仙翁手執相鶴經一卷，逸思汎若孤雲間。興來引雙鶴，笑入三茅山。三茅山中瑶草碧，九皋兩散春烟濕。鶴飛亂點層峰青〔六〕，彩鳳蒼鸞往往與相識。價重不減雙南金，質瑩不弱雙白璧。不慕懿公之華軒，不逐王喬之飛舄。不巢西湖處士之孤山，不憩黄州謫仙之赤壁。棲紫霞，護丹室，六翮稜層曝朝日。友茅君，呼木客，盡日聽琴香案側。山中之人問訊時，相過蟬聯飛繞羊公石。鶴之逝，風翩翩，遥空雲落秋無邊。鶴之返，山娟娟，紅塵不到芸窗前。恍如元方季方在潁谷，倏如陸機陸雲來洛川。燦如同穎之禾敷秀唐叔壤，宛如王睢之鳥著美周南篇。薛公之鶴何其夥，趙抃之鶴何其偏。異哉兩仙骨，不偏不夥全其天。問鶴往時託巢在何許，邈在遼海之東華表柱。問仙豢鶴到今凡幾春，前五百年嘗與令威一相遇。鶴飛來，向何所？不渡海之涯，不涉江之浦，直欲飛近天上神仙之宫府。天門寥闊不可通，誰到十二瓊樓最高處。莫延佇，鄧林之廣豈無一枝之可棲。何爲乎，涉雲霄，冒風雨，春去秋來恣軒翥。仙亦竟不留，鶴亦更不駐。山邪鶴邪笑我蹴躃於風塵，相隨直上青雲去。

蟬嘒嘒

蟬嘒嘒，老樹秋風暑初退。閨門忽起思婦悲，欹枕聽之墮雙淚。去年夫征淮水頭，天明上馬操戈矛。今年夫戍玉關塞，日夜囏危誰足賴。不如爛爛雲錦機，織成迴文製君衣。不如湛湛長江水，流恨隨君千萬里。白首會面知無難，願君竭力軍旅間。太平無事荷帝力，遲君歸來慰家室。鑿鑿之石如妾心，空山絶磵秋嶔崟。青山之松如妾操，大雪嚴風不凋耗。石或可轉松可摧，妾心萬死不可回。

上總戎

大將軍，出沙漠，萬里河山盡開拓。馬嘶紫塞霜草寒，鴈飛白海煙濤闊。旗拂戎帳空，箭穿魯縞薄。虜其名王歸，四面凱聲作。功成獻俘蒲萄宮，天青日白開鴻濛。遂使樓煩林胡之遐壤，化爲冠帶衍爲提封。明年草青春色濃，征人解甲醉卧林花紅。我恨不識趙充國，又恨不識塞上翁，拔劍起舞歌春風。

贈杭州包知事與直

大府包從事，才華早見收。孤忠横北斗，清節照南州。白雨江帆暮，青楓水國秋。向來憂世意，惟有水長流。

游春長宫

飛觀連霄漢，山門一徑幽。青林藏雨暗，白水抱城流。未脱塵中趣，虛傳物外遊。回驂西日晚，清磬起層樓。

出獵圖

大漠因風起，煌煌獵騎來。闞弓霜月滿，吹角塞雲開。射虎慚無術〔七〕，呼鷹漫有臺。蕭條空見畫，粉墨亂塵埃。

早過午門

霜白掖樓晚，寒鴉城上啼。微雲閶闔外，斜月建章西。憂國心常切，成功計轉迷。十年京闕外，貧病尚羈棲。

與薛十二過壽寧精舍得歌字

鳴雨過青嶂，飛烟繞碧蘿。庭空留鶴迹，江静聽漁歌。長夏迎人少，高年禮佛多。飄飄飛錫處，千里又相過。

夕次同川

鴉噪晚凉天，新晴景豁然。柳橋通水市，荷港入湖田。鷺影沙頭月，人烟渡口船。相過又相别，書到是明年。

贈鏡上人

山館夜瀟瀟，天寒酒力消。雁行衝雪斷，燈影隔江遥。渡口人争岸，船頭客待潮。倦途誰慰藉，風景不相饒。

舟次松陵

客路幾時盡，愁懷到處同。斷帆衝暮雨，短笛咽秋風。水碧沙雲白，山青柿葉紅。莫言詩費日，光動錦囊中。

望海虞山得蹤字

青山秋萬疊，詩寫晚愁濃。瀑斷峰頭路，雲藏谷口松。藥爐丹氣上，經藏碧苔封。誰似仙翁静，階前掃鶴蹤。

初夏雨坐

白雨傳數點，紅亭納快風。荷香青浦近，竹暗細泉通。問道隨關尹，横經媿馬融。衰遲竟何補，江海任飄蓬。

和睦公九日韻

秋聲横笛外，曉色畫屏中。黄菊雙頭小，青山四面同。船衝官渡雨，水落市橋風。十日燕臺路，途窮興不窮。

窗燈

窗燈摇影細，城柝報更遥。白髮愁偏重，丹心老未銷。雲影籠月薄，秋氣挾霜驕。歸思如江水，滔滔逐逝潮。

晚出

短策扶衰病，輕衫受晚風。烟花連浦白，霜葉墜林紅。骨肉兵戈裏，乾坤涕淚中。飄飄江海上，回首愧漁翁。

讀賈誼王粲傳

白髮悲王粲，青春羨賈生。萬言詞慷慨，一賦氣峥嵘。弔屈心猶壯，依劉恨未平。懷賢坐長夜，斜月半窗明。

和友人韻

亂臣傾廟社，禍本久胚胎。萬里金城壞，千原鐵騎來。人心今日異，天意幾時迴。痛哭英雄老，凄凉卧草萊。

恩幸千年遇，艱危一旦遭。人材淹草莽，勳業付兒曹。死戰酬明主，兼金買佩刀。歸來衣甲破，蟣虱費爬搔。

月黑妖星現，雲紅戰火然。魯連終蹈海，樂毅又辭燕。痛哭懷明主，匡時倚大賢。那堪頻眺望，白雁落霜天。

秋氣滿龍漠，君王忽遠巡。旌旗照天地，哀痛著絲綸。雨雪迷青野，風雲動紫宸。汾陽忠烈火，一戰熄兵塵。

宿嘉祕寺

寂寂青山寺，千峰翠欲熏。禪林黄葉落，僧飯白猿分。松磴吹晴雪，柴扉鎖莫雲。悟窮清净理，莫遣世人聞。

山中值雨

風雨連天黑，關河入望遥。青山懷故國，白首戀中朝。小市河魚上，殘城野火燒。寄生巖壑裏，生意日蕭條。

待渡

待渡渾河晚，懷人水國遥。魚龍吹雪浪，風雨送春潮。百鍊丹心在，千莖白髮凋。茫茫今古意，回首愧漁樵。

詠懷 丙申歲作。

白首殊方客，奔馳戎馬間。時危憂母老，歲晚寄書還。凍雪連荒野，寒雲出亂山。蒼茫西日外，痛哭倚柴關。

不見嚴親面，光陰忽四年。文章多散失，勳業竟流傳。故塚燕城曲，荒祠瘴海邊。寒窗讀書處，新廢蓼莪篇。

辛苦憐吾弟，荒山久避兵。素書連月斷，白髮滿頭生。雪翳窗燈影，風涵戍鼓聲。沈思憂百結，寂寞度殘更。

妻子何時見，淒凉病轉侵。虚傳千里信，已負百年心。短帽飛霜滿，空階落葉深。白頭吟正苦，回首淚沾襟。

山寺值雨

急雨過山寺，鳴蟬送夕陽。空階看雲起，虚閣受風凉。老柏吹香細，垂蘿引蔓長。林泉空白首，把酒惜年光。

秋日雜興

飛樓上倚泬寥天，野色荒凉萬井烟。落日荷花白舫外，西風桂樹畫闌邊。明妃夜泣琵琶月，宛馬秋肥苜蓿田。千古河山幾争戰，一登高處一潸然。

寄省掾趙晞顔

不見先生十日餘，臨流每欲寄雙魚。馬卿賦好君王識，阮籍身閑禮法疎。落花啼鳥紛紛亂，澗户山窗寂寂虚。春興定應題滿帙，病中何得慰躊躇。

雪

地白雲黄雪亂飛，虚簷風急撲征衣。子猷入夜乘舟去，蘇武殘年持節歸。兵後殊方爲客苦，病來親友到門稀。何緣得似兒童歲，貂帽狐裘學打圍。

開門飛雪叠階除，宛宛溪山畫不如。野火遠明喧獵騎，茶烟半濕認僧居。雲深空谷難尋路，風急虚窗亂打書。坐待春陽迴宇宙，無端生意滿茅廬。

和梅知府寄來詩韻

坐想親朋摧肺肝，寄來尺素百迴看。虚窗琴册塵埃亂，疋馬關山雨雪寒。避地十年頭欲白，去家千里淚難乾。酒壺爛熳堪謀醉，强撥羇愁一盡歡。

束裝曉發雪滿路，雲起荒山萬里陰。菽水久違慈母養，綈袍還見故人心。哭憐阮籍窮途晚，賦寫江淹别恨深。春滿故園芳草緑，東風門外聽車音。

離筵酒盡暮烟微，兒子牽衣泣草扉。萬里風塵諸弟散，十年江海故人稀。少陵苦恨無家别，季子羞誇衣錦歸。謾憶山窗嘯吟處，湘簾花影叠朝暉。

歲宴紀懷

黄雲壓地雪浮浮，虚館開觴散客愁。白髮驚心催短景，滄江入夢問扁舟。時危每羨檀公策，志大空懷杞國憂。翻憶少年踈放處，春風歌舞醉紅樓。

舟次龍江

孤航小駐水西頭，汎汎輕鷗對客浮。海氣漲雲天塹晚，江風吹雨石城秋。已將萬事歸詩帙，苦乏千金醉酒樓。欲向金川門裏住，那堪回首戀滄洲。

贈時中

白首相逢寥落中，失聲一哭暮途窮。霏霏江草愁邊緑，寂寂宫花夢裏紅。海徼歸心懸夜月，柴扉病骨卧秋風。人情任逐東流水，爛漫金尊莫放空。

雨中偶賦

黯淡青林白雨飛，隔花莫恨濕春衣。恩霑草木生兼遂，聲到松篁聽轉微。谷口泉清舒藥甲，巖隈風亂打柴扉。故園有屋多應漏，幾日攤書曬夕暉。

寄思温尹

雞泉邑裏識君初，回首春風似夢餘。惠愛新聞行旅説，才名不愧史臣書。花明白日青山静，稼簇黄雲早吏疎。後夜林扉倍相憶，高情莫忘寄雙魚。

瑟索虚窗風滿襟，生來轉覺秋蕭森。鶴翎新沐紫蘿雨，雲氣迴隔青松陰。太邱雅稱湖海士，徐庶忽起庭闈心。客懷寥落誰與語，解榻徐君來聽琴。
山齋留客晚凉初，茗枕吹香清夢餘。雨過雲生松下石，月明風亂枕邊書。一家骨肉今無幾，四海親朋轉見疎。張翰秋來定歸去，江湖隨處是蒪魚。
長松過雨碧蕭森，凉籟吹香滿素襟。泉落空潭秋灑灑，雲生虚室晝陰陰。塵埃書劍千山路，風雨江湖萬里心。客散衡門更清絶，明朝誰聽紫瓊琴。
至道不返太古初，玄聖一去千載餘。養生近得南華論，報國恥上東封書。四海無家轉悽惻，百年處世何迂疎。從兹萬事可撥遣，短簑獨釣長江魚。
虚庭無人坐開襟，雲氣滿地何蕭森。老夫懷友傳尺素，稚子讀書惜分陰。小窗凉月破烟夕，遠道秋風傷客心。羡殺遵城令尹好，安得細聽堂上琴。

别山中友

峰迴徑轉雪嶔崟，隱者柴門費獨尋。谷口斷雲遮草屋，樓頭斜照隔楓林。黄金買貴交游絶，白首窮經歲月深。明發分襟兩相憶，那堪寥落動愁心。

詠雪效時體

沈沈仙館静無風，光動霄衢縹緲中。玄圃暖澌瑶草白，緑窗春絢錦機紅。皇天有道開豐稔，詩趣無邊入混融。爲問兔園張宴處，滿堂豪客賦誰工。

長風捲海白漫漫，三島樓臺畫裏看。瑶席香銷金鴨冷，銀河水湧玉龍寒。春迴萱草芽初出，臘盡梅華信轉慳。清曉天門占瑞象，日車飛上五雲端。

隔屋狂飈怒擊撞，一庭皓彩翳寒釭。星妃夜翦銀河水，雲氣朝横玉女窗。梁苑賦成誰第一，灞橋人去更無雙。到門疑是洛陽令，有客尋詩驚犬厖。

留客同傾北海尊，疾風吹霰落紛紛。虚軒夜氣浮書潤，迴野春聲隔樹聞。密灑南樓清護月，横堆西嶺白連雲。呼童閒掃長松徑，幾片飛來亂鶴羣。

瓊葩春遶畫樓飛，盡捲珠簾認翠微。影落玉堂翻硯沼，光摇金殿晃朝衣。長烟壓樹難尋路，遠火燒雲正打圍。明日出門好晴景，冰花滿帽散珠璣。

雲飛大野曉模糊，水國微茫一雁呼。風起四簷翻玉樹，天移萬象入冰壺。子卿持節終歸漢，裴相乘虚急破吴。五稼從兹兆豐稔，老農争説往年無。

曉寒著人肌粟生，空階頃刻一尺平。開門起視天地白，掃榻坐愛琴書清。州行竹樓驚碎玉，許家仙子誇飛瓊。東鄰西舍醉新酒，蹇路細踏春風行。

訪戴曾上王猷船，持節不齧蘇武氈。苦吟傑出柳絮外，清風迴繞梅花邊。芸窗夜白照書卷，山肆曉寒增酒錢。安得九夏復如此，松下長教驚晝眠。
海天空闊白成堆，坱圠春從地底迴。紫禁晴飄龍尾濕，藍關寒撲馬頭來。婆娑起舞多妖冶，頃刻開花巧翦裁。清氣無邊墜詩境，迴排雲氣上瓊臺。

與戴元禮黄山人期登石徑山謁道陵而山人不至

百年登眺問誰宜，澗轉林迴石磴危。潮落空江秋笛起，雲生虚室夜鐘遲。廟門雨黑愁山鬼，階草霜黄集野麋。天地無情歸浩劫，一尊聊復散襟期。

京口夜泊

醉客滿船歌月明，隔江燈影逐人行。帆衝雨脚迴京口，鐘送潮頭打石城。南渡衣冠愁北望，東皋簫鼓報西成。桑田海水依然在，不管人間有變更。

送呂秀才入道

賦罷長楊戴鶡冠，笑人慕道不休官。窗間風雪三餘學，林下烟霞七返丹。白社年深成雅會，紫垣秋静禮虚壇。夜窗欲問長生術，月轉虚樓十二闌〔八〕。

杏園

好花紅白出鄰墻，競賞何妨到夕陽。探信屢逢金榜客，看梅稀出碧雞房。朝霞籠日綃衣薄，晴雪翻風珠酒香。我意城東好庭館，幾陪詩老醉瓊觴。

松林獨眺

誰家隔水敞柴扉，白浪粘天隔翠微。紅葉秋風官路斷，蒼江暮雨釣船稀。尋幽野客攜壺至，解夏山僧振錫歸。聖澤只今沾溉處〔九〕，松林草木駐光輝。

登雞宜山

雞犬柴扉竹裏開，仙人別住好樓臺。松聲忽向琴心起，雲起遥從澗口來。六代衣冠隨水去，百年天地逐輪迴。興亡總付登臨外，爛醉春風卧碧苔。

羊祜廟

勳名冠絶復全身，兩晉如公竟幾人。廟枕吴江非故跡，碑横峴首哭遺民。空壇曉霧沈荒樹，斷壁秋風掃暗塵。老淚向人收不盡，愁邊和雨濕衣巾。

移教房山留别雄縣周尹

隔水青山畫舫西，亂雲芳草思凄迷。江淹賦好傷離别，李白名高入品題。花落空階春色澹，鶯啼深樹午陰齊。明朝相見歸來鶴，飛向秋風覓舊棲。

周大尹惠香還

使旌秋出鳳凰臺，吴楚千峰紫翠開。水伯驅潮催舵轉，豐霳挾雨逐車迴。琴邊白鶴迎仙蓋，席上青雲照酒杯。好是紀行詩酒帙，驚人麗句壓瓊瑰。

和前韻

青雲北起望金臺，路入瀛洲島嶼開。曉日歌樓湖上出，秋風征旆雁前迴。明虹斜照參差雨，遠海平鋪瀲灧杯。好寫江山入吟思，酒邊爛熳埽瓊瑰。

贈雄縣劉尹

老成器業少如公，政譽堂堂壓茂恭。一片靈臺霜鏡裏，三枝仙桂月輪中。香凝鴨鼎琴堂雨，木落虹橋酒市風。欲寫漢庭循吏傳，滿川煙樹晚濛濛。

春日

柳外旂亭傍水隈，花前留客到金杯。青雲暗抱日華轉，碧草暖隨春色迴。遠道自憐衰力盡，好懷常向故人開。輕衫短策東風裏，白首蹉跎望隗臺。

朱長史致仕還里

委佩聲遥轉禁池，每依朝彩認龍旂。白頭强健追班早，青瑣從容侍講遲。天上宸章優老日，里中孫子望歸時。多情好是長淮月，時逐心旌照玉墀。

和安常寄山中友詩韻

郭西山好住多年，採藥林深踏紫烟。黄鳥問關春雨裏，青峰迴合暮雲邊。蝸廬疎漏看兒葺，蠹簡紛紜對客編。兵後故人成遠别，那堪回首意蕭然。

清朝雅望稱高年，臺閣文章入渾然。清禁從容親講讀，素書珍重問林泉。花明别館尋幽到，酒熟良朋取次延。寂寞山中舊遊處，紫苔蕪没種芝田。

白頭攬鏡愧衰年，清曉繙經興杳然。山疊錦屏横斗極，岸分珠雨落風泉。夢回隔水聞僧磬，飯飽耕雲種玉田。多病馬卿空有賦，謝官陶令未歸年。

挽張及民老先生

寂寞城東一畝宫，百年遺響寄孤桐。巢由杖履雲山外，陶阮生涯酒榼中。祠壁鬼燈燃夜雨，墓門翁仲嘯秋風。招魂不隔瀘溝水，淚灑霜林萬葉紅。

松隱

松林宛在草堂西，隔樹嵐光望欲迷。風磴曉吹蒼雪冷，洞門秋枕碧雲低。蜂房溜蜜看兒割，藥裹關心對客題。南望九華懷李白，月明霜白斷猿啼。

紙

吴繭裁成秋水寒，炯然光彩動柴關。香分梅蘂飄金潤，色奪梨花襯玉環。石几净堆春雪冷，璃窗輕拂曉雲閑。更林白社多年别，好與題詩寄鶴還。

和宣文劉仲德詠雪

虚軒看雪曉光微，却憶淮西破賊圍。春甕旋開千日酒，海塵不染六銖衣。天寒紫塞黄雲合，風急蒼江白雁飛。高卧忽聞佳客至，衣裳顛倒出荆扉。

别易水諸公

一家遠隔萬重山，古道人稀獨自還。夜月屢傾燕市酒，春風又度燕門關。晴天雨散千峰外，野屋雲生半席間。兄弟何時重會面，燈前相對話時難。

憶王氏兄弟

大野荒寒起夕陰，殘蟬幽咽亂清砧。虚庭宿露蒼苔滑，遠道秋風黄葉深。烽火未收三月信，田園空負百年心。多情好是西城月，時向愁邊照苦吟。

憶長安

鍾殘水國夜初分，雪屋燈前夢見君。阮籍窮途隨處哭，杜陵詩好幾迴聞。青山故國迷煙月，白雪閒情寄水雲。若恨東風不相識，吹人愁思轉紛紛。

題吕仙翁廟

策名文彩動蟾宫，飛上丹梯笑葛洪。劍影冷涵雲氣濕，笛聲清繞月輪空。黑翻詩壁研磨外，神現松精候謁中。幾擬細詢仙歲月，芙蓉溪上又秋風〔一〇〕。

題金山寺賡陸先生韻

天連泗水水連天，烟鎖孤村村鎖烟。寺遶薜蘿蘿遶寺，川通巫峽峽通川。酒迷醉客客迷酒，船送行人人送船。此會應難難會此，傳今勝古古今傳。

春日雜興

隔溪茅屋曙光分，簌簌紅桃映此君。烟圃藥苗晴後種，風窗香靄静中聞。秦人無復歌黄鳥，華岳猶堪卧白雲。怪殺楊花輕薄甚，滿衣吹作雪紛紛。

水村幾曲路斜分，烟寺西邊訪隱君。白晝暄風吹酒醒，青林啼鳥隔溪聞。一竿好釣幾頭雨，雙犉誰耕洞口雲。碧柳紅桃滿春色，那堪歸思轉紛紛。

送知縣

縣齋寂寂遠塵氛，草滿圜扉翠欲熏。日轉棠陰侵席過，風迴琴響隔花聞。水分九派通滄海，地擁三關壓紫雲。河朔近來爲令者，路人争道不如君。

長亭雲樹擁行駿，意欲留君計轉難。竹騎豈惟迎郭伋，蒲鞭直欲繼劉寬。班聯曉陛承殊寵，績考春曹陟最官。此别信知應未遠，楊花香襯馬蹄還。

燈夕

燈簇上元夕，花明仙苑春。星球懸碧落，雲幄護朱闉。歲律時當午，斗杓昏建寅。六龍御丹極，萬象入洪鈞。淑氣東浮野，羣星北拱辰。樓頭霞散綺，墻角雪銷銀。已弛金吾禁，應無丞相嗔。鼇山攢火樹，獸錦疊文茵。玉蝀傳疎點，香飈逐暗塵。篆煙吹繡幙，簷霧濕紗巾。紫陌雞鳴緩，紅橋馬過頻。珠圍貂帽窄〔二〕，梅放粉容新。詩就題千帙，筵開直萬緡。酒光搖瀲灩，舞影起紛綸。序齒先耆艾，忘形略主賓。聯翩仙子佩，窈窕女兒身。疊唱凌天籟，争歸步月輪。閭閻喧小子，簫鼓沸蒼旻。童穉扶翁媪，優伶學搢紳。青雲文雅士，白髮太平民。世喜消鋒火，巫修祀鬼神。歡呼稱歲稔，傾倒見天真。留滯無羇旅，攲斜有醉人。宴游逢霽景，款曲會良姻。是物恩波洽，諸方化雨均。腐儒猶放浪，令尹獨清貧。屢辱情過厚，從知道欲伸。得人類言偃，愛客即陳遵。聞望騰中外，公忠出等倫。威儀嚴可畏，襟度闊無垠。公署琴鈔譜，黌堂禮席珍。河頭虎争渡，桑上雉相馴。五袴歌方振，三農業已勤。官清文字簡，鄉飲德風淳。我已成迂朽，行將賦隱淪。弟兄皆鬼物，田畝判荆榛。周急煩賢友，持家養老親。奇才推葛亮，曲學陋平津。松徑荒烟裏，茅堂野水濱。讀書逾嬾慢，撫事幾悲辛。碧蘚侵棋局，紅蕖没釣綸。髮蓬苦捫蝨，衣破歎懸鶉。出處慚先哲，間關類逐臣。多情依木石，無分畫麒麟。城市聊從俗，山林擬卜鄰。業惟歸竹素，書莫上楓宸。性入禪家學，歌隨樵客薪。生涯甘寂寞，宰物貫陶甄。高尚尊嚴子，賢良笑郄詵。天涯正愁絶，回首遇雷陳。

立春日試筆

霞塢光相炫，冰池凍半開。影隨瑤色起，香逐彩旂來。

賣　花

風送賣花聲，花香撲珠酒。買盡擔頭春，半是青樓婦。

聞　雁

流響迷湘浦，餘哀隔隴雲。角殘燈外聽，鐘定枕邊聞。

東坡洗硯池

毫分赤壁雨，墨染蜀山雲。旂照龍蛇影，波涵星斗文。

贈隱者

聽鐘尋野寺，隔樹扣雲關。鶴臥琴窗静，樵歸棋局閑。

菊　溪

荒徑雨苔未埽，疎籬霜蕊先開。緑酒從人放飲，白衣爲我攜來。

題　畫

虹彩明涵秋雨，蟬聲暝咽殘陽。人境不殊仙境，醉鄉真是吾鄉。

越王臺

越王臺前江水深，越王臺畔草森森。五湖明月青天上，照見鴟夷萬古心。
陸生賦冠六朝文，擲地金聲一座聞。莫聽吴歌過江去，洲前花月夜紛紛。

贈彈箏人

秋恨斜飛啼恨深，示將燕調雜吴音。人人竟聽拋紅錦，悔殺當時苦學琴。

題垂虹亭壁

金尊緑酒蕩晴空，花壓雙鬟舞袖紅。莫唱何戡《渭城曲》，銀箏嗚咽怨秋風。

送白楊長老

龍天擁護大江西，江上分襟緑草齊。一路藤蘿秋色裏，山山樹樹白猿啼。
鶴隨金錫忽飛還，踏徧吴雲越樹閒。一髮遠峰斜日外，認來多是九華山。

立秋夜聽秋聲

漠漠微雲生曉陰，滿庭虚籟薄霜林。有聲元在無聲裏，聽到無聲思轉深。

山　行

山壓金臺萬萬重，尋幽盡日少人逢。況聞水北田廬好，白首躬耕學卧龍。

對月同文禎宗兄賦

窗裏娟娟納月光，牀頭顧影轉淒凉。束書幾日還山去，露坐彈琴秋樹傍。

送知縣

朝廷考績推循吏，暮夜辭金謝故人。願借寇恂憐父老，早歸重者瓦橋春。

挽蔣濟川夢妻

土蝕瑶釵摧白雁，霜沈錦瑟斷朱絃。靈緯燈暗陰風起，忍見孤兒掛紙錢。

〔一〕「名」，原誤作「字」，據四庫本《一山文集》改。
〔二〕「問」，原誤作「間」，據四庫本改。
〔三〕「泱」，原誤作「決」，據四庫本改。
〔四〕「絃」，原誤作「言」，據四庫本改。
〔五〕「外」，原闕，據四庫本補。
〔六〕「點」下原衍「點」，據四庫本删。
〔七〕「慚」，原誤作「漸」，據四庫本改。
〔八〕「闌」，原誤作「間」，據四庫本改。
〔九〕「溉」，原誤作「澤」，據四庫本改。
〔一〇〕「溪上」，原闕，據四庫本補。
〔一一〕「貂帽」，原闕，據四庫本補。

嚴士貞

士貞字正卿，號寄菴，崇陽人。淹貫經史，旁通仙釋，以詩鳴。深山絶壁，翛然獨往。著有《桃溪百詠》及《崇陽邑志》。

頻伽鳥

百鳥喧啾正倦聽，忽然聞此獨關情。聲隨魚板常三奏，節合簫韶應九成。窗外曉吟僧夢斷，巖前時見客心清。禪林得女添奇翫，故向祇園久著名。

高殿古柏

千尺高標拂杳冥，團圓密影蔭山城。黄昏月上離雲氣，清曉風來送雨聲。培植恐經神禹手，品題終賴少陵名。賦詩未敢儕前輩，聊寄高人試一評。

龍泉茶

龍泉山水鬱嵯峨，紫笋香茗世不磨。趙替科徵爲害久，乖崖拔去利民多。幾回道院清吟思，終日僧房戰睡魔。唤醒十年塵土夢，與君重賦續茶歌。

白雲芳草

蓮花池上憶同遊，客去亭空幾度秋。綠水青山情黯黯，白雲芳草思悠悠。吟餘轉覺春光媚，笑罷那知歲月流。獨倚闌干無一語，聊憑詩句寫新愁。

文昌閣

文昌高閣接虚明，下視塵寰草樹平。萬里長空浮霧氣，半林修竹帶秋聲。危闌獨倚渾無賴，幽鳥頻啼却有情。茗飲一杯風兩腋，横吹鐵笛上瑶京。

方山

遥望羣峰擁翠鬟，登臨殊覺倦躋攀。枯藤倒挂長松上，峻瀑斜飛兩峽間。龍卷雲歸常帶雨，犬隨人去自登山。湫池只在危岑頂，欲啓瑶函論大還。

臺山

乘興行歌上古臺，衆峰環處一徘徊。怪松歲老縈蒼蔓，小殿春深長綠苔。霧暗兩池龍隱見，煙消萬里鳥飛迴。山頭老嫗知消息，驚問適從何處來。

罷漢巖

谷邃山深雲作堆，水源窮處梵宫開。隈巖石藏何年轉，飛錫高僧近日回。翠竹黄花皆佛事，斷橋流水小天台。超然步出松關外，塵世紛紛付劫灰。

羅溪巖

嵯峨絶壁倚空青，洞府寥寥夜不扃。半里寒沙留虎跡，一巖陰氣帶龍腥。敗蓬飄泊疑通海，虚竅玲瓏仰見星。秉炬莫言深不測，冥搜吾欲問仙靈。

白羊洞

絶頂高寒境界幽，倚笻舒嘯豁吟眸。遶林筍蕨香初動，夾道松杉翠欲流。赤豹啼時三月曉，白羊眠處洞雲秋。鄉民歲乞靈泉水，一滴天瓢徧九州。

斗　洞

境入龍陂氣象清，竹籬茆舍最關情。峰迴路轉六七里，林静鳥啼三兩聲。犬吠籬邊窺客過，樵歸洞口看雲生。兹遊莫道求碑石，只爲觀山也合行。

漚麻池

一沼寒光寶鑑開，禪人于此獨徘徊。籞龍引水循除下，山鳥銜花出洞來。劈箭橋幽空貯月，盤陀石古半生苔。灌溪莫道無人見，險似瞿塘灧澦堆。

廣德觀

瑶臺瓊館古朱砂，知是人仙第一家。不向山中飡柏實，却來溪上看桃花。玉壺春暖融瓊液，金鼎朝寒護碧霞。須待三千功行滿，御風同駕五雲車。

壽聖觀

來遊磊石訪玄關，雨漬莓苔遶砌斑。歲月如流宫殿廢，溪山無主鼓鐘閒。數聲漁唱蒼茫外，一片仙碑紫翠間。獨拄瘦筇空佇立，竹松疎處看銀山。

王　份

份字仲質，永嘉人。有《玉雪臺集》。

雨窗睡起書懷

江上涔涔雨似煙，客窗牢落費清眠。神棲懸黍應無夢，睡起華胥別有天。竹底雲深花氣暝，水西人靜鳥聲圓。不知何日如王翰，得向山中學草玄。

竹齋圖

溪上茆齋幽趣深，石牀飛翠玉成林。山行白日看龍化，路入青雲聽鳳吟。清影墮杯傾碧酒，秋聲遶屋亂瑶琴。十年征伐雙篷鬢，客邸披圖思不禁。

送葉山人

天台山中春正好，早約扁舟獨自歸。白屋高眠無俗客，青囊閒檢識深機。山雲出谷不成雨，溪鳥避人長遠飛。我欲相從問劉阮，謾攜藜杖叩巖扉。

次戴文祥歸田韻五首

歸臥蕭齋老此生，懶將心事訪君平。投閒自覺襟懷好，傲世惟知袞冕輕。雨過滄江雲樹密，日高青嶂石窗明。十年結得漁樵約，似向林泉大有情。

不向燕然問勒銘，獨攜短策扣林扃。避人好鳥銜風去，隔水青山照眼明。詞翰有時題負版，釣絲何處拂蜻蜓。忘機更得閒中趣，歌枕西窗夢未醒。

浣花溪上卜居成，投老應兼吏隱名。每向尊前搔短髮，不隨年少請長纓。竹間採藥青猿出，石上調笙紫鳳鳴。爲愛高標無俗韻，四時風物有餘清。

野逕透迤度石橋，娟娟修竹翠旌摇。疎籬曉吠眠雲犬，高樹寒鳴泣露蜩。袖拂琴絲留客奏，香縈銅篆隔窗飄。歸來陶令多清事，更向春前種菊苗。

老去幽棲還自適，詩成應遣和羊何。到家杖屨登臨遍，回首江湖感慨多。草閣正紉蘭葉佩，水鄉頻聽《竹枝歌》。絕憐門巷塵囂隔，有客常從醉碧荷。

山中感懷二首

別去山中不記年，故人相見思依然。蓬萊弱水猶清淺，滄海桑田幾變遷。天上鳳麟方出世，雲間雞犬自成仙。龐公豈解終高隱，投老仍耕峴首田。

山房清占白雲多，溪路灣灣少客過。風定小窗飛野馬，雨深幽谷長金鵝。文書入夜然藜照，短褐衝寒扣角歌。天下只今開玉局，欲憑青鳥問如何。

寄兄

江上冥冥雨似煙，鶺鴒飛急渚沙圓。十年書劍貂裘老，萬里兵戈羽檄傳。阮籍途窮空自歎，馮讙貧甚復誰憐。天南天北雙蓬鬢，漂泊還同不繫船。

漫成

天上秋風夕，清虚占廣寒。祇應修月户，折得桂花看。

山居雜咏二十首

扶桑日出曉曈曈，桃樹花開一綫風。黄鳥數聲人未起，小窗只在碧雲中。

黄綺由來是漢臣，商顔隱去紫芝新。誰知鴻鵠高飛日，羽翼先成屬此人。

柴門掩雨不曾開，石逕蒿多少客來。只有林間雙白鳥，晚凉溪上自飛回。

江上船回唱帽郎，聽歌長喜據胡牀。等閒濯足清溪尾，水落桃花暖似湯。

山居無事聽更籌，惟見蟾蜍轉玉球。坐到夜凉清不寐，笛聲只在水西樓。

巖屋高開翠作重，雲深瑶草碧成叢。只消雨過看圖畫，何用移舟入剡中。

楠樹青青近石樓，春明山色上簾鉤。道人醉後眠吹笛，長候蟾蜍出海頭。

小窗夜静撲春蟲，山合風聲響石鐘。投隱不知身是客，白雲相伴自從容。

見説龍歸滄海頭，海天風雨洗清愁。柴門不出已十日，倚遍溪邊第幾樓。

籬邊移菊及春前，秋後看花對客筵。試問陶潛歸去日，有琴何事却無絃。

溪頭雨歇照晴暾，起看溪流一夜渾。幽鳥數聲山樹碧，白雲依舊掩柴門。

山南山北野人家，樓上春風吹柳花。餵得吴蠶三百箔，村村細雨響繅車。

西家女子碧羅裳，一對螺鬟淡淡粧。年少才郎重回首，風流酷似駱賓王。

早起科頭髮不梳，門無俗客稱幽居。閒凭石几修文字，偶閲仙人《相鶴》書。

竹逕松林避暑時，細泉嗚咽碧澌澌。清風一榻凉生袂，坐看苔花長石脂。

野人門巷碧雲連，雲外松聲奏管絃。向晚雨凉持短策，緑陰深處聽鳴蟬。

遠屋青山翠不乾，開窗多作畫圖看。仙人海上時相過，乞得囊中九轉丹。

清狂嗜酒發天和，自笑經年酒病多。莫向尊前問奇字，只須聽取醉時歌。

山根茅屋起炊煙，初日曈曈上碧天。野老自知耕稼樂，教兒貰酒不論錢。

漫山雪似春花好，草屋蕭蕭只數家。老嫗也能知客意，石窪汲水煮新茶。

馬弓

弓字本勁，會稽人。以《春秋》領鄉薦。

題海岳後人苕溪春曉圖

僕不到吴興者，十年于兹矣。忽一日，繼中先生以米元暉所作《苕溪春曉圖》見示，而孟載楊公嘗題一律于左。詞工氣逸，讀之不覺悵然也。

鐵冠峨峨霜滿面，留得當時舊題卷。畫圖猶見白虹垂，詩句鸞翔共蛟篆。不到吴興已十年，夢魂常憶苕溪船。好山好水寫不盡，强似宣和十様箋。晴波蘸碧瑶峰小，翡翠雙飛魚在藻。漚波亭上帶微醺，只合身從此中老。晴窗展玩憶當時，恨不楊郎同見之。興來且盡一杯酒，坐上相看知是誰。

植芳堂詩

東家豪華勢薰天，名園第宅相鉤連。奇花異卉看不盡，主翁每作花中仙。西家買盡膏腴田，桑麻極目如秦川。所收貨利已山積，況兼歲歲遭豐年。東家一朝成瓦礫，西家亦復人無煙。争似華亭沈復吉，却向鳳陽開藥室。年來雖讀岐黄書，猶似胸中好儒術。有地不種果與花，有田不栽桑與麻。常時高掉活人手，旬日可到千千家。當知種芳乃種德，無力栽培有餘力。傾摧換作舊枝條，顛頷還成好顏色。植芳只銷方寸餘，萬頃田園竟何益。我知種者有自來，此芳本自前人栽。德澤連綿想無已，子既傳孫又傳子。

餞大年聘君東還兼奉道原先生二首

自昔聲名屬老蒼，儒林誰復擅才長。纂修大展《春秋》筆，瞻戴方依日月光。設醴上尊分海色，賜衣什襲帶天香。如何早識知還意，不逐層臺紫鳳翔。

分攜未已憶重逢，不覺離情似水東。且共天邊千里月，又添江上一帆風。魚羹米飯常時有，茅屋雲林到處同。若見山中魯夫子，定如頭白杜陵翁。

靜安八詠

赤烏碑

江勢今從別處回，斷碑無復舊崔嵬。要知三國當時事，須信重玄此日開。凍拆龜趺春作夢，爛侵魚腹夜生哀。鸞停鵠峙何由見，除是波神許再來。

陳檜

古木淩空百尺過，根盤如石鐵爲柯。濃陰不礙金蓮座，虚籟猶傳玉樹歌。倦客解衣頻徙倚，老禪卓錫定摩挲。雲門寺裏梁朝柏，身上苔痕想更多。鐵崖評曰：「『金蓮座，玉樹歌』，誠爲確對。」

蝦子禪

孤碣峨峨誌儼師，食蝦還念活蝦時。塔藏白雁無新土，松偃蒼龍有舊枝。鯉物解令修净土〔一〕，皮囊還是放生池。夜深風漾沙頭月，猶覺蜿蜒走碧漪。

講經臺

築臺岌嶪爲翻經，僧去臺空土自靈。獅子九頭從此坐，天龍八部昔曾聽。寶花盡向空中落，碧蘚猶遺雨後青。悵惘依師無復見，一龕燈影散秋螢。

滬瀆壘

千年孤壘大江湄，潮囓長壕地轉危。空憶旌旗屯虎旅，但聞簫鼓下龍祠。弩牙時共蒲牙出，峰火長隨燐火移。自古英雄俱已矣，行人臨眺不勝悲。

湧泉

湧泉臺下湧泉飛，即是人間鼎沸時。吼地不因金虎躩，灑空還是石鯨吹。一雙白足親曾濯，九曲枯腸疾可醫。安得臨流試新茗，共分秋露滑如飴。

蘆子渡

黄浦西來别有村，秋來一色净無聞。休看神女朝行雨，且對江妃夜染雲。人憶酒醒呼鶴夢，心疑書罷散鵝羣。老漁收拾眠晴雪，贏得鷗盟可共分。

綠雲洞

洞裏高僧與世違，當門自喜玉成圍。蒼龍每護雙環錫，翠雨時沾百衲衣。優鉢吐花隨手種，頻伽將影向人飛。桑田滄海無人問，惟見降龍日暮歸。

〔一〕「物」，原闕，據《静安八詠》補。

淡雲野人吴哲

哲字子愚，華亭人。詩名與陸宅之、董良史相頡頏，大爲楊鐵崖、錢思復諸名家所賞。自號淡雲野人，嘗出佐戎幕。歸教授于鄉，至老不倦。

夜雪有懷范玉匡叔中朱滄洲孟辯

江南地薄雪併寒，緣江矮屋茅復覃。析薪束緼空燎眼，春陽不暖先生槃。田家私酤常苦酸，東家壚頭量子寬。山公八斗焉足醉，少須暫解雙眉攢。門前柳花飛作團，瑶田珠樹森闌干。鄒枚僵卧竟不起，對此欲賦誰同懽。南州俊髦陸與韓，躁進誤刷凌雲翰。雋才阮生急一官，肉眼不肯空曹瞞。滄洲渺瀰，玉匡巑岏。二仙者流，同余肺肝。進直任公鉤，退屑淮王丹。宗儒唱導富儒學，妙斡造化歸毫端。迺謂仲尼顔子不死亦易事，忍見後天日月凋雙丸。今夕復何夕，三山皆白鸞。我欲邀二仙，授簡發漫汗。仙兮素愛我，御風諒非難。戒兒預沽酒一石，此醉要吸六合萬頃冰壺乾。

過裏洋河

裏洋河何湯湯，奔流百折到瀧岡。砂磯灣灣里路長，船頭照見落日黄。愁雲低没雙鳧翔，檣烏孤征心徊徨。逕空半作明月光，凉風忽來吹我裳。荻花夜白含清霜，裹洋河思故鄉。

題西省掾王繼善望雲圖時親居錢塘

椽郎思親仍好奇，野服矯首天之涯。白雲何處是親舍，吴越山横雙黛眉。當時釣游在親側，縱逐風雲上京國。一爲微名歸不得，兄弟無人慰顔色。漫把羹墻擬白雲，白雲聚散愁紛紜。九江秋早秫田熟，負米趨庭手自饋。

寄閩中兄子昭二首

日落咸池西，迴光麗幽厓。陽精有時下，死草生春荄。鳳羽亦翔集，鳴喙相和諧。脩名在早晚，君子慰中懷。

有客扣我門，手送閩中書。我懷相感發，憤樂在須臾。征途問生死，加餐安起居。樂只父母心，富貴將何如。

寓上藍寺和鎦公輔

遠俗依蘭若，清心愛竹房。净擕蒼玉佩，高卧白雲鄉。近座天花密，開函貝葉香。方庭凉月上，隨意據胡牀。

題盛本初居易齋卷

自分驅馳懶，那知踐履深。風雲難强會，箕潁亦何心。屑屑齊門瑟，悠悠梁父吟。周行信如砥，吾道孰銷沈。

讀文丞相唫嘯集

忠臣就死古來多，丞相謀生脱網羅。要爲春秋明漢賊，忍題風絮泣山河。綱常道在詩千首，骨肉情長賦六歌。留得精誠等光嶽，奸魂佞魄柰愁何。

丙申三月從平章尤公總戎臨安過南山訪楊鐵崖先生時溪漲馬不克渡延佇口號

旂旐晨趨十萬軍，衛青幕府事紛紛。卧龍不遠滄溟窟，走馬來看館閣文。春過名山花亂落，雨晴飛瀑路難分。先生高伴洪厓嘯，獨向溪邊望白雲。

丁未二月念五日西江有感

姑蘇臺上白雲飛，城郭人民半是非。方寸有時忘匕筯，夢魂無夜不庭闈。從來北地音書絶〔一〕，漫恐還家骨肉稀。孝道未全那敢死，暗將孤淚濕征衣。

小孤山 俗謬爲小姑山，有聖母廟像在焉。

中流玉卓迥無羣，大海雄藩自楚分。宋高宗大書顔其匡曰「海門第一關」。絶頂薰薌嘗蔽日，靚妝樓閣不藏雲。孤根闇直龍棲宅，亂水平鋪鳥篆文。我欲維舟明月裏，爲神鼓瑟候湘君。

題豫章鎦孝紀所藏米元暉畫卷時久不得東吴消息

淞陽之居何處尋，展卷聊復慰幽心。門前鶯去春事畢，屋裏雨鳴江樹深。微茫漢月墮燕草，窈窕吴歈成越唫。南宫仙人獨不死，白雲峨峨蒼山岑。

遣興答李道源

徒步何憂髀肉消，賦歸無待《楚辭》招。摩挲藥籠三年艾，濩落人寰五石瓢。簑笠雨淹滄海釣，斧斤晴趁白雲樵。遊仙枕上西池月，轉覺東華曙色遥。

七夕漫成

烏鵲梁成歲一過，靈風此夕度鳴珂。鸞釵再合駢金股，牛渚重來失素波。巧落人間徵應少，愁歸天上別離多。迴車月黯無消息〔二〕，香霧雲鬟奈爾何。

寄題王梧溪先生烏溪隱居

有幽貞谷、濯風所。

陸海囂塵竟不開，早從人世得天台。扶藜洞口晴雲出，濯髮林端夕吹來。述作才長勞汗竹，謀謨籌在潤生苔。喜聞家政傳諸子，十畝黄雲總酒材。

和張拱辰輩中秋傳波韻

頗怪清狂廢客眠，桂花飛雨落瓊筵。宫壺漏轉烏啼樹，僊佩聲微鶴上天。載月輕槎渾汎槳，吹雲長笛總如椽。百年高會誰能識，一爲新詩作浪傳。

〔一〕「北」，原誤作「此」，據四庫本《大雅集》改。

〔二〕「車」，原誤作「東」，據四庫本改。

沈處士性

性一名明遠，字自誠，吴興人。少孤，事母以孝聞。工八分小篆。善吟唐人詩，必務入其法度之域，不妄作也。往來玉山，與鐵崖、羲仲、九成諸公唱和。而《西湖竹枝詞》一首，尤爲一時傳誦云。

玉山佳處以何以解憂惟有杜康分韻得康字

仲冬美風日，遥睇玉山蒼。公子移綵舟，興命共翱翔。委蛇遡江水，延緣入林塘。整衣起亭午，喜登君子堂。主人欣會面，言笑以相忘。肆筵列文俎，酌醴獻鸞觴。哀絲諧妙舞，銀燈照紅妝。與席況文采，清談玉屑揚。轉見故人心，欣欣殊樂康。吾慕陳太邱，德星耿相望。焉知百年後，流傳有輝光。

春草池緑波亭分韻得無字

此月玉山月，清光無處無。池臺帶秋水，風露在冰壺。翠袖歌相竝，金樽興不孤。厭厭最忘返，落葉響高梧。

虎邱燕集送人之秣陵分賦采香徑〔一〕

遥憐采香徑，還憶種香時。緑水縈蘭櫂，青娥駐采旗。盈盈春滿把，冉冉碧含滋。持贈鍾陵去，芬芳慰所思。

晚泊新安有懷九成次玉山韻

溪行仍水宿，夜坐散秋天。月出清楓裏，烏啼古驛前。閒關懷枉路，汗漫問鄰船。想憶同心者，裁詩不待眠。

題董泰初長江偉觀圖

憶昔南遊江漢上，中流櫂歌聲激揚。羣山西來自巴蜀，一水東下連荆揚。琵琶亭下艤船處，黄鶴樓頭春酒香。江山在望不可到，披圖使我心悲傷。

玉山草堂

草堂静對玉山岑，谿路宛宛一作「委蛇」。竹樹深。花發東西迷錦水，鶴飛遠近識雲林。問奇數與揚雄醉，折簡時邀支遁吟。無那春潮促歸興〔二〕，重期放艇一相尋。

玉山佳處

片玉山中秋日來，竹梧清影落蒼苔。飛樓坐接青天近，别館行穿緑水迴。政似米顛留海嶽，尚傳摩詰賦宫槐。鷗波艇子重相過，更待桃花滿洞開。

送鄭同夫歸豫章分題龍門

峭拔終同禹鑿存，折盤雙蹬竦雲根。青天鳥没仙人掌，黑骨龍歸箭拔門。寒落雲泉摇暝影，晴開石鏡見秋痕。詩成待客嶙峋上，遲子重來細與論。

漫興一首用郭義仲韻似玉山詞長

近知消息苦難真，一日千迴憶故人。極目峰煙迷黑海，驚心花鳥惜青春。清談王衍休揮麈，多事元規已汙塵。重上高臺見君面，碧梧翠竹喜清新。

西湖竹枝詞

儂住西湖日日愁，郎船只在東江頭。憑誰移得吴山去，湖水江波一處流。

〔一〕「人」，未定稿本、四庫本《玉山名勝集》作「□□□」。
〔二〕「潮」，原誤作「湖」，據未定稿本改。

貞孝先生鄭淵

淵字仲涵，浦江人，事親極孝。嘗登黄晋卿、柳道傳、吴元夫之門，初學舉子業，以《詩經》試藝不售，遂不復進取。師事宋景濂，爲古文辭。名讀之室曰「遂初」，周伯温作大篆書之，李季和爲之銘。元季，薦授月泉書院山長。洪武元年，詔徵，稱疾不起。卒年三十八，門人私謚曰貞孝先生。有《遂初齋稿》十卷、《續文類》七十卷。

擬古

茫茫古戰場，白骨高崔巍。霜月多苦心，未秋草先衰。四顧何寥寥，荒城正傾頹。悲風揚沙塵，黄葦耿斜輝。可憐百戰士，鬭死靡孑遺。當時事征役，百卉方蕤蕤。一朝竟不返，雨雪曷興悲。誰爲照忠誠，誰爲表貞徽。夜深太陰黑，鬼燐如螢飛。懷哉古烈士，浩歌易水湄。

宋學士贈詩用韻以謝

我憂何日消，正若塵土積。心隨道路長，目斷山川碧。依依江東雲，卷舒度朝夕。皎皎海底蟾，升高吐秋色。雲月會有時，猶可慰寒寂。我人胡睽違，不得從公側。年來性命乖，百病身已瘠。嗚鸞入仙洲，孤鳳憐影隻。灑泪向我言，爲我重悽惻。

次韻宋學士見寄

涉江采新緑，攬之不成歡。我心獨何苦，臨風屢彈冠。無心問明月，有懷如長川。且歌擬招辭，采芝向商顏。

商顏有神芝，豈徒樂苦饑。可以起沈痾，可以滋容輝。乞身在强健，行樂須及時。願言賦歸來，慰我朝夕思。

夕思苦長夜，欹枕聽征鴻。征鴻爲稻粱，南北何憧憧。相隨有流水，莫比情無窮。起來步簷下，倚遍青青松。

松月流光精，照我雙瞳青。千里共徘徊，兩情正交并。取琴彈别鶴，弦寒不成聲。誰知揚州地，亦隔牛女星。

姑惡烏

姑惡姑惡姑何惡，底事悲啼向林薄。血流滿嘴不知休，夜夜直啼山月落。鷹鸇有爪利如鋒，攫却慈烏無遁蹤。何如去此不祥物，免使惡聲來耳中。按浦江志：鄭貞孝先生憤姑惡烏聒耳，爲詩以却之云云。其仲兄因和之云：「姑惡之烏豈女流，如何棲我田塍頭。聲聲叫道姑姑惡，暮暮朝朝叫不休。婦人入門事箕箒，縱姑惡來當順受。長長短短家家有，何向人前説家醜。」自後烏遂屏迹無聲。

東明山

君不見，深褭之山青入天，盪摩日月呼雲煙。又不見，仙華山高一千仞，排空植立如旂旜。二山雄削無與比，降勢演迤直與東明連〔一〕。東明雖然一培塿，林迴麓轉依平川。喬松百尺不僵亦不死，女蘿冉冉青絲懸。綠光照人濃若酒，角鬣儼似蛟龍然。吟壇西頭竹千挺，翠色倒浸梅花泉。泉旁一沼水如鑑，下有魚鱉潛深淵。百禽紛紜競棲托，欲借薈翳逃鷹鸇。東方海色欲生白，啁啁哳哳春聲傳。雖無律吕不可辨，絶勝脆管并繁弦。我先誅茆薙草結新屋，軒檻疏敞甍楹鮮。犀籤瑶軸插滿架，鄴侯三萬知誰賢。聯衿接席兄與弟，古今治亂時鑽研。客來引坐松石底，一甌花乳浮輕圓。夜深白月徑窺户，且把絲綺攄幽玄。深林恐有山鬼聽，吹燈遽就青氈眠。世間遼絶有如此，便覺眼底無蒿瀍。我生如結泉石緣，我生愛使煙霞纏。白鹿耕雲不須牽，五芝種滿山前田。金華先生今謫仙，買山便可分一廛。下筯不願食萬錢，但得清風明月旦旦供吟篇。

左溪山詩

我來日暮掩柴扉，兀坐空亭倚翠微。洗鉢青猿隨世去，銜書白犬幾時歸。自憐飛錫成寒淄，誰爲左師傳法衣。龍象遯棲山寂寂，落花堆逐鳥啼飛。

梅花泉

夢醒羅浮月滿家，冷泉一勺浸寒葩。空明照膽無纖翳，貞白同心絶點瑕。茗椀香清癯鶴骨，冰壺泉繞護犀芽。春陽暖到虬枝上，池畔芳氳長緑霞。

採蓮曲

梧桐轉階月如水，滿地瑶華鋪不起。誰家玉簫吹畫樓，不管洛陽春色愁。吴姬蹈歌楚女舞，羅帶同心結飛組。采蓮不采菂中意，見人俱道蓮心苦。鯉魚吹風紅葉秋，獨持明月上扁舟。

〔一〕「勢」，原闕，據四庫本《御選元詩》補。

吴教授皋

皋字舜舉，臨川人，宋丞相吴履齋潛諸孫。早遊吴文正公澂之門，嘗官臨江路儒學教授。元亡，抗志不出，遯跡以終。所著有《吾吾類稿》三卷。胡居敬爲之序曰：「先生之文典實古雅，從容於法度之中。其爲詩沖澹和平，發乎性情之正。世之工乎侈靡浮麗，以流連光景嘲弄風月者，不可竝論也。」石門梁寅稱其詩「如竹林清飈，頓蘇煩鬱；又如蘭皋秋露，敻殊塵境」。深爲當時名輩所推重。子均字仲權，好學而文，能守其家學云。

贈人歸覲鍾陵

落日白荒草，遵渚飛冥鴻。苦寒繒纊薄，淒其號朔風。客買鍾陵舟，泛泛烟霧中。自定定省曠，疾首如飛蓬。行矣勿滯留，觴酌欣暫同。不憚畏途遠，且竟信宿工。道經掘獄地，尚憶劍氣紅。邊烽亘殘壘，離思徒忡忡。

採樵山中作

晨興遵前路，縱横復多歧。停策高阜間，東西安所之。松柏繁陰敷，竝遊多鹿麋。境與俗塵遠，採芝堪療饑。斧彼磵底薪，束歸任烹炊。迴覽人跡絶，復若世事遺。借問園與綺，嘉遯亦若斯。吾意爛柯者，局終歸若遲。余生世已季，戈戟日交馳。古道邈云遠，撫膺心不怡。

寄劉彦行時在德安縣

聚散耿睽違，悵望渺廬嶽。緬驚光景邁，爰致音問邈。聞當理清秩，獲奏承嘉擢。從容辭大理，黽勉署商榷。賢勞念明哲，寵命均優渥。君才當茂彦，妙藴等荆璞。曠瞻萌鄙吝，未遂懷芳犖。引領雲錦間，蹤跡限陽朔。

貽陳學用

前路陟崇岡，凉飈悴危緑。于時遠行邁，散步經樓曲。去燕無餘影，寒蟬鳴高木。新知偶相值，覯止諧所欲。才高領時望，何事媚幽獨。更言游歌樂，嘯詠忻自足。邀余坐華館，觴酌汎醽醁。論心手頻握，交誼自今篤。

東軒夭桃盛開

車軒粲繁英，生色照書幌。輕茜彤霞炫，煖香散晴朗。東風紫陌路，終日馳輪鞅。撫懷隱憂集，頗念嬰世網。仙源在何處，整棹期獨往。應有避秦人，因之攄遐想。

過鄧漢傑

廣庭列嘉樹，衡門掩重關。村迴輪鞅絶，幽人築其間。我來坐高軒，言笑以怡顔。酌以芳樽酒，醉卧復忘言。

晨起

暑雨灑清夜，薤葉微薦爽。寢酣齋館幽，夢破山禽響。褰衣下幃闥，紅旭貫穹壤。危條蔓羣緑，延吹入前敞。抱忡淡無營，忻言脱塵鞅。

潯陽歸途值雨

玄昊頽餘景，崇雲鬱西圻。震霆奮逸響，紫電流餘輝。霖雨忽滂沛，澗溪亦漫瀰。客行偶值山，況復僕馬饑。息身喬樹林，餘潤襲人衣。夷踞非吾偶，危坐亦忘機。雨歇涉泥潦，窮昏乃投歸。舉首瞻羣阜，烟嵐深翠微。檐隙語童穉，譁言闢荆扉。到家忻自慰，觴酌且頻揮。

書韓安慶大節堂

大節不可奪，斯爲儒者儔。君侯守藩屏，哲蹤希德周。龍舒控淮浙，勢比衿與喉。環疆擁凶逆，孤障截

盛氣慴豪酋。雄文勒堅珉，光焰貫斗牛。夫人已千載，斯堂屹千秋。構堂華扁新，

橫流。連率此開閫，忠良孰與侔。坐念王綱頽，君子懷百憂。永矢盡臣節，秉心欲宣猷。

廣壽寺與漢傑鄧逸人小酌因賦

屆歸迴村塗，淹留畢幽趣。地偏蓮界靜，鳥語升陽煦。神閒塵慮淡，野服資儒素。清芬騰古鼎，似與冥搜助。蘭尊倒更酌，意愜斟忘屢。胥晤感良儔，臨分豈容遽。相送下前墀，琪花落瑶樹。

雜　詩

河宿爛宵分，嚴霜歇芳物。嗈嗈南飛鴈，聲逐浮雲没。征夫懷遠役，戈船連暝發。孰遣嚴程緩，柰此苦寒月。大布不禦冬，況值霜斷骨。命微難自保，去去冒馳突。親知慘别離，割痛永相卹。歸來良有期，會見早寧謐。

嚴城喧夜柝，嗚咽嗚羌管。清輝鑑檐隙，桂魄光復滿。秋聲動寥廓，邊鴻起撩亂。榮茂就衰歇，闗河音信斷。客寢不遑安，孰遣愁心緩。

疎散已成癖，杜門養愚蒙。矯厲非素習，甘此退與窮。由來方鑿資，不與圓枘通。孜孜爲利者，衹自取勞躬。廉立啓貪懦，將謝夷惠功。餘生苟可卑，何須問汙隆。

甲辰燈夕余僑居上泉先期府公留陪上官讌集是日值雨弗果如約因賦五言柬府中長貳

開歲苦連陰，層雲晝恒昏。投老遵迍蹇，竄迹依山原。兹晨元夕臨，孤坐掩衡門。府公重時景，華燈列前軒。上官及同賞，邀余共開樽。自愧庸謬姿，安可竝璵璠。柰此雨如霰，不得追笑言。田父意頗懌，語話勞温存。深期早寧謐，耕鑿賴兒孫。忽動遠游感，何時戒歸轅。興言謝知己，相逢難具論。

初冬

南牖霽光入，温然敵春陽。西馳萬扉景，端居惜流光。秉翰發藻思，開筵進霞觴。夙志豈終淹，貧賤道其常。素履冀無渝，益堅寧敢忘。鑿耕畢歲事，熙洽忻時康。

答龔伯先病中見寄

新皇亞濃緑，篭篭當前楹。長夏美風日，高居媚幽貞。一札示佳什，三秋耿余情。枉此金玉音，因之襟抱盈。嗟子抱微痾，問疾阻修程。遥雲隔曉望，積雨夏氣清。長洲兩河迴，通川一夕平。發舸懷朝濟，攜儔遲宵征。延覩擾我心，摇摇若懸旌。

胡宗性以詩見寄因次韻奉答二首

積雪披徂徠，蔚蔚蕃高松。迥出霄漢上，雲氣遥相通。摩霄一白鶴，獨棲如老翁。忻言得所托，相與何終窮。惡木非所依，蓬蒿非所容。巢居足風雨，矯翮隨虯龍。

太清薄雲物，霏陰藹重霄。經濟起才俊，彤庭足英僚。七貴五侯尊，金印重懸腰。權寵媒異患，達生分漁樵〔一〕。操斤詣空谷，垂綸傍深苕。畢趣謝氛垢，雪頂寒蕭蕭。

答鄧文學二首

秋聲起蓬户，高林喧夕風。驅馬涉遠道，四顧誰與同。揮杯别親愛，沈憂劇心忡。人生百年内，聚散風中蓬。豈不念時艱，遽離鄉井中。感子綢繆意，持報憑歸鴻。

楚甸翳秋陰，灑灑風吹雨。凉生芰荷衣，路繞磎邊隖。中道逢知己，握手即相與。名談析玄旨，觴酒坐前廡。定交忘淺劣，秉德希前古。何以惻深衷，明發川上浦。相望懷百憂，平原多宿莽。

送人歸宜春

積雨麗初陽，風花迹如掃。舟回金鳳渚，川光媚幽島。湍驚峽束險，春臺風日好。歸情浩難遏，攀卧耿懷抱。君應卓傑識，磊砢懷至寶。作郡枉令姿，餘黎藉匡保。薇垣展高步，灑翰摛華藻。偉矣經濟心，欽茲芳譽早。登賢屢開閣，賓榻共傾倒。嗟余交忝後，瞻晤何草草。惜別意已勤，柰此千里道。詳《袁州府志》。

悼友人

一坐凡數起，忽動風木悲。哲人遽云逝，長慟涕漣洏。儒服起從軍，慷慨無磷緇。事勢一朝異，不得以死辭。贊畫入戎幕，計術屢出奇。經邦本仁厚，豈無澤下施。眷余介叔末，篤交類連枝。講明發奧義，不獨書與詩。敏階夙性達，相與劇切偲。人生百年中，光陰如電馳。蓋棺志未竟，已矣非所期。歸櫬度蒼峽，愁雲黯相隨。凝竚渺渝水，端令心不怡。

過鍾山峽

過却虎頭灘，又上鍾山峽。逶迤一磎轉，犖落羣峰插。帆衝嵐氣斷，棹妥天光壓。因知造化心，峙流成吐納。

九日郡侯燕集席間率然之作

清秋風景美，芳辰屬重陽。藩侯置高會，賓客滿華堂[二]。凉飈觸軒檻，清醥泛羽觴。鮮肥既入饌，殽核具見嘗。入幕盡才傑，煥然圭與璋。蹇余忝文學，復此叨寵光。上官秉謙德，高度涵汪洋。禮意況周洽，勢位俱能忘。坐使凋瘵愈，濳欲移披猖。考績見稱述，奚專古循良。

敖城初春貽劉豫父羅士章

客舍傍蘭皋，川光迴杜渚。敖城届初游，景物何容與。流峙奠名邑，羣彦敦前矩。飛躍隱至情，山雲籠近塢。輕颸激軒檻，香逐蘼蕪吐。暖霧結餘陰，溪面灑微雨。良朋忽覯止，未見心已許。展席坐終日，雄辯雜今古。論文會至理，剖析到毫縷。聆此謦欬餘，覺我沈疴愈。相看謹時禁，不得展尊俎。二妙時往臨，因之快瞻睹。

投郡守

時雨澤羣物，秋旻豁晨瞻。適游通衢中，軒蓋何崇嚴。上府開甲第，駐此帷與襜。共訝五馬尊，還誇叔度廉。勤政復推恕，遐邇澤畢沾。粤從眂事初，頌聲藹閭閻。田里遂耕鑿，坐使愁歎恬。承聞起深奬，矧復德秉謙。才堪鼎鼐寄，作郡終豈淹。揆予就衰朽，素標日以添。展晤懷闊略，抱此媿負兼。一割自貽慊，誰謂鉛刀銛。

贈　别

桃浪汎通川，朝來霽花雨。錦帆官舫發，解纜鳳凰渚。故人瓜代及，執别何容與。商車勞會斂，經費寧無補。風花攪離思，繾綣傷情素。多應騰薦剡，香染薇垣露。彤廷急才彥，促入青雲步。去去勿滯留，何時展良晤。

過茶鹽鋪

永路自迢迢，嘉苗方濯濯。修倏夏蓊鬱，炎景晝蒸爍。遠遊懷道喝，離亂傷飄泊。停車青楓林，凉灑綌絺薄。挂冠花氣馥，掃石松鍼落。茅屋山犬吠，前瞻路綿邈。田家有新釀，相與共斟酌。單居懷所親，惻惻念離索。

題李尊師松竹梅卷

翠篠凝烟碧，虬髯拂雲蒼。寒芳守真白，粲粲浮清香。秋冬凋卉葩，高姿淩雪霜。空山渺塵俗，幽懷堪詠觴。託交亦云堅，寥寥肯相忘。況乃在春谷，子月萌初陽。披圖忽見此，緇塵欲生光。羣彥綴佳卉，焕彼金玉章。契兹歲寒念，交道期彌昌。

茗　篇

瓊樹吐芳鮮，敷榮麗陽景。金芽靈液滋，玉蕾誚丹穎。孰掇閬苑蕤，飛度碧雲嶺。緑塵揚玉臼，鳳髓團金餅。瑶甌凝紺雲，沸溢神丹鼎。甘踰仙掌露，啜以發清醒。輕飈灑毛髮，振袂蓬萊頂。羽輪須我駕，忽蹤雲螭騁。君子煉忠赤，懇欵攄誠敬〔三〕。明水醮仙官，應宜受天慶。

題劉善卿竹逕

篧篧冰雪姿，謖謖歲寒節。不有真雅操，曷足匹高潔。伊誰富川上，植之當墉列。翠偃虯龍妥，玉戞饑鸞頡。邃徑繁陰清，敞牖驚飈冽。景賢攸好德，瞻淇爰企哲。遺榮乃尚素，怡此詎非傑。林居謝喧雜，畢與塵鞅絶。造焉蔑期期，何計已中熱。

題鄒伯顒竹雲山房

余生慕康樂，孤游訪其蹤。建城未一詣，念此心忡忡。鄒君居是邦，植筠當列墉。翠拂霄漢密，陰圍窗户濃。吟嘯清風裏，裴徊碧雲中。摘實待饑鳳，芟枝化游龍。結此歲寒友，虚心誰與同。山人讀書罷，把酒澆奇胸。焉知世事變，戈甲憯洊逢。丈夫抱奇節，相與保初終。

感興四首答美和

極備懼貽譴，淒淒度寒飈。長夏雨如霰，中堂欲成池。孰濟李膺舟〔四〕。屨下菫生帷。擬步殆如漆，涉潦靡所之。美人懷蹇修，展意欲籍誰。婉孌如可即，乘鸞出雲螭。

暄凉悟推遷，今古一朝暮。仙人盡妖妄，何必懷異趣。吾觀聖賢人，汙隆以時度。懿訓一云炳，嗆彼馳且鷩。君子貴修省，孰謂營近務。焉知謬毫釐，千里殆難訴。邦國控上游，從昔建戎幕。孰明倚伏理，頫首一今昨。當時毫俠儔，意氣俱淪落。負固接名區，往往成犄角。侵掠歲不虛，及此廢栽酌。誰貽招隱篇，敢效七人作。儵然坐環堵，載籍竊自娛。良友曠不接，心埃曷蠲除。貽我金玉章，悪此晤語疎。亟誦輒心醉，何必謀市酤。中意劇欲宣，殷勤致雙魚。雙魚不可致，眷此終躊躇。

答劉伯雍致書

暄涼謹恒序，遞見更裘葛。炎景告徂遷，一瞬遽秋末。春游鳳山渚，别去嗟何闊。良朋致雙鯉，慰此飢與渴。荷衣儒服老，桂子秋香發。延竚耿懷思，孤雲去超忽。

徐文哲邀飲因賦詩柬在坐君子

升陽煦初景，微陰忽復開。衡門常晝掩，客舍環蒿萊。檐隙童稚喧，報道高軒來。承接未良久，邀我同尊罍。四坐列珪璋，俱抱照乘才。媿余蹇劣姿，得與先達陪。道同志愈合，語洽心悠哉。芳讌未及終，白日西南頹。歡會良難再，劇飲性所諧。主賓盡百拜，禮意仍兼該。感深情莫踰，短章爲君裁。

寄李員外

湖光灩餘香，棟雲霏潤淑。臺觀表層城，甲第入烟霧。夜瞻玄宇净，近斗龍光邃。泉阿炫神怪，上徹雲采互。何用没重淵，妙合天所措。故人偕顯擢，大府列清署。眷余屬末契，闊别耿情素。況乃顛沛餘，曷使寸衷露。微辭致悁懃，何由展良晤。

愧無卓絶識，出身忝儒流。宣鐸謬承乏，竊獲依前修。省己重懷恧，荏苒三十秋。艱危起中道，惻惻罹百憂。殷勤奉慈親，跼蹐滯遐陬。兵革薦相蹂，歲月急若流。故人仕華省，覯止亦靡由。豈值雲泥異，顧瞻非匹儔。染翰展衷曲，高篇希見酬。

亭亭谷口松，鬱鬱挺修幹。冰雪表貞度，偃蹇倚霄漢。瑟瑟鳴長飈，棲彼雲飛翰。君才當柱石，大象遘玄算。彤庭集髦彥，摛辭裨渙汗。揆余忝章逢，淹迹集童冠。無由抱光儀，因之濟危亂。

鼓板曲 又名棹孤舟

吳山越女嬌於春，西湖晴光摇暖雲。官堤垂柳緑明媚，名園艷卉紅絪緼。秦樓管絃百花裏，遏雲雅調樓中起。時見江妃乘素鸞，忽逐仙人跨赤鯉。朱欄翠檻隱約連平湖，緑荷菡萏一片蜀錦紅糢糊。畫船蘭槳蕩漾游貝闕，銀濤紫霧彷彿迷蓬壺。蓬壺仙人應見招，天吳紫鳳來迢迢。采裾光射鮫人綃，檀板輕敲催玉簫，鼉鼓逢逢停翠橈〔五〕。疎蓬灑沫盤珠跳，好風折竹鳴瓊瑶。碧玉樓頭韻初調，含宮嚼徵聲寥寥。似向天上聞簫韶，雲鬟霧鬢蒼波摇。水精宫裏薰風飄，武陵仙棹同相邀。嗚榔擊檝乘春潮，一聲欸乃穿雲霄〔六〕。共喜四海煙塵消，賞心切莫辜良朝。鈞天妙韻最風流，天上仙音世上留。見説西湖風景好，錦雲深處棹孤舟。

擬天上謡

仙人御風朝紫皇，宫衣夕染紅雲香。露華溥溥桂花濕，銀蟾咽水宫漏長。天風吹斷鳳簫引，玉珂聲遲仙佩冷。銀版染翰墨色光，冰硯生雲舞龍影。歸來悮落長安塵，宫花猶帶瓊林春。南國烟消新雨露，紫薇花開玉堂曙。

照水梅

春信到磎南，春心曉正酣。粉香浮老屋，皓采映澄潭。舊折因風寄，新妝對鏡參。怪來横玉笛，幽恨竟誰堪。

别吴立敬

共有同宗契，高名夙所欽。班荆初識面，促席一論心。謾引烟霞興，永懷金玉音。苦緣歸計促，不得重追尋。

初鴈〔七〕

落木蕭蕭下，寒聲動夜分。天連沙塞雪，月暗楚川雲。書杳兼愁積，燈昏和睡聞。南飛正嘹唳，相失似離羣。

盆池菡萏

越女采芙蓉，羅裳葉色同。移栽甘露瓮，持獻蕊珠宫。美譽隨芳步，清馨逐便風。相看塵慮滌，吟好近簾櫳。

紅梅

畫欄圍絳雪，羅襪絶清塵。艷骨朝酣酒，濃香淺殢春。翠屏寒影瘦，鸞鏡曉妝匀。莫聽樓中笛，新聲故惱人。

次穆文學夜坐韻〔八〕

班荆掩夕扉，竹檻觸風微。破月穿雲過，驚烏匝地飛。交游乖末路，老大可深非。擬謝時人去，持竿坐石磯。

白菊

寒卉簇幽芳，冰姿學淡妝。洛神辭貝闕，月姊下雲房。不厭清霜重，寧甘素節涼。翻傷紅與紫，飄墜委春陽。

送人之金陵

彩鷁雙旌去似飛，賞心亭下錦帆歸。登樓意氣卑王粲，作賦詞華擬陸機。采石荒阡春草碧，金山古寺晚鐘微。三邊此去風塵静，戰士從今解鐵衣。

貽贊吉沙澹齋

吴雲楚樹引行舟，渺渺官河萬里秋。川上夕陽鴻鴈侶，烟中荒草鳳凰洲。秋風斫鱠思歸去，夜雨篝燈憶校讎。見説草玄頭欲白，却憐投筆早封侯。

次袁義方韻

路入吴溪數里餘，森森喬木故人居。養成松頂將雛鶴，釣得槎頭縮項魚。走馬從戎朝試劍，囊螢教子夜觀書。梅花開到南枝後，報道新來有近除。

病中懷表姪

月轉西樓屢缺圓，别來容易又經年。客從遠道持書去，人向高齋卧疾眠。亂後最知貧有力，愁多翻覺酒無權。相思此夕勞清夢，長在騷塘别館邊。

過王仲義

雲表松高白鶴飛，竹迷深巷掩柴扉。階前瑶草抽書帶，户外青山入講幃。琴酒不同風雨夕，烟嵐長滿薜蘿衣。謾勤招隱傳芳札，珍重高情與世違。

過李國器居

緑樹含烟水繞門，門前幽徑遠通村。落花滿地雨初過，新籜綴林風欲翻。午醉半醒清晝永，晚晴未穩碧雲昏。高湖近在吴溪上，還且相過共討論。

寄題盱江甯漢章水雲村老牧〔九〕

島嶼疑通海上波，來時共約片帆過。石梁落月懸孤樹，沙隝晴烟接細莎。醉裏謾彈驚鶴操，夜闌聽徹飯牛歌。故園報道荒三徑，準擬相從著短簑。

和黎伯父

碧流丹嶠映層城，共喜風烟旦暮清。杜宇落花春又晚，王孫芳草恨還生。懷人鎮日看雲卧，感别終宵步月行。慙愧故人雞黍約，晚菘新摘饌晨羹。

答周恆三首

道邊厭見尚持兵〔一〇〕，客至何妨倒屣迎。蠹簡荒凉偏有意，雁書迢遞豈無情。獄中誰掘深埋劍，案上空存未棄檠。貽我好詞愁擲地，緣知字字作金聲。

鴻爪曾沾白雪泥，紛紛世事苦難齊。百年身向閒中老，八口家從亂後攜。南館暮吟扶短策，東籬朝餉熟蒸藜。避秦最説桃源好，行入花間路入迷。

馮鋏初從館下辭，京華夢入少年時。撫心不墜青雲志，扣角徒歌白石詞。晝省貴游時入座，紫霞仙客日相隨。何時結伴攜鋤去，且向雲間學種芝。

答肅楫并東敖弘道書二首

隴雲溪月共綢繆，一别心知重隱憂。洗藥緑池懷舊業，抱琴璜里記初游。黄花巷陌家家酒，紅葉坡陀樹樹秋。不用臨風苦相憶，垂楊都不管離愁。

長藍渡口幾徘徊，橘柚林間一徑迴。傍磵汲雲晴滌硯，掃階邀月夜擎杯。遥持白雪新裁寄，自寫烏絲醉展開。莫説從前興廢恨，銅仙清淚不勝哀。

贈朱逸人

蘭皋香霧撲層灘，擊檝長歌坐舫間。舊約竟辜銀錯落，新來遥致玉連環。天涯别恨心如折，鏡裏愁顔鬢欲斑。此去絲綸常在手，釣魚沽酒待君還。

題碧虚游卷

萬里迢迢楚越分，遠遊最羨碧虚君。西風禹穴會稽道，落日舜冢蒼梧雲。蓬萊有路騎鯨背，珠樹逢仙借鶴羣。留取青囊貯玄理，可慚無計躡清芬。

寄權建中

沂上青峰隔岸遥，官河秋樹日蕭蕭。書回南館人千里，花發東籬酒一瓢。夢覺眼看梁月落，相思心逐暮旌摇。回轅昔過衡門下，知是無煩折簡招。

寄李伯昭兼柬守吾

仁里曾聞好避兵，故人於我費逢迎。落花風雨殘春酒，遠道東西倦客情。珍果引苗懸翠檻，乾螢分焰上書檠。西齋自守吾玄在，甫問仍煩寄一聲。

寄表姪李國器

落花風急雨連朝，凝睇城南萬里橋。人去柘湖勞問訊，路經蘭渚擬停橈。詩成更貰芳尊酒，月滿疑聞別館簫。顧頷共憐歸未得，道邊戈甲氣猶驕。

寄張與學楊觀我

別酒頻斟醉不辭，游絲飛絮落花時。心銜別鶴殷勤意，賦就鉤輈絶妙詞。屋外雲林高隱映，溪邊魚鳥共追隨。故人招我歸來好，應向山中覓紫芝。

寄周逸謙

短棹遥度碧山岑，華館秋清翠靄侵。石徑雨添蝸篆迹，松軒凉奏鳳笙音。閒居最羡人如玉，老圃猶存菊鑄金。一寸相思意千里，書郵誰復計浮沈。

懷友人

多壘鏖兵歲不虚，青衫總媿宦遊初。自從别館曾分手，却怪經年不得書。游説始憐蘇季子，卧痾終類馬相如。相過屢下樓中榻，猶記青山郭外居。

懷表姪二首

鉤輈啼雨樹生烟，花落花開又一年。南館懷人空繾綣，西堂送客重留連。晨炊玉粒傳餐美，曉掇茶旂入焙妍。恨入相思寬革帶，天涯頻見月華圓。

幾回引睇西城道，終日相思南館樓。飄泊只今憐薄宦，棲遲自足慰清遊。天涯未有音書便，客裏偏驚歲月流。門掩黄昏花落盡，不聞風雨送春休。

懷熊元懋

春城風雨送飛花，無限歸心苦憶家。倦客有懷空老大，故人無柰隔天涯。蘼蕪近處荒烟合，杜宇啼時好月斜。住近渾如隔千里，相思何啻暮雲賒。

贈友人自洪歸省

書渚風生采鷁津，歸心迢遞錦衣新。龍墀入衛趨華省，鶴髮添愁憶遠人。水驛雲關沙際曉，官河花發雨中春。情知定省娛深意，錫類應將古義陳。

絕句

飛來雙粉蝶，還爲落紅迷。不惜餘香在，隨風過檻西。
幽居偏寂寞，樹午緑陰團。更有雙飛燕，新巢次第完。
閉門花落盡，稍稍覺春歸。只憶山中好，雲深笋蕨肥。
緘情聊寄遠，一望去程賒。杳杳飛孤鶩，微茫近落霞。
樹色偏宜晚，涵烟接古城。傷心遥驛目，荆杞亂來生。
昔時歌舞地，處處長蒿萊。共説茅檐底，今朝有燕來。
楚山不可極，楚水欲千重。雨逐飛雲度，相從認去蹤。
長飈中夕起，空閨幽思多。忽聞啼杜宇，柰此單居何。
飛花隨雨急，欹樹向風斜。不識春歸路，愁來倍憶家。
怪得春多雨，農家未力耕。雲濤生近渚，駕得海舟輕。

獨夜

單居懷永夜，回飇激疎林。月欺燈影暗，霜壓雁聲沈。

謾成

官柳摇青淺學眉，舞腰纖瘦似蠻兒。多情只解牽離思，翦盡烟中數尺絲。

次韻周存義三首

麗春橋背酒旗斜，畎暖初聞閣閣蛙。一徑紅香侵屐齒，東風巷陌落殘花。

愁腸不逐酒腸寬，花發含情晝不乾。白紵朝來渾似簿，半簾紅霧楝花寒。

數里猶聞畚築聲，崇墉巘嵲報初成。閭閻何用興愁歎，幾處春田尚未耕。

次韻二首〔二〕

琪樹珊珊動好風，府公清興與誰同。一聲鳴鶴楚山静，寶月生凉露井桐。

酒力微欺斷葛風，襟期曾與昔人同。數枝危緑蒼烟外，秋入陽岡宿鳳桐。

〔一〕「漁」，原誤作「蘇」，據四庫本《吾吾類稿》改。
〔二〕「華」，原誤作「垂」，據四庫本改。
〔三〕「欸」，原誤作「款」，據四庫本改。
〔四〕「李」，原誤作「季」，據四庫本改。
〔五〕「鼓」，原闕，據四庫本補。
〔六〕同〔三〕。
〔七〕此題四庫本作「九月二十八日與吴立敬初别途中聞雁有感之作」。
〔八〕「韻」，原無，據四庫本補。
〔九〕「盱」，原誤作「眝」，據四庫本改。
〔一〇〕「尚」，原闕，據四庫本補。
〔一一〕四庫本《次韻》題下僅録第一首，第二首題爲《新秋即目》。

周主簿巽

巽字巽泉，一字巽亨，吉安人。嘗從征道、賀二縣，以功授永明簿。自號龍唐耄艾，所著有《性情集》六卷。

臨高臺

崇臺凌空起，登者憑高闌。上摩黄鵠近，下見清水寒。高振飛霞佩，俯挹承露盤。雲霄雙闕立，基址萬年安。柏梁歡宴夕〔一〕，乘月驂青鸞。

巫山高

峨峨十二峰，上有凌雲梯。峰出高唐峻，雲來太白低。山鳥飛不過，峽猿愁亂啼。望極魂欲斷，夢中心自迷。遥憐楚臺語，芳草碧萋萋。

校獵曲

豪鷹厲風翮，駿馬騰霜蹄。長楊出旌麾，上林喧鼓鼙。飛羽雲中落〔二〕，駭獸草間啼。翻身射天狼，隨手墜金雞。詞臣賦羽獵，侍宴明光西。

戎行曲

東征渡遼海，朝雨浥塵沙。珠袍黃金甲，玉轡白雪騧。前鋒耀戈戟，後騎鳴鼓笳。連城不足拔，諸將毋庸誇。殺氣昏海霧，軍還應自嗟。

送遠曲

行邁何靡靡，惜別意流連。花底注瑤斝，柳陰停玉鞭。大旗懸落日，高蓋凌飛烟。笳吹兹晨發，凱鼓何時還。邊風鴻雁來，應有捷書傳。

郊祀曲

圜丘報本始，黍稷薦芳馨。上帝鑒下土，兹壇朝百靈。瑶階降甘露，璇霄羅景星。猗那協音律，於穆想儀刑。錫福思無疆，四海歌咸寧。

飲馬長城窟

漠漠遼水雲，明明闗山月。迢迢萬里城，歷歷飲馬窟。有婦哭聲哀，哭城城爲摧。秦兵五十萬，白骨雪成堆。至今窟中水，猶是當時淚。涓滴積成泉，長留在邊地。前年度遼西，渴馬繞城嘶。八月天已寒，雪飛沙路迷。今歲陰山道，解鞍卧沙草。魂隨秋雁歸，夢見家山好。早晚向臨洮，朔風吹節旄。歸騎大宛馬，玉盌醉蒲萄。

子夜四時歌

《樂志》曰：《子夜歌》者，晋曲也。晋有女子名子夜，造此聲過哀苦。後人更爲四時行樂之詞，謂之子夜四時歌〔三〕。

鴛鴦合歡夕，風動繡幃開。明月流光入，夢回心自猜。桃花開又落，不見翠鸞來。右春歌。

芙蓉合歡帶，玉佩紫羅囊。綰作同心結，襟抱含清香。妾心蓮菂苦，愁緒藕絲長。右夏歌。

珊瑚合歡枕，無寐過中宵。背壁寒燈暗，花殘恨未消。凉聲鳴落葉，天際雁書遥。右秋歌。

錦繡合歡被，香篝宿火殘。玉樹霜華結，烏啼清夜闌。起看梅破蕚，欲折寄來難。右冬歌。

相逢行

渭北一相逢，停鞭駐玉驄。問君家何在，云在洛城東。離家今幾載，歲月如轉篷。話舊各傾倒，相看如夢中。解貂秦樓裏，盡醉酬知己。秦女揚清歌，霏霏啓玉齒。兩臉桃花紅，翠袖舞東風。斜暉轉楊柳，新月上梧桐。此會良可樂，傾壺思再酌。昨日見花開，今晨惜花落。流景不再來，另離恨難裁。人生會面少，且覆手中杯。明朝又分首，上馬東西去。遥望秦關雲，高連渭城樹。

有所思

長門春寂寂，宫漏夜遲遲。明月流珠户，輕風開繡幃。昔承恩寵處，猶想夢來時。不見金鑾幸，惟應玉筯垂。燈花明又暗，佳期杳難期〔四〕。

長門怨

金閨月色暗，玉樹霜華寒。户外珠簾捲，時時望翠鑾。還聞觴王母，池上宴將闌。甘露和玉屑，恩疎那得餐。昔爲上林花，今爲荒原草。草自近來枯，花能幾時好。妾心君未知，君寵妾難期。寧食蓮中菂，休牽藕上絲。不愁蛾眉妬，常恐神仙誤。君如天上龍，妾如草頭露。長門夜未央，月闕近清光。新怨長相結，舊恩終未忘。

昭君怨

漢宫佳人列仙姝，顔如舜華雪作膚。玉鳳搔頭金纏臂，琇瑩充耳雙明珠。美目清揚含百媚，同心綰結青珊瑚。三千宫女誰第一，當時王嬙絶代無。天子按圖初未識，承恩遠嫁南單于。朝辭皇都去，日逐胡塵驅。邊塞幾千里，行行但長吁。心中萬恨向誰訴，馬上琵琶聊自娱。鴻雁南飛漢月遠，驊騮北去燕草枯。朔風吹沙砭人骨，寒雲雨雪斷胡鬚。銀甕蒲萄初出酒，寶車駞駝新取酥。帳中强飲解愁思，情至酒酣愁未紓。明月流光照氍毹，關路迢迢不可踰。幾回夢想乘黄鵠，飛入長門侍玉輿。胡情不似漢恩重，妾意終憐君寵疎。君不見，紅顔命薄何足惜，長恨和戎計策迂。四絃不盡昭君怨，千古空留青塚孤。

銅盤歌

武皇鑄銅柱，上有承露盤。盤出仙人掌，高凌浮雲端。金莖的皪珠光寒，和以玉屑供朝餐。一旦神歸茂陵去，苔花滿眼秋霜殘。思君不見淚如雨，銅柱淒凉圍畫欄。渭水西風黄葉落，驅車遠載來京國。盤傾柱折聲如雷，驚起千年華表鶴。暮雨空山泣石麟，寒烟斷甓埋銅雀。君不見，芳林翁仲笑相迎，青鳥不來海波涸。

陽春曲

東風噓谷飛香霞，淑氣融融催百花。黄鳥間關語庭樹，清簫宛轉隔窗紗。雨過御溝流水急，夭桃夾路紅雲濕。蓬萊宫裏翠華來，華萼樓前僊樂集。殿閣千門御氣通，金窗珠户光玲瓏。臨軒若問司農政，無逸先陳今古同。萬物光輝沾德澤，小臣愚獻治安策。鸞聲噦噦早趨朝，桑樹雞鳴曙光白。

織錦曲

金梭動，玉腕舉，當窗織錦誰家女。七襄終日不成章，五色牽情亂如縷。遥想夫居天一方，關山迢遞河無梁。燈前紊絲鳴絡緯，機上交頸雙鴛鴦。舊恨難裁幾行字，新愁暗結九迴腸。照幃銀燭空憐影，唾壁綵絨猶帶香。忽聽喔喔鄰雞唱，停梭起視心徊徨。星橋暗想飛烏鵲，雲錦旋看成鳳凰。君不見，漏斷金壺啼玉筯，思君不見知何處。織將錦字寫中情，寄與明年春雁去〔五〕。

梨花曲

仙妃下瑶圃，靚妝乘素鸞。盈盈含芳思，脉脉倚闌干。冰玉肌膚愛貞潔，多情長得君王看。白雲滿堦月欲暗，香雪半樹春猶寒〔六〕。鸎囀高枝迎淑景，隔花低蹴鞦韆影。美人微笑步花陰，玉纖自把宫鬟整。東家蝴蝶雙飛來，芳魂欲斷梨雲冷。

琵琶曲

明妃初出塞，愁恨寄哀絃。千歲琵琶語，六么音調傳。新聲乍囀鶯啼樹，餘響不斷龍吟川。拂指四絃如裂帛，銀牀葉落悲寒蟬。空林淅淅鳴虚籟，幽澗泠泠流瀑泉。獨抱中情向誰訴，曲終馬上啼嬋娟。鳳鳴朝陽苦難見，雁叫羅浮私自憐。别有離愁彈夜月，潯陽江頭停客船。嗚絃撥盡清商怨，月冷蛾眉秋滿天。翠袖拂絲聲切切，青衫濕淚思綿綿。君不見，越女吴妃美如玉，十三彈得琵琶曲。一朝遠嫁隨征夫，望斷江南春草緑。

梅花引

君不見，西漢梅子真精魂，化作花中神。君不見，開元宋廣平詞語〔七〕，採得花中英。鐵石心腸賦偏麗，神仙風韻氣獨清。江南十月芳信早，萼緑花開照晴昊。玉樹皎如冰雪明，詩人吟到乾坤老。萬松嶺下月昏黄，忽憶故人天一方。折得繁花無使將，空山月落遥相望。霜寒野迥聞殘角，撩亂漫空香雪落。長嘯曾驚洞口猿，高吟欲借山頭鶴。幾回踏雪過溪橋，滿眼白雲寒欲飄。倚竹相看欹翠袖，歸來三日香不消。揚州歲晚花猶盛，聞説東皇消息近。笑問花神不肯應，爲君傾倒酬清興。我歌《梅花引》，歡飲君莫辭。太羹調以黄金鼎，旨酒酌以白玉巵。氣轉洪鈞在頃刻，挽回春意非君誰。

别鶴操

孤鶴度遼海，辭家已千年。棲息向華表，飲啄下青田。雪爲衣兮朱爲頂，清聲唳兮聞九天。有客結廬兮傍林泉，聽遺音兮彈鳴絃。竹風動兮戛戛，松月落兮娟娟。恍臨軒兮無影，飄縞袂兮蹁躚。長鳴兮拂羽，挾雲巢兮飛仙。忽神遊兮蓬島，響天籟兮泠然。

羽觴飛上苑

春風二三月，綺席列瓊巵。鶯啼上林苑，花覆太液池。酒令行觴飛羽急，樂歌轉曲流聲遲。玉醴香中春瀲灩，金波影裏翠參差。冰絃觸指雁初度，風笛啓唇鸞乍吹。宮錦淋漓羅袖濕，蛾眉起舞雙玉妃。君不見，長楊日落天杖去，清夜銅仙空淚垂。

關山月

披青雲，見丹闕。玉鏡懸青天，幾迴圓又缺。居庸古北接陰山，照見長城多白骨。胡笳夜奏聲嗚咽，羌笛曲吹楊柳折。姮娥流彩到中閨，邊雁不來音訊絶。音訊絶，夜夜馳情蟾兔窟。天闊清秋河漢遥，思君夢斷關山月。

遠别離

朔風起，鴻雁來。遥傳蘇武訊，直過李陵臺。萬里關山和月度，幾行書字拂雲開。羣飛遠浦鳧鷖亂，陣落平沙鷗鷺猜。自是隨陽向南去，非關避雪待春回。數聲驚起閨中怨，夫在邊頭何日見。水長天遠若爲情，月下停砧淚如綫。

怨王孫

王孫遊，憺忘歸。芳草緑，落花飛。草緑花飛春又暮，憶君心緒罥斜暉。水流赴壑何時返，心逐鴻歸關路遠。華萼樓前白日昏，芙蓉帳裏香雲暖。夢見王孫雲滿衺，腰間玉帶珊瑚鉤。金鞭斷折銀貂敝，昔日紅顔今白頭。魂一驚，淚雙落。娟娟殘月入房櫳，淅淅淒風動簾幙。

採蓮曲

泛西湖，西湖五月初盈盈，緑水開紅蕖。纖手雙摇木蘭槳，荷花蕩裏移輕舫。花深葉密不見人，隔花遥聽菱歌唱。菱歌唱，中情自惆悵。櫂遶回隄去復來，摇動露盤珠蕩漾。珠蕩漾，不成圓，日照芙蓉顔色鮮。嬌態臨風欹翠蓋，新粧映日落青鈿。採花休採葯，心苦誰如妾。顔紅羞比花，眉翠還同葉。南風送微凉，吹香襲荷裳。折花挹荷露，驚散雙鴛鴦。夫君在何處，妾心詎能忘。碧莖刺手絲不斷，芳容常恐凋秋霜。誰家游蕩子，調笑弄湖水。妾心自比花更清，獨棹歸船明月裏。滿身香露迴中房，月掛高臺鸞鏡光。吴姬越女多愁思，歌遶湖波空斷腸。

長安道

長安甲第連雲起，馳道迢迢直如矢。香霧滿城飛轂來，千門萬户東風裏。路入甘泉御氣通，樓開丹鳳霞光紫。玉階朝覲響瑶珂，偎仗傳呼鳳輦過。柳拂龍旗露猶濕，交衢雙舞鳴鸞和。上林春早啼鶯亂，渭水秋深落葉多。豈知一旦繁華歇，禾黍離離將柰何。有客有客長安道，衣裘塵滿愁難掃。旅懷欲寄雁不來，富貴翻憐故鄉好。君不見，長安道上多虎狼，常恐行人度關早。

蒼龍吟

江潭月冷流清音，紫竹吹作蒼龍吟，含商引徵曲意深。曲意深，淚沾襟。關山遠，何處尋。美人滿酌金屈卮，勸我行樂當及時，艷歌流舞揚光輝。揚光輝，照春日。壽萬春，歡未畢。

楊白花

楊白花，白於雪，漫空撩亂飛瓊屑。有美人兮將別，攬柔條兮初折。絮紛紛兮舞離筵，酌緑酒兮鳴朱絃，感中情兮惜芳年。迎章臺兮舞袖，繞隋堤兮吟鞭。去金河兮幾千里，攬愁緒兮綿綿。思夫君兮不息，望雲鶴兮翩翩。

清平調三首

武皇開宴影娥池，侍宴阿嬌新寵時。金屋春深扶醉起，鸞鳴花底日遲遲。

簾外宫娥舞袖來，霓旌雙引出蓬萊。一泓仙掌金莖露，分賜羣臣七寶杯。

兩院東風飄紫霞，天香飛落上林花。恩疎不見龍輿過，望斷長門日又斜。

題吉文殷仲㬎修竹亭詩

君子有高節，氣淩青雲端。開軒來舞鶴，鳴籜驚棲鸞。簾影摇翡翠，珮聲戛琅玕。行吟何灑落，嘯歌自盤桓。雲來書臺遠，月照文水寒。焉得共觴詠，�窗聽清彈。

蘆花塢詩

飄飄校書郎，棲迹蘆花塢。孤雲卧高林，雙鳧下清浦。玉樹帶蒹葭，秋光映眉宇。胸懷冰雪明，容儀鸞鳳舞。昔陪青藜翁，灑翰羣玉府。佩劍出龍泉，煙塵暗中土。翩然賦歸來，垂綸傍蘆渚。雪花香滿襟，風絮光翻羽。邀彼鶴上仙，泛我尊中醑。高歌落梅蟾，長嘯驚石虎。願接盧遨遊，仍呼太白吕。飛駕淩清虚，乘風過玄圃。

詠嬴女

盈盈花上月，渺渺樹間雲。雲中弄玉管，娟娟隔花聞。中夜清聲歇，碧雲鸞影分。綢繆託蕭史，中道哀離羣。瑶臺幾春夢，洞房餘夕曛。遺音尚嗚咽，愁緒何繽紛。鳳去臺空存，思君復思君。

采菊

秋英有佳色，晚節含餘香。悠然東籬下，解珮紉芬芳。繁霜瘁百草，林木盡凋傷。白酒山中熟，歸來松逕荒。露冷沾襟袖，遶籬花正黄。掇英引觴酌，酣詠幽興長。心閒得其趣，塵慮淡以忘。朝飲菊井水，夕餐菊籬英。坐看浮雲净，南山晚蒼蒼。

山居樂爲吉州文世傑賦

蘿壁卧閒雲，松巢立孤鶴。飄飄丹邱生，棲息在林壑。樓倚芙蓉屏，屏高翠如削。長吟野猿驚，清嘯巖花落。卷迹雲共歸，鳴皋鶴初作。朝市自紛紜，山居有真樂。

紅梅

彩鸞下雲壑，歲晏停香車。素妃持絳節，丹臉含蕊砂。謫居臞仙苑，步出東皇家。朝迎暘谷日，暮飡赤城霞。尚恐芳華歇，飄忽令人嗟。

梅山

飄飄羅浮駕，皎皎刼外身。娟娟冰是骨，粲粲雪爲神。持節來瀛海，噓氣爲陽春。若非王喬侶，恐是赤松鄰。殷勤問芳訊，未盡寰中塵。

梅友

不見芳顔久，儀容老更成。襟懷抱清氣，灑落出真情。天寒適邂逅，握手如平生。曳月鮫綃薄，臨風鶴氅輕。同有歲寒約，重來會耆英。

蒼松

蒼松有古意，撫樹常盤桓。孤根蟠地底，高節凌雲端。老龍驚蜕骨，獨鶴落飛翰。應中明堂用，還扶大厦安。適當風雨會，堅傲雪霜殘。願結忘年友，永期同歲寒。

上苑梅

仗外迎春早，花邊待漏遲。雪華飛上苑，日色動南枝。壽陽臨風處，落英點芳姿。珠簾清氣入，倚閣寒雲垂。羣妃侍華宴，聽弄玉參差。

姑蘇臺

吴山高，吴水長，烏啼霜楓落鹿遊。煙草荒，百花洲在春無主，曾見蛾眉花下舞。祇憐西子捧心顰，那覺越王嘗膽苦。山圍水繞闔閭城，故國臺傾空有名。子胥伏劍夫差死，悲風哀動寒潮聲。

戲馬臺

睢水東〔八〕，彭城下，西風殘照古臺荒。楚項重瞳曾戲馬，振鬣長鳴聲捲河。翻身一躍光騰波，時危力盡將柰何，騅兮不逝空悲歌。九日黄花秋霜晚，長河東流去不返。遥憐霸業逐烟消，賓鴈南飛楚天遠。

銅雀臺

西陵樹，曾是美人歌舞處。腸斷君王死别時，蛾眉憔悴分香去。奸雄心事有誰憐，殘月空題漢代年。銅雀春深懸落日，石麟秋冷卧荒烟。鄴下興亡今又古，烏號野樹猿啼雨。泉扃長夜鑠幽魂，有酒誰澆臺下土。

鳳凰臺

望佳氣，臨高臺。金烏初出海，照見鳳凰來。千年王氣久消歇，忽聽韶音動雙闕。烏衣巷口烏鳴春，白鷺洲頭潮湧月。雲中天樂下瑶京，仙女乘鸞弄玉笙。歌聲巘巘臺前起，散作春風花滿城。

陪全尚書子仁馮高州子羽宴劉宏遠江樓子仁大書先得月樓四字且歌以美之子羽作記俾余賦詩即席奉呈

昔年李謫仙，呼月醉南樓。尚書今夕宴，客有馮高州。坐邀劉顥清興發，樓倚長江先得月。玉簫吹徹彩雲留，聲引鳳凰來上闕。八窗玲瓏風露寒，秋高銀漢生微瀾。團光未離滄海角，流彩已照虛簷端。尚書特筆高州記，飄飄頗有凌雲氣。毫翻雲藻玉蜍乾，袖拂天香金粟墜。醉歌窈窕邀嫦娥，滿目飛光感興多。仙人騎鶴遥相過，玉壺瀲灩摇金波。不醉如此良夜何，吁嗟不醉如此良夜何。

中秋對月有懷

凉夜金波動，秋空玉鏡飛。山河移素影，霄漢出清輝。照席蟾蜍近，傳書鴻雁稀。更闌猶夢見，天上看花歸。

九日漫興二首

佳節動高興，憑陵翠巘孤。山河千里異，風雨滿城無。松下豺猶祭，雲中雁自呼。未能酬酩酊，且復立斯須。

矯矯雲間鵠，悠悠溪上鷗。蘆花兩岸雪，楓葉一江秋。客路從飄泊，浮生任去留。幾時將鳳管，拂袖過瀛洲。

題洗耳亭

泉遶清泉山前，琮琤鏡徹，寒聲襲人。山中人枕流其間，而作亭其上，以洗耳名之。鄉衮文信公大書「洗耳亭」三字，猶存。

路入青原去，停驂洗耳亭。偶聞徵隱逸，來此濯清泠。問法黄龍在，吟詩白鶴聽。巢由不可見，松月滿窗欞。

白鷺洲 并序。

洲綿亘吉州六七里。江水分流，縈迴此洲〔九〕，宛然金陵二水，中分一洲之勢，因以白鷺名之。宋丞相文忠公建書院其上，種竹萬竿。公卿大夫多出此焉，由是白鷺洲之名聞天下。

吉士長懷古，來遊白鷺洲。波分孤嶼出，沙帶一江流。漁火楓橋夜，書聲竹院秋。磯頭明月上，吟望意悠悠。

寄德安縣尉劉麟紀

千里潯陽客，青衫淚未乾。琵琶秋月白，蘆荻曉霜寒。感慨悲王粲，登臨憶謝安。風塵滿江右，何處覓漁竿。

以和靖處士疎影横斜水清淺暗香浮動月黄昏句為韻賦詩十四首

江上逢花處，山陰飛雪初。人憐孤樹瘦，春寄一枝疎。澹白流纖月，芳魂返太虚。遥思林下路，和靖苦吟餘。

孤山乘興來，晚歲入佳鏡。雲樹棲鶴翎，冰梢掛蟾影。倚看醉眼醒，夢覺吟魂冷。日夕重相思，幽懷長耿耿。

美人何契闊，一見即留情。翠袖臨風薄，瓊裾曳雪輕。寒烟修竹外，流水小橋横。殊覺芳容瘦，不知華髮生。

長憶攜壺去，西湖處士家。凍雲低老樹，殘雪落疎花。深谷溪流遠，空林石逕斜。亭前放鶴處，吟思遶天涯。

鶴去野亭空，松門傍湖水。掃雪坐荒苔，臨風嗅寒蕊。折花興何長，得句心自喜。把酒酹仙詩，山中白雲起。

白雲長不掃，緑尊笑相迎。倚樹懷中素，攜香覺太清。江南春較早，林下雪初晴。欲折無來使，憑誰寄遠情。

千里憶佳人，芳情寄來遠。林杪雪華深，枝頭春色淺。穿雲苔徑縈，傍水柴門掩。不惜山路遥，攜壺臨絶巘。

絶巘路崎嶇，躋攀坐來塹。樹壓翠巖幽，香通蘿壁暗。客笑雀喧枝，樵歸花插擔。落日興猶酣，停杯倚雲瞰。

一樹輕冰凍，滿林疎蕊香。殷勤託花訊，惆悵惜年芳。遠寺鐘聲寂，高樓角韻長。有懷不可見，寤寐意難忘。

玄猿吟庾嶺，白雁過羅浮。倚竹凝朝望，看花帶暮愁。丰神何灑落，貞節自清幽。酌酒芳林下，酣歌興未休。

行行過驛亭，歷歷遊仙洞。白鶴羽毛翻，玉龍鱗甲動。花間壺再傾，石上琴三弄。回首隔風塵，思君入清夢。

思君在何方，昨夜花初發。渺渺樹間雲，娟娟枝上月。素輝寒玉肌，清風冷冰骨。應笑桃李顔，繁華覺消歇。

粲粲仙妃降，盈盈倚靚妝。香紉青玉佩，光冷素霓裳。疎蕊欺霜白，芳心蕤蠟黄。雨餘花濕處，疑是泣英皇。

自昔皇英去，誰招花底魂。數聲雲外角，一酹月中尊。雪皜山陰霽，雲黄野色昏。忽傳芳信至，初旭散東園。

梅洞

巖谷雲深處，冬暄花正開。香隨微雪落，訊逐早春回。白鹿銜花去，玄猿抱子來。仙人招我隱，倚樹獨徘徊。

梅樹

南昌千載樹，屹立出凡塵。人想邑中尉，仙留世外身。清癯孤鶴骨，夭矯半龍鱗。擬掛一壺酒，倚歌招子真。

梅仁

佳實存芳核，中含元氣清。陽生春欲動，甲拆暖初萌。雪後孤根發，年深老幹成。長留酸一點，金鼎待和羹。

梅影

江碧涵疏影，飄蕭宛不羣。斜横半窗月，低轉一簾雲。晝掃塵無迹，陰移篆有文。常隨芳質見，隱映雪繽紛。

奉寄陳進士村民

不見鏡中石，遥思枕上峰。景星光欲聚，夜雪興偏濃。著述編新草，吟哦對古松。嵩華歸隱處，雲樹幾千重。

舊種庭前竹，旋看新笋生。春深翡翠合，日静鳳凰鳴。常有淩雲氣，兼留避俗名。希君保貞操，託此寄中情。

水溢芙蓉沼

雨過芳池滿，芙蓉照緑波。雙鴛香裏浴，孤鳳鏡中過。獨步承恩重，多情柰妬何。采花休采菂，心苦感懷多。

關山别浪子

關山路難越，蕩子去何之。花落愁飄泊，月明傷别離。星河鵲飛夜，風雪雁來時。迢遞年華晚，寒衣寄與誰。

風月守空閨

驚風開繡幙，新月照羅幃。玉樹鳴清籟，珠簾捲素輝。砧聲敲杵急，燈燼落花微。今夜思君夢，應隨黄鵠飛。

恒斂千金笑

蛾眉常恐妬，斂笑出妝臺。貌好曾承寵，恩深反見猜。自憐金屋貯，不見翠華來。飛閣香塵滿，青鸞去不回。

盤龍隨鏡隱

塵匣初開處，鏡中龍影蟠。劍飛秋水底，月出暮雲端。絶色愁花妬，清光照膽寒。一從君去後，懶向玉臺看。

飛魂同夜鵲

驚魂長不定，夜鵲遶枝同。聞在交河北，還來遼海東。淒風動簾幙，殘月入房櫳。喜報歸期近，那知是夢中。

倦寢聽晨雞

妾睡何曾著，俄聞唱曉雞。有懷思遠道，自分守中閨。近户明星爛，空梁落月低。常時驚妾夢，多是四更啼。

暗牖懸蛛網

綺閣凝塵網，縱横綴瑣扉。愁牽千縷亂，恨結一絲微。當户蠨蛸墜，穿簾熠燿飛。如何解愁緒，窗下理金徽。

空梁落燕泥

空梁巢紫燕，長日落香泥。點污琴書滿，飛來簾幕低。雙歸尋舊壘，對舞向中閨。塵迹無人埽，黄昏深院迷。

前年過代北

聞度桑乾磧，前年出塞時。馬行邊雪遠，雁過嶺雲遲。寒恐貂裘敝，時將鴛枕攲。關山消息斷，日日望歸期。

今歲往遼西

驅車又出塞，今歲過遼西。霜落彫弓動，雲横玉帳低。征鴻音訊杳，飛蝶夢魂迷。欲寐還驚起，門前聞馬嘶。

陪吴編修子高孔掾史澄道宴岳陽樓分韻得航字

雁過巴陵晚，凭闌感興長。天低入雲夢，地迥接衡湘。青草迷空闊，蒼梧隔杳茫。花飛太岳雨，木落洞庭霜。欲借仙槎去，猶懷廣樂張。空山祠夏禹，孤嶼拜英皇。遷客情無極，思君意不忘。汀蘭春自緑，林橘晚初黄。風雪雙蓬鬢，江湖一葦航。屈原初去國，王粲久思鄉。竹簡藏書屋，梅花冷玉堂。詩家傳李杜，翰苑失班揚。自惜叨陪淺，深慚學識荒。登樓鳴緑綺，前席奉清觴。積雨湖光霽，微風秋氣凉。罷琴吟眺處，雲樹暮蒼蒼。

陪劉先生桂隱偕劉學存謁虞學士邵庵於玄妙觀學士留飲王玉輝道士山房即席呈上

昔日登奎閣，經筵拜侍書。文章焕星斗，德望重璠璵。太傅歸疏廣，醇儒見仲舒。詔留遺草在，囊有賜金餘。林下耆英少，天邊故舊疎。名高羣玉府，身退野人居。山隱五峰秀，池涵一鑑虚。松巢歸獨鶴，蘋水戲雙魚。每有驚人句，頻辭使者車。黄花迎晚節，玉樹照春初。此日陪藜杖，臨風聽珮琚。尊前看灑翰，香露滴秋蜍。

分題得東山送趙原善之金陵

亭亭秀色出芙蓉，紫翠浮巒勢若龍。雨過孤雲來遠岫，霞迎初日轉高峰。燒丹未就楊仙術，著屐先追謝傅蹤。早晚金陵望佳氣，攜書好去上東封。

前御史楊元誠辭官歸第御書山居二字賜之公卿大夫賦詩以榮其歸余訪舊萬松山拜觀宸翰及諸吟卷席間以重來休沐地真作野人居分韻得居字

解綬歸來繼二疏，賜金留得起山居。天書藻翰猶飛動，雲卧松巢任卷舒。亭倚孤山初放鶴，座臨西澗静觀魚。飛來靈鷲多佳氣，長日相看樂有餘。

玉堂梅

翰林夜直對臞仙，月上南枝香暗傳。雪片飛花迎臘瑞，冰容倚樹帶春妍。詞臣題處稱魁品，學士簪來集御筵。歸到瑣窗清不寐，花邊呵凍寫鸞箋。

山館梅

客裏梅花驚歲宴，幾枝疎蕊澹相看。廣平賦罷初歸第，和靖吟餘獨倚闌。簾外玲瓏冰柱凍，窗前灑落雪華寒。風簷終日思君處，折寄憑誰爲問安。

溪橋梅

清溪有客偶相招，步屧微吟過畫橋。花覆石闌晴雪墜，香浮冰澗凍雲飄。水邊人立停蘭櫂，樹下仙迎吹玉簫。不見當年題柱者，擔頭折得唱魚樵。

雪裏梅

六出花飛春滿原，孤根香動月當門。冷凝玉蕊初飛白，凍折瓊枝欲斷魂。授簡梁園初泛蟻，停鞭庾嶺倦聽猿。思君不見年將暮，回首相看雪正繁。

秋篷軒為楊仲濩賦

詩人寄興在秋篷，瀟灑吟軒畫舫同。江海餘情孤榻上，乾坤清氣一窗中。疎簾涼灑芹池雨，曲檻香來蕙畹風。黄葉滄波垂釣處，倚看雙雁上晴空。

月琴為林從吉賦

湖亭曾聽月琴彈，夢想遺音在廣寒。藥杵擣霜驚別鶴，桂闌拂露引孤鸞。冰絃低轉臨瑶席，金粟微飄滿石壇。寫盡淩波仙子意，清虚夜静曲聲殘。

齊峰樓為王思齊賦

層樓突兀竝雙峰，峰近闌干秀色濃。日出青屏照簾幙，雲飛畫棟接芙蓉。朝光當户嵐千疊，爽氣浮空翠幾重。醉寫淋漓懷逸少，欲將豪氣壓元龍。

寄劉知事弘道

欲折寒梅寄一枝，京華又過十年期。上林花發鶯啼早，南浦雲深雁過遲。卧斷青藜聽夜雨，坐看玉樹賦春詞。眼中吟友多分散，闕下故人今有誰。

哭龍錄事元同時權萬安縣尹

龍岡春暮别參軍，馳檄南征過五雲。每惜日邊歸進士，俄驚地下作修文。空梁落月猶疑見，寒木悲風不忍聞。夢斷吟魂招未得，梅花江路雪紛紛。

以露霧風煙月晴雨江山雪為題詠梅十首

粲粲萼緑花，盈盈花上露。花折露沾衣，憑誰寄情素。
林暗曙光微，開簾散香霧。美人期不來，相思歲年暮。
馥馥飄清氣，霏霏點緑苔。高城殘角斷，吹送冷香來。
空山含薄暝，遠樹帶輕煙。何處尋芳迹，鐘聲落照邊。
東閣賦停雲，寒梢上新月。惜别花又開，關山路難越。
南枝春意動，林杪散朝暾。無使傳芳訊，看花日又昏。
微雨落寒梢，樓前緑珠墜。霏霏濕瓊琚，暗滴湘娥淚。
孤篷臨暮渚，芳樹倚寒江。水落碧沙淺，飛來鷗一雙。
臞仙在何許，晦迹隱孤山。遥想沈吟處，亭空鶴未還。
九天飛瑶華，千樹灑香雪。空谷寂無人，相看兩清絶。

梅花

孤山樹下曉停驂，緑萼初開花兩三。自是孤根得春早，先將芳信到江南。
瘴海花開雁又來，邊頭不見寄書回。雲横東閣躊躇久，月上南枝次第開。

晚來索笑向晴簷，獨立黄昏半捲簾。自折芳枝嗅瓊蕊，忽看高樹掛銀蟾。
石橋流水遶柴門，歲晏相逢似避喧。放鶴亭前人一去，疎林夜月冷吟魂。
倚竹相看翠袖寒，月中弄影見飛鸞。形容何以清癯甚，雪滿空山歲又闌。
天寒倚樹見佳人，屑玉飡英養性真。姑射山中明月夜，風飄仙袂净香塵。
乘風曾到太清家，玉樹當庭飄素霞。此日歸來湖上見，滿林香雪散瑶華。
朝來踏雪過前林，花底誰歌白雪吟。玉女持旌雙鳳下，暮雲深處杳難尋。

題劉子翬横溪獨鈎圖

天河垂練映寒流，坐俯清泠墜玉鈎。源上桃花微雨過，孤吟驚起水中鷗。
儒林劉郎最清絶，手把絲緡歌未闋。忽見江梅數蕊開，一簑立斷寒江雪。

竹枝歌

灧澦堆前十二灘，灘聲破膽落奔湍。巴人緩步牽江去，楚客齊歌《行路難》。
百丈牽江江岸長，生愁險處是瞿塘。猿啼三聲齊墮淚，路轉九迴空斷腸。
蜀江水落石槎牙，南船幾日到三巴。雲近巫山不成雨，霜凋錦樹勝如霞。
霜葉如花滿眼飄，巴童歌駐木蘭橈。水來峽口灘方急，船到夔州路更遥。

杜宇催歸不暫休，宦情羇思兩悠悠。相如此日題橋去，空遣文君吟白頭。
江流錦水百花香，落日微吟近草堂。少陵心苦愁難著，望帝魂銷思不忘。

〔一〕「宴」，原誤作「冥」，據四庫全書珍本《性情集》改。
〔二〕「羽」，原誤作「雨」，據四庫全書珍本改。
〔三〕「子夜四時」，原誤作「四時子夜」，據四庫全書珍本改。
〔四〕「燈花明又暗，佳期杳難期」，原無，據四庫全書珍本補。
〔五〕「與」，原誤作「興」；「年」，原誤作「無」，均據四庫全書珍本改。
〔六〕「雪」，原誤作「雲」，據四庫全書珍本改。
〔七〕「宋」，原誤作「李」，據四庫全書珍本改。
〔八〕「睢」，原誤作「雎」，據四庫全書珍本改。
〔九〕「此」，原誤作「北」，據四庫全書珍本改。

沈縣尹夢麟

夢麟字原昭，吴興人。舉至元己卯鄉薦，授婺源州學正，遷武康令。至正時，解官歸隱。明初，以賢良徵，辭不起，應聘入浙閩校文者三，爲會試同考者再，故太祖以老試官目之。年至九十而卒。所著有《花谿集》三卷。原昭博通羣籍，尤邃於《易》。與趙文敏公孟頫爲姻家，得傳其詩法，故音格時似之。元季隱於花谿，劉伯温曾相依谿上，嘗贈以詩云：「杜陵老去詩千首，陶令歸來酒一樽。」其人品風格，具見於是矣。

前烏夜啼

烏夜啼錢塘，城頭楊柳衰。東飛啞啞青海湄，母兮前呼子後隨。風沙漠漠日色薄，雖欲反哺將安歸，烏夜啼兒寧不悲。

後烏夜啼

東鄰有老烏，辛苦生二子。子兮毛羽乾，母也忽已死。衆雛呼其羣，啄土聚成墳。烏飛城上柏，哀號不堪聞。君不見沈家橋西郭家住，有烏養子青松樹。

綠水曲〔二〕

郎心如水流，一去不復收。妾心如水緑，可照不可漉。倚門日日望郎歸，桑柘成陰無寸絲。

靈鳳吟

金陵嵯峨兮奠南極，上有高臺兮去天咫尺。鳳千年而來征，鏘和鸞於朝日。有雛兮東飛，華彩彩兮苕之湄。瞻烏林兮爰止，聊逍遥以相依。一鳴兮噦噦，黌宫輪奂兮集我衿佩。再鳴兮協和，宣聖化兮佐我弦歌。嗟苕之水兮淰淰，匪醴兮鳳不肯飲。彼黍稷兮有萬斯億，匪竹實兮鳳不肯食。曰枳棘不可以久棲兮終當和鳴，球而戛擊綵翮兮高翔。乘灝氣兮超陰陽，睇上林之玉樹歘歸飛于帝鄉。顧饑雛兮垂翼，風雨飄飄兮悲鳴。啾唧願追飛兮莫附，仰寥廓而太息。

縣庠露坐偶成

赤日下西嶺，解衣沐蘭湯。沐餘試白苧，振策步迴廊。漱齒井泉冽，掛巾喬木凉。仰觀星斗高，白頭被天光。煩囂盡消散，沖襟欲飄揚。心存氣愈清，境空物自忘。所以陶靖節，終焉老柴桑。逝者諒如斯，歸休豈不臧。

贈雲菴王瀛洲

江水日夜緑，長淮如玉龍。仙仙一羽士，棲居弱流東。賣藥街市上，或言是壺公。步虚靈風集，嘆水銀河通。醉插碧桃花，笑把青芙蓉。倏忽不可見，日照蓬萊宫。

余中

余中瀕海門，望望斥鹵地。居民多四散，共享牢盆利。昔人生厲階，於此置官吏。催鹽限程期，立筴事鞭箠。烟飛朱火騰，海立銀濤沸。漉沙鉛淚凝，椎髲瓊英碎。天高歲峥嶸，草白北風厲。玄雲開萬竈，積雪照千里。陸輸車軋軋，水運舟尾尾。雖云國課集，民力已凋瘁。蹇驢歷亭場，攬轡察地理。大江繞長懷，殺氣含贔屭。增科苟不息，禍亂恐未已。吾將扣閶闔，悃悃訴微意。狂言倘欺君，薄命有如水。

餘杭高氏徵予作問月樓操琴所聽泉亭觀瀾軒四首

華月出天表，清光照高樓。迢迢樓上人，酣歌延素秋。上探清虚窟，下躡黄金流。徘徊復徘徊，閶闔風翏翏〔二〕。何當駕飛鸞，與子同天遊。

高子志大雅，結廬絃素琴。遺音妙難測，中含造化心。吁嗟韶濩遠，新聲日哇淫。縹渺高鳳翔，衆鳥徒繁音。撫几三歎息，誰鑄鍾期金。崧彼山中泉，朝夕鳴琮琤。幽人息慮坐，聆此水樂聲。浩浩昭文琴，泠泠女媧笙。谷風迎遺響，鏘若鈞天鳴。浩歌幽澗泉，予懷在斯亭。宣尼善稱水，川上揭微言。卓哉孟軻氏，觀瀾泝其源。道體諒不息，聖功浩無端。所以軒中客，游心水之湍。願言樹鳴德，朝夕相勉旃。

甯節婦

青天夜漫漫，黃河日湯湯。天高與河廣，妾恨何時忘。藁砧作胄子，易簀妾在旁。手懷黃口雛，哀號赴河陽。結廬在墓門，松柏忽成行。吴淞連甲第，維南有姑嫜。夫亡妾不歸，其如倚門望。駕言遂南邁，登堂裂肝腸。滫瀡具甘旨，蘋蘩薦蒸嘗。于以訓孤兒，念彼歲月荒。悲風吹我帷，寒月燭我房。魂來諒有知，妾身如未亡。昔憂顔如花，兹欣髮已黃。生爲甯家婦，死爲甯家孀。朝家旌吾門，何以荅彼蒼。願言保吾志，子孫世其昌。

楊原英招飲和壁間韻

黃塵喧市衢，利析秋毫末。於焉有佳士，沖抱吐華月。捫竹清風動，揮杯紈扇歇。感子意勤卷，老我慚蹇劣。

夕陽度林杪，清飈起蘋末。披襟歌既醉，坐待東生月。翻翻歸翮盡，稍稍玄蟬歇。因之成雅言，非輕較優劣。

舟出碧浪湖望横山有作寄烏程令

揚舲出南郭，迎風碧浪生。白鷗鏡中度，青山溪上横。煩抱頓消散，鄙吝無由萌。緬懷孫令尹，結交有真情。

松雲軒

蒼松駕絶壑，茅屋敞高邱。急雨打窗過，白雲如水流。童奴趨石上，主賓坐泉頭。若道歌《招隱》，吾當與之儔。

黄鶴山人竹石

愛此一拳玉，上倚珊瑚枝。緑鳳忽飛下，墨池雲起時。始聞蟄龍動，復見凉風吹。相期保貞節，黄鶴今何之。

息齋竹

薊邱李榮禄，好寫珊瑚枝。丹穴鳳初下，墨池雲起時。裂素風瑟瑟，展卷秋離離。妙手不再作，令人起遐思。

蟄雷起林谷，石根稚子萌。解籜粉香濕，捫玉清風生。頭角未盡完，琅玕已峥嶸。願持苦節心，永結君子盟。

金人出獵圖

燕然山前沙草黄，天垂四野秋風凉。急裝勁服意氣揚〔三〕，馬上爲家弓矢强。中原鹿走秦之失，臂鷹牽犬争先得。風毛雨血灑穹廬，殺氣騰騰日無色。憶昔經略分中邊，近郊斥鹵多烽烟〔四〕。祇今輿地復故步，我願開荒種禾黍。千秋萬歲供王賦，吁嗟金湯孰敢侮。

遵道枯木竹石

李侯胸中有林壑，揮毫束絹驚摇落。山中夜半霹靂飛，拔地蒼龍奮頭角。霜皮剥盡春陽姿，雲根削出珊瑚枝。峥嶸不假神明力，下有緑竹相因依。吁嗟李侯誰敢侮，游戲江南文藝圃。如何龍伯忽相招，竟跨神蛟躍波去。

楊妃吹笛圖

唐王天寶承平久，内荒聲色宫掖醜。誰將玉笛進君王，紫鸞飛上真妃手。詔令真妃來帝傍，坐吹楊柳口脂香。玉音嫋嫋銷剛腸，含宫泛羽哀思長。紅桃侍兒一雙玉，近前欲按《霓裳曲》。湖山石畔春陰陰，柔情付與芭蕉緑。笛中楊柳吹未終，漁陽鼙鼓聲逢逢。御牀臯兀紅袖泣，六宫粉黛烟塵空。崎嶇蜀棧摩天闕，青騾力盡金鞭折。回顧真妃一點魂，馬嵬蹀躞輪蹄血。三風十愆聖所哀，明皇胡爲蓄禍胎。畫圖豈是金鑑録，至今觀者徒傷哉。君不見，虞廷兩階舞干羽，簫韶九成鳳下來。

唐知州雙松圖

唐侯胸中有邱壑，落筆長松出林薄。蛟龍竝作勢欲飛，鸞鳳雙棲翠交錯。開卷青風謖謖吹，掃花黄雪紛紛落。唐侯早歲稱奇童，畫山初學趙魏公。晚年縱筆入韋偃，下視衆史俱羣空。吁嗟此公今已逝，流傳遺墨人間世。老夫興懷爲題識，陳家寶之永毋墜。

梅花道人山水

梅花道人盤礴羸，畫山畫水無不可。興來縱筆不用皴，奇峰玉立蓮花朵。石根喬木青叢叢，羣柯羅列如兒童。兩翁兀坐茅屋底，衣冠彷彿商顔同。一翁匆匆下山去，涉江擬趁漁舟過。塵途當暑正炎熱，何事擔簦赴焦火。嗟予頽景已久旬，頻年主試沐聖恩。只今無由報穹昊，歸休泉石終吾身。

王母圖

未央宫中春日長，千花錦繡雲霓裳。武皇求仙熱中腸，少君授以却老方。翌朝青鳥東來翔，翩翩雲軿下青蒼。羣仙皆驂白鳳凰，東隨阿母朝君王。金鈿翠綃相焜煌，飛裾曳珮鏘琳琅。鈞天廣樂張帝旁，緱山子晉來笙簧。武皇迎之奉霞觴，玉門仙棗請先嘗。阿母含笑天回光，手提玉桃進一雙。人言食之壽而康，帝瞻瑶池路茫茫。人間歲月西飛忙，回頭銅仙泣淚滂。向來方術殊荒唐，茂陵石馬秋風凉，吁嗟詞客歌劉郎。

春雲出谷圖

米家素有書畫癖，春雲長自毫端出。英英觸石膚寸微，無心每藉東風力。仙家變化有如神，吴綿擘碎纏春迹。有時爲我載鶴歸，怡悦不減陶貞白。元暉此畫有真意，佳氣時時起東壁。雲兮雲兮我呼汝，玉葉金枝美無度。莫向山中伴衲僧，好爲商家作霖雨。

袁安卧雪圖

朔風觱發冰崖裂，千溪萬徑行蹤絶。喬林一夜天回春，琪花玉葉紛成結。汝南歲暮雲四同，閭閻不識袁邵公。門前大雪深數尺，先生高卧氣如虹。洛陽縣令民之特，造門掃雪舂無迹。先生咄咄不下牀，能使頑廉懦夫立。清風凛凛高無鄰，名垂圖畫有如神。嗚呼！如今眼中寒士誰甘貧，有如洛陽縣令能幾人。

蟋蟀吟

十月蟋蟀入牀下，胡爲舟中夜語語。阿咸側耳不成眠，親手張燈無覓處。岸上誰家燈火明，沉沉機杼秋無聲。蛩兮蛩兮何不催爾織，織成白絹供官徵。我歌蟋蟀亦良苦，唧唧啾啾哀復訴。開篷濃露白於霜，織女停梭淚如雨。

野航

一室净無塵，門通畫舫鄰。若分鷗鷺席，能受兩三人。江水家家緑，溪花岸岸春。杜陵貪佛日，隨意賦詩頻。

雙溪漁隱

苕雪一浮家，全勝奉使槎。攤書篷下讀，沽酒店頭賒。魚上花如雪，鷗行水露沙。風流有如此，官課不須嗟。

為杜玄德題韓介玉山水小景

每愛韓生畫，清温似魏公。羣峰開錦繡，一樹雜青紅。佛剎岡頭見，漁舟谷口通。徵君草堂裏，絶似浣花翁。

分來字韻送劉用章郎中入越

丞相存吾道，司徒得俊才。論兵煩入幕，作賦好登臺。鑑曲黄冠盡，蘭亭白髮衰。吴中花滿眼，别後望重來。

題山水小幅

虚閣俯漣漪，朱樓入翠微。石根羣樹合，谷口一僧歸。瀑布晴猶落，油雲濕不飛。細看圖畫裏，不覺竟斜暉。

雪　室

林下凍雲垂，天花拂鬢絲。定回元不夜，窗白已多時。作賦工無益，安心請勿疑。維摩虚席久，吾欲赴襟期。

寄海門計平仲縣尹

同是科名客，衰年領薦書。君今跨鳧舄，吾獨困鹽車。竈火冬尤熾，軍需日不虚。艱難總如此，東望一長吁。

北京同年鄉會

郭外行厨樂且湛，柳條春水緑相涵。九重策士綸音近，三月看花酒氣酣。天下驊騮多冀北，榜中人物半江南。明年重應金門詔，未必狂生不與驂。

紙帳

新製溪藤斗樣寬，日光玉潔照衣冠。可容公子圍春色，祇爲儒生障歲寒。五夜白雲頭上起，一天香雪夢中看。覺來門外霜風烈，却憶蒼生卧不安。

王彦美載夢舟

風波滿地若爲愁，醉卧浮家蝶化周。一枕潮音通鼻息，片帆月色照神遊。横江曾伴臨皋鶴，高枕還依海上鷗。祇恐元戎眠不著，起來篷底看吴鉤。

貞白池上飲酒

秋風蕭蕭吹我裳，上公池上同揮觴。紅蕖出水晚色净，碧桐過雨高雲凉。今之時流張乃事，古來達者和其光。浮雲富貴如此耳，仰天一笑俱忘羊。

中秋夜泊黄河

黄流滚滚浪翻盆，百尺飄檣上下奔。月色偏於今夜白，河源不改舊時渾。雷行西北通天極，風送蛟龍入海門。欲酹一觴歌九叙，千秋萬歲禹功存。禹蹟荒荒一岸巾，星槎渺渺不知津。波神豈爲蒼生恨，元氣同流萬里春。帆席高褰風色順，霜華初落鴈聲新。壯遊不作悲秋歎，夜夜開篷望北宸。

李白酒樓

神仙樓閣倚天開，我也登臨亦快哉。不有靈風生錦袖，空餘明月照金罍。雲霄鴻鴈冥冥去，齊魯山川滚滚來。問訊樓東舊桃樹，汶陽别後有誰栽。

灤河記夢

清禁迢迢夜未央，夢隨法界出灤陽。仙翁斫桂露香濕，宫女洗花雲氣凉。天近星辰俱北拱，風高鴻鴈自南翔。覺來更悟人間世，角角烏啼滿樹霜。

張別駕如杭分題得浙江亭

浙水秋風日夜哀，獨憐亭子倚江開。百年王氣從龍去，八月潮聲帶鴈來。吴越兵戈沙上語，江山風景掌中杯。不知別駕登臨後，載得詩筒幾日回。

歌風臺

孤舟入沛夜如何，况復登臺感慨多。龍虎已銷天子氣，山河元入《大風歌》。九霄霜露凋黄葉，五夜星辰下白波。獨有當時三尺劍，至今光怪未全磨。

蔣妓淩波圖

令姊風流秀且都，翩如秋水汎芙蕖。可憐有美懷珠玉，相伴臨波入畫圖。巫峽雲來空想像，楊花雪落半虛無。憑誰載酒雙溪畔，先爲彭郎乞小姑。

客樓偶題

溪上東風吹酒船，羅衣別淚濕離筵。誰家碧草飛玄鳥，一逕落花啼杜鵑。客館春醒詩總廢，荒洲日薄夢相牽。酒醒却憶少年事，忽見青山意惘然。

贈趙待制

蓮花莊北長橋東，客來卜居水晶宫。參差樓閣烟塵外，窈窕山川圖畫中。細雨新帆來舞袖，故家喬木鎖春風。請看杜牧題詩處，千古風流一笑同。

揚州李子威載歌者遊湖州特過華谿予因留杭不得相見因以詩寄之〔五〕

碧瀾堂下載嬋娟，摇蕩春風樂少年。千里過門君有意，一尊留客我無緣。揚州簫鼓人如玉，江水琵琶月滿船。稍待秋高騎鶴去，相隨李白酒家眠。

荅張蜕菴學士韻

綵舟三月駐河濱，學士登臨發興新。水泛雙溪初過雨，花開韋曲不勝春。烏鄉酒熟從爲客，巫峽雲來若有神。別後蘭苕依舊緑，定應愁殺白頭人。

寄范希孟

越鄉爲客酒難賒，空採荷花過若耶。性癖懶爲黄祖客，身貧欲種邵平瓜。鶴鳴瀛海風如水，龍起姚江雨散花。東望故人何處是，夜凉吹笛岸烏紗。

送夏副樞兼簡錢參軍

副樞承命山陽去，真爲皇家握重兵。塞上旌旗朝北斗，淮南保障倚長城。貔貅夜渡河冰合，閶闔雲開劍氣清。若見參軍煩問訊，老懷日夜望昇平。

送俞彦明河内監縣

越羅織翠舞衣凉，把酒東城野水香。別意正如春草緑，閒情無柰柳花狂。葡萄釀水傾天禄，藥物關心采地黄。十月到官公事少，封題應寄沈東陽。

寄江浙左司員外郎張光弼

員外才名自不羈，每聞休暇好題詩。十年入幕譚兵憤，九日登臺發興奇。霜落芍陂催穫稻，風連淝曲未收棋。功成歸臥山陽市，笑折薇花對酒巵。

芙蓉莊

花上微霜落未多，紛紅駭緑柰愁何。翠裳曉浥瑶池露，霞佩秋生錦水波。心賞不辭千日酒，歲收可但百廛禾。何由繫纜靈山下，與子憑軒一醉歌。

鶴軒為薛鍊師作

吴門羽士鬢眉龐，長載華亭鶴一雙。萬里游心同泛梗，千年老氣獨横江。船頭夢覺月照席，篷底聲聞風滿窗。我亦金華未歸客，便應從此上吴艭。

題松雪竹

吴興畫竹妙天機，每愛臨流解帶圍。翠袖凉生蒼雪下，墨池雲起紫鸞飛。曾聞神女遺珠珮，漫説詩人詠緑衣。回首王孫芳草合，白鷗飛去水光微。

舊館鄭叔文寓舍多種諸色菊花獨冬菊一枝雪中盛開僕往來觀之不厭叔文索賦

舊溪寒菊更鮮明，爲客看花倍有情。晚節不因霜後變，餘香偏向雪中榮。頻煩鄭老謀清酌，却笑靈均賦落英。聞道移根故園去，高堂三老定歡迎。

來鶴樓二首

青天月色白紛紛，有客能招野鶴羣。不向水邊鳴夜半，肯來天上警秋分。神遊寥廓乘清氣，影落闌干化白雲。早晚姓名除碧落，騎風同禮玉宸君。

雲霄一羽忽飛下，不道樓前月滿江。經誦蕊珠之子聽，聲聞華表我心降。笙簫夜過黄冠客，風露凉棲玉女窗。擬借白雲騎一隻，莫辭玄圃更無雙。

卧雪爲袁子志賦

門外雪深數尺强，袁郎高枕也應狂。月明蝴蝶迷何處，酒醒梅花落滿牀。縣令亦知吾道病，先生不管北風凉。揮毫枚乘偏能賦，消得渠儂酒一觴。

贈醫隱山伯英

習家池上風流在，千古山公今有孫。長年賣藥舊館市，有時載酒烏程村。秋風橘子垂丹井，春雨杏花開古園。誰謂交游輕市道，老夫曾與宋清論。

義門鄭叔文仙人舊館

金華我欲乘風去，舊館君能縮地來。山近茅君句曲洞，天連簫史鳳凰臺。洞庭雨脚吹笙坐，華岳蓮花濯錦開。好似水晶宫裏客，尋真何必到天台。

銀河精舍為楚太守作

漢水通天上下澄，結茅江畔竝冰陵。天光曳白鶩珠闕，夜氣如虹貫玉繩。石壁曾邀符守過，星槎終待使君乘。郡齋見説無膏火，夜讀應分織女燈。

簡邵山人

扁舟泖上水爲居，西望烽烟百里餘。客子開篷霜降後，家人搗練月生初。兵連苕霅天垂象，水落吴松夜泣魚。若道瓜田多蔓草，老夫早晚爲君鋤。

和邵山人過字韻二首

吴松東去羣鴻散，苕霅西來一舸過。池上屢陪山簡醉，座中曾聽薛華歌。中年鄉國黄塵合，長夏江村緑樹多。擬與賀公同結伴，黄冠野服晚婆娑。

亂後還家如旅泊，愁中遇酒喜人過。每吟栗里停雲句，不作南山種豆歌。故宅東風歸燕静，孤村夜雨落花多。白頭却憶觀光日，曾賦神明與駁娑。

訪陳敏道不值

不憚風波兩日程，孤舟聊繫故人情。菊花與我爲賓主，醴酒從人結弟兄。秋穀已銷吴甸雨，寒潮不上闔閭城。白頭欲製烏啼曲，付與漁郎短笛聲。

和韻簡烏程諸公

烟郭行舟信宿停，釣竿風色拂東溟。故人賴有郎官宰，野老同瞻處士星。春草滿堦公事少，朝盤留客爾殽馨。明朝返棹歸何處，家在華溪白鳥汀。

荻溪漁隱

荻花溪上水光微，新築茅茨倚釣磯。春雨棹歌西塞曲，朝盤飯煮北山薇。開門見月能吹笛，有客無殽每典衣。只恐少微明不掩，徵書早晚到柴扉。

九日過姚廷暉隱居二首

病起扶衰上釣槎，乘流直到故人家。一秋止酒樽無緑，九日開園菊未花。海氣通潮生白霧，天風如水灑烏紗。歸來落葉多如雨，欲寄新詩日已斜。

客鄉時序苦匆匆，九日愁生斥土東。樽酒幾家酬令節，鬢毛千丈自秋風。柳州心賞隨年薄，鄭老襟期與子同。回首故園歸未得，家人誰問菊花叢。

飲　别

酒熟閩城不用賒，騎驢日造故人家。香傳茉莉能留客，葉裹檳榔每當茶。送别秋風裁白苧，問津明日上靈槎。出關一笑青天闊，歸去東門且種瓜。

簡韓留守

得歸京國賀新除，日倚都門望母輿。忠孝共傳楊伯起，風騷争似馬相如。雙鬟小妾能沽酒，一樹來禽對讀書。記取東城相見日，緑陰庭院雨疎疎。

遊惠香寺 寺有狎鷗亭。

池上峰巒生夕陰，松風吹作海潮音。白鷗不下清泠水，鸚鵡仍飛紫竹林。殿角金鋪空想像，山川黄落倦登臨。兹行不有同襟鄭，誰買香醪爲我斟。

一鏡森羅刧火空，寺前有亭榜曰：「一鏡森羅。」上方遺構石橋通。經殘白象歸乾竺，水落游龍去化宫。寺前有雙池。烏桕千林珠顆皎，丹砂一樹石楠紅。匆匆未盡登臨興，準擬重來宿贊公。

浦江道中寄義門鄭諸公

白麟溪頭孝義家，百年喬水湛清華。義門有水木清華亭。樽開北海長留客，地接青門好種瓜。雲碓曉舂秔稻粒，星機夜織木綿花。先生莫問貧何事，最是香醪不用賒。

驪駒賦罷出高門，送遠何人把緑樽。一代衣冠燕市客，謂少公也。三朝文獻鄭家孫。溪頭黄柳愁先覓，橋上青山手可捫。數盡客程魚浦近，紛紛白雪映朝暾。

荅林子山清明有感

白鱗溪上屢經過，行役頻煩柰老何。寒食清明邱隴遠，東風細雨落花多。客懷渺渺青潭嶺，鄉夢紛紛緑水波。愁殺春耕歸未得，老妻應賦《扊扅歌》。

題王黄鶴枯木竹石

鷗波亭下水光微，黄鶴翱翔振羽衣。冰壑風生蒼雪下，墨池雲起紫鸞飛。枯梢有待乘槎客，靈壁曾支織女機。搔首風流今已矣，摩挲今我重歔欷。

皇甫廷玉贈劉士端梅花道人山水圖

道人造化蟠心胸，能寫吴上之奇峰。氤氳佳氣吐烟壑，冉冉空翠浮雲松。瓊樓高駕九苞鳳，銀漢下飛雙玉龍。劉公歸去得此畫，出門一笑登吴淞。

江上勝覽陳參議索賦

分水崇關日夜開，登臨觸處有樓臺。溪翻雪浪羣龍吼，山擁雲屏萬馬來。鼓岫一峰當海立，武夷九曲自天回。只今方伯瀛洲彦，休暇何妨舉一杯。

挽存善周處士

此老城居樂隱淪，一經教子豈長貧。傳家每羨張公藝，種德當如竇禹鈞。華表聲聞天上鶴，屋梁月色夢中人。湖山賴有牛眠地，千古幽光照翠珉。

因文忠寄勉文貞上舍

吾宗有子玉無瑕，勵業成均志可嘉。交重金蘭煩下榻，禮因雞黍叙通家。春城插柳風行水，寒日登樓雨散花。歲月新功須努力，天河萬里有星槎。

挽徐止善先生

閉門讀禮了生涯，往事浮雲兩鬢華。陶令歸來題甲子，林逋老去種梅花。可堪挂劍先生墓，無復聞琴處士家。回首錢塘埋玉地，令人揮淚重咨嗟。

息齋道人竹禽圖

學士才名冠薊都，興來能寫竹禽圖。吹簫秦女來靈鳳，鼓瑟湘娥怨鷓鴣。風度秋聲宜獨聽，月明清影不同孤。歲寒猶愛江邊水，歷盡冰霜似老夫。

和劉誠意伯韻

八景盤中事事宜，劉侯怪我懶題詩。自慙倚馬才情盡，無柰濡毫製作遲。藥裹每因貧病日，衣冠喜遇聖明時。多君肯說先生舊，令我重揮墮淚碑。

次布政王公韻送同考官蘇鳳儀

棘闈較藝樂新知，不欠分攜重去思。青眼肯揮離別淚，白頭同老聖明時。客懷暫醉烏程酒，人事空悲墨翟絲。别後莫因雲樹隔，鴈回無惜寄來詩。

牧牛圖

細雨濕紅烟，烏犍帶犢眠。牧兒無一事，垂釣晚風前。

題扇

喬木濃陰合，羣峰曉色開。山人凭水榭，誰棹酒船來。

墨梅

夢裏瑶花落，烟中緑鳳翔。更無明月色，唯覺麝煤香。

趙待制席上

春城飛絮日顛狂，簾幕風微燕子忙。醉後不知羅袖薄，牡丹花上月如霜。

山水小景

溪上羣峰擁翠鱗，石根緑樹隔芳塵。山人豈是陶貞白，坐看浮雲聚散頻。

徽廟折枝木犀

瓊樓十二桂花宫，談笑風沙艮嶽空。可惜國香懷不去，一枝遺恨畫屏中。

芭蕉仕女二首

懶繡鴛鴦起欠伸，芭蕉偏妒六宫春。若爲久立湖山下，只恐無愁復化身。

花落朱闌日影移，玉人睡起要扶持。東風一卷芭蕉葉，欲寫春愁寄與誰。

題陸允中扇

龍溪二月水如天，楊柳垂垂緑似烟。最是蘇灣春好處，桃花不礙釣魚船。

松月軒

户外青松落子初，秋光飛下玉蟾蜍。晚凉定有歸來鶴，相伴山人夜讀書。

柳巷晚步

五雲門外雨初晴，柳巷風微下馬行。記得誰家亭子上，杏花官酒聽彈箏。

宋劉松年臨唐閻立本商山四皓圖

松根老客豈凡才，棋局春深半雜苔。羽翼已成王業定，不勞鳩杖出山來。

文敏公蘭亭帖

茂林修竹已荒墟，定武蘭亭歲月除。回首吴興松雪老，風流不減右軍書。

杜牧詩意圖

蕪城山水浄芳塵，詞客閒情每惜春。一點落紅銷不盡，風流却憶倚樓人。

題　畫

山繞林亭紫翠浮，鳴琴有客久忘憂。不知疊嶂夜來雨，澗上白雲如水流。

竹

墨池洗玉浄無泥，葉葉涼陰緑未齊。記得滄江聽雨夜，湘靈鼓瑟鷓鴣啼。

題淵明醉歸圖二首

楊柳陰濃徑未荒，每從鄰曲詠壺觴。北窗長日風如水，扶醉歸來夢亦涼。

秋聲策策振庭柯，良夜佳人鼓瑟歌。試起開門望明月，芭蕉葉上受風多。

〔一〕「水」，原誤作「衣」，據四庫本《花谿集》改。

〔二〕「閒」，原誤作「閤」，據四庫本改。

〔三〕「急裝勁服」，四庫本作「當時金人」。

〔四〕「近郊斥鹵多烽烟」，四庫本作「百年化爲南北天」。

〔五〕「威」，原誤作「戚」，據四庫本改。

李隼

隼字子翬。

秋思三首

風動碧梧陰，迢迢院落深。綺窗微暝入，羅袖薄寒侵。塞雁雲中影，鄰簫月下音。金錢聊自擲，誰卜遠人心。

緑鎖葳蕤合，紅闌窈窕通。玉階啼絡緯，金井落梧桐。碧海青鸞杳，文梁紫燕空。惟餘合歡扇，零落怨秋風。

綵樹燈初燼，金蓮漏正長。哀絃彈別曲，舞袖拭啼粧。蕙芍秋風滿，芭蕉夜雨涼。梨園多白髮，夢裏按霓裳。

寄鎦無作

舞臺依翠巘，歌館對青林。風雨落花滿，池塘流水深。題詩修竹裏，酌酒古松陰。衢路交輪軼，誰知隱者心。

春情二首

華星轉翠樓，曙色上簾鉤。花影重門合，鶯聲小院幽。繡牀收燭釦，羅袖拂香篝。灞上風光好，今朝結伴遊。

烟靄碧沈沈，粧臺晚色侵。遊絲芳樹外，飛絮粉墻陰。雁柱閒來理，魚箋暗裏尋。惟應花底月，照見此時心。

題野橋茅屋圖

茅屋藏沙嶼，危橋宛轉通。溪平何處雨，花落夜來風。釣瀨思嚴子，遊山憶謝公。斯文久寂寞，千載意誰同。

送傅與礪之京

御堤垂柳拂烟輕，二月都門聽早鶯。曙色遥臨一作「連」。鳷鵲觀，春光欲滿鳳凰城。河東詞賦稱揚子，洛下才名重賈生。聖主求賢方似渴，祇應騎馬入承明。

元旦奉陪虞閣老仙蓋山行香次韻

六龍扶日上遥空，玉殿春晴瑞雪融。華蓋天光雙闕近，蓬萊雲氣九霄通。仙人仗引浮邱伯，野老門迎太史公。却憶御前催草詔，幾回朝罷大明宫。

仙遊山道士余岫雲為虞公於華蓋山作黄茅岡隱居喜而有賦承命次韻二首

曾謁朱衣拱帝闕，故辭黄閣走人間。鼎湖夢斷龍髯遠，遼海歸來鶴羽閒。教種芝田經雨過，看鋤藥圃帶雲還。絶憐此日都忘世，渾似當年未出山。

名山自昔伏龍岡，勝地今爲卧鹿場。無復仙人飛羽駕，還聞學士結茅堂。晴嵐蔽日雲當户，陰瀑泠風雪滿牀。已喜閒居親紫蓋，不妨幽夢隔奎章。

登汴梁城

天上曾聞玉輦過，金城千里帶黄河。鳳凰一去蓬萊苑，鴈鶩羣飛太液波。烟火樓臺空市井，風雲冠蓋盡邱阿。惟餘畫角聲中調，猶是流沙磧裏歌。

汴梁朝元宫留宿 一作「崇慶觀」。

宋家天子朝元閣，南内宫中太乙壇。五夜星辰多榜動，九天風露玉堦寒。朱衣魚鬣迎笙鶴，絳節龍光引珮鸞。八駿不歸遼海駕，步虚空繞紫雲端。

送危太樸還京

九重閶闔啓朱扉，宫樹陰陰晝漏稀。東觀日華浮象闕，上方雲影動龍旂。平明玉殿傳宣入，薄暮金門待詔歸。最説相如才調逸，賦成三署有光輝。

宴秦公子宅贈女樂崔供奉

曾緣玉貌侍君王，供奉金門第一行。歌動彩雲飛閣道，舞回花月度宫墻。城頭夜咽銅龍水，帳裏春消寶鴨香。今日還聞天上曲，不辭爛醉紫霞觴。

寄壽陽煉師

絳闕珠宫天上開，丹梯石磴日邊回。九芝照夜通雲户，八桂傳秋近露臺。鶴駕邀將王母至，鳳笙迎得上元來。仙家别有長生術，不用金莖注玉杯。

仙人騎鶴五雲邊，來往芙蓉訪九仙。翠壁丹崖常近日，朱樓畫閣半侵天。香風吹斷千巖樹，甘雨流成百道泉。但得飛行淩倒景，便從辟穀學長年。

送鏡上人往廬山

雲滿袈裟月滿船，匡廬何處定安禪。屏風九疊啼猿裏，瀑布千尋度鳥邊。林下翻經依寶樹，花間洗鉢踏金蓮。虎溪若見陶居士，不説高僧惠遠賢。

送張仲友之京

丹鳳朱城插碧霄，九門春色望中遥。花明玉殿紅千樹，柳拂金河翠萬條。皇子日邊來戲馬，美人天上坐吹簫。兩都未進相如賦，空想觀光愧聖朝。

同王元徵宴陸仲開宅

吴中花月爲誰濃，醉殺松江陸士龍。綵檻春風圍芍藥，畫簾秋水對芙蓉。歸時粉黛佳人擁，行處軒車上客從。不惜千金將宴樂，華堂日暮起歌鐘。

漢宫春望

桂館蘭宫鎖翠苔，九重春色望中回。水晶别殿參差起，雲母屏風次第開。帝子麒麟天上至，仙人鸞鳳日邊來。内官進得《霓裳曲》，敕賜周南獻壽杯。

傅生

生字季生。

混然亭

虚構敞林園，幽探極化原。境融定有象，神會竟忘言。聊復安閒宴，何曾異寂喧。樂哉微醉後，萬古一乾坤。

清心堂

江上新堂迴，心閒境自清。捲簾欣退食，臨水淡忘情。花月含空景，松風帶遠聲。政成知有自，塵慮久無營。

逢里人自賊中還

一自風塵隔，頻傷道路艱。傳聞多死别，相見却生還。白日長棲草，青天豁度關。不須談往事，苦樂異容顏。

題萬思濟竹雪齋

寒翠覆瓊花，中林一逕斜。雲深蔣詡宅，溪迴戴逵家。斸石晨燒笋，敲冰夕煮茶。高哉此君意，清賞送年華。

題李神童卷

建炎丞相賢孫子，奕世衣冠此地居。總角遂登羣彦表，讀書渾破五車餘。松筠四合空山静，雲霧東來故國虚。復見諸孫甘遯息，百年佳氣自充閭。

贈翠雲道人

天上春濃早掛冠，山中日永自修丹。夢回紫禁烟花晚，思入滄洲海月寒。吴地子真非市卒，漢廷曼倩本仙官。不須長忌時人識，夜夜吹笙引鳳鸞。

送余元彰之番禺尉

服役中朝蹟已宣，授官南海秩仍遷。歸帆秋迴淮河月，公署春明嶺嶠烟。共識仇香能善俗，自云梅福遠求仙。從來郡邑尊廉吏，美政應將繼共賢。

代贈

翳鳳驂鸞謫未回，肯教緣分落塵埃。宮中舊識元才子，天上今聞馬殿魁。寶扇秋詞傳樂府，金箋秋信寄蕭臺。桂香滿袖君還省，舞徹《霓裳》却共來。

試筆偶成

朝晴試墨敞松庭，引紙當軒筆復停。莫以好臨千米帖，遂無求寫换鵝經。香綾繡句凝雲朵，翠石奇文粲鳳翎。尚想雞林真蹟重，晉公千帛一題銘。

題鐵柱

西山樓閣凌空去，特鑄玄金鎮此都。八鏁深維坤軸穩，重淵高峙漢槎孤。波濤不動妖螭窟，雷雨長懸寶鳳符。春水年年繞城郭，神功那得論虚無。

寄題劉元善停雲樓

劉郎結托多豪儁，春雨登樓感别離。渺渺烟塵難遠道，悠悠山水足幽期。江花落盡啼鶯後，階柳深如繫馬時。遥想朱簾空外捲，烏絲重疊寫陶詩。

畫馬

曉出天閑望玉墀，柳風吹鬣散青絲。須臾上著金鞍轡，大僕牽來不敢騎。

題琴棋書畫美人圖四首

珠簾風静柳絲垂，乍軫冰弦上譜時。玉袖不緣香篆冷，從頭思著二南詩。

倚局沈吟斂翠蛾，丁丁飛子意如何。兵書不迭喬家女，却擬君王問過河。

學得《黄庭》意逼真，宫中争唤衛夫人。明朝前殿將稱壽，金鑿重書玉軸新。

畫院新圖進内庭，明眸纖手玩丁寧。繡文巧似丹青筆，試把邠風作御屏。

題趙子昂自畫小像

天人風度故王孫，不見珠明玉潤温。想得松窗看鏡影，月斜清霄瑩無痕。

陳鍊師竹所二首

瑶堦秋擁翠幢旌，蕭瑟風簾散玉聲。想得羣真深夜降，不知雲外鳳凰鳴。

當時元圃種琅玕，移作虚亭翡翠寒。青鳥不勞傳别信，秋風長爲報平安。

題施將軍畫馬二首

翠結連錢玉鼻驄，雄姿今見冀羣空。太平祇奉巡遊樂，莫論沙場汗血功。

轡絡青絲散綴金，五花光動緑楊陰。太平天子無巡幸，草嫩泉香輦路深。

芍藥棲禽圖

雙雙翠羽戀春華，露浥濃香吐繡葩。却笑多情杜書記，看花直到玉鉤斜。

喜文明生子

緑髮仙郎遠在官，官閒長夢抱兒歡。却教靈鵲秋橋合，捧取明珠坐共看。

陳瑛

瑛字叔華。

溪上晚興

晚寒江色静，落日湛空明。可愛無塵滓，□□濯俗纓。行歌緑水曲，來聽扣舷聲。不學垂綸客，徒希世上名。

餞萬仲宣往西涼軍中

烽舉初聞警，軍行又負戈。去愁關塞遠，歸恐歲年多。實爲親情重，其如别思何。相期立勳業，壯志勿蹉跎。

題許氏環翠亭

城西高亭森萬竹，重門積翠常陰陰。雲開不見月在地，雨至忽驚秋滿林。已聞深處可留客，尚復静中宜鼓琴。潛溪學士有高詠，清風劃起蛟龍吟。

附書往吉水姻弟蕭聞政

二十餘年不見君，近來消息如相聞。幾回夢寐曾同語，一段情懷未忍分。苦憶椿萱摧短景，幸傳蘭桂藹清芬。附書未報今垂老，目斷長空日暮雲。

洪以德求和登亭靈山詩有仙觀依原韻以答之

訪道崆峒已倦游，定知此地有蓬邱。松華石上長如雨，芝草山中不計秋。却擬閒來銷百慮，欲窮高處豁雙眸。雲端信有尋真路，若遇安期定少留。

題松溪道隱

一箇長松澗畔青，故人爲此製茅亭。洛陽不識仙爲吕，華表今知鶴是丁。囊底誰傳滄玉訣，窗間自寫换鵝經。白雲深處無人到，歲晚相期劚茯苓。

謝丁允望惠詩未及答

憶君長誦寄來詩，落月空梁入夢思。欲報瓊瑶嗟已晚，每看珠玉媿先施。江天露冷蒹葭老，野日霜晴橘柚垂。最説松溪來往近，曾因樽酒話相知。

江上對月

晚凉江樹作秋聲，夜久東林月正生。銀漢欲流翻倒瀉，金波不動湛空明。一汀風露荷香濕，萬里山河桂影清。坐見沈沈天似水，玉繩斜轉斗杓横。

送黄公偉考滿赴京

青原文物擅當時，太史聞孫衆共推。芹泮久持夫子鐸，杏壇重近董生帷。九年考績應書最，千里趨朝又及期。雲路好登清要地，夔龍同集鳳凰池。

送吴彦貞赴京

先生皓首老窮經，秋夜猶囊案上螢。誰遣薦章來魏闕，要陳時務對虞廷。中州禮樂追三代，西漢文章應五星。此别未須辭老病，正當麟鳳集郊坰。

正月人日喜晴書懷寄陳克明

春風吹暖雨無聲，人日難逢此日晴。少壯不期今老大，艱難轉憶舊昇平。差科纔動無窮事，迎送相忘有故情。爲報吾宗老詞客，乘間過我話平生。

答本虛上人原韻

書倦猶思石鼎茶，乘閒欲訪梵王家。穿林緩步尋芳草，掃石輕移惜落花。忽□□□□□雨，曾留酌酒汎流霞。此時最憶安禪處，夢繞□□□□□。

春晚

遠風微動浪紋生，日落斜連野色明。晚逕鳥啼泥滑滑，春山人伐木丁丁。數株官柳千條亂，幾箇漁舟一葉輕。何處棹郎歸去遠，月明溪上踏歌聲。

冬夜

金鴨香消清夜闌，起看月上綺窗寒。梅花不爲湘簾隔，疎影移來近畫欄。

題畫

悔殺當年誤出山，知音不□□琴還。歸來舊隱依然在，去伴孤雲野鶴閒。

題瀟湘秋雨墨竹

湘波緑染淚痕新，濕翠輕寒雨氣清。昨夜小窗涼似水，耳邊疑是有秋聲。

陳□野雲

樓　中

心爲高明喜，新秋入遠哦。斷崖雲氣合，古樹雨聲多。萬事成真率，一杯還太和。客來論得句，客去自高歌。

過深山三家村

入山隨意去，探勝欲窮源。萬樹緑陰雨，三家黄犢村。藜羹有風月，非凑自乾坤。莫問征徭事，桃花應斷魂。

友人同旅宿

偶作西州客，同聽秋夜蛩。月窺孤榻夢，風約半城鐘。炊店催晨火，鄰家尚宿舂。隔旬歸舊隱，日出睡從容。

山寺避暑

孤刹遠林外，投分半日涼。磬聲緣曲塢，塔影避斜陽。花石禪房浄，茶瓜客意長。翻思十年夢，揮汗度羊腸。

曉行別客

倚涼度晨嶺，浥露逐麋羣。松濫半身雨，山懷兩腋雲。一禪秋意足，匹馬客程分。總是江南路，逢梅不寄君。

過龍門

龍門深更阻，悄悄路幽長。山擘兩岸石，溪磻九曲腸。烟雲先暮色，花木殿春光。夕照猿猱外，採山人正忙。

隱　士

無復風雲夢，長吟太古歌。草廬知事少，花塢得春多。散屐印芳緑。開樽駐少酡。北山謝逋客，慚不到盤阿。

秋江

江樓倚秋色，渺渺思無窮。今古三千里，悲歡幾轉蓬。雁分空水碧，蓼讓晚楓紅。莫負文章宴，幽靈借便風。

遣興

冉冉春將暮，無詩花鳥猜。月高山影縮，虹斷雨聲來。何者爲佳士，逢時是儁才。海棠紅滿徑，且共上歌臺。

宴芳園

煙景媚芳園，芳園更媚晴。鶴隈孤竹立，鹿載落花行。歌吹春心蕩，簷絲淑氣平。好天入良夜，春在月華明。

幽居

繞屋竹無數，開門山有餘。縱遊隨徑去，觀妙燕尸居。曉汲先分鶴，晨炊待送魚。歸來彭澤令，興味恐相如。

過祈山

衮衮牛頭萬嶺春，橋虹欲訪武夷君。青面野燒未藏石，碧岫無關秪住雲。蓮社肯從元亮洒，石門宜有謝公文。飛泉石茗伊蒲供，静看風幡何足云。

登高晚歸再飲

攜客登高晚未休，振衣千仞鬢颼颼。平山落日送千古，破帽西風又一秋。處士生涯籬菊在，醉翁意緒水雲悠。金樽未盡蓴鱸美，明月隨人到小樓。

冬日新晴郊行

半月凝雲擁晦冥，今朝雲捲見山城。雪消籬落動春意，密爲梅花出晚晴。野徑多歧隨馬去，亂鴉落處偶詩成。相逢茅屋何年老，羊栗灰前太古情。

秋晚獨立

晚來無事倚溪門，擁地黄金落葉新。谷應犬聲鳴隔岸，月推山影壓西鄰。一川萬古黄昏景，百歲幾時光霽人。立到清寒十分處，却將一醉見天真。

元夜觀燈

東風吹輭上元時，綵結鰲山鬭巧巍。萬國山河圓月影，九街燈火駐春輝。鈞天夢遠朱樓杳，墮珥香消翠輦歸。誰洗紛華天下眼，復觀純素訪豨韋。

道院

瀑奔山自静，花落草留香。曳竹穿雲去，採芝消日長。

夢覺

午夢將身過華雲，敲雲欲訪卧雲人。覺來偶識東風面，送我飛花一片春。

無笋

暖透苔痕三徑深，竹根稚子竟潛身。疎林自要添風月，豈是雲山不受春。

擇選官圖

都尉能官爛羊胃，將軍大誥不易醉。功名自古幻兒嬉，一擲三公亦塞意。

幽　境

琅玕十萬擁華屋，門外寒泉曲曲緑。白鶴未歸山更幽，劃然谷應開棋局。

山菴四景

窗壓松陰日滿山，鵲聲和影過窗間。落花風定遊絲墜，一縷直尋香篆閒。
拄杖敲雲深入山，枕琴時卧白雲間。偶然浣藥逢翁釣，坐失榆陰相伴閒。
秋雨新凉多在山，清凉應不是人間。桂花滿地蟲聲細，人共一菴風月閒。
南窗精舍北窗山，對面梅花冰雪間。開到梅花春色早，四時忙迫境常閒。

雨　來

石燕山邊急雨來，踏青人去馬歸嘶。東林風應西林響，雲共落花争渡溪。

顧縣尉觀

觀字利賓，金壇人。父巖壽，官建康推官，移居丹徒。觀元季爲星子縣尉。少攻詩，侍官浙右。從趙文敏公遊，尤見重愛，一時名公鉅卿皆欲置之館閣，道路阻絶不果召。臨川危素復薦之，亦不果。有《容齋集》二卷。素評其詩清麗雅暢，爲叙之，尊異甚至。

送戴叔顧回陵陽分題得夢溪園

榮邱俯平原，廢沼潑半玦。如何樵牧地，蕭條近城闕。沈侯玉堂仙，昔秉宣城節。神棲遂霞想，高情寄烟月。君今宛陵來，臨眺愛幽絶。懷哉甘棠詠，歸與仰前哲。

題米元暉五洲圖卷

青山如遊龍，雲氣常隱見。下有東逝波，奔騰疾於箭。水流既不返，浮雲無定姿。悠悠山中人，耿耿令我思。

夜坐

嘖嘖候蟲鳴，嚯嚯寒雁過。擊柝警荒戍，然燈照孤坐。風從林外來，月向窗間墮。忍歌清夜發，激烈誰其和。

題金焦山圖

我昔一舸遊金山，扣舷長歌雲水間。青天四垂白日迴，穩踏鼇背淩風還。潮落帆開更安往，焦光福地增蕭爽。水歸渤澥定潮宗，人向蓬萊惟彷彿。草堂秋夢幾年無，贈别高情見此圖。物色恍然飛動竟，山靈應識老狂夫。

多景樓

大江來從巴蜀西，海門潮頭銀屋齊。千巖萬壑雲烟低，如此江山最佳處。蜃宫樓閣蜚晴霧，懸崖結構層霄路。青楓蘭若成何年，一龕燈火餘香烟。藤花絶頂羅諸天，中郎揮毫兼二妙。疎越遺音在清廟，何人能合蘇門嘯。匣裏龍阿光射虹，爲爾寂寞嗟楊雄，憑高欲御泠然風。

題李陵蘇武泣別圖

一抔清淚人豈無，淚灑別離非丈夫。李陵長哀送蘇武，此別自與常人殊。關河萬里道，去住從此分。莫聽隴頭水，但看天上雲。飛雲悠悠不可扳，隨風亦得還故山。泉聲日夕空潺潺，東流入海何時還。白日在天光照下，幽陰只隔魚鱗瓦。君歸有路我無家，蠶室刑人知我者。畫圖千古見當時，攜手河梁更有詩。節義于人終莫掩，文章傳世果何爲。

為卜者馮生題山居圖

賣卜生涯薄，心猶遠市朝。欲歸盤谷隱，不受小山招。種樹環溪閣，開門隔野橋。桃花春水漲，漁客每停橈。

趙子固水仙圖

冉冉衆香國，英英羣玉仙。星河明鷺序，冠佩美蟬聯。甲子須臾事，蓬萊尺五天。折芳思寄遠，秋水隔娟娟。

挾彈圖

窈窕雲生谷，蕭條風滿林。華車因駐馬，翠樾正鳴禽。似亦尋幽致，還能愜賞心。明朝五陵道，飛鞚落花深。

吳彦明秀樾堂

出郭卜居何所似，杜陵浣花溪水頭。橧林吟風草堂静，柟樹接葉茅亭幽。每從圖史慰岑寂，復有琴樽陪燕遊。平生我亦愛清賞，他日訪君須買舟。

過吳淞江

洞庭一水七百里，震澤與之俱渺茫。鴻雁一聲天接水，蒹葭八月露爲霜。輕風謾引魚郎笛，落日偏驚估客航。我亦年來倦遊歷，解纓隨處濯滄浪。

太白醉歸圖

歌成芍藥倒金壺，竝轡宫官馬上扶。樂部餘音隨彩旆，仙班小隊下清都。長庚萬丈文章焰，後世千年粉墨圖。江左青山舊時月，一杯誰慰客墳孤。

送劉彦英

江右衣冠如向日，黑頭兄弟亦還家。重經白下橋邊路，頗憶元都觀裏花。暮雨疎簾飛舊燕，暖風芳樹哺慈鴉。弓旌處處求巖穴，未許行吟玩物華。

多景樓

何處暑天先得秋，片雲孤石野亭幽。無因縮地占高爽，但欲凌風歌遠遊。幾箇青松人獨立，一羣白鷺水中流。誰令此景與心會，寫入新吟消我憂。

趙仲穆山水為錫山朱子敬題

霜凋碧樹錦斕斑，疊疊烟巒紫翠間。愛此真成董北苑，令人却憶趙東山。虛窗雲屋僧居好，窄袖宮袍釣艇間。况是白蘋洲上客，年年幽興頗相關。

為袁一無題扇

月中仙子種娑羅，樹底遥山隔絳河。吹落秋聲向何處，紫篔窗户晚凉多。

梨花睡鴨圖

昔年家住太湖西，常過吴興罨畫溪。水閣�簾春似海，梨花影裏睡鳧鷖。

芙蓉野鴨圖

欲採芙蓉寄遠情，秋風江上錦爲城。閒愁總付東流水，來看鳧鷖弄晚晴。

游莊

莊字子敬，□□人。

題方壺萬里意圖

仙人繹思運霜毫，彷彿駈山走海濤。雲擁翠華馳八駿，天開皇極斷連鰲。匡廬迥接南溟闊，碣石遥連北斗高。俯仰不窮千古意，龍沙飛雪寸心勞。

戲馬臺

戲馬臺前落日遲，英雄曾此駐旌旗。分王西楚功何盛，失守三秦事已危。垓下悲歌慚亞父，帳中起舞泣虞姬。落花芳草空基畔，逝水東流不盡悲。

歌風臺

豐沛鳴鑾萬乘歸，酣歌游子故鄉思。勳勞自信推三傑，宴樂寧忘守四夷。日月尚隨丹鳳輦，風雲長繞赤龍旗。荒臺遺址今猶在，蔓草寒烟鎖斷碑。

别吴德潤寄常元紀

露下江城碧樹秋，翠微相對坐清憂。高情季子空留劍，多病潘郎獨倚樓。緑酒黄花堪盡興，錦屏瑶瑟迴添愁。過家爲報常都尉，憔悴滄浪一釣舟。

送楊知事歸天台

三年書考騰飛鶚，千里歸心寄斷鴻。楊柳畫船懸夜月，桃花流水繞春風。丹霞未負幽棲志，翠幰猶存贊畫功。矯首烟塵渺何許，赤城雲氣與天通。

鍾陵懷古

豫章臺上看西山，詞客傷心悵望間。千里鶯花連越嶲，三江烟雨暗荆蠻。仙人騎虎歸何處，帝子鳴鑾去不還。惟有東湖烟草緑，月明依舊水潺湲。

葉禹疇留宿

風塵相顧鬢先華，高館清樽對菊花。王粲含情思故國，賈生流恨滿長沙。光摇銀燭歌聲轉，漏下銅壺月影斜。河漢無雲清且淺，欲隨仙使泛仙槎。

贈風鑒謝理觀

觀人論理世應無，驚見先生藝絶殊。温潤春烟生玉樹，清高秋月照冰壺。艱危那得陳平美，調笑聊爲蔡澤愚。相顧止言詩律細，固知漁釣老潛夫。

秋興

野曠天高露氣浮，月明烟冷水空流。愁連鼓角雙蓬鬢，秋滿江湖一釣舟。緑酒難逢陶令醉，蒼生無復謝公憂。百年世事塵埃裏，默默含情獨倚樓。

吳憲使

回首繁華跡已陳，仙衣元不涴埃塵。誰知紫極宫中客，曾是金鑾殿裏人。芝草暖雲丹竈曉，桃花流水玉壇春。不須更問長生訣，千古高風自不泯。

寄張士敬

天上星辰動紫微，人間使節望清儀。聲華舊著仙人館，文采新傳節婦詩。華蓋綵雲春色近，東湖紅日曉光遲。風塵荏苒頭俱白，千里江山勞夢思。

寄吳雲道人

氛埃纔起客離家，萬事傷心兩鬢華。霽雪難消南海瘴，春風還發上林花。久知季札猶懸劍，安得張騫共泛槎。今古才名俱若此，側身西望一長嗟。

又寄前人

避地殊方素願違，故人相見眼中稀。桃花著雨春猶淺，楊柳牽風力尚微。白首每慙黄叔度，青山遥對謝元暉。無言懶醉山中酒，日暮殘雲滿目飛。

聞宋子瑜歸

朝辭幕府解戎衣，夕向空山覓紫芝。彈鋏自傷爲客早，折腰方歎去官遲。蕭蕭白雁西風勁，采采黄花夕露滋。却憶江波垂釣叟，白頭猶作帝王師。

所聞有感

塵飛鹿走力難任，巡幸沙邊悔恨深。鳥篆未經衡軛道，龍文先自洗汾陰。空聞行在淪孤憤，無復寰區遏八音。聖德神功俱泯滅，英雄千載一沾襟。

王中

中字茂建。

從軍行

十年從召募，萬里逐樓蘭。月黑巡城早，風高度磧難。枕戈天外宿，握雪海頭飡。戰苦誰爲奏，朝臣頌治安。

薊門行

西風古塞外，落日薊門前。白草西連海，黄沙北際天。殘兵疲百戰，老將望南還。辛苦風霜下，孤忠不自宣。

臨洮曲

萬馬出臨洮，寒光照鐵袍。彎弓明月滿，拂箭白猿號。塞雨傳烽暗，邊雲列陣高。君恩殊未報，百戰不辭勞。

塞下曲

羽檄時時急，交河夜渡冰。星芒隨陣落，殺氣逐雲凝。漢將逾青海，羌兵出白登。但看征戰苦，勳業不須矜。

雨雪曲

塞漠風沙外，邊城雨雪間。天兵臨瀚海，虜使款蕭關。遼水三千里，盧龍數萬山。白頭蘇屬國，握節幾時還。

長門怨

昭陽歌吹入，獨自淚雙垂。玉貌無如妾，君恩復在誰。涼風摇繡户，明月墮金閨。愁絶無人見，流螢點翠帷。

春　思

高閣臨馳道，春風日日晴。孤鸞悲鏡影，别鶴怨琴聲。柳絮雕墻晚，桐陰綺户清。無因憑遠夢，一段亞夫營。

秋思

清鏡金鸞曉，啼痕玉筯分。邊心啼錦字，楚夢别朝雲。落日催砧杵，西風帶雁羣。看看芳歲晚，歸信幾時聞。

秋日述懷

潦倒羈遊子，傷心兩鬢華。途窮唯有淚，世亂更無家。雨暗聞寒雁，風悲急暮笳。艱難今一概，何處問生涯。

天下兵常鬬，山中客未歸。塞鴻南渡早，星使北來稀。草草年光度，悠悠世態非。自悲同社燕，幾處傍人飛。

黄家洲客舍留别

數載俱流落，相逢鬢已秋。生涯同寂寞，書劍只淹留。沙闊隨天盡，江平帶日流。别離殊不愜，回首思悠悠。

田家雜興

烟火中林静，秋風歲律賒。清霜催橘柚，落日照蒹葭。石逕通流水，山橋卧古槎。武陵玄世境，不必問桃花。

閒居述興

老來真懶慢，林下復無營。樵牧通名姓，禽魚識性情。卧聞黄葉落，坐看白雲生。更愛茅齋夜，泠泠風月清。

懷方二叔子

聞説臨濠客，衰年謫宦貧。愛憎多異報，消息定誰真。得失雖由命，才名實累身。平生交契重，東望苦傷神。

病後述懷

杖藜初雨後，試步夕陽時。草緑鶯春久，山深得暖遲。病多因識藥，興短倦題詩。寂寞無人問，平居有所思。

泊鏡口

日暮風濤穩，扁舟泊此隅。雲山歸夢杳，鄰舫語音殊。片月寒江永，平沙旅雁孤。無才合漂泊，不敢恨窮途。

夜坐

歲事行將盡，寂寥無所歡。書燈茅屋静，山月夜窗寒。旅況何曾好，人情愈可歎。亂離雖自苦，垂老及艱難。

山中滯雨

渌酒千鍾醉，衰年百事闌。山深茅舍静，春暮雨聲寒。花事隨泥滓，苔痕上井欄。寂寥聞杜宇，羈思若爲寬。

漫一作「寓」，一作「春」。興

小齋清寂雨晴初，養拙生涯偶自殊。應作「如」。夢裏屢尋芳草句，病來慵寫絶交書。鳥啼緑樹輕烟暖，花落閒階過客疎。却羨陶潛幽趣好，長歌吾亦愛吾廬。

題鄒氏翠濤軒

長松落落俯危軒，疊翠淩濤際九天。滿户秋聲三峽雨，一簾晴靄五湖烟。仙禽宿穩聽偏慣，野客魂消醉不眠。吹罷玉簫心似水，半鉤涼月夜娟娟。

題仙山圖

層層石逕遶山斜，矗矗樓臺擁彩霞。物外田園閒世界，雲中雞犬舊生涯。曾無隱地名愚谷，長見仙蹤入畫家。也擬扁舟約漁父，沿溪處處訪桃花。

懷友人久宦于蜀

夢魂幾度越瞿塘，念子羈離宦遠方。望眼雙穿無雁信，畏途千里阻羊腸。觀梅有詠留東閣，載酒何人訪草堂。最想杜鵑明月夜，東風潭上百花香。

雨後偶題

僑居盡日閉柴關，苔逕清幽緑樹間。中散絶交琴趣逸，文園多病酒壚閒。浮萍生計隨塵夢，芳草吟情憶舊山。自昔紉蘭風致好，杜鵑催客幾時還。

初夏寄興

日長庭館倦琴書，久病情懷偶自如。苔徧空墻新雨後，泥香小徑落花餘。耽閒會遣形骸累，向老全將世慮疎。風滿北窗清夢覺，翛然心境上皇初。

雨後夕涼柬友人

山中向夕雨初收，窗户無人熠燿流。鳴杵幾家臨積水，征鴻一片度危樓。凉陰滿地梧桐月，露氣涵香薜荔秋。誰道平生甘寂寞，夢闌偏憶太平遊。

暮春即事

塵事勞勞兩鬢霜，愁將清鏡閱年光。磨礲歲月歸吟社，撿束生涯入醉鄉。草引閒情頻悵望，蝶隨春夢屢悠揚。覺餘一啜茶甌罷，短笛清風正夕陽。

聞諸公遊筆架山有作

三山削出繡芙蓉，縹緲樓居接太空。雲裏吹簫騎鳳史，松陰留奕茹芝翁。神情浩蕩思遺世，鬢髮飄蕭欲馭風。問訊廣成何處在，好乘鸞馭入無窮。

秋日旅懷

西風薄暮思悠悠，冉冉年光不暫留。仕止固知無定策，行藏寧敢昧前脩。佯狂歎鳳非吾事，涕泣傷麟豈自由。碩果若存吾道泰，何憂書劍尚周流。

題熊務成晚翠軒

結構幽軒近翠岑，晚來飛翠鬱沈沈。琴牀不雨長生潤，書幌雖晴亦抱陰。半照夕陽成異彩，淡籠高樹護棲禽。知君久澤文章美，却笑南山隱豹心。

歲暮病中感懷

北風吹袂褐衣單，客舍淒清暮雨寒。酒爲病多經月斷，愁隨日積幾時寬。身閒守道誰云易，世薄安生策最難。若是滄洲可乘興，扁舟獨往坐持竿。

贈涂謙山錬師

孤雲獨鶴意何依，賣藥韓康識者稀。浮世風波空皓首，青溪舊隱幾時歸。

題山鷓鴣

澤國烟花三月時，鷓鴣毛羽錦離褷。瀟湘莫惹離人淚，只好山間自在啼。

題巫山圖

陽臺夢斷荆王去，巫岫凄涼湘水間。神女往來人不覺，綵雲遮斷幾重山。

城門詠

危城百仞鐵爲關，清禁時嚴客度艱。只有夢魂拘不住，幾回中夜到家山。

題陽關圖

黄沙白草北連天，人别陽關信杳然。祇有青青楊柳樹，今年春去又明年。

梁訓導寅

寅字孟敬，新喻人。世業農，家貧，自力於學。淹貫五經、百氏，累舉不第，遂棄去。辟集慶路儒學訓導。居二歲，以親老辭歸。明年天下兵起，遂隱居教授。明太祖定四方，徵天下名儒，修述禮樂書，寅就徵，已六十餘矣。時以禮律制度，分爲三局，寅在禮局中，討論精審，諸儒皆推服。書成，賜金幣，將授官，以老病辭還，結廬石門山。四方多士從學，稱爲「梁五經」，人稱石門先生。卒年八十二。孟敬邃於古學，貫穿經史，生平著述甚富。爲詩沖澹平遠，希風韋、柳，故不假雕飾，而有翛然塵外之風，亦莊靖、雲林之流亞也。所著有《石門集》七卷。

歸醴溪

久厭都市喧，俛思山巖静。歸飲醴溪泉，怡我淳樸性。神峰雜樹蓊，石門翠崖竝。蘿懸晨露滋，巘秀夕霞映。攀陟諧樵牧，候謁悔奔競。褰裾蔭雲松，脱屣悦風磴。悠然遯客心，疊出野人詠。方期谷中耕，毋誚終南逕。

和楊逸人桃林遷居之作

心寂忘塵囂，時清樂巖築。愛此桃華林，葺之杜蘅屋。葛籬延芳藟，石梁照淺淥。風翔雙白鳥，雨卧一黄犢。東皋雜婦子，中野見樵牧。賦詩雲霞隝，攜壺錦繡谷。從君以優游，於此謝羈束。

題西山程氏南窗

獨居南窗静，秋木連翠岑。鳴琴衆葉下，把酒孤猿吟。寧負朱紱願，莫乖白雲心。羡彼歸田叟，高風留至今。

城中女

娥娥城中女，小樓對門家。相驕茜裙新，竝笑雙鬟斜。花窗弄鸚䳇，月榭彈琵琶。不自結衣帶，笑人説絲麻。越女當自羞，燕姬何足誇。但愁玉顔改，眼底生塵沙。秋江芙蓉落，天寒空怨嗟。

擬古十二首

獨處衡門下，慨然思九州。我馬苦疲怯，山川多阻修。豐草被長坂，麋鹿或羣遊。蔚彼嘉樹陰，鳴禽自相求。彼物各有適，而我何寡儔。日月雙車輪，恒恐不少留。願與二三友，朝夕論王猷。毋爲自局促，窮廬悲白頭。

出門望長道，車馬何闐闐。白日殷輕雷，飛塵若爲烟。周人好商賈，錐刀争貿遷。趙女夸綺服，跕躧彈鳴絃。營營苦不足，衣食思華鮮。奔濤日東注，何由爲静淵。

南州産嘉橘，朱實日光炫。燕晉誇棗栗，連林極豐羡。棗栗充餱糧，足以饑餒咽。橘酸良不如，亦何籩豆薦。踰淮或成枳，性移貴反賤。賢哉鍾儀子，土風慎不變。

名都少年子，金多矜富强。連雲居甲第，峨峨擬侯王。外厩騈騏驥，侍女羅姬姜。豪貴相經過，綺席飛瓊觴。醉言氣淩人，歡樂殊未央。嘲笑東鄰士，晏食惟糟糠。豔豔桃李花，隨時逞妍芳。豈知易零落，榮華安可常。

鳳棲必孤桐，鶴集思高松。飛翔擇所止，羞與鴟鶚同。踽踽賤貧士，混混常俗中。節概曾閔賢，言語班揚工。被服常布褐，虚室生蒿蓬。向非賢哲舉，何以樹勳庸。

芙蓉在江浦，亭亭豔清波。雖云出淤泥，麗質良可嘉。褰裳涉江渚，淩風折芳花。願言贈君子，翫之比瑶華，於時苟不惜，鵜鴂當柰何。

時違骨肉棄，位高仇怨親。離合心豈常，勢利情所因。君子羞薄俗，古風恐夷泯。深知慕管鮑，輕怨羞張陳。蕙荃不隨花，球琳豈易磷。結交英雄士，白首當如新。

江海處卑下，百川皆赴之。山木鬱蕭森，上竦無繁枝。王侯稱孤寡，惟恐嬰菑危。謹虚受衆益，天道盈必虧。周公下白屋，吐哺情孜孜。孫子相强楚，禄豐心愈卑。柰何閭閻子，往往多矜持。

昔嘗好名山，五嶽期遍歷。思見松與喬，再拜問仙液。微生累妻子，常爲饑凍役。歎此血肉軀，何以生羽翼。諒非金石固，服食竟何益。不如安我常，百年順所適。

雲門輟清響，鄭衛音方揚。錦衣受垢污，不如練布良。軒軒青雲士，鳴玉升廟堂。名高受讒毁，寵盛羅愆殃。美女惡女仇，偏聽姦以萌。衆口能鑠金，況乃忘周防。所以君子心，惟用德自將。行行九折阪，戒哉銜橜傷。

驅馬出東郭，松林見高墳。云是公侯葬，華表千層雲。歲月既已遠，朽石生荆榛。虺蛇或内蟄，狐狸當晝蹲。葱鬼歌其上，死者寧復聞。感此長太息，浮生若飈塵。惟當勖令德，千載逝猶存。

我有太古琴，千載妙音續。七絃何泠泠，聽之非促遬。一彈文王操，再彈宣父曲。聖人宛見之，何由躡其躅。大道日以淪，澆詭馳衆欲。孰思障頽波，九州反淳俗。夔龍爲股肱，巢許遯巖谷〔一〕。窮通各有志，於我奚不足。

歸　息

歸息蒙嶺陽，聊此嵩少岑。樂此林藪趣，遂忘江海心。沿澗搴芳藟，入谷聽幽禽。流泉響松下，潺湲非俗音。猗蘭被徑傍，香氣襲衣襟。頹景忽西匿，浮雲夕以陰。睠彼羣飛鳥，翩翩投北林。藹藹巖前樹，翠葉敷鮮滋。攢葩雜丹素，條蔓相因依。豐草覆側徑，麋鹿或羣隨。石潭見遊儵，翫之往復來。念昔困羈紲，山澤心每違。傍巖葺茅茨，庶使夙願諧。黄綺各有志，澹然何是非。

春陽既和煦，時雨亦霑濡。原野緑已遍，土潤含膏腴。兵戈幸少戢，良農日懇鋤。戴勝鳴桑林，鵻鳩亦交呼。嗟我理編簡，四體忘勤劬。羔裘愧逍遥，梁鵜恥安居。素餐古所誚，偶耕良我徒。

簡伯英伯筠見訪雨留信宿

谿谷雲晝合，東林微雨來。二友欻俱至，一見紓中懷。埽我茅茨室，爲君緗帙開。上言風雅醇，下言艷歌諧。何以相淹留，清醑不盈杯。何以爲遠贈，愧無瓊與瑰。煦風失堅冰，谿水流湝湝。歸鴻正翱翔，浮鷺散參差。告我遽言旋，定省恒懼乖。懿此孝友心，令德善自培。願爲王國士，無愧北山萊〔二〕。

暇日過吴僉子亮寶藝齋偶賦

長安繁華子，錦綺爲衣裾。千金歐冶劍，百金大秦珠。腰帶玉麒麟，馬鞭青珊瑚。鬬雞杜陵曲，走馬黄山隅。一朝欻自厭，謝遣輕儇徒。出市賣駿馬，下帷事詩書。落筆慕班揚，開口論唐虞。既膺丞相薦，詔徵詣公車。三十祕書郎，四十諫大夫。不登金張門，掉臂許史廬。結知萬乘主，入侍九重居。里閭共嗟歎，金玉竟何須。六藝信爲寶，少年毋自疎。

李辰州黑首白身名馬歌

李侯名馬姿相別，赤騮紫燕俱下列。頭純黑色身偏白，一片陰雲兼積雪。自言辰州初買時，城門走試驚飈馳。少年傍觀皆歎息，前者未聞今見之。矯如玄龍躍春水，巨浪掀騰玉鱗起。夜將金絡光可睹，晝韝銀鞍色相似。東還豫章今幾載，黄金可市當十倍。長鳴冀北羣已空，出獵陰山意常在。吁嗟李侯才更賢，虯鬚燕頷神凛然。明年踏雪趨幽燕，青霄飛鞚朝九天。九重詔拜大都護，此馬願逐雙旌去。

金陵美酒行

余在金陵郡庠，白推官子京餉酒二壺，云鍾山僧所釀，風味殊常。余素不飲，不能知也。因客至酌之，果以爲佳，遂賦此。

金陵美酒人共誇，千金百金多酒家。緑印青餅若山積，粉書綵幟明春花。北來南去多豪客，吴歌趙舞當綺席。銀鐺苾苾松脂香，玉舟灧灧鵝黄色。柰何徼利翻賤價，虚名誑人妄稱詫。唯將衆藥助麯糵，澆薄每異真醇者。鍾山老僧釀酒泉，醍醐甘露美自然。壺罇唯餉朱門貴，升斗豈論青銅錢。書生病渴嘗涓滴，始因酒味知酒德。市樓醉客徒喧呼，山中醇醪人不識。

老將行

小年自詫良家子，手把兵書當經史。出身名隸羽林籍，帶劍横行過都市。一校初蒙上將知，三軍盡羨好男兒。陰山夜寒雪擁甲，沙磧晝昏風捲旗。鐵驄疾足若飛兔，羽箭鳴聲如餓鴟。獨攻賢王每血戰，生擒當户猶窮追。自矜虓勇世無敵，九重竟未成顔色。上功幕府屢呵譴，獻計轅門多沮抑。大將軍印別賜人，狼居胥山誰勒石。鬬雞羞入少年場，射虎猶令獵徒惜。方今天子重書生，朝臨廣内暮承明。老來不願風塵起，但向閶闔觀太平。

紫騮馬效楊伯謙

紫騮馬，黄金鞭，春風十里杏花發。髯奴韝馬瓊樓前，樓中美人坐歎息。飛塵一帶出南陌，南陌行人如水流，怕郎騎馬好遠遊。

贈吴孟任

君不見漢時定遠侯，恥事筆硯心雄豪。赤手能扼崑山虎，釣竿竟掣青海鼇。吴郎讀書思世用，縱談王霸誼甚高。傍窺風雅兼楚騷，酒酣氣欲隘八極。有時拔劍起舞，白日風蕭颾。亘空虹蜺欻而見，深谷魍魎爲之逃。一身膽氣山崒嵂，英姿何必虎頭毛。時時過我論六韜，後生可畏心所褒。騂騮豈憚踏冰雪，鷹隼早見辭籠絛。皋夔稷契日已遠，達官肉食多淫饕。焉知吴郎心激烈，褐衣在野輕爾曹。我常愛君如寶刀，用之有時慎所操。用之有時慎所操，丈夫事業非徒勞。

題墨溪橋

橋在黄花里，張氏、黄氏居其側。庚子之歲，張萃思尹從余學，請賦之。

黄花之高峰，削玉凌青霄。墨溪如苕峽曲折，架以螮蝀百尺之飛橋。乃有逸人張與黄，結廬其側相與放曠而逍遥。園綺非陋漢，巢由豈忘堯。吾但愛此清泠水，濯纓鼓枻夕復朝。虎溪松風鳴石竅，香爐烟彩騰山椒。恍然若在匡廬下，雲入衣袖神飄飄。溪流可鑑分妍媸，照之誰云白爲緇。教兒兼學王右軍，日以墨溪供墨池。豈無題橋磊砢士，訪隱蹀躞溪之湄。拂石横琴，瞰流咏詩。明月自至，如相與期。或時臨風酌醽醁，醉眠蒼苔歌紫芝，紫芝歌罷心自怡。遐睨六合間，何物勞我思。蔓草緑靡靡，亂石白離離。游魚不復驚，狎鷗能我隨。共談留侯黄石事，人生樂在心相知。

題郡城歐陽氏草堂

桃源或藏朝市間，草堂那壓近江關。門外馬若流星過，壺中人似洞仙閑。異人曾見陶弘景，詞客常交庚子山。書和藥塵香郁郁，席霑花片繡斑斑。斑斑花逐春風起，愛君詞章亦如此。逸思朝淩葛岫霞，清心夕比蛟潭水。白鹿蒼松詩近仙，鉅澤名山畫爲史。絶俗應同三島間，結茅何必千巖裏。巖裏烟雲如滿襟，凡情日淺道自深。不向南山歌白日，何須北斗竝黄金。春天遠羨壺尊樂，夜月徒揺旌旆心。龍唇古琴懷古操，爲君一寫澗泉音。

玉階怨

獨步玉階静，飛鼠掠紅櫳。月斜萬年樹，露寒金井桐。别殿笙歌合，宴樂猶未終。

團扇且棄置，夕氣凉轉添。流螢點魚鑰，隕葉近蝦簾。羅衣舊恩賜，不令珠淚霑。

怨歌行二首

雲母屏風零露漯，蒲萄錦衾殘月光。羞看繡帳雙鴛帶，徒費薰衣百和香。

寶釵頭上千黄金，可憐墮井無復尋。情知秋鬢朝朝淡，愁似春江日日深。

車遥遥

車遥遥，江上路。知君心與江水東，水可停流車不駐。出門望風沙，碧雲在天涯。少年萬里志，那思早還家。落花紛紛霑綺疏，春來春去傷離居。丈夫官慕執金吾，敢云富貴非良圖。託身自誤不自怨，惟願羊腸九折無摧車。

東武吟

戚戚復戚戚，丈夫有行役。行役今安之，萬里適京國。隋珠耀明月，和璧誇懸黎。及時不自獻，明君焉得知。美人倚繡户，牽衣子毋去。長安多風塵，能令素衣汙。餔糜共朝昏，冠珮何足云。吾行且復止，感爾意良勤。

荆州歌

夔州六舸下揚州，如雷疊鼓春江頭，花開滿城不少留。瞿塘風波似翻海，朝朝出望爲郎愁。

公莫舞

即《鴻門舞劍曲》。

東兵西來入秦關，薄天雄氣摧南山。秦民夾道觀隆準，降王俛首過塵間。戈如林，士如虎，黄河倒流沃焦土。秦宫白晝千門開，關兵夜嚴勢連堵。月落千騎驚，蕭蕭聞楚兵。鳴鏑交馳天狗墜，重瞳怒叱天柱傾。平明駐關中，旌旗耀日舒長虹。置酒交驩，誰其雌雄。胡爲拔劍以决起，使一夫睥睨而相攻。劍光燦兮秋霜横，袖展翮兮陰風生。孤豘咋虎不自量，徒以意氣相憑陵。相憑陵，一何愚。空中奇氣成五采，但見雲龍矯矯行天衢。

大堤曲

大堤女兒顔如花，穠妝綺服踏江沙。折花鬭草歸來倦，小樓閑坐彈琵琶。玉釵金蟬雲鬢整，江水照見花枝影。舟中少年久凝望，如飲春醪昏不醒。焉知美人心，險若穽與機，令爾黄金一朝揮。魚向深淵藏，鳥逐層雲飛。勸爾慎勿癡且惑，縱有多金不如歸。

旅舍

寥闊山林跡，淒涼江海情。巴歌從客好，楚服爲人輕。把劍秋風起，憂時白髮生。黄金雖所貴，未敢論縱横。

程止善以廣東帥府奉差還省親浙東〔三〕

楚楚江南士，翩翩幕下郎。公車還奏報，分閫接輝光。魚稻三吴美，雲山百越長。東還慰親意，指日拜高堂。

鈐北和荅袁子敬

夫子荆揚彦，龍門早欲攀。高名輝北斗，雄氣竝南山。鐘應天霜吼，舟因峽浪還。蓬萊獻三賦，他日動天顔。

對雨

飛雨山棚爽，繁雲竹巷迷。翠藤低拂石，黄葉亂霑泥。樹杪盤饑鵲，墻根立小雞。園夫桔槔廢，新水滿青畦。

贈醫士蕭敬則

海上安期子，仙風可獨攀。斸苓春雨裏，種杏碧雲間。一竹看龍化，千峰與鶴還。神功比卿相，何必羨朝班。

寄阮謙仲

阮君江海士，不減嗣宗賢。酒共名流飲，詩從野客傳。尋山經楚甸，踏雪上吴船。急景心常惜，冥搜思獨玄。其詩集曰《客子光陰》。圖成輞川上，花憶浣溪邊。窗户山擎月，樓臺樹接天。珍藏太史録，剩集小山篇。何日參佳論，臨流思渺然。

建業為友生徐元明題驄馬圖

西域青驄馬，名因畫史傳。一龍方挺出，八駿敢争先。曉日明金轡，春雲覆錦韉。河源隨蹀躞，閶闔望蜿蜒。迴立梧桐外，長嘶苜蓿前。無雙空冀北，敵萬踏燕然。留影詞人羨，捐金貴介憐。他年按圖索，天路復翩翩。

贈李以洪歸豫章〔四〕

吉日櫂謳發，蘼蕪江上青。縱魚躍冰渚，思雁度烟汀。歸夢波能越，離歌酒暫停。遠岑朝在目，新月夕揚舲。重訪神君館，還經孺子亭。辭高誇白雪，人去歎晨星。舊宅花留樹，荒阡蕙薦馨。啼鶯候來客，春莫許同聽。

為黄仲尹題梅四絶

孤山雪雲凍，皓鶴返林廬。參差破瓊蘂，正是雪飛時。
珠宫萬姝麗，繽紛朝紫皇。月明瑶珥冷，風細縞衣香。
蜿蟺雙蒼龍，石潭下無底。時時戲明珠，夜光照寒水。
霜白玉堂砌，烏啼錦樹枝。小兒誇解笛，莫向月中吹。

送江西省員外郎納文璨赴四川省理問

豫章城外發春帆，西望岷峨落日酣。故國蠶叢隨地迴，浮雲鳥道與天參。政行定布秋官令，賦就多逢蜀客談。他日繡衣歸闕下，還因鴻雁憶江南。

題常檢校執中琴鶴軒

華省歸來棲莫鴉，層軒開處對明霞。竹邊琴鶴心如水，郭裏林塘客是家。碧玉調高風自起，玄裳舞罷月初斜。晝閑更喜詩清絶，白石蒼苔松正花。

贈裴憲史之武昌

觀風曾從使君車，改調重來憲府書。宿槳暮吟彭蠡雁，香秔朝飯武昌魚。九秋天闊鷹鸇迅，七澤霜嚴草木疎。幕下羡君多意氣，奇才何止百硨磲。

送洞陽楊鍊師東游

水洞山人泛海槎，東游聊看赤城霞。仙衣新理薜蘿蔓，野飯兼飡松樹花。自向明山窺玉簡，羞干卿相論丹砂。錢塘月下西飛鶴，定有尺書先報家。

送忍上人之廬山

蘺蘅州渚緑迷沙，振策行尋江上槎。石鏡錦屏詩入夢，松林蓮社客爲家。燈前莫雨飛青崦，鉢裏春泉帶落花。幽賞重期定何處，鍾山秋日詠烟霞。

題句容王氏西齋〔五〕

句曲山高雲木齊，逸人結屋山之西。涼風爲埽堦前葉，落日留光林外溪。書滿空房兒子誦，詩鐫石壁遠人題。好招車馬塵中士，來共烟霞幽處棲。

送李儀伯御史之西臺

鍾阜石城嗟久淹，秦山渭水入遥瞻。郵程漸與江湖異，殊俗喜聞官吏廉。雲浪魚龍三月暖，霜天鷹隼九秋嚴。明年簪筆明光殿，褒擢重期聖澤霑。

登吴山

城繞青峰錦繡迴，仙樓十二競崔嵬。雲飛滄海山無盡，潮撼長江雨併來。吴相忠魂祠宇在，宋皇行殿梵宫開。東南都會金城廢，竟日湖船絲竹哀。

小留豫章袁尚志歸自浙右得劉伯溫書併寄吴興溫國實筆十枚感其遠貺一詩奉寄

伯溫名基，處州青田人。舉進士，爲高安丞，再遷江浙儒學副提舉。

江西十載誦君詩，一見錢塘如故知。眈學自嫌科第早，論文何讓古人爲。湖州兔穎刀鋒鋭，浙水魚箋錦字奇。珍贈千金意千里，長因明月動幽思。

太平觀靈樞堂有軒臨池扁曰山水間因訪曾鍊師留宿賦之

道人家在小玄洲，山水之間庭户幽。松掛片雲招宿鶴，池開半月隱靈虬。仙書待寫榴皮字，燕坐真乘蓮葉舟。爲論先天過夜半，知師心與太虚游。

丁酉歲正月四日雪

白頭遭亂遠江城，寄宿深山歲又更。雪裏人家荒野色，天涯親友莫年情。山魈夜應狽猱響，樵子晨衝虎豹行。草笠棕衣任來往，陰崖何處覓黄精。

寄黄將軍大章

千里江湖羽檄傳，著鞭方看祖君先。連營白旆風雲上，爲國丹心日月邊。諸客登樓多暇日，三農在野慶豐年。戎機須自儒冠出，未數功臣衛霍賢。

憶訪轅門雪後行，如今林壑漸秋生。狂夫幾日渾欲舞，凉雨千村將洗兵。翠羽文犀閒貢獻，山車銀瓮報清平。凌霄義氣看能事，老向漁樵也自榮。

次韻姜叔德冬雪

黄雲冪冪四山圍，翻海陰風撼竹扉。珠向美人簾下撒，花當歸客馬前飛。夜窗銷燭增寒氣，曉艇掀篷失翠微。豪俊不誇金帳飲，新詩聯壁自生輝。

出豫章城南寄友生李用巽兄弟

翠谷環居似太行，謝家庭樹玉生光。題詩晚集松蘿逕，共被秋眠山水房。城郭樓臺堪悵歎，江湖風雪苦悽涼。雁行霄漢他年事，寧厭雲林白日長。

次韻送文彦高歸西昌

日照江頭花片肥，春香冉冉襲行衣。蘭苕雨過棹初發，楊柳月圓人定歸。金鳳晴沙詩入夢，白鷗芳渚坐忘機。春深爲想重來日，桐葉清陰鶯亂啼。

和酬黄吾雲

江上雲連長短亭，别懷如水注東溟。早期劍珮朝雙闕，又見文章似六經。爲國丹心朝捧日，憂時白髮夜觀星。銀河漾漾青峰隔，遥羡秋光生户庭。

傅元賓還理故業

歸來買犢擬躬耕，親友聯居總弟兄。金谷舊時華屋廢，浣溪來歲草堂成。旌旗千戍陰雲接，舟楫三江白浪驚。好理荷衣甑泉石，深棲終不負儒生。

次韻酬黎以德

銀河斜界樹參天，爲憶幽人思渺然。亥市塵囂迂竹徑，午橋烟雨傍溪船。呼燈教子棲鴉後，倚杖看山野鶴邊。但得文章攀屈宋，何須重賦《遠遊》篇。

生日和𬰹黎賓賢

黄塵恐涴黑貂裘，閭里聊爲馬少遊。五色文章輝北斗，羣英冠冕重南州。豹藏玄谷千峰霧，魚戀蒼江萬里流。好繼前人題桂籍，明年仙闕步高秋。

新詩多謝祝長年，空谷難來白馬顛。自笑少陵真野老，敢誇方朔是天仙。松醪思共匏尊酌，竹簡期觀石室編。良會不嫌溪路遠，小窗月夕聽山泉。

何伯遜見訪贈詩和荅

百里來尋水竹村，鵲聲將喜報衡門。山中白石聊同煮，世上黄金未足論。詩似陰何思更苦，跡追園綺道尤尊。貧家無物堪娱客，一樹寒梅雪映軒。

和疇舒元珍

日對黄峰心自清，瑶琴能瀉澗泉聲。不誇絳闕仙曹貴，却憶雲山樵叟名。琥珀瓊脂崖上出，珊瑚玉樹海中生。元輿已羨才華異，好騁雄辭賦兩京。

彭伯塤新婚

籛鏗孫子有僊才，雲引簫聲起鳳臺。紫綺應從天上織，緑羅新向月中裁。良霄絳蠟銀屏暖，吉日瓊筵畫障開。金榜巍科見先兆，早將詞賦獻蓬萊。

黄本立東遊贈別

楚邦才子燕臺客，萬里還山復出山。江漢總歸滄海裏，方蓬遥在白雲間。將趨金馬陳三策，却從樓船定八蠻。遠道應能念林叟，年年秋草映柴關。

觀蘭室禪老山陰道中之作次韻二首

吴山盡處越山多，尚想經行野景和。朝旭射巖晴卧鹿，春泉落沼響鶩鵝。山人看竹敲門入，溪女如花蕩槳過。千里東遊何日再，鏡湖明月醉中歌。

諸峰翠擁蘭亭勝，禊飲嘗聞晋永和。羽客喜邀仙子鶴，野翁仍愛右軍鵝。粉垣護竹家家似，椶轎穿雲處處過。最好晝眠松下石，若耶溪上聽漁歌。

為李朝陽題松雲圖

澗上小亭雙石磐，古松四五雲巑岏。横琴坐愛白日静，散髮長疑朱夏寒。汎汎輕陰過峭壁，微微香粉落冰盤。我欲同君覓幽處，醉卧瑶席臨風湍。

贈白師禹省親安慶因就試河南

白郎楚楚關中豪，讀書江南心獨勞。露凉松寺寫《周易》，日莫蘭林歌楚騷。家近千峰淮甸翠，舟乘三月大江濤。鍾陵秋晚正相憶，好趁天風連巨鰲。

題赤水霞棲圖

四明陳常時夏父爲吾州文學，常隨時繪其所居山水之勝曰「赤水霞棲」。及東歸，訪余於洪，求賦之。

故人家居赤水上，二百八十峰嵯峨。明霞時混金碧氣，老樹盡變珊瑚柯。題詩石壁照松籟，讀書茅亭懸女蘿。道成不用金膏術，飛向九霄鳴玉珂。

題湛溪黄氏引翠樓

徵君結樓湛溪上，日日鉤簾看翠微。長松雪際蛟龍起，疊嶂天邊鸞鶴飛。巫峽錦屏增秀色，仙人瑶瑟帶清暉。把書更覺秋意早，冉冉浮嵐飄夕霏。

龍翔寺贈縫人

蜀綺吴綾慣揣量，并刀常帶色絲香。自言多得豪家意，也解穿雲到上方。

山客麻衣歲月多，朔風吹裂奈愁何。若爲訪我清江上，倩子雲中製芰荷。

西湖歌五首

美人玉釵燕翩翩，白日照耀黄金蟬。柳絲緑讓雲鬟躲，荷花紅妒茜裙鮮。

鵝黄滿壺載船頭，酒能解愁人自愁。長堤車馬如流水，朝來暮去幾時休。
艷妝緩歌金縷衣，舞腰學得燕兒飛。湖白日落月東出，歌舞留人且莫歸。
青山入湖湖水青，菱花白白照船櫺。山頭急雨船須住，水面凉風酒易醒。
錢塘城中十萬家，碧瓦龍鱗户綺霞。樓頭賣酒船中飲，不如湖上最繁華。

釣臺

臺下澄江山影多，臺上蟠木懸青蘿。高人一去山寂寂，萬古明月照江波。
獨把漁竿烟雨中，身嬰塵網與人同。祇緣競慕終南捷，愈覺高名太華雄。

聞笛

風入梧桐山月明，卧聽鄰笛轉淒清。未傳黄鶴樓中曲，却得羌兒塞上聲。

為王仲義題雪梅

小橋東郭先生履，曲逕西湖處士家。向暖早看花似雪，冒寒更愛雪如花。

寄章齊高

葛嶺雲開青映天，瀟瀟月上夜無烟。太守愛居山水郡，名流尤羨幕官賢。
去年相親情戀戀，今年相望思依依。石潭遥想蛟龍穩，寒渚空憐鴻鴈稀。
令弟曾爲五臺客，經過湖上問平安。芙蓉道遠何堪寄，楊柳秋來折更難。
山中歲月薜蘿春，天上光華印綬新。白首唯思逢世泰，青雲那得厭交貧。

山舍偶成

石峽瑽琤新漲水，柏林嶕崒古時墳。黄茅小逕無來客，一犬松邊吠白雲。

和何彦正春耕

見説春耕溪水頭，賦詩猶憶玉京遊。莫誇塞北千蹄馬，寧買江南十角牛。
雨後逍遥南澗上，山田漠漠樹重重。緑拖煙外無窮水，青插天邊不盡峰。
垂垂楊柳蔭柴扃，遠遠巖巒列錦屏。江海歸來更何事，朝親農圃夕窮經。
自著青蓑久離羣，羞將龍劍遠從軍。雨苗已得鄰人惜，烟草長令稚子耘。
亂後江湖阻舟楫，衣冠强半寓山村。雲中紫蕨那堪采，豺虎驚人翠谷昏。

短笠登山自種茶，縈林石逕樹邊斜。百金自可侔封邑，千騎何勞擁鼓笳。
竹門樵逕行應熟，花外漁舟望欲迷。處處稻畦分落照，荷蓑人去水禽啼。
野夫卧對石門山，懷友其如道險艱。喜誦清詩凉雨後，唤回幽思白雲間。

〔一〕「遯」，原作「遜」，據四庫本《石門集》改。
〔二〕「萊」，原作「來」，據四庫本改。
〔三〕「奉」，原作「奏」，據四庫本改。
〔四〕「章」，原闕，據四庫本補。
〔五〕「容」，原闕，據四庫本補。

玉笥山人鄧雅

雅字伯言，江西人。洪武壬戌，以賢良徵聘入都，後放還。所著有《玉笥集》九卷。蒙陽梁徵君寅爲之序曰：「詩之搜羅以爲富，雕繪以爲妍，索幽以爲奇，放情以爲豪。若是者工則工矣，謂得古作者之意則未也。伯言之所造蓋已深，故沖澹自然，華不爲媚，奇不近怪，雄不至放，求合典則，故宜然者哉。」前御史丁君子堅評其詩，謂其好尚之，專且久，故清麗自然。使居通都大邑，觀明堂郊廟之盛，發而爲金鐘大鏞之音，又當不止于是斯，誠不易之論。余雖欲加之一辭，未有能過之者也。臨川何淑、會稽戴正心、謝觀皆爲序其詩，極相推挹。正心謂其風調高古，而辭旨簡遠，方之淵明、韋、柳非虛譽也。

題靜寄軒

開軒納虛曠，默坐觀無始。身外忘世紛，靜中究玄理。棲禽托深林，潛魚在淵水。與物兩悠然，勞生念行子。

題黎氏滄洲圖

滔滔大江水，冉冉滄洲雲。蘭杜有香氣，莓苔無垢氛。數家臨絶岸，一艇橫通津。漁唱落霞晚，鳥啼芳樹春。對景閲圖畫，樂哉棲遯人。

題宋彥輔梅屋

幽人愛孤芳，貞白比冰玉。寂寞竹籬間，相依結茅屋。久香似無聞，一清如可掬。不有鐵石心，誰能伴幽獨。

鵝溪釣叟為陳充賓賦

前林帶溪水，湛湛寒潭深。垂綸不設餌，魴鱮自浮沈。明月上孤艇，清風飄素襟。物我俱兩忘，悠然塵外心。

題何氏南塘舊隱

陰森野竹寒，繚繞南塘幽。窗虛納翠靄，門閒俯清流。中有隱淪士，抱沖真寡儔。垂綸聊自適，守己澹無求。俯仰憶先世，逍遥寓斯邱。爲歌少陵詩，勉旃繼前修。

題内弟吳大使子充墨龍

神龍潛九淵，變化恍難測。伊誰寫真形，一覽壯心魄。淋漓元氣濕，慘憺風雨黑。終當上天門，四海望涓滴。

客館歲暮别友人

齋居僅一畝，旅寓將五旬。盈几散書帙，竝坐儼冠紳。從容談妙道，彼此樂清貧。燈孤不成寐，歲晏喜相親。寒氣正催雪，梅香偏襲人。情深忍離别，詩就寫殷勤。

夜坐有懷丁御史子堅

山齋夜岑寂，落木含凄風。青燈照孤影，幽思浩無窮。人生無定居，飄轉如飛蓬。美人在何許，使我心忡忡。援琴復置之，默坐想音容。

寄陳壺隱

十年不相見，遠客梁宋間。詞華動侯伯，羈思滿河關。歸來厭世事，采藥遊名山。猿鶴共吟嘯，漁樵相往還。有情泛佳菊，無語對叢蘭。即此羡閒適，營營徒險艱。

北平檢校謝叔賓謫官嶺南詩以寄之

幽燕春苦寒，嶺海冬尚熱。寒苦君備嘗，相思最愁絶。君懷自夷曠，君心秉貞節。所願濟斯民，艱難底須說。皇天幸無私，白日照丹闕。

江上有懷曾主簿

歸鴻不可留，去鶴尤難招。朔風起離思，短髮寒飄蕭。遠樹帶斜日，滄江生暮潮。雙飛愧鷗鳥，獨立心摇摇。

江上覽物有感

愁懷自江水，汩汩無時休。俯仰今古意，凄凉天地秋。鴻飛避矰繳，魚躍驚綸鉤。所幸遂天性，逍遥在滄洲。

歲暮山中夜坐

冉冉歲將暮，沈沈夜初永。木落風生寒，窗虚月流影。四鄰寂無喧，獨坐山齋静。孤燈照殘書，妙道得深省。

午睡初醒景與意會援筆賦此

緑陰滿庭户，苔色上堦除。數聲幽禽語，一枕清夢餘。起視日將午，隱几觀殘書。陶然若有得，心存太古初。

山　行

山行不逢人，山鳥隨我飛。松風起澗壑，草露霑裳衣。獨立愛蕭爽，此心忘是非。何由跨仙鶴，一往尋安期。

雨後作

山中足時雨，蕭爽如清秋。飛泉灑絶壁，白雲被高邱。我性好沖澹，無心事雕鎪。興來且斟酌，吟咏當歌謳。

青山有高人

青山有高人，澹泊無所求。雖能抱材藝，不肯干王侯。龍劍藏寶匣，霞衣住丹邱。浩然足清興，何必事神遊。

早春踏雪遊群玉山中

山中春早寒，澗道積冰雪。屐齒碎瓊瑶，行吟思清絶。仙人乘青鸞，飛下白銀闕。授以長生方，金莖和玉屑。

遊金坡道院

曾閲金坡圖，未訪金坡山。兹晨覽勝蹟，恍若非人間。杳靄數峰合，蹁躚孤鶴還。壇高聳石壁，雲白鎮松關。感慨劫灰後，遨遊西日殘。長吟下山去，塵土復愁顔。

客　夜

窗虚映華月，砌冷鳴寒蛩。悄悄客懷薄，沈沈冬夜長。經時去茅屋，百念生蒲牀。年華等流水，鬢髮明秋霜。何時守玄默，歸卧南山陽。

雨後寄何幼恭

積雨生夏涼，微雲凝午陰。逍遥庭樹下，拂拭朱絲琴。流水滌煩慮，好風飄素襟。誰能同此樂，惟有故人心。

秋日憶婁仲實

秋風吹庭樹，黄葉紛紛落。時序有更遷，愁懷自蕭索。俯思年少時，攜手共行樂。容鬢今不同，交情宛如昨。

秋日憶何同德

結交三十載，回首如一朝。往事君莫論，别恨終難消。秋風感衰鬢，皓月懷清標。吾道其已夫，斯人甘寂寥。

冬夜懷曾君季孫何君有大

良夜霜氣肅，繁星麗高天。微風響殘葉，徙倚臨前軒。時物有榮悴，容華非昔年。人生會能幾，憶别心煩悁。

題嚴氏釣隱

尚父遇西伯，子陵辭漢光。胡爲異出處，所貴安其常。斯人樂漁釣，榮辱俱兩忘。桐廬在何許，烟水自微茫。我性愛樵牧，無心慕軒裳。爲君發吟詠，有興在滄浪。

寄王知縣彦暈

辭榮抱幽獨，足以全其真。舉瓢酬山月，掃石眠松雲。吟咏謫仙侶，棲遲巢父鄰。何當訪猿鶴，從此遠塵氛。

滄洲對月有懷路川何先生伯善寄此以代手簡

峨峨華蓋山，下有隱者流。餐松養性靈，築室事藏修。豈曰薄軒冕，世異還歸休。閉門恒著述，拄杖或夷猶。宇宙慨千古，烟霞娱一邱。相思對明月，羈思滿滄洲。

江上有懷石門梁先生

微陽落平沙，高樹帶殘雨。客思墮微茫，漁舟泛容與。蕭然來遠風，獨立詮與語。悵望西飛雲，相思渺何許。

題吴大使文昌觀海圖

波光涵太虚，樹色帶青靄。宇宙一何悠，山川長不改。逍遥陟層臺，俯仰成千載。欲與沙鷗盟，扁舟亦浮海。

四皓對弈圖

山中茹紫芝，石上弈殘棋。勝負本無意，行藏斯有時。高風惟見畫，白髮總如絲。拊卷懷千古，微公漢祚危。

題敖膳部歸田卷

聖代徵賢良，山林有遺逸。斯人抱奇才，欻起輔王室。鼎鼐事調和，禮樂正得失。從容近清光，明哲保終吉。賜歸憫耆年，養道得閒日。田園未荒蕪，林木正森鬱。蘭香襲衣裾，竹色映書帙。支頤静看雲，發興或操筆。貞素爲己有，榮辱視外物。余生亦棲遯，嘯傲烟霞窟。安得從敖仙，燒丹蜕凡骨。

秋日覽物有感寄丁御史子堅

鴛鸞有定偶，鴻燕無同時。覽物遽興感，懷人復生悲。情深託綢繆，道遠成暌離。疑義誰與析，良晤終難期。峨峨萬峰高，瀰瀰清江肥。何當共釣游，永與塵事違。

題鐳氏圭峰樓

層樓面圭峰，峰色自蒼翠。隱几聞松聲，開軒納雲氣。神清餐沆瀣，境静隔氛翳。對此彈絲桐，中含太古意。

登群玉峰

羣玉有佳處，登臨諧宿心。千巖互隱見，萬木含陰森。極目小天地，曠懷無古今。臨風一長嘯，孤鶴下遥岑。

雨後訪江上親友

今日天微和，駕言適江口。春風如有情，拂我沙頭柳。上有黄鸝鳴，關關苦求友。感此懷故人，交深别離久。相逢且論心，豈在接杯酒。古道良可敦，浮名復何有。

雲谷爲玉笥道人賦

幽意在雲谷，高風懷攷亭。東西雖異地，復此託嘉名。杳靄翠峰合，氤氲佳氣生。窗虚白日晚，衣潤暑天清。坐石對仙客，焚香觀道經。松花宜酒味，泉響當琴聲。窈窕絶塵鞅，逍遥違世情。何當託棲遯，服食致遐齡。

春愁曲

昨莫思出遊，今朝還復止。瀟瀟風雨聲，總在春愁裏。落花沾污泥，片片飛不起。何事與閒愁，共付東流水。

與故人論詩

故人賞我吟，操紙索我題。展席臨清風，頗覺心神怡。幽禽何方來，和鳴在高枝。文魚亦游泳，新水初盈池。對此發清興，援琴賦新詩。鄭衛非所好，鮑謝難同時。古人如可作，淵明真我師。

題何幼恭所藏方方壺洪崖圖

洪崖蓄元氣，蒼然太古色。乾坤一砥柱，巨靈豈能擘。衆山非不高，蒙翳多荆棘。兹崖獨荒凉，乃有古仙蹟。偉哉方壺仙，善畫人莫識。揮毫奪神功，白晝天昏黑。

送范知縣美解赴京分題得九仙臺

玉山根盤數百里，上有高臺半空起。地闢天開玉削成，今來古往神居止。亭亭萬仞撑晴空，旭日照耀金芙蓉。層崖疊嶂鎮晴霧，紫蘿碧草摇春風。九仙仙去一千載，不在緱山定瀛海。月明環佩每歸來，臺上遺蹤宛然在。使君閒暇寄登臨，歷覽遺蹤慨古今。指點羣峰三十六，石崖飛瀑能清心。蒼涼落日歸林鶴，臺上霞光爛相爍。翛然遊罷去朝天，何日燒丹尋舊約。

題胡伯輝問月軒

天風浩蕩浮雲開，人間颯爽無炎埃。捲簾呼酒待明月，玉盤飛上東山來。須臾大地俱皎潔，疑是千山萬山雪。何處飛仙跨鶴來，一聲鐵笛蒼崖裂。君家本是故侯家，問月何須起歎嗟。試躡雲梯天上去，廣寒丹桂正開花。

題李如愚太白把酒問月圖

把酒問明月，今古悠悠幾圓缺。月輪雖缺有時圓，人似浮漚還易滅。團團桂樹摇天風，瓊樓劇飲歌吹濛。舉杯邀月月在手，何用捉月波濤中。我願生年一千歲，與子同醒復同醉。不須步月向蟾宫，羣玉峰頭共游戲。

和鎦俊欽將進酒

蒲萄酒，鸚鵡杯，舉杯縱賞荼蘼開。翠裾紅袖緩歌舞，戲蝶游蜂紛往來。人生及時且爲樂，莫待花殘春寂寞。賓朋滿座酒滿缸，花前袖惹春風香。少年此樂殊未央，祇恐兩鬢成秋霜。願招松喬與對飲，乞取海上長生方。

銅雀硯為謝檢校叔賓賦

鄴中廢瓦荆榛裏，幾對鴛鴦飛不起。千年雨露飽涵濡，蘊蓄元精呵出水。君家瓦硯古更奇，龍尾鳳咮真堪齊。昔年葢覆貯歌舞，此日研磨助發揮。嗚呼粉黛成塵土，惟有文章照千古。摩挲此硯爲題詩，漢魏興亡俱可悲。

未央瓦硯為徐縣丞伯澄賦

未央廢後成荒草，片瓦拾來如拾寶。溝池磨洗劫灰餘，作硯寧輸銅雀好。方平潤澤如錢堅，窗間試墨生雲烟。大名功業可紀述，西漢文章宜校編。吾知徐君實好古，却憶酇侯心獨苦。嗚呼！漢家宫闕四百年，此瓦作硯人猶憐。

清夜對月

萬古一輪月，清光照九州。長生白兔搗靈藥，不能醫此萬斛之窮愁。人生百年世稀有，去歲紅顔今白首。憑誰唤起謫仙人，乘月高歌對樽酒。對樽酒，發長歎，月中桂樹不可攀。功名富貴我何有，詩卷長留天地間。

讀姚子深寄婁良器詩因述古作者之意次韻

淵明家住潯陽口，籬下黄花門外柳。素琴挂壁本無絃，禄米何心求五斗。五言家法信有傳，日對青山題數聯。平生所樂在杯酒，百畝春風耕秫田。坡翁學陶得三尺，古澹中含温潤色。昔年遷謫到羅浮，一日詩名播南國。陶蘇已矣遺高風，皎若寒蟾行太空。當時三老自曠達，胸襟浩蕩春波融。後來虞范金閨客，海内文章乃爲伯。崑崙太華兩相高，鷹隼飄飄勢無敵。彼猶千鍾我一瓢，奴僕命我從奔呼。作詩固是性所好。陶蘇虞范難爲徒，姚君英才最超越。思入高唐更飄忽。烏絲闌上寫春雲，白玉杯中吸秋月。别來去日急如飛，澤雁隨陽梁燕歸。人生乖隔乃如此，寧不拊髀長歔欷。七山南去二十里，不識興居近何似。因賡妙句論古人，更寫幽懷寄雙鯉。

芙蓉花邊燕客歌

朝見芙蓉開，莫見芙蓉老。韶光似箭不少留，鏡裏朱顔豈長好。主人留客多歡情，玉壺置酒花前傾。羣公掉頭不肯飲，何如莫向花邊行。尊中有酒能盡醉，花亦向人取歡意。酒闌斫劍歌莫哀，明年花發應重來。

過彭蠡湖

天風送我揚州還，挂席長歌彭蠡間。鯨魚飛出白浪起，恍惚摇動匡廬山。匡廬九疊雲霄上，平湖直與爭雄壯。夜月龍吟百丈淵，秋風雁落黄蘆港。天開地闢元氣通，萬頃鏡面涵沖融。東船西舫棹歌發，北客南人萍水逢。參差萬箇湖邊柳，中有人家賣魚酒。舟子乘風不肯留，船頭兀坐空回首。船頭回首心愴然，人生幾得泛湖船。却思大禹勤疏鑿，功業留傳億萬年。

王節婦詩

王氏之子年及笄，嫁作進士粱君妻。梧桐月冷鳳凰宿，芙蓉露白鴛鴦飛。當年舉案期偕老，豈意風塵不相保。投井寧甘死少年，辱身那肯從羣盗。高風凜凜冰雪寒，激烈壯士摧心肝。君不見，竇家兩女墜崖谷，至今聞者爲辛酸。

館市巡檢鎦時中攝新淦縣事有政聲於其還鎮詩以美之

將軍英妙年，神采照白玉。紫禁曾依日月光，青雲蚤展驊騮足。翠屏西下淦水東，驛路迢迢當要衝。我皇開國慎防禦，子復領鎮持刀弓。到官從容僅一載，鼓角樓新民俗改。夜月山中虎豹藏，春風陌上桑麻藹。居民外户夜不扃，行李往來能送迎。三鄉父老服政令，五歲兒童知姓名。前年金川乏牧守，點行悍卒喧騰久。城裏居民日夜愁，妻子難全況雞狗。將軍政績大府聞，領符攝職仍施恩。首同諸將嚴法律，商賈坐肆軍轅門。偉哉將軍人莫比，文武才兼心似水。政成弊革强梗摧，鐵鞭躍馬城南回。攀轅卧轍留不得，夾道松風起寒色。翠屏萬仞高巑岏，上有百尺青琅玕。歸囊得詩凡幾首，把詩坐對屏山看。

題丁子堅所藏張彦道畫唐官進馬圖 時二公皆以御史歸田。

張君上疏歸來早，畫筆猶爲當世寶。向來得意寫龍媒，雲霧晦冥雷電掃。青絲絡轡御者誰，却憶唐官初進時。萬里來從沙漠道，九衢翻動雪霜蹄。當時天子惜良馬，亦命韓生作圖畫。只今閒却兩青驄，春草春風在原野。

題楊妃出浴圖

春光澹澹春風起，百囀黄鸝宫樹裏。宫中妃子繡羅衣，晴來出浴温泉水。温泉之水清且漣，凝脂洗盡争春妍。初疑滄海浴明月，又如玉井開紅蓮。君王一見生歡喜，六宫粉黛誰能比。一曲霓裳樂未終，胡塵已暗三千里。天生尤物徒爾爲，馬嵬竟死誰能悲。丹青一幅半零落，千載君王當鑑之。

寄周主事文瞻二首

天上辭榮日，人中養道年。閒將玉筯篆，寫出白雲篇。夜月蒲萄酒，秋風穲稏田。知君有真樂，那得共盤旋。
寂寞山房裏，思君未識君。空瞻一片月，還隔幾重雲。伐木鶯求友，巢松鶴不羣。物情與人事，感歎不堪聞。

謝友人惠首服

角巾存古制，何必華陽求。一幅勞相贈，千金未足酬。花間堪漉酒，松下免科頭。迥覺添蕭散，逢迎遠俗流。

謝子晟惠籐杖

嶺表歸來日，枯籐得幾枝。情深煩遺贈，老去賴扶持。正直能同操，匀圓頗中規。終當乘暇日，拄到謝家池。

憶上海令黄子津

獨坐看新月，長吟憶故人。嬋娟同此夜，離别又經春。白髮催人老，青山入夢頻。無由一相見，顧影倍傷神。

挽黄玉潤

未見還堪恨，云亡恨更多。麟經藏篋笥，馬鬣葬山坡。無復蒲輪召，空聞薤露歌。高風不可仰，吾道竟如何。

題龍伯原桃源小飲

草屋孤村迥，桃花一水深。不同潘岳趣，還有武陵心。漁父應相問，仙家或可尋。年年愛春色，把酒對芳林。

冰壺為宋一俊賦

表裏俱澄徹，光涵一室中。渾疑廣寒月，落在水晶宫。泠沁神仙骨，形全造化功。平生愛蕭爽，擬入訪壺公。

題朱學淵石室山房

石室炎天冷，雲窗白晝昏。仙人常對弈，詩客屢過門。簷外松千尺，琴邊酒一尊。陶然忘世慮，不似屬乾坤。

客中春望有懷永平毛教諭弘濟西安何大使維翰

青山長不改，白髮日偏多。客思迷芳草，年華逐逝波。舊交成契闊，往事亦蹉跎。西北關山遠，相思柰若何。

題張孟憲綠陰棋墅

林園新雨後，棋墅夏凉初。嘉木蔭窗户，青山成畫圖。機心元不競，世事本來疎。未問橘中叟，斯人仙者徒。

題鄒恒吾滄洲漁隱

結屋住滄洲，開軒瞰碧流。烏啼煙樹晚，風起荻花秋。秫酒還堪醉，鱸魚亦易求。陶然忘世事，天地一虚舟。

挽成之鎦進士

歲月窮經傳，名聲重甲科。莫年遭喪亂，吾道竟蹉跎。正喜藏修好，其如老病何。貽文嗟絶筆，病哭望松蘿。

挽何同德

一代衣冠士，平生鐵石心。有才乖世用，多難祇愁吟。歲月容華老，風霜肺病侵。不堪埋玉樹，病哭淚沾襟。

題王煉師雲巢

石洞還堪隱，松雲亦可巢。九真勞夢想，五老托神交。混沌含元氣，氛氳濕翠梢。醉眠惟伴鶴，羣翼任啾啁。

何彦徽從軍遼東其父往問因寄

令子三年戍，嚴君萬里行。艱難俱可念，相見若爲情。遼海悲聞鶴，天河願洗兵。尺書將遠意，歸馬看升平。

過孤山峽

窈窕孤山峽，潺湲一澗泉。望中如削玉，聽處似鳴絃。路轉疑逢虎，峰高欲近天。恍然得平曠，林木數家烟。

奉和李如愚見寄

老鶴千年壽，閒雲一片心。乾坤今古事，風月短長吟。宦族西平遠，仙家玉笥深。何當騎白鹿，閒暇一相尋。

客中有懷何大鏞朱學淵

去歲重陽日，曾同醉菊花。别來無雁信，望斷惜春華。風雨江亭莫，雲山客路賒。思君才入夢，厭殺亂啼鴉。

客中寄文彬

細雨清明近，幽齋白日長。懷君當此際，爲客在他鄉。有恨花隨水，無情鬢易霜。遥知故園竹，新笋過鄰墻。

題百華寺

慈山白雲裏，古寺覽城東。逕濕莓苔雨，窗寒薜荔風。傳經由慧遠，洗硯憶陶公。暫借禪牀坐，心澄萬慮空。

寄鎦進士伯琛

舊交多寂寞，高士近何如。白首窮經傳，青山繞屋廬。種松招海鶴，俯檻愛池魚。養索無榮辱，心存太古初。

伊昔曾相見，論時一解顔。别來經歲月，望斷隔雲山。撫事偏多感，逃名且自閒。葛峰多勝蹟，那得共躋攀。

宜咏樓

危樓供遠眺，髣髴在黄州。翠合羣山晚，凉生萬竹秋。古今懷勝蹟，天地汎虚舟。此興宜高咏，浮名不用求。

寄吴六舅從吾先生

儒名推令族，吾舅冠羣倫。但倚文爲富，休論病是貧。莓苔深巷雨，花木故園春。近想多新作，猶煩遠寄頻。

憶外舅

外舅襄陽遠，音書恨未通。關河奔走外，鄉國亂離中。暗草江南路，晴雲塞北鴻。一尊林下酒，談笑幾時同。

枕上作

夢斷五更時，山家雞亂啼。風生梧樹裏，月過紙窗西。爲客心牢落，傷時氣慘悽。遥憐征戰地，萬骨委塵泥。

贈别席焕章

風流席子雲，游藝最超羣。卷裏新詩句，毫端小篆文。折梅曾寄我，看竹又逢君。獨有憐才意，臨歧不忍分。

寄姚觀海

白髮感秋風，淒涼世事空。昔交騎馬客，今伴釣魚翁。歲月閒吟裏，風塵醉眼中。可憐同里閈，只是各西東。

題陳漢仁雪舫

幽人住城市，小屋似扁舟。素壁光含雪，銀牀冷浸秋。乘風慕璚島，釣月憶滄洲。同郡多名士，相過聽棹謳。

秋夜憶陳尚泰

白髮山中叟，清秋卷裏詩。五言推古淡，數月惜分離。雁過西風急，烏啼北斗低。懷君當此夜，愁絶倚窗扉。

寄吴嘉靖

明月照江閣，北風吹樹林。數聲何處雁，兩地故鄉心。夢裏頻相見，愁來自不禁。歸程須早計，莫待歲華侵。

追悼先友曾吾忠

憶我年方壯，多君學已明。往還論古道，生死見交情。夜月書窗白，春風墓草青。不堪揮老淚，況復聽猿聲。

荅鎦修己

獨對山中月，秋風正颯然。未爲攀桂客，空學煮蒲仙。鬢髮千絲亂，琴書四壁縣。故人憐寂寞，詩寄白雲邊。

寄九仙觀道士陳子雍

虬髯披鶴氅，道氣養丹田。身外元無事，山中别有天。姓名仙籍注，文字世人傳。我有菖蒲鼎，相期煮石泉。

老去

老去惟疎懶，閒來復嘯歌。倚樓孤月上，隱几好山多。野飯甘藜藿，秋衣製芰荷。不堪腰帶減，長是病詩魔。

寄醫士李性善

白首攻醫業，青山養道心。藥爐猶伏火，杏樹已成林。歲月仙家永，塵氛世慮深。欲過龍虎峽〔一〕，相即坐松陰。

寄毛弘濟時寓玉笥山中

昔年爲客厭風沙，長嘯歸來鹿引車。樓上一簾青嶂雨，洞中千樹碧桃花。攜琴每訪神仙宅，納履曾辭富貴家。可歎別離經歲月，寄書常是隔烟霞。

鍾陵懷古

一聲畫角城頭月，吹破鍾陵萬户秋。南雁不知天地老，西山猶帶古今愁。滕王閣上驚塵入，孺子臺前戰血流。惟有神君留鐵柱，千秋萬歲鎮靈湫。

清　明

落花芳草燕爭飛，寒食清明客未歸。山遠定勞慈母望，地偏真與故交違。十年書劍嗟何補，二頃榛蕪悟昨非。羈思不堪長繾綣，幾回愁絶送斜暉。

和艾子材有感

生不逢時奈若何，六年喪亂飽經過。聞雞自笑劉琨舞，扣角誰憐甯戚歌。華屋兵餘芳草合，小園春盡落花多。躬耕豈是男兒事，勗爾明經赴後科。

呈族叔

雪灑梅窗酒共斟，一時風致百年心。杜陵亂後居芳草，阮籍閒來訪竹林。鏡裏不曾看白髮，牀頭休恨散黄金。古來賢士多貧賤，留得聲名直到今。

奉荅陳三逕

先生寓隱南溪上，絶勝王維住輞川。裊裊釣絲閒白日，悠悠簫管醉凉天。松杉午蔭門前路，鵝鴨秋盈雨外田。何必更爲干禄計，詠懷時有白雲篇。

犬吠雞鳴宅舍偏，武陵風物晉山川。玉堂金馬知何處，流水桃花别有天。李白豪雄偏愛酒，韓公老大欲求田。向來賴寄新珠玉，報荅終慙月露篇。

題張行之所藏梅竹圖

一幅輕綃寫梅竹，幾多清致在毫端。嶺南生意東風早，淇上繁陰六月寒。止渴擬求經雨實，釣魚曾斬拂雲竿。如今只恨無韋偃，添畫清松取次看。

奉和曾伯曼韻

盧陵學者皆名流，一士肄業韓堂秋。飛騰未得進士舉，模範獨許鄉人求。春風童冠樂吟咏，暮雨江山懷釣遊。近日傳聞避豺虎，舉家寄食來吾州。

奉柬曾進士得之

翠屏萬仞摩蒼穹，下有志士才且雄。讀書不厭一萬卷，食禄猶待三千鍾。大鵬低飛簸海水，老鶴獨立鳴天風。常時慣見車馬客，開館坐對仙巖松。

走馬燈

絳紗籠子夜通明，戲馬盤迴不暫停。漫想龍媒追電火，恍疑熒惑犯房星。光騰不照關山路，影動還依錦繡屏。多少駑駘空食粟，獨能焜耀使君庭。

用韻荅彦質

謝家池上又逢春，坐見東山氣渾淪。千畝竹松宜獨隱，一簾風月愛清貧。鹿門自可攜妻子，宣室毋煩論鬼神。舊業儘隨征戰盡，底須愁歎似盧綸。

寄建陽司訓陳允章二首

江亭駐馬曾相別，一去甌閩歲月深。天上豈無攀桂手，海頭還有釣鰲心。典謨宜贊唐虞治，翰墨尤工鮑庾吟。亦有近題三百首，煩君傳作治時音。

玉筍峰前是我家，數間茆屋白雲遮。臨池洗硯魚吞墨，入洞尋真鹿引車。萬事無心從白首，長生有訣服丹砂。期君早上朝元閣，莫學青門老種瓜。

送劉進士允泰赴召

故家文獻春秋學，亂後還山卧白雲。聖代忽聞徵賈誼，才名終不負劉蕡。六朝帝業山河在，萬里天衢雨露分。爲語鳳皇臺上客，幾人漁釣楚江濆。

楮衾用貫酸齋蘆花被韻

楮衾如雪絶纖塵，穩卧還須藉布茵。一片白雲松下榻，五更明月夢中身。惟應紙帳堪同調，祇恐梅花亦笑貧。贏得素風含混沌，夜寒一煦便回春。

寄鎦季恭

何君嵓上凉如水，曾與彈琴坐石牀。夜久松風吹鬢髮，月高風露濕衣裳。别來每記當時樂，老去終非少日狂。何日重尋舊遊處，洞仙頻約醉壺觴。

毛教諭弘齋見過自云薦賢多矣然為國而非為私也予深美之賦此為贈

幾人名在薦剡中，黼黻斯文大有功。玉遇卞和應價長，馬逢伯樂始羣空。門前桃李多時滿，天下車書此日同。顧我無才兼母病，不辭茅屋聽秋風。

送道士鄒泰宇祠親後還山

學道山中知幾春，蓼莪詩廢重思親。還家爲奏生天籙，入洞仍隨采藥人。但使鄉閭稱孝行，不妨林壑寄閒身。題詩送别情如海，他日烟霞願卜鄰。

癸丑九日重登翠屏山〔二〕

去年此日屏山飲，醉插黄華一兩枝。歲月已同駒過隙，江山重待客題詩。玄崖聳處雲霄近，白鳥飛邊徑路危。南望故園煙樹隔，慈親應念到家遲。

答婁良器

閒把新詩卷裏看，風流不似孟郊寒。才高共惜年猶小，别久還驚月又團。庭樹葉飛秋思闊，塞鴻聲斷海天寬。明朝儗訪嚴君去，爲説名家有鳳鸞。

寄何伯善先生二首

華蓋峰高聳碧霄，先生棲息絶塵囂。門前松菊存三逕，筆下文章冠六朝。雅道久時傳子弟，官情今已托漁樵。相知最恨相從晚，悵望雲山百里遥。

浮生已入無聞境，幾度臨風感慨深。朽腐不堪同草木，辛勤猶自惜光陰。藏書小結山中屋，對月常彈膝上琴。一寸苦心誰爲寫，先生留墨重千金。

夜雨倏霽月色清明起視天宇悵然有故人之想因呈婁君仲實為翌日遊巖之約云

向夕篝燈風雨聲，中宵啓户月華明。青天萬里看無盡，旅館三更睡不成。才薄豈堪明主用，交深長憶故人情。重岩細菊仙家酒，明日相期作伴行。

壽何編修頫夫

馬蹄曾踏燕山雪，鶺鴒仍棲玉笥雲。細閲丹書多道氣，静隨流水絶塵氛。樓前碧嶂松千尺，天際凉風鶴一羣。滿引霞杯開綺席，綵衣環侍總能文。

耕樂為豐城徐以觀賦

早年勤學著才名，晚歲躬耕樂太平。白水滿田科斗出，黄雲垂隴鵓鴣鳴。帶經或向桑陰坐，飲犢時從澗畔行。自是鹿門堪隱逸，只愁天遣使車迎。

筠雪齋為豐城黄尚英作

黄家移種瀟湘竹，歲晏相看雪滿林。白處恍疑仙鶴立，静中如聽老龍吟。冰凝翡翠清無敵〔三〕，人倚琅玕冷不禁。何日雪中逢老可，臨風一筆直千金。

送孫昌言之官廣東

十年勤苦抱遺經，留得嵩東映雪亭。獻賦已趍雙鳳闕，之官又向五羊城。西風落日傷離別，瘴雨蠻煙待埽清。莫道遐荒淹儁軌，隱之曾此著嘉名。

贈鄭山人

千里江山一瘦筇，幾多佳勝在胸中。神蹤不閟牛眠處，古葬猶存馬鬣封。金盌玉魚追往事，黄鸝碧草自春風。登臨不用懷傷感，萬古金陵氣鬱葱。

曾尚迪見訪失迎又辱寄詩奉荅

懶慢無堪不出關，喜觀書卷倦登山。偶尋芝術穿雲去，却伴漁樵帶月還。客至未同今日會，鶴歸相對老夫閒。來詩細把燈前讀，有約重論足慰顔。

題敖膳部歸隱卷

承詔曾趍玉几前，蕭蕭白髮許歸田。誰知鼎鼐調羹手，却校雲林種樹篇。琴鶴共消閒日月，樓臺長挹舊山川。朝廷有道尊年德，優賜行看下九天。

題廖善立攬勝樓

層構巍峨傍水涯，幾陪名勝躡仙梯。九秋風月鉤簾處，百里江山注目時。黄鶴每當瑶席舞，白雲時遶畫梁飛。知君老去風流在，長日横簪醉玉巵。

送何端夫西遊

數聲寒雁楚天秋，目送雲帆萬里遊。海宇只今無戰伐，山川是處入吟謳。曾聞鑄劍成干莫，祇恐乘槎犯斗牛。我欲隨君慚倦翼，夢魂飛到海西頭。

寄嵊縣主簿鄒應端

會稽山水天下奇，縣舍還聞對剡溪。雲合四山環翠色，月明一棹弄清漪。官閒不盡登臨興，道遠寧無故舊思。最喜素藤明似雪，因風好寄近題詩。

寄胡彥清彥忠昆季

伯仲才華邁等流，明時未許老林邱。行看一鶚横霄漢，已見雙龍射斗牛。剪燭每懷良夜宴，棹船難共此時遊。相思目送南飛雁，腸斷西風起別愁。

寄曾主簿伯曼

玉笥山前話別離，臨風猶記把征衣。莫雲悵望如千里，夜雨重論復幾時。風急楚天寒雁過，月明崖樹老猿啼。知君自得煙霞趣，一度登臨一賦詩。

次鎦觀瀾為題群玉山房韻

自笑鄙夫耽野趣，結茆相對白雲岑。蒼苔古木門前路，明月清風世外心。倚劍秋高看鶴舞，吹簫夜半作龍吟。故人若許來相訪，祇向棲霞谷口尋。

和何質夫見寄

我遊羣玉煙霞洞，爾愛東橋水竹居。兩地共憐風景好，十年真與世情疎。秋風白酒巖前菊，夜雨青燈案上書。多謝向來貽錦字，至今光彩照茅廬。

柬黎祥叔學士歐陽圭齋、危太樸有詩文贈之。

長身如鶴臉如霞，俯仰乾坤傲歲華。京國壯遊成舊夢，滄洲小隱似仙家。鳴琴夜對尊前月，攜杖朝尋洞裏花。我欲從君玩奇寶，玉堂詞翰最堪誇。

洪武壬戌夏六月詔徵天下賢良赴京擢用雅以非才例蒙郡舉適嬰疾病乃懇辭既歸辱親故枉問賦此為謝并述鄙懷

秋風蕭颯鬢毛衰，懷抱無因得自開。林壑獨棲嗟已老，朝廷三聘愧非才。乞歸幸遂邱園樂，訊問多煩故舊來。謾寫新吟謝知己，不妨共醉菊花杯。

題嚴氏水竹居

清江江上足田廬，獨愛嚴家水竹居。林合翠光浮几席，池分清潤到堦除。參差夜月棲鸞鳳，蕩漾春風戲鯉魚。何日臨流一題詠，琅玕節下爲君書。

滄洲秋夜對月

長年爲客寓滄洲〔四〕，時序堪驚興頗幽。明月正當書館夜，西風先動桂林秋。乘槎萬里思河漢，倚劍三更望斗牛。老去尚餘寒氣在，浩歌聲落大江頭。

送姚公奬往吉安府學從丁先生讀書

螺山雲白鷺洲晴，送爾攜書赴郡城。庠序共談新禮樂，絃歌仍是舊師生。劍藏寶匣光猶見，玉遇良工器始成。老我無庸還拭目，圖南指日化鵾鵬。

荅石室朱學淵

萬疊峰巒翠湧波，君居石室興如何。雲迷老樹棲玄鶴，雨過平池泛白鵝。看弈已驚塵世换，衛生猶喜古方多。何時一訪煙霞裏，徙倚丹崖共嘯歌。

和何大韶韻

白雲深處結茆廬，門掩松�宿雨餘。正爾尋仙遊洞府，不知騎馬到堦除。莓苔未埽經行跡，焦葉仍留去後書。近辱貽詩多好語，始知名下士非虚。

江上歸山中訪友

曾向煙波弄釣船，復歸茅屋聽潺湲。閒情一片宜松竹，白髮千絲照簡編。物外乾坤逢泰運，山中風雪度殘年。興來更把枯藜杖，尋訪梅花洞裏仙。

題醫師王允中松下對弈圖

曾向松根斸茯苓，更依松影對楸枰。延齡有待三千歲，勝敵何須十萬兵。動静死生原自識，功名富貴本來輕。爛柯莫問當年事，看取金丹九轉成。

寄姚玄齋兼柬陳學正

杏花時節喜相過，蓬鬢蕭蕭醉臉酡。把臂欲留情更苦，掉頭不住意如何。江山是處堪游覽，風月何人共嘯歌。見説南鄰有幽趣，白雲千頃竹成坡。

藤杖為友人賦

老藤絶勝江心竹，嶺表分來九節完。落手有聲隨爪甲，化龍無意作波瀾。百年歲月堪扶老，萬里山川得縱觀。亦擬穿雲采靈藥，相邀拄到九真壇。

送陳仲蕙輸賦

江上梅花萬樹開，送君東上鳳皇臺。九天閶闔風雲會，千里舟車貢賦來。雨露無私霑草木，朝廷有道用賢才。此行不負青年志，袖惹天香得意回。

夢故妻

歲晏江鄉夢故妻，夢回愁絶聽鳴雞。菱花不照雙鸞舞，松月誰憐一鶴棲。黄葉故山埋骨地，白頭孤枕悼亡詩。傷心最是門前水，嗚咽長流無盡時。

江上有懷謝檢校叔賓

江樹歷歷江風清，獨立相思無限情。功名期子上麟閣，煙波老我尋鷗盟。杜陵長吟悲白髮，謝安久處憂蒼生。行看三載脱袖經，遥望五雲朝玉京。

用何玄之韻寄何叔敬兼柬劉子博

渺然離思縈煩襟，思君子兮在雲林。吹簫石上老蛟舞，采藥雲中幽鳥吟。亭臺有酒秋月白，門巷無塵春草深。因風爲問鎦子博，學有餘閒時見臨。

寄鎦宇泰

十年不見鎦隱居，閉門讀盡山中書。固知風月滿懷抱，還想雪霜侵鬢須。江山遠隔離思苦，鴻雁不來音問疎。何時訪我羣玉洞，共拂嵓花傾酒壺。

柬張伯川

同郡能詩張伯川，妙思湧出如春泉。昔年曾作刀筆吏，此日復種桑麻田。松花釀酒醉明月，荷葉製衣眠紫煙。山中風景自可樂，祇恐束帛來戔戔。

賀姚觀瀾昆弟新樓

姚家兄弟無與儔，前後突兀成高樓。棣華春日自相照，燕子東風還獨留。八窗雲氣連玉笥，四壁圖畫看瀛洲。若非仙骨寧好此，祝君小住三千秋。

奉餞外舅之襄陽

外舅襄陽去，江南草緑時。夕陽沙上酒，舊雨卷中詩。雲斷吴天隔，舟行楚岸移。浩歌明月上，長嘯遠風吹。到想春將盡，居應地最宜。鹿門深草木，漢水净梟鷺。龐老神仙宅，羊公德政碑。覽奇應有作，感舊莫生悲。六矢男兒事，千金賈客貲。此行雖特達，早發故園思。

西菴耕叟為姚觀海賦

南徼風塵久，西菴日月長。健兒從戰伐，垂老事耕桑。蔓草勤須翦，松醪渴易嘗。把書晴護麥，看雨暮移牀。翠竹連蔬圃，寒泉帶柳塘。石闌風淅瀝，雲谷樹蒼茫。牛犢侵晨牧〔五〕，豺狼入夜防。烟霞成痼癖，神物致休祥。龐老身無恙，陶潛興不忘。蒲葵添散逸，笻竹任徜徉。了事輸租税，無憂足稻粱。文尋高士傳，詩咏甫田章。既識浮生理，須求不老方。勗哉加飲膳，擊壤待時康。

夜宿黄氏山莊

爲愛溪山好，來遊趁晚凉。淡煙芳草徑，華屋白雲莊。環合峰千疊，陰森樹兩行。製衣思薜荔，濯足愛滄浪。地勝囂塵遠，居幽興味長。移牀風滌暑，展席月流光。共説青囊祕，頻分紫笋香。明朝攜竹杖，重與望前岡。

贄芋知事希曾十韻

臨江知事揚州客，漂泊風塵歷歲年。老大獨憐雙鬢改，亂離兼喜一家全。山中寓隱從門掩，松下遨遊任履穿。經雨欲鋤栽竹地，久晴思引灌花泉。朋來問字能攜酒，客至求詩每費牋。政譽已聞天上有，才名姑與郡中傳。飛騰萬里曾如願，留滯三年暫息肩。貧似杜陵收橡栗，興同彭澤憶蕪田。黄麻有待恩光及，白屋深期惠澤宣。感激爲公歌此曲，異時相率共留鞭。

題秋月上人所藏洞庭秋月圖

君山木落洞庭秋，今古無窮水自流。明月一輪天宇静，定中疑是汎虚舟。

雪

一夜天花滿世間，羣峰失却翠雲鬟。何由騎得仙家鶴，看徧東南萬玉山。

題扇

林間樓閣護煙霞，門外山童埽落花。小澗石橋人緩步，抱琴來此訪仙家。

題觀海圖

滄溟之淙幾千丈，萬頃鏡面涵空虛。何不翻身入海底，九重淵内探驪珠。

題畫扇

青松掩映白雲間，雲自無心我自閒。静聽松聲作琴響，孤鸞别鶴不須彈。

客　夜

芙蓉葉上雨瀟瀟，一盞殘鐙照寂寥。久客不堪鄉思苦，誰家兒女又吹簫。
洞簫吹徹思悠悠，雲散江天月滿樓。倚偏闌干風露冷，數聲孤雁落滄洲。

采蓮曲

粉黛粧成宫樣新，汗凝微涴紫羅巾。絶憐往來西湖上，貪看荷華不顧人。
緑荷深處水生波，三五蘭舟載綺羅。華月漸明風漸息，吴人愁聽越人歌。

賦謝仲寧紙帳

溪藤百幅净如練，裁作斗帳同君清。覺來滿洞白雲起，耳畔更聽松風聲。

重遊何君有感

板橋流水石磯平，幾度經行酒半醒。試問隔堤楊柳樹，爲誰摇落爲誰青。

晚宿清江

金鳳洲前落日低，清江城下泊船時。白頭總是朝天客，黄柳齊攀繫纜枝。萬里雲霄悲旅雁，千家砧杵搗寒衣。明朝擬拜黄堂守，却駕天風去似飛。

到江西

朔風吹雁不成行，獨起掀蓬思渺茫。萬里青天看北斗，數聲柔櫓下西江。滕王舊閣何年廢，孺子高名百世香。我欲題詩紀形勝，氣衝牛斗筆如杠。

欲到豐城不果

可惜豐城地，船中瞥眼過。樓臺新雉堞，戎馬舊山河。龍劍知誰得，虬鬚柰老何。臨風屢回首，重到恐蹉跎。

孺子亭觀東湖

西山含夕照，征棹泊鍾陵。未上滕王閣，先遊孺子亭。古今留勝蹟，江海寄閒情。試問東湖水，何人此濯纓。

滕王閣

天下幾多奇絶處，滕王獨愛此淹留。山瞻廬岳九千丈，地控荆蠻十二州。天上星辰分翼軫，閣中風景自春秋。朱簾畫棟非疇昔，江水依然萬古流。

鐵柱觀

鐵柱井中央，蛟龍久遁藏。神功配天地，劍氣厲風霜。世已除妖孽，仙猶託混茫。應知萬萬古，爲國鎮西江。

廬山

五老擎天壓厚坤，江南惟有此山尊。千巖樓閣多仙佛，四面峰巒似子孫。飛瀑恍疑銀漢落，懸崖時有白雲屯。何當獨跨山頭鶴，萬里飄飄朝帝閽。

九江口

路出九江口，山瞻五老峰。天高飛鶴鸛，浪暖化魚龍。極目微茫外，揚帆浩蕩中。觀流問源委，巴蜀此相通。

采石

蛾眉亭上奏朱絃，采石江邊月滿船。惆悵謫仙何處在，醉中猶伴老龍眠。

采石酒樓

采石江頭問酒家，酒樓兒女貌如花。金杯滿勸歌聲緩，銀燭高燒舞影斜。

太白墓

嗚呼李太白，今古詩之豪。心胸自可小溟渤，富貴何如輕羽毛。平生所樂在詩酒，醉來筆湧春江濤。貴妃捧研足榮寵，天子賜之宫錦袍。風流既往不復見，殘膏剩馥沾吾曹。吾曹碌碌不足數，采石江頭拜詩祖。當年捉月事渺茫，千載清風一抔土。

〔一〕「虎」，原誤作「火」，據四庫本《玉笥集》改。

〔二〕「登」，原誤作「發」，據四庫本改。

〔三〕「凝」，原誤作「疑」，據四庫本改。

〔四〕「寓」，原誤作「遇」，據四庫本改。

〔五〕「晨」，原誤作「辰」，據四庫本改。

丁守中

紫芝山房

先翁胸中有邱壑，預築園亭向山郭。清宵忽夢紫芝生，地靈獻瑞真佳城。只今諸孫仍肯構，風姿曄曄如芝秀。一門朱紫自此升，始知吉夢爲休徵。始知吉夢爲休徵，千載無慚下馬陵。

黄鶴樓

半空金碧何代樓，仙人鶴駕曾一遊。雕檻看雲楚山曉，珠簾捲月湘江秋。樓前雲月常無恙，禰賦崔詩角清壯。西風忽動庾公塵，仙人仍歸九天上。

贈元漠鍊師

神仙中人毛外史，方瞳深碧虬髯紫。了知大道本無爲，況是谷神元不死。偶因救旱驅玄溟，倒瀉銀漢如建瓴。功成不居拂衣去，洞庭渺渺君山青。

奉寄武昌南山白雲老人

故人家住南山下，心與白雲共瀟灑。芝草遥賡黄綺歌，蓮花近入宗雷社。嗟予江海避風塵，白首歸來失所親。青眼相看如昔日，只有南山與故人。

脱太師

淮海重聞斧鉞臨，一時黎庶盡傾心。雷霆聲播天威遠，雨露恩添帝澤深。暗室有蠅污白璧，明廷無象鑄黄金。風塵未息英雄死，坐對江山慨古今。

靳公子

中朝公子多才俊，瀟灑風流獨靳侯。白燕入無天上信，黑貂漸敝雪中裘。虚堂簾影遲遲晝，别館燈光淡淡秋。對手深杯須劇飲，醉鄉消得古今愁。

寄胡敬文縣尹胡遂初真人

全楚英才集士林，十年兵革盡消沈。崑岡火後餘雙璧，錦里書回抵萬金。鳧舄趨朝天闕近，霓裳展曲月宫深。誰知海上垂綸者，去國長懸萬里心。

寄昌國濟汝舟長老

西江禪伯住東溟，境接蓬萊地有靈。析水秋濤浮座白，扶桑朝影拂簷青。已無鶴近雲間錫，祇有龍聽月下經。李白騎鯨天上去，題詩誰復扣巖扃。

逃禪室與蘇伊舉話舊有感

不學楊雄事草玄，且隨蘇晋暫逃禪。無錐可卓香嚴地，有柱難擎杞國天。謾詫丹霞燒木佛，誰憐玉露泣銅仙。茫茫東海皆魚鱉，何處堪容魯仲連。

贈李止水道士

玄玄孫子玄都客，笑傲三湘七澤間。黄鶴白雲迷鄂渚，青牛紫氣滿函關。袖中寶劍雌雄合，鼎内金丹大小還。不見吹笙王子晋，秋來幾度候緱山。

贈九靈先生

挾海懷山謁紫宸，擬將忠孝報君親。忽從華表聞遼鶴，却抱遺經泣魯麟。喪亂行藏心似鐵，蹉跎勳業鬢如銀。萬言掾筆今無用，閒向林泉紀逸民。

瑞萱堂為孫原道兄弟賦

手種叢芳孝感深，陽和隨見破窮陰。侵陵雪色雙華萼，報答春暉寸草心。疎翠近分書帶碧，嫩黄遥映壽觴金。忘憂坐對高堂晚，更聽壎篪奏好音。

夢得先妣墓

窮窮風雪正交馳，獨扣泉扃訪母慈。極浦空江泥滑滑，荒岡斷壠塚纍纍。那知恍惚魂歸夜，正是呼號淚盡時。孝格皇天吾豈敢，聊同烏鳥報恩私。

題鳳浦方氏梧竹軒

鳴鳳曾聞此地過，至今梧竹滿邱阿。政思翦葉書周史，却恨翻枝入楚歌。金井月明秋影薄，石壇風細晚涼多。中郎去後知音少，共負奇材柰老何。

腐　儒

落魄乾坤一腐儒，生逢四海日艱虞。異邦作客歌黄鳥，空谷懷人詠白駒。豈有縱横干七國，亦無詞賦擬三都。時危那敢辭貧賤，第恨長年走畏途。

避地

避地長年大海東，蕭條生事野人同。深春耒耜孤村雨，落日帆檣遠浦風。那得文章偕隱豹，聊將音問託歸鴻。平生自恨無仙骨，五色蓬萊咫尺中。

九日登定海虎蹲山

東海十年多契闊，西風九日獨登臨。天高雲净雁初度，水碧沙明龍自吟。籬下菊花憐我瘦，杯中竹葉爲誰深。凭高眺遠無窮恨，去國懷鄉一寸心。

寄定海寺西堂鈜宗鼎長老

開士幽棲何處是，一菴瀟灑傍雙峰。彈琴夜和鳴皋鶴，呪鉢朝降渡海龍。萬里思家瞻北斗，十年學道事南宗。故人海内俱星散，憶爾山中冰雪容。

送進士都堅不花出宰三山

龍沙公子龍頭客，錦繡胸襟玉雪顔。一日蜚英驚四海，九天承寵宰三山。花前封印青春醉，槐下鳴琴白晝閒。守令近民勤聖念，早須報政五雲間。

勉戴元學

才名藉甚冠時髦，愛爾青年氣獨豪。千里共誇騏驥足，九苞争看鳳凰毛。月中抱桂雲生履，天上看花日映袍。宦達每由稽古力，夜窗燈火莫辭勞。

寄張廷言

千里關河阻重兵，兩煩書禮見深情。故人我久知張禄，處士時多忌禰衡。閲世正當思豹變，出關何必待雞鳴。莫嗟才大難爲用，天運行將返治平。

秋夜宿定水寺天香閣有懷見心長老

寂寂雙峰映澗流，重來托宿敞雲樓。窗寒虚白三更月，簾捲空青一色秋。頗有高情酬勝賞，可無奇句入冥搜。天風開徧巖前桂，誰爲蒸香寄澹游。

澹然齋為慈溪潤上人賦

寂寂禪肩掩晝陰，阿師道味此中深。一塵不涉冰霜操，萬境俱空水月心。駐屐寒香生小徑，捲簾秋色上疎林。莫愁客至無清洪，玄酒盈樽好共斟。

清勝軒為姑蘇潤上人賦

繞屋松杉手自栽，重陰長日護蒼苔。一溪窈窕花間入，三徑參差竹下開。夜半霜鐘寧假莛，秋深月鏡本無臺。主人定起焚香坐，何處扁舟棹雪來。

此子景為平江韞上人賦

尺樹盆池曲檻前，老禪清興擬林泉。氣吞渤澥波盈掬，勢壓崆峒石一拳。彷彿烟霞生隙地，分明日月在壺天。旁人莫訝胸襟隘，毫髮從來立大千。

送詹光夫之雲南通海校官

儒官跋涉敢辭勞，直以詩書化不毛。盛世用文興禮樂，黌宮接武貢英髦。密依壇杏登絃誦，獨對山茶設醴膠。會見毓才功第一，歸來宮錦賜新袍。

寄見心長老

上方借榻動經春，道義交情久更親。滌器每憐司馬病，卓錐不厭仰山貧。茶烟隔座論文夜，花雨霑筵聽法晨。一自天香通鼻觀，六根無處著纖塵。

題昌國普陀寺

神鰲屹立戴崔巍，俯瞰滄溟水一杯。積翠自天開罨畫，布金隨地起樓臺。祈靈漢使乘槎到，傳法胡僧折葦來。若使祖龍知勝概，豈應驅石訪蓬萊。

奉寄王宣慰兼呈九靈先生

別館新城足宴遊，珊瑚環珮總名流。獨推南郭爲高士，共識東陵是故侯。天上鶯花三月夢，人間風雨五更愁。行藏盡付浮雲外，爛醉豐年黍稌秋。

夜宿染上人溪舍

雲去禪關户牖空，清溪碧樹有無中。倒涵天影魚吞月，逆戰秋聲犬吠風。見性本圖先作佛，勞形翻愧早成翁。杜陵老去無歸計，來往那辭惱贊翁。

獨松菴老僧

獨撫長松晝掩扉，歲寒高節想無違。茯苓春暖供齋鉢，蘿薜秋清製道衣。雲暗碧山龍起蟄，月明滄海鶴來歸。净瓶滿貯菩提水，恐有人參第一機。

次小孤山

峽束千雷怒擊撞，危峰屹立壓驚瀧。山聯廬霍朝三楚，水落荆揚限九江。鎮海重關當第一，擎天孤柱故無雙。珮環月夜知何處，露濕蓬萊玉女窗。

題風雨歸舟圖

昔向滄浪弔獨醒，中流風雨正揚舲。江空風捲潮頭白，野曠雲迷峴首青。挂席正思遺珮浦，推篷已過濯纓亭。襄陽耆舊今安在，撫几長歌對畫屏。

奉次虞侍講先生見貽韻

玉堂氣蹤若浮雲，無柰雞林遠購文。推轂進聞推漢士，避名寧計却秦軍。芝亭花發春醪熟，鴻閣詩成夕磬聞。一飯未嘗忘北闕，鼓琴誰識和南薰。

故宫人

粉愁香怨不勝情，强整殘粧對老兵。别殿金蓮餘故步，後庭玉樹變新聲。眼穿雁字雲連塞，夢斷羊車月滿城。天上桃開王母去，世人誰識許飛瓊。

山居詩呈諸道侶

一榻東軒迥絶緣，寒巖枯木共年年。雖非悟道龐居士，豈是耽詩賈浪仙。禪定儘教崖石坐，法音都付澗湍傳。騰騰終日無他伎，只辨饑飡與困眠。

丁瓊翁

暮春即事寄吴月灣

三春餘十日，四顧自徬徨。道大乾坤窄，人閑日月忙。雨餘江面闊，風静麥頭昂。池水供新浴，歸笻拄夕陽。

幽居獨坐

塘影深涵竹，風香暗度梅。閑因無箇事，清不惹纖埃。應雨礎先潤，隨風門半開。送迎今似昔，俗客自無來。

謝周僉事伯溫景先樓

行年五十六，光景似奔輪。今古存吾道，江湖老此身。不從天下士，空作世間人。細讀南樓記，何當逐後塵。

曉發南康

曉起江風急，家家半掩門。烏行沙印跡，水落石留痕。寺據湖山景，帆開烟雨村。雲邊有五老，氣勢藹孤騫。

酒後感疾

百年誰自足，未曉起匆匆。昨日偶因酒，今朝不可風。世雖容老拙，才肯負英雄。衰草斜陽外，東風長舊叢。

初度

運籌期決勝，天地不偏頗。且盡花前醉，何勞棗下歌。詩因春去少，客自日來多。隨喜過初度，功名柰命何。

馬病有感

衰年憐病馬，歲久老於槽。萬里心猶在，三春骨獨高。屢筐盛矢溺，刷秣滑皮毛。四海俱寧謐，餘生免汝勞。

金陵懷古

佳麗金陵地，人淳俗不移。鄉音半南北，地勢各西東。辭禄陶宏景，題詩杜牧之。鳳凰臺上望，故國草萋萋。

築　塘

鑿沼因冬涸，雖深未見泉。春來一夜雨，曉没數層塼。造化非容易，盈虚有變遷。息機甘學圃，能事總由天。

上清回至胡巖日晚遇雨

出山三十里，坐石計歸程。雨重巖如應，囊空擔已輕。林深天易晚，泥滑路難行。雖是知時雨，添愁到客情。

送董宗文之瑞州録事

文治衣冠盛，民淳法令寬。在家爲子易，爲國得人難。北闕科賢士，西江望代官。無由看撫字，有便報平安。

夜宴有感寄楊仁方

人老憂何事，燈殘翳復光。自甘今夕醉，不計少年狂。風月共千里，親朋各一方。此時同樂否，離思兩茫茫。

使道□韓石邐以詩達之

羣動何曾息，無營强自安。時雖分百刻，日但飽三飡。富貴草頭露，衰殘井底瀾。悠然見雙麓，逸興上毫端。

寄番陽李雋民

湖海飄蓬二十春，歸來小隱樂天真。詩書有味世情淡，林澗無慚歲月新。耳冷不聞天下士，顏蒼差看鏡中人。早求涓滴蟾蜍水，净洗毫端一點塵。

九日前呈吴仲德

滿目空山杳靄中，羣烏何處辨雌雄。黄花卧檻重陽雨，紅葉滿堦今夜風。有客思家懷渭北，無人送酒過籬東。斯文骨肉如相念，此會年年歲歲同。

病後寄友

藥竈烟消白晝閑，披衣力疾話平安。十年不覺九番病，百歲能逢幾度歡。堦有緑苔緣客少，頭無白髮爲心寛。老天肯把英雄困，抖擻精神取劍看。

答山長楊師善

蕭散襟懷醉復醒，眼前依舊半凋零。百年時節幾樽酒，萬古乾坤一旅亭。棗落底須歌纂纂，人生難得鬢星星。直將一篆消浮慮，日落《黄庭》兩卷經。

求李推官粲然賦怪石詩

烟波萬里去來歸，底事謀生與願違。海闊已知鯤北化，月明誰念鵲南飛。詩無好句經題品，石有奇形待發揮。相識滿前言累百，如公名實世間稀。

除日送客

歷盡年窮可柰何，東流赴海不回波。水寒夜静無魚釣，歲晚江空有客歌。去日漸多來日少，醉時常少醒時多。明朝已是五十九，惆悵餘年一擲梭。

戊子冬鑿池種果偶成

南北驅馳風俗殊，歸來老圃就荒蕪。黄金買貴爾爲爾，白屋安閒吾愛吾。種橘自期周歲絹，放魚誰望報恩珠。窮堅老壯男兒事，底用悲歌缺唾壺。

暮春夜宴亦樂亭

萬物乾坤橐籥中，生生化化總成空。年侵鬢有千絲白，春去花無一點紅。池水深深涵夜月，塔鈴歷歷語天風。闌干倚遍憂何事，宿酒纔醒日又東。

張庸

庸字惟中，慈溪人。少失怙，能自力學，弱冠以詩鳴。與同邑桂彦良相友善，孜孜講磨，日益深廣。洪武六年，有司特起之。適遘疾歸寧田里，長歌短詠，以陶寫其性情。至病篤，夜半偶憶里人請賦歸鴻軒詩，令子允直書歌一章，音節不紊，言訖而逝，時人異之，有《全歸集》藏于家。

題淵明圖

野鶴唳層霄，白雲度幽谷。諒彼曠士懷，焉能受羈束。一官聊復爾，流光亦何速。公田半種秫，惟恨酒不足。胡顔揖小兒，拂衣謝流俗。時得斟酌資，頗謝顔光禄。鬱鬱澗底松，采采籬邊菊。匪兹風霜姿，疇能伴貞獨。

陪揭先生暨諸公宴集東山分韻得還字

有客謝塵鞅，結廬泉石間。而我思會面，褰衽扣柴關。良朋既簪盍，眷然開我顔。沽酒斟酌之，白日有餘閒。天清霜鶴唳，迥若非人寰。風吹松上雲，杯中見青山。酩酊何所言，逍遥以忘還。

答吕元卿教諭白髪詩

我有白苧衣，惟恐塵土黑。不謂頭上髪，秋霜變成白。衣黑猶可澣，髪白徒用摘。摘之又還生，旁人笑何益。黑者日漸稀，白者多於雪。覽鏡一茫然，邈如不相識。思欲養還丹，復此舊時色。遠尋安期生，仙訣未由得。衡門掩蒼苔，頗似楊雄宅。于中尚守玄，杯酒聊自適。

題沈氏三節婦卷

沈氏有孀居，初聞惟娣姒。不謂婦亦然，同心誓生死。使者廉問之，婦也誤辭旨。旌書表孀桓，婦名獨不紀。得失復何言，相看俱老矣。當時撫諸孤，詎欲望褒美。我觀《柏舟》詩，《國風》一人耳。一門而有三，今古實罕比。綱常天地間，賢者能守此。蚩蚩忘義人，胡顔過閭里。

一經堂

千金適累身，一經可名家。儒術由來席上珍，富貴却如風中花。君不見董家積金曉成塢，暮落人間如糞土。又不見韋家篋笥只藏書，再世貂蟬絶代無。唐生之父知古意，賣金教子絶聲利。自信箕裘定有傳，人競錐刀豈無愧。一經華扁揭高堂，出入頻瞻示不忘。唐生還能繼父志，門户奕葉生輝光。

銅雀硯

炎劉之祚懸一線，銅雀臺高接霄漢。美人紅粉已成塵，臺亦傾摧眼中見。空遺古瓦混沙礫，布痕依稀土花碧。何人琢就玉堂姿，潤色不減端溪石。我有龍香之劑良比金，研磨不了歲月深。直須殺盡西陵兔，細寫分香賣履心。

田家苦

朝耕溪上地，暮耕溪下田。家中炊烟望不起，十指拳攣牛領穿。當春播種東復西，禾葉芃梵黍葉齊。黄埃滿面耘稊草，流汗翻漿濁似泥。正好秋成築場圃，三日人間埽風雨。實者已落粃者存，徒得溪頭飽羣鼠。差科未足催出縣，翻道今年穀能賤。

田家樂

朝斂溪下田，暮斂溪上地。禾穗纍纍黍穗長，笑語歸來皆滿意。登場未用償私逋，官家況免今年租。州縣廉能選吏胥，門前横索絶跡無。東鄰相慶西鄰續，我亦牀頭新酒熟。醉卧茅簷尚未醒，家人又報牛生犢。明日多耕數畝田，所願長得如今年。

簫杖引

嶰谷之竹蒼玉圓，淩歷風霜知幾年。梓潼斬根世稀有，伶倫合律人争傳。我昔攜來曲微度，節竅玲瓏流碧霧。秦女臺前不敢扶，雲間恐逐雙鸞去。有時拄到南山陲，瘦影分明透夕暉。長房祠前將欲吹，復愁化作蒼龍飛。歸來拂拭坐歎息，不是閒人留不得。知音徒憶骯髒懷，老年獨藉扶持力。山空月白聞有聲，攬之無跡心轉驚。定是仙人遠相過，借向蓬萊頂上行。

簫　引

簫史不成仙，雲邱空築臺。中郎不知音，柯亭有遺材。沈君手揀湘妃竹，截作長簫碧於玉。昨遇冷風海上來，坐我明月吹一曲。海天空闊秋渺茫，餘音却與雲飛揚。音絶不知何處續，蠶口微抽冰縷長。一聲入破殊有得，使我聞之懷往昔。夜深獨坐天姥前，老鶴孤鳴松露滴。音律如君絶代稀，湖山坐對增光輝。何年歸去覓仙侶，還跨丹山一鳳飛。

琴　引

琴以寫胸臆，興至時一援。如何伯牙氏，終身爲絶絃。張君之心異於是，豈待知音汎宫徵。逢人不作兒女顔，使我頓洗箏笛耳。七絃泠泠如走冰，凉風拂指松間聲。瑶池月明飛珮遠，越江石出流水清。

水流無斷續，激石聲微促。須臾老鶴挾孤雲，千里萬里遥相逐。一聲轉調秋氣高，洞庭木落生波濤。餘音靡靡迭還往，河漢無塵飛一毫。世無知音固可惜，人復絶絃竟何益。且將不盡萬古情，爲我更拂松間石。

遠遊行送張伯源

山人家住東海頭，人家遠近同瀛洲。山谷逶迤烟霧合，海波蕩漾星河流。我欲攜家與鄰住，塵事牽人未能去。醉來往往夢中遊，每與客期笑相遇。如此山川天下奇，山人出山將何爲。高堂白髮結愁思，三月新婚歌别離。囊無黄金謁權貴，身致青雲徒意氣。手中不挽二石弓，縱有奇才誰見容。如何欲掉三寸舌，朝過荆門莫適越。況今重貌不重言，堂下寧知有黢蔑。山中笋蕨春正肥，山人早去還早歸。君不見徐孺榻前生網絲，燕昭臺下穴狐狸。

琴劍歌送龍子高提舉之閩

君不見王郎贈君龍泉之劍可三尺，綵絛消磨土花蝕。又不見桂子贈君神鳳之琴無一絃，錦囊零落蛛絲懸。千年舊物連城璧，持至京都人未識。黄埃壓城冰塞川，幾何不墜同瓦礫。龍君張其絃，淬其鍔，鳳忽有聲龍露角。都人聚看走相傳，高瑟吴鉤俱寂寞。昔君韜光誰見知，亦如琴劍塵土時。文章焕爛雲錦機，脱穎不啻囊中錐。得官歸來東海涯，二物無恙還相隨。相隨又下閩南路，我作長歌送君去。日暮三山不見雲，文星一點天低處。五月初來花滿城，榕陰駐馬聽啼鶯。荔枝新劈江家緑，翠杓銀罌莫暫停。白日易西匿，江水無迴波。請君載舞王郎之劍，彈桂子之琴，歌我之歌。故人之情不我極，千里相思柰爾何。

醉時歌與茅原禮

我生自負江海客，足跡不落公侯宅。老去非誇酒量寬，醉來但怪乾坤窄。清泉白石知我情，意氣爲重山爲輕。幾年契闊同門生，邂逅相逢雙眼明。喜極不覺狂歌起，萬籟無聲天在水。東山答響西山高，下視富貴槐柯蟻。微風飄飄生暖塵，滿懷拍拍皆陽春。人生至樂有如此，齷齪不飲爲何人。君不見昨朝金印大如斗，失勢只落他人手。又不見昨朝華屋圖蛟螭，轉頭荒址藏狐貍。自非身有神仙骨，終爲區區名利役。何如再叙平生歡，日夕不放杯中物。

汗酒歌

汗酒之法出羌中，下離上坎燒丹同。醇醨初混人莫測，清濁自判天無功。銀瓶濕透珠顆冷，曉起宿酲薰易醒。酴醿花間露滴香，玻璃月浸秋無影。興來浩吸如長鯨，四座不覺春風生。也知黄封不足竝，更憐白墮空得名。絶代清標古稀有，誰復重歌薄薄酒。伯倫荷插跡已陳，那得相逢傾一斗。

送桂君彦良之京

江南佳麗地，金陵帝王州。因歌謝脁詩，送君千里遊。龍江蜿蜒浩無極，萬古滔滔如國脉。鍾山王氣貫斗牛，散作祥雲成五色。雲成五色龍顔喜，玉女投壺赤霄裏。旋乾轉坤四海寧，嘘枯吹生萬物始。雙闕叉牙仙掌開，下瞰百尺鳳凰臺。誰知鳳去三千載，銜圖復向雲間來。瑞物待時而後出，知君此去近天日。東華樓前午漏遲，御爐香裊如椽筆。唾手功名誰似君，老我南山卧白雲。

梅雪山房

山人種梅花繞屋，飛雪如花亂人目。徘徊四顧色相輝，東崦西林失寒緑。山人如在白雲鄉，窗几娟娟流素光。巡簷欲覓花無跡，對酒還疑雪有香。天公應把玉爲屑，散落人間作花雪。隨風偶入山人杯，寄我新詩倍清絶。江路何人吹玉簫，平沙月色皆銀濤。相思我亦清興發，拄杖敲門何憚遥。山人迎笑歌緑蕚，和以幽蘭共磅礴。浮世黄埃不可居，醉卧南窗夢飛鶴。

送王彦貞余伯熊張益齋三君子之京

二月鼉磯動春水，一夜新雷羣蟄起。洗天甘雨自西來，萬里江山圖畫裏。王郎見之雙眼明，仗劍便欲金陵行。舌底瀾翻河漢瀉，筆端欻吸風雲生。余君年少青雲客，心與王郎爲莫逆。空囊俯視無一錢，胸中獨有天人策。兩人相邀張隱君，隱君老氣尤輪囷。坐聽雞鳴不待旦，即向鳧磯同問津。問津直上金陵去，石頭城高如虎踞。烟花紫禁奏雲門，日月龍旗拂珠樹。榻前左右皆夔龍，萬國此時來會同。天閑得此渥洼種，凡馬不敢嘶長風。我欲相隨愧無用，飛夢秦淮遠相送。有待諸公致太平，山林試譔河清頌。

觀打魚

寒潭白魚不盈尺，漁人聚網相追急。水清無處著微身，下有長江胡不入。君不見東海之中千里鯤，怒來掉尾海爲奔。西遊弱水天吴泣，北上龍門白晝昏。

題唐明皇卧吹玉簫圖

象牀�簟湘紋緑，珊瑚作枕紅於玉。君王卧弄紫鸞簫，梨園又是新翻曲。春風度腔一拍成，楊花如雪點銀箏。宫聲奏罷商聲續，吹得中原蔓草生。

題隋煬帝夢陳後主圖

行人唫點胭脂井，荒宴蕪城猶不醒。龍舟張錦炫晴波，堤柳縈絲弄春影。游魂未化還笑渠，兩主興亡一夢餘。後庭花謝螢光冷，千古寧無鑒覆車。

題蘇武牧羊圖

胡天雪滿家何許，地椒根死羝不乳。蕭蕭漢節慘悲風，獨立乾坤竟誰語。有時飛夢繞函關，五色龍樓霄漢間。星殞旄頭即消恨，丈夫何意望生還。

題天台瀑布圖

南山嵯峨倚空碧，一道飛泉破山色。何人翦却織女機，下垂素練三千尺。烏藤拄向清風前，六月噴灑生薄寒。天台有此亦奇觀，何須再往廬山看。

和烏繼善知縣韻二首

每羨《萍居賦》，何須《梁甫吟》。看花妨病目，種柳愜初心。秋色風雲淡，江流日夜深。抱琴如有約，梟烏幾時臨。

幽居山不遠，嵐翠日霧霏。鳩杖憑誰策，烏巾對酒揮。松枝霜後勁，梧葉雨中稀。未欲論榮悴，先過竹下扉。

謝節婦

世道有昇降，綱常無古今。因知謝母節，不媿衛姜心。白髮風霜久，清朝雨露深。高堂爲稱壽，靈鵲過花陰。

題赤壁圖

洞簫吹月不勝秋，萬里乾坤一葉舟。折戟于今磨滅盡，大江依舊水東流。
雪堂步屧秋無際，與客移舟夜不還。千古英雄一杯酒，滿天明月舊江山。

題美人睡起圖

春睡纔醒粉褪腮，香塵不動下階來。畫欄曾倚東風笑，向晚櫻桃一半開。

題垂釣圖

釣絲裊裊拂輕艘，楊柳垂垂水半篙。薄暮人家邀共飲，不須雙鯉換香醪。
火净蘋花迷釣艇，夜凉月色滿江村。雙魚欲换杯中物，江上人家已閉門。

題梧桐幽禽圖

井梧斜亞一枝低，時有幽禽來上啼。試看孤標淩碧漢，夜凉只許鳳雛棲。

題江村秋夜圖

夜凉月色滿滄洲，一葉黄蘆一葉秋。絡緯啼殘人寂寂，誰家燈火隔林幽。

蒼松圖壽沈節婦

蒼松落落北堂前，雪虐風饕節愈堅。已覺深根生琥珀，定知阿母共長年。

升龍圖為羅顯宗賦

潛鱗長送海門潮，馬鬣空餘水一瓢。不是風雷相盪激，此身争得近雲霄。

危□□德華

德華字光澤，北溪人。博覽經史，不慕榮達，善屬文，精於詩。翰林危太樸、考功郎葛元喆、金門羽客方方壺、泠風羽人鄧宇，皆極稱賞。

烏君山

烏君澹空青，一見豁幽趣。蛟龍隱洞谷，白晝蓄雲霧。我昔登其陰，憑高訪仙路。朝擷菖蒲花，服食充養素。機閒心魄清，神定詩禪悟。直將駕靈槎，天潢水東注。

孤松

青松出高崖，隱日狀車蓋。千年虎魄成，秀色寒不改。繁陰蔽炎光，孤標絶埃𡏖。風驚竽籟清，雨溜龍蛇怪。吁嗟廊廟姿，施用固當大。顧我重感恩，願言勿翦敗。懷哉古秦封，萬閒永依賴。

虎邱危烈婦

按：危氏，虎溪邱朱温妻也。至正二十年夏，盗兵陷杉關，危氏被執，罵賊不輟口，於是夫婦俱遇害於監恨嶺。

虎邱烈婦危家女，託身艱虞亦良苦。蠻軍歲暮入關來，夫朱蒼黄被驅虜。兇渠很毒豺狼胸，脅威制婦婦不從。素心但求照白日，微命豈惜懸兵鋒。良人在途遭殺戮，掩淚哀傷痛悲哭。姑嫜垂老兒嬌癡，夫死九泉那瞑目。婦嗔抱憤氣憑陵，怒罵臨終不輟聲。陰靈潛悲山谷震，風雲變色龍蛇驚。人生結髮期白首，若此剛腸世稀有。冰凝玉井蒼檜寒，雪霽瓊林紫芝秀。君不見采桑娉婷繡縠春，輕貴辭金恐辱身。嗟哉背主恩不顧，何如虎邱之婦人。

北溪陳烈婦

按：陳氏，危萱之妻也。至正二十五年秋九月，西寇陷杉關，驅掠鄉民男女二千餘人，栅居里之金靈山，既而盡殲其民。陳與萱俱被執，行至隱將嶺，賊索金帛。不愜其欲，萱被害。脅陳氏去，陳戟手罵曰：「汝强盗，吾夫無罪，而汝殺之，恨不能殺汝，復忍從汝賊耶！」尋亦被害。子塏方七歲，伏父母屍不起，流血滿身。盗義之，弗忍殺，遂攜而去。

海風吹雁霜影寒，羽書夜報南閩關。寇兵慘酷屠城邑，呼羣剽掠如蜂攢。穎川烈婦心有誓，罵賊願與夫同死。香魂已逐劍光飛，化作鴛鴦泛江水。君不見世間貞烈古來稀，臨難寧愁血污衣。祇有金靈山上月，素心千載同光輝。

戰城南

天子命將出山東，親王擁兵衛青宫。海南義軍日酣戰，識時豪俊思歸農。渠魁昨夜屠城去，白骨如山盡無主。紛紛天下皆侯王，誰念蒼生日愁苦。朔風吹雪塞草黄，羣雄角逐持干將。蛟龍争海雲失色，玄武蔽日天無光。惟聞布衣爲將帥，豈知行兵乃凶器。窮廬悲歎將奈何，但願四海無干戈。

避居遣懷

戎馬紛紛苦未休，石龍源裏暫遲留。安儲黄綺還辭漢，尚義夷齊豈仕周。雲捲旌旗山砦晚，風催鼓角石城秋。誰能倒挽天河水，一洗蒼生萬斛愁。

春日宴客

晝省樓臺出北皋，東風詩酒戀綈袍。山摇晴旭琉璃滑，柳拂春雲翡翠高。天上故人情似海，關中壯士劍吹毛。尊前一笑空彈鋏，經濟誰知屬俊豪。

春晚幽居遣懷四首

潭西竹塢静無譁，擬作湖邊賀監家。太守豫章曾下榻，故人蓬海已乘槎。關山戰伐風塵暗，京國飛騰暮景斜。時事艱難每如此，留情編簡是生涯。

屋角春深竹樹齊，祇將詩酒答幽棲。四時松檜堪圖畫，千古江山入品題。鶯踏落花晴雨過，燕衝飛絮曉雲低。臨軒稚子驚相問，何似山公醉似泥。

幽居頗似浣花村，宅近青山絶市喧。一箇草亭閒白晝，幾家松火照黄昏。風雲變態詩千首，天地忘機酒一尊。應笑此身成懶拙，平生經濟向誰論。

桑柘春陰緑映簷，客來詩酒日相兼。溪捎暮雨玻璨滑，山擁晴雲翡翠尖。每有壯懷如李白，寧無幽興學陶潛。人生適意須行樂，痛飲醇醪似蜜甜。

北唐李烈婦

按：李氏，北唐上官成一之妻。至正二十二年冬，江西盗兵陷光澤，邑民依烏君山之玉隆宫以居，鄰寇乘機入山剽掠，李被執縛，驅迫以前行，經龍牀石崖，其下深數百尺，李力曳繩，與賊俱投崖下而死。

烈婦空山用計深，委身殲寇墮崖陰。將家三尺龍泉劍，不及孤貞一片心。

上元詩九首　并序

光澤擗闠，聚兵戰守，自至正壬辰之後，十有八年。民罹饑饉，城市蕭然。己酉歲，知縣劉克明宰于兹邑，元宵復有放燈之樂。賦此以紀其事。

擲關兵寢不傳烽，花縣元宵樂事同。記得漢宮祀太乙，綵樓銀燭絳綃籠。
月轉城頭禁鼓催，燭龍銜火照樓臺。街衢不敢争馳道，門外傳呼縣令來。
司兵引隊出巡燈，蠟炬雕籠挂綵繃。露滴簷楹天似水，火珠萬顆耀飛甍。
曹司傳命禁喧譁，院院篝燈炫綵霞。十二闌干人不到，一庭明月照山茶。
優倡獻伎惜娉婷，引出朱衣次第行。香霧滿城吹不散，傍花閒聽踏歌聲。
城門楊柳碧纖纖，摇颺東風拂畫簷。院落賞燈人醉後，吹簫夜坐水晶簾。
新裝鬼隊出城隅，火髮金睛體貌殊。伐鼓兒郎不歸去，街頭争看舞揶揄。
掾曹新試古衣冠，黄笠烏鞾雪色襴。五夜放燈隨伴出，兒童驚怪隔花看。
花陰人散月華清，巷陌揚輝似晝明。稚子收燈歸院去，當軒歡笑説昇平。

杭溪留别諸友四首

溪陰築室學歸耕，種藥收書頗稱情。何事騎驢到城郭，祇緣縣令好儒生。
短笻扶醉柳橋斜，竹裏來尋羽士家。門外雪融溝水滿，溪南溪北放梅花。
日落雲巖紫氣浮，故人惜别意綢繆。丹陽昨夜遊仙去，閒却吹笙十二樓。
壯年京國説心期，歲晏相逢忍别離。我欲攜琴遊碧海，白雲處處共題詩。

軍中謡五首

壯士沈江澤國遥，元戎誓死報中朝。滿山日暮寒雲起，疑是忠精憤未消。
彎弧十萬射天狼，雲擁旌麾塞草黄。星墜柳營江月冷，轅門空泣潁川王。
河南相國詔封王，百萬貔貅震朔方。密旨已傳誅内難，先迎鶴駕出明光。
車駕蒙塵幸虎林，燕山迢遞海雲深。嬋娟愁絶天魔舞，紫禁烟花思不任。
翠華北去雁南飛，萬馬如雲出帝畿。老象牽來心傍鐵，悲號猶戀赭黄衣。

晚歸述懷十首

竹屋清幽映緑苔，縣公招隱有書來。兒童驚怪鳴鑣客，掩却柴扉晝不開。
丹邱公子玉顔酡，尋訪詩家到薜蘿。我向滄浪釣明月，南山誰聽飯牛歌。
故園蘭菊稱幽棲，郡府徵賢屢品題。但得龍泉光出地，何須楊震向關西。
風颭槐陰雨檻凉，客來呼酒説干將。山妻不解淩雲意，却笑知章醉後狂。
投閒無事傍山居，石几籐牀興有餘。翰墨儘堪消暇日，少陵詩法右軍書。
孤村烟水接荒陂，積雨園林草滿籬。黄鳥不知春已過，隔墻亂踏落花枝。
楓林凉月夜迢迢，骨肉相親慰寂寥。書劍蹉跎成懶拙，小窗燈火話漁樵。

十年江海學屠龍，躍馬歸來氣貫虹。抉得驪珠三萬顆，精光夜夜照鴻濛。
鶴窠山下日棲遲，頗似商顔茹紫芝。吟得詩成驚鬼膽，不妨短髮亂如絲。
雨濕楊花雪不飛，垂綸閒坐釣魚磯。欲將鐵罟漄東海，網取珊瑚稾載歸。

題崇安寺飛瀑

千丈垂流落遠峰，紫烟照日見長虹。銀河直向天邊下，應與廬山絶頂同。

崇安寺萬竹

叢篁密蔭互縈迴，野翠冥濛隱殿臺。夜半啓窗看月色，只宜疎雨隔山來。

昆邱外史余善

善字復初，崑山清真觀道士，爲張伯雨愛友。

題顧玉山澹香亭

玉女乘鸞下絳霄，梨雲漠漠帶香飄。簾開淡月香初發，雪滿柔條暖未銷。花下洗粧時載酒，亭前度曲夜吹簫。主人愛客情懷好，折簡頻煩遠見招。

向承池上之作龍門琦上人所和皆已刻之廡下如珪璧相照映今聞于會稽回在玉山中將來一詩并刊故就韻以寄所懷云

絶愛玉山佳處好，山雲白白樹蒼蒼。翠旌遥駐天邊鳳，玉琯聲飛月下霜。社結龍門懷智滿，曲傳鑑水羨知章。醉中記得蓬萊宴，笑折瓊花索酒嘗。

遊仙詞

鸞書趣燕五城東，下視星辰在半空。行過瑤臺重回首，玉清更在有無中。

虎豹耽耽守帝閽，銀灣水氣曉氤氳。石榴花下霓裳隊，競染香雲製舞裙。

城闕天容曉未分，身騎金虎謁元君。青童不道天家近，笑指空中五色雲。

三十六宫丸内春，邯鄲却憶夢中身。帶將一箇城南樹，去謁仙班一作「家」。十八人。

飄飄天樂下珠庭，又從麻姑降蔡經。麟脯鳳脂皆可嚼，長鑱一作「生」。何必斵松苓。

溪頭流水飯胡麻，曾折璚林第一花。欲識道人藏密處，一壺天地小于瓜。

不到麟洲五百年，歸來風日尚依然。稺龍化作雪衣女，來問東華古玉篇。

春宴瑶池日景高，烏紗巾上插仙桃。長桑樹爛金雞死，一笑黄塵變海濤。

高駕飈車過大瀛，神官報道□三清。新裁鵝管銀簧澀，一曲元雲鼓未成。

天府官曹夙有期，金盤玉粟賜漁師。一彈指顧天台近，始悟三生石上棋。此余方外生余善，追和張外史《小遊仙》一十解。持稿來示，余小加點讀。至「長桑樹爛金雞死」，座客有遶牀三叫，以爲老鐵喉中語也。又如「一壺天地小如瓜」，雖老鐵無以著筆矣，故樂爲之書。至正癸卯春王正月上日，鐵龍道人在玉山高處試奎章賜墨書。

機　先

機先日本人。性好山水，錫飛杯渡，不遠萬里。嘗喜雲南形勝，東距蟠龍江，西據碧雞山，南瀕滇海，北枕螺峰，徘徊不忍去。有《滇陽六景》諸詠，載入通志。

長相思

長相思，相思長，有美人兮在扶桑。手攀珊瑚酌霞氣，口誦太乙朝東皇。鯨波摩天不可航，矯首欲渡川無梁。去時遺我瓊瑶章，蠻箋半幅雙鴛鴦。鴛鴦不飛墨色改，攬涕一讀三斷腸。前年寄書吴王臺，西湖楊柳青如苔。今年東風楊柳動，鴻雁一去何當回。欲彈朱絃絃斷絶，欲放悲歌聲哽咽。孤鸞夜舞南山雲，花漬簾前杜鵑血。思君不如東海月，夜夜飛來海東出。月明長伴美人身，美人亦近明月輪。褰衣把酒問明月，中宵見月如見君。長相思，長如許，千種消愁愁不消，亂絲零落多頭緒。但將淚寄東流波，爲我流入扶桑去。

寄西山石隱

碧雞山上雪，想可埋巖房。老僧凍不死，燒葉生微陽。我欲往從之，杳杳川無梁。日落尚延佇，心隨歸烏翔。

送　別

天書召賈生，匹馬出滇城。白首相逢處，青雲送别情。山經巫峽盡，水到楚江平。好獻治安策，殷勤答聖明。

挽逯光古先生

昨日來過我，今朝去哭君。那堪談笑際，便作死生分。曠達陶徵士，蕭條鄭廣文。猶憐埋骨處，西北有孤雲。

梁王閣

碧雞飛去已千秋，聞説梁王曾此遊。洞口仙桃迎鳳輦，巖前宫柳繫龍舟。青山有恨人何在，白日無情水自流。豈識當時歌舞地，寒煙漠漠鎖荒邱。

滇陽六景

金馬朝暉

岧嶤金馬在城東，黛色蒼涼淡墨中。畫角聲消殘月白，陽烏影動早霞紅。梁王去國荒邱在，漢將開邊古道通。豈料長爲南竄客，朝朝相對獨爲翁。

碧雞秋色

碧雞西望水天虚，漠漠秋光畫不如。翠壁煙華摇浪處，丹崖樹色著霜初。前朝有閣今遊鹿，落日何人獨釣魚。却訝維舟溢浦上，芙蓉九疊看匡廬。

玉案晴嵐

山如玉案自爲名，卓立天然刻畫成。白晝浮嵐濃且淡，高秋疊翠雨還晴。陰連太華千尋秀，影浸滇池萬頃清。杖策何當凌絶頂，滇南一覽掌中平。

滇池夜月

滇池有客夜乘舟，渺渺金波接素秋。白月隨人相上下，青天在水與沈浮。遥憐謝客滄洲趣，更愛蘇仙赤壁遊。坐倚蓬窗吟到曉，不知身尚在南州。

龍池躍金

路入商山境更奇，玉皇臺畔有龍池。行逢柳色煙深處，坐看桃花水漲時。映日金鱗鳴潑剌，含風翠浪動淪漪。由來神物非人擾，變化雲雷未可知。

螺峰擁翠

螺峰近在滇城裏，下有招提倚翠屏。雨後光含僧眼碧，雲中色擁佛頭青。層厓鳥度開天險，古洞龍潛閟地靈。自是幽深回俗駕，不須重勒北山銘。

除夕

昔聞蘧伯玉，行年五十化。吾道竟如何，悠悠日又夜。

寄石隱

古木積蒼煙，空山夜悄然。遥知崖上月，獨照病中禪。

送僧歸石城

月照空山鶴在松，夢中猶聽石城鐘。今朝又向江頭别，目斷孤雲意萬重。

聞笛

夜深吹笛是誰家，獨倚高樓月欲斜。塞上春情無賴甚，那堪又聽落梅花。

雪夜偶成二首

晝角聲殘曙色遲，雪花如掌朔風吹。吟中二十年三昧，未了梅花一首詩。

定起閒吟獨倚闌，朔風吹面雪漫漫。修心不到梅花地〔一〕，耐得山中一夜寒。

〔一〕「心」原闕，據四庫本《滄海遺珠》補。

復元禪師自恢

自恢字復元，一作「初」。豫章人。至正末，住海鹽法喜寺。洪武初，移住廬山。詩見《玉山雅集》、《名勝集》。按《玉山雅集》所録詩僧共九人，余採其七，入《元詩選》中。其一則來復，字見心。洪武初，用高僧，召至京，授僧録寺左覺義，坐法死。其一則良琦，字元璞，洪武十五年，召對稱旨，授以印章，官爲僧掌，崇明僧教。一時翰苑名公，送之以詩。二僧例應入明詩中，故不録。

雜言五首

世事競紛紜，人生若愚蔽。汩汩利欲懷，區區衣食計。嬴羡校分銖，得失勞夢寐。寡欲味道真，誰能薄浮僞。

富厚苦營營，寒微何戚戚。機巧勞百慮，困此朝與夕。虧盈有常數，得失無定跡。百歲同歸盡，泯滅淪木石。

羣音瓦釜鳴，衆色紅紫爛。澆漓日以滋，淳樸日以散。滔滔萬派分，隄決何由扞。黄鐘祕太璞，棄置誰能玩。援琴寫素心，清風邈河漢。

釣渭卧蓬萊，耕莘飽藜藿。遭時困顛危，斯民墜溝壑。風雲際良會，雨露悉磅礴。如何懷寵榮，諛佞出人形。

軒裳詎云惡，斧鉞良難嬰。獨有忠義心，不隨生死傾。行虧名節毁，寧不愧爾情。襟裾混庶類，空有斯然諾。勢隆還復傾，委棄等鼠雀。

書畫舫餞謝子蘭以江東日暮雲分韻得暮字

結屋如畫船，飛梁水中度。迴窗與曲欄，粲粲足可數。書卷高滿牀，張圖設茶具。矚虞集佳賓，山水發深趣。幽人殊方來，雅論夙欽慕。眷言聊徜徉，扁舟逐飛鷺。明當送子行，相期遲歲暮。

碧山歌贈朱隱君

紫陽山人碧山住，卧雲遥在山深處。種杏雲林不計年，花繞東風千萬樹。雲中之山碧嵯峨，錦屏百疊翻翠波。秀出芙蓉九霄上，青猿白鶴啼煙蘿。瀛洲東望不可到，珠館珊瑚隔滄島。聞有仙人王子喬，跨鶴青田種瑶草。我愛碧山人，長嘯碧山春。手持玉拄杖，頭帶華陽巾。鍊精御氣顔色好，朝餐每拾安期棗。有時閑與八公徒，玉檢丹經細論討。黄精壓酒春滿壺，呼兒取醉不用酤。浩歌舉觴酹巢許，掃花磐石相歡娱。浮名不直一杯水，肯向權門曳珠履。但願長乘白鹿車，笑折三花紫烟裏。

湖光山色樓以吴東山水分韻賦得崑山

馬鞍山在勾吴東，山中佳氣常鬱葱。層巒起伏積空翠，芙蓉削出青天中。六丁夜半石壘壁，殿開煌煌絢金碧。響師燕坐講大乘，虎來問法作人立。天華散雨娑羅樹，一聲共命雲深處。我時細讀孟郊詩，興來更上龍洲墓。憶昔曾同信信友，七尺枯藤長在手。數年音問徒茫然，頓覺羈懷醉如酒。嗟彼習俗耽歡娛，錦韉細馬紅氍毹。畫船吹簫撾大鼓，吴兒棹歌越女歈。只今歌樂難再得，面顔已帶風塵色。何如張晏溪上樓，山光倒浸湖光白。我愛虎頭金粟子，十載論交淡如水。每懷故舊參與商，一一老到門驚復喜。我留玉山君即歸，天風冷冷吹客衣。人生會合如夢寐，焉能對酒時吁嚱。我歌長歌君起舞，山川洵美非吾土。搴裳涉澗采昌陽，且向山中作重午。

送海上人還荆門

徧禮南朝古佛宫，荆岑春去百花濃。江通楚蜀波濤壯，山入湖湘紫翠重。拄杖穿雲隨白鹿，軍持分水浴蒼龍。欲知後夜相思夢，月落猿啼一作「啼猿」。滿竺峰。

書畫舫以春水船如天上坐老年花似霧中看分韻得花字

緑波池頭書畫舫，窗開晴日見梅花。愛賢曾讀當時傳，好事嘗傳米老家。座上酒罌傾臘蟻，硯坳書水滴文黿。艱時會合須謀醉，莫向空江歎歲華。

題唐子華畫山水二首

江雲如雪樹高低，竹裏人家傍水西。滿地松陰春雨過，好山青似若耶溪。
雲分晴磴樹交加，蘿屋陰陰石脚斜。絶似龍門三月路，一溪紅雨漲桃花。

偶成

金沙溪上柳條齊，白鳥羣飛落照低。十里荷花紅勝錦，好山都在畫橋西。

題管夫人竹石圖

古木脩篁石似雲，縱横八法自成文。何當截作韶華琯，吹落春天紫鳳羣。

雪山禪師文信

文信字道元，號雪山，永嘉人。幼警悟，不喜塵俗，遂從浮屠氏學，既悟禪旨，兼通儒老。善屬文，詩尤清峭，字畫追吴興，而別成一家。少與楊廉夫、張伯雨齊名。及出家，住石湖寶華禪寺。每聽談詩，令人灑去塵想。與本誠、宗衍二公皆同字道元，竝以博學負重名，而文信戾契度世，僅住小山林而已。洪武中，年八十餘，以詩托友生錢岐寄王逢原吉，且囑曰：「幸致敬席帽翁，余不久天柱家山去也。」尋逝。

古婁顧仁山於其所居植竹數百本竹中作亭曰逍遥其閒乃署其亭曰竹逸於乎古之賢者必有寓若顧君寓於竹不亦賢乎哉為賦詩一章以頌之〔一〕

時維青陽，彼花競英。雨雪飄飄，我竹青青。于彼竹中，曰搆我亭。我琴既弦，我酒既清。以遨以遊，以樂我情。豈不爾思，於焉孔寧。君子之心，惟以是貞。

題顧處士梅隱齋

夷齊首陽餓，黄綺橘中樂。軒冕豈不榮，物性各有託。顧君幽隱地，種梅良不惡。獨芳泂皎潔，桃李流光薄。師雄悟翠羽，何遜吟東閣。冥言適至理，曷用調鼎擢。歲晏冰雪繁，陰氣結河岳。豈無凡草木，愛爾抱貞慤。

燕穆之山居圖

日出山峨峨，溪泂水泠泠。斷橋渡河處，林西孤草亭。昔遊天柱峰，題詩翠雲屏。又曾過石橋，前驅有山靈。東吴三十載，奔走勞我形。燕君趣何高，作圖意冥冥。老樹復陰翳，幽鳥如丁寧。便將覓長鑱，松根尋茯苓。

題雲林竹圖

粲粲碧玉枝，託根在昆侖。日出四海静，影拂青雲端。君王愛直節，樹之黄金門。華繁實且多，持以慰青鸞。

題吴仲圭為松巖和尚畫竹

吴郎平生真不俗，千畝琅玕在渠腹。有時寫出與人看，葉葉枝枝動寒緑。之子愛之如千金，袖中戛戛鳴玉音。莫教風雨化龍去，明日葛陂何處尋。

題趙彦徵畫

吴興之山弁山好，碧嶂丹崖净如埽。雲開影落水晶宫，妙處不傳休草草。玉堂學士文敏孫，筆意慘淡深討論。大峰楊旗出天闕，小峰倒翅如鵬摶。清溪過雨泉聲壯，茅屋疎林更蕭爽。他年此地巢雲松，一笑人間脱塵鞅。雪山文信爲本心上人題。是日山雨初歇，新凉忽生，書於慈受堂東偏。洪武六年夏六月二十八日也。

贈劉法官

黄冠鶴氅玉佩齊，拜壇夜起天門低。鐵牌落潭水蛟死，霜劍出匣山魈啼。松下摘芝露滴滴，磵邊煮石風凄凄。欲知乃祖有玄德，北海太守曾留題。

送本空維那歸虎邱

人間列刹成劫灰，東吴叢席蒙塵埃。山頭劍氣夜還起，洞裏桃花春自開。水遠蒹葭風力壯，天寒鴻鴈角聲來。曾看石壁題詩句，爲問鬼仙安在哉。

和西湖竹枝詞四首

湖西日脚欲没山，湖東一作「西」。月出一作「新月」。牙梳彎。南北兩峰船上一作「裏」。看，恰似一作「比」。阿儂一作奴。雙髻鬟。按王逢《梧溪集》，道元嘗有《西湖竹枝詞》一首，至今爲絶唱。或者病其浮薄，廉夫謂曰：「金沙灘頭菩薩亦隨世作戲耳。」或乃釋焉。

湖上採菱菱濕衣，泥中取藕藕得歸。怪殺鴛鴦不獨宿，却嫌鸂鶒傍人飛。

蹙金麒麟雙髻丫，白銀作甲彈琵琶。何曾辛苦事蠶織，水口紅船長是家。

東邊高樓紅紫開，西邊青山翠成堆。吴兒盪槳浪花裏，相賽唱歌船去來。《西湖竹枝唱和集》只前三首，此首不載。

〔一〕今存未定稿本自此詩題下已闕，今人顧廷龍據《草堂雅集》補足此詩，并補録《題顧處士梅隱齋》、《贈劉法官》二首，與《補遺》有異。

僧善學

善學自號古庭生，吴郡馬氏。年十二，出家大覺寺，十六抵杭，受戒。明年，受華嚴于光福林屋清公。又明年，依曹溪寶覺蘭一作「蕑」。公，盡通法界觀門并元文要旨，凡賢首一家疏鈔，若《華嚴》、《圓覺》、《楞嚴》、《起信》諸部無不深入。末年，宣政院請師開法崑山，薦福當路者，欲令出門下，師賦《曹溪水》四章拒之。明初，居光福。光福爲銅像觀音道場，方思有所建置，寺僧輸賦違期，當徙贛一作「虔」。州，有司知師專任講道，欲與辨析，師謂宿業已定，毅然請行。抵池陽馬當山，不疾而化。時洪武三年四月二十日也，得年六十有四。所著有《十元門賦》、《法華問答》、《法華隨品贊辨正》、《教門關鍵録》、詩文若干卷。門人處仁、法慧乞啓宗佑公、九臯聲公撰行業紀。宋濳溪云：「濂于諸宗之文，頗常習讀，每病台衡、賢首二家，不能相通，欲和會而融貫之，恨鮮有可言斯事者，不知世上乃復有師乎！」于是發不及見之歎。既序其事，復綴之銘。天順間，張宗伯惠序其語録行世，卷首云：師居天界，學者請問師行脚云云。自序甚詳，末載詩一卷，長于五言。如：「雲外猿聲斷，松間鶴夢危。」又：「驛騎驚晨鼓，官船發夜歌。」又：「供粥燒新筍，烹茶摘野蒿。」又：「天地浮沈際，蛟龍出没中。」又：「分榻在今秋，合單思故友。」元遺山見之，應亦解頤。《旅癡》十首，酷肖寒山，惜逸《曹溪水》四章。

為道院題墨竹

誰寫雙篔簹，半晴半帶雨。榦直挺青琅，葉疎攢翠羽。清容禪室懸，瘦許山僧侶。倘遇老香嚴，定將公案舉。

山水圖為李用之書

良工善丹青，所得意外意。紙上移江山，筆端轉天地。楊柳護煙村，雲霞鎖蕭寺。索我一題詩，對之起幽思。

山　行

我獨愛山居，空冥煙水餘。行非公務迫，吟爲野懷舒。入水逢僧話，沿崖見草廬。相攜歸作宿，又過一菴居。

宿晚村

眺望前村近，桑麻路欲迷。過田衣拂水，緣逕履沾泥。遠嶠寒煙合，空林夕照低。村翁留我宿，也解說禪機。

遊廢寺

古寺是何年，山門自悄然。殿空容鳥入，樹老引藤纏。有客獨題句，無僧共坐禪。息陰依樹坐，怪見虎當前。

遇隱者

杖策雲間去，迢迢入薜蘿。踐厓登白石，行逕踏青莎。樹密連居址，橋危隱竹坡。人煙皆四絶，惟我獨經過。

入古峰寺

樓閣微無有，雲霞最上層。扳蘿緣屈曲，踐石度岐嶒。蘚壁三尊佛，龐眉一老僧。倚巖如幅畫，夜對一龕燈。

宿荒院

行歸山院晚，煙火隔人家。垣倒自來鹿，草深多聚蛇。空廊無月照，古殿有雲遮。年代尋碑辨，文章半蘚花。

山房獨坐

山房無一事，西日送殘曛。飯取胡麻煮，香將柏子焚。草坡聞牧笛，松塢響樵斤。恠底窗昏黑，簷前一片雲。

山興寄魁太初

盡日巖房老，幽居自獲便。死生無定日，坐卧任長年。豈謂禪非學，惟知夢是顛。身前身後事，鳥語竹籬邊。

山趣吟三首

我趣山幽逸，山深任寂寥。種松緣逕側，架木倚山嶕。巖瀉千尋瀑，園滋百品苗。爲何人少到，陡澗不横橋。

我趣山幽逸，山幽豈易言。但容來老衲，未許過高軒。泉眼石邊活，鳥聲花外喧。紅塵無路入，風景似桃源。

我愛山幽逸，平生酷愛山。言登那畏險，飽翫不知還。選地幽深處，誅茅一兩間。因兹清已智，竟不與塵扳。

舟泊

泛舟隨所往，相與俗情違。興得五湖樂，心閒萬事非。人疑天上坐，鷗訝鏡中飛。晚泊蘆花渚，猶知紙帳圍。

水國微茫處，凝眸景趣多。天光船底漾，雲影棹邊拖。動我清幽興，聞他欸乃歌〔一〕。不知臨去晚，落日蕩狂波。

海闊天空際，山僧夜放舠。撥煙雙短棹，穿月一長篙。蜃吐千層閣，虹垂五色橋。幾番衝逆浪，直欲上重霄。

江靜雨初收，湖光滑似油。岸如隨棹轉，山欲趁波流。牽興多浮荇，忘機足野鷗。夜聞漁父笛，欲破一天秋。

來去復來去，猶如水上萍。衝煙過荻渚，隨水傍沙汀。渡口求漁叟，船頭狎鷺僧。相逢惟一笑，即是息心銘。

紙帳

一團虛白墜輕柔，護我禪林分外幽。身在芸暉堂上卧，神于銀色界邊游。素雲助暖春常在，霽月凝光夜不收。好是枕邊蝴蝶遠，梅花有夢到羅浮。

拄杖付徒永昇作

昔年行脚賴攜持，倒握横擔總是宜。撥亂雲根天地塞，攙空華藏佛魔迷。隨高就下乘渠力，涉險經危苦不疑。付與吾徒收拾去，兒孫萬古作標題。

道中望靈峰寄秦上人

海門煙霧日沈東，曙色濛濛帶雨風。古寺半空丹壁裏，幽林一望畫圖中。雲埋鶴夢松聲細，石近龍泉水眼通。勝覽江山觀未是，寫懷留寄梵王宫。

述　懷

構屋山居物外禪，繞窗白石與清泉。年來識破安心法，衲破蒙頭自在眠。

尋隱者

爲訪山人入路偏，山中風景自悠然。到門得見雲松主，相對無言即是禪。

為清道人書閒寂軒

四簷空碧道人家，一段風光不是譁。静坐蒲團無箇事，殘暉倒影入窗紗。

為老宿山隱

翛翛茅屋倚巉巖，白晝閒雲爲掩關。自是年來心地死，蒙衾終日到三竿。

無容軒爲獨翁題

柴爐煨芋平生友〔二〕，打户無人到此閒。莫謂晚來蕭索甚，清風明月半幽閒。

洗　衣

破衲和煙幾片絲，半零半落浸寒漪。今朝天氣初晴爽，挂在當風日景遲。

春吟曉處

尋春不放一朝閒，踏遍千山與萬山。好是晚來詩就處，銀鉤照眼欲彎彎。

夏日與友登山

夏日登山與友遊，笑談不覺到層樓。相攜更上顛崖望，無限浮雲在脚頭。

送僧歸蜀

故鄉日暮聽啼鵑，歸到家山三月天。送子松門分首處，野雲寥落滿山川。

侍者别我

二冬侍我在爐頭，榾柮頻燒費茗甌。正好看梅辭我去，明年此日再來否。

善道者居山

□善道者只居山，城市喧譁總不關。驚破石牀空夜夢，海天飛月上欄杆。

送禪子

子去勞吾到竹門，屋頭松老不知春。相期若要歸來早，共與鋤山種白雲。

維　舟

維却孤舟擲却竿，掀天捲地亦閒閒。年來長袖絲綸手，心在眠鷗浴鷺閒。

山宇吟十二首　存十

山宇清寒一敝衣，夜寒爐火尚希微。多燒黄葉身餘暖，不著人間是與非。

昨夜睡濃人在夢，忽然記得去年時。猿來偷我樹頭果，扳折當窗那一枝。

菴鎖雲巒樹鎖煙，淡濃蒼翠筆難傳。石邊添箇頭陀坐，一幅丹青世外懸。

住山年久客情疎，雲水相參厭起居。不必擔禪來問我，老夫心念尚空虛。

山雲水石道人家，方寸常開不夜花。風味與人真箇異，夜深撥火自烹茶。

山人自適山中景，紅白花開杜宇天。笑我形模無可據，惟憑翠竇度長年。

三春已謝夏方除，蟬噪風寒秋欲餘。木葉滿巖冬又近，紫牀煙火日于于。

掃石跏趺默坐閒，春深幽鳥亂啼山。白雲愛我菴前地，與我常年共放閒。

怪底山家與事休，刀耕火種日無求。平生伎倆惟餘此，半榻雲埋在石樓。

縛木爲牀草作氈，山中富貴只□然。絶無車馬來林下，門掩潺潺落澗泉。

〔一〕「欸」，原誤作「款」，據四庫本《御選元詩》改。

〔二〕「芋」，原誤作「老」，據四庫本《御選元詩》改。

附錄

元詩選癸集補遺

蘇天弌

天弌字復之，號復齋，寧都人。延祐間，同友人温立心、楚江玉、泉滄洲、梅心梅野遊金精山，與道士劉大明茶邊語及前後留題，欲繡梓以壽其傳。因與劉披索多年，陸續刊成卷帙，標之曰《金精風月詩》，計百餘人。

遊金精山

無由避煩暑，結客入金精。瀑布長疑雨，崖陰不似晴。酌泉神思爽，枕石粟肌生。留宿忘歸去，林端月已明。

題石上二仙下棋

半崖平石二癯仙，坐隱金精閲幾年。執子至今猶未下，不知一著遜誰先。

金精山

排雲插漢石崔嵬，峭拔如飛險似頹。綫逕杳疑無路到，竇門深入有天開。悲歌下土言猶在，癡殺長沙慕遠來，青鳥若傳雲外信，人問何地不蓬萊。

次韻李竹所

名山大半以仙靈，吟入金精眼倍明。木鶴四時隨斗轉，石崖一竇自天成。麗英不是人間侶，阿芮徒摇心底旌。若問麻姑當日事，偶然談笑共方平。

黎宙

宙字月潭。

石洞

金精墮元壤，色古入冥窈。媧石未補完，混沌窺一竅。

木雀

形神運靈化，冥心縱一往。木雀異木雞，居然了真妄。

蓮峰

飄飄墜金蕖，瓣瓣痕丹砂。半空風雨寒，至境非凡花。

苔石

石磬敲清風，山泉漉明月。不敢踏蒼苔，恐是仙子髮。

石鼓

淒其石鼓辭，感嘆有餘悲。翩然上玉清，嘉會或可期。

遊金精山

不到金精久，山空花自香。殿梁唐歲月，石鼓漢文章。洞杳多雲氣，崖高少夕陽。酌泉消世慮，吾亦正徜徉。

張廷薦

廷薦字月山。

紀遊

馬行諳舊路，雞唱認層巔。洞口有桃處，江村欲雪天。熏爐看琬刻，洗杓汲靈泉。我愛長留此，山深日似年。興廢人間事，千年起歎嗟。吴霜欺短髮，峽雨誤長沙。落葉埋山藥，流泉濕土花。歸途無月影，一路燭枝斜。

讀碑有感

斷碑遺迹落埃塵，妙語誰能辯受辛。曾有峴山人淚眚，豈無商嶺客逃秦。行雲莫作巫山夢，解佩空憐洛水神。前度劉郎何處覓，不知人世幾番新。

金精山歌次韻

神仙洞府多奇峰，白日關鎖雲千重。番君有心堅似石，要向桃源食仙實。那知仙子已自知，霞裾縹緲東西之。塵寰豈肯一迴顧，飛軿徑上青雲去。朝行不作巫山雲，斧鑿空費六丁勤。金莖天半渴無露，幾載蒼蒼烟雨莫。如今又見劉郎來，至誠可使烟霞開。玲瓏詩響出心竅，洞口桃花對君笑。仙崖上與青天齊，金星夜夜騰天西。日氣一道如朝炊，劉郎搦管生虹霓。鐫詩好向最高處，丁屬山神爲呵護。木宦如能説令威，城郭千年尚如故。要知氣骨超塵凡，哦詩聲出雙松間。赤松異日得相見，約君求仙不辭遠。

黎□

□字東齋。

遊金精山

去縣十里外，尋逕萬田邊。詰曲到石室，巉巖當瓦椽。泉飛半崖雨，洞覆一方天。仙去桃源幻，孱顔莫計年。

趙景仁

景仁字應得。

題金精山

人已淩雲上紫微，君王目斷愈狂癡。女中自有縱横手，調御英雄若小兒。
霜風吹月滿陽靈，草木號寒不斷聲。多謝道人開紙帳，却成好睡到天明。

曾光祖

光祖字唯庵。

題金精山

飄飄鶴駕上天西，恰到番君駐馬時。霞佩不迴雲漠漠，海桑那覺幾番移。
投老簞簹幸卜鄰，蝸蠅更不累閑身。烟霞已作仙凡隔，洞户蟠桃不計春。

鄭有恒

有恒字亦山。

題金精山

春風棧閣曉雲寒，中有潺潺一玉灣。白石棋盤青石磴，蘚花猶帶漢時斑。

紈扇盈盈巧畫眉，長沙當日漫兒癡。山深不識春風事，老却碧桃連理枝。

彭昌詩

昌詩字雅林。

重遊金精次韻

靈泉遺迹玉扃寒，一線清泠篆石灣。夢事已隨風雨去，幾人吟鬢爲渠斑。

麗英不是高唐侶，千古遊人笑芮癡。山下一間遺廟在，年年春雨長藤枝。

遊金精山陳千峰即席索和

仙去時移境尚同，巖花開落爲誰容。歌沈石鼓泉空響，局冷紋枰霧半封。山上丹桃無核種，甑頭青飯自機春。翠蛾不是人間麗，笑殺王孫不再逢。

文□

□字學山。

題金精山

紫府丹臺穴石通，中天積紺如夫容。四時斗轉一□□，千載地鎮雙桃紅。霞衣縹緲瑶池舉，空餘石磴猶賓主。當時邂逅解成仙，問翁何事看棋許。

劉□

□字仲菵。

留題十詠

入山

退之能遣嶽雲開，坡老曾觀海市來。前度劉郎今白髮，野猿山鳥莫相猜。

木鶴

浮世光陰測渾天，仙家歲月任推遷。胎禽刻木隨時轉，腐朽神奇總未然。

試劍石

剖開頑石試銛鋒，何以微施割慾功。鑿透洞天空自喜，仙人還在碧雲中。

石磬

泗濱清廟貢餘材，未省何年此地來。磨滅幾回人換世，銘辭剥落半莓苔。

靈泉

源發高峰已自奇，縈紆何恨出山遲。但能蘇旱興雲雨，不必汪洋萬頃陂。

仙桃石

異果通仙可脱胎，仙人拾得下山來。橘奴世與封君等，道是蟠桃也不栽。

仙　蓮

絶頂蓮開自昔傳，千年誰復見芳妍。科應永作真人供，不逐桃花出洞天。

石棋枰

昔年曾見爛柯仙，生死機關指顧間。應是後來無敵手，一枰雲外至今閑。

浴仙池

雲竇飛泉直下垂，泓然匯作浴仙池。解衣盤礴臨清沼，恰是風雩詠舞時。

石　洞

太白真人此煉修，丹崖石室至今留。仙山只在人間有，何事秦皇過海求。

高□

□字雪崖。

石洞

金精寂寂真勝境，門領松杉風月冷。跨鶴仙姬去不來，白雲一片封丹井。

漆□

□字平溪。

金精十詠

浴仙池

一泓寒玉浸清漪，不是華清賜浴池。萬劫洗空塵不到，巖花敲落半枰棋。

老君巖

鑿開混沌著籧廬，白髮垂垂老子居。元牝有門元外覓，空虚原自不空虚。

仙洞逕

鑿山通道戲吴王，十卷蓮經賺馬郎。求佛求仙求配偶，不知那事著心忙。

雙桃峰

種桃何代實垂垂，能飽真仙億劫飢。擲地化成雙顆石，知他幾度誤偷兒。

吴王祠

去去青鸞入海深，仙妹玉骨石爲心。何人猶塑雙遺像，似爲長沙强委禽。

木鶴巖

刻木何年作令威，巖間栖定不成飛。觸機自解隨時轉，肯向東城説是非。

飛昇壇

青霄昔有女乘鸞，留得仙壇寄北山。争似坐忘靈照女，更無遺迹落人間。

蓮花峰

金刀削出紫霄峰，倒影蓮花插碧空。千古八風吹不動，肯教一片落塵中。

休糧巖

一肘巖間别有天，瓊芝玉筍火無烟。桃花成實三千歲，何用山前萬斛田。

靈泉巖

崙崑劈破漏寒泉，巖頂清光透碧天。坐久不知山雨至，仙家一日是千年。

黎仲吉

仲吉字漢儒。

留題金精山

昔人鸞鳳已沖天，吴芮遺祠在洞前。氣勢徒知淩宇宙，干戈無力問神仙。謾輕龜玉傳王業，空得松杉接洞烟。一等辛勤鑿巖穴，禹門千古事仍傳。

胡時中

時中字東蒙。

遊金精山

縠雨未晴天氣陰，金精結客共登臨。好風長度野花馥，流水旋添幽澗深。蕙帳已空聞鶴怨，石壇長在有苔侵。仙凡總屬黄粱夢，空對前山話古今。

黄希聲

希聲字看雲。

遊金精山

山容不減向來青，云是金精此化生。太古應無門可隧，□餘猶有棧堪行。天心飛瀑懸崖雨，洞口斜陽隔樹晴。閑酌靈泉消世慮，看磨篔竹頌昇平。

劉元龍

遊金精山

名聞福地幾經秋，王事乘閑得勝遊。天上金精何代去，人間石室至今留。層岩巉峭真千仞，仙洞玲瓏自一邱。嵌竇中通非斧鑿，風傳謬忘不須求。

趙　時

時字玉清。

同遊金精山次韻

金罍花裩麥迎秋，俗駕追陪别駕遊。五石昔聞星象隕，一巖誰爲女仙留。化桃怪石真鰲擲，試劍遺蹤類虎邱。石罅流泉能致雨，蒼生好向箇中求。

邱　方

方字竹逸。

遊金精山次韻

刓出巖扃經幾秋，金星曾向此中遊。空傳遺跡層臺在，獨有馨名萬古流。三獻翠峰連碧漢，千尋素練瀉青邱。番君豈識仙凡迥，將謂真人可力求。

趙興福

興福字堂蘭。

遊金精山次韻

太白清凝一壑秋，東風吹我作仙遊。團團遺核靈桃化，歷歷仙吹石鼓留。遥睇故鄉招玉笥，欲邀歡伯酌浮邱。椒庭自與塵寰隔，癡殺番君痦寐求。

劉□

□字英夫。

遊金精山次韻

觸目雲根冷浸秋，洗粧已向九垓遊。潺湲只有飛泉溜，寂寞更無仙佩留。未跋會稽存禹穴，不同荆楚卧昭邱。俗緣剥落雙桃熟，擬上山山密密求。

馬若

若字巖叟。

遊金精山次韻

一天氣潤麥將秋，喜得名山侍俊遊。歲月已經桃未熟，烟霞相伴鶴長留。奇峰幻出巫山景，壁削移來積石邱。中有靈泉清可掬，本心如是更何求。

曾子貫

子貫字原一，號蒼山。

重遊金精山

散策深尋紫翠邊，雨餘林密意蒼然。元崖擁路奇千疊，邃洞抽扃自一天。殿古尚存唐歲月，地靈疑帶漢風烟。斜陽欲趁歸樵路，倚杖更聽雲外泉。

同戴石屏十人重遊分韻得鑿字即席就賦

綫逕盤邅回，老壁出參錯。洞深路欲無，且進還悸愕。太虛墮滓液，有此奇偉作。芮也勞斧斤，此語失之鑿。闞崖□生雲，泉雜雲影落。殿頭何時仙，怡然騎木鶴。

金精山歌次韻

元龍捲雨翻東溟，萬華變滅如輕塵。雹拳破瓦萬甲疾，癡恐天地今無春。東來一馬當軒下，雲葉畛剥天痕青。開雲衡嶽韓子到，此事怳惚今難憑。桃源有路不可入，桃花影絶那能尋。喳喳鵲鳴跋□起，豈子偉語回滄溟。聯騎庾蹇踏脆緑，見者謂我椒庭人。瑶琴飛響暗雪瀑，傑句泣晝逃山精。胸蟠玉虹世李白，筆舞鐵鎖今顔鄉。飛天遺章出天□，引觴清酌球琳鳴。泉樅樅兮靈鼓山，崇崇兮太古神明。有□炳萬象何處，人間非紫府靈根。元元貫元氣瞬睫，蓬萊無弱水雲襹。襹露泚泚米珠簌兮，方枰橘□同兮角里。

寥斯任

斯任字横舟。

重遊金精山次韻

福地曾聞著簡編，金精奇觀尚依然。木身鶴轉春秋月，石腹巖穿内外天。樹老枝柯縈葛蔓，山深樓殿鎖雲烟。跨鸞仙子知何許，尚想□霞照洌泉。

次謝東野韻

跨鶴仙妹已九霄，尚餘勝地景偏饒。石盤洞口疑無路，水繞山根忽有橋。樓殿雲栖迷曉日，�松風度響寒潮。番君可嘆成癡絶，忘擬陽臺珮輦遥。

陳宗禮

宗禮字千峰。

題金精山

往事鐫鑱一夢同，遊人聊此可從容。神仙已逝境猶□，洞府雖深户不封。閲遍古今雲木老，洗空塵土石泉春。此懷清白堪超世，何必金精特地逢。

姜　覺

覺字必先。

禱雨留題

琳宫貝闕峙琅玕，巖壑生烟拂醮壇。巧匠運斤來鑿谷，高真揺佩去乘鸞。空留遺像存姑射，遐想清風在廣寒。雖有□郎無處問，雙桃聳碧出雲端。

周珏

次姜必先

崇巖峭壁聳琅玕，玉女飛昇謝紫壇。吴國謾勞穿□石，仙裝已促跨翔鸞。金牀玉枕知何在，浴沼靈泉空自寒。幸遇詩翁成勝賞，盡投清景入毫端。

趙時僧

時僧字竹所。

留題金精山

飛瀑懸崖小逕通，女仙何在玉容空。當時未憩烟霞外，往事難言泉石中。木鶴千年餘夜月，桃花幾度自春風。世間多少英靈事，如此英靈便不同。

許如晦

留題金精山

夜深太白落毫芒，翠壁丹崖護玉房。怪石欲飛仙跡異，靈泉不斷浴池香。洞天自是三靈閟，福地能令六月涼。阿苪猖狂疑浪語，未須想像賦高唐。

曾子周

子周字楚山。

留題金精山

石樓三疊坐羣仙，緑樹丹崖自一天。雲護玉鸞驂曉月，巖栖木鶴起寒烟。素心顧□飡桃□，凡骨猶堪□鼎緣。倚棹江頭一登眺，天風吹袖挹靈泉。

金精山次韻

鯨奔獸駭羅羣峰，晴嵐□霧深幾重。世言番君□穿石，此事荒唐敢云實。仙凡□散那得知，衹今流水篆玄之。沖昇壇在肯回顧，木鶴癡情飛不去。五詩遺筆寫玄雲，殘碑記載心何勤。惟通一罅山前路，車馬塵埃了朝暮。劉郎想自天臺來，步步飾□連雲開。千崖萬壑玲瓏竅，今日重逢應一笑。蒼蒼石鼓青雲齊，名章合刻懸厓西。可憐一覺邯鄲炊，胸中五色蟠晴霓。此桃種在清虛處，不斷塵緣□崖護。人世從教隔古今，洞府何從認新故。我髮白矣骨尚凡，悠悠空老兹。

通真子秦志安

志安字彦容，陵川人。父略，少舉進士不第，即以詩爲業，自號西溪老人。志安三舉進士，避亂南渡，復一試，有司罷歸。正大中，年四十，遂致家事不問，放浪嵩少間，從道士遊河南，破北歸。遇坡雲老師宋公於上黨，執弟子禮事之。受上清、大洞、紫虚等籙，且求道藏書，立局二十有七，役工五百有奇，校書平陽，立都以總之。其於三洞、四輔萬八千餘篇補完，訂正多出其手，仍增入《金蓮正宗記》、《煙霞録》、《繹僊》、《婺僊》等傳附焉。居玄都垂十稔，道藏既成之。五月蜕形於所居之樗櫟堂，得年五十有七。所著《林泉集》六十卷，與遺山先生元好問、鶴鳴老人李俊民相唱和。遺山有《通真子墓碣銘》，鶴鳴有《知彦容》絶句云：「花信風傳閬苑香，騰空鶴駕望仙郎。當年誰爲看爐鼎，曾得丹砂入藥囊。」

寄李用章

□□□□□烹，□□□□□羹。□□□□□裂，□□□□□雪。先生高見真吾師，速營菟裘猶恨遲。窗明炕暖十笏地，松風謖謖和陶詩。山野已尋雲外路，直入天壇最深處。踏開李願舊游蹤，請君自草盤谷序。

丁道士野鶴

野鶴以字行，浙人。妻王氏守素，一作「真」。錢塘民家女。野鶴棄家，爲全真道士於吴山之紫陽庵。一日，召守素入山，自付四句云云，坐抱一膝而逝，年六十三。守素遂亦束髮簪冠，著道士服，奉夫遺屍二十年，迹不下山。年逾七十，貞守一節，可尚也。薩照磨都剌《賦吴山女道士》詩贈之。

臨終詩

嬾散六十三，妙用無人識。逆順一作「順逆」。兩俱忘，守道身常一作「長」。寂。

吴□庚一

題淨名居士古木幽篁圖

古木修篁景更多，江香曾記誓山河。靈槎一去無消息，細看宣王石鼓歌。

張宗演

宗演字世傳〔一〕，三十六代天師。

至元壬午莫春既望游洞霄伏睹虚靜留題次韻

洞號棲真境絶真，若人到此豈凡身。一從虚静題詩後，仙墨光芒日又新。

〔一〕「世傳」，原闕，據宋濂《漢天師世家序》（《宋文憲公全集》卷一七）補。

張與棣

與棣字國華〔一〕，三十七代天師。

游洞霄

洞天福地豈仙鄉，一派丹泉落澗長。山鎖九重塵不到，樓高百尺鶴來翔。遠游煉藥遺蹤在，坡老題詩淡墨香。莫怪入山雷雨作〔二〕，蛟龍蟄久始騰驤。

〔一〕「國華」，原闕，據宋濂《漢天師世家序》（《宋文憲公全集》卷一七）補。

〔二〕「雨」，原誤作「兩」，據孟宗寶《洞霄詩集》卷九改。

陳士囦

士囦字虛舟，龍虎山道士。

隨侍天師真人游大滌

雲關如鎖路縈迴，杖策追隨羽駕來。松檜倚天青嶂合，樓臺迎日碧窗開。翠微亭好供吟筆，丹甃泉甘稱潑醅。萬里南歸游洞府，翛翛脱盡世塵埃。

張德老

德老號超然子，龍虎山道士。

和陳士囦韻

玉京仙仗此徘徊，得侍真人捧詔來。九鎖峰巒隨地轉，五雲樓觀自天開。洞攢幽石成華蓋，香溢丹泉勝雪醅。更上危亭望天目，客懷渾不著纖埃。

褚伯秀

伯秀字雪巘，蕉池道士。

呈周清溪

清溪千仞餘，中有一道士。彼亦何人斯，景純慕若此。吾鄉汝南英，大滌隱君子。好客仍收書，東老未足擬。竹宫需賢才，師命促共理。無心雲出岫，有類月印水。樂與物爲春，自然人鑑止。二千年再來，雅號乃默契。挈世反真淳，爲教立儀軌。潛增翠蛟潤，益壯天柱勢。近聞築玄都，崇崗枕龍耳。充庭蘭玉茂，五雲樓閣起。笙鶴時往來，塵寰一俯視。紛争夢未醒，王侯到螻蟻。君壯我垂老，别日嗟激矢。相逢且盡歡，昇仙不如醉。

送金約山歸洞霄

門掩冷雲堆，推敲更有誰。不忘分芋約，來趁折梅期。聽雪連宵話，傷時幾首詩。侵晨催返棹，猿鶴報先知。

陳據梧

據梧號廬陵道士。

洞霄宫

吟老西湖處士梅，又擕雲笠洞天來。樓臺復此山中勝，松檜多因火後栽。丹井一泓堪自酌，青山九鎖爲誰開。欹笻讀罷坡仙句，著意尋詩首重回。

趙守一

守一號赤松道士。

洞霄宫

九鎖名山古洞天，翠蛟飛舞只依然。思陵輦殿塵雖暗，坡老詩篇墨尚鮮。從此羽衣多勝士，至今道脉得親傳。桃源有路無人識，更遣漁翁繫釣船。

陳義高

義高字秋巖，龍虎山道士。

游大滌癸未六月

神仙賜飲丹泉香，晝引入洞藜燈光。青童歡呼猿鶴舞，擊石奏樂鳴琳琅。大哉洞天有真境，滌我胸次冰雪涼。擬來學仙暫駐此，因念親老思還鄉。

翠蛟亭

流泉翠蛟舞，神化遇坡翁。得雨力轉健，挾風聲更雄。香涎吹石沫，飛勢下雲空。要識池中物，能施潤澤功。

至元己丑再游

九鎖山圍紫翠堆，日光霞彩照樓臺。洞藏吠犬守丹竈，泉挾飛蛟吼晝雷。峰頂樹高多寄草，洞中石怪不沾苔。雲璈疊奏胎禽舞，前度吟仙喜再來。

呈郎一山舒桂林

仙家日月能久長，嘯咏金闕歌天章。嵯峨一山倚天勢，桂林萬古吹秋香。丹泉泠泠漱夜月，傑閣聳聳明朝陽。巖翁醉後星斗焕，掀髯一任飛寒霜。主人進酒添我與，泰宇光明一心定。當初税駕我不知，却見主人大明鏡。

一庵題罷經千年，我不得見真無緣。丹泉泠泠漱玉澗，琪樹挺挺含春煙。翠蛟舞泉勢衝石，白鶴振雪聲聞天。我游空洞脱塵語，玉皇頷首誇詩仙。

王福緣

福緣字磐隱，武林道士。

游洞霄

古洞鎖烟霞，虚皇太上家。九關無虎豹，大澤有龍蛇。地上餘杭酒，雨前天柱茶。滿山青箬葉，何處問丹砂。

孫晉

晉字雪居，錢塘道士。

和集賢學士張彦清游洞霄韻

好山多向畫圖看，今日重看畫裏山。千古翠蛟亭下水，已隨詩句落人間。

山鳥搗殘幽洞藥，石泉流盡古仙丹。因過九鎖雲深處，流水高山不必彈。

酬洞霄葉隱君江南見寄二首

未落江湖膽氣寒，可人風月帶愁看。如今眼底空無物，一片天真出肺肝。

客裏閒抛不再春，論年無復幀中人。舊時一種鄉關夢，却爲君詩换得新。君嘗題寫真云：「他時林下，一笑論年。」

燕山懷葉隱君

山人長在洞天居，不是吟詩定讀書。笑我驅馳數千里，秋風兩鬢欲何如。

燕山懷天柱孟高士

天柱峰前隱者居，山人曾爲寄新茶。幾番欲踐尋仙跡，路隔中原萬里賒。

孟宗寶

宗寶字集虚，本山道士。

洞天紀勝

複道阻長，商芝可采。大往小來，游戲三昧。九鎖山。

潛之爲言，非田非淵。神功收斂，雲歸洞天。龍洞。

垂翅山阿，修篁戛玉。不待簫韶，清風度曲。鳳洞。

洗耳洗心，不可涯涘。空洞無物，上善若水。大滌洞。

熊經鳥伸，境絶塵氛。不遑寧處，有愧杜君。棲真洞，昔杜琛所居。

滃然而出，悠然而入。一片嬾心，山深林密。歸雲洞。

靈跡巖巖，介然特立。不可轉兮，我心匪石。仙人跡。

盤山峨峨，出岫滃滃。互爲其根，一静一動。雲根石。

湧下雪濤，净洗袢暑。心地清凉，愛莫能去。飛玉亭。

一粒金丹，納於大麓。日汲養蒙，受兹介福。丹泉。

千巖萬壑，源清流長。風雨不去，卧護道場。翠蛟。

忡忡往來，朋從爾思。擇其善者，我必從之。來賢巖。

風波弄險，直截雲關。壁立萬仞，孰肯躋攀。石壁。

混沌鑿開，穴居自適。一片天真，寥寥寂寂。石室。

或覆之瓿，或荷之笠。兹種特異，神全蜕骨。無骨箬。

山空月白，搗藥飛鳴。仙靈是召，以療衆生。搗藥禽。

元熙

元熙字晦機，豫章人〔一〕，號南山遺老。歐陽文公《序見心蒲庵集》云：皇元開國，若天隱至公、晦機熙公，倡興斯文於東南，一洗咸淳之陋。趙孟頫、袁桷諸先輩，委心而納交焉。其徒大訢，字笑隱，尤爲熙公門人之雄傑者也。

滕王閣

檻外長江去不迴，檻前楊柳後人栽。當時惟有西山在，曾見滕王歌舞來。

〔一〕「豫章」，原闕，據虞集《晦機禪師塔銘》（《道園學古録》卷四九）補。

慧曇

燕穆之山居圖

半間茆屋垂楊外，一箇歸舟淺水邊。三老不知塵世换，青鞋竹杖聽潺湲。

大同

大同字一雲〔一〕，會稽人。

燕穆之山居圖

燕侯醉筆迅如電，倏忽江山眼中見。晴嵐散作萬頃雲，飛流倒掛一疋練。數家茅屋傍青林，春日撲簾花片片。我生性僻愛林泉，客裏披圖適幽願。

〔一〕「一雲」，原闕，據宋濂《佛心慈濟妙辯大師別峰同公塔銘》（《宋文憲公全集》卷二八）補。

汝奭

汝奭字□□，吴僧。

燕穆之山居圖

江山萬里真如畫，曾向錢塘江上看。今日案圖成舊夢，半窗風雨雜奔湍。

似桂

似桂字□□，丹邱人。自號方巖道者。

燕穆之山居圖

石磴崎嶇裏，林居縹緲間。蒼松淩漢表，游子共雲還。

致凱

致凱字南翁，金華雲黄山主。

燕穆之山居圖

侍郎燕君名已久，繪事通神稱妙手。相當盤薄造化時，毫端未舉分妍醜。攢峰峭壁勢奔騰，潑翠拖藍聯培塿。斷橋流水入微茫，縹緲煙霞生隴畝。依稀李願盤谷居，彷彿子真耕谷口。虬枝蒼幹竝千章，皓首芒鞋三老叟。晦明變化咫尺間，萬狀千形生臂肘。燕君燕君孰與儔，學士虞公品題後。藍田美玉映珊瑚，光輝萬丈衝牛斗。祖庭何年得此圖，卷舒時復置諸右。莫若陶公壁上梭，無乃鼎躍騰螭紐。便當珍藏篋笥中，隄防風雨蛟龍走。

福　震

福震字□□。

題王叔明琴鶴軒圖

丁卯年十一月廿二日，承以良高士出黄鶴老人手蹟，因閲而有感賦之。

仙鶴久不見，披圖成慨慷。清音發指端，霜翮驚翱翔。古松不改色，歲寒定蒼蒼。

永　隆

永隆字□南，上虞人。

題王叔明琴鶴軒圖

一軒松障静，琴鶴最相宜。月下攜將處，風前弄撫時。清彈發宮徵，妙舞按歌辭。好是神仙宅，幽深世絶奇。

宗　珂

宗珂字月屋，號括庵，彭城人，括蒼僧。

題王叔明琴鶴軒圖

三尺孤琴鶴一隻，幽居絶似畫圖中。朱絃度曲徽音遠，雪羽承歡舞袖空。長夏薰風香蕙草，清秋凉月影梧桐。何當挂錫蒼松上，旦夕相過樂事同。

至　顯

至顯字仲微，别號熙隱，吴興僧。

題王叔明琴鶴軒圖

幽人賦白駒，卜築超山岡。高軒月初昇，抱琴坐其傍。一彈舞元鶴，再彈松低昂。性靜物亦純，彼此形相忘。永懷南風操，浩浩情何長。撫卷三歎息，此道昭遐荒。

梧溪長老〔一〕

題曹貞素樂陵溪山圖〔二〕

世治多福人，時危多貴人。貴人乃鬼朴，福人真天民。緬維曹雲西，生死太平辰。高秋下孤鶴，想見美丰神。菀菀露櫸間，幽幽水石濱。槳打甫里船，角墊林宗巾。往訪趙松雪，滿載九峰春。酒名。斯圖作何年，援筆爲嘅呻。池廢餘野鳺〔三〕，井渫揺青蘋。

〔一〕「梧溪長老」，即王逢，已見《元詩選》初集辛集。

〔二〕此詩見《梧溪集》卷五，詩題作《曹雲西山水》。

〔三〕「鳺」，原作「鴂」，據《梧溪集》改。

若允

若允字執中，□□人，前東塔住山。

題燕文貴秋山蕭寺圖

秋山望不盡，蕭寺意無窮。巖壑飛霜月，樓臺落水風。待船茅屋近，乘騎野橋通。神會燕侯得，當時孰與同。

肅嘉

叔明千山春霽圖

萬疊千峰凝翡翠，一溪新水漲蒲萄。仙翁際此風光好，策杖攜琴步野橋。

文彙

喜徐彦威太守榮歸

九重鳳闕覲天顔，詔許歸來獨養閑。座上開樽傾北海，籬邊採菊對南山。只圖盟結青蓮社，不用朝趨玉笋班。自愧韓荆相識晚，莫辭來往滸溪灣。

道臻

寄越州别駕彦威先生榮上嘉定太守

蓬萊雲氣鑑湖船，節擁文星照練川。舊雨十年成化育，新民千里重才賢。柳邊射戟青驄健，花外行春皂蓋圓。晴麥粼粼擬翠浪，瓦盆傾酒看豐年。

次鍾伯紀韻上卧雲右轄相君

魚水君臣照膽肝，草廬一見情歡瀾。中原豪俊空圖霸，南土農民自治安。萬里關河金印重，十年風雨玉驄寒。知公有力回山海，笑翦蛟螭未是難。

次楊孟載韻二首爲袁善達浙東招安回吳

萬斛南艘捕報來，時危方識濟川才。梟翎墮地弓櫜去，虹氣横秋劍匣開。日月丹心昭八極，壁奎文彩映三台。朝廷論爵今非昔，會見圖形上將臺。

萬里春風破浪來，此時不負用賢才。潮枯海屈鼉鼉死，日上天關虎豹開。帷幄多謀歸柱國，蓬萊有路到天台。九峰矯首聲光遠，夜夜姑蘇月滿臺。

珏 　 鼐

珏鼐號蘿軒。

還松陵次徐□□韻

相見難相別，歸途未可期。柳深新客恨，舟去故鄉遲。懶整登山屐，重吟寄我詩。樂餘無所累，看畫獨支頤。

懷□□□□孟勤二佳友

爲別吴城與鶴城，經年不見，□□□抱離情。谿上春光麗，花前笑語聲。相逢遽分袂，何以慰平生。

至　慧

至慧字愚極，當山人。

講經臺

自是虚空講得休，蕭蕭林木冷含秋。至今巖畔多頑石，似對春風一點頭。

居簡

居簡字□□□□人，見《嘉定志》。

經槎溪南翔寺

荒破齊梁地，宏開釋梵家。令威新化鶴，博望舊乘槎。風嫋經幢石，蓮敷品觀花。同聲六萬字，羊鹿换牛車。

徑山僧習

游洞霄

淩霄洞霄片雲隔，我獨穿雲探仙宅。九鎖青山鎮日開，一帶寒流飛雪白。蒼茫未睹壺中寬，詰曲初凝山口窄。琳宫揜日紫霞飄，珠樹擎空華霧碧。翠石粼粼起浪痕，丹泉澒澒流瓊液。險躋天柱揖羅浮，暗想華陽通大滌。摩挲蒼蘚憩雲根，不見仙人見仙跡。明月秋風歸去來，水冷雲寒夢相憶。

又和陳秋巖韻

詩材不似江漢長，與世鉤棘成篇章。夜深吟罷月照席，萬籟不動聞清香。空空天柱倚日月，透地石洞分陰陽。珠蘂曉滴天宇净，玉堦瑶草凝秋霜。巖翁醉後發詩興，滿壁龍蛇飛不定。得來見詩即見人，何必相逢照心鏡。

千瀨僧善慶

游洞霄

大滌之勝甲西浙，九鎖山高亘寥泬。神剜鬼刻發祕藏，鳳翥龍翔自盤折。樓臺縹渺出層霄，我疑即是寥陽闕。雲根石爛紫烟濃，洞中酒熟丹泉冽。碧桃花發石壇春，步虚道士頭如雪。紛紛塵世知幾何，誰解擔笻訪幽絶。玉堂去後招不來，巖畔蒼苔自明月。

建溪僧自如

九鎖山

巍巍峨峨天柱峰，地靈人傑神秀鍾。羊腸百折路杳杳，龍蟠九鎖山重重。巉巖古洞深且險，勢與海眼潛相通。崖奇石怪巧穿鑿，變態倏忽難形容。瓊脂的皪粲星斗，雲骨破碎瞭玲瓏。或如殘棋散楸局，或若飛蓋旋虚空。或森如劍氣凛凛，或擊如鼓聲鼕鼕。飛沖或若走麟鳳，躋攀恍覺登虬龍。乃知造物亦戲劇，作此勝槩藏巖叢。洞門無鎖白日黑，山精木怪俱潛蹤。我來桓盤扣靈跡，搜剥衆妙窺神功。出門一笑天地闊，千巖萬壑鳴松風。

重游

溪路尋幽訪老仙，屐聲未得遇林泉。滿山風雨重陽日，半壁烟霞欲莫天。何處深雲聞鶴唳，此時古井對龍眠。夜宿一庵，館前有龍井。客中難過登高興，辜負黄花又一年。

和陳秋巖韻

疊疊雲山翠浪堆，一峰天柱屹崔巍。洞前野鶴鳴山月，亭下飛蛟漱蟄雷。仙迹隱身猶印石，劫灰過眼幾飛埃。桂林褭褭秋香滿，時有天風雲外來。

舊游未足偕空遠石壁二上人復理杖屨

昔年登紫府，山暝雨簾纖。已去高情在，重來逸興添。秋清猿應谷，晝永鶴窺簾。五色烟霞外，相逢笑語兼。

高峰禪師

題鶴山

一山高突兀，百里去城闉。老翠掛清曉，華滋積富春。江空潮勢遠，雲破月痕新。對此忘情者，林間有幾人。

中峯禪師

真際亭

高亭結構標真際，體共雲林一樣閑。山勢倚天忘突兀，水聲投澗自潺湲。伽佗迥出言詞外，海印高縣宇宙間。佇看凭欄人獨醒，又添公案入禪關。鳳舞龍飛甲衆山，振衣直上費高攀。層層石磴深雲鎖，隱隱禪林盡日閑。自古名流多駐蹕，昔年王氣亦相關。從前不涉高顛處，寧識東溟指顧間。

克新〔一〕

題濮元帥别業

海國元戎鬢未斑，歸來拄笏看青山。田園莫景烟塵外，臺榭春風錦繡間。桐影連溪鷗卧穩，桂香吹月鶴飛還。碧尊絲鱠黄花酒〔二〕，時向尊前一解顔。

〔一〕克新，原誤作「新仲銘」，按：克新，字仲銘，有《雪廬集》。《檇李詩繫》卷三〇録《題濮元帥别業》一詩，作者正是克新。

〔二〕「鱠」，原誤作「繪」，據《檇李詩繫》改。

德淨

西湖

秋熾如焚入故鄉，蘇公隄畔柳陰凉。佛頭山色古今在，鏡面湖光日月長。白鳥飛空暗點雪，紅蓮出水曉吹香。六橋歌鼓成何事，消盡黄金幾夕陽。

湖山深處

湖山深處一高僧，終日棲禪性地明。石上坐看羣鹿過，窗前閒聽野禽鳴。幽居不接人間境，静慮都忘世外情。何用别遊方廣去，此中瀟灑有餘清。

英〔一〕

夏晚泛湖

楊柳陰中艤小船，芰荷香裏聳吟肩。雷聲驚起雲頭雨，塔影倒摇波底天。羣鷺遠明殘照外，一僧閒立斷橋邊。菱歌嫋嫋知何處？滿袖清風骨欲仙。

〔一〕已見《元詩選》初集壬集，詩亦見。

至　剛〔一〕

至剛，居蘭谿聖羅山正覺禪院。有禪行，能詩，人稱之爲石門和尚。著《石門語録》傳其徒，少師姚廣孝爲之序。

山居

門外青山知幾堆，白雲閒鎖不曾開。嶺梅也解憐孤寂〔二〕，時送暗香窗外來。
春染百花紅爛漫，烟凝千嶂碧崚嶒。目前一段天機巧，縱有丹青畫不成。

〔一〕已見《元詩選》癸集壬集上，詩題作「山居二首」。
〔二〕「解」，《元詩選》癸集壬集上作「似」；「寂」，《元詩選》癸集壬集上作「悍」。

元詩選作者索引

顧 青 編

1.本索引是根據中華書局出版的點校本《元詩選》的初集(上、中、下三册)、二集(上、下二册)、三集(一册)、癸集(上、下二册)和補遺(一册)編製的。

2.本索引以各集中有詩入選的作者姓名爲主目,作者小傳或有關校注中提到的其他稱謂,如别名、小名、字、號、爵號及謚號等附注於後。這些作者的異稱,一律作參見條目。

3.人名後所列的文字數碼,分别表示《元詩選》的集名、册數、頁碼。如"虞集 初中 843",則表示"虞集"見於初集中册 843 頁。

4.各集中,作者有同名異人者,有一人重出者,本索引皆單列索引項,一般不作合併。

5.本索引采用漢語拼音方案,依據人名首字的拼音,順序編排:拼音相同者,以聲調爲序;首字相同者,以第二字拼音爲序。

dai

dan

dao

de

deng

di

diao

ding

dong

fei

fen

feng

fo

fu

G

gai

gan

gang

gao

gou

gu

guai

guan

guang

gui

H

ha

hai

han

hang

hao

he

何麟瑞　癸下 1637
何鳴鳳(逢原,喻似之,陳緯孫)　癸上 81
何榮祖(繼先,趙國公,文憲)　癸上 175
何失(得之)　二上 433
何氏　癸下 1487
何吾山　癸下 1602
何頤貞　癸下 1608
何英　癸下 1733
何與　癸下 1261
何貞立　癸上 743
何正(守中)　癸上 352
何致中(鶴齡,華陽山人)　癸上 527
何中(太虛,養正)　二上 351
何宗姚　癸下 1224
和甫　見呂同老
和吉　見楊允孚
和禮普化　癸上 426
和叔　見吳禮
河南郡公　見陳祐
盍志　癸上 658
賀方(伯京,伯更)　癸下 929
賀復孫　癸下 1600
賀氏(何節婦)　癸下 1486
賀庸(野堂)　癸下 1150
鶴鳴老人　見李俊民
鶴皋　見陳君用
鶴齡　見何致中
鶴上仙　見王貞
鶴田先生　見李珏
鶴溪先生　見張監
鶴齋　見薛毅夫

heng

亨道　見沈惠心
亨父　見范梈
亨遠　見周霆震
恒白　見大圭
恒山郡公　見王思廉
横舟　見寥思任
衡甫　見陳萬鈞
衡之　見周權

hong

弘道　見宋衜
弘道　見邵光祖
宏父　見余檝
宏濟(同舟,天岸,園覺法師)　癸下 1392
洪本益(遂良)　癸上 580
洪貴叔(避世翁)　癸上 113
洪希文(汝質,去華山人)　初中 1694
洪焱祖(潛夫,杏亭)　補遺 441
洪頤　癸上 873
洪震老(復翁,石峰先生)　癸上 287

hou

侯賓于(廷美)　癸上 414
侯克中(正卿,艮齋先生)　補遺 234

hu

hui

huo

J

ji

jia

jian

J

ji

jia

jian

jiang

jiao

jie

jin

jing

jiong

jiu

lian

liang

liu

long

lou

lu

lü

mi

mian

miao

min

ming

miao

mo

mu

N

na

nai

nan

P

pan

pang

pao

pei

peng

qiang

qiao

qin

qing

qiu

qu

quan

R

rao

ren

ri

rong

ru

sheng

shi

shou

shuai

shuang

shui

shun

shuo

si

song

tang

tao

teng

tian

tie

ting

tong

tu

tuan

tui

wei

weng

wo

wu

X

xi

xie

xin

xing

xiong

xiu

xu

xuan

yao

ye

yi

yin

ying

yong

you

yu

yuan

Z

zhao

zhe

zhen

zheng

zhi

zhong

zhou

zhu

zhuang

zhui

zhuo

zi

zong

zou

zu

zui

zun

zuo